本書由全國古籍整理出版規劃領導小組資助出版

國家清史編纂委員會・文獻叢刊

桐城派名家文集

13

劉大櫆選集

姚　鼐選集

梅曾亮選集

主編　嚴雲綬　施立業　江小角

時代出版傳媒股份有限公司
安徽教育出版社

圖書在版編目（CIP）數據

桐城派名家文集. 第13卷，劉大櫆選集、姚鼐選集、梅曾亮選集 / 嚴雲綬，施立業，江小角主編. —合肥：安徽教育出版社，2014
ISBN 978-7-5336-7887-6

Ⅰ.①桐… Ⅱ.①嚴…②施…③江… Ⅲ.①中國文學—古典文學—作品綜合集—清代 Ⅳ.①I214.91

中國版本圖書館CIP數據核字（2014）第143587號

桐城派名家文集 ⑬劉大櫆選集、姚鼐選集、梅曾亮選集
TONGCHENGPAI MINGJIA WENJI

出 版 人：鄭 可
質量總監：張丹飛
策劃統籌：吳壽兵 錢 江 夏業梅
責任編輯：張藝文 祝 筠
裝幀設計：何宇清
責任印製：王 琳

出版發行：時代出版傳媒股份有限公司 安徽教育出版社
地 址：合肥市經開區繁華大道西路398號 郵編：230601
網 址：http：//www.ahep.com.cn
營銷電話：（0551）63683011，63683013
排 版：安徽創藝彩色製版有限責任公司
印 刷：安徽新華印刷股份有限公司

開 本：787×1092 1/16
印 張：40.25
字 數：560千字
版 次：2014年10月第1版 2014年10月第1次印刷
本册定價：330.00元
全套定價：5480.00元

（如發現印裝質量問題，影響閱讀，請與本社營銷部聯繫調換）

國家清史編纂委員會出版委員會

量對大量新出之典籍再作整理，而政府檔案，深藏中秘，更無由一見。故不僅不知存世清代文獻檔案之總數，即書籍分類如何變通、版本庋藏應否標明，加以部居舛誤，界劃難清，亥豕魯魚，訂正未遑。大量稿本、鈔本、孤本、珍本，土埋塵封，行將澌滅。殿刻本、局刊本、精校本與坊間劣本混淆雜陳。我國自有典籍以來，其繁雜混亂未有甚於清代典籍者矣！

三曰散。清代文獻、檔案，非常分散，分别庋藏於中央與地方各個圖書館、檔案館、博物館、教學研究機構與私人手中。即以清代中央一級之檔案言，除北京第一歷史檔案館所藏一千萬件以外，尚有一大部分檔案在戰爭時期流離播遷，現存於臺北故宫博物院。此外，尚有藏於沈陽遼寧省檔案館之聖訓、玉牒、滿文老檔、黑圖檔等，藏於大連市檔案館之内務府檔案，藏於江蘇泰州市博物館之題本、奏摺、録副奏摺。至於清代各地方政府之檔案文書，損毁極大，但尚有劫後殘餘，璞玉渾金，含章藴秀，數量頗豐，價值亦高。如河北獲鹿縣檔案、吉林省邊務檔案、黑龍江將軍衙門檔案、河南巡撫藩司衙門檔案、湖南安化縣永曆帝與吴三桂檔案、四川巴縣與南部縣檔案、浙江安徽江西等省之魚鱗册、徽州契約文書、内蒙古各盟旗蒙文檔案、廣東粤海關檔案、雲南省彝文傣文檔案、西藏噶厦政府藏文檔案等等，分别藏於全國各省市自治區，甚至清代兩廣總督衙門檔案（亦稱葉名琛檔案），英法聯軍時遭搶掠西運，今藏於英國倫敦。

清代流傳下之稿本、鈔本，數量豐富，因其從未刻印，彌足珍貴，如曾國藩、李鴻章、翁同龢、盛宣懷、張謇、趙鳳昌之家藏資料。至於清代之詩文集、尺牘、家譜、日記、筆記、方誌、碑刻等品類繁多，數量浩瀚，北京、上海、南京、廣州、天津、武漢及各大學圖書館中，均有不少貯存。豐城之劍氣騰霄，合浦之珠光射日，尋訪必有所獲。最近，余有江南之行，在蘇州、常熟兩地圖書館、博物館中，得見所存稿本、鈔本之目録，即有數百種之多。

某些書籍，在中國大陸已甚稀少，在海外各國反能見到，如太平天國之文書。當年在太平軍區域内，爲通行之書籍，太平天國失敗後，悉遭清政府查禁焚燬，現在中國，已難見到，而在海外，由於各國外交官、傳教士、商人競相搜求，携赴海外，故今日在外國圖書館中保存之太平天國文書較多。二十世紀，向達、蕭一山、王重民、王慶成諸先生曾在世界各地尋覓太平天國文獻，收獲甚豐。

四曰新。清代爲傳統社會向近代社會之過渡階段，處於中西文化衝突與交融之中，產生一大批内容新穎、形式多樣之文化典籍。清朝初年，西方耶穌會傳教士來華，携來自然科學、藝術和西方宗教知識。乾隆時編四庫全書，曾收録歐几里得幾何原本，利瑪竇乾坤體儀，熊三拔泰西水法、簡平儀説等書。迄至晚清，中國力圖自强，學習西方，翻譯各類西方著作，如上海墨海書館、江南製造局譯書館所譯聲光化電之書，後嚴復所譯天演論、原富、法意等名著，林紓所譯茶花女遺事、黑奴籲天録等文藝小説。中學西學，摩蕩激勵，舊學新學，鬥妍爭勝，知識劇增，推陳出新，晚清典籍多别開生面，石破天驚之論，數千年來所未見，飽學宿儒所不知。突破中國傳統之知識框架，書籍之内容、形式，超經史子集之範圍，越子曰詩云之牢籠，發生前所未有之革命性變化，出現衆多新類目、新體例、新内容。

清朝實現國家之大統一，組成中國之多民族大家庭，出現以滿文、蒙古文、藏文、維吾爾文、傣文、彝文書寫之文書，構成爲清代文獻之組成部分，使得清代文獻、檔案更加豐富，更加充實，更加絢麗多彩。

清代之文獻、檔案爲我國珍貴之歷史文化遺產，其數量之龐大、品類之多樣、涵蓋之寬廣、内容之豐富在全世界之文獻、檔案寶庫中實屬罕見。正因其具有多、亂、散、新之特點，故必須投入巨大之人力、財力進行搜集、整理、出版。吾儕因編纂清史之需，賈其餘力，整理出版其中一小部分；且欲安裝網絡，設數據庫，運用現代科技手段，進行貯存、檢索，以利研究工作。惟清代典籍浩瀚，吾儕汲深綆短，蟻銜蚊負，力薄難任，望洋興嘆，未能做更大規模之工作。觀歷代文獻檔案，頻遭浩劫，水火兵蟲，紛至沓來，古代典籍，百不存五，可爲浩嘆。切望後來之政府學人重視保護文獻檔案之工程，投入力量，持續努力，再接再厲，使卷帙長存，瑰寶永駐，中華民族數千年之文獻檔案得以流傳永遠，霑溉將來，是所願也。

二〇〇四年

前言

桐城派興起於清代康熙之際，延續至民國初年，前後達兩個世紀之久。其陣營之壯大，内涵之豐富，在中國文化學術史上，實屬罕見。近百年來，社會變遷，貶之者較多，譽之者亦不乏人，分歧頗大。自上世紀八十年代以後，在解放思想大潮的推動下，不少學人已不約而同地認識到：作爲清代文化學術領域内一種重大的存在，桐城派是一個繞不過去的話題。可以説，没有對桐城派系統、深入的研究，要想寫好清代文學史、學術史、文化史，當非常困難。而且，不少桐城派作家的社會實踐活動，涉及清代社會的諸多方面，如政治、經濟、軍事、教育、學術、文藝等，有些影響至爲深遠；且其詩文中史料甚豐，值得治史者細心發掘。然而，由於種種原因，桐城派所受到的學術關注，還很難説與其重要的歷史地位、影響相稱。很多研究有待於深化，不少的領域還是空白。文獻資料的搜尋、整理則長期停留在分散、零星的狀態。

桐城派名家文集係國家清史編纂委員會文獻組的規劃項目。此項目的確定與實施，無疑使桐城派文獻資料的整理工作邁入了一個新階段。其便利學人，推進桐城派研究的作用，自不待言。桐城派自興起、形成，歷經發展、變化，兩百多年中，直接或間接與桐城派相關聯的作者，可能近千人。影響所及，北達京都，南逾五嶺，東及吳越。文獻遺存十分豐富。我們此次從其發展過程中選擇各個階段的若干代表人物的文集，編纂整理，試圖爲廣大讀者提供一套大體上能體現桐城派不同階段特徵的文獻資料；在以歷史發展綫索爲主的基礎上，適當兼顧地域的因素。本着上述意圖，文集收入的作家爲：戴名世、方苞、劉大櫆、姚範、姚鼐、吳德旋、陳用光、方東樹、姚椿、管同、劉開、姚瑩、梅曾亮、吳敏樹、曾國藩、龍啓瑞、戴鈞衡、王拯、方宗誠、張裕釗、黎庶昌、薛福成、吳汝綸、賀濤、范當世、馬其昶、姚永樸、姚永概，共二十八人。持此一編，基本上可以感知桐城派演化的不同階段的根本特徵，亦能從中窺探清代社會某些方面的情景。

文集分甲、乙兩編。甲編收入姚範、吴德旋、陳用光、方東樹、姚椿、管同、劉開、姚瑩、吴敏樹、龍啓瑞、戴鈞衡、王拯、方宗誠、薛福成、馬其昶、姚永樸、姚永概等十七位作家詩文集。因爲在本項目擬訂規劃時，上述十七位作家的詩文尚未見到整理本出版，所以此次編纂、整理時，盡力求全：在對其已刊刻作品進行校勘、標點的同時，又儘可能蒐集其未刊稿，希望由此提高資料的完整性。乙編爲戴名世、方苞、劉大櫆、姚鼐、梅曾亮、曾國藩、張裕釗、黎庶昌、吴汝綸、賀濤、范當世等十一位作家的文章選集。上述作家，或爲桐城派開宗立派的大師，或爲推進桐城派轉變、發展的巨匠，其詩文本當全部匯録，但考慮到均已有整理本出版，因此本文集以其文選入編，雖然未能以全貌示人，但經過編者認真選擇、整理的文選，當亦能在基本方面體現出各位作家的文章風貌。

國家清史編纂委員會、國家清史編纂委員會項目中心與文獻組對桐城派名家文集的編纂十分重視，給予了多方面的指導與扶持。安徽省哲學社會科學界聯合會、中共桐城市委員會、桐城市人民政府從始至終對整理工作提供各項支持，諸多實際困難得以化解。顯然，若無上述各方面的關心，文集必然很難完成。時代出版傳媒股份有限公司安徽教育出版社一向重視文化傳承，扶持學術，毅然承當了文集的出版工作。在此，謹對一切關心、支持本項目的機構、人士深致謝忱！

桐城派名家文集乃是文化學術界第一次較大規模的桐城派文獻資料整理工程，難度可想而知。而我們則學力有限，每每有力不從心之憾。因此，文集内難免有不少疏誤之處。出版之後，希望得到廣大讀者的積極回應，給予指正。

嚴雲綬　施立業　江小角

二〇一一年九月廿五日

凡例

一、桐城派名家文集分甲、乙兩編；甲編收入姚範、吴德旋、陳用光、方東樹、姚椿、管同、劉開、姚瑩、吴敏樹、龍啓瑞、戴鈞衡、王拯、方宗誠、薛福成、馬其昶、姚永樸、姚永概等十七位作家詩文集，乙編爲戴名世、方苞、劉大櫆、姚鼐、梅曾亮、曾國藩、張裕釗、黎庶昌、吴汝綸、賀濤、范當世等十一位作家選集。

二、凡收入甲編的名家文集均保持其原刻本編次。不同年代刊行的文集或詩集按其刊刻年代先後編排。有輯佚稿者按文、詩分類編年，附於原刻文集之後；年代不明者，酌情處置。

三、每位作家文集前之整理説明，簡要説明作家、著作版本的主要情况。甲編各文集後附録清人所撰寫的年譜、附記、墓志銘等相關資料。

四、底本之選擇兼顧底本完整性與準確性兩原則。若兩者不能兼顧，則以訛誤少、校刻精之本作底本，其殘缺部分以他本配補。

五、凡底本不誤而他本誤者，一般不出校記。

六、底本之明顯的版刻錯誤，如因形近致誤的『己』、『已』、『巳』之類，可以依據上下文予以辨識者，逕改之，不出校記。

七、凡底本之訛、脱、衍、倒，確有實據者，予以改正，并以符號標識。以圓括號表示誤字或應删之字，改正之字置於括號後；以方括號表示增補之字。

八、文中脱漏、殘缺或難以辨識之處用方框表示。

九、底本與他本文异，但義可兩通、難以取捨者，以校記説明。一般虚字有异而文義無殊者，可不出校。

十、文字盡量保持原貌，通假字、异體字一般均依原文，不改爲現代通行體，亦不求統一。過於冷僻之字可酌改爲通行字。文中如有外文詞語之翻譯與現在通行譯法不同者，不作改動，仍存原譯。同一譯名在文集中前後相异者，亦存原譯，不予統一。

十一、校記力求簡短，摘引正文時僅舉所校詞語。校記置於該篇篇末。

十二、文中引文與原書小异但不失其本意者，不改動亦不出校。節引原書文字大异且失其原意者，出校説明，但不改正。

十三、標點符號依照一九九六年中華人民共和國國家標準標點符號用法的規定使用。考慮到古代漢語的特點，原則上不使用省略號、破折號、着重號和連接號。

十四、凡直接引用的文字用雙引號表示，若引文中復有引文，則加單引號。古人引書多述其大意或節略其文，凡此等處不用引號。

總目

劉大櫆選集

點校　施立業

整理说明

劉大櫆，字耕南，一字才甫，號海峰，又因通曉醫術，自號醫林丈人，安徽桐城東鄉（今屬樅陽）人。生於清康熙三十七年（一六九八），卒於乾隆四十五年（一七八零）。世居江濱陳家洲，後居樅陽鎮之寺巷。出身書香門第。幼師事著名學者吴直，與姚范、張閑中、葉酉、方輔讀、張東臨等友善，相互切磋，時有唱和，不僅文名遠播，且意氣風發，躍躍慾有所為。雍正時兩舉副貢。擅長古文寫作，其文以才氣著稱，早年入京，拜見同里古文名家方苞，極受贊賞，嘆為『今世韓、歐』。遂被收為門下，教授古文義法。在京師，結識高仰亭、徐崑山、沈維涓、王載陽、沈廷芳、杭世駿、方道希、盧見曾等著名學者文人，名更大振。然而，他的科舉之路却屢屢受挫。『雍正中，兩登副榜，竟不獲舉。乾隆元年（一七三六），苞薦應詞科，大學士張廷玉黜落之，已而悔。十五年，特以經學薦，復不録。』約在六十三歲時，出任黟縣教諭。常來往於黟、歙間，與程瑶田、鄭牧、方根矩、吴閬、汪梧鳳、汪肇龍等著名知識份子切磋學問，談論時勢，關心民生，往還極為親密。徽州人士也得以從其學習詩文。七十一歲去職，應聘主講歙縣問政書院，撰修歙縣志、黄山志。七十五歲返回故里，不復出。總之，除短暫教諭生涯之外，一生以教書為主要職業。通過其教授活動，拓大了桐城派的門户和影響。如金榜、吴定、吴紹澤、王灼、左堅吾等均從其受業，尤其是此後又通過張惠言等的傳播，衍生出了陽湖派。姚鼐曾稱述：『曩者，鼐在京師，歙程吏部、歷城周編修語曰：為文章者，有所法而後能，有所變而後大。維盛清治邁逾千古千百，獨士能為古文者未廣。昔有方侍郎，今有劉先生，天下文章，其出於桐城乎！』他的古文不僅影響於當代，而且流芳於後世。在桐城派中，劉大櫆被公認為『三祖』之一。他是方苞門徒，又為姚鼐老師，可以説，其角色是桐城派創始時期承上啓下的傳薪者，古文理論的發展者，古文事業的拓大者。

相對其同時代古文作家，劉大櫆的作品思想更鮮明，大都有獨特見解。其中或揭示天道無知，社會興盛衰亂與人之禍福壽夭皆不由天；或指出聖人與農商等無異，婦女乞丐等社會地位低下者有的人格甚至高於男性和地位高貴者；或主張君臣之間合則留不合則去，批判臣死其君、婦死其夫等封建專制制度和倫理道德；或譴責科舉害人，揭露世風敗壞。這類作品往往思想深刻，筆鋒犀利，説理透徹，膾炙人口，別具一格。

劉大櫆論文不標『義法』，但他對作品結構的分析實際上仍是按方苞義法論，即内容與形式的關係進行的，繼承併發展了方苞的義法説。在論文偶記等著述中，他系統地論述了『為文之道』。首先他主張文章要『明義理，適世用』，認爲『自古文字相傳，另有個能事在』。劉氏提出了『義理、書卷、經濟』等概念，認為這些都是材料，即『行文之實』，相當於方苞的『言有物』；而『行文』就是『能事』，指作者的創作技能等，相當於『言有序』。他能從『文之能事』來探討文學創作規律，爲此後獨立的文章學研究開辟了道路。他指出寫作有其自身規律，『行文之道，神為主，氣輔之』。『神』為『文家之寶』。神氣為文之最精處，音節是文之稍粗處，字句則是文之最粗處，但『神氣不可見，於音節見之，音節無可準，以字句準之』。神氣是通過音節、字句顯現出來的。就古文鑒賞，他提出了『十二貴』論：文貴奇、文貴高、文貴大、文貴遠、文貴簡、文貴疏、文貴變、文貴瘦、文貴華、文貴去陳言、文貴品藻等。這些成為後世散文創作和鑒賞的指導性審美標準。吴定説：『靈皋善擇取義理於經，其所得於文章者，義法而已。先生廼並其神氣、音節盡得之。』其詩論也有獨到見解，他對『詩言志』和詩、樂關係作了精深解説，認為『詩成於音，音成於聲，聲成於言，言成於志』，好的詩作都是富有真情而『發乎情之不容已』，不吐不快、不得不作的作品。詩的社會作用就是表達贊美或諷刺。

劉大櫆著作比較宏富，版本很多。據柯愈春清人詩文集総目提要著録：其詩文初刻於乾隆間，有海峰文集不分卷、海峰詩集十卷，文集有王芑孫跋，詩集為姚鼐校。海峰文集八卷，乾隆間醒園刻本、乾隆中敦本堂刻本、日本明治十四年佚存書坊刻本。海峰詩集十一卷，道光間縹碧軒刻本。海峰文集十卷、詩集十一卷，同光間重刻本。海峰文集鈔不分卷，張惠言輯評，清鈔本，一冊，佚名點校。小稱集一卷，約乾隆間刻。臺北中央圖書館藏清鈔本多至六卷。又據李靈年、楊忠主編清人別集総目著録，還有海峰先生詩六卷，分別有敦本堂、醒園、清刻本等；姚鼐校訂海峰先生詩集十卷，光緒十五年蕭氏刻本；海峰先生詩集十卷附蕭穆海峰詩札記，光緒二十五年蕭穆刻本；海峰先生詩集十卷附歷朝詩約選，清刻本；小稱集不分卷，乾隆刻本；劉海峰稿不分卷，光緒元年劉継重刻本；海峰文一卷，道光刻七家文抄本；劉海峰文抄一卷，光緒大亭山館叢書本；劉海峰文抄一卷，民國十年上海文明書局石印明清八大家文抄本；海峰先生文録二卷，國朝文録本；劉海峰文集十六卷，同治十三年重刻本；海峰文集二十卷，坊刻本；海峰文集十六卷，同治十三年劉継重刻本；海峰先生文集十卷附補遺，光緒十四年木活字排印本；劉海峰文抄四卷，民國九年王家鼎輯桐城三家文抄本；海峰文集八卷詩集二卷，同治十三年劉継、邢邱重刻本；海峰詩文集六卷，清縹碧軒刻本；海峰文集六卷詩集五卷，光緒元年重刻本；海峰文集不分卷詩集十一卷，清刻本；海峰文集八卷詩集六卷，分別有同治十三年刻本、醒園刻本、清刻本；海峰先生文十卷詩六卷，同治十三年重刻本；海峰文集八卷詩集十一卷，分別有醒園刻本、敦本堂刻本、同治十三年劉継、邢邱重刻本；海峰先生文集十卷補遺一卷詩集八卷制藝一卷，光緒十四年桐城吴大有堂木活字排印本；海峰文集八卷詩集十一卷劉海峰稿三卷，同治光緒刻本；海峰文集八卷詩集六卷八家文選二卷時文二卷，光緒二年重刻本；海峰詩文集十九卷精選八家文抄不分卷制藝不分卷附惜抱時文不分卷，同治十三年劉氏重刻本；海峰先生別集，十卷附題跋札記書後各一卷，姚鼐校訂，光緒二十五年蕭穆補刻本；海峰先生集文十卷詩六卷，清時還書屋重刻本；海峰先生別集，雙流劉咸炘批點本；海峰先生全集，光緒刻本；劉大櫆集，吴孟復編校，一九九零年上海古籍出版社排印本，所收詩文最為齊全。

根據清史編委會的要求，劉大櫆文集只能出選本，因此我們只對其文集進行了標點，而省略了劉大櫆的詩集。同時，對文集内容也進行了删減，如舍去了少數不太重要的婦女傳、墓誌銘等。所取則為續修四庫全書本，按原書舊編，未加改動。由於前有吳孟復先生的精善的校勘本，本選集將原文分段、標點後，與之比照勘定，對自以為吳本中個别可商榷處，冒昧作了改回或改訂，未再取别本對校。一些生僻的異體字、通假字也改成了常用字。由於水準限制，錯誤之處一定難免，尚乞海內專家學者批評指正。

施立業

二〇一〇年十月八日

目録

附録

傳記資料 …… 二一五

辨異

由太極有陰陽，由陰陽有五行。其於天也，爲日，爲月，爲辰，爲星；其於地也，爲水火，爲土石。鬱之而爲雷，爍之而爲電；散之而爲風，凝之而爲雪霜；蒸之而爲雨露，爲雲霞，行之而爲川，止之而爲山。是數者，天地之所以化鬼而育神也。

有天地然後萬物生矣。翼者、距者、鬣者、角者、喙者、蹄者、爪者、牙者、鱗者、介者、蹣跚者、泳者、蠖者、踔者、蠕蠕者、蔓者、挺者、實者、榮華者之生生萬有不窮也，而人爲貴。於是有五常之性，曰仁、曰義、曰禮、曰智、曰信；於是有七發之情，曰喜、怒、哀、懼、愛、惡、欲。循是而往焉，於是有學以爲人之術，曰格物、曰致知、曰誠意、曰正心、曰脩身、曰齊家治國平天下。

有人則必有男女，有男女則必有夫婦。由夫婦有父子，由父子有兄弟，由兄弟有朋友。人之不能無欲。而相與聚處以爲生也，則爭且亂，於是乎有君臣。是故有天子，有公，有侯，有伯，有子、男。環天子之畿而爲國者，有甸服，有侯服，有綏服，有要服，有荒服。一國之中，有君，有卿，有大夫，有上士、中士、下士，而農、工、商、賈，以差各職其所務。是故敬以主之，德以先之，禮以率之，政以明之，刑以恐之，而樂以化之。

於是有黍、稷、稻、粱〔一〕、瓜、瓠、荼、苴、雞、豚、狗、彘以爲之食，有蠶桑、筐績、絲麻、布帛以爲之衣，有塾、黨、庠、序之設，有親、義、信、序、別五教之敷，有恭、重、端、直之容，有盥、漱、櫛、浴、笄、總、捍、遰之備，有溫、清之儀，有哭、踊之度，有祔、練、祥、禫之節，有城郭、甲兵之守，有宗廟、朝廷、宫室之制，有朝覲、會同、聘享、征討之事，有司徒、司馬、司空、膳宰、役夫之職，有蒐苗、獮狩、穿絡、鞭策、縱控之施，而又有觳卵、蚳蝝、罛罶、斤斧、虞衡之禁，有加冠於首之責，有親迎、共牢、合巹、相見、飲酒、投壺、習射之文，有擎跽、曲拳、降登、俯仰、旋辟、揖拜之儀，有玉帛、籩豆、敦牟、卮匜之器，有琴、瑟、柷、敔、鐘、鏞之音，干戚之舞，有郊社、柴望、祈禳、八蜡之祭，有鞭撲、劓刵、五流、五宅之威。權量以平其僞，龜策以稽其疑，藥餌以治其疾疢。是故天下之民有以各安其生而復其所得於天之固有，而聖人固非有勉強於其間也。

是故堯、舜、禹、周、孔子，吾儒之於道，順而睇之者也。故其所從事者實，而其言歸於有用。老、莊、佛，異氏之於道，逆而睨之者也。故其所從事者虛，而其言歸於無用。曰：『彼所以爲是紛紛者，何也？』其初，五行而已矣； 五行，陰陽而已矣； 陰陽，太極而已矣； 太極，是無極也。夫既無極矣，而又奚以是紛紛者爲哉！

録自海峰文集卷一。

【校】

〔一〕原文爲『梁』，此據吳本改。

觀化

吾與萬物羣生於天地之中，其萬有不齊耶？其有至齊者存耶？張目以視之，不可得而見也； 傾耳以聽之，不可得而聞也。一而二，二而三，三而四，四而五，五而十，十之十爲百，百之十爲千，千之十爲萬，其紀之不可勝紀耶？其推之而不能自已耶？清者，寧者，靈者，蠢者，動者，植者，其爲物不同也，而莫非物也。

一物一聲也，一物一色也。一物之聲，聲各聲也；一物之色，色各色也。鳥聲之交交也，鵲聲之楂楂也。交交者，人見以爲鳥也； 以鳥而聽鳥，則其交交也有萬。楂楂者，人見以爲鵲也； 以鵲而聽鵲，則其楂楂也亦有萬。彼鳥、鵲之於視人也，亦若是已矣。蒼水之民呼中角，黄水之民呼中宫，白水之民呼中商，黑水之民呼中羽、徵。雖然，一國一音也，一鄉一音也，一里一音也，一家一音也，一人一音也。自一人推之至於九州，漸之於近也； 自九州引之至於一人，漸之於遠也。楚人與越人共語，秦人不能別也； 朝夕與游者，足音跫然，不出戶外而辨之矣。一乳而兩子，不相期而與之相遭，庸詎知伯之非仲耶？庸詎知仲之非伯耶？雖然，有辨。其父母知之，其昆弟知之，其妻知之，其子知之，其同室之人亦知之。一人之身，兩手也，兩足也，兩眉也，兩目也，兩耳也，兩鼻之竇也。一也，不一也。兩手之持，一蛇一龍； 兩足之行，一雲一風； 兩眉之峙，一華一嵩； 兩目之澄，一河一江； 兩耳之入，一纖一洪； 兩鼻之出，一雌一雄。群鳥方哺於林，共出求食，一鳥銜食先歸，其雛望見之，軒口嘈嘈，而衆巢之雛皆伏，彼必有以異其形容故也。

游蟻求羶，行乾邱，見魚骨，歸以報穴蟻。穴蟻以上於巨蟻，巨蟻下令珠中率其卒伍二十餘萬衆取之。適齊盧過乾邱，得之以去。巨蟻至，尋之不見，則怒以游蟻爲謬妄言欺我，實無魚骨也；乃聲其罪，群齧而殺之。

齊之水躁，越之水重，秦之水泔，楚之水弱，燕之水沉滯，宋之水輕清。風之蓬蓬然起於北海而入南海也，風，一也，而不一也。爲凱，爲谷，爲融，爲閶闔，爲不周，爲廣莫，隱隱谹谹者，彼何聲邪？其牛鳴窌邪？其奮往而不知歸者邪？雖然，有土焉，有水焉，有石焉，有火焉。石英也，鍾乳也，甘遂也，大苦也，牛溲也，敗鼓也，參芪也，赤白之砒也，溫涼益損之異施也。爲根，爲莖，爲枝，爲葉，爲華，爲實，爲皮，爲核，爲首，爲尾，爲顛，爲末，爲中身，爲要節，爲近水，爲附石，爲精粗，爲厚薄，其性之一出焉而異宜也。食之使人壽善而光榮，或鬱滯而蕭索。

道之所居，氣與居之。氣浸假而有象，象浸假而有數。道也者，不貳者也；數也者，不一者也。奇零也，參差也，自一而長之以至於無窮也，其可以道里計邪？夫彼司化者亦乘於氣數之中而不能以自主耳，非其能爲不齊而不能使之齊也。鷹爲鳩，虺爲鼈，田鼠爲青魚，蜻蛉爲撻末。蛾子之爲蠶也，蠶之復爲蛾而遺其子以死也，非蛾之與蠶所能自止也。

結璘與鬱儀遇於青冥之野。鬱儀謂結璘曰：『吾與若御此輪也，自始有之而御之者數萬年於今矣，而未之或改也。』結璘曰：『若欺予哉！若今所御之輪，非若昨所御之輪也；吾今與若言若之輪，非嚮若與吾言若之輪也。』鬱儀曰：『若何以知之？』曰：『以吾之輪知之。』於是兩人相視而嬉曰：『吾知之，若亦知之，彼外人不知也。』

錄自海峰文集卷一。

養性

均是人也，或則聖，或則愚。聖人之所以爲聖，愚人之所以爲愚，其皆出於天乎？曰：其所以降稟不猶者，天也； 君子不以爲天也。

然則性果有善、有不善邪？ 曰： 性之原於天也，無不善也； 其在於人而不善者，以生也。 是故其人之不善也，非性之不善也。 天下之物有美者，則必有不美者以賊之。 口之於味也，目之於色也，耳之於聲也，非性也，賊性之性也。 是三者，天之所以與我，亦非有不善也，其岌岌乎其意之可以爲不善者任乎人，而不善者以生也。 口也者，善天下之味者也； 味可嗜也，吾口逐於味而口之性以賊也。

今夫駃騠，前之以橛飾，而後之以鞭策，放而遊乎五達之衢，雖有蹄齧之能，不足施矣。 聖人之於味與我同嗜也，聖人之於色與我同視也，聖人之於聲與我同聽也，聖人能不賊耳？ 盡其性，治其賊性之性。 目視色、耳聽聲、口飫天下之肥甘，使其爲吾賊者，皆以爲吾用。 性者主，賊性者奴也。

錄自海峰文集卷一。

達命

吾分之所宜然，不容以不盡也，吾爲之； 爲之而有不利，勿問之矣。 非吾分之所宜然，不可使之加身也，吾必不爲之； 不爲之而或有利焉，勿問之矣。

理也者，有定者也。 氣也者，無常者也。 氣坱然迴薄於太虛之中，有陰陽則必有清濁，有清濁則必有善惡，因而鼓之以爲生物之機，則必有吉凶。 陽善之氣，天與人以類相召，不期而相遭； 陰惡之氣，天與人以類相召，亦不期而相遭。 天未嘗有心也，遭之者或不以其類，而奇零參差不齊之數起矣。 故曰： 非人之所能也。

吾觀攻剽刼奪，不避金鐵之誅，毁肌膚而斷肢體者，皆若有所不獲已。 則其所以至此，未嘗不出於天； 而天將有以辭之不任受矣。 今之人莫不言命，其將謂伯夷不得不廉而盜跖不得不貪邪？ 使知命者日立於巖牆以俟之，嗚呼，其亦無是理也！

錄自海峰文集卷一。

心知

東海之産，有鉛松怪石焉，吾未之見也，不得而知之。西海之産，有鏐鐵銀鏤焉，吾未之見也，不得而知之。百世之上、百世之下，方名器數之委曲而繁多，吾未之見也，不得而知之。

然則心果塊然獨守於方隅乎？曰：是其施之不能以驟及者然也。盈天地之間，皆吾心也。是故爲吉、爲凶、爲悔、爲吝，人、物、事爲之變，苟有先見之微，則吾心必覺之。然而朱黄黼黻之色，蔽吾之明；琴瑟柷梧鐘鼓之喤喤，亂吾之聰；山海之珍異，爽吾之口；椒蘭苾芷之芬香，朽吾之骨；疏房邃宇，使吾之盤樂而燕私，吾惛不復能覺之矣。惟天下至誠主之以中正無妄而常虚，故其心之幾與天地之幾常出於一。是惟無觸，觸則知焉。

吾有友在吾家數百里之外，時其相遇，則先是夜必夢見之。夫天下之人蓋無一不在吾心蘊蓄之中，而未嘗與之相接，則兩人相與之幾伏而未作，其精神不足以相維繫也。吾友之於吾，如絲之牽也，如繩之引也，如水之循行乎故洫也，其可知也已。夫彼之過我門而造訪也，必其心意之相屬，其幾有先至於我者矣。方吾旦晝之間，紛華縟飾囂然沓至於耳目之前，出入之無鄉，往來之無常，激水而使其光燭鬚眉，必不幾矣。日之夕矣，羣動其皆寂矣，而息深深，而百爲無足以相侵。斂吾之精，約吾之神，斂之又斂，約之又約，而廼返其真，真則覺矣。嗚呼，此至誠之心也！

録自海峰文集卷一。

天道上

天道蓋渾然無知者也。昔之人知其然，顧以爲勸善而規過，故爲是『殃』、『慶』之云，以警愚昧。然不以爲憑也。

謂『天之愛人甚矣』，生百穀以養之也，而又生之螟螣以害之？生之雞豚焉，而又生之豺虎焉？生之絲枲以爲之衣，生之文梓豫章以爲之宫室，可不謂愛之乎？生之雀鼠以耗其囷倉，生之蚉寅蚤蝨以危其寢寐，可謂愛之乎？毀璣以爲礫，而祟墨以爲朱乎？駕駑駘使馳千里，而騏驥服鹽車乎？藜藿不糝者回、憲，而馬醫洒削長使之有餘乎？鄧攸其無嗣，而五子乃在登徒乎？水固有不能溼，火固有不能燥也；人固有不可知，天固有不可曉也。

祖有功矣，而功可恃乎？宗有德矣，而德不刊乎？爲粥糜以食餓者，而已且啼饑；分縕纊以衣凍夫，而已且號寒乎？刳像設之腸，而神不能加之罰；掘陳人之冢，而鬼不能肆其殘乎？御人於國門之外使之抵罪，而貪惏以逞者世守其官乎？大武之下，蟻或亡矣，而人不顧也；大祲之下，人多斃矣，而天不憐也。彼蒼蒼者，其積氣耶？彼隆隆者，其積塊耶？彼物之生且死於其間也，其亦有欲其生而生、欲其死而死者耶？其無乃生者自生而天究不知其所以生、死者自死而天究不知其所以死耶？貴者自貴而天不知其貴、賤者自賤而天不知其賤耶？

天地也，日星也，山川也，人物也，相與回薄於宇宙之間；適會其高者機也而高矣，適會其下者機也而下矣。有明則必有晦也，有隆則必有替也，有興則必有廢也。吉一，而凶、悔、吝三也。日之食也，天不能使其不食也；星之隕也，天不能使其不隕也。其偶而崩也，而天與之爲崩；其偶而竭也，而天與之爲竭。夫天方自救其過之不遑，而又奚暇以爲人之窮通壽夭耶？吾故曰：天道蓋渾然無知者也。

録自海峰文集卷一。

天道中

謂天之渾然無知，則將避善如浼、趋不善如鶩，一任殃慶之自至乎？是又不然。

夫所謂天道無知，此特天之未定者也。君子道其常。天穆然而深厚，其於物也，清者、濁者、靈者、蠢者，無分於善惡，無一物而不生也；猶父母之於子也，無分於智、愚、賢、不肖，無一人而不愛也。有聖人者爲天地立心，於是始有賞善罰惡之權，以爲天補其所不足。

夫所謂天者何哉？宜然而已矣。數雖不可知，而天之宜然者無不可知。作善不必皆降祥，而善則宜其祥； 作不善不必皆降殃，而不善則宜其殃。人猶有情之可通，而天者執一定以相繩； 春則必生，秋則必殺，彼皋陶之爲士，亦若是而已。草木有當春而萎死者，而天所以生之之意固未有改也； 亦有至秋而華實者，而天之殺之方隨其後也。

夫鳥獸惟無知，故父子聚麀，雖當衆睹、衆聞之地而恬不知愧。人之鳥獸行者，必在幽暗無人之中，其知之則以爲耻。故人之爲不善，可以欺人而不可以欺己之心； 不可以欺心，則不可以欺天。天者何也？ 吾之心而已矣。

今夫傑猾之民，乘時竊位，怙寵立威，黷貨無厭，其有稍異於己則黜之，甚則夷滅其宗族，慘覈亦至矣； 而康寧壽考令終者，不可勝數。彼其心見以爲當然，與鳥獸之聚麀者無以異也。彼以鳥獸自爲，則天亦以鳥獸畜之而已。士君子有闕，蚤夜負疚於心而不寧，能逃天之誅，不能逃吾心之誅。天之誅有時至，即有時不至； 吾心之誅，寤寐寢興無一時去於吾之側也，而將何以堪之？ 故夫蚤夜負疚於心而不寧，富壽康寧之所去也。且夫朝廷之法，知而犯之，則罪加一等； 天地雖大，鬼神雖幽，亦若是則已矣。有志之士，其將何從焉？

録自海峰文集卷一。

天道下

『積善之家，必有餘慶； 積不善之家，必有餘殃。』文言之言也。文言之言，歐陽子不以爲孔子之言也。『作善降之百祥，作不善降之百殃。』古文之言也。古文之言，儒者不以爲尚書之言也。

南宫適曰：『羿、奡不得其死，禹、稷終有天下。』而孔子不答。其不答何也？ 蓋以天無心也，其禍福偶中之於人，而於其人之善不善，未必果以類應也。故謂適之言爲不然，則何以勸天下之爲禹、稷而懲其爲羿、奡者？ 謂適之言爲然，則又何以解夫爲羿、奡而得其死，爲禹、稷而究不有天下者？ 此其故皆不可言也； 不可言則亦以不言者之而已。

古之聖人以爲吾生而爲人，善，所當爲也，當爲者爲之而已，不計其慶之至也； 不善，所不當爲也，不當爲者不爲而已，不計其殃之至也。爲善固宜其慶也，慶不至而爲善之心則甚慊也；而謂其必有慶者，愚也。爲不善固宜其殃也，殃不至而爲不善之事則難掩也；而謂其必有殃者，妄也。

孔子、孟子之於人，其所以教其爲善而禁其爲不善者多矣，而未聞有以禍福誘之者。爲善爲不善可知也，而禍福則不可知也。爲之者我也，禍之福之者天也；我則自勉之，而天何容心焉？

雖然，嘗竊疑之：三代以上，道出於一，故其天可信；三代以下，道出於二，故其天不可知。可信者，天之有道也，不可知者，天之無道也。天下有道，則道德仁義與富貴顯榮常合；天下無道，則富貴顯榮與道德仁義常分。是故衰亂之世，其達而在上，則必出於放辟邪侈；其脩身植行，則必至於貧賤憂戚。三代而上，曰堯、曰舜、曰禹、曰湯、曰文武，若是者必起而爲君；曰稷、契，曰益、尹，曰旦、奭，若是者必起而爲相；降而至於小善一藝之長，莫不起而在庶司百職之任。及至周衰，孔子、孟子之生，而天下之勢變矣。賢能者竄伏於下，而不肖者恣睢於上。智詐自騁，頡猾不仁，怙勢襲威，無所顧藉。物産靡敝，而苑囿崇侈；民力竭塞，而畋遊無度。啗膚咂血，其鋒鋭於蚊蝱，而深居高拱，憪然自以爲堯、舜焉。當是時，天下之人趨利如鶩，走勢如歸，安知有仁義？以居其位之爲貴，安知有廉耻？以食其稍之爲美，茫茫乎大造，夫孰知禍福之門、勝負成敗之所分？故夫三代以下，其上之於民，名爲治之，而其實亂之；其天之於人，名爲生之，而其實殺之也。

若是者何也？天至是不能自司其權，而以其權授之於地也。地也者，此盛則彼衰，東替則西隆，環生迭出，互爲乘除，自近以至遠，由中以達外者也。夫天以福善禍淫爲其道，然而地值其興隆，則淫而得福者其恒，天不得而禍之也；地值其歇絶，則善而得禍者其恒，天不得而福之也。蓋地之方興，則強大者皆出於其間。而天下有道，則其地之強大者皆有德而賢；天下無道，則其地之強大者皆無德而不肖。故世治則強大附麗於賢德以俱行，世亂則賢德別離於強大而獨立。是故漢帝興，則蕭、曹、樊、盧從之而俱興；明祖奮，則徐、常、李、鄧從之而俱奮。夫蕭、曹諸人，豈其有積德累仁，宜爲侯王將相者哉！當其有道，天與地同司其令，聖人中處其間，輔相之而有餘；及其無道，天不能以自主，而使地獨持其權，賢者不幸生其時，則自爲謀而不足。古之聖人，其生非不由於地也，而道合於天，故能興起在天子之位；後之賢人，其生不可謂非天也，而不得其地，故阨窮以終其身。

夫地之道日以崇，則天之道日以卑，積而不反，數十百世之後，其必有人與物相易而爲其貴賤者乎？夫青鳥之書、葬經之言，猥鄙不足道，而後世宗之，更千百年，而信奉之彌篤，彼亦有見於後世之天不可知，而依於地者猶爲可恃也哉！

録自海峰文集卷一。

息爭

昔者，孔子之弟子，有德行，有政事，有言語文學，其鄙有樊遲，其狂有曾點。孔子之師，有老聃，有郯子，有萇弘、師襄。其故人有原壤，而相知有子桑伯子。仲弓問子桑伯子，而孔子許其爲簡；及仲弓疑其太簡，然後以雍言爲然。是故南郭惠子問於子貢曰：『夫子之門何其雜也？』嗚呼，此其所以爲孔子歟！

至於孟子乃爲之言曰：『今天下不之楊，則之墨。』『楊、墨之言不息，孔子之道不著。』『能言距楊、墨者，聖人之徒。』當時因以孟子爲好辯，雖非其實，而好辯之端由是啟矣。唐之韓愈攘斥佛、老，學者稱之。下逮有宋，有洛、蜀之黨，有朱、陸之同異。爲洛之徒者以排擊蘇氏爲事，爲朱之學者以詆諆陸子爲能。

吾以爲天地之氣化，萬變不窮，則天下之理亦不可以一端盡。昔者，曾子之『一以貫之』自力行而入，子貢之『一以貫之』自多學而得，以後世觀之，子貢是則曾子非矣。然而孔子未嘗區別於其間，其道固有以包容之也。夫所惡於楊、墨者，爲其無父無君也；斥老、佛者，亦曰棄君臣、絶父子、不爲昆弟夫婦，以求其清淨寂滅，如其不至於是，而吾獨何爲訾謷之？大盜至，胠篋探囊，則荷戈戟以隨之；服吾之服而誦吾之言，吾將畏敬親愛之不暇。今也操室中之戈而爲門內之鬭，是亦不可以已乎！夫未嘗深究其言之是非，見有稍異於己者，則衆起而排之，此不足以論人也。人貌之不齊，稍有巨細長短之異，遂斥之以爲非人，豈不過哉！北宫黝、孟施舍，其去聖人之勇蓋遠甚，而孟子以爲似曾子、似子夏。然則諸子之跡雖不同，以爲似子貢、似曾子，可也。

居高以臨下，不至於爭，爲其不足與我角也。至於才力之均敵，而惟恐其不能相勝，於是紛紜之辯以生。是故知道者視天下之歧趋異説，皆未嘗出於吾道之外，故其心恢然有餘。夫恢然有餘，而於物無所不包，此孔子之所以大而無外也。

録自海峰文集卷一。

慎始

天下之事，惟其未有以倡之。有一人倡之於前，以至比閭族黨之間相效而成俗，此不惟中材庸主不能以威迫而勢禁也，雖使聖人持之，且將無以善其後。是故古之善爲治者，不恃法而恃禮。禮者防之於未然，而法者禁之於已然。夫既曰已然矣，而又安能以法禁之哉！

昔者，儀狄造酒，禹飲而甘之，曰：『後世必有以酒亡其國者。』禹之惡酒也甚矣！使其可禁，則禹將申一令於天下曰：『必無造酒。造酒者有刑！』然且曰後世以酒亡國，知天下之既以有酒而勢將不能以復止也。勢不能以復止，則不惟不禁之，而且因而利道之。周公之制禮也，非酒不成，而加之以百拜之文，是以終日飲酒而不至於醉。孔子之酒無量，而又曰『不爲酒困，何有於我哉』。夫以周公、孔子之聖，而生於有酒之世，不能不飲也，况里巷之愚民乎？秦漢以來，有志之君，思以爲足國之計，所以禁民之釀酒者，蓋亦無所不至矣，然其效究何如哉？且夫舉天下之無味而辛苦螫於口，未有如煙草者也。自萬歷之季，閩人一食之，不及百年，以至於今，而天下之民無貴賤賢愚，鮮不甘而嗜之。國家亦嘗申禁戒之令矣，而卒於不行，又况嗜欲之大者歟！

今夫嗜欲之所在，智之所不能謀，威之所不能脅也。奪其所甘而易之以其所苦，勢不能以終日。血氣心知之所便安，愚昧者之所爭趋，而欲以朝廷之法令驅迫之，則其術將有所窮，而其權將有所黜。春秋戰國之間，嘗有任俠姦人矣，以一朝之感激爲人報仇，至於皮面出腸而不悔； 然數十百年之後息滅消亡，無復聶政、荆軻之餘韻者。此豈待朝廷之禁令誅絕哉？ 夫朝廷之所爲禁令者，以死懼之而已； 彼其所爲者皮面出腸也，而又安得而禁之？ 然不待禁令，而彼其所苦有以自斷於中矣。若夫所爲者非皮面出腸，爲之而後皮其面、出其腸，彼猶將僥倖於面之不皮、腸之不出也，何憚而不爲邪？ 鬬雞、走狗、博塞、呼盧，雖不爲之，而其情未至於不得已也，然英君賢相申之以甲令、嚴之以放流，而其風終於不息，此足以見小民之情矣。

仲尼曰：『始作俑者，其無後乎！』誠惡乎其始之者矣。今夫水，其始涓涓，山下之泉也； 而其流遂爲江河。今夫火，鑽木以求之，擊石以出之，其始一縷之光也； 其後遂燎原而不可嚮邇。里之民，有幼而習爲優人數十年，年老矣，其子孫饒於貲，耻其所爲，而請歸養焉； 彼既已慣習於譁囂之樂，而苦其家之闃寂而無聊，卒逃去，終身爲優而不返。行乞者，世之所謂至污而極賤也，不爲則已，爲則將有甘之者。夫不耕而食，不鑿而飲，而殘冷之杯炙，有時而勝於力穡之農夫。彼既已嚌其行乞之胾，則雖裨之以恒產而不與易也。

吾觀君子之於不善，惟未嘗一試之，如閨中之處女耳。設或中於小人之諛言，以小惡爲無傷，姑一嘗焉，而得其所甘，則其心將遲回眷戀而不容以自已，甚則決壞藩牆，至於毀身敗行而不顧。嗚呼，此又何必小民也哉！ 雖然，古之爲人君者，深宮宴處，久絕其嗜欲之萌，而禮樂政教委曲繁備，又有以深杜其習非之路，不待威迫勢禁，而其民聞其風而自化，則雖以累朝深錮之習，何不可一朝而自止乎？ 嗚呼！ 此殆非後世之所能及矣。

録自海峰文集卷一。

叢説

物有徑，吾心有矩； 物有圍，吾心有規。規與圍合，是生圓； 矩與徑合，是生方。規者，圓之體； 方者，矩之施。何以知物之方哉？ 以矩； 何以知物之圓哉？ 以規。雖然，徒規不可以圓也，以圍得之； 徒矩不可以方也，以徑得之。

一出焉，一入焉，其何有於能存？守其中，肅其鄰，凜其一，絕其紛。渾兮若雞之伏，專專兮若蝘之登木。夫惟不叩，叩則鳴矣。夫惟不決，決則盈矣。

彼以有而我若無，彼以實而我若虛，彼以智而我若愚，夫是以不居；夫不居，則物莫之與俱矣。

小人之乘人也微，可上則上之。去爾競，彼將以爲應。正爾形，毋予以可輕。淵兮其若春，肅兮其若秋，儼兮其強而不亢，孰兮其弱而不流，雖有剽悍，孰能侮之。

我之甘，彼何以出？我之苦，彼何以入？是以聖人身爲的。夫不身爲的，是謂面南以求北；夫面南以求北，其於求北也愈遠矣。

錄自海峰文集卷一。

井田

或問井田，曰：此開國之制也。夏后氏之貢，殷人之助，周人之徹，蓋皆禹、湯、文、武之所經營，而後王無與焉。奚以明其然耶？今以一人而有五子，五子而有二十五孫，一夫百畝之田，未及數十年，將增而爲數百千畝之多。不授之，則一夫非百畝，而民且有無田之夫；授之，則國中安得無盡之閒田，隨其時之求取，盡人而給之？且方其未授之時，田安在？使百姓耕之，則已授之於百姓矣；不使百姓耕之，國中貯無盡之閒田，不以與百姓，而荒廢棄置，於情則不安，於勢則不可。況一夫各有其百畝，又使八家同養其公田，此其田將誰使耕之？有一夫，則必有百畝，數世之內，猶或可支；周之末至於八百年之久，天下之田不加多，而民日益衆，不知將何以給之？

吾意先王之制，蓋當國家初定，取天下之田與天下之民，合計其數而權之，而民各分以其可得之田。至其後世，子孫有蕃衍、有寡弱，寡弱者不得不富，蕃衍者不得不貧，而後王不復能均之矣。洪範之言：『福』『極』，有富、有貧，此其徵也。使國家能悉取而均之，則天下之民一而已，豈復有貧富哉？如以爲不然，則是上之於民，於其祖父時取而均之，於其子孫數十百世之後，又皆數數取而均之。奪民所已授之田，而轉以授於未授田之民，紛紜變亂，田不日多，則授田不得不日減，其勢將使百畝者減而爲數十畝，數十畝者減而爲數畝然後可。此必不能行之事也。

或曰：孟子於滕公嘗教之以井田矣，非後世乎？曰：周室既衰，井田既壞，孟子欲使滕之君反古之制，如文、武、周公之初創，而其勢固已不行矣。

録自海峰文集卷一。

焚書辨

六經之亡，非秦亡之，漢亡之也。後之學者，見秦有焚書之令，則曰詩、書至秦一炬而掃地無餘，此與耳食何異？夫書，秦固未嘗盡焚也。太史公曰：武帝招延文學儒者數百人，而公孫弘以春秋白衣爲天子三公。天下之士，靡然嚮風。論者謂漢以祿利誘進天下之士，故求經而經亡。而不知經之亡，蓋在楚、漢之興，沛公與項羽相繼入關之時也。

夫小人之爲不善，未必其一出而禍天下。惟坐視其壞，而莫爲之所，其終乃一壞而不可救。是故書之焚不在於李斯，而在於項籍。及其亡也，不由於始皇帝，而由於蕭何。何則？博士淳于越進諫始皇，謂宜封子弟、功臣自爲枝輔。下其議李斯。李斯恐天下學者『道古以非今』，於是禁天下私藏詩、書百家之語，其法至於『偶語詩、書者棄市』，而『吏見知不舉』則『與之同罪』。噫！亦烈矣。然其所以若此者，將以愚民，而固不欲以之自愚也。故曰：『非博士官所職，悉詣守尉雜燒之。』然則，博士之所藏具在，未嘗燒也。迨項羽入關，殺秦降王子嬰，收其貨寶、婦女，燒秦宮室，火三月不滅。而後唐、虞、三代之法制，古先聖人之微言，乃始蕩爲灰燼，澌滅無餘。當項籍之未至於秦，咸陽之未屠，李斯雖燒之而未盡也。吾故曰：書之焚，非李斯之罪，而項籍之罪也。

昔高祖既定天下，論羣臣之功，以蕭何爲第一。吾嘗觀楚、漢相距數歲，高祖敗而遁逃，亡軍失衆，而蕭何悉發關中老弱補其空乏；高祖與項籍相守滎陽，而蕭何轉漕關中，輸給軍糧不匱。高祖數亡山東，而蕭何常全關中以待之，此其於漢取天下之功爲不少矣。雖然，吾以爲蕭何，漢之功臣，而六經之罪人也。何則？沛公至咸陽，諸將皆爭取金帛財物，而蕭何獨先入，收秦丞相御史律令圖書，漢以故具知天下之阨塞及户口之多少、强弱所在。然蕭何於秦博士所藏之書、所以傳先王之道不絶如线者，獨不聞其愛而惜之、收而寶之。彼固以聖人之經，無關於得失存亡、所以取天下之籌策也，故熟視之若無覩耳。

今夫富民遺其子孫以室廬，至其後之不肖，不因之塗塈，惟增其殘毁，以至轉而售之他人。彼鬻而有之者，又取其瓦甓以去，而遺其梁棟。風雨之所漂摇，蟲蟻之所剝蝕，其鄰里之居民因竊取之以爲薪爨，而向之室廬乃始尺寸無復留者矣。彼不肖而殘毁之，誠無足怪，獨奈何鬻而有之、顧遺其梁棟而不知惜也？昔者，嘗怪漢興大反秦之所爲，而禮樂法度則一遵秦故，而未嘗稍變。由今觀之，然後知蕭何之所以相漢者，惟知有秦之律令，而聖人之經則棄而燒之已久矣。此唐、虞、三代之治所以終不復見與？

嗚呼！方沛公之入關，蓋六經絶續存亡之頃也。天下之詩、書皆已亡，而惟博士官所職尚無恙。當是時，固舉九鼎之重而繫之一髮哉！且夫聖人之經，其與秦之律令圖書，其爲輕重大小何如也？設使蕭何能與其律令圖書並收而藏之，則項羽不能燒；項羽不燒，則聖人之全經猶在也。嗚呼！彼蕭何者，真所謂刀筆之吏矣。

録自海峰文集卷一。

雷說

天，一物也；地，一物也。天之中，有日、有月、有星；地之中，有水、有火、有石，皆物也。天之所生，地之所長，錯萬類於其間，曰胎、曰卵、曰化、曰溼，而莫非物也。今夫物有形焉，有聲焉，有色焉。有聲而無色者，風是也；有色而無聲者，雲是也；聞其聲、覘其色而不得以備悉其形者，雷是也。

然則，雷者有形乎？無形乎？則余必以爲有形者也。雷也者，與蛟龍爲類者也。蛟之有形也，人見之；龍之有形也，人見之；若夫雷，則人雖不常見其形，而亦有見之者矣。蛟之爲形，或赤、或黄；龍之爲形，能短、能長；雷之爲形，非走、非翔，象彼鷹隼，兩翼怒張。

雷也者，水中之火也，北方也。龍也者，木中之火也，東方也。蛟也者，雷之屬而龍之行也，夏則偕見，冬則偕藏。故啓蟄則不伐蛟，恐雷與龍或助之爲殃也。彼蓋有得於陰之陽也者而以成其象，故憑雲以出入，變滅而無常也。日，天火也；雷，地火也。日麗乎中天，雷霆不敢作也。風雨晦冥，而雷與焉，陰盛則其氣乃揚也。人之身亦猶是矣。醫家者曰：雷龍之火，不可溼伏是也。

然則，雷者果何物也？『仲秋之月雷收聲』，則凡蟲之蟄者皆蟄矣；『仲春之月雷發聲』，則凡蟲之蟄者皆啓矣。然則，雷者我知之矣。蟄蟲之長也；毓地之質，含天之精，巖棲穴竄，藴怪藏靈；山澤通氣，乘雲以升，熊熊其燄，殷殷厥聲；奔馳欻砉，旁薄窈冥，其形不可易以覿，而不知者遂以爲無形。

録自海峰文集卷一。

解毁

世皆謂毁人者，己之不脩，而畏人之脩，是其罪莫大焉。嗚呼！此其毁於人者，蓋亦與有責也。

孟子曰：『行有不得者，皆反求諸己。』小人雖畏人之脩，必不能無端而肆其非議之言；雖無端而肆其言，人且將不信。彼其毁之者，必其爲闊絶之行而與其言相近似、不相遠者也。蟲之所生，物必先腐。昭昭然白黑之分，必不能指白以爲黑。小人雖善用其毁，吾未見其能加於聖人也。

說者曰：『宰我以孔子賢於堯、舜，雖未有以知其必然，而要以孔子之聖爲可以止矣。桓魋猶且欲殺之。』夫以人之疾孔子且至於欲殺，而吾未聞其有毁孔子之言，此其所以爲孔子，惟以孔子之不爲闊絶之行也。曰：『叔孫武叔則毁之矣。』夫惟武叔毁孔子，而後知天下之不毁孔子也。彼其言未既，而天下已笑之矣，此所謂無端而爲非議之言，而人不之信也。

說者曰：『人安得聖如孔子？』夫人惟以不得如孔子而不以孔子自待其身，此其所以終爲庸衆人且不可得也。夫人必有不敢難視乎孔子之心，而求必以至之，然後可以不爲庸衆人；雖使人之毁譽交至於吾前，而吾不動於其心。故曰：毀於人者之與有責也。

（録自海峰文集卷一）

難言一

丙吉出，逢清道群鬬者，死傷相藉，吉過之不問。前行，見逐牛者，牛喘吐舌，而吉駐問：『牛行幾里矣？』或譏吉失問。吉曰：『民鬬死者，一獄吏治之耳！三公典調和陰陽。若牛行近而喘，是時氣失節，職所當憂。』於時咸服，以吉知大體。

劉子曰：如吉言，乃所謂不知大體者矣。以三公之所調者陰陽耶？則牛固囿於陰陽之中，在所當調矣。彼民之鬬相殺者，豈獨蔽於陰陽之外，三公可不調之耶？以宰相之尊，視民之死，誠小事，不當親；則民固小，而牛之於民又其小者。雖民之相殺，爲獄吏所當禁備，然宰相則已見之矣。『君子之於物也，見其生，不忍見其死』，民死而屍横於道，獨安能恝然而已哉？且牛非無田夫爲之主也，休之以嘉樹茂陰，啖之以芻菽，牛之喘立可定也。彼田夫置不爲意，而宰相顧惄焉廑之以爲己憂，是亦不可以已乎！

吾以爲牛之喘，陰陽不和之小者；若夫民鬬至於相殺，其爲陰陽之不和乃誠大也。陰陽不和則牛喘，是必且陰陽和然後人乃相殺乎？稚子匍匐將入於井，家相坐而熟視之，曰：『彼有攜持之老嫗在。』俄而雄雞相鬬於庭，竊竊然恐其繫主公之休咎！彼丙吉何以異於是？夫牛非自喘也，人有逐之者矣。設使陰陽之既和，雖逐牛而牛能不喘耶？方春和時，亢陽剛暴，吉宜自知之矣，何問於牛？牛喘則以爲職所當憂，人死則舉而歸之獄吏，則是朝廷設京兆之尹、長安之吏所以治民，而宰相者特以治牛耳！『不能三年之喪，而緦小功之察』，吾未見吉之知大體也。

（録自海峰文集卷一）

難言二

馬援使交趾，而以書遺其兄子於茂陵曰：龍伯高，吾愛之重之，願汝曹效之。杜季良，吾亦愛之重之，然不願汝曹效之也。效伯高而不得，所謂刻鵠不成尚類鶩者也；效季良而不得，畫虎不成而反類狗矣。

劉子曰：此非君子之言，自棄者之言也。以季良爲不足法耶，何愛重之與有？以其憂人之憂、樂人之樂爲果足愛重矣，顧獨不欲二子之效之，是援斬其兄子以爲善也。夫援徒以虎大畫之難成而已，遂不當效之耶？吾未見刻鵠之小而遂成也。且彼固知刻之不成而類鶩矣，以其有所類耶？亦非虎之不成爲獨無所類也。以其爲此而類彼，所類者非其所爲耶？則所謂鶩者固非鵠，彼類之者，卒何以異於虎之類狗？狗則失矣，而鶩亦未爲得也。爲之而無成，鵠與虎俱不成也；爲之而有類，狗與鶩皆所類也。鵠小於虎，而狗亦大於鶩，與其刻不成而類鶩，不若畫不成而類狗。或曰：援特以季良之爲輕薄，不足效也，而不欲斥言之耳。是說也，余蓋嘗臆之云。

録自海峰文集卷一。

難言二

唐之初葉，王勃、楊炯四人以詩著名於世，而裴行儉譏之曰：『士之致遠，先器識而後文藝。勃等雖有文才，然浮躁淺露，豈享爵祿之器邪！』

劉子曰：人之有窮通得喪，天也。行儉幸值其富貴，王勃諸人不幸而值其貧賤，乃遂以己之富貴，驕諸人之貧賤，則過矣。彼行儉特以享爵祿爲器識焉耳。夫爵祿而必欲其享，享爵祿而猶必有其器邪？行儉則欲享爵祿矣，王勃諸人未嘗曰『吾欲享行儉之爵祿也』，而行儉乃代爲之私憂過計邪？賓王之檄則天，盡其道而死者也；王、盧之水死，特天命之不幸耳。若夫以縣令終，與彼之以宰相終者何異？如以宰相有器識，而縣令則無，則古之略無器識者莫如陶潛。一縣令且不能終，又出炯之下矣。如以無器識，則不能享爵祿，則是孔子以無器識故窮，顏淵以無器識故夭，龍逢、比干以無器識故見殺乎？依阿於女後之朝，不以爲恥，而惆然自以爲能致遠，致遠者固如是哉？吾觀行儉之所謂器識，蓋鄙夫之厚貌深情，無所不至者也。孔子侍坐於哀公，未食桃而先食黍。里之富兒笑之曰：『東家某疏食水飲，豈知食桃者哉！』彼行儉何以異是！夫豈獨行儉，狄仁傑，世所稱反周爲唐者也，其或者仁傑唐之『貴戚之卿』與？如其不然，唐之改爲周，與周之復反爲唐，於仁傑何與，而低首屈膝於淫亂之婦人以爲之？自予觀之，非反唐也，苟周之富貴耳。其周之卒反爲唐，倖〔一〕也；而仁傑固以〔二〕爲其女兄所嗤矣。設使天命已去，唐之祚終不可反，吾不知仁傑何以自解邪？夫浮躁淺露，後世之小人文致君子之詞，而行儉固以倡之矣。文藝之於立德、立功則末矣，豈其不如享酒食之榮華者乎！

錄自海峰文集卷一。

【校】

〔一〕吴本『倖』作『幸』。

〔二〕吴本『以』作『已』。

書戰國策後

嗚呼，教化之衰也，春秋、戰國之間，足以覘世變矣。自共和以及嬴秦，陵夷何其甚歟！

周平王東徙洛邑，秦遂列爲諸侯。自是王室微，侯伯執政，強淩弱，衆暴寡，征討不稟於王命。王奪鄭人田，鄭人射王中肩，戎伐凡伯，臣弑君、子弑父者有之。然齊、晉、秦、楚爲盟主，假仁義，以尊周室爲名，興師伐國，上軍、中軍、下軍步伐有度，列大夫相與應對爲言辭，抑何退讓恭詳恂恂長者有禮也！雖無道，繩之以禮，猶慴服不敢囂爭。下逮七國，詐謀劇而傾危之士起，合從連横，詭譎不信，要在戰勝攻敵，以相兼并爲能。李悝盡地力，衛鞅富國，重法立威；孫臏、吴起之徒，以善戰爲齊、楚上將；長平之役，白起阬趙卒四十餘萬人，比於春秋，抑又甚焉。

當是時，周之禮樂、法度猶存未盡泯者。成、康歿，而民生不見先王之治數千〔一〕年，其爲升降可勝道哉！

錄自海峰文集卷一。

【校】

〔一〕吴本『千』作『百』。

書荆軻傳後

天下之變，不幸出於君父之大。當傾危之頃，有健丈夫起而圖之，惟其萬全而無害，乃可以杜塞囂囂之口；其或值天時人事之窮，一敗而不可復收，則天下後世之議必紛然而起。此古之忠臣義士所爲悲傷痛悼，而持兩端者往往徘徊於進退之間而不能決也。昔者，秦之將滅六國也，燕太子丹既爲質於秦而歸，慨然念國亡之無日。社稷之不得血食，食不甘味，寢不安枕，膝行以迎荆軻。荆軻提三寸之匕首，直指虎狼之秦庭，左手把秦王之袖，而右手揕其胸。始皇死，則秦必亂；秦亂，然後燕出勁師，合韓、魏、齊、楚六國之衆〔一〕，並力西嚮，則秦可以滅，而燕可以王。惜乎！天不祚燕。舞陽勇士也，奉督圖而色變；荆軻知刺劍之術，而中銅柱不可拔。其後，秦急攻燕而燕亡。議者不察，遂以丹之謀爲速禍，而目荆軻爲盜。

夫秦欲得天下耳，雖使燕奉臣妾於秦，秦猶將滅之，何係於荆軻之有無哉？彼韓、魏、齊、楚五國者〔二〕，不聞有荆軻入秦之舉也，早已先燕而亡矣。且夫秦未嘗得天下也，燕之與秦競爲敵讎，其勢不容以兩立。荆軻，燕人，爲燕而擊仇讎之秦，使其事成，則軻之功不下於蕭、曹、平、勃；雖其不成，猶將比跡於周苛、樅公，非匹夫倡亂以賊其長上所可同日語者，而目之爲盜，於義何居？自是之後，張良襲其餘智，椎秦於博浪之沙，其事亦不成也，而論者謂子房爲韓報仇。夫良於韓之既滅，猶可爲韓報仇，豈太子於燕之方盛，獨不可爲燕報仇哉？良之擊，擊之於秦既得天下之後，亂民也；荆軻之刺，刺之於秦未得天下之先，非亂民也。今夫書陽虎爲盜者，以竊寶玉大弓，爲蒙昧不明之事。其果出於陽虎歟？抑不出於陽虎歟？未可知也。持匕首而入秦庭，豈蒙昧不明之事乎？且寶玉大弓，孔子第知有竊之者耳，而傳者實之以爲此陽虎也，其是否未可知也。持匕首而刺秦王，衆知其爲荆軻，而乃於千有餘歲之後疑之爲盜哉！

余〔三〕以爲荆軻義士，而丹忠臣孝子也。獨惜丹操之已迫，荆軻欲有所待勇者與俱，而丹遲之；至使舞陽震慴秦庭之中，惟軻一人，故擊秦王不中耳。設使有勇者爲之左右，秦王欲環柱而走，不可得也。

嗟夫！後之學者，欲議論古人，則必置身於古人之地，以度其心，而毋拘牽於成敗之迹。使刺秦之事成，則天下之頌勇智者，將在太子與軻；惟其不成，而紛紛之說得以隨其後。然則，世之爲君父而舉事者，其必要其成而後可哉？

録自海峰文集卷一。

【校】

〔一〕吳本無『韓、魏』『六國』四字。

〔二〕吳本無『齊』、『五』二字。

〔三〕吳本作『予』。

泰伯高於文王

使文王而生於泰伯之時，其不能爲泰伯之爲邪？嗚呼！其亦能爲也。使泰伯而居文王之位，其不爲三分有二之天下以服事殷，其又將過之邪？嗚呼！其無以過也。若是，則泰伯與文王等耳，何以異？雖然，天下之事，將然者不可知，而惟已然者可以循足跡而較。文王可謂無愧於其君，泰伯則無愧於君而又無歉於其父。且文王之三分有二以服事也，人知之；泰伯者，一日與其弟仲雍採藥而至荊蠻，久之不返，有來告者曰：已爲吳人，斷髮文身矣。設使衰周之世無孔子，則人孰不以泰伯爲狂哉？嗚呼！此泰伯所以高於文王也。

録自海峰文集卷一。

書唐學士德俠傳後

古之君子，其所以汲汲於仕進，而不甘閉戶以終老者，固非爲一己之宮室、妻妾、肥甘、輕暖計也，視天下之民皆吾之同胞，不忍見其阽危淪陷，而思有以康濟之，使無不得其所也。故曰：『禹思天下有溺者，由己溺之；稷思天下有饑者，由己饑之。』伊尹『見匹夫匹婦不被堯、舜之澤』，『若己推而內之溝中』，仁人之用心固如此也。

或曰：此蓋得位乘時，然後得以遂其志；如其不得志也，則將比之『鄉鄰之鬭』矣。予應之曰：非也！周官有不睦、不姻、不任、不卹之刑；孔子曰：『以與爾鄰里鄉黨夫！』孟子所謂『鄉鄰之鬭』，蓋謂四海之大、九州之遠，目之所不見，耳之所不聞，於吾心無所感觸焉耳。如其在族姻、僚友、里黨之間，朝夕之與共，出入之與俱，非目見其形，則耳聞其聲；見其寒而不解以衣，聞其饑而不推以食，此殘忍之尤，安得自托於『鄉鄰之鬬』？ 吾獨怪後之居上位者，將畀人以科名爵禄，必度其人之能報我者而後與之，否則閉拒之使不得通； 不以爲天位之與共，而以爲私恩之可市，如農夫之力穡而望其有秋。

吾觀方君舜和，當其與唐守之遊，守之亦里巷之窮士已耳，豈知其名魁多士，膺顯秩於朝廷哉？ 至於孫一松者，羈窮困苦，不忍視其填溝壑而死，力足以拯則拯之，而不告以姓名，其無望報之心可知也。 然而唐公歸里，非舜和在座，則里人之燕請不赴。 一松遇諸塗，而邀之歸，授以禁方，由是方氏數世蒙其利。 然則，有施而無不報者，天之道也。 彼必度其人之能報而後施，亦獨何哉！

録自海峰文集卷一。

讀伯夷傳

夫事有委巷小人之談，而儒者采之以爲傳記，則其言流傳既久，深入後世之人心，不復考其是非得失，堅持之而不可拔，雖有智者與之辨別分明，而彼終莫之吾信。 昔者，伯夷、叔齊兄弟讓國並逃於首陽之山，孔子謂其『求仁得仁』，及孟子之所稱述詳矣，未聞有恥食周粟之事也。 及司馬遷作史記，乃謂武王以臣弒君，伯夷叩馬而諫。 後世淺見之士，莫不信之，以爲誠然，或反爲文以刺譏武王。 嗚呼！ 此君臣之義所以不明於天下也。 夫名不可以兩立，而事不容以兩是。 使伯夷之言誠合於道，則武王爲亂賊之徒，不得與堯、舜並稱爲至聖； 使湯、武之革命果爲順天而應人，則伯夷安得爲此非聖謗道之言哉？ 然則恥食周粟者，委巷小人之談也。

余嘗考之： 孟子謂『伯夷非其君不事』，不知所謂其君者，紂乎？ 武王乎？ 如遷之所紀，則武王非其君矣； 武王非其君，則必如紂者乃爲伯夷之君乎？ 然余又聞伯夷避紂矣。 紂既非其君，而武王又非其君，天下安得非紂非武王之君而事之？ 謂『治則進，亂則退』者，伯夷也。 居北海之濱，是『亂則退』矣。 若武王有天下，又逃之窮山絶谷之中，是不爲治則退乎？ 西伯善養老，而伯夷與太公偕來。 蓋伯夷之歸周久矣，及武王伐紂，惟太公鷹揚而往佐之，是伯夷之老而既死也。使其尚在，則伯夷之鷹揚，當必更甚於太公。伯夷叩馬，而太公曰『此義人也』，扶而去之，若素不相識者然。夫兩人皆名賢，同居西伯之宇下，而顧漠不相識，此非人情，則其言之虚妄，不待智者而知也。太史遷之作紀傳，唐、虞、三代皆直書其事，其於伯夷獨增『其傳曰』之三言，然則遷亦姑存其言而未必深信其事者歟？

自秦焚詩、書，用漢儒之臆篡亂聖人之經，其國史所書，或蓋失飾非，得之傳聞而多失其實，其舛謬非一端矣。孟子謂武成〔一〕不可盡信，而於虞舜、伊尹、孔子、百里奚，人言之譌繆，皆爲之反覆辯明。又況周衰迄秦、漢紛紛著書之士，掇拾煨燼之餘，聽其言而一皆信之，不復致疑其際，豈不亦好古而失之愚也哉！

録自海峰文集卷一。

【校】

〔一〕文作『城』。武成爲周書篇名。孟子卷第十四盡心章句下云：『吾於武成，取二三策而已矣。』

讀萬石君傳

太史遷之傳石奮也，褒之乎？譏之乎？曰：譏之。曷以知其爲譏也？曰：遷之報任安者曰『人臣出萬死不顧一生之計，赴公家之難』，『而全軀保妻子之臣媒孽其短，誠私心痛之』。彼石奮者，特全軀保妻子之臣而已。且遷已明斥石慶之非矣，曰『文深審謹』，『在位九歲，無能有所匡言』。

夫君之所求乎臣，臣之所爲盡忠以事其上者，在匡君之違，言君之闕失，使利及生民而已。若夫君之所可而因以爲是，君之所否而因以爲非，其所愛因而趨承之，其所惡因而避去之，此廝役徒隸之所爲，曾謂人臣而亦出於此？

當是時，與慶駢肩而事武帝，其以滑稽著則有如東方生，以伉厲稱則有如汲黯。而朔之於上林苑，極言其害民，於董偃極言其當斬；若黯則又有甚焉，曰：『陛下内多欲而外施仁義，奈何欲効唐、虞之治！』然武帝於此二人者皆莫之罪也，顧謂：古有社稷之臣，黯近之。

嗟乎！吉凶禍福，人世之遭逢，皆上天之所命也。福非求之可獲，禍亦非避之可免。黯數忤帝意，常使帝默然，又面觸弘、湯，弘、湯咸深心疾黯，而黯卒無恙，得以壽考終其身。然則，戇直亦可以立朝，而君子之爲善者，當益以自信，豈必依阿以逢世哉！後之爲人臣者，不爲怙寵之立威，則或以萬石君自況，是自居於闒媚之小人也。

遷之論塞侯曰『微巧』，其論周文亦有『處諂』之譏，謂其近於佞而又以爲篤行之君子。遷之言緩而不迫類如此。跡其連類而書，與奮、慶同傳，然則奮、慶者，亦遷之所謂佞巧者歟？

録自海峰文集卷一。

續難言

許衡當元至元之世，既以講學得爲顯官矣。至其將死，乃以不能辭官爲虛名所累，而戒其子以勿立墓碑。夫生則爲官，死雖去其墓碑何補？此其言蓋矯拂以求名，非君子立誠之道也。而其言之尤悖者，則曰『儒者以治生爲急』。

劉子曰：今使光天之下，海隅之廣，蒼生之衆，猶有一人之不治其生，則衡之爲此言也，吾無怪其然。彼世之人，自京國以至閭閻，自王公以及黎庶，辨明而起，夜分而未息，採金於山，探珠於海，求穀果絲麻於阡陌，冬不畏寒，夏不畏暑，陟巇巘不避熊虎，投淵浸不避蛟鼉，蜀山之險遠而舟騎錯行，溟海之風濤而帆檣雲集，皆治生之人也。衡猶惟恐其未諳，急呼而告之，不亦贅乎？

或者曰：天下固有不治生之人矣，厥先祖父苦心思、勞筋力，辛勤拮据以有茲田宅，而子孫視之如泥沙草芥，甘食好衣，六博蹴鞠，漁女色，狎倡優，蕩廢以盡，以至饑凍逼身而不悔，彼惟不知治生，故至此。然衡不以戒不才之子弟，而顧獨以之警儒者，夫亦思儒者之志果將奚爲乎？而衡爲此言，是將使儒者秉農圃之犁鋤，勤賈胡之販賣乎？

且夫衡之學，固自以爲學孔子也。然孔子之稱君子也，曰『謀道不謀食』，『憂道不憂貧』。衡則以爲貧甚可憂也，食不可不謀也，是衡之言與孔子背也。衡之學固自以爲學孟子也。然孟子之告滕公也，曰：『無恒産而有恒心者，惟士爲能。若民則無恒産因無恒心』。衡固士人也，而欲下同於編戶之民，是衡之言又與孟子背也。

嗚呼！衡既以學道博天下之虛名，而又以治生收天下之厚利，衡於名利之間，可謂兼收而兩得矣。夫衡者，元儒之顯著者也，爲鄉閭講學之徒所尊信，稱之曰『魯齋先生』。故雖孔孟之言或見爲迂遠，而幸其出於魯齋之口，則將假之以濟其貪污，余故不可以無辨。

雖然，吾觀世俗之情，能治生則生，不能治生則死；能治生則富貴，不能治生則貧賤；能治生則尊榮，不能治生則卑辱。而世之迂儒，生長山澤之中，少所聞見，或猶守其不忘溝壑之心，宜其餓死於蒿萊而世終莫之知也。然則，衡固儒之識時變者也，其言亦後世迂儒之藥石哉！

錄自海峰文集卷一。

續泰伯高於文王

泰伯高於文王，朱子之言。蓋謂以天下讓商也。夫泰伯欲成太王翦商之志，使其位傳之季歷以及文王，故與仲雍並逃荆蠻，以讓季歷也。季歷在位，則翦商之勢成矣，吾未見其讓商也。使泰伯果有讓商之心，必使已居其位，終其身不取商之天下可也，何爲逃之荆蠻？逃之荆蠻，無與於商之天下也；欲其位傳季歷而已。夫已居其位，其權在已，可以不取商之天下，謂之讓商可也；逃而去之，以成太王之志，使其位傳季歷及文王，翦商之勢如決河而放之海，顧乃謂之讓商乎？紂惡已極矣，天命已移，人心已去矣，商之天下無所庸其讓也。當是時，天命之眷顧者，周也；人心之嚮往者，周也；周之代商，如春之代冬，其秩敘當然。其以天下讓也，蓋謂周人一家之中，自相推讓耳，於商乎何與？且夷、齊之叩馬，傳之者謬〔一〕也。『湯、武革命，順乎天而應乎人』，以武王之聖爲伐紂之舉，夷、齊之不諫，可知也。以夷、齊之賢，知商祚之終，其不叩新王之馬，又可知也。

錄自海峰文集卷一。

【校】

〔一〕原文作『繆』，此從吴本。

與吴閣學書

櫆再拜，奉書內閣學士吴公閣下：伏惟明公卓犖天授之資，抉摘今古，探其奧窔，發爲文章，珠璀玉璨，渢渢乎長離之鳴、鐘鏞之響。而位勢近於台輔，德澤加於兆庶，閩海荒徼，聞公之名無不束手斂衽，瞻顧而不敢前。櫆方孩穉，即知慕望。竊願裹糧負笈，徒跣相從，而自顧卑賤，巨公貴人無可通之路。又僻處江鄉數千里外，欲翹首跂足望見君子之光儀既不可得：向風奉尺素之書，號呼請託於門，則懼不見納。是以杜門自守，遥望堂階茫如梯天，蹴蹜不敢遽進。

近者，客舍蕭條之際，忽聞從騎馳入，曰：明公且至。夫生平愛慕願望之人，十年不見，而猝然羈旅相值，喜出意外，安能默默不以自明？然猶以尊卑闊絶，草茅之夫，拜跪趨承，自慙鄙陋，惟恐獲戾於左右，而自取不敏之誅。明公不嗤笑以爲狂惑，而憫其窮屈，施之賞歎，慨然以樂育天下之材自任，懇欵周詳，意思高厚，實非櫆之初念所敢企及。語云：伯樂一顧，價增三倍。明公於櫆，非有平昔過從之素，一旦橐其文，大其聲疾呼於儔人會聚之中，以吹埃咳唾矢口之力，拔擢閭閻孤處之儒生，出之泥塗之污，而措之几席之上，其爲全活之恩、長養之德，不知將何以報之！

且夫負異懷奇之士，非無絲粟之能可採取者，莫不攘臂慷慨，咸思自致於青雲。而櫆居閑處約，困不自聊，日月無窮，歲復一歲，欲往京師應舉求官，念無扳聯之親、投契之舊，朝夕薪芻食物之資無所取給，誠恐一日失所，饑寒並迫，惶惶焉無可告訴。今則翻然矣，勃然矣。荷明公以爲知己，既有推引之力，又有哀憐之意，竊用私心自喜，以爲獲所依歸。夫負販之輩苟急所圖，奮身以往猶不可遏，況當路而施仁有明公者以爲之主也哉！

録自海峰文集卷二。

再與吴閣學書

十二月二十一日，櫆再拜，謹奉書內閣學士吴公閣下：向上書後，待命凡四月有餘，不見還示，乃復敢畢其說，伏惟明公鑒其愚。

櫆聞之：人有失足九仞之井者，烏獲持長綆千尋，方欲拔而起之，而井中之號呼不止，何者？幸生之期愈近，望救之心愈迫也。櫆不肖，樸騃粗鄙，才能無可採，而名聲不聞於里巷，爲世俗之所共棄久矣。明公不知其愚，猝然於道途之間，羈旅之際，一見而以爲可取，歸於中朝，執縉紳大夫之裾而告之，曰：『桐城劉生者，今之昌黎也。』自東漢文壞，曠數百年以至於唐，唐興百有餘年，而韓愈氏出而振之，至今未有倫比。以櫆之不肖，一旦而得以肩隨其際，明公之知櫆者至矣，其所以待櫆者厚矣。而櫆復有所云云，則九仞號呼之說也。

自古布衣以大臣之薦聞蒙顯擢者，史傳中不乏其人。況今天子新即位，勤於政理，求賢如有所不及。明公方荷眷注之隆，立便殿，朝夕與天子相吁俞。四方之士，爭得明公之一言以爲重，明公不言也；明公而有言，九仞之墜宜無不起者。

夫明公之於櫆，固不惜一施手之勞也。設使以櫆之見知於明公，而櫆之溺卒不可拯，則命也。雖有知櫆者千百人，非所敢望矣！抑又聞之：韓愈氏四舉於禮部而不遇，皇皇乎饑不得食、寒不得衣，乃卒至宰相之門，上書自請。櫆之窮何足道？然獨悲夫古之爲韓愈氏者之窮至此也。

録自海峰文集卷二。

與李侍郎書

蓋聞古之怪偉磊落英多之士，負非常之志願者，其始未嘗不屏棄草野，硜然自守，不爲苟合詭隨以取容於當世，而卒能自致光顯，以與國家建大業而成大勳。蓋必有一人焉，高居雲霄之上，不惜措手之勞，提攜拔擢之恐後。然後上之人暢然不至以失人爲憾，而下之人亦竊私心自喜以爲得其所憑依。

往者，明公以明聰傑出之資，任館閣清華之地，窮金匱石室之藏，豫論道經邦之署，天子之毗，縉紳大夫之師。而樂善無窮，謙謙焉、欿欿焉，常若有所不足，虛左絕席，以待四方之士；四方之士風從雲集，苟有毫毛涓滴之能，無不奮袖慷慨，願得匍匐自致於明公之門。其有沈淪下里，不得親明公之謦欬者，皆閉門屏息，愧赧而不敢自比於人。鄉州閭左之人，見其不獲禮於明公，皆輕相狎侮，不復以爲可望。而當是時，士之有能自負者，果無不見收採；其不見收採，果皆無毫毛涓滴之能，而不足爲士。蓋伯樂過渥洼之渚，而馬群爲空。近古以來，號稱得人之盛，未有如明公者。而櫆不肖，方伏在山林巖穴之中，學既疏蕪，地復懸隔，不能稍自振厲，以窺見大賢君子之門牆。中夜涕泣沾袍，搤腕歔欷而不能自已。

近者，跋山涉水，奮身而至京師，庶幾得望見君子之光矣。而運會未就，又值明公出鎮遠方之日，日夜翹首跂足，望西南之鄉，而忽忽如有所失。士之遭逢其果有幸不幸乎？以櫆與明公並世而生，明公之知人，櫆之可以見知於明公，而願見不可一得。然則，古之接膝而不相知者，何足深怪？

今幸明公以天子之明詔，巍然遠來，入内庭爲宰相，與天子相吁俞，計日可得也。是以不勝拊髀雀躍之至，而先獻其平生所爲文數十篇於此。

録自海峰文集卷二。

與高督鹺書〔一〕

左君書至，知明公欲以櫆充博學宏詞之選，將薦之天子，而未知櫆之任受否也。夫櫆素非山林逸遺之士，不求聞達以爲高者。客遊京師八九年矣，皇皇焉求升斗之祿而不可得，智窮力屈，乃一爲省覲而歸，歸未數月，又將負篋擔囊，駕言遠涉，持貨賄日遊於市，豈其辭沽直者！譬如山木，榱棟是資，其憚爲工師取乎？夫何不任受之有！

雖然，博學，美數也；宏詞，高名也；入而在位，以朝夕備天子之顧問，重任也。空空而爲博，戔戔而爲宏，櫆茲愧焉。無所挾持，不量粗鄙，而肩荷天下之重任，櫆茲懼焉。抑櫆聞之：姬公爲相，一沐而捉髮者三，爲迫於見賢也。明公雖欲比德於姬公，如櫆之非賢者何！且明公荷眷注之隆，王事劬勞，不遑息偃，其於草野之後進，昧昧一無識知，宜非所記憶；雖記憶之，亦將有不暇。然明公卒辱收之，以至於此，此非區區感激之私所可言盡。

櫆既歸之一月，即欲求船東下，則聞大守尹公已遷爲運使。將及涼秋，稽首明公之庭階以親聆訓誨，則又不幸有採薪之憂，於今三月餘矣。雖獲小愈，則氣血肢體未能和暢。是明公之愛育人才出於中心之誠懇，而櫆終不克享德於明公也。謹遣僕人奉書左右以聞，無任慚恐。

錄自海峰文集卷二。

【校】

〔一〕吳本作『與鹽政高公書』。

與某翰林書

櫆，舒州之鄙人，而憔悴屯邅之士也。率其顓愚之性，牢鍵一室，不治他事，惟文史是耽。意有所觸，作爲怪奇磊落瑰偉之辭以自爲娛樂，未嘗一往至康莊之衢、懸薄之第，曳長裾、趿珠履也。

四方之薦紳先生，不聞其名氏，鄉里之愚，笑譏訕侮，必欲擠之陷穽而後已。獨先生於櫆非有攀援之交、共事之情、久故之知，去其人三千餘里，河山關隔之外，一旦見其文，擊節賞歎詫道於冠裳稠疊之中，謂古之傑魁之士莊周、司馬遷復生於世，而未能識其顔面，以爲恨事。激昂憤慨，思欲拔而起之如恐不克。非夫骨肉之愛，何以及此！此皆先生之天性仁厚，孜孜以推賢進能爲務，而於櫆適爲同聲之應，遂以藴結於無窮，豈嘗以是爲功德於櫆，而垂之於不報之所哉？

櫆窮居獨處，間嘗博觀往古文章之士，生苟同世，無不相知；然則，先生之知櫆，櫆之見知於先生固宜。櫆明年將至京師，使得立於堂階之下而望見先生之光儀幸甚！獨不知先生其將何以進退之？

錄自海峰文集卷二。

與王君書

櫆謹以舊所爲文十三首再拜，獻王君足下。方今往來都市，側足當道之門牆者何限？櫆曾不以身與其間，乃獨排擯俗尚，叩足下之門而請，其非有他意以干足下，皭然明矣。

獨念近世以來，其以文章鳴世者，追逐時趨，日就衰壞。獨足下鐫脾琢腎，辭出於己，淘汰淨盡，邱壑變遷，頡頏古人千載，毫毛不欲有所讓。足下之志何其與世殊也！

樅性椎魯，生即善病，又僻處窮鄉，無所賴藉，乃冥其心思，追古人而從之。以故凡厥所有，皆與世齟齬，祇可自娱，不堪共質。間嘗出以示人，驚見駭聞，非怒則笑。其怒我者，其厚我者也；其笑我者，其薄我者也。今人之懷抱大抵同矣。前此以觀於人者既不相入，則後此者亦可知矣。用是卷而藏之，寂寞以俟來世之子雲，不復與世人相爲酬答。而獨於足下云云者，足下所爲文，非樅則莫之能好；而樅所爲文，固非足下不知也。

夫同聲相應，設使古之魁閎之士如韓愈、柳宗元，生同州里而畢世不相聞知，雖至今千載，猶有餘恨。然則，樅之於足下可知矣。乃足下之文，樅則已收而寶之；而樅之文，足下顧猶未之見，此樅叩足下之門而請、汲汲焉所不能自已也。世不我知無害，足下而不知我，則必我之無可知者矣。是以郵寄之，於此用以自決，惟足下賜觀覽焉。

録自海峰文集卷二。

與左君書

樅在兒童時，即知有足下之賢，潔清自持，與世欲殊向，即欲擔囊往從之遊。而事故羈牽，不獲如志。近者，於皖城一得相見，足下不以其無他過人，遂有願交之念，出於懇懇之誠心。夫以足下之汲汲於古人，立志行身，幾皆可以無愧，而樅方坐於闇昧之中，思一追尋足下之光華不可得。足下不自知，乃一見即以古之人相許，亦見其相望之深、相期之厚。則樅雖不肖，而其於世俗之不相知雖累千百輩，其不足爲辱，而足爲榮也，省矣。又何恨乎？

樅非知文者，足下顧出其平生所著述，俾相商訂，此無異投金玉於拙工，不破碎毀壞之不止。雖然，樅之從事於此，不可謂不久。方其盡心力而求之，軒皇以來聖經賢傳，以及百氏諸家之辭章，爲日星、川嶽，牛鬼、蜉蝣，種種形神，世既有其書無不求，求而得之而不知其解者蓋寡。則其於足下之文，希風掠影，苟有所測，敢不盡心？

夫文字，末技也，其於吾人乃所謂餘事。然見世人頗不知有此，可嘆也。司馬子長、韓退之所爲文具在，世亦皆蒙謂之好，然使藏去司馬遷、韓愈名氏，令今人見之，鮮不資以爲笑，豈復能深加賞嘆哉？謹撰序文以往，聊用發舒其懷念之情。須相見乃能盡意。臨楮悵望，不宣。

録自海峰文集卷二。

再與左君書

前在庭見所書汪節婦事，知足下於不善無〔一〕不譏，於善無不欲張而大之，崇德罰惡，動於肫懇，既嘆足下之處心居志絶乎人。及甸南到皖城，又知足下欲以此事聞之縣令，入縣志，爲節婦留不死於千載。足下之於人，何其思思無已也！雖古仁人之念，無以踰此。然櫆視之，此事亦可爲可不爲耳。

凡人之傳，姓字存也。姓字何足深據，往往有更易之者矣。方策所載，其人見以爲其人云爾，尚有雷同者矣。且古之著書者，或託於他人以傳，或書存而姓字磨滅，或一書而疑似數人之手，終不可辨。詩三百篇，多不知其作者所自；尚書紀唐、虞、三代言動，亦安知當日史官爲某氏、爲某名也？論語、禮經，孔子弟子所録次，究竟不知弟子之名氏。左邱明傳春秋，或疑非邱明作，劉歆必謂之邱明無疑，孰非孰是？孔子曰：『左邱明耻之，丘亦耻之。』其爲此之邱明歟？不爲此之邱明歟？未可知也。孔子以邱明自比，邱明當爲孔子同時人，且先達者。春秋傳於孔子卒之後，是又有一邱明矣。世第曰左邱明，邱明既不一人，胡以別之？國語之書，果邱明外傳乎？抑他人作乎？司馬遷所稱『厥有國語』者，安知非即春秋傳？或曰：『穀梁赤，漢儒也。』然亦安知必非子夏弟子邪？戰國策未必一人作也，抑其作者爲誰哉？著書者姓字淪沒若此，其載於書者安足爲信？春秋書『尹氏卒』，尹氏，男子乎？婦人乎？李白生長何地？舊唐書與新唐書牴牾，辨論嘵嘵，卒不明白。宋朝人有張先者，與湖州張先同時，皆字子野，高下不必等，而姓字了無所異。

然則，士君子立身行己，非以爲名於後世也，蘄己心之快足耳！堯、舜、禹、周、孔子，過此十二萬九千六百年後，亦不復知矣。世雖不知，堯、舜、禹、周、孔子固在也。其精意流於上下，並日月，貫鬼神。天地存，即其理存；其理存，即其人存。浩乎四海不足爲大，亘乎往古來今不足以爲久且遠，安用姓字爲！而君子於世之末節小行，汲汲焉惟恐聞之不詳，書之不實，而傳之不廣，特吾人好德之心不能自止，且以爲來世勸耳！嗚呼，此又視其文字之工拙何如矣！工則其人傳，不工即其人雖傳不顯。周以來史籍具在，而世人讀宋、元之史，必不如其讀左、史。許遠守睢陽，頗爲當世所詬詈，及韓愈爲作傳後敘，而近古來死事之臣，流播人口，蓋多不及遠者矣。

汪節婦事，足下既以書之於紙，誅姦發潛，卓不可廢，又安以縣志爲也？槐之先大父有側室章氏，非獨志行可矜，乃其撫字之恩有可感者，思所以報之末由。會郡守脩府志，欲籍名志中。近思之，亦不須此。畧撮所知大槩，草書一通呈閲。寄往節婦傳一首、經義四篇，此所謂啖鄉豪以戎菽，以負日之暄獻君王。足下接之，想見啞然笑也。冬寒矣，惟萬萬自重！不宣。

録自海峰文集卷二。

【校】

〔一〕原文作「於」，此據吳本改作「無」。

答吳殿麟書

殿麟足下：頃惠手書，辭重指疊，大抵閔我之窮、憤我之屈，意氣肫篤，迥出世俗尋常之外。茫然增悲，且感且愧。

然竊自思念：僕雖窮，要無足矜，非有屈，又何能憤耶？天之生人，其賦性受性異於禽獸，故古之君子戰兢怵惕以自保其靈明，惟恐失墜，而終其身常在憂懼之中。自善其身矣，而又不忍同類之顛連，乃始出其身以先覺乎天下。其身雖在崇高，而心實存乎抑畏；其外雖若逸豫，而內更益其劬勤。若是者何也？凡以爲天下之民，非爲己也。是故不必富貴，不必不富貴。貴則施澤及一世，賤則抱德在一身；富則有以自厚其生，貧則有以自處其約。時其天明則與物皆昌，時其陰閉則與物皆塞。爵廪之來也吾不拒，其去也吾不留；其來也吾不以一毫而增，其去也吾不以一毫而減，故可富可貧、可貴可賤，而吾之脩身勵行，要不以一朝而變易也。

且夫君子之心，豈不欲四海九州同歸於太和之域哉？然而有命焉，非我之所能爲也。今夫隨侯之珠，無網罟不能自出於淵；崑山之玉，無椎鑿不能自違於璞；九和之弓、少府之弩，無射者以發其機，不能貫魯縞；樸屬之輪、駃騠之馬，無御者以執其轡，不能獲一禽；麟不能舉足而走，鵬不能戢翼而飛。夫挾奇材、懷異質，不能自結於中貴執柄之人，阨於州部嵁巖，無由自見其美，從古以來皆然〔一〕，非獨一世也。如以天下之美在我，不辨從違，不論可否，而第欲從心直遂，是溽暑而欲進其狐貉，沍寒而欲施其絺綌，執獮猴而衣以黼黻衮裳之服，遇斥鷃而饗以鈞天九奏之音，必不售矣。

人不能自見其面，而鑑以照之則明。彼生而富貴者，其骨相與人殊矣。其外妍，覩其貌而相悦；其中慧，聞其言而愜心。於是被之以時服，振之以華纓，輕軀軟步，進退中繩。瑤珥珠璣，其所素蓄也；碧廬照乘，以相投贈也。使天下之男子婦人，寤寐寢興，咸願與之交歡，而恐其不及。有如越女秦娥，淩風獨立，而顧使東家之醜婦，參錯其間，自以爲不類，故裹足不敢前也。夫僕者，天下之顛醜也，反脣歷齒，蹙額豎肩，衣敝緼之衣，繫疏麻之屨。今人目雖無所見，奈何令薪采之夫與繁華之子比立而並觀哉？

今夫農圃之人，汙手塗足以謀食；商販之輩，買賤鬻貴以阜財；巫匠之徒，祈生送死以逐利；仕宦之侶，偷榮竊禄以肥身。若夫畎畝山林之士，埋藏於窟穴之中，與世共處而心不與處，與俗相違而身不與違。此亦各有其分，顧〔二〕惟上天所命。譬如薰蕕冰炭，豈得而強同哉！夫崇山狹谷，熊虎之所據也，人歷其險而悽傷；古木虯枝，猿猱之所狎也，人陟其顛而惴慄；斷港梢溝，鰌鮰之所遊也，人入其中而溺死。人既性異於物，而人與人性更不齊。若僕者，鄙野之姿，枯槁之質，泉石之耽，而澹泊之爲樂。僕之不可爲公卿大夫，猶犬之不可負重、牛之不可急驅、馬之不可執鼠、彘之不可守閭，猶喑者不可使言、傴者不可使仰、短者不可使援、生而有疾在其體，安得與彊梁者並走而爭先邪？人世之好尚，匪我之心思所能測度也。

目無不欲色，而色之美者未必愛；耳無不欲聲，而聲之希者未必聽；口無不欲味，而味之和者未必嗜；鼻無不欲臭，而臭之芳者未必佩。故有以無鹽而濫廁於深宮，以下里而和者數千人，以創痂之穢汙而醫之流血，以大臭之無能與居而隨之不能去。好惡者，存乎己者也；誹譽者，存乎人者也。彼物之自外至者，豈我之能爲謀乎？

今夫星紀之運，江、淮之流，日夜奔趨，無時而止息。彼世之勤求富貴以爲尊榮也。自我觀之，好逸而惡勞、喜安而懼危、貪生而怖死，人之情也。仕宦者，舍逸即勞，去安生而入於危死之地，自以爲榮，吾不知其榮也；自以爲尊，吾不知其尊也。

且夫天下之事，非其義則不可以冒其利，無其德則不可以邀其福。非義而利，利將爲祟；無德而福，福且爲戮。古之時，未有以爵祿爲榮者也。世降而德衰，然後諸侯利有其國，大夫利有其家，庶士利有其職位。夫黃金爲丸，彈瓦雀於高巘之上，人必笑其爲愚。心豔乎富貴之爲樂，苟得壯其宮室、多其妾媵、服其輕煖、飫其肥甘，則雖觸死亡之罪、嬰刀斧之誅，甘心而不悔。夫郊祀之牲在滌三月，然後陳肩臑於鼎俎，非不榮也；然而爲牲謀，不如其在牢柵之中。辟狐豹之皮以爲天子之裘，坐明堂而蒞宗廟，非不尊也；然而爲狐者悲其不得首邱，爲豹者痛其不終隱霧。人心之靈異於物，至於窮達顯晦之交，智不如狐豹，何也？

君子者，脩其在我而已。日月不爲黎老之憂悲，而稽其躔度；雷電不爲嬰兒之恐懼，而匿其聲光[三]；都梁、蘇合不爲服媚之無人，而移其臭味；君子樂天知命，不爲愚氓之冷暖而惰其操持。玃姚、姒之精，咀盤、誥之華，所以蓄吾之知；坐思行追，默識乎黃帝、堯、舜、孔子，所以尚吾之志；居窮履困，毫毛不敢取於人，所以堅吾之守；見物之生，不忍見其死[四]，所以長吾之恩；由義以生其氣，浩然充塞而無所屈撓，所以全吾之勇。天之高，非步仭之可窺也；地之廣，非道里之可計也。君子盡其在我，而人何與焉！蓋明天之道、察地之理、因時之序，安其固然而已，豈能拂天地之經、乖四時之運，以日爲夜、以冬爲夏、以奔忙爲休暇哉！

嗟乎！若吾子者，孩穉喪其母，而父有癃殘之疾，左右侍養無違，凡七八年不倦。近者，父年彌老，病亦彌篤，乃更與同牀而臥，昕夕扶持，不敢須臾違離其寢處。昔賢所爲善事其親，固僕之所厚望於吾子者。比俗之人，富貴爲榮，棄其親於千里之外，定省缺然，痌瘝莫問，其不足動吾人之歆羨，皭然明矣。誦足下之書辭，不能無慨於中。報章繁贅，惟加諒察。

録自海峰文集卷二。

【校】

〔一〕原文爲『從古以皆然』，此處從吳本增一『來』字。

〔二〕原文爲『願』，此處從吳本改爲『顧』。

〔三〕原文爲『先』，此處從吳本改爲『光』。

〔四〕原文爲『不見其死』，此處從吳本增一『忍』字。

送倪司城序

巴蜀僻在西南萬里之外，秦昭襄王時始並有其地。漢興，唐蒙、司馬相如開路西南，鑿山通道，地廣而民以疲。自是之後，或負其險遠，保有一隅以聊自完固，戰爭起矣。及乎明之季世，流寇入境，盡殺其居民而奪之食，民用殄滅，廣土數千里無畊農云。

我朝之有天下，休息涵煦百年之久，民之散者以聚，地之草萊荒蕪者以闢。庶土既正，底慎財賦，亦其理宜也。雍正五年，命御史臣四人、内閣中書臣九人，往計蜀之田畝，而我友倪君司城，一朝得與九人之列。

倪君清慎自持，其奉公勤民之術，不足爲倪君告。然余見倪君喜爲歌詩，今馬足所經，煙火稠疊，皆曩昔凋敝之餘也；憫其更生，必有傍徨而賦者。他日歸，余將解君之裝而驗之。

録自海峰文集卷三。

送胡先生序

昔孟子當齊宣、梁惠、襄之世，天下方趨於詐謀，以富國兵爭連諸侯爲務。而孟子道性善，誦法堯、舜、湯、文，宜其所如者不合也。既而與其徒述道德、明仁義，作孟子七篇以自表。身廢不用矣，尚何區區以是爲哉？蓋孟子晚而著書，若益之於夏，伊尹之於殷，呂望、畢散之於周，方興禮和樂、施德惠之不暇，奚暇其他！然則，著書者，聖人之不得已也。

余不自揆，閉戶爲空文，思以垂之於後。而先時里中胡襲参先生，涵奇蓄特，周遊天下，以求大行其所志。年五十，始以孝廉舉於鄉。既困無所合，歸而與余抵掌當世之務，慨然奮發，相期以百世之人心爲己任。未幾，先生復以事將遠出。然則，古之奔走而老於道塗者，亦有所不得已與！

先生行矣，請以斯言爲贈。

録自海峰文集卷三。

送張閑中序

河流自昔爲中國患。禹疏九河，過家門不入，而東南鉅野，無潰冒淹沒之害者七百七十餘年。周定王時，河徙礫溪，九河故道，浸以湮滅。自是之後，秦穿漕渠，而漢時河決酸棗、瓠子、館陶，泛溢淮、泗、兗、豫、梁、楚諸郡，歷魏、晉、唐、宋、元、明數千百載，迄無寧歲。

皇帝御極之元年，命山東按察使齊蘇勒總督河務。吾友張君若矩，以通判河上事，効奔走淮水之南。廼畚廼築，共職維勤，險阻艱虞，罔敢或避。河督稱其能，以薦於天子，使署理兗之泇河。四年冬，題補入覲。而是時，河水自河南陝州至江南之宿遷，千有餘里，濤[一]可照燭鬚眉者，凡月餘日不變。可以見太平有道，元首股肱，聯爲一體，至治翔洽，感格幽冥，天心協而符瑞見，至於此也。

張君既入覲，卒判泇河，將歸其官廨。於是吾徒夙與張君有兄弟之好者，各爲歌詩以送之。

録自海峰文集卷三。

【校】

〔一〕吴本作『清』。

贈張絅儒序

君子不能爲小人之事。是故天子治天下，三公論道，百卿守職，農執耒，工作器，商通利。雕蟲篆刻，必出於山林放廢窮愁之士之所爲，而薦紳大夫欲有所建白於朝廷者，非惟其心之不屑，其力亦有所不暇。

余貧且賤，既一意專攻於文學，而又以其餘旁及於秦、漢以來大小之篆章。凡夫前人之所作、後人之所述，殊形異狀，無不摹而畫之。當其伐之於石，而敷之於紙，常者鼎立，怪者龍興，高者佶然以生，而下者魚然以適，如雲，如日，如列星，如崖壑，如金鐵之流，如河圖卦畫陰陽之分佈。目之所注，手之所施，怡然中理，通於萬品之流形。雖宜僚之丸，輪扁之斲，丈人之承蜩，自以爲莫余及也。而所以然者，盡乃得之於窮。

張君非貧賤者流也，其家資故饒。年二十二，一鼓而以孝廉舉於鄉，入內廷而服官政有日矣，豈與夫余之窮愁寂寞同乎哉！然張君亦頗好爲篆刻，其雕蟲之巧，殆有過於余者。余恐張君之不得終其好於是也，於是以君子之所爲者告之。

録自海峰文集卷三。

送張福清序

平涼府涇州州判張先生既判涇之六年，涇人給足富完，翕然就理。開府廬公嘉其能，以聞於天子，擢知福州福清縣事。閩僻壤，縣官重任，先生，仁人長者，以仁人長者膺重任，治僻壤，貫頭鴃舌之民，民何脩而得此也！

昔在自古，閩粵不齒於上國，雖有長材秀民習吏事者，未嘗出仕。舟車之險，懸崖斷塹，石芒林立，側足僅可投步，水濆漩傾側，船行亂石間，以故符節不通，人跡罕至。今天下德化洋溢，率土咸賓，況在瀕海之郡、天文牛女之分野，毒冒、珠璣、布葛、龍眼、離支之產，禾稻之穀，桑蠶績織之工，羊、牛、雞、犬、豕之畜，骨鏃、竹矢、木弩之兵，與上國無異。人之來吏茲土者，如登仙焉。四海清明，野無鳴吠之警，政平而民和，年豐而物樂。先生以暇日從容於登覽之勝，上鼓山，探榴洞，流觴於區治之池，觀雲靄之蒼茫，天風海濤之浩渺，望水晶宮殿，弔無諸之墓，而不知虞願之所建、常袞之所興，猶有存焉者乎？然則，世所傳海上神山蓬萊、方丈、瀛洲者，陋甚不足數也。

先生之子長黍、東臨故與余善，而幼子若晟從余遊者也。先生之去，余不能無言，於是乎歌以繹之。

録自海峰文集卷三。

送姚姬傳南歸序

古之賢人，其所以得之於天者獨全。故生而向學，不待壯而其道已成；既老而後從事，則雖其極日夜之勤劬，亦將徒勞而鮮獲。

姚君姬傳甫弱冠，而學已無所不窺，余甚畏之。姬傳，余友季和之子，其世父則南青也。憶少時與南青遊，南青年纔二十，姬傳之尊府方垂髫未娶；太夫人仁恭有禮；余至其家，則太夫人必命酒，飲至夜分乃罷。其後，余漂流在外，倏忽三十年，歸與姬傳相見，則姬傳之齒已過其尊府與余遊之歲矣。明年，余以經學應舉，復至京師。無何，則聞姬傳已舉於鄉而來，猶未娶也。讀其所爲詩、賦、古文，殆欲壓余輩而上之。姬傳之顯名當世，固可前知。獨余之窮如曩時，而學殖將落，對姬傳不能不慨然而歎也。

昔王文成公童子時，其父攜至京師，諸貴人見之，謂宜以第一流自待。文成問何爲第一流，諸貴人皆曰：『射策甲科爲顯官』。文成莞爾而笑：『恐第一流當爲聖賢。』諸貴人乃皆大慙。今天既賦姬傳以不世之才，而姬傳又深有志於古人之不朽，其射策甲科爲顯官，不足爲姬傳道；即其區區以文章名於後世，亦非余之所望於姬傳。孟子曰：『人皆可以爲堯、舜。』以堯、舜爲不足爲，謂之悖天；有能爲堯、舜之資而自謂不能，謂之慢天。若夫擁旄仗鉞，立功青海萬里之外，此英雄豪傑之所爲，而余以爲抑其次也。姬傳試於禮部，不售而歸，遂書之以爲姬傳贈。

録自海峰文集卷三。

送黔令孫君改任鳳陽序〔一〕

宛平孫侯既莅黔之六年，政協民和，農力於田，士勤於學，百爾顓蒙，罔不涵濡膏澤，佩服禮教，喁喁然嚮風靡已。聲聞所播，震驚上官，廼以丙戌之秋，符檄委至，遷任鳳陽。

黔之縉紳先生髦士黎庶咸感悼傷懷，如赤子之背慈母，遝然造余而言曰：『縣大夫於民最親，然恃其威權，境内莫之敢禦，因以獨行其恣睢，而視吾民如秦、越者多矣。侯能不鄙棄吾民，而吾民安之。先時地瘠民貧，催科愈煩，而逋負愈積。逋久不償，視爲固然。秖以辦閭閻一朝酒食之費，缺上之供，而益以深民之罪。維侯識時通變，因土宜，順民性，寬不壞法，猛不殘民，民爭自輸將，惟恐後時。每歲終，而稅糧掃籍無纖留。承積玩之餘，而釐整有條，靡不盡善。黔在前代，名才輩出，中更衰落，數十百年，登朝著者蓋寡。侯甫下車，即欲創立書院，延請碩師，教育後俊，謀之數年，將有成矣，而卒不成以去。侯爲歎息悲傷，至於泣下。又與學官弟子欸曲延接，有如家人；適相見，未嘗不以奮立功名爲誨。其尤貧憊衣食不足者，輒分祿米周給之。是侯大有造於吾士與民也。黔無大猾巨盜，而委巷仟陌穿窬鼠竊，累年不獲。侯爲巡緝，往往發其筐篋，出其贓私，故枹鼓不鳴，而群姦斂息。然後塹城溝池，有崇其墉，峩峩齒齒，經營伊始，不日而成。廼作徒杠，廼置輿梁，亘若白虹，蹴波以浮，水潦驟漲，民不病涉。神宇廟祀，湫隘傾頽，跪拜無地。侯爲脩治，丹堊增輝。改築劉猛將軍廟。終侯之任，頻書有年，鮮昆蟲、水、旱之災。邑誌久不脩，文獻將湮，侯廣爲採察，誌成而出己俸刊刻，不取足黔民一錢。黔俗惑於青烏之説，或貧窶不能葬其親，積骸滿野，侯爲鬻地掩藏，至千有餘塚。侯之澤在黔民如此，奈何舍吾民而去邪？』

余曰：『然。微獨黔民之不能忘侯，侯固不忍於黔民也。夫賢侯之莅兹邑也，豈從文書獄訟、振耀聲跡之間，苟以悅上官之耳目已哉？固將愛民如子，至德敷於腎腸，深仁浹於肌髓，曠蕩之恩，無間於百里，使君子咸蹈夫禮義，而小人皆知有廉耻，故能流風廣被，休光遐垂。四境之民，仰之如日月，畏之如神明，親之如骨肉，戴之如頭目，樂生趨事，疾如流水，不招而集，不約而齊。顯名訖於四隅，膚功昭於百代，而不自知也。若侯之愛人，可謂至矣。六年之間，嚴刑不施，苛法不作，憑怒而不聞惡言，盛威而不見厲色。在訟庭則煦煦怡怡，遇交遊則婉容卑辭，蓋皆以慈惠爲質，而張弛之咸宜。夫侯之澤又豈獨在黟民哉？詩云：「樂只君子，民之父母。」信乎！侯之爲民父母也。又曰：「豈弟君子，神所勞矣。」「豈弟君子，求福不回。」信乎！侯之豈弟，宜其在在爲神之所福，而莫非自己求之也。』

言既畢，書以贈侯之行，且以付黟民，俾貞諸石。

錄自海峰文集卷三。

【校】

〔一〕吳本作『送孫黟縣改官鳳陽序』。

送沈茱園序

去父母、別兄弟妻子而遊，既久而猶不欲歸。滲灕闕、定省違，父母有子如未嘗有子焉者，有兄弟如未嘗有兄弟焉者，有夫而其妻獨處，有父而其子無怙，此鰥寡孤獨窮民之無告者類也。雖幸而取萬乘之公相，亦奚以云。

余在京師五年矣。父母年皆踰六十，兄弟四人，在家者尚一兄一弟，幼子三人皆已死，寡妻在室，是亦可以歸矣而不歸。嗟乎，余獨安能無愧於沈君哉？

沈君，杭州人，其在京師亦數年。一日，其家人遺之書曰：『盍歸乎來！』沈君不謀於朋友，秣馬束裝載道。嗟乎，余獨安能無愧於沈君哉！沈君行矣，余於沈君復何言！

錄自海峰文集卷三。

送沈維涓序

烏程沈維涓與余同客冬官侍郎吳公之家，居則聯几席，食則共盤盂，相得驩甚。一日，告余以將南歸。

余謂客遊京師，而使人忽忽不知有羈旅之苦，以忘其室家之思者，朋友也。沈君才出尋常，而又勤於問學；其爲人溫良而豈弟，與人交，言未嘗不信而謀未嘗不忠；雖於同類殆不可多得。請以其私留。沈君曰：『吾翁年已八十，且以書趣余歸，義不容以緩。』余聞之默然。蓋沈君在京師，則余爲得朋；沈君歸，則沈君之父母求其子而在側。父母之與朋友，其爲緩急先後宜何如？沈君行矣，余不敢復有言。

録自海峰文集卷三。

贈方抱之序

新安在萬山之中，黟之爲邑，又當群山四塞之衝，人於其間，如坐甕盎。自山外而來，層崖絕嶺，猿攀蟻附，雖強有力者，常喘汗弗勝。時其險隘，一人守之，千人不能過也。黟山頑梗，無巖壑足以登臨，水湍悍奔瀉，驟雨則怒濤千尺，霽則澁然而盡。一歲之收，支三月之糧，饔飧取給於江右。水涸則舟楫不通，而穀價騰湧，百菓蔬菜，價十倍於他州。鰕魚不生，鳧鷺不産，鴻雁不至，無亭臺苑囿以爲眺望之資，無梵宇琳宮之間靚以爲棲遲之地。

余匏繫於茲，斗室蕭條，塊然終日，族戚交遊無過而問者。方君抱之，不辭跋涉，辱以顧余。與之語，豁然以明，久與之居，暢然以適，忘其身在羈旅寂寞而無聊也。抱之辭業通博，又長於篆刻，善摹秦、漢以來之字書。其所爲圖畫，於山水、人物、草木之花、鳥獸蟲魚之情狀，靡不研揣而肖似其神。讀其詩，蕭然自放於塵壒之外；不求工，而工詩者莫之與敵。

然則君之技能多矣，一鼓而售其才於通都大邑，當必有赫然驚人者，夫豈窘困囚拘爲新安之客邪？雖然，君去則余之無聊又甚矣。於其歸也，不能忘言，遂書其詩後以贈其行。

録自海峰文集卷三。

送潢序

余窮於世，自愧祖宗之緒，及我而微。歲在丁丑，東武竇公視學兩浙，余在幕中，而宗人潢亦自姑蘇而至。潢少年能爲文章。余愛潢，潢亦甚愛余。余喜爲詩，潢亦工詩，雕鎪抉摘，唱和無虚日。潢又善歌，時其被酒，爲度三兩曲，琅然金石之音，鏘鳴於四座。余聽之忘倦，爲拂衣而舞，相對歡甚。已而相悼，又相與盡然流涕以悲。

余與四方賢俊交遊，其於異姓猶親若弟昆，矧在同姓？則固吾昆弟也！故潢雖伯父呼余，而余終弟視潢。

余老矣，其能振起吾宗，將於潢焉是望。今天下劉氏之爲達官貴人多矣，獨余抑塞不得志，而潢亦屢試不舉。兩呈詩賦皆置在二等，同進爲中書以去；而潢僅受文綺之錫。潢其病矣乎！雖然，潢貴顯，於劉氏乎何增？即潢不貴顯，於劉氏乎何損？富貴不足道，吾願潢之壽考康寧，而文章之日進也。

今秋，余與潢幸聚金陵，忽忽將别去，有難乎其别者，乃書數言以廣其懷。

録自海峰文集卷三。

送淩自強序

皇帝御極之元年，詔集太學諸生於朝，使大臣考校其文辭而加以官職。定爲五等，每歲以爲常。所以鼓舞振作，率彼多士，廣厥德心者也。去年冬，淩君自強試在高等。而天子求賢如有不及，復詔集考試諸生，拔其尤者百人，以待州、縣尹之用。草野賤士，咸覲天子之光，而淩君與在其選。

余以世俗重科名，淩君好學能文，宜射策甲科，而今特區區於是，爲君惜。淩君曰：『吾父母春秋高，而家貧無以爲養。吾蓋仕有時而爲貧也。』余退而慙。蓋古之人知有君父，而其他固非所計。淩君上以爲天下國家之用，而下以薄禄奉其親，可謂志古之志，而余向者特世俗小人之見耳。

今天子將命淩君爲一邑之宰，而先使効力兩浙之地，以觀其才。其奉公勤民之道，淩君自知之。余獨慕淩君之果能以禄養也，於是乎遺之以詩。

録自海峰文集卷三。

贈姚咏棠序

讒言其亦足中傷人也。疾之者曰：『取彼讒人，投畀豺虎；豺虎不食，投畀有北；有北不受，投畀有昊。』何其言之甚歟！雖然，詩又有之：『彼譖人者，亦已太甚。』咏棠居一室，一志篤向乎詩書，敦樸自守，與豪俊者遊處。而有爲讒於其尊府，被之以惡名者。宜咏棠之撫膺搤腕而酸鼻也。曾參殺人，自古而著之，況餘人乎？咏棠勉之！君子不爲小人之洶洶而易其行。古之怪偉魁梧、不世出之士，爲巧言所中傷者多矣。然彼所中傷必奇士，而奇士非以彼其言，亦惡能奮發、卓然有所立，以自存於後世哉！

錄自海峰文集卷三。

送張長黍序

草木向黃落，居人縮手有寒態，棄妻子、別交友，騎驢獨走數千里至京師，其爲事亦苦矣；而欣然處之，不自知爲苦，其必有不得已於心者矣。吾友張君長黍之尊府，判平涼之涇州，地僻民頑，欝欝不得志。去年冬，張君省其親於涇之官廨。未數月，蹙乎冒炎熱而歸。今復爲京師之行，吾知張君之不得已也。

夫仰首以號於衆，而持千尋之綆過之若無覩者，所在皆然。張君之爲是役，其有有力者不惜一瞻顧之勤，拔而起之歟？抑將無所獲而空行歟？有來告者曰：君之出門猶歸然。君所望於人者，其家人也，君之號而必如其所望也，不啻其操券以取償。予聞之曰：『有是乎！』於是相與飲酒賦詩以爲別。

錄自海峰文集卷三。

送葉書山序

予友葉君書山將適京師，里之與葉君交遊者皆爲葉君喜，而予獨以爲戚。方今明天子在上，汲汲乎徵才如有所不及，士之以才稱而至大官者，魚貫相屬也。葉君志足以希古，權足以濟今，射策於甲科以取爵位，可拭目相待。而乃以爲戚者，何哉？

蓋予窮於世，爲鄉人所共嗤笑，葉君未嘗苟與爲同，而獨相信以與爲還往。今年，予客張氏之館，每相與飲酒論文，至夜分不散。不聚首而或出三日，未之嘗有。今葉君則又去矣！夫葉君之窮而與予聚首論文，予之幸也。葉君而射策於甲科以取爵位，焦明矯翼，天宇蒼蒼，使予不得持罝罘而視乎藪澤，豈予之所以望葉君者哉？

録自海峰文集卷三。

贈張清少序

昔在鍾、王、虞、柳之徒，號稱工書，後世艷慕之。而我友張君清少，亦以善書聞於里中。夫小道雖有可觀，而君子弗爲。清少年二十，作爲歌詩，灑然超絶。於尋常人，未嘗苟有所慕悦，而好與賢俊交遊。與之語，欣然喜，豁然胸中，畧無有觝滯。然則清少之於善書，特其偶耳。

今夫學者將以脩其德，德成而言可不立也。不幸見之於言，則根之以六經之旨，參之以諸史百子，以杜其岐趨，以稽其治亂、成敗、興壞之紀；出入乎周、秦、漢、唐之著述，以馳騁乎古今之變，而斟酌乎長短、豐約、大小之所宜；浸淫乎理道，網羅乎聞見，而金鏗玉耀，踔厲飈發乎文章。其於古之聖賢人則不及矣，其尚有深於是者爲天下告也，鍾、王、虞、柳、云乎哉！

録自海峰文集卷三。

恐吠一首别張渭南

士榮於後而虐於今，何害？昔韓退之作毛穎傳，人皆大笑以爲怪，而柳子厚獨喜得之，至爲讀毛穎傳題後文。嗚呼，此其所以爲子厚歟！士生於當世，未嘗不爲流俗之所罵譏，然其孰得孰失，數十百年必有能辨之者，非獨子厚也。向之不與退之讐，而相依倚，如籍、湜、崔羣、侯喜輩，猶得以名氏刺其文之末行，而笑之以爲怪者，豈復灰燼存哉！嗟乎！蚍蜉之生，未有不爲撼樹者，亦見其不知量，至於力之窮而斃，斃以死也。

王介甫與段縫書云：世之愚者衆而賢者希。愚者固忌賢者，而賢者又自守，不與愚者合，愚者加怨於心，是以無之焉而不謗。悲哉段縫，赫然子固，猶在今世！而懃懃乎使人讀之興起者，介甫之文也。

張渭南，吾鄉之超然特異者也，而與余相善。余爲渭南恐焉。夫犬之吠所未見，非必日與雪也，其爲日之臨而雪之積焉者，皆吠之矣。渭南猶可及止也，駸駸焉而不已，吠且及於子哉！

録自海峰文集卷三。

謝氏妹六十壽序

吾父母生吾兄弟四人，又女弟三人，家以娶婦嫁女而益貧。吾伯兄鄉舉謁選，官於徐溝。時吾母尚在，乃以道遠不獲迎養，緘恨於終身。二親既沒，伯兄始起官黔之普定。伯兄沒，而余始爲博士於黟。傷哉！貧也。子欲養而親不待，終古有餘痛焉。

女弟三人，長適同里方氏，次殷氏，次謝氏，皆吾父母所寶貴而憐惜之者。三人之壻皆早世。去年，殷氏妹亦亡。其在方氏者雖未死，而敝衣糲食，幾無以爲生。唯謝氏妹衣食粗足，而遭家多難，未嘗得一日安居。其壻師其既殂，吾妹維持門戶，撫其孤纔六歲，恐懼憂傷，備嘗艱苦。今其孤已受室生孫。甥能自立，不至蕩廢其產業，入貲將爲官。而吾妹年已六十矣。回思三十年前，驚風怒濤，恍如夢寐。

甲申五月中旬，爲吾妹設帨之辰，其在子姓姻親黨友來爲頌禱者，皆得置酒高會，獨吾伯兄、仲兄及殷氏妹九原不可復作，余又羈縻數百里外，未得手舉一觴。乃書以告其甥曰：『「爲此春酒，以介眉壽」，古之人皆然。甥能愛敬其親，則置酒以延子姓姻親黨友，亦愛敬其親之道也。愛敬其親以及人之親，而人因以愛敬吾親，則子姓姻親黨友之來相頌禱，亦愛敬其親之道也。繼自今，親之年益高，則子之養益難待；子之愛敬其親宜有加，而親待其子之愛敬乃益迫矣。』『予所拮据，予所捋荼，予所蓄租，予口卒瘏。』謝氏甥其能一日忘哉！

録自海峰文集卷三。

吳蕊圃先生七十壽序

吳君蕊圃先生居桐城豸源山中，與予伯父圭峰先生同娶於里之阮氏爲子壻。先生之子赤文及予弟藥邨，中外行也。藥邨於予再從兄弟中，尤爲親厚；而赤文時時往來予伯父家，以故赤文之齒長予二十年有餘，而與予爲忘年之友。

辛卯之春，先生之弟生甫先生館於予家，予諸兄多從之遊。生甫先生於赤文爲叔父，而故嘗與予伯父圭峰先生同事里之教授者阮先生，而最與予伯父相親善。生甫先生時時爲予道其伯兄溫然碩德長者，及其家孝友雍睦之概。予心往先生而自恨無因緣相見也。踰年，生甫先生歸，授徒豸源山中，鄉里就學者甚衆。予伯父亦至其家，相切劘爲文章。而赤文之子承昔年已弱冠，依從祖、祖父讀書，予又以得交於承昔。既四年丙申，生甫先生復來予家，而予弟蘗邨年稍長，予伯父復使受學於生甫先生，而承昔亦稍稍往來予家。承昔復與予弟蘗邨爲同門，而兩人交合無所間。一日，蕊圃先生有故他往，西從豸源來過其弟學舍，予得拜之學舍中。鬚髮皓白，果溫然重厚長者，向之心往者不虛也。予得交赤文父子間，其後每相聚，未嘗不問先生。

今年予遇赤文於皖城，相與道平生歡，問先生起居何似，則先生猶健飯〔一〕，客於廬州之邸舍猶未歸。而十月一日爲先生之七十辰矣。予與赤文別而歸，獨以事卒卒不得晤承昔爲恨，而生甫先生以書遺予曰：『十月一日，吾伯兄七十之辰，子可無爲我序之！』夫以先生之祖、子、孫三世，親且厚也如此，而重以生甫先生之命，其何說之辭！遂書其交遊之自，以爲先生壽。

録自海峰文集卷三。

【校】

〔一〕『健飯』吴本作『健飲』。

姚南青五十壽序代

石農先生其曾王父官大司寇，於犴獄多所平反，積陰德於天下；其王父知湖廣之羅田，稱慈惠愛人；其先君子瓊脩先生，篤學爲諸生，不售而早卒。太夫人守節自誓，石農方垂髫，其弟季和猶在襁褓。太夫人辛勤教育，以至成人。而石農弱無他好，獨刻苦讀書，一寓目輒能記憶，手披口誦，無朝夕寒暑，不惰以勤。於古聖賢之經傳、諸史、百子，探涉奥突，淵渟穿貫；爲文章，窮幽陟險，動心駭聽，而義法不詭於前人。乾隆之初，薄遊京師。一試於鄉，再試於禮部，皆冠冕多士，遂入翰苑，名聲流於人人。人謂天子方將大用之，而忽休官以去。

士終日塵埃之中，東西馳逐，豈能於國家之闕遺有毫末之裨補哉？徒自爲勞苦艱難而已。一日舍之而去，蕭然如涸魚之適江河，如狙猿之逸出於欄檻，如冬之塞外得大裘而衣之。龍眠佳山水，石農讀書其中，學道日益深，行身日益謹，爲文日益富。天將以大成石農，故福庇之如此。石農安受焉，回視官職之去來，僅與塵埃比。藉使石農不得歸，雖貴爲卿相，其於古人未必能大肆其力以追媿之不少讓。

雖然，石農豈終老山林者哉！盛衰消長，密移轉運於大化之中，如環無端。石農之名，天子既在所熟悉，朝之士大夫亦罔不聞知，天蓋將老其材而因降之以大任也。昔公孫弘年已七十，一旦起布衣爲漢相。今年八月，石農纔五十壽耳，昔人所謂『艾而服官政』者，其於大任，固可優遊俟之。

余於石農爲同年進士，同官相得也，而係縻於茲，不得躋堂稱兕。顧獨誦南山有臺之詩云：『樂只君子，邦家之光。』『樂只君子，萬壽無疆。』蓋石農壽，則其終爲光於邦家必可知也。

録自海峰文集卷三。

方庭粹六十壽序

方君庭粹年十六而喪其父，以孤童子事母，能盡其孝養。而父妾林氏所生子纔十歲、吳氏所生子纔一歲，君能移所以事母者以事其庶母，而撫養庶母之子無異於母弟。自其父在時，嘗服賈於荊楚間。父沒，而母遘危疾，君不忍一日離母氏之左右，捧抱扶持垂十餘年。其經理荊楚之業，悉以委之族姻。及母沒，終喪而往視之，則所倚以經理者，如木之有蠹，而產已〔一〕耗去其半矣。有族人負其資數萬，雖不敢復任以事，而念其母之苦節，復爲厚䘏其家。又有竊其資百千而逃者，不究切之；而其所負他姓之債〔二〕，復爲之代償焉。母氏有姪，嘗假千金，及母卒，而君遂焚其券。蓋自君之尊府篤親親之義，財貨之出入，必任之族姓姻親。君確守其家法，雖屢遭顛覆，而君卒不以變更其制也。

居恒嘗誡其子曰：『葛藟能庇其本根。若身列士林，徒知一己之榮利，而視一本之親如秦、越，烏用讀聖人之書耶？且君子見義則必爲，而於苟得之富貴則輕之。吾之辛勤，豈爲汝計耶？徒以兩叔父之淪亡、諸孤未能成立，是以不獲寧處耳！』蓋君以隻身孤寄，門內無期功之親，故嘗竭力以養其兩弟，幸其成長，俾得同心以恢拓先人之遺業。不幸十年之間，而兩弟並罹殂喪，故君雖燕居獨處，而未嘗有愉佚懽欣之色。嗟乎，天於殘忍谿刻之人，或憑翊而佑助之；至仁厚存心者，顧必愁苦其心腸而勞瘁其筋力耶？

君性直方，嘗面折人過，而與人交，無智愚皆盡其誠；其不知者或以君爲好訐，其知者則益以君爲長者能愛人也。平生無他嗜好，惟好植花木；以爲足見造物之生意。所居在靈山。靈山故幽邃，而君於其間建祠宇、拓舊基，而使之廣大。於祠旁置學舍，令子弟讀書其中。又以其隙地別置館宇，以延四方之賓客。每春時花發，馨香盈室，稱乎其爲吉人之居也。

君之子矩從余遊，其爲人侃直，一遵其父訓；其爲文章，務撥棄俗尚，而浸淫於古。積善之報，庶其在此！今年冬十一月，爲君六十之誕辰，矩請余爲文以遐致其祝。余爲誦天保之詩曰：『如南山之壽，不騫不崩。』『如松柏之茂，無不爾或承。』且略述君之生平質言之如此云。

録自海峰文集卷三。

【校】

〔一〕原文作『以』，此從吳本。

〔二〕原文作『責』，此從吳本。

乞里人共建義倉引〔一〕

古者帝王在上，而薄海無凍餒之民，非必分上之所有以與民也，使民之自有餘而已。故曰：三年耕有一年之蓄，九年耕有三年之蓄，不至三十年，而民有九年之蓄，則雖唐水、殷旱不能爲之災。若夫周官荒政十二，其所謂多昏蕃樂索鬼神，皆迂遠不切於事情，惟散財薄征爲君上之所宜行，而無補於小民之窮餓。故其科條雖具，要不若積貯之爲善也。

夫下之人家無蓋藏之備，而一切仰望於上。設使水旱蟲蝗連州數郡，朝廷遽下蠲租之詔，虛郡邑倉廥以賑之；然上之所費不貲，而下之所得無幾，嗷嗷焉日待升斗以延旦夕，上之倉廩府庫已空，而民之死者過半矣。故曰藏之於官，不若藏之於民也。

今天下田疇不加多，稅斂不加少，而天下之風俗又皆日趨於文，欲使鄉曲之農，人人皆食之以時而用之以禮，其勢固有所不能。雖使其食時、用禮，然以一人而有五子，五子而有二十五孫，嫁子娶妻之費、養生送死之具、疾病醫藥之資、祭祀賓客之用，以富者當之，十九而貧，其以貧者當之，豈能復富乎？

雖然，嘗見編戶之家，授田百畝，則飲食衣服既無不足，及其蓄積豐饒，或相倍蓰什伯，猶未見其有餘，何者？彼其所入者多，則其所出者亦衆。淫侈於酒食，頻煩其燕會，故雖粟米狼藉，而終歲之用猶苦其不給。一旦天災流行，固不能以自支矣。此其爲習，非可喻之以節儉而遂改也。惟及其有餘之時，預爲不足之備，不藏之於官，而藏之於民；不分藏於家室之私，而合藏於里社之公。其在今日，所減省者，一酒食燕會之需而已；其在他日，積之遂至於無盡。其爲利甚博，而其爲術約而易操也。

去年凶災，民皆饑乏，草根木皮掘剝幾盡，釜甑器皿價賣無存，甚則抛割妻孥，與人爲僕妾，猶不足以自贍。而父子兄弟、羸老孤幼繼踵而死，僵屍草澤，骸骨相枕藉。見之者怵目，聞之者悽心。古者，鄰里有相周之義，而鄉田同井，則守望相助，疾病相扶。若使朝夕共處之人親見其饑餓至輾轉溝壑而死，而莫之拯救，而吾獨安得宴然而已乎！夫一人向隅而泣，則舉坐爲之不樂。同里共井，其視同坐也親矣；輾轉溝壑而死，其視向隅而泣者迫矣，此固仁人君子所宜動心者也。

昔漢耿壽昌作常平之倉，增價而糴，減價而糶，法非不善。然以饑歲之民，使其價糴，其力或有所不能，而以官司主之，其出入又有所不便。自是以來，長孫平之義倉，勸令百姓軍人出粟及麥，然歲歲募收，疑其數瀆。朱子之社倉，隨時斂散，然請假於府，那移爲難。今合兩法而用之。於義倉則取其當社自輸，不待請府；於社倉，則取其計米收息，不必再捐。今值大有年之秋，與人傭畊者，每佃田一石，出穀三升；自耕其田者，出穀八升；有餘之家，不爲限量，隨其力所能爲以爲補助。至於當社立倉，一甲之中，推一人爲首，執策簡校，稽其出入，古之人有成法矣。惟諸君子倣而行之！誠如是也，雖有水旱之災，吾里之人其庶幾免乎！傳曰：『人人親其親，長其長，而天下平。』又曰：『人人親其親，然後不獨親其親。』推之他里，前後左右，莫不皆然。然則，德施之及人者廣矣。

録自海峰文集卷三。

【校】

〔一〕吴本作『乞公建義倉引』。

乞同里捐輸以待周急引〔一〕

昔先王井田之制，其鄉田同井者，則必使之出入相友，守望相助，疾病相扶持。夫以天下之大，而散之爲千百國，復於一國之中，散之爲鄉；一鄉之中，散之爲井，獨使一井之人相親相睦而不及於其他，宜若狹小偏私，非合併爲公之道。先王之意蓋以散同爲異，然後可合異爲同。故曰：『人人親其親，長其長，而天下平。』夫同居同遊，朝夕比近，而災福歡戚，漠然不關於心，其在疏遠者尚何望乎？原思辭九百之粟，而夫子曰：『以與爾鄰里鄉黨。』聖人雖一視同仁，而獨於鄰里鄉黨尤加厚焉。家有餘粟，輒推以與之。大司徒以鄉八刑糾萬民，其六曰不恤之刑。聖人不以六德之難能者強民，至於六行，則諄諄焉。雖非其族戚師友，然貧乏而不相振救，刑斯及之。所以爲一道同風，忠厚之至教也。

京師爲四方之會、萬民之所聚處，仕宦賓旅，駢肩疊跡，而同里黨者，必交相親愛。故昔人有會館之設，所以通其氣、聯其情、代其憂、均其樂者也。吾鄉以耕讀爲業，無商賈，故亦無會館。閭巷無恒産之士，貿貿而來，僦廛舍以居。朝夕饔飧之不給，逋負旅館之主人而不能償，至於久而不能歸，甚則病不能興、死亡而無以爲斂往往有焉。夫其迫於饑寒而奔走於四方，吾不能禁之使其不來；其來者吾不能館；一旦有困苦顛連之出於意外，其坐視而不爲之所乎？抑將周其空乏、醫藥而殯斂之乎？此固鄉先進有祿位者之責也。

然醵金聚助，取給臨時，雖有好與樂施之懷，常憂其難繼。今將設爲資本，不以數相限，大約出白金在一斤上下，豐者至二斤，嗇者至三兩、一兩，使一人總領，牟利取息，而以其息待用。其開闔斂散，聽於一人。其取息幾何，其已用及未用幾何，登之簿書，歲終會計。其既嘗捐輸者，亦可共相檢括。淳厚之風、久遠之計，一舉而得之。

夫乍見孺子將入於井，皆有怵惕惻隱之心，固非以要譽於鄉黨朋友也。凡我里之宦遊於外，與其退而家居者，抑或客遊京師而資斧寬饒、抱仁人君子之憂而情不自已者，悉任捐輸，且請書名書數，庶於後有考焉。

録自海峰文集卷三。

【校】

〔一〕吳本作「乞捐輸以待周急引」。

程太夫人壽序

秋官郎程君屺南之尊府書原先生繼室吳夫人，其平生恭儉之德，仁愛之衷，孝敬其舅姑，相助其夫子以教誡其子孫者，既已恩至而義盡矣。而程氏之先，數以博施廣濟見稱鄉里，故太夫人所以教其子者，常欲其繼先人之志，而見一善則必勉而行之。

巖鎮之中，舊有東嶽廟，建自宋德祐時，而鎮之居人由以殷盛。歷年久遠，漸至傾圮。其脩葺之費約白金可五千兩。而秋官方脩鳳山臺，其功甫竣，即繼以脩廟之役。里人多感佩其德，訊之，則秋官特奉其母氏吳太夫人之命也。

先是，秋官告假歸養，適值太夫人七十之辰，其族人子姓及外姻累世之交遊，咸躋堂致祝。堂下樂作，而秋官衣錦衣奉觴上壽，里人嗟歎以爲榮。暨乾隆甲午正月，太夫人年八十矣。其族戚交遊又將舉故事，晉萬年之觴。而太夫人特命秋官無得受賀，惟於宗族之中，擇其最親近者，人給以白金五十兩，其親遞降而踈，則其給亦遞變而減，或四十或三十，或二十，至十兩以下。乳哺者咸得受賜，其尤貧者復人給以衣。其費不減數千兩。其他善行，苟有益於人，皆命秋官次第施行之。嗚呼！太夫人可謂賢於人遠矣。

司徒以三物教民，其一爲孝友睦婣任恤之行，而不能者復糾之以刑。此道廢久矣。雖在簪纓富室，其視宗族里黨，邈如行路。太夫人以一女子振往古既墜之緒，使復見於今茲，其卓識高懷，有非男子之所及者矣。先王之教女子，使供婦職而已。然三代之興，多由外戚之賢，則其德之所被，必有出於墨丈尋常之外者，而非徒婦職之供已也。

秋官之歸養，山海之羞，紈綺之華，蓋無弗致者。太夫人不以爲樂，而獨從事於損己利物之爲，豈不異哉！人生之壽命不齊，八十九十者所在多有，惟無德以堪之，則雖有耋耄期頤之壽，與朝菌不殊也。太夫人之德徧及宗黨鄉閭，被蒙惠澤者孰不願其久生於世，而競爲頌禱之辭？其在詩曰：『樂只君子，萬壽無期。』又曰：『俾爾耆而艾，萬有千歲，眉壽無有害。』宗黨鄉閭之情，天下萬世之情也。

録自海峰文集卷三。

刪録荀子序

孔子沒，聖人之道衰。譎詭權變之士，爭以其言干世主，著書者紛紛出焉。楚有環淵，鄭有申不害，宋有墨翟，趙有公孫龍、慎到，齊有鄒忌、鄒衍、鄒奭、田駢、接子、淳於髡之徒，皆各得一術以自喜，以詆諆孔子爲務。

而荀卿獨爲晚出，疾世之治方術之士皆愚者，一物一偏，而自謂知道，實無知。治國者不能飾動以禮義，論德定次，量能授官，使賢不肖得其位，能不能得其職，而欲以求治，猶立枉木而求其影之直。於是推本堯、舜以來相承之意，辨儒、墨之分，明王業，以爲有亂君無亂國，爲國必本之脩身。國無禮則不正，禮之於國，猶衡之於輕重，繩墨之於曲直，規矩之於方圓。卒述王制，著勸學、脩身、議兵、禮、樂論十餘萬言。雖於聖人性命精微之旨，未能具見其源流，考其言多所紕繆，然亦可謂好學篤志君子者矣。

韓愈有言：刪荀氏之不合者，附於聖人之籍，孔子之志也。余倣其意，節而録之，得什之四五，其有牴牾於聖人而文辭粲然有可觀者，余亦存之，不能割也。作刪録荀子序。

録自海峰文集卷四。

陸宣公文集注序

生今之世而慕古之人，觀乎古人則今人可知已。蓋孟子願學孔子，賈誼投弔乎屈原，諸葛孔明自比於管、樂，以性之所近，爲情之所鍾，由今日之嚮往，知將來之施設也。

平定張君蓀圃，以進士知新安之歙縣。其平生讀書，窮極幽遠，於古之碩德名賢嘉言美行無不跂而望之，以爲不可及，而所心儀不置，則尤在唐之陸相一人。當德宗之世，奉天山南蒙塵至再，賴武臣戮力於外，而宣公常在左右決可否於中，降罪己之詔，回將去之心，卒以收復舊京。宗社無隕，陸公之功爲多。德宗貪猜，不終其分，而公終始一心，進退無間。蓋其爲學本仁蹈義、通古宜今，其趨正，其守堅，居一室而遠見千里之外，在今日而豫知後事之來，無毫髮之差，有蓍龜之應，而其爲言愷切開明，感心愜聽，永爲人臣進言之法式。

張君讀其文愈重其人，論其世遂釋其義，非以後之人爲有不知，故爲是箋訓之煩而已。當其時，兩河用兵，民窮財匱，藩鎮之強，盧杞之姦，裴延齡之詐妄，朱泚、李懷光之叛亂，而公以一身屏障其間，其所爲納誨陳辭，莫非堯、舜、三代治世之蹟。使後世讀張君之注，恍置身有唐之世，親見陸公而與之論議。則注之傳，豈徒以見公，蓋將教天下萬世之爲人臣，莫不懷忠直以事其上也。

夫有陸公之文，則其君雖不能盡用，而其功已著於當世。有張君之注，則後之人皆得論其世，而陸公之學愈以昭揭於無窮。自陸公以來，至於今八百餘年矣，而君獨愛慕之如此。然則，觀陸公可以知張君矣。

録自海峰文集卷四。

春秋發微序

吾當謂聖人之心，如日月懸象於中天，而光輝照灼乎海宇；其見之文章，則藏蓄高遠而不可以一端測也。

昔者，孔子作春秋，其言甚簡，而其義至深。楚君子左邱明者，去聖人之世未遠，因舊史之遺文，故老之所睹記，及時而爲之傳，其言既非無稽，而公羊、穀梁二子復承其師說，而爲之反覆推明，故經文雖樸略，而頗有端緒可尋。後之學者，乃得因三子之言以求其是非得失之所在。然則，三子之功偉矣。惜乎，三子不能盡明聖人之義而復廁之以舛謬傅會之談也。故曰：左氏失之誣，公羊、穀梁失之鑿。夫信三子，則爲三子之所蒙；不信三子，則又自以其私測聖人，而未必聖人之心之果在於此。

吾友沈君兼山，沈潛於春秋之義數十年，其於三子之言固已熟習於胸中，而要其胸中無三子之見也。靜一心以求聖人之心於千載之上，未嘗過信前人，而又非執一己之偏見也。然則，其於聖人之心未必盡合也，而其不合者寡矣。書之於簡，命之曰春秋發微。

録自海峰文集卷四。

海船三集序

乘五板之船浮於江淮，滃然雲興，勃然風起，驚濤生，巨浪作，舟人僕夫失色相向，以爲將有傾覆之憂、沈淪之慘也。又況海水之所汩沒，渺爾無垠，天吳睒暘，魚黿撞衝，人於其中，萍飄蓬轉，一任其挂罥奔馳，曾不能以自主，故往往魄動神喪，不待檣摧櫓折而夢寐爲之不寧。顧乃俯仰自如，吟詠自適，馳想於沆瀣之虛，寄情於霞虹之表，翩然而藻思翔，蔚然而鴻章著，振開、寶之餘風，髣髴乎杜甫、高、岑之什，此所謂神勇者矣。

余謂不然。人臣懸君父之命於心，大如日輪，響如霆轟，則其於外物也，視之而不見其形，聽之而不聞其聲。彼其視海水之蕩潏，如重茵莞席之安；視崇島之峌峴當前，如翠屏之列、几硯之陳；視百靈怪之出沒而沈浮，如佳花、美竹、奇石之星羅於苑囿。歌聲出金石，若夫風潮澎湃之音，彼固有不及知者，而又何震慴恐懼之有？

翰林徐君亮直先生，以康熙某年之月日奉使琉球，歲且及周，歌詩且千百首，名之曰海船三集。海內之薦紳大夫，莫不聞而知之矣。後二十餘年，先生既歸老於家，乃命大櫆爲之序。

録自海峰文集卷四。

見吾軒詩集序〔一〕

余友張君中畯之亡，余既爲之志其墓矣。其後二年，其子曾敞次集其平生所爲詩歌，俾余論定而爲之序。

余既卒業，乃以歸而告之曰：『文章者，古人之精神所蘊結也。其文章之傳於後世，或久或暫，一視其精神之大小薄厚而不踰累黍，故有存之數十百年者，有存之數百千年者，又其甚則與天地日月同其存滅。夫與天地日月同其存滅，六經之文也。自六經而下，其文遞降而薄，則其傳亦遞降而近，有不可以一槩齊者矣。子之先君子，其精神貫日月而塞天地，其必傳於後世無疑也。』人之生世大約不過六七十年，而文章遂足以支於無窮。然則，中畯雖其年不及中壽，而精神固已長留於不敝矣，尚何憾哉！

憶昔與中畯遊，旦晚相過從，時時出酒食以相慰勞，酒酣以往，相與縱論古今之變、當時之利病得失，悲吟慷慨，意氣勃然。嘗竊謂天之生是人也，殆將大成其才而使其功施於當世。嗚呼！孰以爲民之無祿，天不憖遺，而中畯則既死矣。中畯之名滿天下，世之知中畯與不知中畯者，皆慕與之交。然或震其文章，或多其智能，而於其心術行誼之隱，可以託妻子而共死生患難者，或未能深知之也。

天之生才，常生於世不用才之時。或棄擲於窮山之阿、叢薄之野，使其光氣抑遏而無以自達；幸有可達之機矣，而在位者又從而掩蔽之，其阨窮以終、淪落以老者，何可勝數！中畯，故相國文端公之孫，而少宗伯約齋先生之子也，其世父保和公復繼爲宰相。天子既已知中畯之才，雖未及驟用之，而眷注深矣。彼阨窮淪落者不足道，若夫既值其可爲之時，又居其得爲之地，而卒摧折之如此，豈天之於人亦有不能自主者耶？

雖然，人之終其身盡力於文字，求一言之存於後世而不可得，中畯乃獨得雄直之氣以與古之作者相頡亢。然則中畯雖不得大有爲於天下，而後之人讀其詩，亦可以想見其蘊矣。

録自海峰文集卷四。

【校】

〔一〕吴本作『見吾軒詩序』。

馬湘靈詩集序〔一〕

馬君湘靈，與余居同里，生同庚，學同業；其喜爲詩同，其嗜酒同，飲酒既酣，其狂言震於廣座也同。余棄於時，而湘靈亦屢試不舉，爲同遇。余生三子皆夭，而湘靈亦未有子息，爲同病。人之不同如其面，余與湘靈幾無不同矣。而亦有不同者。蓋湘靈之爲人，余固嘗兄事焉；若其所爲文章，則余方欲師事之而未能，此其不同也。

憶昔與湘靈同在京師，一日，日已晡，湘靈過余旅舍，余出酒肴共酌。時余兄奉之亦在坐。湘靈被酒，意氣勃然，因徧刺當時達官無所避。余驚怖其言，湘靈慷慨曰：『子以我爲俗子乎？』余謝不敢。湘靈命酒連舉十餘觴，大醉讙呼，髪上指冠，已復悲歌出涕。余見湘靈言之哀，亦泣涕縱横不自禁。湘靈乃指謂余兄曰：『彼乃同心者！』因出其平生歌詩示余。余讀之，風翻雲涌，而喉間氣鬱不得舒。於是相對黯然，罷酒別去。

忽忽二十年，則聞湘靈已老病，不復能遠遊。或扁舟自放於九龍、三泖之間，間則歸里，與縉紳之去位而里居者連爲吟社，尋山釣水而已。嗟乎！以湘靈之才與其志，使其居於廟朝，正言謇諤，豈與夫世之此倡而彼應者同乎哉？奈何窘蹶涪湛，抱能不一施，遂爲山澤之癯以老也。

癸未之秋，湘靈橐其所爲詩，遺余數百里之外，使爲之序。余誦湘靈之詩，循環往復，益歎湘靈年雖老，而少年英鋭之氣不衰，此其必傳於世，世人之所共知，固不藉余言以增重。若其人之磊砢，不猶高出時俗人萬萬，則非余言莫之顯。雖然，後之人苟能讀湘靈之詩，亦可以想見其人矣。

録自海峰文集卷四。

【校】

〔一〕吴本作『馬相靈詩序』。

江汶川詩集序〔一〕

天地之美好，不能盡鍾之於人也。或使之致身富貴、坐享一時之光榮，或畀以才德，名垂於後世而不朽；或壽考康寧、久不死而累閲人世之興廢。此數者，天地之所愛惜而不欲兼以與人。故優於此則絀於彼，亦其勢之固然，無足怪也。

余友江君汶川，少習爲時文，爲學官名弟子，屢擯於主司，無所用。而性好遊覽，跋山涉水，崎嶇燕、秦萬里之外，窮愁艱阻，可喜可懼、忿憾無聊之氣，一皆寓之於詩。夫詩之爲技小矣，及其得之於手而應之於心，雖寢食可以相忘，而況於人世之得失、去來之無定者歟！余觀江君之爲詩，於唐似韓君平，於宋似陸務觀；而江君之才，又自有超於君平、務觀之外，以自成爲一家之文者。江君雖欲不窮於世，豈可得哉？

雍正乙卯之秋，余與江君同在京師應舉。其時士子之數多於號舍，號舍不可得，乃與江君同坐編篷之下。大雨，衣襦皆霑溼，相顧咨嗟失色。其後同爲考官所黜，倉皇別去。忽忽二十年，乃復相遇於蕪城。兩人鬚髮皆白。江君取酒共酌，因出其平生所爲詩讀之，風雨馳驟，猶若不可抑遏。然余微觀其意態，回視往昔相從時，豪縱自喜，十已減去五六。然則，余與江君其皆老矣乎！

江君雖不遇於時，而善爲歌詩，則其於貧賤有以賁而飾之，如施藻火於衣裳以自蔽其體，視他人苟得之富貴猶糞壤也。余雖喜爲詩，而才力不逮江君遠甚，反而內顧，其何以自掩覆邪？雖然，士君子能自脩其身而無愧於心，則所謂不朽者當自有在，而其名之傳於後世或不傳，固可不計也。遂書之爲江君詩序。

録自海峰文集卷四。

【校】

〔一〕吴本作『江汶川詩序』。

倪司城詩集序〔一〕

余友倪君司城，非今世之所謂詩人也。其試童子，嘗冠於童子矣；其在太學，嘗冠於太學諸生矣；其應鄉試而出，太倉王相國使人亟求其草藁觀之。然則，司城之於舉進士可操券取也，而卒不獲一售以終其身。雍正之初，嘗爲中書而使蜀矣，其後爲洋與南鄭二縣令，前後十六年，其德澤加於百姓。大臣嘗有薦其才可知一郡及爲藩臬之副使者，而卒老於縣令不得調。信乎，人之窮達懸於天，而非人力之所能爲邪？

司城於書無所不讀，而尤詳於聖人之經，必究極其根源乃止。其齒長於余十有餘歲，而與余同學爲古文。余間出文相質，司城雖心以爲善，而未嘗有面諛之言，其刻求於一字一句之間，如酷吏之治獄，必不稍留餘地。余少盛氣不自抑，或與之辨爭，至於喧閧。然司城不以余之爭而稍爲寬假，余亦不以其刻求而自諱其疵纇也，苟有作必出使視之。其後每相見則每至於爭，而一日不見則又未嘗不相思。蓋古之所謂益友者如此，而余特幸與之爲友也。

司城抱負奇偉，不得見於世，則往往爲歌詩以自娱。其壯年周遊黔、蜀，崎嶇萬里，其詩尤雄放，窮極文章之變。雖其他稍涉平易者，而語必雅健，能不失詩人之意旨。時人不能盡知，更千百世後，必有能知之者。

余雖與司城同鄉里，其久相聚處乃反在異地。司城既家居，不相見者常至五六年。歲庚午，司城一至京師，余與相聚纔數日，悵然别去。忽忽閱四歲。今春，余將之武昌，道過司城。司城出酒肴共酌，意氣慷慨，其平時飛動之意，猶不能無。然而司城年已七十矣。

司城所爲詩僅千有餘篇，其鋟板以行世，用白金無過百兩，而家貧力未能及，余將與四方友人共謀之，而未知其何如。雖然，司城之詩藏於家，其光怪已自發見不可揜，雖其行世，豈能加毫末於司城哉！然則，鋟板與否存乎人，而司城固可不問矣。

録自海峰文集卷四。

【校】

〔一〕吴本作『倪司城詩序』。

王天孚詩集序〔一〕

勝水王君天孚自愛其才氣，而思與古之人爲徒，不屑爲卑庸鄙惡之文以干時而求進，惟詩歌是耽。情發於聲，聲成文而與天籟者合，非有受於人，而忽自得之。雖其窮居寂處，蕭條一室，而可以無慕於世俗之紛華矣。

余讀其詩，稽其平生之履跡，入巴蜀，探峨眉，下三峽，走金陵，泛秦淮，涉桃葉之渡，至於燕京，上黄金臺，覩宫闕之宏壯。挈篋擔囊，重繭而累蹠，計其所經行不啻萬里，則其胸中之所有稱是可知。其爲詩也，巧而不鑿，麗而不淫，蒨而深澹，灩而和平，未嘗有世俗一切之語言橫亘濫廁於其間。王君其有道君子哉！

雖然，古之道無所用於今。爲古之詩，則宜爲一世所不好；爲古之人，則宜爲一世所不容。雖使王君足跡滿天下，吾恐世之人未有能知君者。抑君子求其在我，而知與不知固不論耶？

余抵牾於世，而好與當世之英賢相結，孜孜焉，汲汲焉，如饑之欲食，如嗜欲之求而未得，毫毛絲粟之材，吾未嘗不與之交。而王君者，吾獨未之見。顧自以爲讀其詩，而見與不見又可不論邪！

王君家介休，禹貢冀州之域，大河之東，太華、中條之聳峙，龍門、呂梁之奮迅，陶唐、有虞、夏后氏之所都，賢人君子顯於世，史不絕書。王君歸，其杜門裹足，益肆其力於古之人焉，其可也。

録自海峰文集卷四。

【校】

〔一〕吴本作『王天孚詩序』。

海日樓詩集序〔一〕

慈谿周君東五，自負其氣，浩然而莫禦，窅然而深藏，讀書穿貫今古，以流爲韻藻，卓犖輝光，稱其胸中之志意。然而屢試於鄉不得舉。

周君家貧，嘗西之秦、隴，度函谷關，上慈恩之塔，歷鴻門楚、漢交爭之地，南浮江、湘，過巴陵、洞庭，登岳陽樓以望君山，則所謂山川淑靈之氣，盡寓之於目而得之於心矣。一日，與余抵掌當時之務，究切利病，指次賢能，得失判決乎當前，高下臚列於胸臆，瀾而有本，覈而不誣。余乃益知君爲天下之才也。

夫昔之詩人狹隘而僻陋，中之所蘊者淺，故外之所著者微。周君讀六經、孔、孟之書，明先王之道，熟悉於古今治亂興亡之故，而又周知四方之風土人情，權時世之宜，使其出而爲用於家國天下，文武兼資，智勇並擅，當有追躡古人者，區區歌詩云爾哉！惜其將老而猶未得施設也，後之人徒見其詩而已。其可慨也夫！

録自海峰文集卷四。

【校】

〔一〕吴本作『海日樓詩序』。

海門初集序

文章者，人之心氣也。天偶以是氣畀之其人以爲心，則其爲文也，必有煇然之光，歷萬古而不可墮壞。天苟不以其心畀之，則雖敝終身之力於其中，自以爲能矣，而齷齪塵埃，頹然不能以終日。夫爲文而至於萬古不可隳壞，此其人雖欲不窮，得乎？

余友鮑君步江，生於古南徐之鄉，無師友以爲之訓迪，而少即善爲詩。其才力之放縱，浩乎無所不極，直將追古人而上之，所謂天偶以是氣界之其人以爲心者也。然其人之窮，殆與余無以異。今少宰尹公之在揚州也，鮑君甫弱冠，以詩爲贄，公一見而稱賞不容於口，命其子亨中締交，相切劘爲詩。會有博學鴻詞之詔，公數言之於大府，將以君應舉，而竟不果。蓋自鮑君出尹公之門下，如客之得歸，往來無虛日，公之所以提挈之者無不至矣，而卒無以鮮於鮑君之窮。

余遊京師，間嘗挾君之詩所謂海門集者以示同遊，其譽之者固多，其漠然不置可否於其間者又加多焉。求其故而不得，問之知君者，或曰：『嫉妬者之口也，彼亦號爲工詩，奈何稱譽獨及於鮑君？』或曰：『忽焉而不加察也。與彼並世而生，彼固以爲今之世安所得古之人乎？』或曰：『識不足以及之也。鮑君之所爲詩，其用功深矣。』是三者固然。然余又嘗酒酣，口誦鮑君之詩，與諸君爭論者久之。諸君聞其語既多，又未嘗不深加賞歎。以是知人心之同，無古今智愚一也。

然則，鮑君雖窮，窮於今，必不窮於後；窮於人，未必窮於天。以視夫今之赫然貴顯、震耀於一世者，夫固可以無憾矣。

録自海峰文集卷四。

左仲郛詩序

詩也者，所以爲樂也。去先王之世既遠，樂亡而詩獨存。夫詩存則音存，音存則樂雖亡而不亡。吾以爲今之學者不得如古之人安弦舞勺，而其業莫要於爲詩。

昔者，聖人制爲詩以教天下。田野之農夫、閨房之女婦、鄉曲之孺子，類皆能爲歌謠，以頌其上之美而譏其失。刑罰之煩、賦歛之苛，皆有以自達其隱。抑塞之情舒，而忿懥無聊不平之氣寖以微矣。詩亡，則上下之意指暗聾痞結，而陳勝、吳廣始得以縱橫於阡陌之間。

夫詩成於音，音成於聲，聲成於言，言成於志；志平則音和，志哀則音促，志敬則音凝，志佚則音蕩，故聖人樂觀焉。夫然後奏之以金石，吹之以管笙，宫以宫倡，徵以徵和，高下疾徐，莫不中節，屈伸俯仰，雜而成文。有詩而君臣之志通也，有詩而父子兄弟之恩浹也，有詩而夫婦之好永也。夫詩何負於人哉？蓋孔子嘗弦歌三百以求合於韶武雅頌之音，故曰：『小子何莫學夫詩。』『不學詩無以言。』詩成，而禮樂之化行矣。

左君仲郛，溫然長者，敦行於其家，而以共剩餘施及朋友。愛慕古人之文章，而於詩好之尤篤。遠取魏、晉以來之作者，含咀而得其自然之響。抒人情之幽渺，繪物態之繁多，宣兩間之秘奥，信乎其詩之幾於樂也。雖然，余之於君可謂知之矣，若其於君之詩，憪然遂以爲知音，不知君其許我邪？抑猶未邪？

録自海峰文集卷四。

程易田詩序

余性顓愚，知志乎古而不知宜於時，常思以澤及斯民爲任，凡世所謂巧取而捷得者，余皆不知其徑術，以故與縉紳之士相背而趨，終無遇合。退而強學，棲遲山隴之間，雖非有苦，而亦未嘗有樂也。年已晚暮，始爲博士於黟。博士之官卑貧無勢，最爲人所賤簡。而黟、歙隣近，歙尤多英賢，敦行誼，重交遊，一時之名雋多依余以相爲劘切，或抗論今時之務，注念生人之欣戚，慨然太息，相對而歌，蓋余生平之樂無以加於此矣。程子易田尤所稱著材宿彥，亦旦夕相從。其所爲詩歌，攄詞樸直，而寄興深至，嘗謂其有陶潛之風。易田固信余，余亦甚重易田也。

雖然，余老矣，今年年七十有三，將歸休於樅陽江上，而易田年逾四十，猶困於諸生，家又貧，故里不足以自活，亦將餬其口於汝陰，念欲長與諸君子遊處不可得矣。居稽也，弦誦也，欣欣而忘其倦也，歡聚未幾，離散隨之。余於此其猶能獨樂焉否耶？

夫以生平未嘗有樂之人，徒以與諸君子遊處而樂，今復以聚之不常而不樂生焉。回憶獨居時，雖無所樂，而亦非有不樂也；則是今日之不樂，由前日之樂而來也。夫造物之於人，安能使其長樂哉？

因取易田之詩所謂濠上吟者，反覆咀吟，益歎其文章之古與其人之心貌相稱。屬其板刻之，以與四方之知言者共讀焉，而余爲序之如此。

録自海峰文集卷四。

汪在湘文集序〔一〕

汪子在湘與汪子穉川，同姓而有兄弟之好。余故識穉川，而穉川介在湘以交於余。兩人皆天下之英才也。

余窮無所用於世，宴居獨處，嘗取三代、秦、漢以來賢人志士之所爲文章，伏而讀之，慨然想見其用心，欣然有慕乎作者之能事，間亦盜剽倣效，擬作以自娛嬉。竊歎古之爲文者，蜀山、秦隴、江河之瀆也，後之人隳以爲部婁、汙渠；思有以振興追躡之，而苦才力之不逮。徒懷虚願，誰其助予？其後得交於歙之諸君子，有同志焉。

蓋天之生才難矣，有才矣而或無其志，有志矣而或無其功。彼横目之民，知有榮利而已，爲宮室、饍啗、妖麗之奉，辱身以求之，老死而不止，是其所知，猶犬之於骨，鴟雅之於鼠，蛆蠅之於糞穢也。彼豈知天下之正味哉？在湘於世落落鮮所諧合，居一室，終日默然危坐，讀古人之書而已。尤愛余所爲文，其讀之不自休息，無以異於讀古人之書也。

余亦以諸君子之才與其志，果足以興起三代、秦、漢之文章，而又不遺餘力以求之，每顧之不言而自喜。辛卯之歲，余以老病將歸，諸君子相送，遠出城闕河橋之外，依依不忍別去，或有泣下者。歸未及期，則聞在湘已病没矣。嗟乎！余無可以自適者，最後乃有此同志數人，天於此又奪其一人焉，余獲罪於天而摧折之如此邪？

甚矣，文之難言也。歐、蘇既没，其在明代惟歸氏熙甫一人。然熙甫求爲進士而不得，勞其心於八比之時文，而以其餘力作爲古文，故其置身不及唐以上。然則，古文之衰五百餘年矣，在湘乃獨爲人世之所不爲，可謂魁傑有志之士也。在湘死，穉川益漠然無與共學者。然在湘有賢子，括其先人所爲文付之刻工，以求正於四方之君子。四方之君子，其必有讀之而歎爲不可及者，豈余一人之私言哉！

録自海峰文集卷四。

【校】

〔一〕吳本作『汪在湘文序』。

張弘勛詩集序〔一〕

天下之達道五，而其一曰朋友之交。朋友者，所以析疑勸善，相切磋以進於道，故爲仁者必取友。一理之未明，讀書十年之久而不能貫，諮之於友，一朝而豁如；無友，則雖終至於悟，而日月亦已淹矣。凡人之爲善，獨爲之則怠，共爲之則精力以相感而生；將爲不善，然懼吾友之知，亦或逡巡而中止。

嗚呼！友道之衰也久矣。逐逐焉惟勢是趨，惟利是鶩。勢既去、利既盡，則疏；又或相見則相諛，背則從而毁之，此不可以爲友也。余觀今之爲友者，無故而聚於一室，酒食嬉戲，相與爲放辟淫侈之談，孔子之所謂羣居而言不及義，豈不難矣！抑或弛廢其心，其與友相接，漫漫昏昏，無可相切磋之具，是則余之憂乎？

余謂人不可無友，而友不可以常聚。平居則各鍵其門，各專其務，如田之有畔。逾時而一晤，晤則出所疑以相質問，吾友所得於未相見之日者有幾？其未知而今乃進於知者幾何物？其已能而習之以無至於忘者幾何事？有善則相旌，有不善則相訾，友之道如是而已。

余客遊京師，寓居京城之外，而震澤張君弘勛寓居城内，相去六七里。每旬日或半月之間，則張君必一出相見。相見則必有書一幅、畫一卷、詩數篇袖而出之以共賞，宜其業之日益精。久之，其詩日益工，則亦日益富。裒然成集，而問序於余。余偉張君之每出必以文會余，而愧余之獨無以就正於張君也，於交友之道不能無所感，遂書之以爲張君詩集序。

録自海峰文集卷四。

【校】

〔一〕吳本作『張宏勛詩序』。

徐崑山文序

雍正三年，余遊京師，與四方之英豪相結，而有友一人，曰徐君崑山。余性喜爲辭章，崑山亦舍是無以爲好。余於今之號爲能文者多所稱許，而崑山獨少可多怪。然崑山嘗手鈔余所爲經義及詩歌、古文，積爲巨冊，雖古經史諸子百家之書、經，余之評論標録，崑山必繕寫藏之。余與崑山旬月不見則相思，既相見則於立身求志之方，未嘗無所得。余在羇旅，饑飽寒燠之未得其宜，崑山未嘗不爲之經營籌畫。蓋古之以文章道誼相期許，而世所稱緩急可恃者，崑山一人而已。

念余之得交於崑山，以高君仰亭。崑山家在城北，高君館於城之東北隅，余有弟藥邨，與余皆在城北授徒爲生，相去或三里，或一二里，旦夕相遊從。余與高君飲酒歌呼，崑山獨重厚長者，緘默寡笑言，衆皆敬憚之。

丁未之春，高君舉進士，去爲吏部選郎。是秋，藥邨病死，余亦徙居今少宰吴公之家。其後崑山復中庚戌科，擢工部屯田主事。獨余偃蹇如曩時。余弟既長逝，而二君者又不得朝夕繼見，忽忽六七年間，聚散存亡，其安能以無感乎？

崑山既爲工部郎，工部事繁劇，嘗歎曰：『吾不復能以文章自娱矣！』乃出平生所爲文，屬余序之。余謂自古文章之傳於後世，不在聖明之作述，則必在英雄豪傑高隱曠達之士之所爲，而齷齪凡猥奔趨榮利之輩，卒歸泯滅無一存者。崑山直信溫恭，於古之人幾可以無愧，其文之傳於後世無疑。而余獨於崑山不勝往事之悲，讀其文，爲之三歎云。

録自海峰文集卷四。

江若度文序

天之於人，其偶爾生之邪？其一生之而其事已畢，不復措意其間邪？愚不肖者所在皆是，而賢智者或數十百年乃一見，且一見而天亦若竭盡無餘力。準以人之情，其栽培而護惜之宜當何如？乃天則摧折之惟恐其不至，何哉？雖然，與吾並世而生固有賢者矣。吾未嘗不知其賢，而情或不與之相屬。有其人甚卑庸，而吾甚愛之。有厚施於吾，吾一報之，而吾意若以爲已稱；有其人之施於吾者甚淺鮮也，乃吾亦既報之，且屢報之，而猶歉乎其未足，反而自問，有不知其所以然者。然則，雖天之於人，其能與人之情大相懸邪？

余同里江君若度，幼即穎異，好讀書，其爲人質慤，其學無所不窺，其文章湛深而有本。然困不得志，年四十五始得除江寧府學訓導，未適官，遽遭父喪，遘疾而卒。嗚呼！謂天之無意邪？荒鄉僻處，胡爲而有斯人也？謂天有意以生之矣，年不及中壽、位止於學博，而又不得一日之官以没，此何爲者邪？

友人方君巨川，求得其平生遺藁，鏤版以行於世。四方之知江君與不知君者，因其文以考其實，而江君之懷抱，可一寓目得之。江君於是爲不死，而方君亦可謂篤於友朋之義矣。

録自海峰文集卷四。

朱東發詩集序[一]

余友朱君覲宸，以文章鳴一世，雖鄉里之兒童從塾師學句讀者，無不知有朱君。其受知於督學使者，蓋屢冠其曹，而久羈試院，不獲大其敷施。乾隆辛卯，始沐[二]殊恩，賜名得同於鄉舉。當是時，君年已七十餘矣。然君有才子二人，曰東發、曰鳴初。其父子隱然名動天下者，將擬於眉之蘇氏。而東發尤工於詩。

夫詩之爲用廣矣。其達而在上者，登歌清廟，揚厲朝廷之盛德，而比隆商、周雅頌之遺；其窮而在下者，抱其所有而不得施設，悲愁感憤之無憀[三]而見於吟詠，亦得窮人情物類之微，而極寫夫日月風雲之狀，使人讀之可以歌、可以泣，不知手足之舞蹈也。

然天下豈生而皆達者哉？則羈愁之響忽變而爲雅頌之音者有矣。東發既以六經、孔、孟之微言，攄而爲制舉之文，其於取科名有餘裕矣，而又出其藴蓄，作爲歌詩。而其詩又不徒排比聲律，爲今人之試帖已也。蓋嘗沐[四]浴於三唐之作者，窮其源以及乎漢、魏、六代，溯其流以及於宋、金、元、明，而逌然自成爲東發之詩。雖以之登歌清廟，其誰曰不宜？

嗟乎！朱君以魁壘不世出之才，生於東吳文盛之地，當儒學奮興之時，宜其高科膴仕以與里之縉紳大夫馳騁於一時，而抑遏閉塞，久幽而不顯。蓋天既畀之以文章，姑黜其貴勢，而因以厚其積於兩嗣君也。昔在蘇氏，明允偶未遂，而文忠、文定相繼登朝，其勳業丕著於當時，而文章並傳於後世。讀東發之詩，朱君可以欣然而笑，拂衣而舞矣。

録自海峰文集卷四。

【校】

〔一〕吴本作『朱東發詩序』。

〔二〕原文『沭』，此從吴本改。

〔三〕『憀』，吴本作『聊』。

〔四〕原文『沭』，此從吴本改。

楊黄在文集序〔一〕

余受知於望溪方先生，先生之故人聞喜楊君黄在有道而能文，先生數爲余言楊君，余心慕焉，而無由緣相見也。

乾隆十三年，天子命前少宰博陵尹公視學江蘇，求賓佐於先生，先生以余與楊君應。楊君攜其子雲松，與余先後至使院，晨夕聚處。讀君所爲時文，浩乎沛然，歎其才力之閎肆。尹公謝世，余復與君父子聚處望溪先生之家，益懽然無間。無何别去，不相聞。己巳之秋，望溪先生卒，余哭之於白下。踰年，余以經學應舉在京師，而君之子不遠千里遣使來告喪，且斂其平生文章，命余爲序。因得縱觀君所爲古文。蓋君嘗以進士知江西之建昌，遷知廣東之德慶。讀其西江政略，知君之誠心愛民，而有道以處之；讀四書摘誤，又知君之潛心理奥，非好學深思，不能心知其意也。其他序、記、傳、誌之作，皆雅潔可誦。詩歌雖非所好，而亦秩然成章。

夫自古文章之傳，視乎其人。其人而聖賢也者，則文以聖賢而存；其人而忠孝潔廉也者，則文以忠孝潔廉而存。匪是，則文必不工，工亦不傳。楊君之爲人與其爲文，既皆幾於古人，余之文何足以增重君？徒以君之子與余深相知契，而孝思不匱，能不忘其先人，故惓惓如此。嗟夫！望溪先生既不可復見，而平生故舊相繼殂喪，自顧身世，其安能無戚然於懷邪？於是流涕而書之，復歸之其子，俾刊以行焉。

録自海峰文集卷四。

【校】

〔一〕吴本作『楊黄在文序』。

王載陽詩集序〔一〕

公卿大夫皆有職，農工商賈皆有業。今之讀書者號稱爲士，其上可以爲公卿大夫，而其下不可以爲農工商賈。其幸而得爲公卿大夫，則方坐論奔走之不暇，奚暇其他？其不幸而不得爲公卿大夫，其將奚爲？爲詩而已。故曰：窮而後工於詩也。

國家設科名以取天下之士，始自縣令之考試，彙其可取者以達於府。太守〔二〕考試之，復彙其可取者以達於督學使者。其得與於督學使者之選，謂之秀才。每三年，則又有主司者集一省之秀才而考試之，彙其可取者以達於禮部，謂之舉人。禮部復集天下之舉人而考試之，其得與於禮部之選者，謂之進士。進士然後釋褐登朝，爲大夫，爲公卿矣。然其道，皆爲四子五經之書，爲八比之時文。至於詩，蓋無所用之。而天下之習爲舉子業者多不能詩，其能爲詩者亦不復留意舉子業。嗚乎，此詩之所以能窮人也！

王君載陽，不屑爲科舉之學，一意肆力於歌詩。而性又疎放，不能深自策厲，以趨於仕進之途。家本貧，衣食不足以贍，而顧嘗好載籍、筆墨、彝器、雕刻、玩弄之具，星羅於几席，以自爲娱樂。其於書必求其刻之最工者，而錦函以盛之。至於惡衣糲食，冬寒衣敝袍，人多笑之，而不悔。昔米芾作唐人冠服，違時異俗，人謂之顛，載陽亦似顛。倪瓚構雲林之堂，置古鼎、尊、罍、玉器、書、畫其中，人謂之迂，載揚亦似迂。而載陽之窮，則又昔之顛與迂所不及者，宜其詩之每進而益上也。載陽之於詩無所不窺，而其雕鏤刻畫之巧，未嘗不與其玩弄之具同，如珠、如玉、如時花、如蜀錦之新濯、如藻火粉米之煌煌，蓋其工如此。

然則，載陽其將益窮，窮且無有已時。載陽酒酣，嘗歎曰：『吾其長貧賤乎！』余觀載陽，今之公卿大夫無此人，農工商賈亦無此人，載陽不窮，誰當窮者？嗟乎，載陽其遂將窮以至於死哉！載陽所著詩曰鷺脰湖莊集，桐城劉大櫆與同寓居少宰吳公之家，知之最深，於是爲之序。

録自海峰文集卷四。

【校】

〔一〕吴本作『王載揚詩序』。

〔二〕原文『太府』，據吴本改爲『太守』。

吴青然詩集序〔一〕

雍正十一年，天子有意久道人文之化，肇開博學鴻詞之科，命王公巨卿暨督撫、諸路州縣羣有司悉心延訪。萃九州之衆，積四年之久，内外臣工共所推薦得二百人，而余與吴君青然幸與其選。

青然世家滁之全椒，少即工詩。而居室人倫之間，獨遭其變。其有無聊不適、悲愁憤歎，一託於詩。然哀而不傷，怨而不怒，中聲清越，犁然其均當於人之心，而逌然其獨愜於己之志，以是進而列於天子之樂官，固宜。雖然，士固有終身草茅陋巷之中而不悔者，其習苦舊矣。彼其拔之於雲霞之上，與其不幸而復墜於塗炭之中，豈於其人有加損哉！

獨憶青然與余同被徵召於京師相識也，既而同罷放黜，相憐因相善也。邸舍相近，旦暮相遇過從，每相與飲酒，留連愁思，至夜分不寐。青然曰：『我生平精力單敝於詩，非子無以知我，子其爲我序之！』余應之唯唯。一日，余與含山王君令梴、同里葉君書山、姚君南青同飲酒於合肥張君蒼崖之寓，青然偶不在，中夜酒酣，相與語青然家庭之變，有人之所難爲者，余爲感憤至泣涕交横不自禁。已，各以事散去。青然與王君同入督學順天劉公之幕，張君、姚君以計偕留京師，獨余與書山共舟南返。去年，書山決策甲科，爲翰林。劉公復督學江南，余偶過其署，則青然已歸全椒，獨王君猶在幕中。余與王君共處，一月之間，未嘗不言及青然，而相爲嘆息者久之。

既歸家，家兄奉之自京師以書來，曰青然趣爲其詩序甚亟。夫青然之詩，人皆共知其必傳於後，何待余言？余於是蓋有感也。古者，太史氏采詩獻之天子，天子受之藏於法宫。青然之名氏既達於天子矣，而終以不遇而返，豈非其命邪？然青然亦第爲其可采者而已。

録自海峰文集卷四。

【校】

〔一〕吴本作『吴青然詩序』。

鄭山子詩集序〔一〕

余麋於黟，間以公事至歙，因得與歙之賢士交遊。汪君稚川、方君晞原、金君蕊中，歙之賢也；而皆與鄭君山子相友善。余以三君之賢，知山子之賢，心慕山子而無由得見。蓋山子年已八十餘，余之來，則山子已長逝矣。其後山子之從弟用牧，與余交最親。用牧，休寧之賢也。余又以弟之賢，益知其兄之賢。

用牧出山子所爲詩，俾余論定。余讀之纔二百篇。蓋山子雖工於詩，而不欲以詩見稱於人，故其存者絶少。夫山子負超卓之才而不見用於世；其平生磊落英多之概，吾無由覯其光；而其胸中之所有，韜涵浸漬，既無以窺其涯涘；獨其文章可傳於世。而余之所見，特其棄擲灰燼殘缺之餘。其所爲幽憂感憤不平之氣，偶寄於山川風雲物類之微，而足以寫其鬱積之思者，又無以覩其全。以余之轗軻失志，蓋略與山子同，獨安能無慨然於其間哉！

雖然，一勺之水，可以知滄海之大；一臠之味，可以知膾炙之美；一粉米之繡，可以知黼黻之華。山子之詩雖其可見者止此，使後之知言者讀之，單辭隻字，皆其心腑之所流結，夫亦可以想見其賢矣。乃爲序而歸之，使藏於其家。

録自海峰文集卷四。

【校】

〔一〕吴本作『鄭山子詩序』。

張訥堂詩集序〔一〕

龍眠之山，高秀綿亘，至三十餘里之深而不可窮竟。其清淑葱靈之氣，盤委積疊而鍾之於人。故我桐城張氏文端、文和父子相繼爲宰相，其他爲朝廷之達官者，不可勝計。意以爲山川之力竭盡而無餘矣，而訥堂乃更以文章顯名於斯世。

訥堂故侍講中畯之仲子，文端之曾孫，少宗伯約齋先生之孫，而文和其伯祖也。夫文章之與勳業，其輕重不較而明。然曾鞏有言：自周衰至今千有餘歲，其間能文章之士，漢及唐、宋三代而已；而三世之盛，能以文章特見於世者，率不過三數人。是則爲國家建立勳業，前代多有其人，而能文章之士，曠世而不一見也。

訥堂生於家門全盛之時，其有一技之長，咸得以自奮而備位於朝宁，乃訥堂一舉於鄉，而久困公車，南北奔馳數十年。蓋天所以挫抑之，使其胸中浩然之氣蘊而不出，鬱而不舒，因之羈愁感憤，適遇夫風霜雨露山水花鳥，而莫不抉其幽深，形於詠歎，盡發之爲文章，以傳於後世，增益其所不能，固在於此。

憶昔與中畯遊時，至其邸舍，評量今古，詰駁是非，或飲酒留連至醉。訥堂則方總角，與其諸弟從塾師受書，已能屬對精切，余心竊異之，然亦不知其歌詩之工至於如此。中畯既長逝，不可復見；見訥堂之儀止，聽其言議，讀其文章，中畯之聲容恍然如在。甚矣，中畯有不凡之子能世其家也！

夫天下之人衆矣，勞其心思於文字之間，無地而不有其人，然求其一言之存於後世，殆不可得。訥堂乃能於累世華膴之下，而兼有夫儒生韋布之長。後之人讀其詩，而考其家世，見其父子祖孫奕葉相承如此，孰不神往而慕艷之？則訥堂之詩之存，豈獨一人之美善，所以著中畯庭闈之訓，又以昭文端、宗伯之澤於無窮也。

訥堂將適京師，出其平生所爲詩俾余論次焉。余循環諷誦，而益歎其才力之富，蓋無體之不工也。不可以無言，乃併爲之序。

録自海峰文集卷四。

【校】

〔一〕吴本作『張訥堂詩序』。

張秋浯詩集序〔一〕

天地之氣，默運於空虛莽眇之中，蘊積之久，不能自抑遏，而發之爲聲，雷乃出地而奮。至於風雨之拂草木、水之激石，其次焉者也。氣之精者，託於人以爲言，而言有清濁、剛柔、短長、高下、進退、疾徐之節，於是詩成而樂作焉。詩也者，又言之至精者也。若夫鳥獸之嘷音、候蟲蠅蚓之鳴，又其微焉者矣。且夫人之爲詩，其間不能無小大之殊。大之爲雷霆之震，小之爲蟲鳥之吟，是其小大雖殊，要皆有得於天地自然之氣。而氣之大者，其聲常充塞於天地之間，嵩、衡、岱、華之巍峨，非部婁之可及也。

張子秋浯，生長貴顯之家，累世簪纓之胄，而乃縈情於歌詠，寄志乎風騷。比擬辭華，雕鏤物象，躡巉巖，淩浩淼，馳騁乎江山之壯，而研摩於月露之微，鯨吞虬橫，窮極奇變，信乎能爲雷霆之震，而不屑爲蟲鳥之吟者也。

秋浯之兄訥堂以詩鳴一世，而秋浯放恣縱橫，欲跨訥堂而上之。昔韓洎嘗輕其兄之文，以爲繩樞草舍。訥堂之文不可輕也，秋浯亦未必敢輕之。平其心以相衡量，使之並轡而爭焉，其可也。

録自海峰文集卷四。

【校】

〔一〕吳本作『張秋浯詩序』。

張荔亭詩集序〔一〕

古之人文盛於西北，而後之人文盛於東南。西北之地高厚廣博，故其氣之所鍾，生知神聖，勃然羣起於一方。及其久也，西北之氣盡泄無餘，而英雄魁壘才技之士，乃更叢植於東南之地。蓋天地秀傑之氣，不能不鍾之於人，拔地以怒生，而各有其時。此其大較也。

若夫一郡、一邑、一鄉里之間，其人物之生，亦互爲乘除消長，此盛則彼衰，彼興則此覆，往往皆是。而造化之機緘倏忽遷轉，時其聚也，而賢智才能遂畢萃於一門之中，漢之曹氏，宋之蘇氏，父子兄弟莫不能爲文，而皆有以傳於後世。在唐中葉，竇氏叔向之子牟、羣五人，皆以能詩著，裒爲一集，而號曰聯珠。

若我桐城張氏，既已再世爲宰相矣，而侍講中畯先生以文章馳名翰苑中，諸子森森繼起，橿亭、訥堂、秋浯皆才名蓋世，最其幼者，荔亭也。余嘗見其弱冠時，爲詩已拔出儕輩，倏忽十年間，學益富而深，才益老而橫，著作滿籯，士林爭相傳誦。信乎，秀傑之氣鍾於一家，所謂連理之木、同穎之禾，雖景星、卿雲、麒麟、鳳皇，未足爲希世不易見之寶也。

荔亭之詩，不待余言以重，而余竊自喜得交其父子兄弟間，故樂爲道其一門之中文學之盛如此。

録自海峰文集卷四。

【校】

〔一〕吳本作『張荔亭詩序』。

岳水軒詩集序〔一〕

余少讀宋史，至岳忠武王，未嘗不反覆嗟吁，畫然流涕，而嘆世主之不明也。忠武之志扶宋室，及轉戰恢復之功，世皆知之； 若其進退、從違、生死，一皆合於聖人之義，則人未必盡知之。竊以爲三代而下，如忠武者不過數人，而生不及其時，不得親挹其輝光，以爲恨事。

其後得交於王之裔孫水軒。夫以生平愛慕忠武之心，畢一世而不得見，見其裔孫，則不啻見忠武矣。雖使水軒泯然如衆人，吾猶將敬之，況其抱負非常哉！ 雖其拒而不吾與，吾猶將附之，況其深相綢結哉！ 猶憶在金陵，登水軒之堂，飲酒嘯歌，意氣閒放。忽忽十餘年，復相見於新安，則兩人皆蕭然白髮，無能爲也已。

水軒於百家技藝之事無不能，於古今治亂成敗之故無不知，然不得一見之施用，徒數數參謀幕府而已。忠武既摧殘莫遂其志，而水軒復奔走道塗，天於斯人，既有意以生之，而復無心以棄之，何哉？

雖然，水軒雖不見用，而其胸中不可抑遏之氣無所發其機牙，則往往作爲歌詩以自適。信乎，其詩之可傳於後也。古之君子居上位而執政權，秖以爲民而已。水軒之爲人謀甚忠，既已澤及生民矣，其出於己與出於人，夫何間焉！ 百世之下，讀其詩如見其人，與其功之在天壤者相輝映也。水軒其亦可以無憾矣。

録自海峰文集卷四。

【校】

〔一〕吳本作『岳水軒詩序』。

嚴遂青詩集序〔一〕

自有書契以來，則已有文章之學。堯典、臯謨唐虞之紀載，擇當時有道而能文者爲史官，以職司其事。文王、周公繫易，孔子成春秋，皆以大聖人之才躬親著作，故其文辭炳然如日月之光，照耀中天而流傳於萬世。孔子之教弟子，有德行、言語、政事，而遊、夏獨以文學見稱。蓋其學有師傳，代相祖述，歷戰國、嬴秦迄漢之中葉而衰。唐、宋之英賢奮乎百世之下，振起其頽廢，而能者不過數人。後之學者無所稟承，其不得與於斯文固宜。

若夫風詩者，鄉閭之婦孺，莫不能爲詩歌，以諷其在上之政治，而寫其心之所欲言。夫以女子、小人所能爲，而今之學士大夫顧有所不逮，何哉？科舉時文之習，誑誘於其前；而富貴貧賤得失之念，汩〔二〕沒於其内也。

嚴君遙青爲學官弟子，而其心泊然寡營，不爲科舉所蕩摇，不以得失而摧挫，常肆其志於山窮水僻之外，率然而吟，蕭然而詠，故其平生所爲詩，裒然成帙，有以樂之終身，卓乎其可傳於後世。而以徵序於余。惜乎余之卑微，不能使人尊而信之也，然知言之君子，其必有取焉。

録自海峰文集卷四。

【校】

〔一〕吳本作『嚴遙青詩序』。

〔二〕原文爲『汩』，此從吳本。

周書嚴詩集序〔一〕

古之選舉出於一，而後之選舉出於二；古之賢才無岐徑，而後之賢才有分途。『乃文乃武』，伯夷以之頌帝堯；『文事武備』，穀梁以之稱孔子；『赳赳武夫』，詩人以之詠兔罝。蓋古之君子德完能博，惟吾君之所選用，而皆足以見其設施，無分於文武也。

自戰國以逮秦、漢，入者爲相，出者爲將，而途始劃然以分。夫古者男子之生，桑弧蓬矢，以射四方。射者志正體直，進退周旋必中禮。故諸侯之射必先以燕，卿大夫之射必先鄉飲酒，天子試士於射宫，容體比於禮，節比於樂，而其中多者乃得與於祭。蓋孔子射於矍相之圃，而觀者如堵牆。古人之重射也如此。今之人見有操弓挾矢則皆鄙笑之曰：『彼武人也。』夫彼武人者，不以今之文士爲無能，而文士顧以武人爲非類，豈不顛倒而失其所持循哉？

雖然，吾觀三代以下，其文士類不能武，而武人之能文者所在多有。宋之沈慶之，梁之曹景宗，齊之高昂、斛律金，其詩皆流傳赫然，至今猶在人口，不知於今之文士果何如耳？

六合周君書巖讀書，喜爲詩。其應童子試，試文科不利，聊復試武科，乃一發得之。今筮仕有年矣，將遷守府，而以太夫人春秋高，歸養於家。因出其平生所爲詩，以就質於余，且屬爲之序。余與書巖促膝者再，聽其議論，讀其文章，溫然豈弟，不知書巖之爲武人也。又其平生好山水，所至流連慨詠，久而忘歸，其足跡所經，於姑蘇、白下、鄧尉、靈巖、秦淮、鍾阜之勝，無不遊，遊輒有詩以紀之。而其詩皆沈健，有得於詩人之旨趣。吾求文士之勝書巖者而不得也，於是書以序之。

録自海峰文集卷四。

【校】

〔一〕吳本作『周書巖詩序』。

羅西園詩集序〔一〕

爲其事而好，好之而久，未有不能工者。其好之久而不工，則其所得於天者薄也。天之所與而人自棄之，舉世多有；天之所不與而人自取之，未之前聞。

海宇恬熙，兵革不作，農務於耕，工飭於材。士大夫委蛇朝宁，或退而閒居，登臨讌飲，生死別離之交，相與作爲詩歌，吟詠太平，抒其自得，寫其憂愁，雕鐫篆刻，更唱迭和，戶聚其徒，鄉嘯其侶。然作之未幾，旋歸泯滅，求其永久，自古云難。

夫文章之傳於後世，必其有得於天地菁英之氣，如珠如玉，如珊瑚木難，抛淪糞土而寶光夜發，望氣者皆能見之。若夫杯盤匕箸、几筵筦簟尋常之物，雖里巷無知之人朝夕顧視，未必其驚相告也。何則？常物者，人之所能爲；而非常之物，則天之所偶畀也。

羅君西園平生嗜學，造次之間，未嘗釋手。尤喜爲詩，流連景物，不懈以勤。其天機之所觸發，俊爽清妍，不知於古人何如。蓋西園之於詩，自垂髫以至白首，前後四十餘年，好之而久，故其工如此。此雖人力，然亦得之於天者厚也。

余交西園，敦厚長者，遺余爲序，其何敢辭！惜乎余之卑微，其言不見信於世也。雖然，賢如西園，詩之工如西園，固智愚之所共見，亦奚待於余言？

録自海峰文集卷四。

【校】

〔一〕吴本作『羅西園詩序』。

沈茱園詩集序〔一〕

沈君茱園出其平生所爲詩曰初卉集者視余。余讀之終篇，嘆嗟不能去，曰：『此盛世之風也。』古之君子未有不願爲清廟猗那，而顧願爲寺人孟子，憫周道、憂黍離者也。夫未嘗有孽子孤臣伯奇、屈原之遇，而強爲怨咨愁苦之言，豈不悖哉！

沈君纍然太學生，嘗工舉子業，屢試不遇，而其心愈下，其氣愈和，雍然其德，退然其容，作爲歌詩，雕鎪抉摘，無憔悴之思，無鬱堙之態，身在布衣窮巷，而爲文與公卿達人無以異，則他日沈君之爲公卿達人可知也。

雖然，下民之悲愉喜戚，與上天爲感應，欣忭之情，踴躍之節，忿憾不平之氣，太息之聲，充周鬱積，而天下之治亂興衰以出。富貴不足道，吾於沈君之詩，又以卜世運之方隆焉。

録自海峰文集卷四。

【校】

〔一〕吴本作『沈茱園詩序』。

蚓竅集序

昔在帝王之世，一人正位於上，而羣賢翊戴於下，未聞有賢人而隱居者。周衰，孔子不遇於時，而其徒若顔、曾、冉、閔皆不仕官以老。此非有意於隱，以世無用我，不得已而山林也。若堯之時有許由，夏之時有卞隨、務光，值可以有爲於天下，而視若泥滓。彼其人不以有道而舒，亦不以無道而卷，方且御風餐霞，游情於日月之上，肆志於虚無之鄉，又奚暇帖帖焉以祿爵爲事？是乃所謂隱者歟！

吾鄉章頤菴先生生於明永樂，及正統、成化之年，其兄舉進士，爲武昌太守。朝廷方入粟補官，以先生之才與其資，皆足以掇巍科、登膴仕，顧棄不取，獨奉其太夫人極山水園亭以自樂，此其性情有異於人者。故其爲詩澄澹蕭疎，類古達人之風尚。

夫陶潛去彭澤而其詩甲於魏晉以來，林逋、魏野不仕於真宗之朝而傳其詩至今不廢。信乎有其人然後有其詩，而誦其詩因以知其人。生先生之後，不得見先生，見先生之詩如見先生矣。

録自海峰文集卷四。

伯父紛既先生詩序

周以前，士無以詩名者。嗚呼，此國風雅頌之作所以至今存也！古之爲詩者，非以爲詩也而爲之，發乎情之不容已然後言，言之不足然後歌詠之。雖里巷無知之野人，莫不能爲詩，而聖人取之以爲後世法。今世士大夫以詩爲業，童而習之，白首而不遷。嗚呼，此今之世所以無詩也！

吾伯父紛既先生之爲詩，不惟其辭之工，而惟其有以寄吾意，意動則操筆立書，連紙不能休。今之集其詩，又皆反乎人世之欣厭以爲去取。然則，今之世有能爲古之詩者哉，其知吾伯父之詩矣！

録自海峰文集卷四。

曹氏詩序

余數從吴趨友人爲漫浪之遊。竊見篋笥中往往有七子詩卷，爲今宗伯沈公所論次。七子皆吴中名儁，多顯而在位者，其一人則上海黄子星槎也。宗伯以詩名海內，其持論頗嚴，而黄子特見褒評，固知黄子之超越儕流。讀其詩，渢渢乎大雅之什，鏗金石而燦琳琅，心悦之而無由相見。

其後余爲博士於黟，而黄子亦司諭在歙，間以公事聚晤，則締交甚密。一日飲酒既酣，黄子出詩一編示余，而匿其姓名不告。余讀之未竟，矍然曰：『何其似吾星槎也！』星槎曰：『非是人之學星槎，而星槎之詩學於是人也。』猶不告以姓名。久之，乃復欷歔太息曰：『此吾亡妻曹氏之所作也。今已矣，無與爲詩者矣。』

蓋曹氏世爲松江巨族，星槎之母夫人，亦曹氏也。當是時，星槎上事其母，備極旨甘，夫人上奉其姑，又能先承其志意，姑婦相敬愛無已。而星槎與夫人時時作爲詩歌，嗚一家之豫順，以上承堂上之歡，其天倫之樂固有貴遊所不及者。夫人之亡，豈獨星槎之不幸，抑亦太夫人所共憐惜也。昔在王駿、管寧願學曾子，終其身而不欲更娶，其不以此也歟！

余觀夫人之詩，麗而不雕，濃而不膩，温和而愷至，一東於禮法之中，而不敢稍有放縱華靡之習，雖漢之班昭、蔡琰無以過焉。惜其年之不永，其所存者止此； 而又不得賢有力之人爲之揄揚，徒使其殘剩之篇章傳誦於吾徒不遇者之口也，豈不悲哉！

録自海峰文集卷四。

吴氏重脩族譜序

吴之受氏自泰伯始。太史公次世家首泰伯，次列傳首伯夷，豈非以其讓天下、讓國，人所難能，將以爲世之苟富貴而忘其廉恥者懲戒哉！ 泰伯之後有州來季子，復以讓國稱。其後，漢有吴實，不仕而採芝於商山以老，世傳爲綺里季云。而晉有吴隱之者，初爲廣州刺史，飲貪泉而不易其心，至賣犬嫁女，坐無氊席。由是觀之，吴蓋多以廉讓著聞者乎！

夫因生賜姓，胙土命氏。黄帝之子二十五人，而得姓者僅十四人，姓至難得也。然諸侯以國爲氏，而後世因謂其氏爲姓，姓、氏混淆矣。雖然，賜姓之初，一姓也；命氏之初，一氏也；而枝葉曼衍於天下，源遠流分，不復知其本始；故雖一姓而不相通，一氏而不相識。

雅山之吴，自漢楝材以來，移家九子之新城，其後五十餘世，而希裕復自九子遷於吾桐，且三百餘年矣。今其在九子、新城者，巍科膴仕，綿延不絕，而遷桐者雖食指數千，多士濟濟，而科名或有所不逮。夫枝葉曼衍而或著或微，蓋偶也。而世俗以門第相高，往往自矜其閥閱，而輕視他族爲小姓。誰非黄炎之胄，而繆相狎侮如此！吾觀周之子孫，世有其天下，孔子不稱，而獨稱泰伯之讓，即吴之世有其國，後世不稱，而獨稱季札爲賢。雅山之吴在桐城雖不及其在九子、新城之盛，而雍容揖遜，守詩禮之業於不衰，固可無愧於其本支也。其視他族之富貴禄爵猶涕唾焉，而何羡乎彼？又況世守其詩禮廉讓之舊，而他日之富貴禄爵將更有盛於宗族之在九子、新城者乎！

乾隆二十有二年，裔孫涵虛等重脩族譜，請余一言。涵虛者，與余舊相善也。故不辭而爲之序。

録自海峰文集卷四。

吳氏宗譜序〔一〕

銅陵吳氏，余識兩人焉：曰粹夫，曰敬思。兄弟皆能守其家法者。一日，脩其宗譜既成，而請序於余，曰：『吳氏故家新安之歙縣，自吾祖玄佑始遷銅陵之大通，其未遷而在歙者寖以微弱。有吳玉書者，抱其家譜及其子將往浙西，舟覆人溺，而吳氏之譜無復存焉。吾父嘗痛之，欲率吾兄歸江潭以尋求其世系，而吾兄早逝，吾父有志而不克遂。光純不肖，每中夜涕泣，思以繼先人之志，而力未能，然終不能自已。乃旁搜遠採，極艱難以成此也，雖殘缺尚多，而源流略備矣。』

余曰：『然。尊祖敬宗收族，惟宗譜是賴。昔范文正公守錢塘，過姑蘇與族人高會，徧閲家集，續爲宗譜，然後范氏之世系可考。孝子仁人之用心，固宜如此也。』

粹夫曰：『吳氏不自歙始也。先世世居鄱陽，祖有名逸者，遷居浮梁、白水間，遭黄巢之亂，逸妻程氏挈其子宣遷居休寧之江潭溪口。江潭傳十餘世，而祖名史白者，復自休寧遷歙。自歙而分散，或遷杭州，或遷襄陽。其遷大通者，自玄佑至光純，以及光純之子，十一世矣。』

余曰：『古者，諸侯大夫世世相承，有大宗、小宗，以明嫡庶之分。大宗百世不遷，則義相親、恩相屬，宗族收而世傳不紊。故周之盛時未有譜牒也。戰國諸侯相吞並，國移而族亂，於是始有迷失其先世者。曹魏以還，九品中正以門第相高，姓氏藏於官司，尤重譜牒。中更苻、石之擾，晉室南奔，漸至磨滅。下逮有唐，故家世族，猶以族姓相矜尚。唐衰而天下分崩離爲十一國，其宗譜有掃地無存者矣。夫五宗既廢，人如鳥獸各營其生，飄然不相維繫；而亂離洊至，族譜復至淪亡。雖有孝子仁人，肫然水木之思，而情無由自致也。』

粹夫曰：『然。吾宗之在銅陵有廷玉之孫必輝、必茂、必榮兄弟三人，復自大通遷寧國之湖樂，其於光純，五世之内也。寧國去大通未遠也，而既已離居不相往來也，若無宗譜，歷年既久，其爲族人，何據而知之？』

余觀粹夫之爲此，甚辛勤矣，而不獲辭。其事亦人所能爲，而縉紳大夫或不暇以爲也，爲序而論之如此云。

録自海峰文集卷四。

【校】

〔一〕吴本作『吴氏族譜序』。

范氏家乘序 代少宰尹公〔一〕

古之聖人，欲民之孝悌相親，而恐其乖離不屬也，故立爲五宗之法，有大宗，有小宗。秦、漢以來，卿大夫不得世其家，於是大宗法廢，而小宗亦因以不行。然自高祖以下，五世之親，共相爲服，則小宗雖不行而猶之行也。獨大宗蕩然無復毫髮之存。而所恃以稍留其意，使一體之親不至於相視如塗人，則惟族譜之作而已。

范氏之先，受姓於晉之武子。其後遞顯遞晦，見於載籍者，漢有清詔使范滂，唐有相國履冰。相國家於幽州，六世孫隋爲處州麗水縣丞，值中原之亂，留滯江南不得歸，四世而至文正。自文正起家中吴，敦睦九族，創立義田、義宅、義學，而范氏之在江南者益大。文正守錢塘，過姑蘇與族婣高會，憫舊牒淪亡，搜閲家集，續爲宗譜，而范氏之世系昭穆始釐然可考。然則，范氏之有家乘，使其子孫世世增脩之而守以弗墜，支屬雖繁，源流雖遠，而有急相周，有憂相弔，往來和協，獄訟不興，先王孝悌相親之意不至於澌滅無存。豈獨其子孫之賢，益以見文正之澤流後世，更千百載而未有窮也。

余自束髮知有文正公，稍長讀書，見其爲秀才時即以天下爲己任，心竊嚮往之。最後，讀公之告諸子者，曰：『吾族之於吾有親踈而自祖宗視之則無親踈。』益低徊留連，想見其爲人。夫以嚮往想見其人之心，而生不並時，一旦得見其子孫，不啻見其人於千載之下矣！

乾隆三年，余奉命巡撫河南。河南之洛陽，文正墓在焉。適守墓裔孫君建，行身不苟，因表請爲博士，而格於部議不行，迄今以爲憾事。丁卯之春，復奉命視學江蘇，則文正之族姓咸聚於此。長洲縣學生范炳、吴縣學生范顯桂出其家乘，請序於余。余生平固竊奉文正爲師，而吴爲公故里，益欲以效法文正者，與諸生共相砥礪。挂名家乘之端以垂之久遠，所欣願也，故不辭而爲之序。

録自海峰文集卷四。

【校】

〔一〕吴本作『范氏族譜序代』。

程易田琴音序

有天地，而數生於其間矣。一生三，三生六，六生九，數至於九而終焉，十則又爲一矣。是故伏羲畫卦成六爻，而周公之繫爻也用六、用九，河圖之數十，而洛書之數九。自九而積之，兩其九則爲十八，三其九則爲二十有七，四其九則爲三十有六，三其三十六，則百有八也。古者，錢刀以百八爲貝，釋氏之梵誦以百八爲珠，其考鍾，其擊鼓，以百八爲紀。百八者，十二其九也。十二辰、十二月、十二世、十二會，以及樂之六律、六呂，無非十二也。而琴之徽用十三，於十二之外而加閏焉，則其數奇零而與十二之數不相當，故其音每出於十二律之罅。夫樂出於虚，其出於罅，猶之其出於虚而已。

程子易田，欲學琴以養其心、平其疾，而以爲不明於琴之音律，琴不可得而學也。於是審其音，以求當乎其律。欲當其律，必先中乎其度；欲中其度，必先積之以數；積之以數，而其度至於三百九十五之多，而其得音也一百有一。然求其與律相當者，黄鍾、林鍾、太簇、南呂而已。其餘蓋無一與三百九十五之度相應，猶之其出於虚而已。琴固有七絃之音以爲經，而又有百一之音以爲緯，猶之爲百八而已。

古樂之存於今者寡矣，惟琴猶留上世之遺，而其音與六律不相準，余故爲推測之如此。試質之易田，以爲何如也？

録自海峰文集卷四。

顧備九時文序

顧君古湫將刻其平生所爲文章以行於世，而以余之有舊也，願一言以厠其簡端。余聞之而笑。夫古湫之文，固已不宜於世俗，而重以余言，其不益滋之垢厲哉？

楚之南有漁者，冀得吞舟之魚，而惡其鉤之曲也，乃取莊山之金以爲錐，投之瀟湘之浦。大魚之食其餌而去者以千數，而終年不一得魚也。人見之，或諷其少曲。漁者曰：『寧終吾之生不得魚，顧不忍曲鉤而求之爲恥也！』楚之人皆笑以爲愚。古湫舉進士，爲文章於舉世不爲之時，其不爲楚人之所笑者幾希！雖然，破癰決瘍，去之惟恐其不盡，而蠅虻之所爲得也；溝中之瘠，孰不掩鼻而過之，而蚋姑之所爲得也。大瑟朱絃，非里耳之所聞；明堂複廟，非猿鳥之所處。久矣，夫薰蕕之不可以同器而載也！

夫古湫方將翺翔乎萬物之上，轉徙於青冥之表，安能弊精神於闤闠之地以求悦衆人之耳目哉！是故古湫之失，不足以蔽其所得，有真得者存焉；世俗之得，顧自以爲得耳，彼其所失者多矣。然則，世俗未嘗有得，古湫未嘗有失，雖失之而行且得之，夫得失何常之有！

録自海峰文集卷四。

宋運夫時文序

與吾並世而生，吾愛之慕之，願與之交歡，有終身不得見者矣。使四方之士，倏然羣聚於一室，蓋其難也。丁卯之春，天子命工部侍郎博陵尹公視學三吳。於是東雋南英、晉儒燕紳，殊音異習，或相知或不相知，雜然喧嘵，連床並席，所以商校讖評，拔尤選奇，育材作人，共襄文治者也。

中山先生來自深澤，掇進士之巍科，爲西川之賢令。其體魁梧，其質淳厚。與之語，溫然而和；叩其中，粹然而善。久與之居，不能舍以去也。間出其所爲文章示余，詩、書之英，屈、宋之華，其度凝然，其氣勃然，其法律森然，金輝玉潔，以自成爲一家之言。請余爲序，志意殷然也。余以匆冗不暇爲。未幾，而尹公卒於松江之官署。向之聚於一室者，今將散而之四方矣。余雖欲久與先生居，不可得也。遂書之以爲先生時文序。

録自海峰文集卷四。

綦自堂時文序

江水自巴蜀東注，而嶓冢、滄浪由秦之金牛蜿蜒東南數千里，至大別入江，江、漢合流，當荆州之都會。踰嶺而南，爲百粵之地。而嶺北諸水瀟、湘、沅、澧、敘、酉、辰、無、資、漸東北滙爲洞庭，以合於江、漢。洞庭之廣，方八百里，韜涵沉浸，噴雲納霧。君山崒嵂於其中，衡嶽巍峨於其上，雖以魯之大野、燕之豯養、晉之陽紆、勾吳之震澤增益之而不加多。故其氣之所蒸，鍾秀於人，自屈原、宋玉、唐勒、景差，代有淹雅非常、通經能文章之士。

蓁君自堂家於洞庭之傍。其爲人潛靜而惇篤。其於古人之術無所不窺，有一言之疑，窮日夜以探之，必求其愜於心而後已。其於交友亦然。有一言之未愜於其心，常反覆以論之，必求其無憾而後已。故其爲學，鴻深溥博無涯涘。蓋江、漢、洞庭之鍾秀於斯人也。

間嘗出其時文以示余，思澄以奧，氣直以豪，浩浩乎如洪河大川之奔流不可禁禦。余嘗謂『時文小技，然非博極羣書不能作』，今於蓁君信之矣。

録自海峰文集卷四。

張蓀圃時文序

余嘗謂古昔聖人之言，約而彌廣，徑而實深，即之若甚近，尋之則愈遠。儒衣之子，幼而習之，或通其詞訓，而未究其指歸。後之英主，更創爲八比之文，使之專一於四子之書，庶得沿波以討源，刮膚以窮髓，其號則可謂正矣。然設科名以誘之，懸爵秩以招之，得失眩其中，榮辱奪其外。其始也，猶有矩矱之存焉；其既也，用貪冒苟得之心，以求說於鄙夫小人之目，而其道始離矣。

平定張君蓀圃，與四方之士同以進士舉，而獨不趨於時好，不騖於速成，抽曲盡之思，顯難詳之義，浸潤乎六經之旨，敷揚乎兩漢之辭，並之於雲日而光明，賡之以管弦而和洽。洋洋乎，渢渢乎，斯可謂之文也。然而不自收拾，隨手浮漂，其一藝之成，輒爲人持去，故其所存纔二十餘首。夫隨侯之珠，徑不盈寸；趙王之璧，枚不踰雙。至寶之所在，其精神有貫徹乎山川者，豈其以多爲貴哉！

録自海峰文集卷四。

葉書山時文序

葉君書山志甚確，行甚方，不妄與人交。冬寒雨雪，依鐙火坐讀禮經，門外雪深猶不輟。余嘗與夜談，僮僕候者皆已垂頭睡，兩人更自取燭繼之，不知夜之如何也。人多不讀書。奮發如此，星辰之遠，鬼神之幽，可探而索也，況文字乎！曩者誦漢書，見班固稱楊雄好學，心竊慨想，恨不得生雄之世，與相礲礪。今何幸日從書山遊也！

書山不喜爲科舉之文，以家貧嘗爲童子師，間爲之，又時時棄去，故存者無幾。然其穿穴險隘，繪摹情狀，雖昔之專篤純一、老其材於斯者，或無以過焉。作書山時文序。

録自海峰文集卷四。

潘在澗時文序

文章者，人之精氣所融結，而以（能）〔一〕見稱，（天）實（使）之。日月使之有輝，山川使之有雲，鳥獸使之有毛羽，草木使之有花。夫花則一而已，然使其地有盛衰，使其時有先後。北之藥，南之梅，（地）（使）然也。秋之菊〔二〕，春之桃、李，夏之芙蕖，（時）（使）然也。紀洛陽之牡丹，以州以姓以色，及其無窮，鹿胎、倒暈，殊種異態，殆於不可究詰。今之洛陽猶是也，而牡丹之盛不復如曩（時）。蓋（天）偶以其氣鍾於是花，（使）於有宋極盛之（時）而一發其光，後世更千百年，雖洛陽不再見也。浮屠釋子蔓延於中國，然晉有惠遠，唐有大顛，宋有惟儼、秘演、了元、參寥，皆得與當時之名賢偉人相友善。今之時，吾見浮屠多矣，求如惠遠諸人之交遊而不得也。豈（天）靳浮屠之（能），不（使）復生於世，亦如洛陽之花邪？抑（天）既生之，顧（使）其竄伏於窮崖絕壑而（使）吾不得見之邪？

人之生，同類而殊（能），蓋皆（天）（使）之。然堯、舜、禹、湯使爲君，伊尹、周公使爲相，孔、孟使爲師，孫臏、吳起使爲將，聶政、荊軻使爲俠，老聃、莊周使爲激詭，商鞅、李斯使爲變亂，曹操、孫權使爲姦雄，徐穉、管寧使爲隱退，烏獲使其力，孟賁使其勇，慶忌使其捷，師曠使其聰，離婁使其明，班輸使其巧，養由基使射，盧、扁使醫，伯牙使琴，秋使奕，宜僚使丸，鍾、王使書，僧繇、道子使畫，彼其（能）之必有以（使）之也。（天）（使）之（能）則（能）；（天）不（使）之（能），窮其人終身之力，猶不

(能)也。且(天)或一(使)其人(能)之,而後世遂不(使)同其(能)矣。降此以推,使之爲儒生,使之爲農圃,使之爲工匠,使之爲富商大賈,使之爲巫,使之爲丐,使之爲優,使之爲盜賊,使之爲餓莩,若此者,蓋莫非(天)(使)爲之;欲不爲之而不(能)也。

人之所(能)自爲者,文章也。而其人之生,則(天)(使)生之:左邱明、屈原、荀卿使生楚,司馬遷使生秦,相如、楊雄使生蜀。古之人文盛於西北,而後之人文盛於東南,(地)(使)之也。秦、漢以前,其人莫不能爲文,而唐、宋以下,則其能者不過數人,(時)(使)之也。其(時)同,其(地)又同,有相因而至者。律以雄鳴,(使)以雌應之;音以宮倡,(使)以徵和之。韓愈、柳宗元使並時而生於大河之南東,歐陽、曾、王使並時而生於豫章,蘇氏之文使並時而其父子兄弟生於峨眉之山下。時文亦然。唐氏、歸氏使並時而生於吳會。

今之時,淳安方氏,(天)獨於其時文而(使)之(能)人所不(能),淩虚倒影,人巧盡,天工出焉。其來友教於新安,而歙有潘君在澗與之爲應和。讀潘君之文,如陟巖險而愈得其便習。(天)蓋不欲(使)方氏獨(能)之而(使)潘君與並(時)而生。淳安,漢丹陽之郡,歙之分地也;余之在黟,其地與歙爲鄰。余蓋幸(天)之(使)余得交於潘君,而惜方氏之未見,於是乎言。

録自海峰文集卷四。

【校】

〔一〕本文括注者皆爲原文所圈字。

〔二〕原文作『鞠』,此從吳本。

徐笠山時文序

凡人之業,精於其所獨造,而敝於其所共趨。與衆明其理,而己獨有所獲焉,是知之至也。與衆習其事,而己獨有所優焉,是能之至也。今天下相率以孔、孟、曾、思之言爲八比之時文,各持其一是,各恃其一長,彼其誠心莫不自以爲察辨於儒生之説,而洋溢乎學士之文矣。然而耳震於啁哳之鼃聲,而琴瑟磬管之鏗鏘以爲無族之鳴也;目眩於紅紫之亂色,而朱黄黼黻之煌煌以爲無文之樸也,豈不顛倒而失其本心矣哉!是其人莫不有所知，而非吾之所謂知也； 莫不有所能，而非吾之所謂能也。

夫文章者，藝事之至精； 而八比之時文，又精之精者也。立乎千百載之下，追古聖之心思於千百載之上而從之。聖人愉，則吾亦與之爲愉焉； 聖人戚，則吾亦與之爲戚焉； 聖人之所窈然而深懷、儵然而遠志者，則吾亦與之窈然而深懷、儵然而遠志焉。如聞其聲，如見其形； 來如風雨，動中規矩。故曰： 文章者，藝事之至精； 而八比之時文，又精之精者也。

今以漢、唐以來詩歌、古文之信而傳者，與今人見之，其昧者爭避之，以爲不祥之物也； 其知者以爲是有之，是吾鄉者嘗於某先生之笥見之者也。今以並時而生所爲之詩歌、古文果足以追步古人者，與今人見之，其昧者爭避之，以爲不祥之物也； 其知者以爲是有之、是吾鄉者未嘗見之而吾鄉之所見嘗亦有類此者也。明人以時文取士，其亦有追步古文而不爲世俗之文者矣，而其人不及二三人，其文不能數十首也。雖在於今，其亦有追步古人而不爲世俗之文者矣，而其人不及二三人，其文不能數十首也。今以前代之時文與今之時文果足以追步古人者，與今人見之，則適適然驚矣，望望然去矣。何者？ 彼其於詩歌、古文，徒見其善者也； 彼其於時文，雖有善者不見，徒見其不善者也。徒見其善者，以善者示之，彼以爲類也，故安之也； 徒見其不善者，忽以善者示之，彼以爲不類也，故怪之也。

彼其求之者，帖然旅進於其下，各持其一是，各恃其一長，曰： 若者爲舉人矣，若者爲進士矣。彼一夫者，憒然踞坐於其上，持彼之一是，恃彼之一長，自以爲繩墨而以之衡天下士，曰： 如此則中吾彀，如彼則不中吾彀，如此則得之，如彼則失之矣。彼幸而得之者，亦遂欣欣焉自鳴其得意，以爲是果有道焉，吾乃今得之矣； 彼不幸而不得之者，亦遂悵悵焉撫己而自疑，以爲是或有道焉，吾特未能得之耳。於是得之者愈益驕，且以爲嚮者吾固未嘗能爲文，能之自今日始。於是招彼不得者而誨之曰： 『來！ 吾語若。是蓋有道焉，若虛以從我，我告若； 若不虛以從我，我不告若矣。』彼不得之者久不稱其意，其心不能無少動，欣欣焉而來，曰： 『庶其告我哉！』嗟乎！以彼其言叩其心，獨安能無慚於幽獨之間乎哉？此世之能爲古人之文者，所以潛蹤滅影、牢關深閉，藏其文於筐篋之中而不與今人見之也。

吾友徐君笠山之文，吾嘗與望溪先生論之，以爲追步古人而不爲世俗之文者也；與衆明其道，而已獨有所獲焉者也，是知之至者也；與衆習其事，而已獨有所優焉者也，是能之至者也。其藏之筐篋之中，以傳於天下後世焉，可也。

録自海峰文集卷四。

東皐先生時文序

世皆以古之道無所用於今，是大不然。堯、舜之道遠矣，及東周之季，而仲尼祖述焉。冉牛、閔子、顔淵可謂賢矣，而孟子以爲『姑舍是』，『願學孔子』。詩自五七言之體興，歷漢、魏以及隋、唐，而杜甫集其成；文自東漢以代降，而韓愈振其衰。士不好古耳，好而求之，未有不至者也。

鄉舉里選之制廢，以文辭取士，至有明而其術窮。爰取四子之書，創爲八比之文。家誦戶習，而能者出於其間。若唐氏、歸氏，其資之於古者既深，則其垂之於後必遠也。沿用既久，後學厭棄先矩，乃更旁羅經史以相附益，炫其采色音聲，而於古聖立言之旨，寖以違戾。迄於今，而承襲舛訛，先民之遺學掃地盡矣。

東皐先生崛起東武，洞見孔、孟之心意於語言之外，而盡其精微，不爲宋、元諸儒之所屏蔽，而行之以古作者之文。其言與聖人之言相赴，不闕一義，不增一辭，炯乎如日月之光，靡不照灼；非唐、歸之文，而唐、歸無以過之，超然能復古者也。

由是觀之，以古之道爲不足法者，妄也；以古之道爲高遠而不可幾者，怯也。今之善奕者未必不如秋，善射者未必不如養。至於賦詩作文，專以末流自待，言及於杜甫、韓愈，則愀然變色，以爲是天人，非吾之所企，吾是以悲其志之不立也。有志者，視先王之法，堯、舜、孔子之道，皆可以一身任之而有餘。夫以堯、舜、孔子之道一身任焉，則其志愈大，而力亦從之。文章，末技也；於以復古，奚難哉？讀先生之文可以蹶然而興起矣。

録自海峰文集卷四。

郭昆甫時文序

人必有一介不取之操，而後可以臨大節而不奪；有臨大節不奪之心，而後其見於言者，輝光潔白，而不受世俗塵垢之污。甚矣，文之不同如其人也。一任其人之清濁美惡，而文皆肖像之。以卑庸齷齪之胸，而求其文之久長於世，不可得也。

余友郭君昆甫，生於衡、湘之間，而盡得其山川淑靈之氣，固所謂雄偉磊落非常之才。而其矢志行身必本乎孝弟忠信，大行則發之於事業，窮居則不得已而見之於文章。余固粥粥無能，不能及昆甫萬分之一。以昆甫嫉惡之嚴，宜其無所取於余；顧獨相信之深，且欲共相攀援以躋於賢豪之域。余自顧而慚，不知余何以得此於昆甫也。天驥絶塵而奔，尾以蹇驢，不知其能同至焉否邪？

余觀昆甫特立之志，方進取於古人而未有止息。其動履必折衷於道義，而窮達禍福不以易其心。使其立乎本朝，而古人之功業不復見於今世，吾不信也；況其外之文乎？志也者，幹也；文也者，其華滋也。且夫文章得天地之菁英，而光采迸發，不可蔽掩，彼其設心冒利，苟爲干進之階者，固宜其鶩猶鬼神，見之而卻走哉？

雖然，余與昆甫各以私繫，不可合迸〔一〕。追思往昔，飲酒終日，笑謔歌呼之樂，邈不可得。閉門讀書，忽然有得於心，拂衣起舞，欲就質之昆甫，而昆甫隔在關河數千里外。念人事之變化，會合之不可常，壯者老，老者病且衰，爲之太息歔欷，泫然流涕者久之。於是爲序其文，以爲寫其憂思，因寓昆甫視之，以爲何如也。

録自海峰文集卷四。

【校】

〔一〕吳本作『並』。

張俊生時文序

唐以詩取士，而杜、李二子無與於科名；明以八比之時文取士，而歸氏熙甫晚乃得第。信乎高遠傑出之文，非世俗之所能知，古今同然乎？雖然，唐之以詩拾崇科者，今人不傳也。至於時文，則必取腐敗者誦讀之，而先民諸作藏瘞不觀。時文之日就卑下，固其宜也。今之時文號稱『經義』，以余觀之，如棲羣蠅於圭璧之上，有玷汙而無洗濯。雖古聖之言，光如日月，極人世之能，不足使之晦蝕； 而時文自爲其不道之言，究何補於經哉？

吾友張君俊生，耻爲世俗之文，而爲文一以先民爲準則。然俊生之於鄉試一發得之，則是先民之文，亦得以弋取科名。而彼之嵩嵩以科名爲學者，徒自爲腐敗而已。夫自書契以來，六經既往，文辭之士興，剽英獵秀以求自見於世者多矣。然卒與糞壤同穢，由其繆戾於聖人之道，植基淺狹，而光氣不能自表見也。有志慕古之士，觀俊生之文，可以益堅其嚮往矣。夫寧獨時文也哉！

録自海峰文集卷四。

方晞原時文序

方子晞原將刻其平生所爲制義，而請序於余。余應之曰：『子之文，不合於時者也。而重以余言，其毋乃未獲揄揚之益，而益滋之詬厲乎？』蓋孔、孟之微言，經前代諸儒之論辨，而大意已明矣。後代更創爲八比之文，如詩之有律，用排偶之辭，以代聖賢之口語，不惟發舒其義，而且摹繪其神，所以使學者朝夕從事，漸漬於其中而不覺也。故習其業者，必皆通乎六經之旨，出入於秦、漢、唐、宋之文，然後辭氣深厚，可備文章之一體，而不至齟齬於聖人。傳習既久，日趨詭異，加之以患失之心、求得之念，而流弊至不可勝言。

晞原志在反古，獨從余相爲劘切，遵唐、歸之遺軌，而不惑於世俗之趨尚。一時與晞原同學者，操速化之術，多竊巍科以去，方且笑晞原之拙，而晞原以爲得之有命，終不易其所守也。雖晞原之在今日，傫然諸生，不獲與時彥爭榮，然守其道而不變，安知其終不得邪？彼其得之者，自喜以爲術之工，而不知其爲天之授也。天苟授之，使其爲晞原之文，豈遂不得邪？夫學爲速化之術者多矣，豈其皆得邪？爲晞原之文而得，所謂兩得之也；爲速化之文而不得，所謂兩失之也。後之學爲文者，可以決所從矣。

録自海峰文集卷四。

朱子潁詩集序

余與子潁別二十餘年矣。憶昔與子潁遊，子潁未及弱冠，余雖有一日之長，而與爲嬉戲，異乎世俗之所謂師弟子者。然其情乃益深，而義顧彌篤。雖子潁上有兩兄，皆從余受學，而其心相矜重，殊不逮子潁。

子潁奇男子也！其胸中浩浩焉常有擔荷一世之心，文辭章句非其所措意，而其爲詩古文乃能高出昔賢之上。後數年，子潁偶以七言詩一軸示余，余置之座側。友人姚君姬傳過余邸舍，一見而心折，以爲己莫能爲也，遂往造其廬而定交焉。姬傳以文章名一世，而其愛慕子潁者如此。子潁之父、祖皆爲達官，然不爲子孫留遺計，而子潁少時衣食不足。子潁所與交遊，皆當世名賢，時過子潁論文，子潁與相對終日或不能設食。蓋子潁之窮如此。

余別子潁閉門里居，忽忽十餘年，則聞子潁已舉於鄉，出宰巴蜀之屬邑。其自秦入蜀，道塗覽古之篇，尤爲深入唐人之室。子潁在蜀，值軍興，領兵八千人，出使雲南永昌，逾美諾之巖，往來阻險師旅數千里之地。自重慶移守泰安，又值鄰郡賊起，子潁早詣大府爲設方略，親戰臨清城下，射殺賊首一人，定其餘孽。然其憂深家國，心爲瘁，髮爲白矣。嘗思退而稍息其勞，而輒爲上官所留，欲歸不得。乙未之春，姬傳以壯年自刑部告歸田里，道過泰安，與子潁同上泰山，登日觀，慨然想見隱君子之高風，其幽懷遠韻與子潁略相近云。

嗚呼！子潁昔日之窮，非子潁之能窮也；今日之爲郡守，非子潁之能爲郡守也；其出入師旅，屢經鋒鏑之危，非子潁之能行乎患難也；則今日之欲歸，非子潁之能自爲歸也。姬傳歸而子潁不能，蓋有天命焉。然則，子潁之於爲官，去可也，留可也。去而溷跡漁樵之侶，留而爲宇内建不世之勳，無不可也。若夫文章之事，無窮也。子潁其於簿書叢集，稍求頃刻之暇，出其才力以與古之風人學士相追逐，此則子潁之所能自爲者也。夫如是，則政理之餘，時有以自樂，豈必巖棲而野處，然後爲能息其勞哉！

録自海峰文集卷四。

皖江酬唱集序

詩也者，樂之本也。樂也者，仁之聲也。士君子託居民上，不忍虐使其民，而溫良慈惠，惟以愛民爲心，則其和風廣被，一日而形爲歌詠，常有藹然之音焉。

吾郡太守鄭公至自南海，抱質懷繩，專精委務，德懋於厥躬，恩隆乎兆庶。時值天旱，隱念民生之疾苦，禱雨龍山，不憚跋履之勤，崎嶇之阻，鹽汗喘息，冒炎熱而不自知。精意之所流通，上及九天。龍躍雲蒸，霈然降雨。田禾隴黍既槁復蘇，閭左窮檐驩聲騰沸。公顧之而喜，爰乃對花而飲，乘月而歌；先民而憂，則亦後民而樂也。

安慶之與池州，壤地相接，鄭公既賢，而池州太守張公又賢也。張公間因事至安慶，以客爲主，則鄭公轉主爲客。故對花之筵鄭公主之，而乘月之筵張公主之。予唱汝和，無往不復。鏤冰斵雪，纂組繽紛，璨璨〔一〕乎珠玉之輝，飄飄乎雲霞之態，以是而宣諸金石。比之管匏，信所云藹然之音者矣。於時，一府之中，屬邑之吏，與夫分發安徽將之官而待命乎大府者，里居之績學而未仕於王朝者，一尊卑，齊長幼，苟有能詩之稱，皆屬而和之，聯爲巨編，驚人聽睹，名之曰皖江酬唱集，而遺大槐爲之序。

録自海峰文集卷四。

【校】

〔一〕原「璨之」，據吳本改作「璨璨」。

浮山記〔一〕

浮山自東南路入，曰華嚴寺。寺在平曠中，竹樹殆以萬計。而石壁環寺之背，削立千尺入天，其色紺碧相錯雜如霞。春夏以往，嵐光照遊者衣袂。

踰寺東行，循九曲澗登山之半，曰金谷巖。大石中空，上下五十尺，東西百有二十尺，裝巖爲殿，架石爲樓，鑿壁爲石佛，而棲丈六金像於其中。其石宇覆蔭佛閣，而宇之峻削直上者，猶二丈餘，望之如丹障。四時簷溜滴瀝。其左爲僧厨，厨亦在巖石之中。巖之北壁有洞，窺之甚黑，以火燭之，深邃殆不可窮。丹障之西，障垂欲盡，石折〔二〕而水出，小橋跨之。過橋而巨石塞其口，沿澗曲折，循石罅以入。至其中，則廓然，甚廣而圓，如覆大甕，如蝸螺旋折而上。上有複閣，其頂開圓竅見天。飛流從中直下數十尺，如噴珠然。巖底四周皆石岸，可容百人，可步可環坐而觀焉。以石擊其壁，響處處殊。燃火礮於其中，則如崖崩石裂，聲聞十里外。其中承溜爲石池，溢而至於巖口，則伏而不見，此所謂滴珠之巖也。若時值冬寒雨雪，或凝爲冰柱，屹立巖石之下，尤爲瑰麗奇絕。然不常有，蓋數十年乃一得之云。

自滴珠西轉，是爲聞虚之峰，緑蘿巖在焉。峭壁倚天，古藤盤結，石楠、女貞相與欹側被之。無寸土而堅，而壁石中拆一罅，水從罅中出，注而爲垂虹之井。出金谷而左，陟其肩，有大石穹起當道，兩棖中虚，如植玉環而埋其半於地。自遠望之，天光見其下，如弦月焉。其旁怪石森列，如獅、如象、如鸜鵒，甚衆，不可名狀。而首楞巖在獅石口吻内。其中鑿石爲几榻，可弈，可飲，可以望江南九華諸峰，如在宇下。自首楞緣仄徑西行，有泉滴瀝不斷者，上方巖也。往時泉漫流懸注金谷之額，自巖僧鑿石連梘，引其水入厨，而金谷之簷溜微矣。自上方復西行，有圩陂，廣可數畝，其形如漏巵，其口則滴珠之飛流所自來也。

自華嚴之寺西行，徑山麓田野中，至松坪，入之甚深而隱。背金谷而當山之豁者會勝巖也。巖縱三十尺，横五十尺，即巖内爲殿，而架閣於其右。一日坐閣上，值大雷雨，雲霧窈冥，閣前老松數十株。隱見雲際，森然如羣龍欲上騰之狀。自巖左拾級而上，爲堂三間，曰九帶之堂。石三面抱之。門外植四松，松下則會勝之簷溜也。會勝之右，有巖曰松濤，有洞曰三曲，洞中乳石成柱，委宛覆折。而古木蒼藤，蔽虧掩映，冬夏常蔚然。有泉泠然出其下，南流入峽中。而朝暘洞在峽西石壁之半，梯之以登。至亭午，日景始去。自會勝左出，石壁西向，巖洞鱗次，曰棲真，曰棲隱，曰翠華，曰枕流，而五雲巖在翠華之上，望之如層樓。至壁之將盡，則嵌石覆出如廊。廊西乳石下垂，如象蹄對峙爲柱者二，如闢三門焉。金谷巖洞類宫廷，會勝廊成列肆。自三門南出，有石龍蜿蜒南行數百丈，人亭其上，左右皆俯臨大壑，羣木覆之。溪水自陰翳中流去，鏘然有聲。自三門左轉，一徑甚狹，垂泉爲簾者，雷公洞也。中有石池，以閩人雷鯉讀書於此，故名。自會勝迤西而北，入石門，則山之頂也。其上平曠，天池出焉。有大小三天池，菰蒲被之，鰕魚羣戲於其中。又有大石坦夷，上可立千人，石理成芙蕖，經雨則紅豔如繪。石盡則菜畦麥隴彌望，如在原野。畦隴盡，則又出石骨坡陀，其側可以俯瞰連雲之峽，而危險不可下。

連雲峽在會勝、石龍之西。峽三方皆石壁如城，而闕其西南一面。有巖在峽口之右，石罅如蜂房，架石爲寺，鑿石爲磴而登之。冬時得南日最暖。自寺左行，有崖巍然高覆，其承雨溜者，歲久正黑；雨所不到，石色猶赭。赭黑相間，斑駁不可狀。崖腹有巖，曰野同。自野同又左，崖簷有泉懸注。側足循危徑以行，人在懸泉之內。至峽之將盡，有巖石理凹凸纖密，如浮漚、如浪波之沄沄。而崖簷之泉鏗訇擊越，如聞風濤之聲，名之曰海島。

出連雲之峽又西北行，有巖曰壁立之巖。即巖內爲殿，而於其前架樓以居。其上有重巖，曰石樓；其下有井不涸。其前有石臺，臺之下有洞，曰鼎爐。其右有泉自峽而出，曰桃花之澗。跨澗爲橋，澗以全石爲底，雨後泉穿橋而墮。遊其下者，自鼎爐以趨桃花之洞，則必越澗之委，仰見飛流如噴雪，其聲轟然，人語不能相聞也。踰橋而西有巖，石壁陡立不可入，乃穴石爲門，架石爲樓而居之，名之曰嘯月。循其西壁而轉，有小洞。洞內石穴如蜂房，其數蓋百有八，名之曰總巖。壁立之右，有巖曰半月。折而北，有巖高廠，曰西封。舊有大石可羅百席，石工採其石以去，既久而窪，積水深二丈焉。旁巖三，不知其名，皆可遊。又其西，則雲錦廊也。自壁立之左南出，石壁峭削不可攀。好事者鑿石爲磴，磴纔受足，凡百餘級，五折而上，名之曰繞雲之梯。自壁立來者，上梯以瞷天池；自會勝來者，下梯以趨壁立。繞雲之南，有巖曰披雲。登其梯之半，其旁有洞，曰戛玉。

浮山在桐城縣治之東九十里，登山而望之，蓋東西南北皆水滙，而山石嵺嵲空虛，幾欲乘風而去，故名之曰浮山。是山也，自檣山迤邐而來，北起而爲黃鵠峰。峯之西，石壁削立千尺，上豐而下斂，共勢欲傾。有洞在其上，曰金雞，大如車輪。四分石壁，而金雞高得其三，嶃絕不可登。當其蹙然下斂，有二巖，曰畢陶，臨水而幽；曰晚翠，日西夕則巘受之，蓋與朝暘之洞平分一日云。黃鵠之南，有巖曰摘星，地峻而險，其徑不容足。巖之前有絕澗橫焉，遊者皆苦其難至。自摘星而下，其右有甕巖。其口隘，而其腹甚廣。其左有兩石屹立，高數丈，中距二尺許，若人斧以斯之者，名之曰夾桅之石。石之右，斷虹峽也。峽中有洞，曰涵蒼，曰橫雲。

自黃鵠東南復起而爲妙高峰。妙高者，浮山之最高處也。峰之半有巘曰淩霄，登之則飛鳥皆在其下。自妙高之淩霄折而下，至西北直上，又得醉翁之巖。下臨平原，其巖石覆壓欲墜，有僧構而居之，牕櫺皆如支拄然。中有泉，甘洌異於他水。其旁有闕巖。他巖三面石，而此獨四面，一戶一牖，皆石以爲之。

自妙高東南再起而爲餘萊峰。餘萊之南，則華巖之背，所謂石壁削立千尺者也。壁有洞二，曰定心，曰寶藏。自定心、寶藏而東，有洞二，曰長虹，曰劍谷。登妙高、餘萊之巔，其間多大石，皆奇。有一石直立餘萊峰上，當額一孔如秦碑，而其下方石整立，如連屏摺疊，烺然可數。

自黃鵠北迤，是爲翠微峰。翠微峰之西南壑中，其水流而爲胡麻溪。由石龍之左循溪以入，其石壁之洞有三，曰深遙，曰石駐，曰峨眉。折而南，有小峽。峽有巖，曰談玄。出峽而北，有石梁二，相竝而跨於溪上。溪以全石爲底，而仰承二梁爲一石，名之曰仙人之橋。雨則登橋而下見溪水之奔流；霽則橋下可通往來，可羅几榻而居之。

自翠微之東，別起而爲抱龍峰。抱龍與餘萊竝峙金谷之前，金谷則黃鵠之東面也。登抱龍之顛，有大石，上平如砥，曰露臺。四望無所蔽，而風自遠來甚勁，立其上則人輒欲仆。臺之後，有洞穹然跨峰之脊，左右豁達。自東入，則西見山之林壑；自西入，則東見野之原隰。臺前有老松，枝幹虯曲，蓋千歲物云。

自翠微西衍，是爲翠蓋峰。自翠蓋轉而西南，則會勝、連雲、壁立、嘯月諸巖也。自嘯月而更西北，浮山之西面也。從其西以望之，山如石几，正方。而丹邱、一掌二巖竝立方几之下。山之北戴土，無巖洞。而山中有青鳥，其聲百囀，獨時時往來於白雲桐城山名，東去浮山二十里、金谷之間，他山未之見也。又有鳥，狀類博勞，日將入則鳴，其聲如木魚。

録自海峰文集卷五。

【校】

〔一〕吳本作『遊浮山記』。

〔二〕吳本作『石坼』。

遊黃山記

乾隆二十九年，歲在甲申，九月之上弦，余與歙縣友人程易田、方晞原、吳韓封、吳薏川及薏川之弟箕浦共遊黃山，六日而返，遊未能徧也。或請爲記，乃取黃山舊志補綴成篇，以招後之好遊者。

由歙城西北行百二十里，至湯口。溪流噴薄大石間。仰視諸峰，如在天上。及抵祥符寺，諸峰反半隱不見。踰小橋而北，有溫泉焉。泉自硃沙峰而來，窪爲小池，蔭以半巖今已鑿石砌亭，深不逾二尺，而泉自沙底汩汩起。池北冷泉出石罅，兩水相和，得不熾。淩冬冷泉涸，則水愈溫。池之東隅，有隙以流其惡，水隨浴而淨。而硃沙泉，其氣清芬。故天下多溫泉，而黃山爲之冠云。

既浴，跨石越澗，左行數十步，至桃花源。石徑幽狹，穿一石而入，如門。其石有妥有欹，或覆或露，其夾如巷，其長如廊。復穿一石門而出，而老梅布石罅甚夥。由寺右緣天梯而上百餘步，幽壑不可越，以二木搘崖而度。折左，紆行可半里，有洞穹然出崖上。洞石瑩潔可愛，深三丈，高二尋，廣半之。洞盡，復有小洞如龕，如堂奧然。飛泉蔽洞門而下，灑灑不絕，是曰水簾之洞。出洞循崖而左，有二小洞，中隔如牆，曰餐霞之洞。而山之左腋，有水穿亂石而下，是曰藥溪。溪石廣丈餘，中凹如臼，仰承上流，是曰藥銚。銚左欹，而水出懸溜，承溜一石如圓盎，弇口而中如螺旋，異石五色，白者如珠，是曰丹井。折而右，爲蓮花庵。入庵登閣，下瞰白龍潭。潭廣十餘丈，其上大石橫亘，高三丈餘。而藥銚合諸溪之水，從疊石乘高而下，而潭以一石仰承之，其勢撞衝奮躍，鳴吼如雷。潭既受水，淵渟滉瀁，其深不測，睇觀既久，咸生恐慄。潭上一石，老木垂陰如蓋，下可坐飲數十人。白龍潭今爲蛟龍所敗，彌望皆沙礫。以其名勝也，故記從其舊。循潭滸里許，有石負山而立，昂首作咆哮之狀，是曰虎頭之巖。行百武，見大石頹然傾倚，若不勝杯杓者，名之曰醉石。醉石之旁，有泉淙淙從石壁下，曰洗杯之泉。下有伏石，其色上白而下黝，曰停雪之石。入谷半里，有泉如龍，自懸崖直下注石，激而成坎，盈科復下，歷歷成坎而懸，其坎凡八，是曰落星之泉。折而上，石崖中凹而旁哆，層石磊磊，而其上飛瀑懸流百尺，山半大石拒之，激而逆上，自上分數道下注，有橫石長十餘丈，中空若琴，水徑石上，其音疏越，故名其泉曰鳴弦。

遡鳴弦泉而上，地皆阻險，行者如鼯鼠之穿林。稍進，地忽平曠，有佛舍巍然，是爲慈光寺。寺前後翠木交陰，日光篩落，如行荇藻中。坐寺門遥睇青鸞峰，其巔若有一人趺坐，諦視之，石也。由寺左折而北，入澗。澗口有石如灩澦，一松據其上，而澗水分流石之左右，石盡水合，其圜中規。其左右之流，下皆石疊，水激而飛，如二白龍，蜿蜒赴壑。其左霤有穴，水注之如井，其中石則羅漢級也。級五百，自下視石如梯，自上視水如帶。今亦爲蛟所敗。由寺右折遡硃沙溪而上，徑鉢盂、老人峰趾，兩崖峻削，捫壁往，忽洞開如門。自是危巒曲磴，傾側迤行。坐石上稍憩，乍見前塗，茫茫乎石壁之虚，有庭有除，若戶若樞，像佛攸居，湢室齋厨，周於四隅。若有浮屠持鉢而倚於門閭，是曰空相之廬。空相者，石影也。去石影三里許，至觀音巖。巖欹立如側蓋，下可容數十人。一壁巉出巖右，一壁中嵌，空如仰盂，赤色熊熊有光，蓋硃沙洞也。踰巖跨小堨，至老人峰。峰小而鋭，立石如老人傴僂之狀，高不盈丈，而下臨百仞。無階，挽藤上。大石磥砢，蒼松覆之，日影著石，雖盛夏而陰蔭逼人。上歷大陰澗，澗多礪石嶄立。過澗陟嶺，則豁然高朗，回顧來徑，已如墮淵底；而天都、蓮華，仰視猶在霄漢。上數十步，峰勢漸逼，山色從幘上起。舍之，越嶺而西，有寺曰貝葉。石洞方廣可三丈，左壁峭絶直出，水懸溜作聲，一折如墉。其前大石突起數十尺，直當洞門。右劈一峽淩洞巔，背負懸崖如覆。洞口水不絶如簾，旁一池泓碧，是曰蓮花之洞。去洞復上嶺東行，有巨石當路而中虚，於其中累石爲磴數十級以上，如門，題之曰雲巢。折而上，有二松，緣石夾路，枝葉交結，若與遊者相揖讓，名之曰迎送之松。忽巨石仄起如龜脊，左右絕壑萬仞，從脊上蹋步以行，行者皆股慄。今爲石欄，可無恐。路旁有石平圓，松蔭其上，可坐，名曰蒲團。今松不存。過石，則二壁夾立如牆，入罅中行，見天甚狹，有松臥其左壁，長數丈，而枝蟠右壁，名之曰臥龍。再折而三石壁立，其中一松如坐，回顧乃見之。稍進，徑益隘，峽盡石斷，不可前。乃架木爲筏，筏薄而脩，下臨深壑，左倚蘚壁，僅得度，是曰斷凡之橋。筏窮，更入石洞中。洞三面環阻，徑復窮。仰視洞頂缺若突，天光入焉。乃憑木梯以上，如出自井口。從突降壁，兩壁爭高不相讓。再行稍坦，而老木列植如藩，徑轉則文殊院也。

黃山三十六峰，而以天都、蓮華兩峰爲最高。登文殊之院，則天都峰在左，蓮華峰在右，兩山夾立如門。而院之背，實倚玉屏峰。玉屏峰界天都、蓮華之中，亞而平，自遠望之如門限。院之前有臺，登臺則諸峰皆羅列在後。臺下峻絕，顧瞻來時所歷之峰，皆伏處其下不可見，見遠山如蟻蛭焉。天都峰無徑，不可登。乃西登蓮華之峰。從文殊院右折而下，鑿石爲磴，不容武。以腹摩壁，屈曲層疊，至山之麓，乃復上。蓮華峰下，石壁拆裂數百仞，水道由焉。乃循水道叠石爲磴可千級以上。級之受足不盡踵，遊者觸額齧膝，而其上石壁如障，覆壓將及頂。級盡，更入石罅中，見天不數尺，兩崖陰陰，水激濕衣袂。再上，可百步，得橫岡。循岡東行，抵蓮華之萼。躋而上，且百武，忽巨石當道如龜。踰石而北，窺其旁有罅，遂闖入罅中。陟數級，有石如門。入門循壁左行，徑不容趾，乃折入洞。洞兩石相倚，見天光一隙。復登降數級，皆自石腹中得竇，倏晦倏明。又陟數十級，有僧廣〔一〕焉。循廣〔二〕左簷上石梁，梁廣不踰尺，其脩淩虛，乘之無敢俯視。再轉，而石忽中裂，以木架而度。復抵絕壁，嵌梯以上者二。今已易木梯爲石磴。梯之下，石裂數十丈，懼不敢升；升則級絕，而石抵其胸。以腹附石攀而起，則其石復裂，可三尺，跨而越之，乃至巔。自下視巔，塊然一石也；及入其中，則重垣複閣，宛轉交通。同遊從壁上相呼，如甕中語。循呼聲求之，乃得出。巔廣盈丈，青石叢抱，中凹若盂，狀如蓮之初綻。坐其上，極望無際，山川城郭，濛濛如在煙靄中不辨。峰之南有峰曰蓮蕊，一削萬仞如柱，而其房未剖，狀如蓮之苞。又其北有卑崖，距蓮峰百仞，田田如蓮葉，中有積水，歷久旱不枯。

自峰巔而下，循舊徑至岡。岡忽斷，下臨淵渚，乃鑿壁爲磴百餘級，級之受足不一尺，遊者肩踵相接，名之曰雲梯。由丞相源而來者上雲梯，由祥符寺而來者下雲梯。梯盡，折而東，徑稍平，行大壑中可三里，而石壁巉削千尺，望之如墉不可越，是爲鰲魚之峰。乃隨壁之坳曲，鑿石爲磴數百級以上。其旁有二峰，曰懸鍾，曰海濤。乃出新闢石罅，其徑如欄楯。折而上，入石窟中，累石爲磴以出，曰石門。出石門，登平天之岡，是爲海子，黃山之極巔也。

黃山之峰，皆峭石，拔地數百仞，指天如執圭、如秉笏。遊者絕壁而上，多喘汗勞怨。及出石門，至平天岡，則山皆戴土，甚廣而平，其縱可五里，而橫猶三里，望之如原隰焉。岡多異松，而棋枰松尤奇。高不盈二尺，而覆十圍，枝葉糾結平密，如掌、如席、如織文。其上可弈，可容四人坐而相向飲。今爲樵者所薪。岡之稍起而堆阜者，曰光明之頂。頂突如廣額，高埒蓮華峰，而勢稍平衍。有石角嶄然崛起於東南，下臨絕壑。而五老峰起自壑中甚近，視之如小兒。秋空澄霽，登頂而望，日月之所出沒，霞虹之所照耀，匡廬、九子、天目以及金陵報恩之浮圖，瞭然可指數焉。頃之，山半出雲，如冒絮，如白龍，滃浡晃蕩，奔逐四合，瀰漫荒野，平布匼匝，一白無涯，渺極天際。日光射之，如積雪之環周。而諸峰錯出其間，僅見其頂如螺髻，乍隱乍見。其依岡而横者如岸，其冒樹而拔者如檣，其因風而時高時下如浪，人在峰巔，如乘槎而浮於海上。已而，輕風驟捲，雲氣迸駁，石出山高，島嶼聳峙，向之所見，如幻如泡，一謦欬之間，不知其消歸何有。此所謂鋪海之雲也。夫黃山者，仙靈之宅，雲霧之都，舉足而巒壑移焉，瞬目而陰晴異焉。欲觀雲海，於光明之頂爲宜。其在文殊院者，不知有後海；其在始信峰者，不知有前海；登光明之頂，則放乎四海而莫不來王也。常於積雨初晴、日出時見之；然或終歲不一見。余之登山凡六日，而三見雲海，蓋若天所佑焉。

由平天岡西北行二里，登鍊丹之臺。臺方廣可容萬人，俯臨邃壑，深不測。而西北諸峰環峙，如人，如鬼，如鳥獸、器物，狀以千計。一峰當臺而起，如供几案，上有松覆之如蓋，其名曰紫玉屏。臺畔有方池，或曰丹井也。清泠可鑒毛髮，而松枝倒影入其中如畫。循臺而下，歷石門之峰，大石橫跨兩山之趾，長數丈，人謂爲仙建之梁。其下通人行，而中有石塔圓如月，上大下小類削成。其梁之兩端各有石，倚壁相對如龜，而上平，可坐臥，謂之爲仙牀。其一壁有石如瓶，引觜如斟，流水出其中不竭，謂之爲仙瓶。出石門，乃登鍊丹之峰。峯高八百七十仞，其上有大石橫跨兩山之腹，遠望如長虹，所謂仙橋也。及至橋側，則兩石如柱，一橫石覆之，而左踵下浮，右脛中絕，相倚泊得以不墜。上脊不盈五寸，而下臨深溪千尺。黄山，故黟山也。而後世乃曰黄帝鍊藥於此山，其後仙去。蓋黟山之名黄山，自唐天寶時也。

由丹臺直出數十步至海門。懸崖夾立而中闢，黝色如鐵。據門俯瞰，其下直削無底，而羣峰於絕壑中奮踴以出，其勢屹崒，如武士之怒立者甚衆。環絕壑而峙，有三海門。每百步一闕，爲闕者三。入其門，徑不容足，如負牆而立焉。傑然聳峙於海門之側者，飛來峰也。其峰高出羣峰數十仞。其上有石，卓立峰端可十丈，盤石承之，而斷不相屬，類飛來者然，而峰因以名。其下有潭，龍伏其中，窺之不可測，投以石，撞擊至數百千聲不已，是曰鐵線之潭。由海門東迤五里許，登始信之峰。峯忽中斷，而壁嶄然相去可尋丈，下視嶙峋千仞，乃斬木爲橋以度。橋右憑崖，其左空而臨壑，而北崖有松橫枝直抵南崖，蔽障其空如檻，名之曰接引之松。攀枝而過，陟其巔，則羣峰環拱，怪石兵衛，盡丹臺、海門所見，若皆薈萃而植立其前。左瞰石筍岡，右臨散花塢。石筍岡界兩山之間，而山束爲峽，石起峽中，纖如指，鋭如戟，繁如竹林之箭裂土而怒生者以千百計。散花塢亦千峰排列壑底，丹黄錯出如繡，有神仙對弈、貴客旁觀及賈胡獻寶諸肖物之形。而一峰拔壑而起，獨立無倚，可十丈。有松焉，其根長二丈餘，蜿蜒出走，未知其榦所在；循峰右轉，則見峰有裂罅，而松於罅中直上達頂，露其半，可窺；

更旁裂一石，乃屈曲蟠結於峰頂之四周，而橫曳一枝復下垂者，其長猶三丈； 名其松曰擾龍。始信峰之西，爲師子峰。自師子峰東降，其崖側巨石矗立，上平如掌。有松高四尺，其根穿巨石之頂而下，而榦據其上甚堅，名其松曰破石。由石筍岡下松谷菴，其間可二十里。將至松谷，山漸上益鋭，羣石參錯，若有偉丈夫衣冠而立者。其旁有石如牌，中含綠字，與日光相激射。其字不可視，視之雷輒擊去其字。或決欲見之，天方晴旭，行將近，忽湧雲塞霧，咫尺晦冥，終莫能見云。

環松谷皆山，其自四山飛瀑而下蓋百數，而聲響各殊，聽之不窮。前後五龍潭，青者、黑者、黄者、白者，各以其水所受之壁色爲名。而天容、雲影、人物往來之形静映於光明之中，不可名狀。由菴之左折而下，曰清潭。石壁青蒼，奔泉出亂石間，滙入潭。有石梁覆其上，而不盡覆者十之三，望之如碧琉璃。循菴而上可三里，聞水聲潺潺，石色瑩白與水稱，則白潭也。有油潭者，狀如大釜，嵁絶不可即。跣足蛇行，緣釜眉而窺之，如見其底，而以綆測之，十尋猶不竟。踰菴以西，有大石當溪中，嵌空如室，激水橫行，聲若雷轟，而室下石竅闕通，積水澄碧，題之曰龍淵。

去松谷而西，乃至翠微峰。峯高八百五十仞，而嵐光一碧無際，故山之椒皆曰翠微，而此獨以名其峰。有寺在峰之西北，環寺皆古木脩篁，其境爽塏，與向之磽角稍異。有石澗橫道，僧橋焉，而覆之以屋，以息遊者。自寺西望，有兩峰相並，巉絶而鋭，其高刺天，雲之往來於其中者晨夕不絶也。以其爲雲所徑，故名之曰雲門。

西北之山既盡，乃問逍遥之溪。或曰徑塞矣，而心慕之不能已。黄山之水北出者入池之石埭； 東出者入宣之太平； 其南出者入歙浦； 而山西諸水合歙浦，徑嚴州而下錢塘。溪在青潭峰下，蓋西出之水也。晨起就道，見石壁巍然，而壁間石洞嵌空各異色。壁下即溪流，峻絶無行徑。沿溪皆怪石棊置，石阻水曲折成潭，潭布滿石隙。遊者取徑於石上以行，聚足以拾乃不仆。行益遠，石益異，一石一態，與潭水爭奇。其潭方者如印，圜者如月，長者如劍，曲者如角，行者如銀，止者如黛。石白則潭水亦白，石赭則潭水亦赭。憑高視之，如繁星之綴天。溪行十里，道窮，一峰塞溪之湑，老松冠之，不能至，然〔三〕神往焉。

將踰白沙嶺，不竟，折入深壑中。有洞深五十餘步，前廣丈餘，中倍之，其後益廣，而一壁間之爲二洞。其右洞中有二池，僧架木爲室，流水出其下，激石作聲，夜分時，光點點如燈出洞外，是曰仙燈之洞。去洞數里，循澗而上，至披篷，則諸峰皆聚，所見畧如始信峰然。登始信，諸峯皆從足下起，人在峰上；披篷則諸峰環我而逼，峰在人上。道旁一峰，下一石戴之，狀如飛來，而其首獨銳，月塔也。塔旁一峰，面平如削，上下渾然，而中橫一尺，痕隱隱如古篆十餘字可按。行數里，抵丞相源。黄山之峯皆直削無枝，又拔自絕壑，及至丞相源，則陰崖蔽虧，老木森翳，如行墟落間。出寺門數十武，有溪淙淙，聲乍緩乍急，巨石鎮其中流，平闊如臺，其上可布席而坐，其下可流觴。下丞相源里許，山迴溪轉，有飛泉自叢薄中騰踊，至崖端而下注。澗注爲瀑，瀑注爲潭，潭復注爲瀑，一曲一潭，纍纍巖壑之阿。凡九瀑懸下，雨過則流急而飛挂如龍，是之曰九龍瀑水。自是以往，路漸夷，而遙見一峰雲際，五指撮天，是曰仙掌。其外若𢓊中、潛口、栗邨、長潭、容成之臺、芙蓉之嶺，皆山之支隴，幽麗甚可遊也；而好遊者不能盡。古稱黄山廣五百里，高四千仞，豈虛言哉！

余所記，蓋登山之大畧如此。若其峰之峻不可登，幽泉異石之翳於深壑而不可見，雖見之而難以悉舉者，與夫雲煙之開歛，朝夕晦明之異候，雨暘、寒暑、春花、冬雪之殊觀，則雖有辨者，莫得而言也。

録自海峰文集卷五。

【校】

〔一〕〔二〕原文均作『廣』，爲『庵』的异體字。

〔三〕吴本作『至』。

方氏支祠碑記

古者，諸侯之適子嗣爲諸侯，其支子之爲大夫、士者，不得祖諸侯，而名之爲別子。其後族漸繁多，先王懼其散而無紀，爲制宗法以聯之。故有百世不遷、同吾之太祖者宗之，謂之大宗；有五世而遷、同吾之高祖者宗之，謂之小宗。宗雖有大小之異，要在率其族之人以共祀其先人而已。封建廢而大宗之法不行，則小宗亦無所據依而起，於是宗子遂易爲族長。

然吾以爲後世之宗祠，猶有先王宗法之遺意。彼其所謂統宗之祠，族人莫不宗焉，即古之大宗也。其所謂支祠，人各宗其親焉，即古之小宗也。先王之辨别等威雖嚴，而天下無無祖之人。支子不祭，未嘗委之宗子，而己不與也。不得祭禰，不得祭祖及曾、高，不得祭太祖，而皆宗其祖之傳適，以與之共祭。宗者，尊也。尊其主祭於廟中之人，而人人皆得以自致其敬。故曰：存先王大宗、小宗之遺意者，莫善於宗祠。

方氏自漢河南守紘避新莽之亂，始遷歙之東鄉，又三世爲黟侯儲。儲於章帝元和初，舉賢良方正，對策第一，累官太常卿，封於黟。至隋開皇間，惠誠爲歙令，而其子叔滸愛歙之山水，因家焉。其距黟侯，蓋十七世矣。又歷十三世，宋銓中大夫祕書郎建成子希道，卜遷環山，至孫高乃定居之。又五世師忠始遷巖鎮。又三世名士錡，士錡生周儒。周儒於咸淳甲戌，以明經省試第一，擢官禮部，是爲省元門祖。又歷五世至觀童。觀童生三子，榮，其季也。榮生音，音生健，健生中正，中正生紹祚，紹祚生思聰，思聰生廷康，廷康生承晟，承晟生嗣文。嗣文五子：祈昌、祈宣、祈順、祈恒、祈源。祈宣者，尚錦之父亦桓也。

自承晟欲創支祠而未逮，嗣文繼之，有卜地矣，又不及而徂。其後，嗣文五子而四子皆早卒。於是祈宣率祖考之攸訓，思篤前緒，用夙夜不遑自逸，伐石於山，儲材於野，謹依先卜，廣其規制。重門窈窕，堂寢峩巍，步欄周通，四阿垂霤，石柱繡楣，干霓蔽日。東北建小樓，以遠眺望。登樓則皐、蔭、獅、虬四山環拱，而天都、蓮華諸峯並植檐際。齋庖之舍，燕享之庭，森列備舉。繚以清池，游魚濳泳，菡萏敷榮。踰年，尚錦及其弟尚驤、尚和與尚忠之子溥，乃擇冬月之吉，率先族人奠主祠內。觴豆靜嘉，薦獻祗肅，祖考歆格。祭畢斯燕，昭穆咸序，長幼有倫，旅酬交錯，醉飽懽欣，神人和暢。

是舉也，祖考之精神既遠而萃，族姓之心志既涣而交，繼志述事，其可謂備至爾矣。尚錦歸善於親，請予爲記。予觀方氏世篤孝義有可紀者，乃系之以詩。其辭曰：

維方於徽，其族爲巨。省元之後，蔭庥益著。維爾世德，篤生孝孫。孝孫爲誰？惟亦桓君。維祖維考，有志不遂；孝孫成之，收族以祭。嗟爾孝孫，一簣之虧，堂成不見，而遽云歸。孝孫之後，復生孝子，載纘膚功，象服承祀。象服承祀，年神在牛，先是丁亥，翁殞於秋。是年仲春，翁實始事，子也代終，及冬之季。方氏之祠，孝孫所創。今其族姓，共祭同堂。未成斯堂，邱墟榛莽；既成斯堂，赫然宏敞。未成斯堂，雖祭而孤；既成斯堂，子姓怡愉。未成斯堂，雖祭而簡；既成斯堂，器備儀殫。凡爾孝嗣，惟永孝思，以紹孝孫、孝子之爲。積善之報，端在後嗣。億萬斯年，馨香勿替！

録自海峰文集卷五。

程氏宗祠碑記

昔者，先王之立宗廟也，稱情而爲之制。四世而服窮，六世而親屬竭，故天子諸侯之廟，視服之重輕以爲差等。夫先王豈不欲報本追遠、祭及百世以上哉？而乃於其遠祖，漸遞而遷之，蓋情有所終、勢有所止也。高祖以上，居處笑語、心志嗜好，茫然而莫之見聞，而欲於猝然之頃，致其歆假，勢固不能。故禰、祖、曾、高四世之祭，自天子以達於天下。天子之於諸侯，增二祧而已。謂之二祧，雖曰六廟而實四廟也。大夫以下，其廟以次而減，而其所祭之四親不得而減也。夫所謂庶人祭於寢者，庶人之勢不足以立廟，未嘗於一寢之中而禁其祭祖及曾、高也。封建廢而天子之下無廟制。宋之儒者，增損禮儀，定爲祠祀，士大夫之族得祭及曾、高而並及其始祖，蓋準乎天命之所不容已，而人子之心庶以即安而無憾焉。

荷池程氏，祖永和，建宅立影堂，其後承之爲小宗之祠。嘉靖時重建，歷年踰百，則榱頹柱蠹，瓦飄甓毀，門牡飛亡，階石圮泐，木主之題字黯漶不可別識。裔孫正印見而傷之，以遺紹自肩，謂世德傳衍在予，若先人妥靈之室一任風摧雨剝，其何以自比於人！將出其私橐，徹而新之。未及施行，而正印病卒。時在康熙六十一年。踰年，雍正改元，正印之兆元、兆龍，年甫弱冠，仰承父志，詢謀族衆，僉曰允哉。遂因舊址而恢拓其制，門之外繚以磚牆，自牆至門地三尋。其左別爲門，堂以東北入於門。門之内爲庭，庭脩四尋，四分其脩去一以爲之崇，增一以爲之廣。庭後爲堂，堂崇廣如庭，去二尺以爲之脩。堂後復爲庭，崇廣如前庭，其脩如前庭之崇。庭之後越九尺以爲方池，以存荷池之舊。池廣常有五尺有五寸，深尋有四尺。池之後爲内寢，脩與前堂埒，崇廣亦如之。循寢之楹以爲檻，檻内常有六尺，檻外尋。内寢重屋以居祖、考之主，而妣祔焉。

元年經始，四年祠成，奉主致祭，族之人咸在。爰推永和始創之功，遂及兆元昆弟重建之績，曰：於禮有功德者別立廟，百世不毁，維我程氏之舊，有功則配享。今兆元、兆龍承厥考志，獨任其艱，其父、祖宜從配享之典，春秋咸得祭其主。祭畢頒胙，二人有加胙，世世子孫無缺。議既定，其年齒尊者，申宗法以訓族人，曰：『凡我同宗，其始一人也。喜相慶，憂相弔，患難相扶持。其不遵約束者，衆共譴罰之！』族皆唯唯。

乾隆己卯，逆數建祠之日四十有七年，二昆弟之子光烔、瑤田請余爲記，復綴之以詩。詩曰：

運有隆替，自一人以興；俗有淳薄，自一人以成。夫惟長者，率先倡教，施及後嗣，其光有耀。孰爲改建，程氏之祠，上以報本，下以聯支。刻桷鱗鱗，飛簷翐翐，壁堊白盛，棟塗丹漆。羣煙環湊，子姓之閭，維祠竦峙，屹然中居。于時降登，于時興俛，于時蕭膋，于時燕語。相習以讓，相勉以仁，磨揉盥溉，其德維新。入則孝慈，出相友愛，羸老有扶，荷擔有代。含咀六籍，獵微窮精，儲才抱質，以豫公卿。孰塗孰塈，孰備其器，賡良友夔，維昆維季。俗尚日弛，孝義日衰，二子振之，祥福攸歸。歸功二子，二子不有，曰我嚴君，實道其首。程氏之賢，仲章甫實甄；程氏之貴，仲童甫實賜。程氏千祀，受仲章之祉，刻石紀功，以遺孫子，俾知其所始。

録自海峰文集卷五。

遊晉祠記

太原之西南八里許，有周叔虞祠。祠西爲懸甕山。山之東麓有聖母廟，其南又有臺駘祠，子産所謂汾神也。

有泉自聖母神座之下東出，分左右二道。居人就泉鑿二井，井上爲亭檻以覆之。今左井已湮，泉伏流地中，自井又東，沮洳隱見，可十餘步，乃出流爲溪。溪水洄洑繞祠南，初甚微，既遠乃益大，溉田殆千頃。水碧色，清泠見底，其下小石羅布，視之如碧玉。游魚依石罅往來甚適。水上有石橋，好事者夾溪流曲折爲室如舟。左右喬木交蔭，老柏數十株，大皆十圍。其中則以亭臺佛屋，采色相輝映。月出照水尤可愛。溪中石大者如馬、如羊、如棊局，可坐。予與二三子攝衣而登，有童子數人詠而至，不知其姓名，與竝坐久之。山之半有寺，鑿土爲室，繚曲宏麗，累石級而上，望之墟煙遠樹，映帶田塍如畫。

山海經云：懸甕之山，晉水出焉。周成王封弱弟於唐，地在晉水之陽，後遂名國爲晉。既入趙氏，稱晉陽。昔智伯決此水以灌趙城，而宋太祖復因其故智以平北漢。甚哉，水之爲利害也！唐高祖蓋以唐公興，嘗禱於晉祠。既定天下，太宗親爲銘而書之，立石以崇叔虞之德。今其石在祠東。又其東爲宋太平興國之碑。

是來也，余兄奉之官徐溝，余偶至其署，因得縱觀焉。念余之去太平興國遠矣，去唐之貞觀益遠矣，遡而上之以及智伯及叔虞，又上之至於臺駘金天氏之裔，茫然不知在何代。太原之去吾鄉三千餘里，久立祠下，又茫然不知身之在何境。山川常在，而昔之人皆已泯滅其無存。浮生之飄轉無定，而余之幸游於此，無異鳥跡之在太空。然則，士之生於斯世，雖能立振俗之殊勳，赫然驚人，與今日之游一視焉可也，其孰能判憂喜於其間哉？於是爲之記。

録自海峰文集卷五。

遊大慧寺記

余客居京師無事，間從友人薄遊京城之外。而環城之四野，往往有佛寺，宏闊壯麗奇偉，不可勝計。詢之，皆閹人之葬地也。閹人既卜葬於此，乃更創立大寺於其旁，使浮屠者居之，以爲其守冢之人。而其內又必請於中朝之貴人自公輔以上有名當世者，爲文而刻石以記之。

出西直門，過高梁之橋，西北行三里許，其地爲宛平香山之畏吾邨，有寺曰大慧。自遠瞻之，高出松栝之表。其中堂有大佛長五丈餘，土人亦呼爲大佛寺云。蓋明正德中司禮監太監張雄之所建也。寺後積土成阜，累石爲山，山阜之峻，下視平地殆數仞，其石皆自吳之震澤舟載而輿致焉。山石嵌空瓏𤫊，登其石罅以望遠，內見外，外不知有內。寺左建佑聖觀，而於土阜高平之處建真武祠。大學士李東陽爲文，立石祠門之外。蓋當是時，世宗方尚道術，閹人懼其寺之一旦毀爲道院也，故立道家之神祠於佛寺之中，而藉祠以存寺。寺之西墳壤纍纍，而石人石獸巍然夾侍於前，大抵雄族親之冢也。

夫彼其使中朝之貴人爲文，固若挾之以不得不作之勢；而彼貴人者，亦遂俛首下氣，承之以不敢不作之心。天下未有不相知而可以挾之使必然者，原其初，必自中朝之貴人與宦寺有相知之舊。夫以中朝之貴人而與宦寺有相知之舊，則彼其所以爲貴人者，未必不出於宦寺之推引。其不出於宦寺之推引，自我得之，而何畏乎彼？推引不出於宦寺，而甚畏宦寺，則是惟恐宦寺之能爲禍福於我，此孔子之所謂患得而患失也。爲人臣而患得患失，則其歸且將無所不至。且使患得而果可以得之，患失而果可以無失，吾亦安得而使其不患？乃患得患失矣，而得失之權卒不可以操之自我，我自得其爲我，而何必交歡於宦寺？此余之三復碑文，不能不爲之長歎者也。

録自海峰文集卷五。

遊三遊洞記

出彛陵州治西北，陸行二十里，瀕大江之左，所謂下牢之關也。路狹不可行，舍輿登舟。舟行里許，聞水聲湯湯出於兩崖之間。復舍舟登陸，循仄徑曲折以上。窮山之顛，則又自上縋危滑以下。其下地漸平，有大石覆壓當道，乃傴俯徑石腹以出。出則豁然平曠，而石洞穹起，高六十餘尺，廣可十二丈，二石柱屹立其口，分爲三門，如三楹之室焉。中室如堂，右室如廚，左室如別館。其中一石，乳而下垂，扣之其聲如鍾。而左室外小石，突立正方，扣之如磬。其地石雜以土，撞之則逄逄然鼓音。背有石如牀，可坐。予與二三子浩歌其間，其聲轟然如鍾磬助之響者。下視深溪，水聲泠然出地底。溪之外，翠壁千尋，其下有徑，薪采者負薪行歌，縷縷不絶焉。

昔白樂天自江州司馬徙爲忠州刺史，而元微之適自通州將北還，樂天攜其弟知退與微之會於彝陵。飲酒歡甚，留連不忍别去，因共遊此洞。洞以此三人得名。其後，歐陽永叔暨黄魯直二公皆以擯斥流離，相繼而履其地，或爲詩文以紀之。予自顧而嘻：誰擯斥予乎？誰使予之流離至於此乎？偕予而來者，學使陳公之子，曰伯思、仲思。予非陳公，雖欲至此無由；而陳公以守其官未能至。然則，其至也，其又有幸有不幸邪？

夫樂天、微之輩，世俗之所謂偉人，能赫然取名位於一時，故凡其足跡所經，皆有以傳於後世，而地得因人以顯。若予者，雖其窮幽陟險，與蟲鳥之適去適來何異？雖然，山川之勝，使其生於通都大邑，則好遊者踵相接也。顧乃置之於荒遐僻陋之區，美好不外見，而人亦無以親炙其光。嗚呼！此豈一人之不幸也哉？

録自海峰文集卷五。

遊百門泉記

輝縣之西北七里許，有山曰蘇門山，蓋即太行之支麓。而山之西南有泉百道，自平地石竇中涌而上出，纍纍若珠然，衛風所謂泉源者也。滙爲巨浸，方廣殆數十百畝。其東北岸上有佛寺，甚宏麗。寺西有衛泉神祠。祠西有百泉書院。明萬歷時，縣令紀雲鶴築亭於水之中央。其亭三室，室重屋，可遠眺望。亭外廓四周。廓之内老柏十數株蔽日，長夏坐其内，不知有暑也。其水清澈，見其下藻荇交横蒙密，而水上無之。小魚鰕蟹無數游泳於其中，狎鷗馴鷺；好音之鳥翔集於其上。有舟艤其旁，可棹。亭前爲石橋，過而東南，爲屋三間者二，皆夾窻玲瓏，石戶障其南。水自戶下出，其流乃駛，溉民田數百頃，世俗謂之衛河。自此而南，經新鄉，東逕衛輝之城，北合淇水，歷濬縣、館陶、臨清，入漕河，以達於海。

昔孫登嘗隱此山，阮藉詣之，不言而嘯。嗚呼！使余不幸而生於登之時，其踐履亦將與登同邪？登謂嵇康曰：『子才多識寡。』而其後康果見殺。雖然，使登不幸而與余同，欲買山而無其力，孰使之長居此土邪？然則隱者之生於世，其又有幸不幸邪？余自幼讀詩，知衛有泉源，稍長，又知泉上有蘇門山，思一見之無由。今老矣，乃得終日憩息於此，是則余之幸也已。

録自海峰文集卷五。

竇祠記

桐城縣治之西北有竇祠，邑之人所建以祀蜀人竇成者也。明之亡，流賊將破桐城，成有救城功，故邑人戴其德而建祠以祀之也。

當是時，賊攻城甚急，城堅不可卒下。賊時去時來，巡撫安慶等處部將廖應登率蜀兵三千人爲防禦。時賊不在，應登將兵往廬州，經舒城，方解鞍憩息，而賊騎突至，遂刼應登去。賊顧謂應登曰：『今欲誘降桐城，汝卒中誰可遣者？』應登曰：『宜莫如竇成。』賊問成：『若能往否？』成許之，無難色。賊遂以二卒持兵夾成，擁至城下，使登高阜呼城守而告之。成諦視，見所與相識者，乃大呼曰：『我廖將軍麾下竇成也。賊脅我誘若令降，若必無降！若謹守若城，且急使人請援！賊今穿洞，洞皆石骨不可穿，計窮且去矣。』夾成之二卒，卒〔一〕出不意，相顧驚愕，遂以刃劈其頭，腦出而死。自是守兵始無降賊意，益晝夜謹護城，而密使人之安慶請援。援至而城賴以全。

當明之季世，流賊橫行，江之北鮮完邑焉，而桐以蕞爾獨堅守得全。雖天命，豈非人力哉！成本武夫悍卒，然能知大義，不爲賊屈，捐一身之死以卒全一邑數萬之生靈，有功德於民，則廟而食之宜矣。彼其受專城之寄、百里之命、君父之恩至深且渥也，賊未至而開門迎揖者獨何心歟！夫以一卒之微，而使一邑之縉紳大夫莫不稽首跪拜其前，豈非以義邪？又況士君子之殺身以成仁者哉！吾觀有明之治，常貴士而賤民。誦讀草茅之中，一日列名薦書，已安富而尊榮矣。繫官於朝，則其尊至於不可指；而百姓獨辛苦流亡，無所控訴。然卒亡明之天下者，百姓也。後之爲人君者可以鑒矣。

録自海峰文集卷五。

【校】

〔一〕吴本作「猝」。

問政書院記

古之君子，益將使四海之廣、兆民之衆，無一人之不同歸於善也，於是立學以教之。學也者，所以循序優游，使深入其中而不自覺也。故自國中以及黨遂閭巷之間，莫不有學；自天子諸侯之子以及凡民之秀，莫不入於學之中。弦歌以和其心，誦讀以探其義，養老以深其愛敬，鄉射以正其容止，飲酒以勸其溫恭，受成獻馘以親其武勇。養其知以至無不通，養其能以至無不當。一旦舉之在位，而治國平天下之道，莫不措之而裕如。何者？其素所蓄積然也。

後世學廢，而以廟祀孔子之地爲學，又不知先聖爲典禮之伯夷、典樂之夔，先師爲先代明禮、明樂、教詩書之士，所謂死則以爲樂祖、祭於瞽宗者，而一皆以孔子當之。鄭氏以先聖爲周公、孔子，既失其旨，而後之議禮者，復加孔子以先師之號。其亦瀆慢聖人，而名之不當其實者矣。

夫學有時焉、有地焉、有官焉、有器焉、有朋焉、有事焉，而皆非孔子之廟所可兼。近代書院之設，聚羣弟子於其中，延請鄉之賢大夫而去位者以爲之師。雖其所學者訓詁詞章之末，非復古人之舊，而興起後生以師弟子傳習之業，於學爲近焉。

歙故有書院，其地屢遷，而今建於紫陽山上，蓋新安一郡之學也。其一邑之學，則休甯有海陽之院，而歙顧未之有。平定張侯之令歙也，百廢皆舉，而愛惜髦士尤爲篤摯而不可解於心。士之好學而能文者，盛禮以招之使來，於斗山之亭，日課月校，已三年矣。而多才濟濟，愈益奮興，其肄業而舉於鄉者遂數人。適商人程光國等捐輸廣廈十餘間於問政山麓，以爲諸生誦習之地，而侯因以爲問政書院。凡紫陽所不及收者，咸得歸之問政焉。

歙故人文之藪，而張侯教育之有加，將見士之從事於斯者，識日以開，行日以勵。性雖有沈浮強弱之異，而一皆範之以平中。仁厚積於其中，恭讓見於其外。於貧富貴賤之塗，常有廉耻之防，不至貪污以苟得。而古今治亂之源，因革損益之變，無不辨之明而施之順。其達也，則慈惠及於斯民；其窮也，則自束其躬而無慕於外。其高者盡性以至命；其下者猶將致身通顯以爲族戚之光榮。然則，歙之風俗淳龐而人才茂美，皆將於是乎取之。余觀張侯之心，固將使歙人之同歸於善，而非徒詞章、訓詁以爲進取之階也，故樂爲記之如此云。

録自海峰文集卷五。

重脩孫公橋記

豐樂溪水自黄山東出，行百二十里，而抵巖鎮之北。巖鎮，黟、歙之間一都會也，往來者甚衆。比木爲杠，或編筏以濟，多毁敗，而有濡首之虞。弘治丙辰，里人孫仕銓纍石爲九門，而架巨木於其上，橋成而行者德之，號爲孫公橋。

至康熙丙子及癸巳、戊戌三歲之間，連遭水火焚蕩，橋傾不可復振。原其本始，無橋而安；既有橋而傾，則人之觖望滋甚。程君其賢，里之好義人也。嘗謂力足以利人，當爲之不遺餘力。而是時，程君及其長子皆已没，衆乃登君之堂，以告其仲子中翰佶、季子别駕傃及其孫尚書郎子瑜，僉曰：『是先君之志也。顧此重任，某等安能負荷哉！』謙讓至再，固以請而後允。於是相方度勢，謂木易腐壞，全更〔一〕以石，庶克永久。乃屏百務，一心力，率先匠石，不避寒暑。岸側石骨，坡陀下趨，中流淵洞，入水丈餘，窮其根柢，爰加層累，既極坎深，又使砥平。乃伐石遠山，人擔馬馱，[illegible]欹衡，小大畢取。綿岡被阪，星離棊置。鑿琢礱礪，闐闐殷殷。别精麤，稽厚溥，子母鉤貫，陰陽互錯。爰擇美石，甃面使瑩，如玉斯潤，如鑒斯明。爾乃九門闓達，積塊脩延，如雄虹青蜺下飲乎潭瀨。橋之兩傍，遮以石欄。橋之南端，樹以廣亭，使行者休焉，時其風雨以庇而留焉。亭之上，重以飛樓，窗寮開豁，八風來飀。溪之流，魚鳥之沈浮，蒼煙遠樹，四山環周。而黄山三十六峰，顯藏出没，與遊者之目謀。亭之東，舊有勸讓亭，因其址，拓之使大，用祠土地神。亭之西，創水榭三楹，爲亭右弼，俯莅溪光，泛搖几席。凡用石二萬七千餘件，用人四萬五千餘日。始於雍正元年癸卯，閲九年辛亥而成。既成，衆爲請名，君曰：『此孫公之橋也，吾爲脩之而已，乃其舊可乎？』其後三十餘年，中翰之孫尚書秋官郎益增甃理，仍命余爲之記。

録自海峰文集卷五。

【校】

〔一〕原文爲『庚』，此從吴本。

重脩鳳山臺記

秋官郎程君晉升，重脩鳳山臺，二年而成。其用白金蓋萬有餘兩。程氏世居巘鎮。巘鎮之北，溪水自西而東流。當明嘉靖之時，里人副使鄭佐用形家言，率居人爲臺於其地之東，北臨水際。臺據鳳山之脊，故名鳳山臺。臺高二丈，廣輪皆百尺，虛其下以爲三門，而臺上之爲榭者亦三焉。臺成而居民從以殷盛。

古之爲臺者，以書雲物；後之爲臺者，以作觀遊；鄭君之爲此臺也，以蓄地氣。夫氣回於天，蘊於地，滙於下，止於高，故凡民人所次，得水而導，得澤而紆，得山而秘。居者相地形，就其舒歛，宜其逆順，有澗溝以宣其理解，有陂沼以豐其委積，有岡陵以大其含藏。然後天不淫陽，地不閉陰，無結轖，亦無消耗。民居於是，財産給足，家室和康，無餒凍之憂，無疫癘之苦，生有保聚之樂，而没有弔祭之榮。臺也者，所以濟山之不足，極人力以相天工，其爲用於斯民大矣。

然不能有興而無壞也。晉升之曾祖其賢始一脩之，費數千兩；其賢中子佶復繼脩之。惟佶之子志洛生不及脩之時，然嘗語其子曰：『吾受先人遺資，當擇一事以善用之。』晉升志之於心不敢忘。歲在庚寅，適值臺壞，晉升曰：『吾父之志也。』遂起而獨任之。自有此臺，壞者屢矣，而程氏祖、子、孫四世凡三脩焉。

先是晉升之祖佶既脩鳳山之臺，又脩孫公之橋。橋在臺之西北。溪水之西來也，民之在溪北而往鎮者，爲水所限隔，橋其上以通往來，或石或木，凡四橋。孫公之橋，自東而西第在二。本以木爲之，而佶易之以石。費白金以萬計，閲九年而成。

古之君子欲生之有益於人也，在朝則澤及萬國之生民，在家則利及於鄉鄰里黨。鳳山之臺成，而居民殷盛。晉升蓋率祖德、尊父命，將使里人之居於是者同歸於完美富壽，而非如世之人第知爲一人一家子孫之計也。於是乎書。

録自海峰文集卷五。

遊萬柳堂記

昔之人貴極富溢，則往往爲別館以自娛，窮極土木之工而無所愛惜。既成，則不得久居其中，偶一至焉而已；有終身不得至者焉。而人之得久居其中者，力又不足以爲之。夫賢公卿勤勞王事，固將不暇於此，而卑庸者類欲以此震耀其鄉里之愚。

臨朐相國馮公，其在廷時，無可訾，亦無可稱。而有園在都城之東南隅，其廣三十畝，無雜樹，隨地勢之高下，盡植以柳，而榜其堂曰『萬柳之堂』。短牆之外，騎行者可望而見其中徑曲而深，因其窪以爲池，而累其土以成山，池旁皆蒹葭雲水，蕭踈可愛。

雍正之初，予始至京師，則好遊者咸爲予言此地之勝。一至，猶稍有亭榭。再至，則向之飛梁架於水上者今欹臥於水中矣。三至，則凡其所植柳，斬焉無一株之存。人世富貴之光榮，其與時升降，蓋略與此園等。然則，士苟有以自得，宜其不外慕乎富貴；彼身在富貴之中者，方殷憂之不暇，又何必朘民之膏以爲苑囿也哉？

録自海峰文集卷五。

漱潤樓記

桐城縣治之東百二十里，曰雙溪鎮。其地皆市區，商賈米鹽之所輳集，士人鮮居之者。而余女弟夫謝君師其避地至此。乃於其居宅之後買隙地爲樓，其前雖喧闐，而後頗閒靚。湖水汪茫，田塍如畫。西北諸山，若擗琶、金紫、飛雁，遠者鶴鳴、牛牯、馬鞍、柳風、拔茅，皆矗在軒牕欄楯之外。風雨雲煙，晨夕之氣象萬變；而樵歌漁火、高帆遠檣，出入映帶其間。樓成，余與師其飲酒，顧而樂之。師其請所以名之者，余題曰『漱潤』。

其後，余遊京師，而師其下世，所遺孤甥纔十歲。余困而歸，窮居無事，乃復來此樓，課甥爲童子之句讀。日有余暇，則又自取六藝而研究之。

昔莊周稱六經先王之陳迹，而讀書爲古人之糟粕。夫潄六經之潤，而大無以潤乎天下，小之又不能自潤其一身，則雖以讀書爲糟粕也固宜。故曰『耕也餒在其中』，耕而鹵莽之，其實亦鹵莽而報予〔一〕。余於六經之道，其爲鹵莽也多矣，宜乎餒之及予也。伯昏瞀人有言：『巧者勞而智者憂，無能者無所求，飽食而遨遊。』余少之時，馳騖奔走，雖欲讀書而無其暇。今老矣，顛秃齒危，兩目不能瞪視，乃復終日汲汲於此，其巧者之勞乎？智者之憂乎？抑無能者之遨遊乎？余不能自知也。因追念昔者名樓之始，而爲之記。

録自海峰文集卷五。

【校】

〔一〕吴本作『報余』。

碾玉峽記〔一〕

去桐城縣治之北六里許，爲境主廟。自境主廟北行，稍折而東，爲東龍眠。山之幽麗出奇可喜者無窮，而最近治、最善爲碾玉峽。

峽形長二十丈。溪水自西北奔入，每往益殺，其中旁陷〔二〕迫束，水激而鳴，聲琮然，爲跳珠噴玉之狀。又前行稍平，乃卒歸於壑。旁皆石壁削立，有樹生石上，枝紛葉披，倒影横垂，列坐其蔭，寒入肌骨。

予與二三子捫蘿陟險，相扳聯以下，決叢棘，芟穢草，引觴而酌。既醉，瞪目相向，恍惚自以爲仙人也。

噫！方余客勺園時，張君渭南爲余言此峽之勝，因約與遊。余神往，以不得即遊爲憾。今之遊，渭南獨不與。人生之會合，其果有常乎？桐雖予故里，然予以饑驅，方欲奔走四方，則其復來於此，不知在何日？今未踰年遂兩至，蓋偶也，而獨非兹山之幸歟？

録自海峰文集卷五。

【校】

〔一〕吴本作『遊碾玉峽記』。

〔二〕吴本作『旁掐』。

遊淩雲圖記

知者樂水，仁者樂山。非山水之能娱人，而知者、仁者之心，常有以寓乎此也。

天子神聖，天下無事，百僚庶司，咸稱厥職，乃以蒞政之餘暇，翛然自適於山岨水涯，所以播國家之休風，鳴太平之盛事，施廣譽於無窮者也。

南方故山水之奥區，而巴蜀峩眉尤爲怪偉奇絶。昔蘇子瞻浮雲軒冕，而願得出守漢嘉，以爲淩雲之遊。古之傑魁之士，其縱恣倘佯而不可羈縻以事者，類如此與？

吾友盧君抱孫，以進士令蜀之洪雅，地小而僻，政簡而明，民安其俗，從容就理。於是攜童幼，挈壺觴，逶迤而來，攀緣以登，坐於崇岡積石之間，超然遠矚，邈然澄思，飄飄乎遺世之懷，浩浩乎如在三古以上，於時極樂。既歸里閑居，延請工畫事者，畫盧公載酒遊淩雲也。

古今人不相及矣，昔之人所嘗有事者，今人未必能追步之也。乃子瞻之有志焉而未畢者，至盧君而遂能見之行事，則夫盧君之施澤於民，其亦有類於古人之爲之邪？於是爲之記。

録自海峰文集卷五。

金陀圖記

昔宋岳珂倦翁爲園於嘉興郡治之西南隅，命之曰金陀。曹侍郎秋嶽得其地，葺而新之。已乃歸於里之汪氏。汪君方岳與其弟子堅來從余遊，出所爲圖與詩以示余。余讀其詩，渢渢乎大雅之什，與王氏之輞川無異，慨然想見其規模。及按圖以稽，則所謂浮嵐、圓谷、狷谿、橘田、采山之樓、澄懷之閣，足以供學士之登臨者，皆可一覽得之。余益神往，以不得往觀爲憾。

然余與汪君同在京師，每過其邸舍，飲酒論文，笑謔歌呼，忽忽然忘其室家之思、羈旅之苦。汪君出此圖，乞余爲記，余不暇以爲。謂汪君常在此，余之記可徐徐爲之未晚也。一日，汪君告余以南歸。余係牽於兹，不能與俱往，獨此圖者對之差可自慰，而汪君又將攜之以去。

嗟乎！余未至金陀也，其臺沼之壯，欄檻之幽，花木魚鳥之倩麗，余不知其何如。獨念古今之推移，人事之變遷改易，賢豪之難得，聚散之無常，鴻毛飄風，蓋其不可恃也如此。當岳倦翁之始爲此園，安知其歸於汪君？余與汪君飲酒一室，又安知離別之在今日哉？遂書以爲之記。

録自海峰文集卷五。

脩經精舍記

昔者，聖人作經於千載之上，而千載之下，萬物之象、兆民之情，無不備具其中。經之爲用大矣！及秦有天下，李斯焚燒之，而經以亡。漢之羣儒，區區掇拾，白首而不治他事，然後章句粗明。然其鑿空附託以至喪失其真者，蓋十四五矣。自孟子生當戰國之世，其所謂武成，非今之武成，猶以爲不可盡信，況遭秦火之後乎？然則，學者之於經，亦在善取之而已。夫士必通經，然後可以出而友天下之士。今世之士，惟知決科之爲務。其有以經術倡道於人，則人皆笑之。科舉之制，比之秦火抑又甚焉！

余自少時，嘗有志脩葺，而碌碌奔走，無須臾之暇，因循怠廢，以至衰老，卒無所成就。每反己內顧而慙。而吾友謝君香祖，築室荆谿之側，率子弟講習其間，名之曰脩經精舍。古之人已食而益勸之使食，則必出華美可愛之物以侑之。六經之道可謂華美矣，而重以山川之勝、室廬草木之幽芳，其味殆有咀之而愈出者。

抑余聞之：鄭氏康成遊學雍、並、兗、豫之地，久之乃歸。今香祖不出戶庭，而翛然自得於一室之內。昔之人任其勞，而今之人享其逸，則其道之久而愈明者，非可以淺求已也。農夫之於耕、商賈之於貨賄，不待智者而能之；讀聖人之經，茫然而不知其故，則以未嘗久於其道也。夫聖人作經以垂教，豈其遠於人情？積歲月以求之，則其理將不煩言而自解。故善讀經者，其視聖人與農夫、商賈無以異焉。香祖，老農也，吾知其習於耕者久矣。

録自海峰文集卷五。

無齋記

天下之物，無則無憂，而有則有患。人之患莫大乎有身，而有室家即次之。今夫無目何愛於天下之色，無耳何愛於天下之聲，無鼻無口何愛於天下之臭味，無心思則任天下之理亂、是非、得失，吾無與於其間，而吾事畢矣。

橫目二足之民，瞀然不知無之足樂，而以有之爲貴。有食矣，而又欲其精；有衣矣，而又欲其華；有宮室矣，而又欲其壯麗。明童艷女之侍於前，吹竽擊筑之陳於後，而既已有之，則又不足以厭其心志也。有家矣，而又欲有國；有國矣，而又欲有天下；有天下矣，而又欲九夷八蠻之無不賓貢；九夷八蠻無不賓貢矣，則又欲長生久視，歷萬祀而不老。以此推之，人之歆羨於富貴佚遊而欲其有之也，豈有終窮乎！古之詩人，心知其意，故爲之歌曰：『隰有萇楚，猗儺其枝，夭之沃沃，樂子之無知！』夫不自明其一身之苦，而第以萇楚之無知爲樂，其意雖若可悲，而其立言則亦既善矣。

余性顓而愚，於外物之可樂，不知其爲樂。而天亦遂若順從其意，凡人世之所有者，我皆不得而有之。上之不得有馳驅萬里之功，下之不得有聲色自奉之美，年已五十餘而未有子息，所有者惟此身耳。嗚呼！其亦幸而所有之惟此身也。使其於此身之外而更有所有，則吾之苦其將何極矣！其亦不幸而猶有此身也，使其併此身而無之，則吾之樂其又將何極矣！

旅居無事，左圖右史，蕭然而自足。啼饑之聲不聞於耳，號寒之狀不接於目，自以爲無知而因以爲可樂，於是以無名其齋云。

録自海峰文集卷五。

菉溪書屋圖記

菉溪書屋者，翰林吴君菉溪讀書之所也。菉溪厭廛市之喧囂，讀書郊野之外，故得力學有文，進取甲科以至爲天子禁近之臣。然不忘其窮居之舊，而命繪畫者以爲之圖。

余未至其地也。按其圖，則脩竹萬竿，而千尋之老木間廁其中。其下怪石林立，溪流自石齒間縈紆漩洑；茅屋數椽，明牕曲檻，稱乎其爲幽人之素履也。

嗟乎，士當其貧賤之時，卷身編蓬之下，自謂與螻蟻何異！方菉溪之讀書於此，隱几嗒然，四顧無一人知己，豈知其被蒙風雲之會、登金門而上玉堂者乎！

菉溪，故大宗伯吳文恪公之族弟也。余幼受公之知。公之服官在京師，余主其邸第。菉溪亦自姑蘇而至，於時共處，與公之嗣君松客相與晨夕飲酒談諧爲樂。雍正己酉，菉溪、松客同時領鄉薦，而菉溪連中庚戌科，入爲翰林。癸丑，松客成進士，未踰月而文恪公謝世。余亦南歸。菉溪出所爲圖授余，使爲之記，余以事牽不暇爲。其後余應博學鴻詞之舉，貢在京師，始見松客改庶常。而余復濩落不遇而返。江鄉僻處，閉門無一事，方將出紙墨爲菉溪記其梗概，而京師書至，則菉溪又已死矣。

庚申之夏，檢故書得此圖，回思往事，忽忽已七八年。其間人事之升沈、友朋之聚散存亡，恍如隔世；而余且更歷險阻，未老而病且衰。然則，天之生人而使之居此世者，其果何爲也哉？菉溪既沒，其子善讀書，其必有以繼先人之志而述其事者。於是乎書以歸之，且以示松客何如也。

録自海峰文集卷五。

如意寺記

歙城之外多佛屋，西干爲勝；西干之寺以十數，如意寺爲勝。十寺者，曰水西，曰經藏，曰福聖，曰妙法，曰等覺，曰淨名，曰五明，曰應夢羅漢院，曰太平興國叢林，獨如意寺由衆建而成，歷年久遠，傾頹欲盡。僧一智者，有志重脩而不及，其後連成率其徒掄佩、若泉居之，既乃攜若泉往漢陽募錢數百緡，歸而恢拓其制。寺未成而連成逝，既成而掄佩又逝。今惟若泉爲寺主。

其始脩也，於舊院之左，崇廣其佛堂，迤堂以北，創精盧以延賓旅，齋庖之舍、燕息之所，森列棊置，倏焉若浮光蜃氣以俯臨乎萬象。衆山聳峙，長溪奔流，朝嵐夕曛，斯須變滅。揖烏聊，瞰黟嶺，渺然巉削之危峰，蓄在戶限。溪之中，舂鋤、屬玉，連翼羣遊，隨波轉盪；艑舟、竹筏，邪許哀鳴，前後相屬。環寺皆巨木，又多怪石參錯其間。而清泉出於寺右，泉味甘香，其光可鑑。勃乎雲興，率爾鳥厲，穆然清風；自遠而至，則所謂升高眺遠之道備於斯矣。

夫自太平興國以來至於今，其間事故之變遷，一往而不復者何限！今釋氏之徒乃能興復其七百餘年已隳之業，加宏壯焉，求之吾儒，蓋未有也。豈堯、舜、三代聖人之道，比之釋氏，獨易失而難守耶？若泉明慧多能，請余記其事，爲慨然歎息而書之。

録自海峰文集卷五。

張氏祠廟記

諸城張氏之先有河上仙翁，少好漁獵，於郊外得一鶴，而金牌繫其左翼，曰『元至正二年放』。仙翁更爲一牌繫其右翼，曰『明正德十五年再放』。於是，仙翁有感奮發，不復事漁獵，而構亭讀書其中，名之曰『放鶴』。自是張氏之讀書以明經選者累世而不絕。里人傳張氏有放鶴亭云。仙翁之裔孫陶昆、蓬海、石民諸君子，復於亭西建祠以妥先靈，歲時率子弟習禮祠內。而亭外益恢廣爲園，古木數百株，繁蔭可愛。

夫築一亭非必有力之強而後能也，然其磨滅者多矣。青、齊之地，轉附、琅琊之勝，尚父之所經綸，桓侯、管仲之所設施，求所謂鑄山煮海、鬬雞走狗之餘習，蕩然無復灰燼之存，況亭與祠哉！然仙翁之後，世世以耕讀爲業，敦行孝弟於其鄉，稱有淳古之風，按察俞公嘗立務本坊以表其閭。而希音、仲遠兄弟，遂皆以孝廉舉於鄉。二君思以褒揚其祖德，乃易舊祠之地爲居，而更於園內就亭爲祠。亭直在祠南，向之分而爲二者，今合焉。

蓋昔先王以萬物之有功德於民，皆神之所爲，而莫不祭之以爲報。況在人之孫子，反古復始，不忘其所由生，而祖宗之功大德博，則雖踰百祀而不祧。周之有文、武世室，其義蓋在於此。雖士庶之家不足比擬於先王，而其心之無所不盡，則一而已矣。仙翁之功德，固張氏不祧之宗，而其孫子之賢，又能以引之勿替，則所謂放鶴之亭，將與其祠並垂，雖百世可也。

録自海峰文集卷五。

半埜園圖記

半埜園者，故相國陳公說巖先生之別墅也。相國既沒，距今十有餘年，園已廢爲他室。而其中花木之薈萃足以娛目，欄檻之迴曲足以却暑雨而生清風，樓閣之高迥足以挹西山之爽氣，如相國在時也。

庚戌之春，余友杭君大宗來京師，寓居其中。余數過從杭君，因以識半埜園之概。而是時杭君之鄉人有陳君者，亦寓居於此。已而，陳君將之官粤西，顧不能忘情於此園，令工畫者爲圖，而介杭君請余文以爲之記。

夫天下之山水攢蹙累積於東南，而京師車馬塵囂，客遊者往往縈紆鬱悶，不能無故土之感。陳君家杭州，西子湖之勝甲於天下，舍之而來京師，宜其有不屑於是園者；而低徊留之，至不忍以去，則陳君於爲官，其必有異於俗吏之爲之已。雖然，士當貧賤居陋巷，甕牖繩樞自足也；閒至富貴之家，見樓閣欄檻、花木之美，心悅而慕之，一日得志，思以逞其欲，遂至朘民之生而不顧，此何異攻摽劫奪之爲者乎！然則陳君其慕爲相國之業而無慕乎其爲園可也。

録自海峰文集卷五。

賁趾堂記

挾其技能以至乎通都大邑，與豪俊者相角逐，以取名聲；朝不自存，而夕至卿相，駟馬高蓋之赫奕，呵者肩摩於前，騎者踵接於後，洋洋乎得志於一時，鄙夫小人之所欣艷慕悅而以爲榮也。

吾友左君沉浸乎經傳百家之說而作爲文章，浩乎其才力之放肆無所不極，是可以一出而至卿相者矣。人之情有棄膏粱而甘藜藿，輕紱冕而躬韋布，然未有不苦勞而樂逸者。君獨慨然不求爲其逸，而欲自託於徒〔一〕步之勞，何哉？夫塊然自守於一室之中，而言必以禮，動必以義，一介之微，不苟爲取與，乃所謂逸也。駟馬高蓋，流俗之自喜以爲得志，而亦勞甚矣。

君之居是堂也，大僅如斗，非有高甍巨桷之觀，而縣城西北諸山矗立簷際，朝暉夕嵐，浮紅斂翠，雨暘寒暑之變化，草木雲煙之杳靄，隱見出沒，時時獻納於牕欞几席之間。良朋四五人自遠而至，相與觴咏其中，鏘鏘然金石之聲交發於四座，則雖有富家貴族臺池苑囿可以放心意。娱耳目而極遊觀，無以易其樂者，而況奔走於通都大邑之勞歟！於是以賁趾名其堂云。

録自海峰文集卷五。

【校】

〔一〕原文作『徙』，此從吴本。

無狹居記

昔姚君松譚先生讀書渝水之上，因其室屋之淺小，而扁之曰無狹居。後先生以病歸里。既謝世，而先生之子竹舫先生及其孫咏棠自縣城徙居縣境之東鄙，未數年復徙歸於縣城。凡歷祖、子、孫三世，居四遷，而無狹居之名不廢，所以見思先人之志，永矢不忘也。

嗟夫！人之寄生於天地，猶履跡之在雪，居寧有狹不狹邪？余不及見松譚先生；而去年春，竹舫先生復以事客嶺南，亦無緣由相見。獨咏棠朝夕與處，每相與把酒笑謔歌呼，極往還之樂。入其室，芝草盈階，而圖書星列於几席，余竦然異之。咏棠慨然歎曰：『此吾祖所以名其讀書之室，而吾父繼之者也。今吾亦於此效佔畢焉。吾祖吾父讀書皆不達，至於吾則又何異？』

夫以咏棠之三世讀書而又能不忘其先人，則所以垂名千載之下而歸榮其祖、父者固在於此，余於咏棠乎望之！雖然，方松譚先生名其室之時，豈知二十餘年之後而余之爲其記也哉？

録自海峰文集卷五。

一掌園記

吹竽、走狗、蹋鞠之人非昔，而齊之名不廢；超足而射、鞫鞫殷殷者非昔，而韓、魏之名不廢；擊筑悲歌、椎埋屠狗之徒，其骨已朽，而燕、趙之名至今學士大夫飫聞而喜稱之。然則所謂物者無不亡，而獨其名爲可以永久歟！夫山淵之平，田海之遷，大地之渾合，曾不能以自主，而況於一園之興廢歟？其爲終始可勝計哉！

余伯父以一掌之地爲園，命余爲之記。余不及以爲，已而廢爲居室。則向之名花異草，春蘭秋菊之芳香，蓮葉之亭亭，遊魚之隱見而浮沈，今皆不可復識，獨其名猶在余意中。余記之，蓋以志余之感，而亦非以爲欲存其名於永久也。

録自海峰文集卷五。

方氏學舍記

方頌椒與其弟小坡、藕船，皆今之豪士，有志讀書，以古君子爲己責。余嘗一見之於皖城，心竊異之。頌椒兄弟亦愛慕余，以爲學行文章，求之今世不可得。及余客張氏之園，則往來甚數。已而延至其家，以文會而相輔以仁者一歲。余以歸課弟姪，不得久與處。則聞方氏所以館余之室已易爲中闈，而頌椒兄弟復徙於他處讀書。

夫人之所以爲學，將以知性而盡心，心盡則命可立也；至於居處之安固非所計。頌椒兄弟要爲知此意者，余故爲追記之。

録自海峰文集卷五。

縹碧軒記

吾父讀書於居室之東偏，右樹以桐，左植以蕉。吾父兀坐其間，几席衣袂皆爲空青結綠之色，因命之曰縹碧軒。已而，吾父得足疾，蓐處者二年。疾稍愈，間至其中，則向之所植蕉皆已蕩爲清風，而桐惟一樹存焉。笑曰：『是惡覩所謂縹碧者乎？雖然，學以致其道，而聞道者未見其人，求安之心害之也。吾分之所當爲，吾求而不得，則雖高堂邃榭、層臺曲沼，其亦何裨？求而得之，則雖在蒼煙、白露、圂穢之中，皆以縹碧視之可也，奚必區區於是哉！』言既畢，叔子大櫆退而爲之記。

録自海峰文集卷五。

偃師知縣盧君傳

盧君者，德州人也。其大父世滋，世滋弟世淮以博學工詩名於當世。君名道悅，字喜臣，嘗知河南偃師縣。既老而休矣，而偃師之民思其德。偃師有潯溪，君爲治時，嘗遊息其地。民於是創爲生祠，歲時率子弟羅拜其下，稱觥爲君壽。其鄉先生有道過偃師者，父老知爲君之里人，皆更來問：『我公康強無疾病否？』告以無恙，皆相與額手稱慶。以君之既去而民思之如此，則知君之德常在民也。

君之未治偃師，初出爲陝之隴西縣。寇賊環境，民困於悉索，而君拊循之如恐不至。然亦用是得過於上官。上官誣以罪，而君乃罷去。

盧君年三十成進士，當康熙之九年。又七年知隴西，未及一年罷。罷八年，復起爲偃師。偃師是時旱三年矣，而同郡登封縣方興徭役，米價騰踊，有婦人餓死於室而夫猶忍饑就役。君爲請於大府，發帑以賑，民皆戴大府，而不知君之爲陰德也。然君終不自言；君既沒，其門人從敝簏中得其上書遺槀乃知之。然則君之德在偃師者何如也？

君爲偃師凡十年，於是年六十五〔一〕矣，遂告歸。歸二十年，而君之長子見曾以進士知四川之洪雅，亦以廉能稱。

贊曰：余與君之子見曾交，而後得聞君之賢。見曾字抱孫，澄然豁達有度，讀其詩閎俊可喜，以是知盧氏世有聞人矣。古有克家不隕其先緒，其抱孫謂邪！

録自海峰文集卷六。

【校】

〔一〕據本文所述推算，當爲五十六歲。疑爲排印之誤。

盧氏二母傳

余與盧君抱孫交，聞抱孫言：抱孫之嫡母程孺人及生母王氏，相愛敬無已。抱孫與其弟翼孫皆生於王氏，而程孺人撫字之如己出。抱孫兄弟既就傅，或嬉戲有過失而抱孫之尊府督責笞撻之，程孺人爲泣下，而王氏顧獨喜。然王氏見程孺人泣亦故泣，既引退而後加之以訓辭，未嘗不喟然而歎也，曰：嗟乎！在易之家人，以正位爲統紀。嫡、妾之義不明，則家道乖而父子之恩絕，兄弟之倫廢矣。故曰：『一人有子，三人緩帶。』妾爲女君，君之長子三年，所以同其憂喜，而潛移其嫉妒也。后妃夫人能逮下，而樛木、螽斯之頌興；南國化之，『嘒彼小星』、江有汜之詩作焉。自女教衰微，而世之爲人子者多不獲其所，或短折而末如之何，聞程孺人之風，亦可以少愧矣。彼以禽犢爲愛，使其子怙寵滅義，不克自樹立，以至於碌碌無所短長，其與王氏諄誨之嚴者，何其倍哉！夫自古賢人脩士之生，蓋必有母教云。

録自海峰文集卷六。

胡孝子傳

孝子胡其愛者，桐城人也。生不識詩書，時時爲人力傭，而以其傭之直奉母。母中歲遘罷癃之疾，長臥牀褥，而孝子常左右之無違。自臥起以至飲食溲便，皆孝子躬自扶抱，一身而百役，靡不爲也。

孝子家無升斗之儲。每晨起，爲母盥沐，烹飪進朝饌，乃敢出傭。其傭地稍遠不及炊，則出勺米付鄰嫗，而叩首以祈其代爨；嫗辭叩，則行數里外，遥致其拜焉。至夜必歸，歸則取母中裙穢汙，自浣滌之。孝子衣履皆敝垢，而時致鮮肥供母。其在與傭者之家，遇肉食，即不食而請歸以遺其母。同列見其然，而分以餉之，輒不受。平生無所取於人，有與之者必報。

母又喜出觀遊，村鄰有伶優之劇，孝子每負母以趨，爲藉草安坐，候至夜分人散，乃復負而還。時其和霽，母欲往宗親里黨之家，亦如之。

孝子以生業之微，遂不娶，惟單獨一人，竭力以養終其身。母陳氏，以雍正八年病，至乾隆二十七年乃以天年終。蓋前後三十餘年，而孝子奉之如一日也。母既沒，負土成墳，即墳傍掛片席而居。悽傷成疾，逾年，癸未，孝子胡其愛卒。

贊曰：今之士大夫遊宦數千里外，父母沒於家而不知其時日，豈意鄉里傭雇之間，懷篤行深愛之德，有不忍一夕離其親宿於外如胡君者哉！胡君字汝彩。父曰志賢。

又同里有潘元生者，入自外，而其家方火，其母閉在火中。元生奮身入火，取其母以出，頭面皆灼爛。此亦人之至情，無足異。然愚夫或怯懦不進，則抱終身之痛無及矣。勇如元生，蓋亦有足多者，余故爲附著之。

録自海峰文集卷六。

阮君傳

阮君世恩，字聿脩，桐城人也。父曰暉吉，余嘗志其墓矣。世恩兄世忠，爲學官弟子。兄弟兩人，生而相友愛無間，相對則驩甚。一人以事出，則皆終日傍皇不寧。夜常同榻而臥，有疾病則親視湯藥，未嘗頃刻離。世忠讀書佛寺，忽嘔血，世恩時以爲憂。丁卯之春，世忠自爲棺，而世恩監匠者髹漆其上，漆者言兄死當在七八月，世恩即慘愴悲懷，自以二子小百、曉日皆成人，而兄一子，無母，且幼未授室，願以身代，禱於上下神祇，凡刺血書詞十七紙。而世恩是年遂得疾。踰年，世忠病甚，醫多言不治。世恩與同榻臥，而使其二子更迭候夜，間則復禱如前，又刺血書詞十七紙。世忠尋愈。而世恩遂以是年七月四日卒，然不以告於世忠。既沒，而曉日出其父書詞，然後知之。嗚呼，世恩可謂善事兄長者矣！

天下之達道五，門内居其三。而世俗之人知其一，曰夫婦而已。其能孝於父母者百不一二見，而友於兄弟則又加少焉。大司徒以鄉八刑糾萬民，一曰不孝之刑，四曰不弟之刑。然余以爲不弟則猶之其不孝也，故曰『孝乎，惟孝友於兄弟』。往年嘗見友人示所爲智仁圖，智縮仁橫，智高以寸，則仁廣亦以寸。故使智足以及其父母，則自父母而下，凡父母之所生，遇之無不仁矣。智足以及其祖父母，則自祖父母而下，凡祖父母之所生，遇之無不仁矣。推而上之，聖人之智極於天，則自天而下，凡四海九州之内，鳥獸草木，無一物而不在姁嫗覆育之中。善哉！斯言也。夫命之爲人而智不足以及其父母，則其去禽獸幾何哉！世忠、世恩其操履亦閨門庸行之常，無異於人者，然求之世俗，何其難得而可敬也！於是慨然流涕而書之，以爲阮君傳。

録自海峰文集卷六。

誥贈通奉大夫程君傳〔一〕

程君諱之鴻，字漢翔，世爲徽州郡城北門人。贈中憲大夫，字聲玉者，其父也。君由國子生需次縣佐，其後以嗣孫世桂之職，誥贈通奉大夫。

新安在萬山之中，少土田，非服賈於外，則無以爲生。故程君年二十，即奉其父命，理鹽筴於豫章。而君即請於父母，願自今永守豫章之業。蓋其心欲使其身長在豫章，則得以長依子舍也。其後父母沒，卜葬於城北之烏石山，而君即虛其左以自爲塚壙。蓋其心欲使其身之既沒，雖幽宅之中，猶得以長侍父母不違也。

君初娶潘氏。潘氏性賢孝，能得其父母之歡心。未幾，潘早卒。有來議昏者，而君以婦人之能和淑其性以事舅姑如潘氏者，未可概望之他族，即不如潘氏，是子之不孝，以致婦姑之勃谿也。且兩弟皆有子，是即予之子也，於是終身不復更娶。獨居者五十餘年，年七十九而終焉。彼婦人之失儷改適者多矣，況男子乎？蓋其心惟知有父母，而於世俗之所謂慕少艾、慕妻子者，一皆屏絕之，而不復知其可慕也。

嗚呼！子事父母，人心所自致。雖當羣不孝之時，而世常有純孝之一人孤生於其際，此以知人性之皆善也。夫其人而既能孝弟，雖在異域，吾固樂得而親之；其人既往不可復見矣，而其行具在，吾又樂得而傳之。蓋將以告天下後世之爲人子而漠然不相維繫於其親者，使聞風而自省焉。

贊曰：天藏其半於地之下，人不能一視而盡見也。道藏其半於混茫之表，雖聖人不能以一人而周知也。無後者，孟子之所謂不孝。以故世俗無貴賤賢愚，皇皇以娶婦爲事，將以求後也；婦既入門，詬誶囂爭，使其父母不得安其子一日之養。程君懼焉，顧乃以無後爲孝，而不娶以終身。此其道豈淺學拘儒之所能識乎！

録自海峰文集卷六。

【校】

〔一〕吳本略『誥』字。

江先生傳

先生始就外傅，見邱氏補大學衍義之書，其中徵引周禮，即求取周禮全文誦之。自是旁通十三經，而於禮經尤深。謂朱子儀禮通解雖屢經續輯，尚多闕遺，乃廣搜前載，爲禮經綱目八十八卷，而古禮燦然可觀。其平生所爲書，於周禮則有疑義舉要，於戴記則有深衣考誤、訓義擇言，於春秋則有地理考實。又精於天官星曆〔一〕，其書則有曆學補論、七政衍、金水二星發微、冬至權度恒氣注曆辨、歲實消長辨。於樂，則有律呂闡微；於音韻，則有音學辨微、古韻標準、四聲切韻表；於步算，則有推步法解、中西合法擬草。其外又有論語瑣言、鄉黨圖考、近思録集注、讀書隨筆。凡書二十餘編，共百餘卷藏於家。嗚呼，可謂多矣！蓋先生生而好古，而窮不見用於世，則益專其心於遠稽遐覽，終身樂之無休暇。其於古之制度、名物，必參互而得其據證。先生未之辨明，則其說具載方冊之中，而人顧莫之見；及先生指以示人，則人皆恍然自失，而不啻其心所欲言。信乎其爲博聞強識之君子也。

先生家故貧。其居鄉，嘗稱春秋傳『豐年補敗』之義以語鄉人，乃相與輪田、輸穀立義倉，行之三十年，而先生之鄉，其民不知有饑歲。嘗一至京師。朝廷方開三禮之館，卿士預脩三禮者就質所疑，先生爲置辨，皆暢然意滿稱善。其後有欲以先生之書薦聞於朝者，先生自顧年老，無可復用，而京師舊遊皆凋謝，乃感愴辭避，卒不就。先生年八十二，其卒乾隆二十七年三月十三日也。

自六經遭秦火而亡，而詩書傳記之文，學者如蒙雲翳，猶賴有山澤逸遺之士窮年兀兀於其中，遞相推測隱度。蓋其義有自漢儒脩補以來，歷魏、晉、唐、宋、元、明二千餘歲，代加排闡，直至今日而始明者。則夫經生之維繫於斯世，豈淺小哉！先生存，則頹然一老，力學於深巖絕壑之間，朝士大夫無過而問者。先生沒，則斯文淪喪，後生新進，猝有志於學問，於何執經而請業焉？此士之迍邅憔悴，爲舉世之所不爲者，聞先生之卒，不能不盡然流涕以悲也。

先生婺源之江灣人，姓江氏，名永，字慎脩。

録自海峰文集卷六。

【校】

〔一〕原文爲『歷』，此從吴本。本段下同。

方氏庶母傳〔一〕

歙之靈山方氏，有贈中憲大夫者，諱漣，字清若。其側室林氏，蓋賢者也。

初大夫之配贈恭人許氏將爲大夫置妾，而以同里之近，得於所見聞，謂莫如林賢，其家雖微，而獨嫻禮教，故林年二十有二來歸於大夫。恭人治家有法，惟林氏能贊襄之，終其身無違言。及大夫病且革，林氏曰：『吾雖不知書，然聞前世有刲股以療長上之疾者，使其術誠驗，吾何惜一肢之殘而忍坐視乎？』因割肉和藥以進。蓋林氏固知大夫疾不起，而心冀其生，不自知其痛苦也。大夫沒時，林年纔三十二，今七十餘矣，蒼然白髮，而足跡未嘗出戶外，雖四鄰東西莫辨也。

余讀詩至桃夭，曰『宜其家人』，蓋嘗掩卷而三歎焉。家道之乖、人倫之廢，恒必由於婦人。嫡、妾之分不明，而上虐使其下，下侵侮其上，則家人之位不正，品物何由而遂乎？故易首乾、坤，配以咸、恒、歸妹之娣，在於以恒相承。而『嘒彼小星』，自安於『命之不猶』，聖人著之於經，以爲後世則。自古側微之中，未嘗無賢者，以不遇聖人故不傳，而其賢終不可沒也。

余觀林氏宜於大夫，宜於恭人，其在恭人輩行者宜焉，下及卑幼亦宜焉。夫述林之生平以請余爲文者，大夫之孫矩也。而矩之請，實奉其尊府之命，非感林氏之德不能忘於心，何以惓惓如是？則是於大夫、恭人之子若孫，無不宜也，可謂賢矣！乃爲之贊曰：

古有內寵，比屋連廬。娥嬿婑媠，鬬麗爭姝。是爲逸欲，習侈以踰。子夏賢賢，乃易其色。匪曰怡情，所崇在德。居室之務，實繁且穡。相資以生，相助爲力。維彼恭人，維德之隅。閨門之內，肅若宸居。維林佐之，不遑走趨。雞鳴盥漱，矧敢康娛？維林之歸，其齒方幼。疇或嬉遊，維禮是守。疇或自專，恭人是右。今其老矣，率子提孫。歲時慶賀，燦然盈門。年耋以尊，氣和以親。酬酢么孺，抑遜諄諄。正容而語，其顏孔溫。孰喜而嚬，孰怒而嗔。惟其盛德，以莫不仁。德脩於家，其光有耀。鄉里嗟咨，咸思則效。詠言藏之，爲來者告。

録自海峰文集卷六。

【校】

〔一〕吳本作『方庶母林氏傳』。

鄭之文傳

鄭之文者，休寧人也，字貞卿。其爲人武勇有直氣。

中順治己丑兵部進士，官浙江紹台道中軍守備，駐守台州。

自明之季世，海寇嘗往來虜掠沿海諸郡縣，而台州地瀕海多山，姦民乘寇氛未靖，時時竊發爲亂，叛服不常。之文曰：山寇雖逼，其禍小；海寇雖遼，其禍大。譬之疾疹，山寇疥癬耳。一日，遽率麾下兵，指寇所在，盡捕殺之。之文在台州五載，當順治之十三年叛將馬信作亂。之文討平之，以功著名海上。

先是，福建泉州民鄭芝龍者，年少美姿貌，爲海寇所獲，由是往來海中，盡知其俗尚人情，而諸盜奉以爲渠帥。明之將亡，唐王在閩，晉爵芝龍南安侯。及大清兵至，芝龍以其部降，遂使總督浙閩。而芝龍之子鄭成功猶聚徒海中，數入寇。十四年，賊衆大舉以寇台州，之文與戰不利，乃登城自守。其家人或曰：『城且陷矣。』之文曰：『吾職在守城，城一日不破，未可死也。』相持一月餘而城陷。成功聞之文名，欲生得之，以刃脅使降。之文不屈，不食五日，不得死，罵賊不已。賊乃出攻城梯，倒縛之文於其上而鞭笞之，鞭之愈急罵愈厲，遂見殺。而其家同時死者至十有八人。

賊退，之文家有故奴朱氏取其屍將斂，而賊携之文頭歸海中。奴遂入海，詣賊求營之，賊初不許，奴哭日夜不絕聲。賊以奴爲義，乃擲還之文頭，而奴以歸斂焉。之文每一飯盡米一斗，及戰，所向無敵，以故賊愛其武勇而欲生致之。

之文死時有妾二人，女子子一人。二妾請先自經死，其女見母死，亦碎首而死於階下。康熙二年，我朝加恩死事者，而之文一子承恩早卒，乃以其兄子以祝爲其後，世襲拖沙喇哈番。以祝死，子賢政嗣。雍正二年，天子念其功賜祭。乾隆三十二年，復加恩世襲恩騎尉，永永無替。雖至今，台州人猶立廟祀之不絕云。

劉子曰：鄭君用牧，與余交最善。爲言其族人之文死台州事甚詳，因請爲之傳。余謂：傳者，史官之職也，余不可以侵其官。而用牧以國史所書，爲里巷之人所不見，終以請，聊爲述之如此。

録自海峰文集卷六。

江貞女傳

貞女姓江氏，錢塘人也。其父名煜，以進士謁選京師，將爲岳州守備。而是時吳門有顧君朝楹者，同選得荆州。兩人同在京師謁選，仕又同方，既相知，因相愛。兩家家書至，顧氏生男，江氏生女。嘉興沈光庭者，往來兩家甚習，因爲議婚。及之官，荆州與岳州地近相望。顧君到岳州，遂以宫錦、團扇、水晶連環授江氏幼女以爲訂。時兩家子女纔周歲。其後，顧君罷去，攜其子歸里。江君亦被議入京補官。兩家音問闊絶。

歲在乙卯，有妄人譌言顧氏子病没。貞女時九齡，聞之悲涕，遂不食，且絶去一切嬉戲事。貞女性幽静，好讀書，嘗見古今節烈，則欣然喜。及聞譌言，每背人而泣。其後五年，江君補官安慶，貞女年十三。一日，顧謂其母曰：『兒旬日以來，無故心自驚，至夜輒煩寃不安寢，此何祥也？』語罷即淚出。而是秋沈光庭以顧君書至，則顧氏子已於初夏之月殤矣。貞女聞之慟幾絶。然見父母悲哀，乃徐曰：『父母在，兒何敢死？然在四年前譌言乍傳，心死矣。』遂欲歸顧氏。父母憐其幼小，且遠隔千餘里，不忍其去；又不欲重違其志，姑允之。而貞女見母氏病臥經年，恐傷父母心，乃暫留侍。夜則衣不解帶，日則長齋糲食。每謂己身爲他，而一心習苦，以奉父母爲事。父母喜則女亦喜，父母憂則女亦憂。飲食醫藥，不以任奴婢，更勤紡績以佐甘旨。父母偶有所思，必竭力致之。

然貞女雖身依父母之側，而欲歸顧氏，其心未嘗一日忘也。既留侍十有七年，將歸。江君使人於吳門，而顧氏書來，以貧乏爲辭。貞女曰：『雖貧何害？吾所求者，屋一間，飯一盂，死則一棺抔土而已。』越五年，顧君嗣子德煒，復以救死不贍、無家可歸辭。貞女曰：『予不幸值顧氏門祚之衰，幼叔零丁窮窶，撫遺孤、延先祀，予之責也。即力有不逮，盡瘁而死，亦可見翁姑於地下也。』自是貞女欲歸顧氏，心益迫，浩然不可復挽。乃以辛巳之四月，攜僕從乘舟直抵吳門，先使問，而嗣子德煒詣舟次，執禮甚恭。翼日，賫冠帔吉服以來。貞女曰：『吾舅已亡，吾姑服未闋，何吉可從？』乃角簪衣以往；其顧氏家人亦皆素服迎勞道旁。觀者咸歎嗟，以爲知禮。

貞女既歸顧氏，德煒奉邱嫂爲一家之主，正名分，別尊卑，三日而祭，且曰：『待德煒生子，即以爲長兄後。』貞女樓居，惟女紅是務，其他家政不欲聞。然德煒遇家有鉅事，必偕生母詣樓就嫂氏商榷。德煒又爲其兄脩墳墓，植宰樹，追繪儀容。德煒少年，其篤於友愛如此，貞女蓋得所歸矣。

贊曰：婦以從夫爲義，其未字，則未成其爲夫婦也。考於經，未聞女在家而矢節者。然近世以來，俗與古異，男女方在襁抱，而父母已爲許婚。相許既定，則亦有從一以終之道矣。貞女之孝義，乃在幼穉之年，蓋其天性純明，度越尋常人遠甚。豈可以拘迂擬議哉！

録自海峰文集卷六。

吳貞女傳

歙之龍池吳氏有女曰滿好，幼通書史大指。年十六，許字同里汪氏。納徵請期之禮既畢，將嫁矣，而汪氏子病死。女時倚樓檻立，聞訃至，則欲墜樓而死，賴家人急挽之得生。然其欲死之心，不能一日忘也。父母諭之曰：『爾欲往事爾姑乎？爾生不識夫壻何如人，遽欲從之如此；父母辛勤養育十餘年，反棄之不顧耶？』女聞之，乃母子相抱而哭。久之，女乃幡然曰：『兒今誓養父母，老死閨中矣。』自是欲死之志稍息，而事父母以孝聞。

女素通書史，知禮儀，宜於家衆。間爲歌詩，雖不盡工，而能自道其性情。女紅尤擅絕一時。里人聞女賢且才而不即死，未必甘以處女終，宜可力撼以動，復使通媒妁之言。女聞之默然。詰朝，聞樓上有哭聲，母趨往視之，則見女伏跽〔一〕祖祀之前，而髮已截去其半。女忽顧見母氏來則以袂蒙面，曰：『兒不孝，羞見父母也。』復母子相抱而哭。

自是外人無復敢議昏，而女事父母愈益謹。母病則刲股以救，櫛沐〔二〕、飲食、溲便皆躬自扶持，積日夜不知其勞瘁。其後父母相繼逝，女愈欲求死而未得其道，乃不飲酒、不食肉、不言、不笑，以終其身。蓋其行有爲士大夫所難能者。女之父曰正通，祖曰文瀚。以乾隆二十四年六月卒，年四十有七。

贊曰：歸氏熙甫，著貞女之論，以爲女嫁而後夫婦之道成，未嫁而欲死其夫，或終不改適，非先王之禮也。其說既美矣。然今之時，與古之時異，且人各有其性情。余觀貞女之欲死，及不死而終身致孝養其親，百世之下聞其風，猶將遽生其禮義之心，慷慨歔欷，欲泣而不能自禁，況於身親見之哉！

録自海峰文集卷六。

【校】

〔一〕吴本作『跪』。

〔二〕原文『沭』，此從吴本。

義士吴君傳〔一〕

吴君爾襄，字贊公，歙西溪南人也。少以養親服賈於豫章。

時值滇、閩叛亂，樂安鄰逼閩疆，閩寇突至，城且破。君爲倡率少壯，力爲防禦，而樂安得免殘僇。樂安教諭許君者，端人也。義不受賊污，將以身殉，而夙知吴君行義長者，屬君以其妻子。君許諾。許君既畢命，而君哭之慟，爲經紀其喪，而厚資之以得扶柩歸葬。

臨川人聞君名且久，亦以寇告君。君即買舟奔赴，說邑令，同盟諸生於泮宮，更募鄉民壯勇者，共爲防守之計。及王師至而寇平，君率衆迎於道左，且爲民請命。其所以保障臨川者，猶之其在樂安也。

饒賊寇新安，君以老母在堂，遄歸省視。至吴城，賊黨舉礮火擊其舟，而君得飛帆疾過，蓋其孝思若爲天所佑云。

其後十餘年，君在漢上，夏逆以裁兵故而倡亂，君民洶洶逃匿。君以漢上屯鹽六百餘萬石，匪惟商資，抑且國賦所出，復團結鄉兵固守，而漢陽亦賴君以全。蓋吴君以羈旅暫寓江漢之地，而數爲居民捍卸禦災患，其智勇有過人者。然其居恒訥訥然，人見之以爲無所短長也。

贊曰：天下未嘗無才，而伏處山巖、爲上之人所不知者多矣。夫古者聖王之治天下，必使賢者在位、能者在職，而後愚不肖者皆有以自託而各遂其生。夫爲天下得人，是故在執政哉！

録自海峰文集卷六。

【校】

〔一〕吳本作『吳義士傳』。

乞人張氏傳

楚之南，天地之氣不鍾於人，而鍾於石。流沙之西，天地之氣不鍾於人，而鍾於鴻雁。近世以來，天地之氣不鍾於士大夫，而鍾於窮餓行乞之人。

合肥張美之，家在城北八十里之元潭，有女年十五，而同邑馬彥章來贅。張氏年二十八，而父母皆已死，生二女亦死。其舅馬青芝，妻早死，有三子二女。三子彥章爲長。彥章年四十餘又死。彥章死，而青芝之二子皆幼，賴張氏以養；其二女賴張氏以嫁。其後，合肥歲連不登，張氏奉其舅青芝及二叔南走池州乞食，而二叔又皆死。張氏復奉其舅自池州之桐城，依左氏之廡下，乞食，挑野菜以養。當是時，桐之民有欲娶張氏者，而張氏以其舅老窮無歸，相依至死不忍去。青芝死，而張氏年已六十餘，猶間至余家行乞也。

古者，婦事舅姑，雞初鳴而盥漱。其禮曠千載不行矣。然吾以爲民秉之彝，不盡絕於人心。縉紳大夫之家必有隆禮守義，善事其舅姑，與孝子之事父母無異者，而往往求之不可得。夫縉紳者，衣食奉養之物備具也，然勃谿詬誶，禁之而不止；窮餓至於行乞，苟可以依人而得食，不能禁其改適也，然至死不去而養其舅以終身，豈非其天性之篤摯有過人者哉？惜乎其爲女子，且窮而行乞也。設使斯人爲丈夫而登於朝宁，則其於君父人倫之間，出其至性，必有建樹非常者。夫天地之氣不能無所鍾也。明之亡也，金陵之乞人聞之而赴水以死。丈夫不能而女子能之，富貴者不能而乞人能之，亦可慨也夫！

録自海峰文集卷六。

樵髯傳

樵髯翁姓程氏，名駿，世居桐城縣之西鄙。性踈放，無文飾，而多髭鬚，因自號曰樵髯云。

少讀書，聰穎拔出凡輩。於藝術匠巧嬉遊之事，靡不涉獵，然皆不肯窮竟其學，曰：『吾以自娛而已。』尤嗜弈棋，常與里人弈。翁不任苦思，里人或注局凝神，翁輒顰顣，曰：『我等豈真知弈者？聊用爲戲耳。乃復效小兒輩強爲解事！』時時爲人治病，亦不用以爲意。諸富家嘗與往來者，病作，欲得翁診視，使僮奴候之，翁方據棋局，嘵嘵然，竟不往也。

翁季父官建寧，翁隨至建寧官廨，得以恣情山水。其言武夷九曲，幽絕可愛，令人遺棄世事，欲往遊焉。

劉子曰：余寓居張氏勺園中，翁亦以醫至。余久與翁處，識其性情。翁見余爲文，亟求余書其名氏，以傳於無窮。余悲之，而作樵髯傳。

録自海峰文集卷六。

鄭氏節母傳〔一〕

休寧鄭牧之母陳氏，杭州仁和人也。牧之父曰世迎，以仁和學官弟子入貢，除紹興新昌訓導，而性好山水，時時往來鷲嶺、西湖間，故陳氏歸焉。

是時，新昌年已老，前娶程夫人生子六人。陳氏年十七來歸，踰年有身，未免而新昌沒於杭州寓舍。陳氏聞之，涕泣曰：『若所生男也，則以舉而教之；女也，則死耳！』新昌沒五十日而陳氏生男，是爲鄭牧。家人議月給陳氏金錢爲生計，而陳氏顧獨求得新昌沒時所書示家人二十五言者，曰：『得此足矣。』新昌之將沒也，口不能言，乃手指几案，索紙筆爲書，以懲戒後嗣。其大旨在孝父母、友兄弟、讀書自勵、毋自欺、居家節儉、有餘則濟姻友之窮。家人出以授之，且問其故。陳氏曰：『吾以示吾子也。』

新昌既沒，陳氏依程夫人以居。程夫人又沒，則其艱辛有人所不能堪者。程夫人臥病，陳氏朝夕侍問無少間。夫人卒時，屬以手所種茶樹遺牧母，母受之。每歲採摘以供米鹽，間則辟纑，或爲諸孫補紉鍼縷不去手，而一心惟以教子爲事。牧六歲，則使就從兄受書，夜歸復親督之倍諷。母嘗謂：『人性皆善，惟無良師友以弓檠而矢夾之，故任其驕恣，智慮日就昏鄙，惟知一己便利之私，而天所以生我、其責之宜自任者，或昧焉不知所事，終不可以爲人。』故凡鄉先達之賢多聞者，皆令其子執贄而受業其門。見里中有年少輕俊自喜者，輒謂牧曰：『此其人爾雖舊相識，不得以爲友也。』又嘗指室旁頽敗牆，謂牧曰：『酒薄亟壞，牆薄亟傾。古之人寧敦毋薄，殆爲此耳。』又曰：『人所不足者，非財也。爾毋以家貧故而妄生不足，求豐殖於爾前人。』又曰：『人第自立。毋以上官之知爾，而輒往有干謁。』故里中至今稱陳氏母善教，牧爲子善聽母言。卒所就牧爲孝子，以讀書善屬文聲聞吴、越之間。牧性孤介，與世多不合。雖以傭書授經爲生，而取與無一介之苟。督學使者及郡守多重其文行，而牧於就試外，未嘗一有所干，從母氏之教也。母嘗讀衛敬瑜之妻王氏所作孤燕詩，感其義，爲潛繡孤燕衣袂間，而更刺王氏詩於孤燕之旁；然用以自矢，秘不示人也。母既沒，而家人檢括其衣匳，始見之。

母平生喜道人間節烈事。牧之族世母汪氏者，以死殉夫而無子，葬在淺土，而墓石未立，母時時以爲言。值歲凶，人有饋牧金者，母大喜，謂可爲墓石之資，即用以作碑。碑成，更期以來歲清明祭掃，率婦女往拜其墓，而病不及待矣。母家故貧，而族人之貧不自存者，多典衣質錢以濟之。故母之沒，族人無親疏遠邇，皆爲流涕云。

贊曰：余與母之子鄭牧交遊，既知牧賢，而後得聞母夫人之賢。蓋其通達大義，爲男子之所難能，非徒節孝也。家雖貧，而聞譽流於鄉族。詩所謂『高朗令終』，其母之謂乎！

録自海峰文集卷六。

【校】

〔一〕吴本略『氏』字。

吴節婦傳

歙縣吴君文采之夫人程氏，父曰之陞。年十九來歸，越八年而文采沒於漢陽旅舍。夫人勵冰雪之操二十有九年，卒之年五十有五。

有子映烈，幼多疾，夫人撫教之如嚴師然。嘗謂之曰：『吾所以隱忍苟活者，爲爾也。父子兄弟慈教友恭之道，乃人心自有之善，若甘爲愚下而大節不之省，辱先人矣！』故其子既成立，知大義，以能顯揚其母氏之賢。

當夫人之未歸而爲女子也，即以孝事其父母聞於閭里。及其既歸而廟見，爲夫人之長上者，咸相慶賀以爲得賢婦；其在卑幼者，親見夫人之容止，而自慚以爲非所及。夫人推其事父者以事舅，推其事母者以事姑，又推其事舅姑者以事祖舅姑，莫不順適，各得其歡心。祖舅姑既沒，喪祭之禮畢，而夫君之凶問至自漢陽。蓋夫人自是無意於人世矣。然其事舅姑誠敬益隆，盡力以供其衣服飲食藥餌之宜，未嘗或假手奴婢。

吴君綜理賈業，能擴而充之使日大。然循循禮法，不隨世俗爲華靡；又性好書史，閉門雒誦，而囊無私錢。以故夫人守節廿餘年，家雖豐贍，而俯仰不啻窶人婦。夫以一女子寂處閨門，心思既無所控告，況煢煢孱嫠，抱數歲之孤，上有繼姑在堂，諸叔咸幼，叔姒性剛柔、靜躁不齊，而夫人主持家政，處之有餘裕，無能間毀。其日用之百需及姻親酬酢往來之費仰給尊舅者，月惟千錢，而夫人勤女紅，躬織紉，極艱辛以相補助。

夫人之父程翁，家素饒，而諸子蕩棄以致中落。翁有妾三人，子皆幼，慮其後之不給，嘗私積白金千兩，一日陰以授夫人，使代爲藏蓄。夫人度日雖艱窘，而兢兢保此千金，不敢視爲己有，卒待其幼弟之饑困，全畀其庶母，俾攜歸以供朝夕。當是時，兩家内外無一人知者。父既沒，而母汪氏貧甚。夫人於母病，則省視維勤，亟進藥餌。母沒，則賻助衣衾，且經營其葬地。蓋終始竭其力於親，而夫人實非有餘力也。

乾隆三十六年，映烈撰次母夫人之行，上之大府，以達朝廷。建坊以旌，而春秋祠祀不絶。

論曰：利禄之中人深矣！自中朝士大夫於持權秉勢之地，疾趨如寇鳧，常甘心毁名節、蒙恥辱以求之。彼非不知其污賤而不可爲也，顧有所不能捨者耳！夫人以女婦而凛〔一〕『生者不愧』之義，其志行概之於烈丈夫亦何讓哉！

録自海峰文集卷六。

【校】

〔一〕吴本作『懔』。

程孺人傳

孺人姓程氏，父御龍，以文行著於鄉里，母曹氏，早卒。孺人育於其姑之家。姑故富家，孺人依倚之且十餘歲。及歸吳君崙上，舅姑私相語曰：『吾家貧甚，恐新婦之弗堪，奈何？』每旦晚問視，舅姑輒微窺新婦顔色。久之，見其習勞苦弗倦，天寒冰雪，澣濯衣衾，致兩手皸拆，或日午猶未食，而一心營堂上之養，終不使夫子聞知，舅姑乃始歎新婦賢勞，非他人所及也。

如是者屢歲，困稍蘇，繼又大窘。一日，吳君被酒，相視太息。孺人指所著敝衣，笑曰：『吾服此踰二十年矣！始，吾父爲諸生，甚貧，攻苦夜讀，吾母刺繡文佐之，漏四下，猶刀尺與書聲和答也。』及吳君終困諸生，或時感喟。孺人又笑曰：『婦人且知命，豈男子顧不然乎？』舅姑既沒，無遺貲。吳君竭力以養其兄嫂，撫其兄之子，延師教督，而孺人常左右之。曰：『與我同室者，皆舅姑子孫也。思舅姑，忍遺棄其子孫乎？』孺人性端謹，言動必以禮，與夫子處，終身無狎侮之色。治家有法，勤灑掃，精縫紉，婢妾僕役，御之皆有恩誼。卒之日，家人無不感泣者。

孺人始歸，生多不育，及年三十五，始生一子曰定。孺人自以生子晚，又止一子，其教育視他人之母有加焉。孺人善病乏乳，定幼亦多病，孺人愛之甚，盛夏不敢持扇，遇啼哭，輒劒以行。及定長，從塾師受書，母督之愈嚴，或嬉戲有過失，必使長跽受杖，且喻以鞠育之辛勤，相持而泣。然定性純孝。定從余遊，每爲余言及其母，未嘗不黯然垂涕也。

孺人以乾隆二十四年四月十八日卒，歷年五十。卒之後三年，定娶程氏婦。又數年，定補縣學生。將以報母氏之劬勞而光顯其母教者，其在定也歟！其在定也歟！

録自海峰文集卷六。

錢節婦傳

節婦姓方氏，桐城人，父字于王。許聘同里錢公田間先生之子孝則者，方在童齔〔一〕未嫁也。當是時，弘光據南京，阮大鋮爲兵部尚書，以鉤黨逮田間甚急。田間變姓名出亡。而孝則從父行，自白下抵震澤。而吳中兵起，孝則之母及弟妹，皆赴震澤以死。孝則脱身走匿稻田中。賊去，收其母、弟尸權厝之，而從父入閩。其秋，閩之延平破，孝則奔汀州，汀州亦破，父子遂相失。孝則乃間道入粤，出入五嶺間數年。復入閩，寄居郡武之實連寺，前後凡十三年。道路流離不得歸。

於是節婦年已長大，家人趣使他適，伯叔兄弟交口一辭，或詐報孝則在外死已久，以此愶節婦。節婦慷慨曰：『固未必死。雖死，吾亦義不容他適！』居久之，卒待孝則歸成禮，其相對如賓客然。其家雖貧，然節婦不知其貧，雍雍殊自得也。

既九年，先是田間自閩還，娶徐氏，以家居室隘，寄居書室中。亡何，田間復外出。孝則以徐氏母不可獨居，乃侍宿書室門隅小室内。室有夾牕臨野。族人或疑徐氏厚積，與盜謀，毁牕入，縛孝則，使俱入内室以劫徐氏。孝則不許，盜以斧劈其頭而死。於是節婦蠶績自勤，教其子以成立。獨居三十餘年，如初未字時也。

節婦年七十三。始，年二十五歸孝則，九年孝則死，又三十九年而節婦卒。

贊曰：余嘗考明亡時遺事，夫婦父子奔走散失死亡者，何可勝道！節婦能不與人沈没，卒得令名，豈非其志之異耶？方其詐報孝則已死，乃所謂不祥人矣。節婦之姑亦方氏，死震澤水者也。一閨闥間，節烈相繼，豈不偉哉！悲夫！

録自海峰文集卷六。

【校】

〔一〕吳本作『童卝』。

胡節婦傳

節婦舒氏，黟縣人，笄適同里胡君上，越數年而寡。君上死而家益貧，其父母老，節婦力縫紉，孝養無違禮。節婦善爲小兒帽，能隨人小大方圓曲折，甚工。所居地去城市稍遠，村人爭買節婦所製帽，不假持刀尺、習女紅，而小兒皆有帽以禦冬。節婦爲帽甚勤，嚴寒時，兩手常見龜坼也；至盛夏，則不持扇、不御蚊帳以爲常。

舅姑相繼沒，節婦所貯工作錢，每以送死立匱竭。而父彥安、弟麟書，赴試用不足，節婦猶分所有以相給，而自忘其窮。節婦常欲死其夫，然冀得夫之從兄弟子或再從兄弟之子一人以爲其夫後，故隱忍焉未死也。

嘗所讀書甚衆，自易、詩、書、子、史之外，旁及星命、青烏之說，以五行推測族戚人窮達、壽夭、小兒育不育多中。嘗以歸寧，坐肩輿中，指顧所歷山川當有吉壤可葬，雖慣習形家者流，不能與之爭得失也。

贊曰：婦人以冪酒漿、主中饋爲義，至於書史非所宜請習。然如節婦之守死無二，則書史乃彼所爲立節之本源也，雖泛騖極博，豈不益見其賢哉！

録自海峰文集卷六。

張復齋傳

復齋先生，姓張氏，華容人也。其先世自江南之和州遷居縣之游橋，凡九世而生先生。先生幼即善屬文。入學後，值吳逆之亂，崎嶇兵革，與弟召脩負母循環往來巖谷間，喘不得息。

康熙乙丑成進士。知福建之晉江，多善政。上官將疏薦之，而先生以母老乞終養。百姓攀留不得，相率供其食用，泣送至洛陽橋者數萬人。侍養既二十年，乃起爲江西之金谿。值歲歉，先生請穀得七千餘石，多方賑貸，全活甚衆。會有上官倚朝貴爲勢，其所屬郡縣皆脅使出門下，而責以厚贄。先生不忍從，遂解組歸。金谿之百姓攀留泣送如晉江也。

當在晉江時，有賈人怨其繼母之誅求而不養其父，其父詣縣訴。賈人行賄於先生，乞以貧爲解。衆皆爭往視之。天方寒，賈人衣其父以新衣，而自著敝衣，爲凍餓可憐之狀，且曰：『有衣皆以奉父矣。』先生故怒視其父，曰：『子寒如此，而不恤之邪？』呼吏持大杖來。先生睨視賈人顔色如平常，猝指叱之曰：『若見若父之將受大杖也，而安忍視之？不孝何辭！』即以大杖撲賈人，而其父乃從旁泣。先生出賄付其父，曰：『以養爾餘年。』衆皆快之。民逋賦，久不能輸。及輸逋，則賦甚多。先生詰知其鬻子也，乃捐俸入贖而歸之。有守瓜圃而斃者，幕夜莫知其爲誰。先生集鄉民於社廟，閉門，使祖裼觀之。一人膚體傷敗，先生叱之曰：『若往而盜若瓜，值若之警，相毆相持，以至於此。』其人即屈服。先生之聽訟仁明多此類。晉江人文比他邑爲盛。先生至，則益勸勉，其父兄，使訓誨其子弟；其稍屬俊秀者，親加賓禮焉。由此晉江之童子試至萬人。

先生之免金谿而歸，足不履戶外。而華容在洞庭旁，土卑而賦重。當明之季世，百姓多流亡。國初定賦，準原額每十畝損爲六畝餘。其後稍稍增墾，而清丈令下，縣官指爲欺隱，將以全額上。先生曰：『我無中人之產，顧里人不勝病矣。』因詣縣官白其事，謂此皆湖岸荒餘，十常八九浸於水，百姓愚昧，不知援例請平，誤陷於罪。若增比舊額，其數幾倍，能不流亡乎？夫百姓流亡，他日獨不爲官累邪？雖畝數不可隱，而賦數固可減。宜準湖鄉下地例，一畝糧止一升。縣官信先生素長者，察知愚民情實無他，卒如先生言。華容人蒙其利至今。

先生名召華，字君實。

贊曰：先生在官前後僅四年，故設施未竟。然其爲利於民者多矣。其議減湖田之賦，華容人將築祠以報，而先生固止之。此所謂陰德也，雖使其子孫世爲三公，豈爲過乎？

録自海峰文集卷六。

程書原傳

尚書秋官郎程君晉升之尊府，諱志洛，字書原，蓋純孝人也。世居歙之巖鎮。常以深愛之衷，自致於人不見聞之地，終其身如一日。不求人知，而世亦遂無知之者。賴秋官之賢，能推揚其先人之隱行，使之表著於當時，而因得以傳於後世。秋官之言曰：『吾猶及見吾父事吾祖父母時。每昧爽，吾父手執書策，趨立寢門，傾聽祖父母興居，門啓，即入問安否。吾祖母當謂吾父曰：「汝何故早起默默喜獨立水瓨門外？」吾父至吾祖父母寢室，必先過世父室，中間多置小門，而吾祖母喜飲泉水，因以瓨盛泉水置門內，因謂之水瓨門。蓋吾父晨興立此門者，前後凡數十年云。吾父與諸父相友愛無間。諸父或病篤，吾父輒至祖廟中焚香禱祝，若欲以身代者然。』

秋官之言如此。

夫古稱舜爲大孝，以其有頑嚚之父母，而又有傲弟如象者也。使弟傲非象，而無瞽瞍以爲其父，則雖孔子之至德，不得以孝稱。況在中人以下，庸行之常，非有高遠難幾足以驚愚而動衆，何由以自表見哉？雖士之敦行不怠，非以求人知，然爲人子孫閟匿其父祖之德，使湮沒而不彰；爲文章操風化之權者知之而不言，使善人君子無傳於後世，則後之爲善者何以勸？爲不善者何以勉焉？此秋官所以索余文以誌之惓惓而不已也。

府君素不欲以姓字傳於人世，行一善輒借名他人。雍正、乾隆間，數舉賢良方正，開博學鴻詞之科，在位有欲以府君薦者，而府君輒辭不受。年七十，以歲貢終。平生好讀春秋及朱子綱目之書，有史抄數卷藏於家。

贊曰：『余未識秋官。秋官一見余文，即以爲今之韓子，因付託以其家傳。不賢而能如是乎？府君雖不遇於時，秋官自致通顯，而府君得贈如其官。秋官亦可謂至孝矣。然非府君之孝，安得有子孝如秋官者哉！

録自海峰文集卷六。

鄉飲賓金君傳〔一〕

金氏自石晉時由武林遷歙之呈坎，其後徙居郡城，由郡城徙居歙北之趙村，而贈大夫復由趙村徙居巖鎮，今爲巖鎮人也。贈大夫三子，仲子長溥，起家進士，官吏部稽勳郎。後十餘年，吏部長子雲槐續成進士，爲翰林，爲御史；次子榜於皇上南巡，以詩賦蒙恩擢授中書舍人。然其家素貧。而用隻手枝撐以漸至饒裕，創建祠宇，崇大其門閭，則自吏部之兄長洪始。

長洪，字師林。少從塾師讀書，聞先生述古孝義長者英烈之事，竊聽常罔倦。以家貧不暇攻舉子業，而隨其父服賈鳩茲、廬、鳳間。然君雖溷跡賈人，而至性醇篤，嘗割臂肉以療母疾。尤與吏部相友愛。吏部幼善病，而君常遠走百里外求醫，數往返，至足爲之繭。其母許恭人亦歎息稱其賢，以爲所見世人兄弟間如此者不多遘也。贈大夫老而家居。君在外，致旨甘糗脯無虛日，必親自料簡，不假手童僕。嘗以王母葬地不吉，遂窮極青烏之書，卒得改葬如吉卜。

君號善持籌，而動循理法，取利必以義，不欲競錐刀以割剝愚懦。自處甚約，而多急人之難，尤厚於族姻里黨。不治經生家言，而諸孫所習文藝，輒能披覽其大畧，有所指斥，必中其竅要。其於天下之務、時事之利弊，較然明白，如自視其掌。遇事之盤錯，其精神常鎮定，而卒能有剖決以解其紛。見人有爭訟，或手足骨肉相傷殘，能以片言感悟之，使卒歸於和好。蓋其理人之才又如此。惜不得尺寸之柄，使施之家國天下也。

君當壯盛之年，而妃匹早逝，遂不復娶。曰：『世多吉甫之後妻，而子未必如閔子。家道之乖，每由於此。』喜親細務，或諷其過勞，則曰：『吾雖不能如陶公之運甓，而敢自暇逸乎哉？』郡守王公聞其賢，舉爲鄉飲賔，固辭不獲，然非其意也。

贊曰：自管子相齊，而士、農、工、商之職分。漢興，賈誼、鼂錯上書言政治，謂宜重耕農而抑商販。然余觀當時士大夫，名在仕籍，而所爲皆賈豎之事也。至若賈名而儒行，孝悌姻睦，無媿於獨行君子之德，是乃有道仁賢所重爲賔禮也。彼職業惡足以定人哉！

録自海峰文集卷六。

【校】

〔一〕吴本作『鄉飲大賓金君傳』。

贈大夫方君傳

方君諱嗣文，字肇西，世居歙西之巖鎮。自君之七世祖音獲禁方，因以醫世其家。而君之父承晟始以應世之才，創興賈業。君少以家事殷繁，不暇攻舉子業，用例入國學，而從其父業賈於漢江之上。然君雖溷跡賈人，而性孝友。執父之喪，哀動行路；事其母，曲盡色養；愛諸從弟，必皆使得所然後已。

自君之上世，歷數傳，皆以利人濟物爲心。至於君，尤爲慈厚，樂施與。其於族戚之中，有喪不能舉、婚不得遂者，咸爲經紀而周給之；而於無告之煢獨，尤加意憐恤。至於友朋故舊，有無相通，患難相救，終其身未嘗有吝色。嘗謂其子曰：『與其自奉過侈，孰若節儉以裨人？』巖鎮之中，有橋曰心菴，君之上世所建也。君重治其傾圮，新其衢路，雖多費不惜也。

性坦直。嘗面折人過，及其能改，則畧不以留於心。

遇事之不平，多爲之解紛，而不畏彊禦。居恒寡言笑。與人交，澹如也。及其教誨子弟，而隆師傅之儀，其幣帛恭敬，有非近今人所及者。

贊曰：馬少遊有言：『使鄉里稱善人，足矣！』夫遠荒窮徼，可以形勢聲華相震讋；至於父母之邦，其聞見真矣。一言一動之微，鮮能逃其記注者。故稱善於天下猶易，而稱善於鄉里爲難。後之君子馳騖於閩海萬里之外，而視鄉里之人如秦、越，漠然不以繫其心，宜其沒世而民不思也。予聞方君之沒，里人有爲流涕者。故曰：『斯民也，三代之所以直道而行也。』豈不信哉！

録自海峰文集卷六。

封大夫方君傳

封大夫方君諱祈宣，字亦桓，歙縣人也。方氏自君之曾祖、祖、父皆業賈於楚中。君年十八，其祖年老家居，父不欲遠離，而君之兄祈昌方入郡庠爲弟子；君雖天資穎異，而以遠業需經理甚急，不得已而之楚游。凡十年，始歸。

君於人無問智愚賢否，一皆推誠相結。人或以其易與也，而因售其欺，以至逋累千萬。旁觀皆爲之不平，君第與校曲直而已，卒不以銜怨於中也。至無故橫逆之來，尤忍人所不能忍。蓋其仁心愛人類如此。

君家自上世以來多厚德長者，其生殖豐裕，能以惠利及人。至於君，則處己雖儉，而周人之急常恐其不及。族姻之有喪而不能斂、有子女而不能婚嫁者，均受其庇廕。乾隆辛未歲饑，於鄉里倡爲賑卹，又捐惠濟倉穀至白金三千兩。郡邑勸輸脩城，亦且捐至千緡。伐石以平治鳳山之道路，煩費弗惜也。君之祖、考嘗欲建支祠而未就，君善繼其志。晨夕營度，不避淫潦毒暑，勤劬過甚。祠垂成而君遂至得疾不起。卒之歲，年五十有九。

君既性純孝，篤於友恭，而所遭多不幸。其尊府已見背，而祖母謝安人與其兄祈昌相隨以沒，踰年，嫂洪氏亦沒。君既執嫡母程恭人及繼母吳恭人、程孺人之喪，過哀至毀。而有弟三人，弟婦二人，十數年間，後先徂喪。君於其間，侍湯藥，治喪殯，育孤幼，延師課讀，以婚以嫁，備禮盡瘁。蓋君於世事盡心力而爲之者多矣，而庭闈之內，洊遭閔凶，何以堪之？然則君之不幸，不得既乎中壽，雖曰脩短有命，亦其苦心勞力以致然也。

女兄弟四人，雖已嫁而相愛養不啻在家時。其適程氏者，幼年守志，一子復早夭，其後家益落，而以垂白撫孤孫，君尤痛悼之，臨沒時，命其子分產以濟其困乏，且爲其身後計甚諄且詳焉。

論曰：世之儒者以誦說詩書自藩飾，而倫類之間孝友睦婣任卹之行，多內省而慙。至於方君者，既棄儒術而事機利矣，跡其平生所爲，求之縉紳先生，何可易得哉？嗚呼！可謂淳篤君子矣。

録自海峰文集卷六。

藺齋先生傳

藺齋先生姓左氏，明忠毅少保公之曾孫也。少爲諸生，喜吟詠，而不屑爲科舉時文之業。舊居縣城東門內，與貴顯子弟相聚飲酒無虛日。一日，忽棄去城中宅，遠至東鄉百里之外，就其祖所遺產所謂荷莊者居焉。日率孫曾僮僕，相與藝圃灌園，植花竹以樂其志，而家亦日豐。先生爲山人野服，數年不一至城市，而讀書慕義，日孳孳焉。里中縉紳長者皆樂與交遊，往來荷莊者，率文學知名之士也。

先生生十有九日而母夫人見背，其後尊府未生先生客遊卒於京邸，先生抱痛終身。每值生忌之辰，致敬致哀，見者皆爲流涕。先生以家之中落，治以儉嗇，而與人交，財利未嘗有纖介之苟；名流過從，飲食必致其豐潔。先是，里人有從先生假衣褐者，先生曰：『我家固無布衣。』假衣者詫之，謂曰：『子之家乃遂一無布衣哉？』先生恨其言，遂屏紈綺終身不復御。蓋其有恒類如此。

吾高祖之母，忠毅公之姑，而先生之高老姑也。先生與吾家世有姻聯，而余之兄女，歸先生之孫行孝。先生故丈人行，而先生獨與余親善。余多出在外，先生時時念余不置，取余鄉所寄素書揭置門屏間，時其相思，輒就而讀之。及聞余歸，則不待余席之溫，而迎請之使者已至。往往置酒上下其議論，連日夜不輟。以余之淪落於世，世人之所共棄，而先生顧愛重之如此。此所以於先生之沒，不能不欷歔而流涕也。

先生名文韓，字秀起。其所爲詩，直舉其心臆所欲道，而深造於古人，故多可傳者，余嘗爲之論定云。

録自海峰文集卷六。

蝠巢翁傳

蝠巢翁姓嚴氏，名紳，字朋韭，以國學生考授州通判。世居桐城之東雙溪鎮。鎮後有山曰靈壽，故又自號爲靈壽山人。

翁生而有異質，母乳之，則兩足皆跪。父某將任廣文，歸自外而病卒。翁生母劉氏哀痛，以至瞽其目。既十餘歲矣，翁朝夕以舌舐之，而母目復明。翁前母陸氏生女一人，適吴氏，早寡，煢煢孤弱，翁撫育之以至成人。其後遺孤又卒，惟兩孤孫在，而翁同母女弟適某氏亦寡且貧，翁皆辛勤爲經理其家，終身無倦色。

康熙甲午，歲大祲，鄉先生奉觀察之命，來溪上爲粥糜以賑。翁曰：『飢者數十里而來，一啜粥而歸，歸則復飢，其老弱難行者終不得食，是不如計口授米之爲得也。』飢民賴以全活甚衆。而賑米之羨，復買山以瘞枯骨。其後，荒年有賑濟之役，皆倣此以行，而不知翁實倡之也。翁有治劇之才，而不得施設。鄉鄰有爭鬬，必以質之翁，而獄訟乃息。

然翁特勵志讀書，夜讀常至雞鳴。工詩，善草書。相國張文和公見而愛之，曰：『里中有此才，何可使老於林泉乎？』欲薦之而卒不果，命也夫！

贊曰：余與翁之子伯顧同學相愛，而翁之幼子丹曉，余再從女弟夫也。故於翁之行事，知之爲詳。伯顧亦工詩。伯顧既沒，丹曉出其平生遺稿，俾余論定之，將刊刻以行於世云。

録自海峰文集卷六。

方氏節母傳〔一〕

歙巖鎮方君肇西之繼室吴氏，年二十一來歸，七年而肇西病卒，於時氏年二十八歲。凡守節三十三年。其孫尚錦上其事於大府，乾隆壬辰，得俞旨建坊旌表。方肇石就工，而太孺人遽以是秋長逝。

蓋自太孺人既歸方氏，而方氏遭家不淑，肇西既早卒，而母氏謝安人壽終。太孺人以嫠婦奉持喪殯，盡哀盡禮，以至目矇不能視。當是時，肇西前室之子及太孺人所生子共五人，而連喪其四，諸婦隨以沒者三人。其死亡哭泣，排比繼續，有人所不能堪者，而太孺人之志彌堅，常獨坐小樓，終日凝然，非其子婦不見也。太孺人年已五十，其子祈宣請以母節上聞，而太孺人堅拒不許，曰：『婦人夫亡不嫁，分也。自居立節，已非所安，況敢膺朝廷之寵命乎？』

太孺人躬持儉約，疏衣糲食，至族姻里黨之貧無以資者，輒周卹之無難色。自尚錦之曾祖大生欲建支祠，歷二世未成，孫祈宣繼之，功垂成而身沒。太孺人乃命祈宣之子及其諸子曰：『此先人之志也，盍亟成之！』工作酒食，太孺人身任之而不自知其勞瘁。祠成而後喜可知也。大生樂爲善，然其志願多未竟。而巖鎮之南山故有會文之館，其後移置鎮西，年遠傾頹，僅存遺址，鄉先生議欲脩復，太孺人聞之，復命諸孫推先志重建焉。又於其時重建鄉賢祠。三年之內，兩役並興，其費奢廣，而諸孫力行之，畧無所顧惜，太孺人之教也。

贊曰：余觀女婦之以節孝著聞，惟新安爲尤衆，蓋其流風使然。然獨太孺人所遭，備極人世之愁慘，天殆摧挫之，以玉其成也。若其眷眷以善繼先人之志爲心，縉紳大夫或不能，而女子能之。嗚呼，可謂賢矣！

録自海峰文集卷六。

【校】

〔一〕吳本作『方節母傳』。

汪烈女傳

古之人以死生爲大。而孟子別之曰：『可以死，可以無死。』可以死而死，死之得其道者也；可以無死而死，死之不得其道者也。

人未有無故而責人以死者。其死之大端有二，曰『臣死其君』，『婦死其夫』。然余以爲臣之死君與婦之死夫，似同而實異。君臣以義合，故曰『合則留，不合則去』；夫婦以恩合，故曰『壹與之齊，終身不改』。後之儒者不明於聖人之義，乃以夫婦之道爲君臣之道，第責之以死，求其不改適而已。夫與共天位、與治天職、與食天祿，有共事之義焉，而以臣之食祿爲受君之恩，吾之所不知也。

事一君則不復可以去而他適，是以臣之事君，果如女之適人。夫所謂君臣者，豈竟同於夫婦哉？何以處夫伊尹之就湯而就桀？何以處夫孔子之去魯而之衛、之齊？是伊尹、孔子，皆改適之女也。殷紂既亡，微、箕且不從死，況他人哉！嗟乎！子貢、子路，孔子之高弟，彼且必責管仲以死矣，何怪乎後之儒者哉？

古之君子見幾而作，固不待國之危亡，早已潔身而去矣，是可以無死也。如其勢不能去，或嬰守土之責而城陷，是可以死者也。可死、可不死之間，此之不可不審也。後世女許字而未及適人，或爲其許字之人死。夫未及適人，是未嘗『壹與之齊』也，顧且死，是死之不得其道也。

雖然，有迫之以不得不死者。張巡、許遠守睢陽，城陷而不死，將何之？歙之喻村有汪氏之女，年十五，未適人也。於村中觀劇，而有強暴者，要於中道，而欲污之，雖其母與兄奔救而歸，明日女卒投繯而死。是迫之以死而不得不死也。於是朝廷正強暴之罪，以女爲烈，建坊而旌之。吾獨怪後之儒者，混君臣於夫婦，且爲之說，曰：『忠臣不事二君，烈女不適二夫。』不學之徒，習聞其說而信之。故余於汪氏女之死，有感於君臣之義，爲作烈女傳。

録自海峰文集卷六。

胡母謝太孺人傳

經歷胡君與余先後同官於黟、歙，相處雖未久，而心相愛慕。知胡君，因以知其母謝太孺人之賢。蓋胡君自西川發解以來，沈淪末宦者數年，而余竊觀其爲人，循循恭謹，不苟取、不妄言，於人未嘗有疾聲厲色，而守身惟恐其失墜。雖其天質故溫醇，抑亦太孺人之教也。

太孺人母有五子，經歷第序在二，兄曰爲仁，弟曰以仁、體仁、存仁。凡與經歷遊處者，或未及與其諸昆季遊，而諸昆季同沐〔一〕太孺人之教，則皆可得而信其爲人。經歷常爲余言，若方在童稚時，受母氏之笞督，至今猶慄慄危懼。雖其後壯而有室，稍有愆違，即令長跽受杖，未嘗畧爲寬貰也。

抑又聞太孺人之賢能尤有過人者。胡氏世家福建之汀州。經歷之祖，以明經司平和之訓，而不治生產，疾卒於官，賴其門弟子共爲經紀而後得歸葬。故經歷之尊府，貧無以自存，嘗棄舉子業而浮游於閩海。然府君幼有令譽，夙爲族叔父嵩齡所重。及嵩齡分知四川之綿州，意欲得府君朝夕與偕，府君以家累辭，乃許其盡室以行。行未臻任地，而族叔父徂喪。府君前後無所依倚，道里遠隔，不得歸，不獲已，之潼川之中江寓焉。當是時，室中空無，有家累不減十餘口。而太孺人拮据操作，獨任其艱辛，且極力延師以課子，膏油脩脯，敬禮有加焉。即常所往來中，其稍屬儒冠端亮者，太孺人未嘗敢薄慢，恐其一日回長者之車，子雖欲親仁不得也。太孺人身所御者疏布縞衣，補紉至再三，而澣濯必使其鮮潔；及其遇族戚里黨饑寒窮迫，常分所有以相恤，而自忘其貧。

太孺人之父，粵東大埔人也。經歷，名翠仁。

贊曰：自國論不及閨門之隱，而爲女婦者雖有尊行碩德，無由自表見於世。然偶有能傳道之，而聲稱赫奕，乃與中朝士大夫等。太孺人寄處荒遐，非其教子之嚴，世亦孰得而悉其生平？然則爲父母而以姑息爲愛，與自棄其子何異哉！

録自海峰文集卷六。

【校】

〔一〕原文爲『沭』，此從吳本。

李節婦傳

節婦姓錢氏，淮寧李生之妻也。有子曰寧，寧以書來，求爲其母傳。其言曰：『吾父爲縣學弟子。吾母世爲浙西名族，年十九來歸。吾父念大父母家世貧困，常冀得食祿之榮以顯其親，攻苦誦讀。吾母勤女紅、烹飪以佐之，雖炎暑之朝、風雪之夜，無有間息。歲在丁酉，吾父秋闈試罷，得疾，未逾月而徂。寧年甫及周。吾母適生女弟一人，哀毀欲死者數矣。然念大父母在堂，寧兄妹方在懷抱，勉以承舅姑之養，不敢以哀痛形於顔色。

吾大母以吾父之亡，憂鬱成疾，手足不能動履者數年。唯吾母常侍湯藥，雞初鳴即起，至夜分乃就寢息。吾父有弟二人及諸姑皆在穉齡，吾母勤撫教之，未飢而與之食，未渴而與之飲，衣垢則爲之煩擱，衣敝則爲之改作。迨二叔親迎、諸姑出嫁，而吾母之辛勤始謝焉。吾大父常號於衆曰：「吾兒亡，賴有若婦在，乃天所留以存李氏之血食也。」衆載其言。蓋自吾父之沒，及今二十年，吾母年四十，而大母之疾忽瘳，寧亦生子成人矣。』

信如斯言，則古陰禮所謂婦德，節婦其無媿矣。

其子寧年在弱冠，不遠千里求一言以揚其母氏之賢，李氏可謂有子哉！

録自海峰文集卷六。

記方節婦事〔一〕

節婦余氏，桐城人，年十八歸方氏，夫曰錫庸。十年，生二子一女而其夫亡。節婦念上有老姑，下有弱息，乃忍死以待。然其夫伯叔兄弟之家，願節婦之去，不願其守也，挫辱之百端不已。節婦常吞聲飲泣而居，卒奉其姑八十餘以終，見其二子之成立。凡婦人之守義，以飢凍爲苦。余氏之夫家不貧，而其苦比飢凍有甚焉。然後知大司徒教民以六行，曰孝友睦婣任恤，而又糾以八刑，其一曰不睦之刑。蓋必教以興之，復刑以督之，然後九族之中各安其分，不敢相淩奪，而鰥寡孤獨無不得所之人。古之教行於鄉，而風俗淳厚，其不以此也歟？其不以此也歟？

録自海峰文集卷六。

【校】

〔一〕吳本作『書方節婦事』。

知上猶縣方君傳〔一〕

方君諱求義，字綺亭，桐城人也。以貢士與脩實錄，敘官得贛州之龍南。龍南在江右極邊，與粵東接壤，僻處群山中，風俗較他邑爲淳。君初至，則欣然曰：『是足以安余之拙矣。』其涖官，不欲以才顯，而一推其樸誠相示。歷署定南、安遠、信豐諸縣，皆有聲。

龍南有豪民廖氏兄弟五人，虎、豹、蛟、龍爲名號，橫行苦鄉里，而官吏莫能禁止。君至，則攝其渠魁至訟庭，諭以利害而善遣之，諸廖咸感激自奮，終君之任，無敢縱肆者。

江右素饒裕，歲偶儉，不以災聞。而君署安遠時，適值歉歲。是時布政使下令：『擅糶倉穀，無益災黎而徒飽吏胥之貪壑。』前令皆一遵約束，不敢上請。君獨喟然曰：『誠使賑救及一邑之民生，則余雖罷黜，何憾焉？』遂急以災狀通牒大府：『其勢有不糶不可者。』方伯初聞之愕然，而大府深加獎譽，且檄屬邑皆倣此施行。諸屬相繼請糶，其全活不可勝計。然君不自以爲功德也。在龍南十年，有終歲不一至訟庭者，囹圄之內草榛叢塞。

乾隆九年，以葬親解任歸里。既一歲，謁選補南安之上猶。上猶亦江右之邊境，風土約畧相似。而君之治上猶一如其治龍南，建社倉以備荒年，創書院以興文教。暇則攜一童雜坐樵夫、田父間，親訊疾苦。故又別字樂巢，使人之旁郡招延繪畫之士，繪爲桑麻圖以自鏡也。

贊曰：樂巢與余家世有姻連，知其素行。其兄子裕曾，余甥也；及其弟子玉成，皆幼而失怙，樂巢教育之無異己子。蓋其門內之行，尤有人所難能者，豈徒恩施一邑爲良吏已哉！

録自海峰文集卷六。

【校】

〔一〕吳本作『上猶知縣方君傳』。

松江府通判許君傳

許君諱曾裕，字崙高，一字南湖，桐城人也。君少卓犖有大志。年甫六齡，值母病篤，即知長跽〔一〕祖廟之前，禱求至十餘日不倦。稍長，從塾師受學，聰穎出其輩類，於書無所不讀。然其尊府以直諒爲族人所怨怒，興起獄訟十餘年，而屈不可伸，遂發憤以卒。君抱痛於中，復控於有司，又十餘年，而理始得直。然君之精力壯志已消亡其過半矣。不獲已，乃入貲補官，得通判松江水利船政。

松江地濱海，舊設巡海之船，其名曰鳥船。鄉者，通判監脩，上下多侵漁，其船遇風輒壞。君獨親自驗試，而其弊始除。先是，遠人負販至松江，松江姦民取其貨，而負其價直不還。君至，懲其尤狡黠者數人，而負販皆戴德感泣。松江河道細狹，易至填淤；填淤則舟楫不通，而民田亦無以灌溉。故冬日水涸，用挑濬之工，其費皆出自民間，積至巨萬。有司粗爲興築，而浮消其費大半。君獨以私一己之稛載有限而取萬民之膏血甚多，於心不忍，乃親量度深廣，使其工不得尺寸有差。民咸呼舞，以爲數十年來所未有，因即河滸立石，以紀其事。濱海失業之民多通海洋以逐利，禁之不止。君奉委巡察，而海船之私貨浮於口糧之外者至百餘艘。君念窮民非有大姦宄，徒以無知嗜利而自致干紀之誅，必加詳報，則己雖有獲賊之譽，而死者不可復生，因潛請於布政辰公，貇其寬貰。辰公察君愛民出中心之誠，深爲激賞。將議遷除，而君以是年得疾，於六月十八日卒於松江之官舍，年五十有八。

始，君少時懷奇負異，欲有所建立於天下。士大夫與君相知者，咸度君當爲朝廷顯用，而遭家多故，不得遂其所欲爲。及其筮仕，秩居閒散，徒奔趨抑鬱於羣衆之中；既爲方伯所知，庶幾有以展其足也，而遂死。豈其信用命耶？雖然，以君之施設，與夫世之貴顯而力足有爲者較焉，豈其有歉於彼耶？嗚呼！可悲也已。

贊曰：君舉丈夫子四人，而幼子國獨有志於古之立言者。國久從余遊，而後余得聞君之始終甚備。乃今知士之有懷而得以自遂者，寡也。然君雖不得行其意於一時，而後世將有興者矣，尚何憾哉！

録自海峰文集卷六。

【校】

〔一〕吳本作『跪』。

芋園張君傳

張君，桐城人，諱若泌，字珊骨，別字芋園。大學士文端諱英之孫、工部侍郎諱廷瑑之子也。中雍正乙卯鄉試。

當是時，君之尊府及君之伯父相國宗伯皆在天子左右，其伯叔兄弟多繫官中外，家事繁殷，惟君能以一身任之。文端祠祀賢良，安徽巡撫徐公實承諭祭，其從隨廝役之人填隘賓館，牲牢酒食，惟君能餽餉踵至，畧無缺漏。少司空視學江蘇，兢業自持，其所拔文章，必命君再三讐校，收棄宜當，號稱得人，惟君之用力爲多。相國虧缺帑藏，盡括家產不足以賞，司空倡助白金萬計，族人以次捐輸，猶不及數，惟君能經營盡力，事卒辦治。邑東溪水，自龍眠兩山奔流數十里，其勢洶呶。相國創建石橋以利民涉，工程浩繁，惟君能董其役，早夜勤視，三年乃成。其後日久，橋漸崩塌，司空捐金築壩捍堤，惟君能督工辛勤，堤外居民恃以無恐。堤既成，君更勒石以紀其事。文端創立義田，司空增立義助、廣惠及篤素公田，惟君出納賑施，能不遺不濫。君之弟早卒，撫育其二孤、五女，一如己子。曾孫以鄉舉第一人發解，曾産爲學官名弟子，惟君訓飭督教之功。長姊適孫氏涪漁，而姊夫早卒；仲姊適顧氏協鍾，而顧氏家貧，惟君能饋問不絕，撫教諸甥，皆得學業成立。乾隆乙亥、丙子，歲凶民饑，司空捐米數百石以倡，惟君更牽率諸弟，舟運湘湖米至，穀價既平，民食乃裕。既又以其餘米立永惠之倉，豐則出貸以收薄息，歉則出糶以平市價。邑有同善之會，所以濟死不能殮，殮而暴骸骨於野者，惟君能增益其費，日月滋長，恩施徧於閭閻。

君天性克勤。司空嘗訓之曰：『天與一日之年，必有一日之事。』惟君能稟承其教，不憚煩勞，日出輒興，夜分猶不寐。應務之暇，即披覽書史，其於古人成敗得失、因革損益之宜，能羅列於胸中。尤詳禮制，邑人吉凶之儀，紛來取質，能人盡其意以去。蓋君之才足有爲如此。惜乎其僅見於鄉閭，未得施之邦國也。

贊曰：當雍正之時，桐城張氏之貴顯震驚天下，而芋園獨以鄉舉終其身。夫豈力不能及，蓋澹泊爲志，不汲汲於榮利以致然也。嗚呼，豈不賢哉！

録自海峰文集卷六。

金氏節母傳[1]

金氏節母許太恭人者，歙之蕃邨人也。年二十，來歸金氏五聚。歸五年，而五聚客死京師。先是，五聚之父文啓早世，遺孤五聚纔五歲，不能自存，乃從王母冒葉姓而同居於葉。而五聚又復早世，遺孤公著纔九閱月。時恭人年二十四，痛其夫之旅櫬未歸，而姑年已老，呱呱者寄食他姓，欲死不可，乃忍死以圖育金氏孤兒。

當是時，金氏家本貧，及五聚客死在外，益無以爲生。太恭人躬自灌園作苦，常雜和藜莧爲糜，而一日多不再食。嘗攜其孤於園中採摘茶芽，茶未盈筐，而日晡饑餓，其孤牽裾欲還，乃母子相向悲泣。又嘗日暮自園中歸，失足墜道左叢棘中，下臨絶壑，攀援久之乃得上。

先是恭人長子以痘殤，因使遺孤往依郡城饒氏以避其疫染，及聞孤復患痘，則惶急饑走四十里往視，面色非人，日夜辛勤調獲，不寐者旬月。而孤又善病，太恭人口雖不言，而心懷隱憂，如捧盈而常恐其顛覆也。

恭人以夫殯在外，歲時遥設祭奠，輒北向長號。及孤年已壯，奉命往求旅櫬，始製絮衣奉母。前此母年逾四十，皆單衣蔽體，不知有挾纊之溫。蓋恭人徒以殯在荒野，長爲風雪所侵凌，故不忍獨求溫暖。然恭人不言，而家人亦無敢有問也。

恭人念姑年已老，偶得食，必先以進其姑。姑晚歲長齋奉佛，恭人不敢異味於姑，常與姑同茹淡素。及姑卒，子婦能具旨甘，則不復茹素，然自奉常多取其粗惡者。家人或從問往事，亦約畧言之；然語未半，輒嗚咽不能成聲。蓋其生平所閲歷，有人所難堪不能自覆述者如此也。

於男子非至戚不見。嘗病胃疼痛甚劇，水漿不能入口，然終以婦人之手不得與他人診視，卒屏醫藥不御也。

嗚呼！太恭人以一女子，當金氏存亡絶續之交，一心惟以鞠子爲事，其濟則祖考之靈；如其不濟，有死而已。憂危困苦叢集其心，饑餓寒凍交迫其體，而太恭人一若冥然無知，獨身孤立於層冰積雪之中，卒使金氏之門烝嘗無缺，墜而復興。然則太恭人之爲功德於金氏者，殆非他人之節孝可同堂而語也。太恭人執節六十有二年，今已建坊崇祀矣。

贊曰：方金氏之流離，遺孤未及周歲，而附離他族，蓋其不絶者如秋毫矣。太恭人以一人持之，而孫支遂得累世貴顯。上天之幽默無言，而潛機密運，豈人世所能窺測哉！

録自海峰文集卷六。

【校】

〔一〕吳本作『金節母傳』。

贈大夫閔公傳

贈大夫閔公諱振武，字商巖，浙之烏程人也。公天質貞粹，幼而爲子弟，則無子弟之失；長而爲父兄則盡父兄之教。初執星海府君之喪，一哀而成阻鬱之疾，遷延數載，後遇醫者餌以硫〔一〕黄數十斤，乃漸平復。其於諸昆弟，歲時聚處一堂，相對怡怡，極天機之樂。值公事，則恂恂隨諸兄後，未嘗敢越次儳言。其於後生小子，直言訓誨之無隱。教子弟以立身處世之道及爲文之法，靡不正容屏息，拱手以聽者。

性嗜古，授徒所得穀俸，輒以購買書籍。聞人有異書，則必詣門借取鈔錄，手所錄書，常盈滿箱篋。而尤悉心研究諸經，其於尚書、小戴記、周官漢、唐註疏，多所考訂發明。以家貧薄遊姑蘇、淮、徐間，縉紳大夫之家爭延迎以考疑問業。公循循善教，出其門者多知名之士。作詩不以雕琢爲能，而以抒情達意爲適。間作指頭小畫，楮墨瓏玲，氣象飛動，人多寶而藏之。

居家儉約，衣裳敝垢不爲意。館主人爲製紗衣一襲，深藏筐楮二十年，視之如新。爲博士弟子，應鄉試凡十五科，乾隆甲子始以老不就試，而方伯舉於鄉。迨方伯官刑部，而公猶館於郡城嚴氏焉。

閔氏自莊懿司寇以來，家門貴盛，浙西無其倫比。其後中微，而星海府君以文章名一世，公復繼之，然皆遭逢不偶，終老於諸生。故公之子孫奮興角列，並登朝著，天之所以報公者甚厚，而不獲饗其子之祿養，此方伯所以抱痛於心而對人言之未嘗不垂涕也。

贊曰：余爲黟學博士，巡撫託公檄令主安慶書院，因得謁今方伯於按察之司。方伯留與語，且賜之酒食。今方伯在江寧，使人以其家狀來，命爲作傳，然後得聞其尊府贈公之賢。嗟乎，自古名卿鉅公之生，豈不以世德哉！

録自海峰文集卷六。

【校】

〔一〕原文爲『琉』，此從吳本。

翰林編脩李公墓誌銘〔一〕

公姓李氏，諱重華，字實君，又字玉洲，宋忠定公某之十七世孫。世家常州之無錫，其後遷吳江。歷五世而至東崖公寅，今崇祀鄉賢者，公之父也。

公生六歲已能爲詩，出語輒傾其行輩。東崖公沒，能自擇師而事之。鄉先達翰林張公大受以文章名世，公往從之遊，而張公於及門中獨愛重公，因以其子及兄子、女子子咸受學於公。於是公亦以文章名世，其所交友皆當時號稱英儁有名之士也。

公事太夫人至孝，不忍斯須離訓迪。而太夫人念公之賢能，宜起家甲科，督令赴京師求舉。公不得已就道，而心顧常在太夫人左右。康熙庚子舉順天鄉試，雍正甲辰舉進士，改官翰林。而公益日夜慕思太夫人不置。太夫人聞之，寓書勉其供職，毋以我老爲念。其後太夫人卒於家，而公以奔喪歸，遂哀毁得疾。蓋太夫人之志如此。

公性愛士如饑渴，士之負材藝遊京師者，公皆與之往返論議，時時出酒食以相勸勞。壬子，典四川鄉試。而是年以前所薦舉人不稱落職。而公之長子治運方爲秋官郎中，以祿養留京師，則日與縉紳及故交之閒居者，連爲詩社，或聚徒課文，文章益富，賢豪趨赴益衆。治運提學山左，公主校閲，甄拔號得人。知榆林，公爲書院長，而邊徼之士皆興起於學，知有經訓。按察安慶，每訊鞫，公必坐屏幃後隱聽，其有所平反則喜，稍可疑則諭令再三慎測，必得情乃罷。蓋公雖不仕，而功德之及人如此。昔公在京師，則士爭趨之恐後；公從其子在外，則客遊京師者無所歸；公卒，則士大夫嘗相遊從者皆向欷歔泣下。嗚呼！其可銘也。

公以乾隆二十年八月十二日卒，享年七十有四。娶張氏，子三人，長治運，今按察兩浙；次泰運，太學生，先公卒；次光運，太學生。女三人，長適縣學生張七雲，次適太學生韓承詩，次幼。銘曰：

維公之德，世積而偉。維天相德，施於孫子，既多受祉。我作斯銘，鑱之幽里，永千萬祀。

録自海峰文集卷七。

【校】

〔一〕吴本作『翰林院編脩李公墓誌銘』。

翰林侍講張君墓誌銘〔一〕

君諱若需，字樹彤，桐城人也，姓張氏。其大父文端公英，相聖祖仁皇帝朝；世父太傅公廷玉，相世宗憲皇帝及今上兩朝；皇考廷璐，禮部左侍郎。

君生累世膴仕之家，而趨操、被服無異單門窮士。生方髫齔，穎出儕輩。稍長益嚴，鮮有幼志之失，驚其丈人行，許娶以子。出就外傅，潤以詩書，華器夙成，以待出而爲用於天下。年二十八成進士，授翰林院編脩，充日講起居注官，進侍講。凡館閣文章之務，君皆隨時立就，不稽日月。其纂脩書館也，職所宜盡，趨赴惟恐後時，未嘗憚其勞瘁。其分校鄉試及禮闈也，公以生明，號稱得士。上嘗謂其兄中丞若震曰：『汝弟，正直人也。』蓋方將大用之，而君則既卒矣。

宗伯公視學江蘇九年。江蘇事繁劇，公振起文教，選舉俊良，絕除旁顧而已。其名曹實物之細大畢舉，君佐佑之功居多。皇帝東巡狩，宗伯班在扈從。君方告給里居，念尊府年考之高，即馳入都扶侍以行。故宗伯以衰年走塞外，經喀喇沁、敖漢、翁牛特、巴林、奈曼、科爾沁以達瀋陽，往返六千里，而不知有崎嶇奔走之勞。翳君之色養無違，有以慰藉之。

三年之喪，其禮曠絕不行矣。君之在疚，屏酒肉而不御，獨居殯宮塋兆之側，蓋二十七月如一日。既釋服赴闕，拜辭於墓，猶攀號留數日不能舍以去也。

里中人多客遊京師，時其不幸，則往往朝夕之不謀，寄食旅館，積歲月莫償其直，或終不能歸，歸而無以爲道里之費；甚則疾病而莫爲之醫藥，死亡而莫爲之棺斂，君悉爲區畫，隨其緩急難易，必使之就理乃已。而又慮急遽之難以取給，乃更與有力之賢，共相捐輸，使一人掌其資本，而取其息以待用。規制草創既定矣，而君卒。

君之成進士，其房考爲滿州伊公爾敦。伊公沒，而夫人獨居，困甚。君不忍其饑寒，歲月餽問有常餼。君卒，而以其訃聞夫人，夫人哭之慟。踰時以他事使往夫人，則夫人方懸伊公像於壁間，揭君訃狀於其下，而對之哭也。蓋君於人，一任以誠，而接之以慈愛，故君之卒，朝之薦紳大夫、宗族之親、朋友故舊，下及皂隸奴婢，莫不悲泣相弔，自以爲失其所歸。

君與人飲酒，淋漓終日如不厭；及其閉門端坐，未嘗一持杯斝。見人有所未見書，輒借鈔焉。研究諸經，而於周禮尤爲交通午達。所爲文甚富，而長於歌詩。其侍宗伯而出塞也，有從邁集數十百首，余嘗爲品次之。

君以乾隆十八年八月二十二日卒，年四十有五。生子四人：長曾敞，翰林院檢討；次曾放，國學生；次曾敷，中丞養以爲己子；次曾虔，尚幼。女子子二人：長適同縣吳綸，其幼未嫁云。曾敞將以某年某月日葬君於某鄉某山之原，而以書來請銘。銘曰：

施於外者略，蘊於中者隆。君之於世爲無憾，而天之於君則不終。山石其可泐，而不可壞者君之宮。

録自海峰文集卷七。

【校】

〔一〕吳本作『翰林院侍講張君墓誌銘』。

阮君墓誌銘

阮君諱爲光，字暉吉，桐城人也。以乾隆四年八月十三日卒於其家，享年六十有九。其子德脩，與余弟昂千相善。余未得交於德脩，而德脩知余最深，介余弟請余爲文以誌其墓。余不獲辭，則問德脩之所以欲顯其親者何似。德脩之言曰：『吾父幼而孤，吾祖母撫教之以至成人。吾父不敢背祖母之教，以友於其弟兄。家之庶務，皆一身任之，以聘以娶。兄弟二人，終其身相依倚以爲命。吾家素貧，吾父以授經爲生，館穀所餘，悉以分吾叔父而不私。吾先世世家桐城，祖墓之木，以歲久樵牧之不禁，漸至凋敝，吾父親爲樹植，且至數千株。嘗念祭物未備，募金置田，迄今春秋享祀賴以無缺。與人交，終身無忤，有非禮則義形於色，或無故加之亦不校。性嗜書，至老不倦。年且六十餘，猶手古經傳不置。然吾父績學終身，不獲登賢書以仕於朝，徒恂恂爲鄉里之善人，此余小子之所爲痛心者也。昔吾高祖爲明湖廣穀城令。先是，流賊張獻忠新敗僞降，據穀城且周歲，時有應補穀城令者，皆以畏禍逃去。吾高祖攜一僕就道，至則且撫且教。賊或縱騎虜掠，吾高祖嘗碎其旗。賊終不馴，率其衆脅使俱行。吾高祖不從，索印又不與，且大罵擊賊，賊怒，支解焉。家人囊一體，馳報大府方孔炤。事聞，恤贈太僕寺卿，廕一子入監讀書，且命建祠歲祭。未及建，而我朝雍正四年詔舉前後忠節者祀於學官。吾父泣陳先人之遺事於有司，乃得以雍正八年奉主祠祀焉。然吾父痛先大父之早卒，大母之苦節，而身卑賤，無以彰其名於後世，未嘗不欷歔垂涕也。』

信如斯言，君其可謂篤行君子者矣。自命鄉論秀之法廢，而士之獨善其身、不獲登仕版於朝者，多湮沒不見紀錄。其幸有孝子慈孫能推揚其祖德，請命於當世有道能言之君子，或託於文字以傳；不幸無之，則雖有嘉言懿行足以垂不朽於無窮，亦終與田夫無異。間嘗考其生平，使之得位，彼其所樹立，豈遽出當時之公卿下哉？而不獲施行，則一家父子兄弟之間，鄉鄰族黨之際，庸行之常，何由自表見焉？吾觀阮氏之先世著其德，而君能張大之，今德脩又能繼君之志，而一以褒揚其先人爲念，使世之爲子孫者皆能如君父子間，則爲其祖父者尚何遺憾於後哉！嗚呼！是可銘也已。

君之曾祖諱之鈿，字實甫，爲穀城令者也。祖諱渝，字子貞，松江南匯營守備。父諱敷宷，字九咸；母王氏，行載郡志貞節傳。妻何氏。子二人：長世忠，爲縣學弟子，即德脩也；次世恩。女幾人，長適某，次適某。德脩以某年某月某日葬君於某鄉之某里。余爲之銘曰：

祖之烈，賴君以宣；母之節，待君以傳。匪君獨能此，顯君者，君之子。

録自海峰文集卷七。

方府君墓誌銘

嗚呼！士之有志而不獲攄〔一〕，有才而不能以自見者，蓋自古多有其人，非獨今世也。天之生才，於什伯千萬之中，篤生一人焉，不可謂無意也。彼其人自以其拔出於什伯千萬之中，不敢自廢棄，亦欲有所施爲，以顯於當時而傳於後世，乃擯斥流離、老死於窮山野水之間，十蓋八九矣。然古之君子，生不見用於世，沒則人無不知，故東漢守節之士，其名稱多出王公貴人上。近代以來，貴祿仕而賤幽貞，雖行如伯夷，而籍不登於朝著，直以爲無所短長。雖士之脩身潔行，非以謏聞而駭俗，不吾知則亦已矣；而自後之論世者觀之，可爲深嚬而太息也。

同里方漢篠坡者，余之同心友也。其府君樺坡先生，余之所深知也。蓋幼而倜儻有大志，其初至京師，一時縉紳大夫多重其才，願與爲交遊。府君亦慷慨自命，欲有以敷布於天下。未幾，以族禍牽連，窮居困阨十餘年，然後得放歸田里。蓋其方剛之歲月，耗磨於憂患之中，雖有管、樂之才，無由以自達矣。然府君終不以屈伸窮達沮喪其志意，而時從賢豪長者詩酒共娛嬉。其自京師放歸，止近郊不入，徧謁先祖之墳塋，至泣涕不能興。平居則治酒殽，日與諸兄弟燕飲爲樂。酒酣，適逢其仲兄之怒，府君長跽請罪，不命之起不敢起。夫其既老而善事兄長如此，則方其少而逮事父母，其孝謹爲何如也！天既篤生府君以其才而不使之施設，且況抑錮蔽之，府君無所肆其意，然其中之所存，浩然不可以沉抑而盡也。嘗徘徊中庭，顧其羣從諸子而歎曰：『兒輩中誠得一智勇深沉者，庶其有以繼余乎！』嗚呼！此可以見府君之志矣。

府君諱元履，字高度，中康熙戊子順天乙榜，以乾隆某年某月某日卒，享年五十有六。所著有口絲、南枝、乃吾廬、小樺坡諸集共若干卷，藏於家。祖諱于宣，邑諸生，早卒。父諱曾祐，休寧縣學訓導，遷廣德州學正。妻姚氏。子三人：長漢，邑庠生；次浩，雍正庚戌科進士，官至江西分巡吉南贛道按察副使，而府君及府君之父皆以浩得贈如其官；其季深，國學生。漢將以某年月日葬府君於某鄉某里某原，而使余爲銘。銘曰：

龍山之峩峩，有古君子，筮宅其阿。墓石可泐，其銘不磨。

録自海峰文集卷七。

【校】

〔一〕原文作『⿰衤登』，此從吴本。

江西吉南赣道副使方君墓誌銘

方君諱浩，字孟亭，桐城人也。其尊府樺坡先生，家世行誼既有銘。君生而沈毅，不與童兒共嬉遊。及長，讀書爲文章，駿發有氣。中雍正八年進士。初知太原祁縣，調陽曲，遷保德州，又知隰、平定二州，遷知蒲州府，移守潞安，擢江西廣饒九南道按察副使，旋調吉南赣道。因公有詿，循例復職。方需次吏部，而以乾隆十九年七月十八日疾卒京師邸舍，年五十有二。

君之莅官臨民，嚴而不苛，和而不可犯。既去，而民多思之不置。其在隰也，隰民以茹素爲群，群數百，號爲大乘教。君悉召至庭，而啖以酒肉，人莫知其原。其後逮捕大乘黨人連數郡，而隰民獨免。金川用兵，平陽富民願輸餉，而旁郡效之者甚夥，君獨以潞安地瘠民貧，不爲報。會天子巡狩中嶽，取道澤、潞，而民田之近接道旁者，吏輒令薅去青苗以俟。君獨以鑾輿未出，而廢民耕作，非爲上愛民之道，令耕如平時。民得以收穫，而事亦辦治。蓋君之仁愛自其天性，不待彊而能也。其在平定州，值天旱，姦民扇衆讙呶求糶穀。君不爲動，升堂坐，取獄中他囚，愓以威，其被驅脅者多逃散。君乃徐召姦民慰諭遣去，而明日陰捕渠魁一人論如法，其餘衆悉置不問。在廣饒，兼攝九江府事，歲旱而米商未至，洪州乏食，大府檄屬郡悉運倉糧往濟。君以郡民咸待食，而移粟他往，恐生事，請獨輸九江倉，而屬縣停運。比違大府意。未幾，安仁以阻運罹重罪，罪及守令，大府乃以此重君。旋有吉南赣之調。南赣自前世多不軌之民，依山澤爲患害。而上猶姦民據險爲亂，君聞即馳詣捕緝，比大府至而謀主已就擒，訊實，置之法。蓋君之明敏，有所發而輒中機宜類如此。

君所至以振興學校爲務。初在祁，即改西洋禮拜寺爲昭餘書院。在潞安，捐俸爲倡，以葺新郡學。其在江西，復聘名儒爲白鹿院長。尤篤於親親。嘗推先君子之愛以事諸父、諸姑及從兄弟，又推太夫人之愛以事諸舅、從母及外兄弟。其族屬、姻戚、故舊之貧不能娶、久喪不能葬及羈窮以死而不能歸者，君皆爲之區畫，必得當而後已。噫！可謂能人之所歎者也。

君娶吳氏。子二人：相梁、相正。女二人：長適姚芬，乾隆庚午科舉人，今知陝西靖遠縣；次幼。將以某年月日葬君於某鄉某里某原，其兄漢來請銘。銘曰：

允矣君聲殷雷硠，群駑聚處覯肅爽。兩驂縱轡馳康莊，睆者伯樂御王良。彼駑瞠目遙相望，羌獨絕塵氣揚揚，忽蹶不復中道僵。時值晦塞久愈光，有如不信視銘章。

録自海峰文集卷七。

湖南按察司副使朱君墓誌銘

朱君諱陵，字紫岡，十世祖由休寧月潭遷居歙之浯村。祖木叔、父蔚庭，俱以君貴，贈如其官。君幼而隨其父服賈武進。年十二，受學武進諸生顧明俟。明俟每令君誦所讀書，而已聽之，以爲俯仰抑揚，能盡合古人之音節。

雍正甲辰登進士，官翰林庶吉士。踰年，改授刑部湖廣司員外郎，命往盛京整飭部務。遷禮部祠祭司郎中，還京補刑部現審左司郎中。考選貴州道監察御史，協理山東道事，巡視北河漕務。改授江西贛州知府，遂分巡贛南。以父喪去任。服闋，參藩衡永，調任辰沅永靖，兼攝岳常澧道，署理湖南按察司事。未幾，又以母喪歸里。

其在北河，陳便宜三事，而上皆允行之。在贛州十年。贛當閩、粤之衝，有東西兩關，中丞委君兼攝。君一清吏胥之弊，令諸商自注税銀於簿，法寬而課自裕。贛舊有濂溪書院，君爲延名師以振起人文，人稱爲『朱公講堂』云。其分巡贛南，值學使按試贛州，忽大風發屋，覆壓應試童子四十餘人皆死，其餘折傷肢體者無數。人情慘痛，咸歸咎於守令督脩之不堅及學使命題之不吉，幾成變亂。君自以莅贛日久，其恩信素結民心，乃出示曉譬再三，而民皆感泣，其變乃中已。君之才足濟亂多如此。

當是時，買穀實倉儲，而禁買於本地之富民。鄰邑或貧瘠不供，則求之遠地又多糜道里之費，於是縣令以畏禁而私交乎富民，富民以有挾而劫持乎長上，其弊多端。值中丞轉帖下各道，殷籌糴補。君以爲糴買本地富民之穀，勢有不得不然。與其陽禁陰違，曷若揭白而曉諭之，價不使抑，平不使短，斛不使浮，貧富咸濟，其道光明，比之上下相欺，相懸億萬也。大府褒嘉，以爲得政體。君之推誠，不以内外有間多如此。

當君之署理湖南而歸也，君年已六十有六，歷任中外三十餘年。而是時王太恭人既謝世；君所生四子，其三子皆先君而亡，悲不自勝。故服闋赴京，將補官，而在道復返。遂閑處田里十有五年。蓋君之清操與其勤慎之節、明敏之才，皆足以大有爲於天下，而惜未盡其用也。

君以乾隆三十三年正月十五日卒，享年八十有一，誥授中憲大夫。娶吴氏，誥封恭人。子四人：長辰，郡增生；次晴，次懋惪，皆國學生，並先君卒；其季若水，邑庠生。若水將以某年月日葬君於某鄉某里某原，而請余爲銘。銘曰：

君之居官，不爲表襮，既直以持，又卑以牧。惟其有利於民，而有移於俗。於萬斯年，君子之穀。

録自海峰文集卷七。

海門鮑君墓誌銘

乾隆三十年，歲在乙酉，十二月壬戌，海門鮑君卒。余繫官於黟，久不聞其凶問。而歙人頗有知之者，然恐觸余之悲哀，匿不以告。踰年孟夏，其子之鍾始獲以其訃聞。余哭諸寢門，而不自知其痛。嗚呼！余窮於世，所有者友生而已。而鮑君之窮，幾與余等，天又奪之耶？

鮑君諱皐，字步江，其先歙之永豐鄉人。其後有僑寓真州者，復渡江至京口而家焉。祖諱仲珍，父諱天民，皆不仕。君生而穎異。年十七，隨其父參謀幕府，往來皖江、荻港間，過采石，上太白樓，所至發爲詩歌，出語輒驚其耆長。其後壯遊姑蘇、兩浙，文益工而奇，編益富而巨。蓋君之天才鴻麗，山峙泉湧，放恣飄飆，極馳騖之能，不勞紀律部伍而自中於法度，近代稱詩罕有及之者。

君幼而攻詩，不樂爲應舉之文。邑宰奇其才，將薦之學使，適遭父喪輟試，而同里妬害其能者，嘵嘵以寄籍爲辭。服闋，援例入成均。連值鄉試不獲舉。君乃發憤棄去舉子業，而竱力於詩。故其仕宦之塗絶，而家道益落。自古才人之不遇，未有如吾海門者。幸其子之鍾賢，能繼其志。皇上南巡，之鍾以詩賦蒙恩擢授中書第一人。余以爲君之憤懣，庶老而得舒，且將長享其子之禄養。嗚呼，孰謂之鍾未補官，而君於是冬死矣！

嘗竊以天生是人，既賦之以拔出之才，雖於榮利之塗絶無復望，然使其蒼然黄髮，老死山區，未爲過也。今君之年纔五十有八，未至於篤老也，而既死，豈直吾徒悲賢士之不遇？雖然，彼世之早拾科名，貴顯於中朝而以老壽終其身者多矣。若君之文章，傳之世世，且千百歲而無窮，其脩短蓋不可以度量計，而何羡於彼！

初，博陵少宰尹公守揚州，聞君之名，召至其門下，日與公子右亨相切劘。而尹公太夫人尤重君，常引至内庭相見，飲食之如家人。時方開博學鴻詞之科，尹公即以君應舉，咨名大府趙公、中丞顧公、督學張公。檄至，而君以疾作，辭不赴。君之名在四方，而最愛君者尹公。尹公貴爲天子之近臣，而卒無以振起君也，悲夫！

君家多藏書，手自披閱無虚日。所著海門集三十卷，已刻十卷，又外集十卷，華陽瘞鶴銘考一卷，京口文獻録三卷，筆耕録一卷，藏於家。君娶某氏。生子二人：長即之鍾，次之鏞。女子子三人，皆幼。之鍾將以某年月日葬君於某鄉某里之原，而請銘於余。銘曰：

江朝於海，山矗其中。金、焦之秀，鬱爲才雄。維君特起，厥聲藴隆。若有以施，而值其窮。於人爲窮，於天爲通。嗚呼已矣，安此冥宫！

録自海峰文集卷七。

汪府君墓誌銘

府君汪氏，諱景晃，字明若，歙縣人也。生而仁慈，好施與。常謂其家人曰：『一家饒裕而族有四窮，耻也。』年二十二，棄儒術，操百緡以往賈於浙之蘭谿。及艾而歸里，則盡傳家事於其子，而一以施濟爲己事。里黨間煢獨無以爲生，計月授之粟；其寒無袒[一]襦，則於冬日授之衣；暑而荷擔於道路，爲水漿以濟其暍渴；病臥不得醫，儲藥物以救其疾苦；力不能親師，建館舍、延儒生，以誘其來學；死而手足不揜形，贈以棺椑，而里之賴以殯斂者至三千餘人。有贈以棺而不知其爲非命也，訟詞連府君。里人將遮道以請於有司，府君亟止之。其後事得白，而府君施濟如故也。

然府君非其仲子之賢，雖好施未必如其志意也。仲子諱泰安，字永寧。生十歲而喪其母吳安人，厝在淺土；而尊府自以春秋高，常欲自立生藏。仲君用是不敢自暇逸，力求所謂『乘生氣之理』，常不避冷炎，徒步行數十里以求吉壤，冀得免水泉螻蟻之患。府君既一以施濟爲事，不復問家之有無，好施久而所入不足以供。仲君常拮據萬方以應其求取，而惟恐府君知之。府君遂稱心給捨，忘其家之非復曩時；即其姻戚僚友，亦咸謂府君素封，能博施不匱也。

府君曾祖諱良鍾，祖諱啓賢，皆太學生。父諱廷俊。妻鄭氏，繼妻吳氏，又繼妻曹氏，又繼妻許氏。子三人：長子早卒，仲子即泰安也。府君及仲君皆候選州同知。乾隆十七年，蘭谿歲不收，府君以捐賑議敘加一級。二十四年，郡守舉爲鄉飲賓。鄉飲禮畢，子姓稱賀。時府君年已九十有四，猶顧其子姓幼穉者，與倍諷所讀書，曰：『人心不可無所事，無事則心放。吾數十年來，獨坐則暗誦前載〔二〕而已。』仲君二子：長梧鳳，次漪。梧鳳爲學官名弟子，從余遊。府君以乾隆二十六年四月十日卒，享年九十有六。仲君以是年九月十二日卒，享年六十有三。梧鳳將以某年月日葬其祖及父，請銘於余。銘曰：

孔聖愛才，而吝不覿。世德愈下，手足相殘。歙有君子，振窮濟艱。嗣君繼志，剝己以殫。有高者原，善人所安。山谷遷易，其銘不刊。

録自海峰文集卷七。

【校】

〔一〕原文作『襸』，此從吳本。

〔二〕『載』，吳本作『書』。

烏程閔君墓誌銘

閔君諱永欽，字英開，湖州烏程人也。九世祖珪，明刑部尚書；曾祖宗聖，湖廣岳州衛經歷；祖喆生，父雲邁，皆縣學生。

君生而沉厚，不煩教督而親近詩書。年二十三應童子試，吾鄉戴褐夫在督學姜公幕中，得君卷，喜曰：『是我輩人也。』家貧，以授徒爲生，勸飭孜孜，無殊子息。又善於誘掖，其言披豁暢朗，支分族解，騃童鈍夫聞之咸如夢寐驚覺。其悉開悟則喜，其有未開悟則憂戚形於顏色。故凡承其指誨者，多舉於鄉，亦或去爲學官名弟子。性質直，於人未嘗面諛。族戚友黨或以文章就正，其白黑瑜纇，一皆讎其本真，不稍寬貸，知非其人之意，不顧也。而人亦多諒其誠，鮮有憎怨之者。又善以時文覘決他人科第得失、遲早、利不利，能預訂其年月，十不失一。

君嚴於義利，非其義，一毫不取。其在學官，值有非分之財，衆爭求之，至於鬬鬩；君獨退處亟，餽之不受。居常教戒子弟，未嘗言利。至其職所當爲，勇力赴之，如嗜慾、饑渴之不可已。君雖窮居，顧嘗有大志，以澤及斯人爲任。醉則誚其儕輩曰：『是皆楊朱爲我者也。』

昆弟五人，其仲弟、叔弟皆先君而沒。二室之寡妻、遺孤，時其凍餒，貶衣黜食，分館餼給養之，無難色。閔氏之從南渡也，其始祖爲將仕郎，其後數世名字磨滅，不可考知。自歸安教諭以下，乃始可譜，而墳墓又多迷失。君立遙祭之禮，每春秋饗奠必致其誠慤。夫人吳氏早卒，君年方剛，而獨居三十餘年，與一子相依爲臥起，終其身不畜婢妾。

當君之少時，日與其群六七人相切劘爲文章，意氣豪放。其後諸君或成進士、官翰林，次亦鄉舉爲學官博士，君獨老於諸生四十年。雖屢試高等，食廩餼，顧垂及歲薦，而先期以卒，享年七十有一。嗚呼！以君之志與其行，其視彼富貴而赫奕者果有所不及邪？

一子文山，乾隆辛酉舉人。以辛未年臘月某日葬君於晟舍里謹字三圩，而以母夫人祔之。余既識文山，而得聞君之賢。文山乃請余爲銘，銘曰：

孰啓態脂韋，安坐而福持？孰握瑾懷奇，沒齒而不以設施？誰爲爲之？非余所能知，君又何悲！

録自海峰文集卷七。

吳君墓誌銘

吳君諱閬，字崙上，歙縣人也。吳氏自唐左臺御史少微十一傳而遷歙，又十四傳而遷歙之巖鎮。曾祖諱銑，祖諱文瀚，父諱正通，世有隱德。

君生而穎異，頭直目端，不習而能，經史百家，動窮其奧。年二十四，補縣學生。赴順天省試，入成均。衆皆謂君將大興吳氏之門。然六試秋闈輒報罷，乃慨然棄去。嘗南登會稽，遊建康；踰絕塞，入雁門，經子推之故墟，弔公孫杵臼之遺躅。其後復西陟匡廬，上滕王閣，與今侍郎曹公地山及江右名流相賡和。能洞徹秦、漢以來文章之真贋。爲詩歌古淡簡遠，間發爲雄肆。酒酣輒喟然曰：『嗇於天者人豐之，窮於數者學通之。』蓋君雖捐棄科名，而其於學問文章未嘗須臾怠廢，誠不忍其沒世無傳於後也。

自君之大父，家已中落，父益貧。君以授徒爲生，所得脩脯盡以供其父母，而獨與妻室程氏忍饑操作，卒不使堂上二老聞知。踰年，父母相繼沒。君方奉命往豫章，中塗聞變而返，痛不得親視含飯，故自號曰悔堂。君既遘廢疾，手足拘攣。然歲時值先人諱日，或展張畫像，必勉力使人扶持跽拜，涕泣交横。偶食時食，輒念先人，或頓箸不終其食。有兄不事事，君以貧諸生，供養其一門男女，以長以立，婚嫁既畢，謂可無勞心力，而君亦長逝矣。

初，君隨父往豫章，豫章舊遊最重君，念君家口繁盛，合白金千兩以相補助。君付託不得其人，蕩然悉歸無有。人謂君且將爭訟，而君一委之於命，不與毫毛計曲直。舊遊復合金如前，而君疾作。君乃愴然自咎其時命之窮，且惟恐以我負人，扶病遠涉千里，卒出己資，各如其人之金並其息以償，獨身衣敝袍而歸。居恒言貌循循，至其臨禍福利害，則一斷以義命，而無纖芥遲徊眷顧之私。

君以乾隆三十八年二月二十九日卒，享年六十有四。子一人：定，邑庠生。女適程家璉，早卒。定從余遊，以君卒之後二月，當四月之二十三日，合葬其父母於古塘村之英山，而使人請銘於余。銘曰：

厚君以生，而薄於其遇，遂止此也。祿位以畀庸愚，而英賢獨否也？天混混而無言兮，孰知其以也？君固一視乎窮通，而何分於生死也！身既癃殘，而志不忘乎書史也，蓋君雖亡而有不亡者存。人皆謂君之有子也！

録自海峰文集卷七。

吳氏節母墓誌銘〔一〕

吳君梅封者，歙縣人也。其夫人汪氏，父曰尚瑜，嘗爲其縣丞。夫人年十七來歸於吳。甫入門，而其姑顧之而喜，以爲是可付以居室之務，無煩老者之勤劬矣。

當是時，梅封之祖年已老，而攜其子遠客漢陽江上。梅封念其祖、父之勞苦在外，連歲未能歸，思所以代其勞者，而牽於家事不得往。嘗讀書至夜分，而掩卷泣下。夫人問知其故，則曰：『君其行哉！夫牽車牛以服賈，所以孝養父母也。今使祖、父行賈而己受其養，其何以自安？若姑及祖姑饑飽燠寒，妾在也。君其可無慮！』於是治裝具，卜日以行。

梅封至漢陽，踰年而病死。其凶問至，族戚之來吊者，咸助之悲哀。而或咎夫人以曩不止梅封之行，故至此。夫人曰：『人之生死有命。使吾夫在家，豈能不死？且行以省覲其祖、父，孝思也，豈知其不幸而預止之？』咎者爲之語塞。

然而，夫人痛其夫之學業不成而中道早夭，且煢煢未有子息以爲長者憂，不能去諸懷也。自是足跡不出於戶限，笑聲不聞於鄰里，獨與其二女閉門營甘旨以承堂上之歡。其後十五年，梅封之弟生男，夫人爲色喜，乃奉其尊舅之命，布几筵告廟，而撫以爲其夫後，名之曰紹澤。紹澤甫周歲而病，夫人辛勤鞠育，閱月更歲。五齡即爲延師教句讀，而更出梅封所讀書授之。故今紹澤恂恂爲儒者，明聖人之道，能文章，母夫人之教也。

夫人既痛其夫之早亡，而其事姑也，尤極人世之艱辛。姑病且殆，夫人扶持其姑，以再執祖舅姑之喪。及姑喪，而梅封不及奉含飯也，夫人又加痛焉。蓋積勞積毀以至於憊，故不能永其天年。以乾隆十二年十二月五日卒，卒時年四十八。嗚呼，其可悲也已！其明年紹澤哀其行義，上之有司，得俞旨，乃高其坊表立通衢，而歲時祠祭如例。紹澤從余遊，將以某年月日葬其母夫人於某鄉某里之原，而請銘於余。銘曰：

猗嗟夫人，何德音之貊也！獨生命之逢罹，羌中道而折也；懸皎日之秋光，傾岷江以滌也。松盤錯其高枝，玉終古以白也；爲婦與爲母，勤一世之職也。子翼翼其賢才，有輝於宗祏也；忽奄然而告終，名則不閒也。室既好以既堅，石無時泐也；視此銘詩，後來者之則也。

録自海峰文集卷七。

【校】

〔一〕吴本作『吴節母墓誌銘』。

中書舍人程君墓誌銘

程君諱佶，字自閑，歙縣人也。曾祖諱一鳳。祖諱維敬，贈儒林郎。父諱其賢，贈承德郎。其賢居業揚州之邵埭，君因占籍江都，爲江都學博士弟子。貢入太學，候補內府中書科中書舍人。

君生而明敏，以直道自持。自其逮事父母，父母無不如之志。及居喪，以盡哀盡禮聞。有兄一人、弟一人。事兄如父；與其弟處，終身無間言。愛其兄以及兄之子。兄子由明經爲郎，君皆誘掖曲成之；及其無祿早世，喪之若喪兄。然其與人交，視人如己；憂人之憂如己憂。尤厚於宗族故舊，無妻者資之，無子者藉之，葺宗祠，脩譜牒，表前脩，翼後學。重建孫公橋，其費以萬計，閱九年乃成。苟有益於人，不避艱辛勞瘁也。

居邵埭幾二十年，與其鄉之人遊處愈久，而諧合無怨嫌。返里居又十餘年，其人有族戚、交鄰、貧富、薄厚、信實、姦欺之不齊，君一與之親睦，莫有違言者。然君之與人，外雖樂易，而性剛以嚴，不能隨人爲是非然否，惟義之從。於人有不善，未嘗稍寬假，而人自畏愛之。

嗚呼！世俗日益偷，競爲輭美，以相媚說爲能，下以是貢，而上益以自矜，若人之於我固當然者。取人不必才，惟其善諛；棄人不必其不肖，惟其不識形勢、不能伺貴人意指。從薦紳以迄里巷，父兄所以教戒其子弟，一皆摹揣成習。與人終日言，無一言稍可恃賴；安得都邑中僅有如君者一人屹立其間，風其猶可及轉邪？

君以雍正十三年十二月二十七日卒，享年七十有二。娶吴氏。子四人：志淳，安東縣儒學教諭；志洛，由歙學生入貢；子球，監生，考授州同知；子璞，歙學生。以某年某月某日葬君於某鄉某里某原。銘曰：

烏聊之陽，有古君子之藏。其德直方，不以自章。我銘諸石，亘百世其猶芳。

録自海峰文集卷七。

方府君寄巢墓誌銘〔一〕

府君姓方氏，桐城人，諱元體，字高說，寄巢其別字也。少時與其兄元履，偕至京師，早已聲聞傳播。一時知名之士如吳襄、馮詠、徐葆光、王世琛、萬承蒼、唐建中、楊繩武、同里胡宗緒，府君皆以詩文與相磨切。其後諸公爲達官以去，府君獨一舉於鄉而罷黜不仕。姊夫姚荆啓謁選吏部得疾，府君棄所有館穀百餘兩而伴送南返。雍正庚戌貢禮部不第，而兄子浩得成進士。府君不以己失爲憂，而以浩得爲喜。佐戴寅知定南。有繆氏女，許聘於黃，其夫聽訛言別娶，府君爲再三狀白上官，卒雪其寃，令女歸黃氏。富德巡撫河南，竇啓瑛巡察順永，府君皆在幕府，多所翼助，澤及州閭。

府君有兩姊，年皆八十，仲兄愚溪老且貧，府君咸竭力敬養。季弟是巢，目疾困憊，府君率弟姪共贍之，而按日授食，獨任其勞。兄子早卒，無後，族姪孤貧不能娶，府君爲立嗣授室，且代爲治生。其後，府君年已七十餘，然不敢自以爲老，而盡其心力於先人邱墓，營置祀田，廣植松楸彌望。暇則作爲歌詩，著有寄巢詩文集數十卷，藏於家。娶姚孺人。孺人八歲即誦詩、禮、女箴，曉大義。是巢初生子輔袞缺乳，孺人分己子之乳以哺之得生。府君贍其兄弟及其姊米、粟、金錢，孺人月給之唯謹。又脫簪珥為再從姪輔燦、輔燮娶婦。其御僮僕咸有恩禮。

府君年八十有五，孺人年六十七。子輔讀，縣學生；輔華，國學生。將以乾隆三十八年某月日合葬於龍眠山某里之原。銘曰：

桐多名家，方爲巨族。碩德英賢，聯行並育。府君初出，名聲四馳。宜其施設，而止於斯。匪身之榮，而後以啓。俾職而昌，乃在孫子。乃卜其吉，厚壤高原。君子之宅，萬世之安。無敢毀傷，翦其條肄。伐石陳辭，以告來世。

録自海峰文集卷七。

【校】

〔一〕吳本作『方府君墓誌銘』。

許遊擊墓誌銘

許君諱廷佐，字廉伊，歙縣人也。從武舉登康熙壬戌科進士，殿試二甲第一人，筮仕陝西寧夏平羅營中軍守備。以覃恩誥授明威將軍，遷江西鉛山營都司僉書，陞河南河北鎮標左營遊擊。

君生而至性過人。母病，嘗割臂肉以療之，而疾亦旋愈。其在寧夏，當朝廷征嘎爾旦之時，懸軍邊外，督軍者未至，而糧饟匱絕，君獨不待上聞而先行賑發，士卒賴以全活甚衆。其明年，皇帝親征，君即具疏懇隨駕以圖滅賊，而疏爲上官所沮遏，故忠悃無由自致。然聖祖閱其騎射，大驚曰：『南人亦有此弓馬邪？』又訊其蒞任以來事蹟，知其深入賊巢，天子爲動色，褒稱錫燕，恩禮備至。

自昔武舉之制，惟在長垛馬步射、陷腰引弩、挽兩石之弓、翹關負米而已，而君獨明於文藝。寧夏之地，雖衆習武事，而於文藝或未能通知，故多不及格。君獨教以科舉之文，一時出門下，如吳開圻、吳進義、馬會伯、見伯、覲伯兄弟八人，皆經其指授，後多以進士出身，官至巡撫、提鎮。君之遷任江西，門下衛送至數百里外，至今西寧有許公祠云。

其在鉛山都司，食用舊多取給市賈，君獨以身食朝廷之祿，不宜漁獵錐刀以牟及閭左，數百年之陋習一旦蠲除以盡，民皆以手加額。鉛山有編民查氏，居家無故而忽奉按察司提問，縣令將發解。君獨以查氏素屬良民，知畏法，不合驟膺重遣，因究詰來吏，見其言語支梧〔二〕，又文移封緘有謬字，乃轉帖縣令毋遽發，而屬其密以上請，果得其姦，而查氏得以無累。其明於見事多如此。

君以康熙四十九年四月十六日卒於官，享年五十有七。曾祖諱可位，不仕；祖諱孔訓，例贈驃騎將軍；父諱仲仁，誥封明威將軍。娶程氏，誥贈恭人；繼娶沈氏，誥封恭人；繼趙氏，例封淑人。子四人：長良相，國學生；次良槐，歙庠生；次良格，康熙辛卯科舉人；次良模，捐貢生。女子四人。君之孫文烜，以某年月日葬君於某鄉某里之原，而請銘於余。銘曰：

黟山崒嵂，其水紛溶。中有吉壤，維君之宮。生而膽勇，爲國禦戎。沒也魄毅，光若雄虹。更百千年，其享不窮。

録自海峰文集卷七。

【校】

〔一〕『支梧』，吳本作『支吾』。

鄉飲賓方君墓誌銘〔一〕

方君承晟，字大生，歙縣人也。曾祖諱紹祚，祖諱思聰，父諱廷康，世居歙西之巖鎮。

君生而氣質凝重。爲童子時，應對長者，言詞多明辯，而揖遊皆中程度。其上世業醫，其尊府或口授以醫術，即能窺見其精微，然非其志所尚也。諸舅見而異之，謂甥有用之才，不合泥以小道。而君亦樂從舅氏遊，往來荆襄、淮海之區無虚日。然君以父母年老，雖遠涉而心懷不寧。及娶謝安人，能代供子職，君得內顧無憂。其父母在家有所欲，而君從千里外往往如其意致之，若有神告焉。久之，家稍稍裕，乃以舊居湫隘，別構爽塏之室以承父母歡。其尊府常杖履遊息，顧而樂之，未遑遷徙也。

君上有二兄，仲兄早世。伯兄艱於子嗣，攜家至漢陽，娶妾生子，甫在抱，而伯兄病卒。君親往扶其柩，挈其家室歸而養育之。其後孤已成人，而君愛之無異己出也。有弟亦早世，而君之撫字其孤者一如其兄。有妹嬪於曹而寡，而君之存恤其甥者一如其弟。故君之父母年已老，屢遭凶咎而康彊自得，若不知有死亡之痛者，由君之善承親志也。

君性素質直，而能持以恭謹。見長老中有德行可稱述，輒心親而貌敬之；後生有一善，則道揚之不容於口；至朋友有過，必正色以諫〔二〕，能改則歡然如身受其賜。故其交遊中，憚其直而樂其恕，久而彌親。君不鶩施濟之名，而里黨有義事，則樂從其後。鎮人平治道路，君亦同其甃砌。顧獨念閭門之外至於鳳山猶多殘缺未補，欲續而新之，方以營葬先人姑緩之，而君遽殂喪，終以有志不遂爲憾也。府教授儲君察君素行，舉以爲鄉飲賓，郡守竇公謂其舉甚當。君雖不得已受命，而心愈欲然不自安也。

謝安人者，巘鎮處士謝毓嶽之女也。生而端凝，寡言笑。幼讀孝經、內則諸書，能通大義，而沈靜不見己長。方氏世業醫，雖名著邑里，而食口浩繁。安人竭力以養舅姑，又質其嫁時衣粧，以佐夫子爲楚遊，而家始饒裕。其別構新室垂成，而翁病篤，未及遷而卒於故廬。安人曰：『築室以養翁，而翁不獲一日安養，宜遷殯於新寢。』或謂室者所以長子孫，墍茨未畢，而凶喪自外至，懼其不祥。而安人確然守其義不可移易，曰：『吾以求吾心之安而已，他何計焉！』處士暮年始得子。其後處士沒於外，而二子尚幼。方君迎其母子歸里，而安人成長之。其後二子皆早世，安人哀其死而周給其家，數十年如一日也。

方君以雍正辛亥年十二月二十日卒，享年七十有二。謝安人以乾隆戊午年十二月初一日卒，享年七十有八。子一人：嗣文。以乾隆二十四年十一月十九日合葬於永恒鄉永陽里之松坑原。銘曰：

家道之隆，曰自君始。惟其厚德，施及州里。安人佐之，義聲蔚起。閟閟幽宮，同藏無毀。俾熾而昌，在其孫子。

錄自海峰文集卷七。

【校】

〔一〕吳本作『鄉飲大賓方君墓君墓誌銘』。

〔二〕原文作『諫』，此據吳本改作『諫』。

漁溪巴君墓誌銘

巴君諱維珙，字方中，歙縣人也。巴氏蓋出古之巴子國，周有巴寧，漢有巴祗、巴肅，而晉巴惠爲休寧令，因家休寧。自南宋時，巴珣由休寧遷於河西，爲歙人。君之六世祖鍾，爲前明省祭官。高、曾以來，世敦古處。父松盟，有子三人，君其仲也。

蓋自君之父時家已中落，雖儉嗇自持，得免於饑寒，而力不能延師教子。君生而性嗜讀書，乃從鄰塾問聽，問取句讀。其後以己意爲文，已與曩從塾師學習者無纖毫愧讓。聞南溪有吳申令先生者，最爲老師，君徒步請業數十里外，一月必數往返，不稍懈。而君學自此日進，爲歙邑名諸生。然吴先生既數奇不遇，年已老，僅司婁江之訓；而君亦屢薦不售。吴先生没，而君獨歲時致餽其夫人勿絶，一如先生在時也。

幼事父母，恃脩脯以供菽水。而母黄太安人性愛潔，飲水必取之坻中，君每自外塾歸，輒親爲汲水。雖應童子試之日，猶必汲至然後往就試。其父見而呵之，曰：『今日豈汝汲水時邪？』及館於揚州，俸入稍豐，然君皆取以供旨甘、佐昆季，而不有其私藏一錢。乾隆十六年，歲旱饑，君倡平糶之法於有司，而身先解橐以賑，全活者甚衆。人或以此稱譽君，而君以爲分固應爾，不自詡其功也。

君由邑廪生貢入太學。雍正時有詔廪貢得與銓選，君又以恩例授縣令職，檄且下徵君，而君方居母喪，辭不謁選。里人或多爲君惜，而君以義命自安，泊如也。平生樸實自守，最厭浮誇之習。嘗謂其子曰：『古之人有盛德大業，然後人爲立傳以傳不朽。若生人日用之事，雖有過人，亦無足鋪揚。我死，慎勿丐名流作傳及〔一〕安爲行述，以貽有識之非笑。』嗟乎！觀此數言者，可覘君之爲人矣。

君以乾隆二十八年某月某日卒，享年八十有一。覃恩賜粟帛。娶黄氏，贈安人。子二人：廷鳳，候選州同知；廷梅，候選翰林院待詔。將以某年某月日葬君於某鄉某里某原，而請余爲銘。銘曰：

士之窮處，與衆豈殊？惟其可託，六尺之孤。羣芳凋落，卓然不渝。銘以揭之，君子之居。後百千祀，無敢樵蘇。

録自海峰文集卷七。

【校】

〔一〕『及』，吴本作『又』。

吴萼千墓誌銘

吴君錫芳，字萼千，歙縣人也。祖諱家成，父諱啓曜，皆不仕。君年十二而喪其父，弱弟纔四齡，值家業中落之時，賴其母夫人教訓以至成立。

然君生而有大志，雖習舉子業，常恐爲方隅習俗之所圈囿，而不屑拘守於牖下。每欲讀書萬卷，足跡徧天下，與當世畸人偉士交遊，以極天下之大觀，而庶以發舒其胸中不平之氣。心虛而慮下，廣交而博取。雖服賈於四方，醝務紛紜，而旦晚稍暇，即讀書常不去手。尤愛朱子綱目之書，披閲至再三。秦關蜀棧、粵嶺海嶠靡不遊，遊輒有以考其風土俗尚之異，與其山川人物之奇。故其學綜往古，而又能通曉時事。遇事之疑難，論斷敏决，操紙疾書，而莫不中其竅要。

蓋自君爲童子時，即欲博取一世之功名，以光榮其父、祖，而卒困於無所試。此君之所爲不得志，愛君者所共爲嗟歎。然君之内行脩治。方早歲失怙之時，先業所留僅足蔽風雨、供朝夕，而君之楚遊數十年，以勤奉養。與弱弟幼孤相友愛，凡祖宗所授田廬，悉推以與之。尤多拯人於危迫，而非有市恩沽名之意。以與彼世之得志於時者較其有無，其何歉之有？

君之配江安人者，知廣安州巨濟之女也。生性仁慈，而誦習詩書，不以小慧自隘其見聞。逮事尊嫜，而值其終寠之時，常出奩資以佐甘旨。羅太安人喜謂其子曰：『吾得此婦，如得一賢子，信可爲汝内助也。』及羅太安人病，而安人奉侍湯藥，病篤而祈禱神明，既沒而喪祭致哀致敬。其於子婦、孫婦，一皆接之以禮，且能深知其不言之隱，各如其意所欲得。習見其家慷慨好義之風，多所推解，而與其夫子無纖毫齟齬。嗚呼，可謂賢矣！

吴君由太學生考授州同知，以雍正十三年七月二十六日卒，享年五十有五。江安人以乾隆四年十一月二十六日卒，享年六十。子八人：學易、學洙、學浦、學松、學愈、學知、學梁、學敏。女一人，適朱應俟。學易將以某年月日葬君於某鄉某里之某原，而請余爲銘。銘曰：

山之曲，樹以重，是惟君之宫，以昌其宗。既崇既隆，勿剪勿童。

録自海峰文集卷七。

【校】

〔一〕『醝』，吴本作『鹺』。

張豹林墓誌銘

歙城之中有古君子曰張君。其子倫發從余遊，痛其先人之砥行礪名，而不得祿以行其志也，將葬，以狀來乞銘。其言曰：『吾先世自婺州遷居歙之滿田。明洪武中，復自歙之薛川遷東源，歷十一傳而至吾高祖。高祖諱邦金，曾祖諱世瑞，祖諱大椿，世有隱德。先祖有子六人，先君之行次居五。初學爲應舉之文，既而先祖以家之困乏，將使學懋遷於他郡。有族祖耆功者，奇先君之文，勉使卒業。未幾，而吾父入學爲弟子食餼。及乾隆甲子，遂得舉於鄉。由是以文章獲知己之譽者衆矣。先君亦奮發自許，欲有所爲於天下。然每及三年輒奔走數千里至京師，五試於禮部，而卒不獲一第以老。乃慨然歎息，知窮達之有命，信非人力之所能爲。然先君終浩然自得，不以富貴貧賤之自外至者累其心也。先君性孝友，以授徒爲生，而所得館俸，輒分以與諸兄弟無難色。平居惟以文史自娱，好臨摹前人書法。足跡不至官府；至其事關祖禰宗族之大，則不顧身命而爲之。先高祖厝在淺土，猝爲山水所漂蕩。先祖重繭數百里之外而尋得其棺，未及葬，而先祖下世。先君負疚於心，跋山涉水以遠求兆域，卒得改葬如吉卜。祖塋有遠在漳嶺者，豪彊構屋於冢上。先君詣縣控訴，而縣宰以方救荒發賑未暇理。先君乃久立風雪中不去，縣宰爲之動，而祖冢得全。有同年生疾卒，而孤幼貧不能揞，會縣宰王公亦同年也，先君爲告於縣宰，醵白金數百兩周之，其家賴以給。而先君未嘗自言也。蓋先君之行誼，小子之所能記憶者，其畧如此。今世稱有道而能文者，莫如夫子。小子幸在不棄，然而不賜之銘，是吾父生既無以遂其志，而沒又無以賁諸幽，則不孝之辠大矣！』

倫發之狀云爾，余不暇以爲，而其請至三四猶不已。余之文何足以重君？而倫發顧懇懇誠求如是。然則，君其可謂有子矣。乃爲之誌曰：

張君諱炳，字豹林，以乾隆二十六年辛巳十月十三日卒，年五十有三。娶劉氏。生子二人：長倫科，早卒；次倫發。女三人：長適胡樹滋，次適許浩基，次幼。其葬以乾隆之某年某月某日，其地在歙之某鄉某原。銘曰：

天能畀人以窮，而不能奪所從；命能靳人以生，而不能毁其稱。彼異其好，我遵其教。彼違其方，我履其常。孰熱孰涼，誰促誰長，一歸於無物，君又何傷！

録自海峰文集卷七。

州通判許君墓誌銘

許生文元，將合葬其曾祖以來考、妣三世之喪於歙城東門之外人禮鄉寧仁里理塘之原，其期在乾隆二十九年十二月十六日。而先期請銘於余，余不獲辭，乃按其世次而爲之誌。

蓋自睢陽太守之八世孫、太廟齋郎會始由河南遷歙之昉溪，齋郎之十三世孫暹更由昉溪遷郡之東門，至明太傅文穆公，而許氏之支族始大。國朝有廷佐者，舉康熙壬戌進士第二人，廷唱二甲第一。文元於廷佐，伯祖行也。其高祖曰孔訓，例贈明威將軍，子三人：重仁、重義、重禮。重禮者，文元之曾祖也，隱居不仕。曾祖妣周氏。祖諱溶，字紫瀾，太學生，考授州同知。康熙戊戌之年，山水蕩漂，城北門外民多溺死，溶爲木筏，救濟甚衆。祖妣汪氏，明萬曆己未進士翥之孫女，知河南淯川縣國價之女也。考諱良極，字辰樞，太學生，考授州通判。君生而有大志。弱冠受經鄉先輩羅野真先生之門，與胡明府砂泉、葉孝廉草亭同研席相善。後以其弟良楗早卒，而家貧，不得已從事於賈，其家稍稍裕。然君雖以持籌爲生，而性孝友，於父母之生也盡其敬，及其死也盡其哀。許氏之支廟，君之所創建也；許氏之祭田，君之所捐置也。族戚之貧困不能自給者，君爲贍之；橋梁道路之傾圮者，君爲脩之。痛其父創脩邑東新嶺之道未竣而沒，君爲增脩焉，而建亭其上，名之曰樂山。故其行爲鄉里所推重。妣羅氏，大中丞應鶴之五世孫女，端莊貞靜，不苟言笑，教其子甚嚴，無世俗姑息之愛。

君以乾隆十二年二月十三日卒，年六十有二。宜人以乾隆二十六年五月初四日卒，年七十有五。子四人：長文煌，雍正己酉舉人，後其母兩月卒；次文英，太學生，候選州同知；次文煊，邑庠生；次文元，太學生。孫十七人：長成基，乾隆壬申舉人，候選守備；次大基，次肇基，次永基，皆邑庠生；餘幼。曾孫十一人。

昔王荆公爲許氏世譜，次其世次甚備。而歸熙甫表許鈇之墓，謂許氏伯夷之後，再以陰德而再興。余觀太學君之厚德，而文煌早卒，必有起而大其宗者，其猶在君之後昆伯仲間邪！銘曰：

古歙之東，粤有名賢，積善於家，隱而不宣。有高者墳，三世藏焉，宰樹勃然，既安既堅。余銘斯石，以永厥傳。子孫勿替，百世其延。

録自海峰文集卷七。

吳錦懷墓誌銘

歙西巖鎮之吳氏有子曰映烈，痛其尊府之早卒，母夫人之苦節以育己而至成人也，思所以報之末由；見有守道工文之士足以顯揚其先人，則敬之如師長而親之如骨肉焉。嗚呼！映烈於此，可謂能慕其父母矣。

吳氏之先，自唐少微十五傳而至伯一。伯一當宋神宗時，官王宮侍講，始由休寧之吳田徙居歙之巖鎮南山下。伯一十八傳至坤，坤生士鑣，士鑣生世法，世法生文采。文采者，映烈之父也。

文采字錦懷，童兒時即早具應世之才，而祖父母尤愛憐之。以生殖之日繁，不得終其業於讀書，使服賈於漢陽。然其託業者賈也，而行則士君子也。吾觀今世之士，自縉紳大夫以及里巷之小人，無不私其妻子也。在國則掊其國之所有以歸於一家，在家則掊其家之所有以歸於一室。同在一家之中，父子兄弟之際，而必使庫有私錢、盎有私粟，以供其妻子之用。其始薄於兄弟，而與兄弟淨財；其既薄於父母，而不顧父母之養。君獨綜理家政，財貨之出入以巨萬計，而義不私有一錢。

當是時，巖鎮之俗已漸即於澆漓，富家巨族惟以豪侈相矜，酒食餽遺相慕悅，甚者六博呼盧，飽食安坐，爲廢棄時日之事。君獨終日鍵門，非義不苟取與，省視之外，惟知誦讀之爲樂也。然卒以心計疲勞，而體漸羸弱，每間歲一歸省其大父母。及聞大父之終，自痛其不及含歛，積毀成疾，遽沒於漢陽客舍。時年二十有七，遺孤映烈纔四齡耳。映烈將以某年月日舉君之柩，與其母夫人合葬於某鄉某里某原，而屬余爲銘。銘曰：

白玉在璞，瓦礫斯同。既其昭顯，光若雄虹。天獨厚君以德，而年在所嗇。雖嗇其年，有子英特。我銘幽域，後世其識。更百千年，此石不泐。

録自海峰文集卷七。

謝師其墓誌銘

廬江之西南，有巋然合葬而高者，桐城謝氏兄弟之墓也。其兄名嵲，字師其； 其弟名崧，字尊其。本歙人，後遷江北，世居桐城之東鄉。其曾祖諱君棄，其祖諱天成，皆不仕。其父諱范陵，由宿遷教諭遷知山東福山縣事。母章氏，其生母王氏。

嵲，余女弟夫也，國學生，名在吏部候選州同知。嵲承祖父之廕，家本寬饒，而性好施與，余女弟佐之。鄉鄰左右，無衣者爲縕袍以遺之，無食者分朝饔以餉之。尤厚於戚族故舊，凡有不獲，多如其願以相給償。而家亦稍稍落。今賴其子鑫不惑於胥匪之誑誘，能守其田宅，而好施之風不墜。

崧早卒無子； 鑫出爲叔父之後。而鑫所生子三人： 肯堂、肯構、肯播，而以肯堂爲其生父長子鑾之後。

嵲之卒在乾隆八年十一月二十九日，崧之卒在雍正八年三月十六日。其合葬也，在乾隆三十四年十一月五日，其郡曰廬州，其邑曰廬江，其山曰鳥鶴，其里曰安仁，其原在羅陽之西。銘曰：

維兄維弟，芒然一氣。其生也如篪如壎，其沒也共此墓門。以藏以固，以昌厥後昆。

録自海峰文集卷七。

贈資政大夫吴府君墓表

贈大夫吴府君者，諱邦佩，字紉蘭，歙之豐溪人也。曾祖諱夢斗，祖諱爾襄，皆不仕。父諱之驎，爲學官弟子，有聲。府君國學生，以子貴，初贈中憲大夫，晉贈資政大夫。

其爲人中懷坦直，好善，喜施與。嘗誡其子弟曰：『欲善者，人之同心也。吾力不能爲，吾心慕之不敢忘，曰吾以有待也。若力能爲之矣，而不爲，將何待乎？其能爲，盡吾力爲之； 其不能爲，吾倡言之，使他人共爲之，其可也。』故終府君之身，心欲有所爲，其事鮮不成者。

吳氏族繁人衆，其窮者或至無告，重以水旱饑饉，府君有憂之。一日，謂其從父損齋及弟軼容曰：『吾儕何遽不如古人？昔范文正公置義田，田至今猶在，盍師其意，行於族黨間也！』損齋、軼容以爲然，而族人漢延、蜚英復交口贊成之。遂共輸白金萬兩有奇，買田宣州沚水間，歲收其入以賑族人之困乏。行之三十餘年矣，府君實董其事。然不以自居，而推功於族人，曰：『微此四公者，吾言之而誰與聽邪？』乾隆辛未，歲大凶，君於漢江運米數千石，減價以糶，邑人賴以無饑。其他脩祠宇、平道路，焚責券，苟有利於人，倒篋傾筐恐後也。又常多蓄善藥以救人疾苦，求之者愈廣，其應愈不倦。君自爲童子時，愛與賢豪長者交遊。聞晉陵有秦龍光者，不歆羡於世俗之榮利，而好研究儒先之學，乃往迎至家，命諸子皆受業其門。秦君重輯諸儒四書之説爲大全，稱引最爲詳備。君與休寧金于堯共爲刊刻，以廣其傳。居常謂父兄有愛其子弟之心，當爲求良師友，使究先聖之微言，習爲家庭孝弟之行而已。至於禄爵名譽，非所以勸也。

其事父母，多爲孺子歡，一日不見，則悽然不樂。嘗病瘧，居家塾中，時時使僮奴往候二人起居。其與人交，無賢愚皆接以誠信。其不賢者，未嘗逆億其不賢。有不善，乃忠告，以冀其改；不改，則顯與之爭。而人以中心相告，即深信之不疑；人亦卒不忍欺也。平生不趨走炎熱。年已六十，郡守朱公舉爲鄉飲賓，君不獲辭，然足跡未嘗入官府也。性好山水，東南多名勝，遊覽幾徧焉。

府君以乾隆二十八年二月十七日卒，年八十有二。娶許氏。生子七人：錩，早卒；鈉，候選按察司副使；鍾，候選光禄寺署正；鎔、鉽，皆歲貢生，鉽早卒；鉉，國學生；鉅，乾隆庚申選貢生，復中庚寅科鄉試舉人。女二人：長適國學生許式，次幼。

府君以某年月日葬於某鄉某里某原。其孫紹澤從余遊，爲余道其大父之行最詳。余謂以府君之賢而不爲昭揭，後之人何以勸焉。於是伐石鐫辭，以表其墓。某年月日桐城劉大櫆述。

録自海峰文集卷七。

方榿林墓表

方君榿林，嘗從其叔父夢堂服賈於豫章，經營鹽筴之出入，計無弗周，而其家因益以饒裕。然君爲童子時，從塾師讀書，穎悟已異於常兒。雖其後業在貿遷，而讀書好學，至老死不倦。故其見理通明，愼事矜審，幾務之來，揆度無有不當。雖當時名卿大夫，皆樂與交遊。有以事就商榷〔一〕，君代爲籌畫，竭一己之忠誠，而悉以中其竅要。以故卿大夫書札問訊無虛日，而君手答之，一日嘗至數十函。蓋其才之精敏如此。惜乎其僅用於鹽筴，豐裕其一家而已，使推其智能以施於邦國天下，則其所就豈出當時之卿大夫下邪！彼卿大夫不能，以諮之於君，而君獨能之，乃天不以卿大夫任君，而顧使不能者冒卿大夫之任，此可太息而爲天之位置斯人者憾也！世之君子遭時得主，能爲國家建一世之功，及觀其門內愛惡相攻，或至詬誶紛爭之無已。君之於家事治矣，而顧謂其不能施之於邦國天下，吾不信也。

方君爲漢黟侯之後裔，其二十一世祖弦始遷居歙之鋼山路口，數傳而至君之尊府怡園。怡園既沒，而君之祖鹿村乃終。君以孤童子承祖、父後，故夢堂謂其宜棄舉子業，而從其叔父侍繼祖母朱太安人於豫章。而君之母汪太安人方家居在歙，君於經理鹺務之暇，每歲終輒涉彭蠡、潯陽，犯風濤之險，以省其母氏於家。乃朱太安人卒，君扶櫬歸里，乃更構閣於家園，而偕其弟匏舫以共承母氏朝夕之歡。葺宗祠，脩家乘，而又以方氏家於新安，或遷於外，遡其支之分爲十二者，會而譜之。君之居家甚儉，及其遇人之急難，則傾身救之，而於宗族、姻親之貧寡，尤撫恤之甚厚。蓋君雖不仕，而其孝友於家，澤及里黨，固可無愧於當世之卿大夫也。

而君之配汪安人者，又能相夫子以成君之賢，以播其聲於不泯。方君既隨叔父客於豫章，獨母氏汪太安人在歙。安人以一身秉內外之政，上奉堂上之甘旨，而其家之上下大小飲食衣服，一皆仰望於安人。安人自米、鹽、薪火以及門闔、盤湢、縫紉、澣濯之微，皆獨任其勞勩，其家一人未食不敢食，一人未寢不敢寢。方君好客，多交遊，安人於祭祀、賓客之供，靡不極其蠲潔。及方君居朱太安人之喪，惟安人能贊苦塊之所不及，而悉中於禮。而倥傯之餘，問視汪太安人愈益勤。既汪太安人病在牀，而安人掖臥起，侍湯藥，無須臾稍懈，病篤則又刲股和藥，以徼幸於萬一之生。方君自以業賈，恐其後嗣遂廢詩書之業，以殞其家聲，故其教子獨嚴；惟安人能左右提撕，無世俗姑息之愛。卒其子大成嗜學稽古，才足以建名立業於時，今爲邑之廩貢生。安人之父既沒，而安人之昆弟相繼徂謝，安人攜其孤於家塾，俾與其子共學焉。安人體素羸。方君之弟匏舫沒，而安人於其時有寒疾。方君歸，而安人以君之篤於友愛痛已深矣，不欲更以己之疾重夫子之憂，終匿不以告。自是疾遂劇不起。

方君以乾隆之二十年十一月七日卒，享年六十有二。而安人先君之卒者八年。方君諱善祖，字聖述，樌林其別字也。君既卒，而君之族子弟素欽君之才行者，又爲之私謚曰敏毅先生。安人世居歙之芝黄里，父曰芝秀。大成以乾隆二十七年九月二十四日合葬君與安人於歙東之勳充原，友人吴宁已銘其墓矣。既二年，大成乃復推揚其先人之德，請余論次之，以表於其阡。

録自海峰文集卷七。

【校】

〔一〕原文爲『商校』，此從吴本。

潁州府通判吕君墓表〔一〕

吕君名輸，字天衢。其先世家汾州，祖廷弼始遷澤州之鳳臺。廷弼子成章。成章子黄鍾，萬曆乙丑進士，任山東兵備道，後以死事，事載明史；次子應鍾，贈儒林郎，是爲君高祖。

君幼喪母。年二十三，父卒於津門。君扶櫬歸，哀毀盡禮。奉養大父，能得其歡心。與諸弟友愛無間，家事一以付其弟，已無所問。

既壯，以入貲選通判江南池州。州多火災，君爲經理水箕、水桶、械器備具；救火之夫，蠲資給食，人咸歡躍，奮往爭先，火止災息。青陽、石埭大水，漂沒民居，瀰漫道路。君請發粟賑給飢餓，擘畫周至，民氣以蘇。越一年，署理五河縣事。縣民強暴，致婦縊死，久獄不決，待公而平。還署池州同知。明年，署廣德州。廣德租稅佃人輸官，田主不問，故多逋負。君曰：『富者坐擁其貲，而貧民受笞督之苦，何以吏爲？』爲陳利弊，陋俗用除。值皇輿南幸，檄治芻餉，恩賜貂皮、緞疋。

越二年，遷判潁州。潁州多盜，黑夜劫人，横行巷陌，莫敢攖當。君徧視履，見街皆石甃，下令潑水。時值隆冬，水凍石滑。乃飭役捕稷履往偵，有逐號呼，盜躄以顛，次第就禽〔二〕。窮其黨徒，民得安處。明年，再署壽州。州民吴姓被殺野田，莫知敵讐，株連逮繫殆數十人。君召里民畢會田間，熟視一人，曰：『彼殺人者。』訊之，果伏。又明年，署滁州。州有碩鼠，旦夜群行，嚙傷禾稼。君設機法盡捕滅之。未幾，大水，君加賑救，一如其在池州。乾隆二十一年，監脩鳳陽城，正月三十日卒，年四十有九。

君在潁州時，嘗以事抵通州，又往貴州，江之南北，跋涉幾徧。其山川、都邑、形勝、扼塞與戸口之繁簡、風俗之淳漓，能一一指陳，使聞之者皆如目見。故所至以材能稱，而尤爲方伯高公所重。及其沒也，高公尤痛惜之。

君磊落不羈，而負性精勤，賓友滿座，飲酒終日，而事皆辦治。與家人書，字畫皆楷正。好讀書，遇古人美言善行，手寫成帙。

君之曾祖諱大武，授儒林郎；祖諱紹端，授文林郎；父諱寅，歲進士，贈承德郎、潁州府通判。母梁氏，贈安人；繼母袁氏，封安人。以乾隆二十六年三月十三日葬於鳳臺太平里之柳木溝。余與君之長子仁慶交，仁慶今爲休寧巡檢，爲余道其先君子之治行如此。余因次第其語，俾以表其墓。

録自海峰文集卷七。

【校】

〔一〕原文『潁州』均作『頴州』，兹徑改。

〔二〕吴本作『擒』。

舅氏楊君權厝誌

舅氏楊君諱紹奭，字穉棠，於書無所不讀。少工爲科舉之文，而欝不得志。既困無所合，而讀書益奮發不衰。年已老，頭白且禿，猶依燈火坐讀禮經，至城上三鼓不輟。蓋君之於書，自其天性，而非以求名聲利祿也。

舅氏性剛直，於尋常人未嘗苟有所酬答。與鄉人處，雖貴顯有不善，即面責不少依阿。臨財廉，執事果，可謂好學有道君子者也。娶邱氏，累生男不育，而舅氏遂無子。以康熙六十年六月二十七日病癱而卒。嗚呼，可痛也！

舅氏於諸甥中尤愛憐櫆。嘗撫予指吾父而言曰：『此子殆能大劉氏之門，然未知吾及見之否？』平居設酒食，召櫆與飲，舅氏自提觴行趣令醉，櫆謝已醉不能飲，舅氏笑曰：『予性嗜飲，每過從人家飲酒，主飲者不趣予飲，吾意輒不樂，以此度人意皆然。乃者舅氏實飲汝酒，當不使甥意不樂也。』酒半，仰首歔欷，徐顧謂櫆曰：『予窮於世，今老，旦暮且死，然未有子息。汝讀書能爲古文辭，其傳於後世無疑，當爲我作傳，則吾雖無子猶有子焉！』櫆受命而退，未及爲，而舅氏遂舍余以卒。悲夫！

君既卒之七日，其兄子某，以君之櫬權厝於縣城北月山之麓。櫆涕泣而爲之誌。

録自海峰文集卷七。

少宰尹公行狀〔一〕

尹氏故山西洪洞人，後遷保定之博野。九傳而至公之曾祖邑庠生諱先知，有隱德，鄉里咸稱之。祖諱澤升，邑庠生；父諱公弼，業儒，以公貴俱贈河南巡撫。母李氏，庠生諱宗白之女也，旌節孝，封太夫人。

公生三歲而孤，太夫人苦節食貧，口授論語諸經，教之以義方，其所以課督之者甚嚴。其於四方之士，必賢豪長者然後使與之交〔二〕，故卒其所成就，爲天下之碩德名儒。公既長，爲顯官，而太夫人猶嬰兒視之。有不當其意，太夫人輒對案不食。公惶悚，即長跪以請，不命之起，不敢起也。蓋太夫人之教與公之孝，相賴以成。此其所以名動天下，上徹於天子之視聽，而四方尚德之君子，咸願與之交歡，而每以不得見公爲憾者也。

公諱會一，字元孚，別字健餘。登雍正甲辰進士，補吏部考功司主事。典試廣西，陞授考功司員外，分校會試易經房，得人稱最盛。天子以爲賢，出知湖北襄陽府。公之治襄陽，多出太夫人經畫，郡人佩其德，作賢母祠，而刻石以紀其事。公辭之甚力，不能止也。城有老龍堤，起萬山迄長門，延袤近十里，皆壘石爲之。五月，漢水暴溢，堤石盡傾。公出帑金，重爲脩治，至今民賴焉。又建八蜡廟於城南社稷壇西，以爲民祈報之所。然乃皆出於官，而民不勞。襄陽有書院，而士人或無書可讀。公爲購經史百家藏於中，以資諸生之貧乏者。治西三十里，有山隆然，相傳爲諸葛隱居。公爲建草廬其上。其慕尚古之賢豪類如此。

知襄陽五年，天子以爲賢，乃移守揚州。而是時西方方用兵，公以料理軍需留襄陽。

明年閏五月，始至揚州。至則濬兩城之市河，通舟楫以爲民利。而以城西保障河襟帶蜀岡，田疇藉以灌溉，乃爲藝其淤澱，以資市河之蓄洩。民咸賴之。往年，鰣魚初出，漁人取以獻豪貴之家，有賞至數十金者。公躬節儉以化之。適同年生以是爲饋餉，奉太夫人命，堅辭不受。

既治揚之二年，天子以爲賢，于是即以爲兩淮鹽運使。郡之東，舊有安定書院，歲久傾毀。公與商士徹而新之[三]，而揚州之士子多興起於學。公少而卓犖多才，遵太夫人朝夕庭闈之訓，言動皆必以禮。稍長讀書，益悟浮華放浪之非，深究伊、洛之源流，蔚爲儒者宗師。其學以誠爲本，遇人無等夷，一待以肫懇之懷。故士之得於目見耳聞，無不推爲長者。而性又至孝，其事太夫人誠至禮備，上達九重。自世宗憲皇帝已知其賢能，數畀以重任。至今上即位，尊崇孝養，推恩錫類，愈加顯擢。于是使督理兩淮鹽政，加僉都御史。公以私販之多，由竈戶之私賣餘鹽，請自今鹽有餘則出官錢買貯之，以配商引，而私販賴以稍息。

踰年，遂超遷河南巡撫。公膺特達之知，益感奮自勵，推誠竭力，勇於爲忠。至則備陳恤民之宜，與士民約法六章，創建營倉以濟兵食，豁減陳留、閿鄉之額徵，諸所施設，便於民者甚衆。而是時河南開封等處四十七州縣大水漲溢，公勞心焦思，謀所以撫綏之方甚備。其大略曰無食者暫予以一月之糧；曰無居者暫予以葺屋之資；曰緩征；曰減糶；曰貸倉米；曰移他郡之粟；曰留漕運；曰助籽種；曰勸富民使之相周；

曰假富民有餘之居，爲貧民旦夕棲身之地； 曰建棚舍以安流亡； 曰免米稅以通商賈； 曰及時興工以資丁壯； 曰多種蔓菁以代穀食； 曰捐施藥餌以療疫癘； 曰延諸生協力以供稽察。凡此規條十六事，而要以因地隨時便宜行事爲本。故其所全活甚夥，至今居官者多奉以爲法。河南素多義，災祲之後滋益多。公廣爲捍禦，清保甲，考客舍，申夜禁，又於伏牛、大隗重山險隘之區增設巡檢官，而義亦不能爲民害。公心虛善下，平生遇朋友相規以善，則喜動顔色。其賑水災也，有諸生郭善鄰等四人陳救荒之策，公即延入訪問，多出公之已行者，而公與之言，終日不厭也。

公之爲治，一以仁厚愛民爲務。而臺臣或言公好爲寬縱，乃入補副都御史。是時，上方甄別官司年老不勝任之員，而知饒州府事張鍾又以年老令改補京員。公上書，以人主一言，天下屬耳目焉，惟協於克一，然後能使臣庶信從。今旬日之間，前後違反，恐無以昭法守也。上嘉納之。公矢心以誠，其平時爲人謀，或與人言，無不周詳切至。其在君父之前，尤懇懇欵欵，言人之所不能言。上亦以此信任之，屢稱其忠厚謹慎。公性和易，與人交，上下一無所忤。至其守國家之法，雖當世之巨公貴人不能奪也。

公在臺甫及半歲，正色直言，百官敬畏其風采。上亦方嚮用公，而公以太夫人老病，遂請歸養。

天子鑒其誠，許之。即日就道。朝士多嗟歎以爲賢。公既歸博野，太夫人喜不自勝，病亦尋愈。公侍養五載，暇時益讀書稽古，究斯道之指歸，務在躬行實踐。所與四方之士大夫往還書問，無非相規切以義，求所以行身、植志之方，質疑辯難，一以明道爲己責，而因以興起鄉里之後學。公少時嘗讀義田記，慕范文正之爲人，後見朱子社倉，益欽仰其懿範。其知襄陽既五年，祿俸稍有餘，即創立東章義倉，以周給里黨。東章者，公所居博野之邨也。至是乃復捐千金以脩博野之縣學，又創立博陵社約，使相勸以善，而同里赴約者十二人。又創立博陵義館，請有道而能文者一人爲之師，而同里來學者十七人。蓋公之誠心愛物，不私於一己類如此。

乾隆九年七月，太夫人卒。公既性純孝，而太夫人之賢又爲近世所希有，公感生成之德，當五十不致毁之年，而哀毁逾於尋常。遂得疾，時時發作。而治喪之事，一準古禮經及朱子所輯家禮。喪禮久不行，公乃斟酌古今之宜而變通之，著有從宜録。

乾隆十一年三月，公之服未闋也，而天子即授以爲工部侍郎，俟其服闋赴任。及是冬十月，乃之官。未踰旬，而天子使督理江蘇學政。江蘇文勝，事煩劇。公倡以質行，乃申明小學之教，以孝弟、忠信、安詳、恭敬平生所以自策勵者，與諸生共相勸勉。公素慕望溪方先生。先生方以老家居，公按行至金陵請益。先生以公有使命，辭以他出不見。公曰：『無害。吾以親師也。若有言，當奏之天子耳。』翌日，公止騎從於外，徒步直造其廬，親操几席杖履，北面再拜，願爲弟子。先生乃置酒，歡然而罷。聞陽湖有隱君子曰是鏡者，敦行孝弟，講學於舜山，去江陰使院三十里。公親枉車騎過訪。既歸，即草疏薦之。當是時，公年已五十七，官至少司空矣，而禮賢樂善，孜孜如此。

戊辰之夏，天子復擢以爲吏部侍郎。公校文詳慎，每去取一人必反覆移時，積勞損氣。是時六月，天方暑，疫癘盛行，幕中同事半已病，而公亦感風成疾。公恐精神之不及，試事之不詳，上負聖天子惓惓以作養人才相委之至意，且憂且懼，遂至不起。然自得疾以來十二日，假寐寤言，大抵皆公事也。至其家人生産，未嘗一語及之。公爲今天子之所深知，眷注優隆，使其歸朝，方將任以論道經邦之職，而公既卒矣。嗚呼！是豈獨一人一家之不幸也哉！

公娶蘇氏。子二：長嘉銓，雍正乙卯科舉人；次啟銓，廩生。女三：長適國子生刁世禧；次適翰林院庶吉士勵守謙；次幼，未字。槐獲與公子嘉銓遊，其見知於公，自始至今十六年矣。公之言行，得之於聞見者爲多。今公之卒也，槐適在使院中。故爲條次其大畧如此，使世之有道德而能文章者得以考焉。

録自海峰文集卷七。

【校】

〔一〕吴本作『吏部侍郎博野尹公行狀』。

〔二〕原文爲『然後與之交』，此從吴本。

〔三〕吴本作『撤而新之』。

章大家行畧

先大父側室姓章氏，明崇禎丙子十一月二十七日生。年十八來歸。踰年，生女子一人，不育。又十餘年而大父卒。先大母錢氏。大母早歲無子，大父因娶章大家。三年，大母生吾父，而章大家卒無出。大家生寒族，年少，又無出，及大父卒，家人趣之使行。大家則慷慨號慟不食。時吾父纔八歲，童然在側，大家挽吾父跪大母前，泣曰：『妾即去，如此小弱何？』大母曰：『若能志夫子之志，亦吾所荷也。』於是與大母同處四十餘年，年八十一而卒。

大家事大母盡禮，大母亦善遇之，終身無間言。櫆幼時，猶及事大母。值清夜，大母倚簾帷坐，櫆侍在側。大母念往事，忽淚落。櫆見大母垂淚，問何故，大母歎曰：『予不幸，汝祖中道棄予。汝祖沒時，汝父纔八歲。』回首見章大家在室，因指謂櫆曰：『汝父幼孤，以養以誨，俾至成人，以得有今日，章大家之力爲多。汝年及長，則必無忘章大家。』櫆時雖穉昧，見言之哀，亦知從旁泣。

大家自大父卒，遂喪明。目雖無見，而操作不輟。櫆七歲，與伯兄、仲兄從塾師在外庭讀書。每隆冬，陰風積雪，或夜分始歸。僮奴皆睡去，獨大家煨鑪火以待。聞叩門，即應聲策杖扶壁行啟門，且執手問曰：『若書熟否？先生曾撲責否？』即應以書熟、未曾撲責，乃喜。

大家垂白，吾家益貧，衣食不足以養，而大家之晚節更苦。嗚呼，其可痛也夫！

録自海峰文集卷七。

内閣學士前工部左侍郎張公墓誌銘

内閣學士張公，桐城人，諱廷瑑，字桓臣，別字思齋，大學士文端諱英之子、大學士文和諱廷玉之弟也。

公生長貴冑，而敦篤誠樸，絕去華膴綺紈之習。其天性仁愛，洞悉民生衣食之艱難，常推己以及於宗族、戚屬、交遊、里黨。中雍正癸卯進士，授翰林編脩，充日講起居注官，歷左贊善、翰林侍讀、侍讀學士、詹事府詹事、工部左侍郎，後補內閣學士兼禮部侍郎。

公在翰林，嘗條奏：『民間賭博，習非已久。朝廷雖頻申嚴切之禁，而卒莫挽其頹風。竊以爲子弟之不率，其責在於父兄。比室而居，乃於其間肆爲不善，豈得若罔聞知？設使代爲容隱，即以秘匿作姦相連坐，比於竊盜同居之律。使父兄能舉報其子弟之罪，應免其連坐；而子弟之罪亦寬減其半，然後其父兄無所瞻顧，而不才之子弟無所容其姦，且開以自新之路。如是推行既廣，庶幾其風稍息。』上韙其言，允行之。

公在工部，飭材督事，綜覈最稱詳密。於寶源局之鼓鑄，較銅鉛、視肉好、別輪郭、量輕重，不憚頻煩，吏斂手不敢爲姦。而於解送銅斤之官弁，不苛不縱，獨得其平中。北直大水，總督直隸臣請使饑民傭堤，稍給工食，以代賑濟。公獨陳疏，謂：『饑民非有田在堤內，爲其分所當傭，而強使力作，又受直無幾，徒膺版築之勞苦，而不足以救其饑餓。彼富民有田資堤蓄洩，乃因官爲傭築，得以巧逃役外。事之不平，無過此者。夫民堤無異官堤，宜令官予其半，而有田資堤之富民更輸其半，然後雇直足以供朝夕。而輸錢、用力，於饑民、富民之間，兩無偏倚。』上又韙其言，允行焉。

上嘗稱公謹飭，屢畀以衡文之任。其視學江蘇，務殫竭精力以殊別高下，較閱常至夜分不倦。所拔多績學、能文、能自守其業者。

公雖世家貴族，而於利人濟物，奔趨如勇士。撫孤姪若霨、若霍、若霽，教誨、婚嫁無異於所生。文端舊立義田，文和續置增多，然族屬殷盛，歷久而用猶不周。公復同太保、宗伯兩兄共捐白金千兩，別其親疏，列爲上、中、下三等，以爲族人計口授食之備。又立篤素公田，得穀九百餘石，以贍文端以下之子孫。又立息濟田，以濟其從弟承先子孫之貧憊。又立廣惠田，以周友朋、故舊、戚屬之困乏。公少肄業吳歌熙之門。歌熙沒，其子相繼亡，公爲迎養其夫人於家，數十年如一日。公之鄉舉，出豐令朱君龍御之門。朱君去官而貧，公時使人饋問其家，時其來過，必豐其贐贈，盡歡而去。康熙戊子，邑東水溢爲災，田廬皆沒。公設廠於城西，爲粥糜以食餓者，親嘗其厚薄涼暖，而後授之食。其後疫從饑起，公爲延醫救治。公與二僕皆染疾，二僕死，而公獨得全，人以爲天所佑云。甲午大旱，按察楊公請紳士分鄉募賑，公主東鄉。正月二日即啟行，捐米爲倡，分二廠：近者食粥，遠者給米。全活無數。又以其餘米買山，以掩埋枯骨之暴露者。嘗曰：『財以備用，不用奚以財爲？』又曰：『財不可聚，聚則爲患害。』故常損己以利物，薄取而厚與。衣食皆自取其敝薄者，曰：『吾衣敝衣覺體輕。』年踰八十，食不二味。交遊及門下之士或餽方物，物少則受之，至幣帛財貨輒堅謝，曰：『吾家溫飽足自供，無需於此也。』

公以乾隆二十九年正月六日卒，享年八十有四。元配吳氏，河南提學副使子雲之女，誥封夫人。子二人：長若泌，中雍正乙卯鄉試；次若渠，同科副榜。長女適候選知州孫循綿，次適監生顧麒曾。以乾隆某年月日葬於某鄉某里之原。使人來請銘。銘曰：

張氏望族，夙顯於桐。二相繼起，厥聲逾隆。公維子弟，慄慄其恭。輸其忠實，以辦於公。溥其慈厚，以睦於宗。凡厥親故，靡不有容。既豐而約，既滿而沖。群推長者，匪位之崇。巍然華表，維公之宮。堯堯者石，丸丸者松。無敢毀拜，世聞其風。

録自海峰文集卷七。

金府君墓表

金氏之先，有兄弟三人自杭州西市遷歙西之呈坎，而其季弟曰子實。自子實歷二十二世至華峰，復自呈坎遷郡城萬年橋南。又六世而府君之父五聚自橋南遷歙北趙村。府君乃自趙村更遷巖鎮。

府君諱○[一]，字公著，生九月而其父客死京師，賴許太恭人鞠養以至成人。然府君爲童子時，數從家人問先考音容，而慘悽泣下。既弱冠，則獨身走數千里往求父殯。其臨穴之故人，告以殯在城南石榴莊左。府君求之莊左，不獲。乃更因住僧導引，徧求莊右，乃得之，碑記瞭然。遂裹骴負以南返，至手足皸裂而不自知。既歸家，則里人爭來勞孝子。府君念母許太恭人之苦節，鞠子之勤劬，而已無以爲報，每飯必侍，問燠寒、伺顏色惟謹。以母老不敢遠遊；迫家貧，有故而出，輒禱於神明，戀戀不忍舍去。然府君既返子舍，年已六十，太恭人尚無恙也。

府君以力農爲業，而朝夕常苦其不給。乃去而學賈，往來吳、越及廬、鳳間，其後居定遠鑪橋最久，而家乃漸至饒裕。府君素篤於故舊，而以幼年寄居於葉，故生平遇葉尤有恩。葉嘗出白金二百兩，屬府君代爲營息，其婚嫁喪葬皆取給於府君。而鑪橋南店一夕燬於火，府君稱貸爲資本，久之，業復振。然府君念葉之兄弟七人，非南店無以資生，一旦，舉平日之居積數千金在鑪橋者，盡推以與葉，而己獨襆被更往佐他人爲賈。府君才足肆應，而果於有爲。嘗遇內難外侮之交攻、官司火燹之沓至，而神志不撓。事前則親故多爲危之，及事定，然後服其神勇也。

自以託跡市廛，不獲讀書爲憾，及見儒生文士，則悚然心親而貌敬之。於是，賢士大夫習見其內行無失，外應有餘，皆樂與之交遊。所居僻介叢山，村人以樵牧爲務。而府君獨市典籍，延師儒，課子孫以進士業。其後子孫既貴顯，而一鄉之中皆彬彬興起於學焉。

府君狀貌偉然，美髭鬚，至老而豪氣不衰。考授州司馬，贈中憲大夫，以覃恩贈儒林郎、翰林院庶吉士。遷巘鎮十年而卒，享年七十有一〔二〕。元配許氏，繼配亦許氏，皆贈恭人；又繼配季氏。長子長洪，待選州同知；仲子長溥，乾隆戊辰進士，官吏部稽勳主事；季子長瀚，待選布政司理問。孫標，待選州判；孫廷杼〔三〕，中乾隆壬午科鄉試；孫樞，廩貢生；孫雲槐，乾隆辛巳翰林，今官御史；孫榜，乾隆壬辰殿試第一人，官脩撰；孫梁，附監生；孫杲，監生。曾孫十五人，多爲博士弟子及入貢成均者。

嗟乎！人生之富貴貧賤何常，而爲善者後必大。今日之金氏以視趙村時不侔矣，天蓋特生府君以爲金氏盛衰之交會。書之於石，所以教天下之爲人子、爲人父者將無窮極也。其安敢以固陋辭？

錄自海峰文集卷七。

【校】

〔一〕原文空一格，吳本作『府君諱某』。

〔二〕『一』原文爲一空格，此據吳本填補。

〔三〕吳本作『杍』。

伯兄奉之墓誌銘〔一〕

先生姓劉氏，諱大賓，字奉之，桐城人也。曾祖日燿，明崇禎時以貢士廷試，授歙縣訓導；祖甡，父柱，皆縣學生。

先生中雍正乙卯科順天鄉試，筮仕山西之徐溝，再起爲貴州之玉屏，遷普定。其爲治，一以慈厚愛人爲心，而不欲以才能自見。

徐溝民溉田之水有自鄰縣太谷來者，太谷源而徐溝委也。而太谷民負恃強力，欲私其有，乃堤防遏絶之，俾不得下流。先生爲力請於上官，卒使兩縣之田均得用以灌溉焉。其他施惠澤於民，多如此者。先生既去官，鄉先達或道過徐溝，訊及先生之爲政，縣人皆以手加額，爭來問『我公無恙否』。

其在普定，有陝西人爲賈於是邑，而造爲賭博具。事發，而先生曉譬之，謂：『何事不可治生，而必欲犯王章耶？』既察其有悔志，遂釋使歸其鄉里。先是，賈人有女，許字普定之兵弁，至是不能攜以去也，以情告先生。先生爲召其夫家，立使迎歸爲婦。普定愚民忽倡爲訛言，爭相傳播，或書之門壁以相告語。執訊之，層遞供吐，頃刻遂近百人。先生切諭之，衆皆泣下，乃杖而遣之。提督董公欲聞之於朝，以爲己功。先生爭甚力，曰：『未得其實而妄舉以聞，非忠也；愚民知自悔而必欲殺之，非仁也。如有禍災，令身任之，公無與焉！』事遂寢。兵卒糧餉素取給於縣，縣爲印篆移營官，營官各以券給其兵，兵各持券詣倉，倉吏驗之而後給以米。有秦姓民與兵弁合手爲姦，僞刻縣印爲券。姦既發，吏至其家取印，見其米已盈倉，約三十餘石。吏請收其米，先生獨不許，月餘竟釋其囚。或謂先生：事之已發者，不宜遽宥縱。先生曰：『我獲之而我宥之，必無害也。我豈以數十石之米，而殺此兩人哉？』

蓋先生自童幼讀書，常自保其嬰兒之性不敢失墜，及長，而與衆酬接以至居官蒞民，皆出其天懷以相賦與，不知人世有機巧之事。當是時，以谿刻慘急求媚於上官而官得九遷者，所在多有。先生曰：『人性固有所不能。過於慈厚，失之寬容，雖罷黜而歸，余能之； 若谿刻慘急以求遷，非余所能也。』先生樸於貌、訥於口。與人言，藹然若惟恐傷之。 及其在官，有所執，雖貴勢不能移也。

先生以乾隆二十三年八月四日卒於普定之官舍，年六十有六。 始娶錢氏，田間先生曾孫女，生子一人雲標，國學生。 繼娶方氏，生子一人會，郡學生。 孫德門，國學生； 次符琢，郡學生，出與大櫆之子介爲後； 次光連，次柔蓀，次子和，皆幼。

嗚呼！ 吾門雖衰宗，諸孫雖闇質，然以先生之厚德長者，後世其有興者耶？ 嗚呼！ 痛不可如何，亦爲致望於天而已矣。

録自海峰文集卷七。

【校】

〔一〕吴本作『伯兄奉之先生墓誌銘』。

程府君墓誌銘

秋官郎程君晉升葬其尊府書原先生於某鄉某里之某原，而以府君之先夫人方氏、後夫人吴氏祔。

蓋府君孝於其親，每雞鳴而起，趨立寢門外，候問安否，無間寒燠，至十餘年不倦。 友於其兄弟，時其諸昆病篤，輒至祖廟焚香叩祝，哀號而欲以身代。 其深愛之情，藹然濇發於一室獨知之地，而其家人咸被其風而化焉。

府君初娶方夫人，生子、女各一人，子曰益謙。 而方夫人早世，其貞靜慈和之德，雖其子孫有不得而周知者，故雖欲紀載之而無從。 繼娶吴夫人，生子二人，長即晉升，次咸豫。 而吴夫人視方夫人所生子一如己子，飲食衣服無纖毫厚薄於其間。 而益謙兄弟三人亦偕出偕入，如一人之身，懽欣無所間。 其後府君卒，而吴夫人所生次子咸豫亦於是年卒； 閲二年，而方夫人所生子益謙又卒。 其一門幼穉，惟吴夫人是依。 夫人養之教之，以至於成人。 然晉升、咸豫皆有子授室，而益謙之子娩高顧獨殤。 夫人乃命晉升出其子以爲益謙後。 當其無事也，孫曾環聚於一堂，夫人南嚮坐，諸孫及諸孫婦或東西相嚮侍。 夫人教誡其諸孫： 惟禮義是守，惟古聖賢書是讀、是習。 其閨闈之內，天性之親，雍然肅然，有非世俗所能幾及者。夫人乃取書傳所載古賢母，自孟母以下凡十二人，命繪畫之工繪圖十二，而於其圖之左方各書前人名氏，以留爲諸孫婦模楷。程氏自先世以來，世爲積善之家，而府君嘗有言曰：『吾受先人遺資，當擇一事而善行之。』故夫人教其子晉升：凡所行事，莫非以先人之心爲心。其有善事，爲先人所有志而未竟者，必命晉升踵而行之，不爲後代留遺、增積計也。

府君諱志洛，歙縣人也。以乾隆十有八年十月初三日卒，享年六十有九。蓋有志行，余嘗爲之傳矣。方夫人以康熙五十三年二月十三日卒，年三十。吳夫人以乾隆四十年二月二十四日卒，年八十有一。銘曰：

奕奕程宗，世繼其美。傳序及君，令德愷悌。維婦之良，實相夫子。善溢鄉閭，宜多受祉。豈惟秋官，奮與嵂起。今其後嗣，峩峩濟濟。愈遠其昌，珥貂荷紫。我儀吉人，載深仰止。藏詩於幽，以告千祀。

録自海峰文集卷七。

贈大夫閔府君墓誌銘代

閔氏於宋寶慶間，自徽州歙縣遷浙江烏程之晟合村。既八世，當明之中葉，而大司寇珪爲化、治間名臣，史爲傳載其事。嗣是大宗伯如霖、冢宰洪學、大司馬夢得相繼起，科名、爵位之盛，冠於浙西。自大宗伯六傳而至星海府君。

府君諱自洙，字宿來，性慈惠，好施與。值歲饑，出囷倉以食閭左之餓夫，而家益中落。遂以授徒爲生，教授宗黨及前溪、潯川間。其門下士數十百人經其指畫，文辭學術，莫不循循然有儒者之風。府君尤潛心經義。其館於前溪，常集里之名賢，會講於繁露臺。其闡揚名理，多前人之所未發。其爲制舉之文，覃思力索，沉刻簡遠，有一字之未愜於心，或至忘其寢食。金閶許甘泉一見驚服，以爲時人不能爲亦不肯爲。然府君文不苟作，作既不多，又不自收拾，稾多散失，存者十不得一，以故知之者少。府君老於諸生，不售，將投牒罷去，而學使彭公素知府君，不允其退，且延之入幕校士。而府君以末疾辭，惟閉門以讀書爲事。然府君所以得爲名儒，而諸子皆嶄然特起，夫人內助之力爲多。

夫人姓金氏，以太傅貴胄之家，而小心恭慎。其端嚴之德，肅穆之言，綦組之工，書翰文辭，咸高出儕輩。而好義樂善，與府君合志。周卹之恩，徧於里黨。教其子以敦詩學禮，不惜重幣延名師訓課。而女子皆嫻於女紅，婦順，出嫁名門，人咸稱其淑善。

府君以康熙戊子年十二月二十三日卒，享年六十。金夫人以康熙丙子年十二月初七日卒，年四十有六。子六人：長振宗，康熙癸巳科舉人，知廣東靈山縣；次振三，雍正甲辰科舉人；次振文，儒士；次振武，邑增生；次振鷺，郡廩生；次振奇，邑庠生。女子子四人。孫十五人，而鶚元中乾隆乙丑進士，今官江寧布政司使。府君得贈如其官，金太君贈夫人。乾隆十五年合葬於縣西余山之原。銘曰：

於赫閔宗，族大且崇。尚書累葉，厥聲蘊隆。宗伯之後，維星海公。公雖不仕，其文則雄，翼翼雍雍，以禔其躬。夫人佐之，惠及愚蒙。子弟從之，以孝以忠。余山之原，維公之宮。後百千年，祀事不窮。

録自海峰文集卷七。

祭望溪先生文

嗚呼！漢氏以來，群儒區區，六經之道，雖闢而蕪。惟公治之，究其根株，如受衡量，不溢黍銖。春秋諸傳，類多齟齬。公比其事，孔思昭蘇。周官、士禮，久荒不鉏。斲璞出玉，朗然蚪珠。一言之立，百世可孚。從祀闕里，亦其宜歟！

公之懷抱，邁登黃、虞。少而多難，百不一攄。晚貳宗伯，日進訏謨。邨童野老，跂足以須。彼譖人者，謂公釣譽。誰實爲此，嗟嗟鄙夫。公則猶是，民也何辜！公倡大義，衆見爲迂。最知公者，高安相朱。慨彼世俗，僅識公麤。擬之周士，子美〔一〕、夷吾。申施未竟，孰謂非誣？

至於文章，乃公緒餘。然其所爲，鬼閟神敷。燔剝六藝，炙剔膏腴。高堂黼座，正冠危裾。雲升水湧，風日晴舒。卑視魏、晉，有如隸奴！

公之孺慕，無間須臾。遭值母喪，不獲歸廬。而於藩府，纓佩以趨。抱痛一世，泣血漣如。善事其兄，情至禮俱。庇其兄子，過於己雛。尤於朋友，擢臑磨膚。相責以義，言不囁嚅。同里左丈，一心相於。生闊死別，終始不渝。屢見於文，哀情既鋪。逮其孫子，眷眷呵嘘。

不材如槐，舉世邪揄，公獨左顧，栽植其枯。雖之灌之，使之榮荂，提之挈之，免於饑軀。誘而掖之，振聵開愚，卒令頑鈍，稍識夷途。歲在癸丑，詔徵鴻儒，公以槐應，瑟濫以竽。我營薄禄，過願所圖，喜動於色，背汗有濡。槐試而蹶，公每不愉，愀然累日，頓足長吁。歷數平生，遊好之徒，苟其傑立，輒見次且。豈彼蒼意，固與人殊。我實捲曲，分甘泥塗。而廑公念，乃至斯乎！

當公少日，備歷崎嶇。匪敢玩愒，愈勇讀書。其治三禮，半在囚拘。死而後已，其生不虛。公既歸里，幅巾袴襦。治城之北，有山有湖。水亭風榭，嘉木扶疎。跳波出曝，穹龜長魚。賓朋燕集，不廢菑畬。九治士禮，積疑未祛。乃今十治，早夜勤劬。屈指成就，當在秋初。

夭桃華灼，攜我嬉娱。登樓拾級，不賴人扶。謂公矍鑠，百年可逾。詎知背面，五月而徂。公乎何忍，不我少需。嗚呼！公之名德，照耀海隅。年躋大耋，尚何煩紆？惟其平昔，師友諮諏，望望不見，所爲欷歔。尚饗！

録自海峰文集卷八。

【校】

〔一〕子美，子産字號，吴本徑作「子産」。

祭張閑中文

嗚呼！昔在康熙之辛丑，初托子以交契，愧學業之未成，年甫臻於廿四。舉一世以乂牙〔一〕，子獨揄芬而匿穢。信兩情之無疵，與草木同其臭味。

抗高館以相延，曰以授經於兩弟。實虛己以受攻治，曾不余言之鄙棄。憇勺園之閑敞，何池亭之幽邃。敷簟席以連牀，歷晦明而相對。值花時之蓓蕾，每肆筵而舉觶。

時發興於尋山，指龍眠於天際。問伯時之書堂，披深榛之蒙翳。坐水中之磐石，觀谿流之清駛。起饞思於遊鰕，博郁醪之一醉。搜石罅之蟛蜞，因褰裳而同揭。

嗟涉險之未能，諒筋骸之弱脆。行未徧於六步，已驚頽而駭墜。苦袍袴之沾濡，乞牛衣以自被。失一笑以追思，蓋猶未去乎幼志。

子往判於迦河，余有門而恒閉。托明月以舒懷，賴飄風之長逝。俄相見於周京，歡腸倒而垂淚。憫余行之迍邅，遂刺譏乎當世。嗤宵人之妨賢，垢首而蒙乎髮鬄。終振起於天衢，使心摧而目劌。何會合之難常，子旋投於荒裔。彼時俗之淪胥，爭貢諛以逞媚。矯雲間之孤鶴，淩清秋而高唳。縱逸足之奔馳，夫豈能羈乎良驥！約異日之歸來，當揚鑣而併轡。追曩昔之遊從，自放於山椒與水澨。

悵別淚之方新，訝凶音之遽至。豈彼蒼之好殊，抑珍物之易敝。念余懷之耿介，與子併而爲二。子高舉以離羣，余索居而寡慰。既讜論之不聞，亦芳顔之莫覿。儻異地之神魂，可潛通於夢寐。事惚慌其無憑，望南雲而設祭。

録自海峰文集卷八。

【校】

〔一〕吴本徑作『杈枒』。

祭余少京兆文〔一〕

嗚呼！公自縣令，至於觀察，所至皆顛，隨以晉秩。方其顛也，百姓呼洶。終焉顯擢，天子動容。以剛見摧，其仁不沒。如撥重雲，乃見白日。嗚呼！世稱清士，簞豆區區。公之自處，惟有屋廬。其中藏蓄，連屋之書。養廉之祿，歲積而餘。入爲京尹，不以自挈。萬有四千，潛備國帑。公心如目，不受塵汙。彼不知者，返見爲迂。

嗚呼！以公純德，老而迫蹙，横被讒誣，竟死於獄。公之所有，不盡施申，艱虞廢放，窮海之濱。麕麚之侶，猶不容身。誰爲謀者？彼獨何人？

公之知余，自望溪始。公嘗相謂：『知君國士。望溪端人，友必端矣。』詔舉賢良，公以余應。余雖固辭，公實余敬。我之哭公，不以其私。爲天下痛，誰知我悲！

録自海峰文集卷八。

【校】

〔一〕吳本作『祭順天府丞余公文』。

祭邵開府文〔一〕

嗚呼！我未見公，公知我文，謂『宜屏跡，江海之濆。大肆厥力，後世其聞。』既其相見，公爲御史。公怵以驚：『余言謬矣！如斯人者，國之杞梓。』公性狷剛，與世寡合。余足在門，公履倒趿。高論一世，縱橫酒榼。詔舉賢良，公以余應。我拜稽首，懼不能勝。公爲開說，反覆辨爭。我終固辭，至於六七。士各有志，非可強奪。余既執迷，公亦不悦。

嗚呼！當公之舉，余有二親，薄禄之養，宜及斯辰。昧於大義，乃反逡巡。其在於今，日月淹忽。雖有母存，父已降割。公又云亡，悔痛曷輟！

嗚呼！公之德業，載在太常，後生小子，非所能詳。惟其知己，敬奠一觴。

録自海峰文集卷八。

【校】

〔一〕吳本作『祭邵公文』。

祭方定思文

嗚呼！自余奉教於先生，而因以得交於君。不獨先生之視余如子，而君亦視余如弟昆〔一〕。嗚呼！以君之多才，懔〔二〕過庭之訓，使其立朝，當置身於千仞。乃一薦於鄉而已，何彼蒼之可問？余乖於世，跼蹐窮年，死喪患難，百憂相煎。惟此合志，散處兩間，每逾時而一見，輒懷抱之昭宣。今者吾友，天又奪之。天乎何忍，使至於斯！

壬子之秋，余讀書於社稷壇後，君與江西之黄君，亦僦居其右。薄暮過從，淋漓卮酒。當是時，君之意氣何如，而年不得中壽！去年七月，余返自吳門，喜升堂而把臂，仍舉酒以殷勤，憫餘無子，自患子多，無子則已，多子奈何！余謂君嗣佩玉有儺，不傾而植，雲漢可摩。凍餒是慮，毋乃婷婭？

時君方病起，怪顔色之憔悴，不自信其死生，出手而命之診視。余歸倉卒，兩月之餘，遽以凶告，繞屋驚呼。嗚呼！君嗣皆賢，父書能讀，惟先生之垂白扶杖而哭，此人生之恨事，而君之所不足者也。尚饗！

録自海峰文集卷八。

【校】

〔一〕原文爲「㬇」，此從吴本。

〔二〕原文爲「凜」，此從吴本。

祭左繭齋文

嗚呼！君之長於余者二十有七年，而忘其年齒以與余相後先。余與君世爲姻戚，君丈人行，而折其行輩，以與余相頡亢。余何以得此於君哉？豈余之能賢，抑亦君之虚懷樂善，故不計人之媸妍？

昔在熹宗，姦閹竊勢，挫其狂鋒，史稱忠毅。赫赫厥聲，君實其裔。悠君所爲，先業可繼。而老窮山，嘯歌適志。凡所藴藏，百不一試。

君在山中，左圖右書。池水瀏瀏，映蔚芙蕖。垂楊匝岸，潛有嘉魚。千章之木，繞屋扶疎。佳花異卉，環植階除。花開之日，照耀里閭。呼召僚黨，薦酒陳蔬。作爲詩歌，聊以自娱。

君之爲詩，不求名聞。寫其衷情，高騫逸運。與古爭長，較量分寸。玄淡之中，自抒芳韻。如置崇蘭，層崖千仞。千秋萬世，傳其可信。

我生飄泊，在外日多。君亟思我，莫之如何。我有致書，君黏在匱。思我不見，循環誦讀。我之來歸，君得聞知。不俟安次，馬迎以馳。誨我以仁，我接以義。淋漓酒巵，從容鴻議。

今年正月，我詣君家。君猶健飯，動履無差。我告君歸，未及半歲，如何不淑，而遽長逝！我有懷抱，誰與同傾？我有文章，誰與譏評？我與世違，惟君交契，而又奪之，天乎何罪！

昔君之存，不著言論。然小人以爲可憚，而君子以爲可親。今君之没，猶此鄉鄰。然規繩自守者，無與爲徒侣；而輕儇相尚者，無與爲陶甄。

嗚呼！君之制行，可謂無咎。其於詩歌，可用不朽。年八十七，可稱上壽，而子孫繩繩，世濟其忠厚，何憾於天，而爲之疾首？惟其婚親之情，久故之知，念君之不可再見，而余將疇依！

録自海峰文集卷八。

【校】

〔一〕吳本作『頡頏』。

華埠救災贊

昔在司徒，教民三物，既急睦婣，爰崇任恤。匪徒教之，又糾以刑。六曰不恤，其政有經。夫彼之困，非我所作，我雖不恤，罪無所獲。蓋古聖政，莫重施仁，同體一視，寧隔我人？患不相救，其忍甚矣，加之以刑，比於不齒。殆及後世，手足相殘，而況宗族、里黨之間。其生不親，其死不弔，澆漓成習，可爲痛悼。

胡君泉若，往賈於衢，華埠之地，有廛一區。乾隆甲子，適值洪水，漂沒民居，廛亦半毀。民之逃竄，咸集其廬，男女老穉，二百以餘。水浸門扉，數日不去，相向悲號，赤體呈露。維我胡君，載賑載施，載推以食，載解以衣。華埠之婦，歡騰於口，華埠之夫，歡擁於塗。我始啼饑，君出梨棗，我始怨寒，君賜袍襖。既骨而肉，既死而生，食君之德，如雷雨盈。我祀而祝，君其受福！我寢而求，胡不君祿？有感者君，有酬者民，殷殷啍啍，衢巷以聞。

故凡居鄰里，毋曰我富，而貧者莫顧；毋曰我貴，而賤者莫視；毋曰我強，而弱者莫當。以富濟貧，其富益振；以貴憫賤，其貴彌見；以強撫弱，其強愈灼。我官〔一〕於黟，君從宴娭。或告君事，非君所期。其事亦細，而今人膜置。我庸書之，以警來世。

録自海峰文集卷八。

【校】

〔一〕原文爲『宫』，此從吳本。

胡氏賢母贊

夫國以一人興，以一人亡；家以一人成，以一人敗。故曰：『哲夫成城，哲婦傾城。』『亂匪降自天，生自婦人。』夏、殷之亡，由末喜、妲己；周有太姜、大任、大姒，而太王、王季、文王遂以基七百年之受命。后妃不妬忌，而有逮下之恩，關雎、樛木、螽斯之章詠焉。下逮里巷，娶婦不良，而家道乖，以至父不父、子不子、兄不兄、弟不弟者多矣。娣姒妾媵之間，米鹽瑣雜，各私一己，靡不競爭，欲家之昌熾，其可得乎？

胡生節和，其嫡母余氏無子，而生母汪氏生節和兄弟三人。然余氏之所以撫育三人者，一如其所自生。此其事至庸常，而求之婦人，何其難得也！余聞而賢之，乃作贊曰：

桓溫之婦，挾婢操刀。武陽之女，殃禍及桃。娼嫉成性，植根甚牢。三人緩帶，其義久祧。如余氏者，百不一遭。我作斯言，以著淳澆。

録自海峰文集卷八。

騾說

乘騎者皆賤騾而貴馬。夫煦之以恩，任其然而不然，迫之以威，使之然而不得不然者，世之所謂賤者也。煦之以恩，任其然而然，迫之以威，使之然而愈不然，行止出於其心，而堅不可拔者，世之所謂貴者也。然則，馬賤而騾貴矣。雖然，今夫軼之而不善，夏〔一〕楚以威之而可以入於善者，非人耶？人豈賤於騾哉？然則，騾之剛愎自用而自以爲不屈也久矣！嗚呼！此騾之所以賤於馬歟？

（録自海峰文集卷八）

【校】

〔一〕原文為『榎』，此從吴本。吴本作『夏』。

附録

吴士玉海峰文集序

去年春，予遇劉子畊南於旅舍，與之語，溫然以和，叩其胸中之藏，浩然不可以度量計，予固異劉子非尋常人。既而出其所為詩賦、古文辭及制舉業之文共數十首以示余，讀之，洋洋乎才力之縱恣無所不極，而斟酌經史未嘗一出於矩矱之外，因與之訂交。攜其文至京師，以示縉紳大夫，莫不以劉子之文為非世俗所及。余於是益信余言之可驗，而向者旅舍之遇為不虛已。踰年，劉子來京師，復時時出其近著示余，則每進益上，蓋劉子之才固足以追步古人，而力為之不止，方將與古之莊、騷、左、馬、杜、李諸人馳騁上下，而非徒為一世之聞人已也。余非私其所好，劉子之文具在，請以質諸世之有目者共視以為何如也。吴趨友人吴士玉書。

録自海峰文集卷首。

吴定海峰夫子古文序

自東漢文壞，唐宋諸君子迭起振之，天下之文始復於古。繼諸君子者，明惟歸氏震川，我朝則方侍郎靈皋及吾師海峰先生。先生文章得之天授，年二十九，學成游京師，靈皋侍郎見而驚賞之，令其拜於門。然而兩人之文，各殊所造。靈皋善擇取義理於經，其所得於文章者，義法而已。先生迺並其神氣、音節盡得之，雄奇恣睢，驅役百氏，其氣之肆，波瀾之闊大，音調之鏗鏘，皆靈皋所不逮。

嗚呼！道德者，文章之宗也。三代盛時，立言者，皆立德以明道者也。周衰，仲尼之徒猶得揚其餘化以牖斯民。厥後，道德寖微，文士彌盛，淩夷以及八代，則文隨行以靡，而天下於是乎大亂。韓、歐諸賢雖力振之，然視古六藝之遺不侔矣。間有通曉六藝者，文章又或不中於度，智有所不備巧，有所難兼。嬴秦以還，天之生材，大抵然也。韓、歐既亡，文章之旨復晦，荆川唐氏發憤太息，至盡欲付之一炬之中，吾知不久將澌滅矣。以彼其人窮年矻矻，非必才不逮、學不充、徑途失也。先生行脩於躳，其文章不由師傳，舉唐、宋以來代不數人之業，一旦毅然續而配之，非天縱之才，惡能及此哉！先生既師事靈皋，靈皋嘗位顯位於朝矣，先生雖落落為博士官以卒，而文章實過之，卓然為國朝古文之冠。顧立世之人，未必盡喻也。定聞和氏之璧，不飾以五采；隨侯之珠，不飾以銀黃。待飾而後顯者，非物之至美者也；待眾人之品題而後知者，亦非文之至美者也。先生之文，希世之珍也。百代而下，其光必揚，其聲價必貴，定將以天地產，先生之心，決之也已！

録自紫石泉山房文集卷六。

吴定海峰夫子詩序

三代之盛，王者不自以為德厚政良無不美也，而風詩作焉，上化下，下剌上，以求治也。班史食貨志載，冬時民入居室，男女有不得其所者，迺相與歌咏，各言其傷。孟春之月，羣居者將散，行人執木鐸狥於路，以採詩獻之太師，比其音律以聞於天子。雖其間可風刺者希矣，然亦可見匹夫匹婦靡不得所之，時亦有王政不能彌其缺，至於有鬱而鳴者矣。故曰博施濟眾，堯舜難也。迄於今，取其詩諷詠之，其氣不暴，其音和且平，先王禮樂教澤之隆，與詩教同條，有以養士夫性情之正。孔子曰『詩可以怨』，謂此也。

定成童即好為詩，越十年，以詩就正海峰先生。先生才高而遇窮，於詩靡所不工，而古詩尤超越國朝諸賢之上，其抑塞騰踏悲壯之氣，充滿天壤，莫之能禦，儻亦所謂有鬱而鳴者耶！管子曰『蛟龍得水而神可立，虎豹得山而威可載』，見丈夫必遭時乃能有為也。曰『千里之路，不可扶以繩，萬家之都，不可平以準』，又見人生遭遇之數難齊也。鄉使先生躳為三代秀民，亦豈必履廟堂，製雅頌，稱美盛德，揚厲膚功也哉！先生之詩，雖不能已於怨，而猶然盛世之音者，其亦有見於此乎？世之君子歌而翫之，穆然想見我國家教澤之方隆焉。

録自紫石泉山房六集卷六。

吴定海峰夫子時文序

孔子曰：言之不文，行而不遠。莊子曰：高言不止於眾人之心，俗言勝也。欲為經義，必其辭肖像聖人，而又行以古文之氣，然後成節奏，遠鄙倍。前明以經義試士，作者相望，然能以古文為時文者，惟歸氏熙甫一人。先生生我朝文教累洽之時，獨閉戶得古文不傳之學，其為時文也，神與聖通，求肖豪髮，不增一言，不漏一辭，臭味色聲動中乎古，遠出國朝諸賢意象之外。上以是求，下以是應，可無憾矣。然而先生未嘗以文舉於鄉。今夫竹箭不能自直而為矢，大木不能自圓而為輪，矢良輪美矣，射者射之，貫革；御者御之，行澤行山，皆利矣，然而矢人輪人之功，未聞有人報之者。古今皆是也。定之得聞詩歌古今文之教由先生也，雖所藝未敢方良矢美輪，而先生之造之者，即古之矢人輪人不逮矣。乃德未酬，業未終，而先生溘然棄養。至於今，追憶其風采，仿髴其謦欬茫然泯沒矣。然每諷誦遺篇，又覺先生之容在上、在旁，恍惚可即，所為歷敘遺文□然掩卷而流涕也。定經義既奉先生之準繩，而遇之窮亦與先生類若此者，皆無足怪。嗚呼！自察舉鄉閭之制壞，上之人不能盡羅天下之士，非一世也。

録自紫石泉山房文集卷六。

劉琢海峰文集跋

海峰先生生長百世之下，而其志常在三古以上，冥心孤詣，不求人知，而茫茫斯世，亦竟無有知之者，豈天方篤生其才而顧重阨其遇耶？先生志在經世，其蘊蓄而未出者，未嘗不欲表著於一時。抑塞既久，乃偶以其磊砢不平之氣，聊寄之詠歌慨歎之間。蓋先生之可見者惟此而已。琢以稚弟久侍門牆，朝夕蒙其訓示，而究無能涉其津涯，常用自愧。若夫先生之文章，足以上繼周、秦，而下儕唐、宋，則四方之有目者既已深知而亟許之矣，奚俟余言！顧竊以為先生之道不施於時，而其可見者僅此區區文章之末，然知言之君子，由其末亦遂可以探其本。故願從及門之士刊而布之，以與世之抗志勤學明道之賢才共讀焉可也。受業弟琢敬跋。

録自海峰文集卷首。

張惠言書劉海峯文集後

余學為古文，受法於執友王明甫；明甫古文法受之其師劉海峯。本朝為古文者十數，然推方望溪、劉海峯。余求海峯文六年，然後得而讀之。海峯之文，有學莊子、史記為之者，弗至也。學歐陽、王介甫為之，時至焉。學歸熙甫，輒至焉。名取遠，迹取邇，其效然耶？後有作者，終不得為莊周、司馬之為耶？明甫之言曰：海峯治經功半於望溪，其文必倍勝於望溪；然則海峯為之而不至焉者，果繫於世之遠邇耶？明甫又言：海峯為古文既成，乃箸籍為望溪弟子。嗚呼！兩人故相為先後哉？

録自茗柯文補編卷上。

徐宗亮海峰文集識語

右海峯先生文，都二百三十一篇。今太子少保巡撫安徽西林公重刊。宗亮承命排目、校字既竟，書其後曰：先生文舊署門人方國校録者，為卷有八，而部分不盡依類；又各自為篇，篇載評點，似世習科舉文字，讀者病焉。姬傳姚郎中蓋有志脩訂，而未及為。嘗與先生略論其概，見惜抱軒尺牘。顧板行年月不可考詳，其非先生自編，則不待知者決之也。先生文嗣方公望溪，而郎中實從受法，淵源相接，若流水續於大川。今次其文，用傚郎中纂古文辭，類以論辨、序跋、書說、贈序、傳狀、碑誌、雜記、頌贊、哀祭凡九；卷以古書首尾相銜法凡十。其於先生為文之意，誠非末學可幾矣，而鹵莽滅裂諸失，殆亦庶乎免焉否邪？先生文外詩六卷，今悉依舊次整比，而刊落圈點，相埒以行，不復別為之說。凡五閱月而梓人工完。襄其事者，邑後學鄭福照也。同治甲戌春三月，邑後學徐宗亮謹識。

録自海峰文集附録。

傳記資料

劉大櫆

劉大櫆，字才甫，一字耕南，桐城人。曾祖日燿，明末官歙縣訓導，鄉里仰其高節。其後累世皆為諸生，至大櫆益有名。始年二十餘入京師，時方苞負海内重望，後生以文謁者不輕許與，獨奇賞大櫆。雍正中，兩登副榜，竟不獲舉。乾隆元年，苞薦應詞科，大學士張廷玉黜落之，已而悔。十五年，特以經學薦，復不錄。久之，選黟縣教諭，數年告歸。居樅陽江上不復出，年八十三，卒。大櫆脩幹美髯，能引拳入口。縱聲讀古詩文，聆其音節，皆神會理解。桐城自方苞為古文之學，同時有戴名世、胡宗緒。名世被禍，宗緒博學，名不甚顯。大櫆雖游苞門，傳其義法，而才調獨出，著海峰詩文集。姚鼐繼起，其學說盛行於時，尤推服大櫆。世遂稱曰『方劉姚』。

録自清史稿卷四百八十五。

劉大櫆

劉大櫆，字才甫，一字耕南，安徽桐城人。貌豐偉而性直諒，嗜讀書，工為文章。以布衣遊京師，時内閣學士同邑方苞以古文辭負重名，大櫆持所業謁苞。苞一見驚歎，告人曰：『如苞，何足算耶？邑子劉生，乃國士爾。』聞者始駭之，久乃益信。雍正七年、十年，兩舉副貢生。乾隆元年，苞舉應博學鴻詞科，為大學士張廷玉所黜，既乃知為大櫆，深惋惜。十五年，廷玉特舉大櫆經學，又報罷，出為黟縣教諭。數年去官，歸。四十四年，卒，年八十二。大櫆雖遊方苞之門，所為文造詣各殊，苞擇取義理於經，所得於文者義法；大櫆并古人神氣音節得之，兼集莊、騷、左、史、韓、柳、歐、蘇之長，其氣肆，其才雄，其波瀾壯闊，嘗著觀化篇，奇詭似莊子。其他言義理者，又極醇正。詩能包括前人，熔諸家為一體。著有海峰文集八卷。從遊者多以詩文鳴，而姚鼐、吳定為最著。

録自清史列傳卷七十一。

姚鼐劉海峰先生傳

劉海峯先生名大櫆，字才甫，海峯其自號也。桐城東鄉濱江地曰陳家洲，劉氏數百戶居之，為農業，多富饒。獨海峯生而好學，讀古人文章，即知其意而善效之。

年二十餘，入京師。當康熙末，方侍郎苞名大重於京師矣。見海峯大奇之，語人曰：『如苞何足言邪！吾同里劉大櫆乃今世韓、歐才也！』自是天下皆聞劉海峯。

然自康熙至乾隆數十年，應順天府試，兩登副榜，終不得舉。乾隆元年舉博學鴻詞，乾隆十五年舉經學，皆不録。用朝官相知，提督學政者率邀之幕中閱文，因歷天下佳山水，為歌詩自發其意。年逾六十，乃得黟縣教諭，又數年，去官歸樅陽，不復出。卒年八十三。無子，以兄之孫符琢為後。

先生少時與鼐伯父薑塢先生及葉庶子酉最厚。鼐於乾隆四十年自京師歸，庶子與鼐伯父皆喪，獨先生存，屢見之於樅陽。先生偉軀巨髯，能以拳入口，嗜酒諧謔，與人易良無不盡。嘗謂鼐：『吾與汝再世交矣！』

天下言文章者，必首方侍郎。方侍郎少時嘗作詩，以視海寧查編脩慎行。查編脩曰：『君詩不能佳，徒奪為文力，不如專為文。』方侍郎從之，終身未嘗作詩。至海峯，則文與詩竝極其力，能包括古人之異體，鎔以成其體，雄豪奧秘，麾斥出之，豈非其才之絕出今古者哉！

其文與詩，皆有雕板，鼐欲稍删次之合為集，未就，乃次其傳。

録自惜抱軒文後集卷五。

吴定海峯先生墓誌銘

先生姓劉氏，諱大櫆，字耕南，號海峯，桐城人也。曾祖日燿，明崇禎時，以貢士廷試授歙縣訓導；祖甡，父柱，皆縣學生。先生狀貌豐偉，而性情直諒寬博，讀書工辭章之學。自古文亡於南宋，前明歸太僕震川暨我朝方侍郎靈皋繼作，重起其衰，至先生大振。其才之雄，兼集莊、騷、左、韓、柳、歐、曾、蘇、王之能，瑰奇恣睢，鏗鏘絢爛，足使震川、靈皋驚退改色。詩亦孕育百氏，供我使令。元、明以來，辭章之盛，未有盛於先生者也。

年二十九，應舉入京師，鉅公貴人，皆驚駭其文，而尤見賞於方侍郎暨吳荆山閣學，以為昌黎復出。已而兩中副榜，貢生以終。乾隆之初，邵開府、余京兆欲薦先生賢良方正，辭。會舉博學鴻詞，方侍郎以先生薦，及試，為大學士張文和所黜，而文和後大悔。洎乾隆十五年，詔舉經學，文和獨舉先生，而文和旋去位。乃出為教諭於黟。黟士至今感誦先生教育之仁不息。

國家用經義選天下士，而先生以振古之文，生於列聖相承、文教累洽之日，又有持權者為之引延，而卒淪溺下僚，不獲展其才以沒，則信乎命之窮也。然而富貴之榮，沒則寂焉，斗筲之功名，亦澤竭則忘焉。天地之光華一日不掩，則先生之文章一日不磨。畀先生以曠世不數畀之才，而特假巖壑寬閒之歲月，以成先生千古之榮，天之眷佑之者至矣。即使先生數奇，屈於生復屈於死，卒致泯沒於無聞，而先生之可不朽乎此生者自在也，其又奚懟焉？所著有詩文集已久行世。

其卒也，以乾隆四十四年十月初八日，年八十有二。娶吳氏，生子三人，皆早死，以兄之孫符琢為長子介後。嘉慶四年十月某日葬先生於梅子嶺先塋之左。門人吳定涕泣為之銘曰：

文雄千古，遇屯一時。一時之屈，千古之師。豈無公相，高談霆飛！百千灰滅，公尚巍巍！韓、歐之側，配食攸宜。謂予不信，請視來茲！

録自紫石泉山房文集卷十。

姚鼐選集

點校　周中明

整理説明

姚鼐(一七三二—一八一五),字姬傳,號夢穀,書齋名惜抱軒。安徽桐城人。乾隆二十八年(一七六三)進士,以庶吉士散館,先後任禮部主事、刑部郎中、四庫全書館纂修官。於乾隆三十九年(一七七五)底辭官歸里後,歷主揚州梅花、安慶敬敷、徽州紫陽、江寧鍾山諸書院凡四十年。嘉慶二十年卒於江寧,年八十五。

姚鼐的思想和人生道路,經歷了一個由追求科舉取士,到認識科舉埋沒人才,由熱衷於做官,到認識官場醜惡,主動辭官從文的巨大轉折。姚鼐在文學理論上頗有建樹。如他提出了『道與藝合,天與人一,則為文之至』的文學特性論;『義理、考證、文章』三者兼長相濟,『自發其思』,『自適己意』的作家創作論;『所以為文者八,曰:神、理、氣、味、格、律、聲、色』的散文藝術論;『陽剛、陰柔之美』的風格論;『求實、寫實』的創作方法論。誠如郭紹虞所説:『其論文比方氏更精密,所以桐城文派至姚氏而始定。』〔一〕

姚鼐的古文創作,在當時被譽為『舉天下之美,無以易乎桐城姚氏者也』。〔二〕桐城人戴名世、方苞、劉大櫆的文名,雖然早已顯赫於世,但是集其大成並正式打出桐城派旗號的,卻是姚鼐。師承,不是亦步亦趨,而是有所創新,後來居上,這正是姚鼐過人之處。

本書共選姚鼐文222篇,其中186篇選自惜抱軒文集及其後集,33篇選自惜抱尺牘及其補編,3篇選自其集外文。本書的校勘,惜抱軒詩文集及其後集,以嘉慶三年的劉文奎家鐫本(簡稱『劉本』)為底本,參校本為:中華書局四部備要本(簡稱『備要本』);商務印書館四部叢刊本(簡稱『叢刊本』);中國書店翻印道光元年梅曾亮刊刻本(簡稱『梅本』);咸豐四年上海會文堂石印本(簡稱『會文本』);光緒九年桐城徐宗亮重校本(簡稱『徐校本』);一九九二年上海古籍出版社出版的劉季高標校本(簡稱『劉校本』)。姚惜抱先生尺牘,則以小萬柳堂據海源閣本重刊本為底本,參校本為:國學扶輪社印行的姚姬傳尺牘(簡稱『國學本』);同治十二年刊於並州的惜抱軒尺牘（簡稱『並州本』）。惜抱先生尺牘補編則根據光緒己卯桐城徐宗亮刊本。凡底本有誤而改字者，均出校記，凡底本不誤而他本有誤者則不出校記。

周中明

二〇〇九年

【注】

〔一〕郭紹虞·中國文學批評史（M），上海：上海古籍出版社，一九七九。

〔二〕曾國藩·曾文正公文集（C）卷一，歐陽生文集序，四部叢刊本。

目録

書信……二六二

墓誌銘……三三四

論説

翰林論

為天子侍從之臣，拾遺補闕，其常任也。天子雖明聖，不謂無失；人臣雖非大賢，不謂當職而不陳君之失。與其有失播諸天下而改之，不若傳諸朝廷而改之之善也；傳諸朝廷而改之，不若初見聞諸左右而改之之善也。翰林居天子左右，為近臣，則諫其失也宜先于眾人。見君之失而智不及辨與，則不明；智及辨之而諱言與，則不忠。侍從者，擇其忠且明而居之者也。

唐之初設翰林，百工皆入焉，猥下之職也。其後乃益親益尊。益親益尊，故責之益重。今有人焉，其于官也受其親與尊，而辭其責之重，將不蒙世譏乎？官之失職也，不亦久乎？以宜蒙世譏者，而上下皆謂其當然，是以晏然而無可為，安居而食其祿。自唐及宋及元、明，官制因革六七百年，其不革者，御史有彈劾之責而兼諫爭，翰林有制造文章之事而兼諫爭。彈劾、制造文章所別也，諫爭所同也。其為言官也，奚以異？入而面爭於左右，出而上書陳事，其為諫也，奚以異？今也獨謂御史言官，而翰林不當有諫書，是知其一而失其一也。

是故君子求乎道，細人求乎技。君子之職以道，細人之職以技。使世之君子，賦若相如、鄒、枚，善敘史事若太史公、班固，詩若李、杜，文若韓、柳、歐、曾、蘇氏，雖至工猶技也。技之中固有道焉，不若極忠諫爭為道之大也。徒以文字居翰林者，是技而已。若唐初之翰林者，則若是可矣。

今之翰林，固不可云皆親近居左右，然固有親近居左右者。且翰、詹立班于科道上，謂其近臣也。居近臣之班，不知近臣之職，可乎？明之翰林，皆知其職也，諫爭之人接踵，諫爭之辭連篋而時書。今之人不以為其職也，或取其忠而議其言為出位。夫以盡職為出位，世孰肯為盡職者？余竊有惑焉，作翰林論。

録自惜抱軒文集卷一。

李斯論

蘇子瞻謂李斯以荀卿之學亂天下，是不然。秦之亂天下之法，無待于李斯，斯亦未嘗以其學事秦。

當秦之中葉，孝公即位，得商鞅任之。商鞅教孝公燔詩、書，明法令，設告坐之過，而禁遊宦之民。因秦國地形便利，用其法，富強數世，兼并諸侯，迄至始皇。始皇之時，一用商鞅成法而已，雖李斯助之，言其便利，益成秦亂。然使李斯不言其便，始皇固自為之而不厭。何也？秦之甘于刻薄而便于嚴法久矣，其後世所習以為善者也。斯逆探始皇、二世之心，非是不足以中侈君而張吾之寵。是以盡舍其師荀卿之學，而為商鞅之學，掃去三代先王仁政，而一切取自恣肆以為治；焚詩、書，禁學士，滅三代法而尚督責。斯非行其學也，趨時而已。設所遭值非始皇、二世，斯之術將不出於此，非為仁也，亦以趨時而已。

君子之仕也，進不隱賢。小人之仕也，無論所學識非也，即有學識甚當，見其君國行事悖謬無義，疾首嚬蹙于私家之居，而矜誇導譽於朝廷之上。知其不義而勸為之者，謂天下將諒我之無可奈何于吾君，而不吾罪也；知其將喪國家而為之者，謂當吾身容可以免也。且夫小人雖明知世之將亂，而終不以易目前之富貴，而以富貴之謀，貽天下之亂，固有終身安享榮樂，禍遺後人，而彼宴然無與者矣。嗟乎！秦未亡而斯先被五刑、夷三族也，其天之誅惡人，亦有時而信也邪？易曰：『眇能視，跛能履；履虎尾，咥人凶。』其能視且履者，幸也，而卒於凶者，蓋其自取邪？

且夫人有為善而受教于人者矣，未聞為惡而必受教於人者也。荀卿述先王而頌言儒效，雖間有得失，而大體得治世之要。而蘇氏以李斯之害天下，罪及于卿，不亦遠乎？行其學而害秦者，商鞅也；舍其學而害秦者，李斯也。商君禁遊宦，而李斯諫逐客，其始之不同術也，而卒出于同者，豈其本志哉！宋之世，王介甫以平生所學，建熙寧新法。其後章惇、曾布、張商英、蔡京之倫，曷嘗學介甫之學邪？而以介甫之政促亡宋，與李斯事頗相類。

夫世言法術之學，足亡人國，固也。吾謂人臣善探其君之隱，一以委曲變化從世好者，其為人尤可畏哉！尤可畏哉！

録自惜抱軒文集卷一。

議兵

兵民分，雖有聖人不能使之復合者，勢也。今有人焉，命其子弟，人則挾筴操管而學書，出則量庾藪、權輕重、度長短，持算而營什一之利，其子弟必無一能矣。今君國子民者，佹而使耕稼之農聽號令，習擊刺，舍田里安居而履鋒鏑，而輕死亡之難，其病於眾庶而傷於國也，亦明矣。目不兩視，耳不兩聽，手左右畫則乖，足跂立則先疲。兵農兩為，戰則速敗，而田野為蕪萊，國何賴此哉！

然古王者，兵未始不出於農，何也？古之時，征伐之事固少，一旦戰而用其眾也，至於萬人則為多矣。日行三十里而舍，戰陳必以禮節焉，擇素教之人而使進退止伐於疆埸之交，不啻為揖讓俯仰於庭戶之內也，夫何為不可！後世不然，動以百萬之師，決勝於呼吸之頃。屠滅之慘，川谷流膏血，軍旅數動，則士長齒槁馘於營幕之中。當此之時，士卒知戰鬥而已，居則暴桀，而與人若不同類，固不可使伏居井里；而民苟非習於兵者，亦不可使之復為兵矣。昔者湯之伐桀也，民則曰：『舍我穡事。』湯至仁也，以民為兵，不免於怨。若後世之兵，善撫循之，或踴躍以從戎事，豈將能賢於湯武哉？兵與民分之故也。

昔者管仲用齊，欲以兵服諸侯。管仲知先王兵民為一之制，不可以決戰，故參其國，伍其鄙。國中士之鄉十五，五鄉為一軍。參其國，故三軍以方行天下；伍其鄙，故野有五屬，五屬皆農夫而已。國則為軍，鄙則為農，雖不盡若唐、宋以後之制，而兵民之分自是始。故齊之伯天下者，兵習戰而農不勞。是故管子天下才也！謂兵不可擾農，亦不可盡一國而為兵，定以三萬人，教以軍令，使之足用，是故兵必習戰，農必習耕。兵不習戰，農不習耕，雖多不如其寡已。

嗚呼！後之為兵者，何異於管子也！兵額多而不盡可戰，又不欲養兵而逸之，使之不習戰而習於百役。

自明以來，運糧之丁，其始兵也，而卒不能持一梃以與怯夫為鬥，然以代民轉輸之苦，尚有說也。今之營伍，有戰兵，有守兵，不習知戰守之事，顧使之雜為，捕伺盜賊，詰私販、娼妓、賭博之任無不與。是直有司事耳，使兵足任之，而有司不能，何以為有司？況兵藉是名而恐猲取財，擾地方為害者有之矣。夫兵農惟不欲兼也，故使之專於為兵。今之紛紛而呼於市，而誰何於道路者，夫豈非兼任也？則又不若使為農之為愈也。

録自惜抱軒詩文集卷一。

媒氏會男女說

媒氏仲春三月令會男女，於是時也奔者不禁，若無故不用令者罰之，司男女之無夫家者而會之。說曰奔者速行也，無納采、納吉、納征之禮，而嫁娶則速也。古者士無不備禮者，庶人則有之矣。荀子曰：『霜降迎女，冰判殺止。』士霜降以後，備迎女之禮，納采、問名、納吉、納征，於是冰判可以娶。始未備逆女之禮而至於冰判，士則止，庶人則殺。詩曰：『士如歸妻，迨冰未判。』禮曰：『聘則為妻，奔則為妾。』若夫庶人則不然，備禮可也，不備亦可也；雖奔而亦為妻，非妾也。故曰『殺』。

王者寬於禮以適其情，嚴於時以遏其亂。仲春則可以奔，非仲春而奔，然後有不用令之罰。及其有故也，雖非仲春亦可，摽有梅之詩是矣。蓋王者之寬其民也若此，故曰：『議道自己，制法以民，禮不下庶人。』夫女子一與之齊終身不改者，士大夫之家也；司男女無夫家者而會之者，亦所以寬庶人也。故守禮者禮之所旌，而失節而不至於淫者，刑之所不及，以君子義理之極而責之庶民，其言也非不有辭也，然而庶民無所措手足矣。

録自王昶於嘉慶乙丑仲夏編選湖海文傳卷十六，道光丁酉年經訓堂板。

序跋

莊子章義序

漢藝文志：莊子五十二篇。陸德明音義，載晉、宋注莊子者七家，惟司馬彪、孟氏載其全書。其餘惟內七篇皆同，外篇、雜篇各以意為去取。自唐、宋以後，諸家之本盡亡。今惟有郭象注本，凡三十三篇。其十九篇，經象刪去，不可見矣。

昔孔子以詩、書、六藝教弟子，而性與天道不可得聞。其得聞者，必弟子之尤賢也。然而道術之分，蓋自是始。夫子游之徒，述夫子語子游，謂人為天地之心，五行之端；聖人制禮，以達天道、順人情，其意善矣！然而遂以三代之治，為大道既隱之事也。子夏之徒，述夫子語子夏者，以君子必達於禮樂之原，禮樂原於中之不容已，而志氣塞乎天地，其言禮樂之本亦至矣。然林放問禮之本，夫子告以『寧儉寧戚』而已。聖人非不欲以禮之出於自然者示人，而懼其知和而不以禮節也。由是言之，子游、子夏之徒所述者，未嘗無聖人之道存焉。而附益之不勝其弊也。夫言之弊，其始固存乎七十子，而其末遂極乎莊周之倫也。

莊子之書，言明於本數及知禮意者，固即所謂達禮樂之原，而配神明、醇天地，與造化為人，亦志氣塞乎天地之旨。韓退之謂莊周之學出於子夏，殆其然與？周承孔氏之末流，乃有所窺見於道，而不聞中庸之義，不知所以裁之，遂恣其猖狂而無所極，豈非『知者過之』之為害乎？其末天下一篇，為其後序。所云『其在詩、書、禮、樂者，鄒魯之士、縉紳先生多能明之』，意謂是道之末焉爾！若道之本，則有不離於宗，謂之天人者。周蓋以天人自處，故曰『上與造物者遊』。而序之居至人、聖人之上，其辭若是之不遜也。而蘇子瞻、王介甫乃謂其推尊聖人，自居於不該不偏、一曲之士。其於莊生，抑何遠哉！

若郭象之注，昔人推為特會莊生之旨。余觀之，特正始以來所謂清言耳！於周之意十失其四五。夫莊子五十二篇，固有後人雜入之語。今本經象所删，猶有雜入，其辭義可決其必非莊生所為者。然則其十九篇，恐亦有真莊生之書，而為象去之矣。余惜莊生之旨，為説者所晦，乃稍論之為章義，凡若干卷。

録自惜抱軒文集卷三。

醫方捷訣序

余少有羸疾，竊好醫藥養身之術，泛覽方書；然以不遇碩師，古人言或互殊，博稽而尠功，深思而不明，十餘年無所得，乃復厭去。

夫醫雖小道，然其本出於聖帝所為，三代以來，設官而氏其族，其極至於使人無疵癘夭札之傷，而羣生樂育。導天和，安民命，至治之隆有賴焉。又推原其故，必自君子躬能循天理之節，應六氣之和，固筋骨之束，調氣血之平，於是安樂壽考，永享天祿。然後推其意以為醫藥，以及庶民，此其意至精且厚。是以後世醫者雖多，然苟非慈明篤厚之君子，終不能究其義；而雖有篤厚慈明之心，苟不世業而少習者，猶不能盡其曲折變移之理，審其幾微而察其離合也。

吾鄉有嚴氏，世為醫。前世有號則菴者，其術神驗，余恨不及見之。今其孫以恬，能繼其學，出其傳書曰捷訣者，以示余。其言簡直，使人易入，能盡疾病之變狀；又操論得中，無偏駁之弊。蓋嚴氏既世其業，又欲以此明諸人人。信哉！君子之用心矣。惜乎余方以事牽，不能從以恬盡學其術，以獲養身濟人之益也，乃為之序而歸之。

録自惜抱軒文集卷三。

食舊堂集序

丹徒王禹卿先生，少則以詩稱於丹徒；長入京師，則稱於京師。負氣好奇，欲盡取天下異境以成其文。乾隆二十一年，翰林侍讀全魁使琉球，邀先生同渡海，即欣然往。故人相聚涕泣留，先生不聽，入海覆其舟，幸得救不死，乃益自喜，曰：『此天所以成吾詩也！』為之益多且奇，今集中名海天遊艸者是也。

鼐故不善詩，嘗漫詠之，以自娛而已。遇先生於京師，顧稱許以為可，後遂與交密，居閒蓋無日不相求也。

一日值天寒晦，與先生及遼東朱子潁登城西黑窰廠，據地飲酒，相對悲歌至暮，見者皆怪之。其後先生自海外歸，以第三人登第，進至侍讀，出為雲南臨安府知府，赴任過揚州，時鼐在揚州，賦詩別去。鼐旋仕京師，而子潁亦入蜀，皆不得見。時有人自西南來者，傳兩人滇、蜀間詩，雄傑瑰異，如不可測，蓋稱其山川云。

先生在臨安三年，以吏議降職，遂返丹徒，來往於吳、越，多徜徉之辭。久之，鼐被疾還江南，而子潁為兩淮運使，興建書院，邀余主之。於是與先生別十四年矣，而復於揚州相見。其聚散若此，豈非天邪？

先生好浮屠道，近所得日進，嘗同宿使院，鼐又度江宿其家食舊堂內，共語窮日夜，教以屏欲澄心，返求本性。其言絕善，鼐生平不常聞諸人也。然先生豪縱之氣，亦漸衰減，不如其少壯。然則昔者周歷山水偉麗奇變之篇，先生自是將不復作乎！鼐既盡讀先生之詩，歎為古今所不易有。子潁乃俾人抄為十幾卷，曰食舊堂集，將雕板傳諸人，鼐因為之序。

錄自惜抱軒文集卷四。

左仲郛浮渡詩序

江水既合彭蠡，過九江而下，折而少北，益漫衍浩汗，而其間〔一〕自壽春、合肥，以傅淮陰，地皆平原曠野，與江、淮極望，無有瑰偉幽邃之奇觀。獨吾郡潛、霍、司空、龍眠、浮渡，各以其勝名於三楚；而浮渡瀕江倚原，登陟者無險峻之阻，而幽深奧曲，覽之不窮。是以四方來而往遊者，視他山為尤眾。然吾聞天下山水，其形勢皆以發天地之秘，其情性闔闢〔二〕，常隱然與人之心相通。必有放志形骸之外，冥合於萬物者，乃能得其意焉。

今以浮渡之近人，而天下往遊者之眾，則未知旦暮而歷者，凡皆能得其意而相遇於眉睫間耶？抑令其意抑遏幽隱榛莽土石之間，寂歷空濛，更數千百年，直寄焉以有待而後發耶？余嘗疑焉，以質之仲郛。仲郛曰：『吾固將往遊焉，他日當與君俱。』余曰：『諾。』及今年春，仲郛為人所招邀而往，不及余。迨其歸，出詩一編。余取觀之，則凡山之奇勢異態，水石摩蕩，煙雲林谷之相變滅，悉見於其詩，使余恍惚若有遇也。蓋仲郛所云得山水之意者非耶？

昔余嘗與仲郛以事同舟，中夜乘流出濡須，下北江，過鳩茲，積虛浮素，雲水鬱藹，中流有微風擊於波上，其聲浪浪，磯碕薄湧，大魚皆砉然而躍。諸客皆歌呼，舉酒更醉。余乃慨然曰：『他日從容無事，當裹糧出遊，北渡河；東上太山，觀乎滄海之外；循塞上而西歷恆山、大行、大岳、嵩、華，而臨終南，以弔漢、唐之故墟；然後登岷、峨，攬西極，浮江而下，出三峽，濟乎洞庭，窺乎廬、霍，循東海而歸，吾志畢矣。』客有戲余者曰：『君居里中，一出戶輒有難色，尚安盡天下之奇乎？』余笑而不應。今浮渡距余家不百里，而余未嘗一往，誠有如客所譏者。嗟乎！設余一旦而獲攬宇宙之大，快平生之志，以間執言者之口，舍仲郛吾誰共此哉！

録自惜抱軒文集卷四。

【校】

〔一〕『間』，原作『西』，據備要、叢刊本改。按壽春、合肥位於九江東北，『西』顯誤。

〔二〕『然吾聞天下山水，其形勢皆以發天地之秘，其情性闔闢』，原缺，據備要、叢刊本補。

海愚詩鈔序

吾嘗以謂文章之原，本乎天地；天地之道，陰陽剛柔而已。苟有得乎陰陽剛柔之精，皆可以為文章之美。陰陽剛柔，竝行而不容偏廢。有其一端而絶亾其一，剛者至於僨強而拂戾，柔者至於頹廢而闇幽，則必無與於文者矣。然古君子稱為文章之至，雖兼具二者之用，亦不能無所偏優於其間，其故何哉？天地之道，協合以為體，而時發奇出以為用者，理固然也。其在天地之用也，尚陽而下陰，伸剛而絀柔，故人得之亦然。文之雄偉而勁直者，必貴於溫深而徐婉；溫深徐婉之才，不易得也。然其尤難得者，必在乎天下之雄才也。

夫古今為詩人者多矣，為詩而善者亦多矣，而卓然足稱為雄才者，千餘年中數人焉耳。甚矣，其得之難也！今世詩人足稱雄才者，其遼東朱子潁乎？即之而光升焉，誦之而聲閎焉，循之而不可一世之氣，勃然動乎紙上而不可禦焉，味之而奇思異趣，角立而橫出焉。其惟吾子潁之詩乎？子潁沒而世竟無此才矣！

子潁為吾鄉劉海峰先生弟子。其為詩，能取師法而變化用之。鼐年二十二，接子潁於京師，即知其為天下絕特之雄才，自是相知數十年，數有離合。子潁仕至淮南運使，延余主揚州書院，三年而余歸，子潁亦稱病解官去，遂不復見。子潁自少孤貧，至於宦達，其胸臆時見於詩，讀者可以想見其藴也。蓋所蓄猶有未盡發，而身泯焉。其沒後十年，長子今白泉觀察，督糧江南，校刻其集，鼐與王禹卿先生同錄訂之，曰海愚詩鈔，凡十二卷。乾隆五十九年四月，桐城姚鼐序。

録自惜抱軒文集卷四。

敦拙堂詩集序

言而成節，合乎天地自然之節，則言貴矣。其貴也，有全乎天者焉，有因人而造乎天者焉。今夫六經之文，聖賢述作之文也。獨至於詩，則成於田野閨闥無足稱述之人，而語言微妙，後世能文之士有莫能逮，非天為之乎？然是言詩之一端也。文王、周公之聖，大、小雅之賢，揚乎朝廷，達乎神鬼，反覆乎訓誡，光昭乎政事，道德修明，而學術該備，非如列國風詩采於里巷者可竝論也。

夫文者，藝也。道與藝合，天與人一，則為文之至。世之文士，固不敢與[一]文王、周公比，然所求以幾乎文之至者，則有道矣。苟且率意，以覬天之或與之，無是理也。自秦、漢以降，文士得三百之義者，莫如杜子美。子美之詩，其才天縱，而致學精思，與之竝至，故為古今詩人之冠。今九江陳東浦先生，為文章皆得古人用意之深，而作詩一以子美為法。其才識沈毅，而發也騫以閎；其功力刻深，而出也慎以肆。世之學子美者，蔑有及焉。且古詩人有兼雅、頌，備正變，一人之作，屢出而愈美者，必儒者之盛也。野人女子，偶然而言中，雖見錄於聖人，然使更益為之，則無可觀已。後世小才嵬士，天機間發，片言一章之工亦有之，而哀然成集，連牘殊體，累見詭出，閎麗譎變，則非鉅才而深於其法者不能，何也？藝與道合，天與人一，故也。如先生，殆其是歟？

先生為國大臣，有希周、召、吉甫之烈，鼐不具論，論其與三百篇相通之理，以明其詩所由盛，且與海內言詩者共商榷焉。

録自惜抱軒文集卷四。

【校】

〔一〕『與』，原作『於』，據梅本改。

荷塘詩集序

古之善為詩者，不自命為詩人者也。其胷中所蓄高矣，廣矣，遠矣，而偶發之於詩，則詩與之為高、廣且遠焉，故曰善為詩也。曹子建、陶淵明、李太白、杜子美、韓退之、蘇子瞻、黄魯直之倫，忠義之氣，高亮之節，道德之養，經濟天下之才，捨而僅謂之一詩人耳，此數君子豈所甘哉？志在於為詩人而已，為之雖工，其詩則卑且小矣。余執此以衡古人之詩之高下，亦以論今天下之為詩者。使天下終無曹子建、陶淵明、李、杜、韓、蘇、黄之徒則已，苟有之，告以吾說，其必不吾非也。

適來江寧，識涇陽張君。君以累世同居義門之子，負剛勁之氣，兼治煩之才，雖為一令，廿餘年屢經躓起，而志不可抑，今世奇士也，而耽於詩，政事道途之間，不輟於詠。出其詩示余。余以為君之詩，君之為人也。取君詩而比之子建、淵明、李、杜、韓、蘇、黄之美，則固有不逮者，而其清氣逸韻，見胸中之高亮，而無世俗脂韋之概，則與古人近，而於今人遠矣。

夫詩之至善者，文與質備，道與藝合，心手之運，貫徹萬物，而盡得乎人心之所欲出。若是者，千載中數人而已。其餘不能無偏，或偏於文焉，或偏於質焉。就二者而擇之，愚誠短於識，以為所尚者，蓋在此而不在彼。惟能知為人之重於為詩者，其詩重矣。張君殆其倫歟？

録自惜抱軒文集卷四。

謝蘊山詩集序

南康謝蘊山先生，奮迹江湖，迴翔詞館者十餘年，出而分符秉節者又二十餘年。鼐初識之於庶常館中，時先生之年尚少，而文彩已雄出當世矣。自是與先生屢有離合，惟丙申、丁酉之歲，遼東朱子潁轉運淮南，邀鼐主梅花書院，適先生來守揚州。其時相從最久，遊蓋接影於山水之區。三人屢以酬詠相屬，先生才豐氣盛，銳挺焱興，不可阻遏；非特如鼐輩者，望而自卻，雖才雄如子潁，亦未嘗不以為可畏也。然先生殊不以所能自足，十餘年來，先生之所造，與時俱進。

今者觀察河、淮，自定其詩集，成若干卷，而往時宏篇麗製，人所驚歎以謂不可逮者，先生固已多所擯去矣。夫豈非才高而心逾下，識精而志彌遠者歟？是以其詩風格清舉，囊括唐、宋之菁，備有閎闊幽深之境，信哉！詩人之傑也。

且夫文章、學問一道也，而人才不能無所偏擅。矜考據者，每窒於文詞；美才藻者，或疏於稽古。士之病是久矣。鼐於前歲見先生著西魏書，博綜辨論，可謂富矣。乃今示以詩集，乃空靈駘蕩，多具天趣，若初不以學問長者。余又以是知先生所蘊之深且遠，非如淺學小夫之矜於一得者。然則謂之詩人，固不足以定先生矣。

子潁自去淮南，奄終於京國。獨先生從宦益久，功名益盛，文章亦益多。今子潁遺集，得其子白泉觀察鐫板江寧，鼐方為之序，而先生集亦適來。回憶疇昔往來兩君之間，盡覩文章之豪儁。日月逾邁，駑德如故，而兩君之集，將並大傳於時，與名其間，其為可感歎而愧恧者又何如也！是為序。

録自惜抱軒文集卷四。

左筆泉先生時文序

左筆泉先生之文，沈思孤往，幽情遠韻，瀓澹泬寥，如人入寒巖深谷，清泉白石，仰蔭松桂之下，微風泠然而至，世之塵埃不可得而侵也。

吾鄉前輩多文學之彥，而先生後出，先君子及世父編修府君皆友之如弟。編修府君嘗語人：『左君年少而才潁，極其所至，殆欲超越吾輩也。』鼐八歲時，從先君自城南移居城北，與先生為鄰。時方侍廬先生館於鼐家，每日暮，則筆泉先生步來，與先君、方先生談說。鼐雖幼，心喜旁聽其論。筆泉尤善於吟誦，取古人之文，抗聲引唱，不待說而文之深意畢出。如是數年，鼐稍長，為文亦為先生所喜。又其後鼐遊京師，不第而返，先生招使課其諸子。鼐後成進士，從世父自天津歸，則先生築別業於媚筆泉，故自號筆泉。其時鼐孤，而方先生遠遊河、洛，先生邀編修府君及鼐遊於泉上。鼐歸為作記，先生大樂而時誦之。余旋去里，又十年自京師歸，則編修府君與先生、方先生相繼喪矣。

先生雖文士，而才足有為。其事父母孝，鄉舉入都，父母見其行，甚悲。故三試不第，遂不復往。為武進教諭，太公一就官舍不樂居，先生即稱病返。故不盡其才，以至於沒。其居里，里人有事叩之，為謀必當。為文不甚愛惜，多聽人持去。今其子搜求所得才數十篇，而余少所見佳文，或軼不具。余年七十矣，執先生之文，追憶六十餘年之事如一日間，今惟先生家與余鄰居如故耳！乃悽然為之序云。

録自惜抱軒文集卷四。

禮箋序

有入江海之深廣，欲窮探其藏，使後之人將無所復得者，非至愚之人不為是心也。六經之書，其深廣猶江海也。自漢以來，經賢士鉅儒論其義者，為年千餘，為人數十百。其卓然獨著、為百世所宗仰者，則有之矣。然而後之人猶有能補其闕而糾其失焉，非其好與前賢異，經之說有不得悉窮，古人不能無待於今，今人亦不能無待於後世，此萬世公理也。吾何私於一人哉？大丈夫寧犯天下之所不韙，而不為吾心之所不安。其治經也，亦若是而已矣。

歙金蘂中修撰，自少篤學不倦，老始成書。其於禮經，博稽而精思，慎求而能斷。修撰所最奉者康成，然於鄭義所未衷，糾舉之至數四。夫其所服膺者，真見其善而後信也；其所疑者，必核之以盡其真也。豈非通人之用心、烈士之明志也哉！

鼐取其書讀之，有竊幸於愚陋夙所持論差相合者，有生平所未聞，得此而俛首悅懌，以為不可易者，亦有尚不敢附者。要之，修撰為今儒之魁俊，治經之善軌，前可以繼古人，俯可以待後世，則於是書足以信之矣。嘉慶三年五月，桐城姚鼐序。

録自惜抱軒文集卷四。

述庵文鈔序

余嘗論學問之事，有三端焉，曰：義理也，考證也，文章也。是三者，苟善用之，則皆足以相濟；苟不善用之，則或至於相害。今夫博學強識而善言德行者，固文之貴也；寡聞而淺識者，固文之陋也。然而世有言義理之過者，其辭蕪雜俚近，如語錄而不文；為考證之過者，至繁碎繳繞，而語不可了當。以為文之至美，而反以為病者，何哉？其故由於自喜之太過，而智昧於所當擇也。夫天之生才，雖美不能無偏，故以能兼長者為貴。而兼之中又有害焉，豈非能盡其天之所與之量，而不以才自蔽者之難得與？

青浦王蘭泉先生，其才天與之，三者皆具之才也。先生為文，有唐、宋大家之高韻逸氣，而議論攷覈，甚辨而不煩，極博而不蕪，精到而意不至於竭盡。此善用其天與以能兼之才，而不以自喜之過而害其美者矣。先生歷官多從戎旅，馳驅梁、益，周覽萬里，助成國家定絕域之奇功。因取異見駭聞之事與境，以發其瑰偉之辭，為古文人所未有。世以此謂天之助成先生之文章者，若獨異於人。吾謂此不足為先生異，而先生能自盡其才，以善承天與者之為異也。

鼐少於京師識先生，時先生亦年才三十，而鼐心獨貴其才。及先生仕至正卿，老歸海上，自定其文曰述庵文鈔四十卷，見寄於金陵。發而讀之，自謂麤能知先生用意之深，恐天下學者讀先生集，第歎服其美，而或不明其所以美，是不可自隱其愚陋之識，而不為天下明告之也。若夫先生之詩集及他著述，其體雖不必盡同於古文，而一以余此言求之，亦皆可得其美之大者云。

録自惜抱軒文集卷四。

辨逸周書

世所傳逸周書者，漢藝文志載之六藝略·尚書中，但云周書七十一篇[一]，不云尚書之逸者。云孔子所論百篇之餘者，劉向說也。班氏不取，識賢於向矣。然吾謂班氏辨此亦未審。子貢曰：『文武之道，賢者識其大，不賢者識其小。』雖小而所傳誠文、武道，非誣也，誣則奚取哉！周之將亡，先王之典籍泯滅，而里巷傳聞異辭。蓋聞而識者，無知言裁辨之智，不擇當否而載之，又附益以己之私說。吾意是周書之作，去孔子時又遠矣，文、武之道固墜矣。

莊子言聖人之法，『以参為驗，以稽為決，其數一二三四是也』。此如箕子陳九疇及周禮所載，庶官所守，皆不容不以數紀者。若是書以數為紀之詞，乃至煩複不可勝記，先王曷貴是哉？吾固知其誣也。

其書雖頗有格言明義，或本於聖賢，而間雜以道家、名、法、陰陽、兵權謀之旨。程寤、太子晉篇，說尤怪誕，殆非儒者所道。校書者宜出之六藝，入之雜家，乃為當耳。宜依其本書名曰周書，雖與尚書·周書名同，不害也。不當曰逸，云逸，則附之尚書矣。

録自惜抱軒詩文集卷五。

【校】

〔一〕『七十一篇』，各本作『七十二篇』，據劉校本改。按：漢書·藝文志：『周書七十一篇』。

書貨殖傳後

世言司馬子長因己被罪於漢，不能自贖，發憤而傳貨殖。余謂不然。蓋子長見其時天子不能以寧靜淡薄先海內。無校於物之盈絀，而以制度防禮俗之末流，乃令其民仿效淫侈，去廉恥而逐利資，賢士困於窮約，素封僭於君長。又念里巷之徒，逐取十一，行至猥賤，而鹽、鐵、酒酤、均輸，以帝王之富，親細民之役，為足羞也。故其言曰：『善者因之，其次利道之，又次教誨之，整齊之。』

夫以無欲為心，以禮教為術，人胡弗寧？國奚不富？若乃懷貪欲以競黔首，恨恨焉思所勝之，用刻剝聚斂，無益習俗之靡，使人徒自患其財，懷促促不終日之慮。戶亡積貯，物力凋敝，大亂之故，由此始也。故議其賤以繩其貴，察其俗以見其政，觀其靡以知其敝，此蓋子長之志也。

且夫人主之求利者，固曷極哉？方秦始皇統一區夏，鞭箠夷蠻，雄略震乎當世；及其伺睨牧長寡婦之貲，奉匹夫匹婦而如恐失其意，促訾啜汁之行，士且羞之，矧天子之貴乎？嗚呼！蔽於物者必逆於行，其可慨矣夫！

録自惜抱軒文集卷五。

書攷工記圖後

休甯戴東原作考工記圖。余讀之，推考古制，信多當，然意謂有未盡者。東原釋車曰：『軫，謂之收。』此非也。記曰：『軫之方也，以象地也。』蓋軫方六尺六寸。記曰：『參分車廣之一以為隧。』蓋以二尺二寸為輿後，其前也其廣如軫，而深四尺四寸，以設立木焉，是為收。詩曰：『小戎俴收。』毛公曰：『收，軫也。』謂輿深四尺四寸，收於軫矣。非謂軫名收也。古者之尺小，鞍之戰，綦毋張寓乘，韓厥肘之，使立於後。晉師入平陰，獲殖綽、郭最，衿甲坐中軍之鼓下。使軫深四尺四寸而已，此非四尺四寸所容也，故收非軫也。

夫車邸之四邊為軫，後軫無立木，人所由登也。軫三面有立木者謂之軓。記曰：『軓前十尺而策半之。』此前軓也。版之前於前軓者曰陰，陰一而已。少儀曰：『祭左右軓。』軓有三面也。古大車轅上附輿，小車輈下附軸。其既駕也。輈附軸者上離輿七寸，揉而升之，踰軓及衡。不及軓七寸，而揉始焉。故記曰：『軓中有灂。』今圖謂軓為陰，而揉輈自軓始，抑誤矣。

輿上以一木再揉而曲為三，横居前曰式。其餘輿上巨木皆曰較。記曰：『參分式圍，去一以為較圍。』又其餘細木為欞，旁者曰軹，前者曰轛。故横木其高平於式而當式後，較也。注家謂之輢。士，棧車，其崇者輢而已。大夫以上飾車，衷甸重較。輢上二尺二寸，而設重較焉。左右衡較皆二，立較皆三，短其一，修其二。記曰：『以其隧之半為之較崇。』謂重較也。天子重較則為繆龍。荀子曰：『彌龍以養威也。』今戴君謂較輢不重者，失之矣。

凡戴君說考工車之失如此。其自築氏而下，亦間有然者。然其大體善者多矣。余往時與東原同居四五月，東原時始屬稿此書，余不及與盡論也。今疑義蓄余中，不及見東原而正之矣，是可惜也。

録自惜抱軒文集卷五。

胡玉齋雙湖兩先生易解序

六藝之學，惟易最難明。自朱子生於東南，而天下之學始有統宗，而啓蒙、本義之書，固講易者所當奉守也。婺源爲朱子故里，而胡玉齋先生方平，生南宋之末，受學於黃勉齋之門人董介軒夢程，於是作啓蒙通釋上下二卷，發明啓蒙之旨。及其子雙湖先生一桂，當元時隱居不出，作本義附錄纂註十五卷，詳取諸子他書之言及群儒所說，以廣朱子本義之意。又作啓蒙翼傳上中下篇及外篇，則於其父之書，爲益詳博矣。

宋、元學者，皆宗尚朱子，而胡氏父子於朱子之易尤深。近世學者厭宋儒之學爲近易，乃蒐求殘闕，自名漢學。譬如舍五穀之味，而刮木掘土以爲食者也。

胡氏三書舊於婺源有雕本，今皆殘缺，而崑山徐氏所刻通志堂經解，則三書具存。今玉齋先生裔孫華川□□，取家藏殘本，與通志堂本校其異同，而擇從其善，復刻此三書於婺源，以之示余。余欣華川能闡揚其先祖之美，而冀是書流傳天下，士君子有志於學易者，慎毋舍此而他騖也！遂爲序之。

録自惜抱軒文集後集卷一。

尚書辨僞序

古文尚書，出自東晉。至唐韓退之，自言辨古書之真僞，而不明言僞者爲何。吾意其殆即謂古文尚書也。宋大儒始啓論古文爲僞之端，儒者展轉尋攷，益得其理，至於今日，而古文尚書之僞大明。余謂前儒議論慎重，不敢輕出，此奉古之道當然，固非過也。若至今日，學者猶曲護古文尚書，此則近於無識，不可云非過矣。

學問之事有三：義理、考證、文章是也。夫以考證斷者，利以應敵，使護之者不能出一辭。然使學者意會神得，覺犂然當乎人心者，反更在義理、文章之事也。昔閻百詩之斥僞古文，專在考證，其言良為明切；而長沙唐石嶺先生，作尚書辨僞，其辨多以義理、文章斷之。先生生遠，不得見閻氏之書，而能自斷於此，可謂真有識矣。

鼐昔作尚書說，中有數條，乃復與先生意合。今先生子刺史，以先生書見示，愚竊以自喜，第恨生晚，不見閻先生，亦不見先生也。先生既未見閻氏之書，故言亦不能無誤，如以孔註爲安國撰，而不知其亦僞也。以此歎前後學人，每不能盡聚以廣其識，獨其大體同者，遙遙可合符而已。

録自惜抱軒文集後集卷一。

禮終集要序

禮制之衰廢久矣，士恣其情，循流俗之鄙陋，詭於義而呰於中者，不可勝道也，而喪禮爲尤甚。楊君病之，作禮終集要，欲扶而正焉，其用意可謂善矣。先王之世既遠，民俗異而國制屢更，盡用古法，則不可；酌其所可行，通古人之意，期存人心之正，足以講倫理、厚風俗而已。嗚呼！君之用意，可謂善矣。

或疑士有親在而詳言喪禮爲不宜。夫人子質言親終，而擬議其事，則誠不忍。若夫汎言喪制，辨論其當否，正儒者致知之事，古聖賢皆爲之，列經傳以教弟子，夫豈有豫凶事之嫌哉？況又有遭事有疑，而欲有所徵，以定其所從者乎！然則是編，不可廢也。嘉慶十三年秋八月，桐城姚鼐序。

録自惜抱軒文集後集卷一。

泰山道里記序

余嘗病天下地志謬誤，非特妄引古記，至紀今時山川道里遠近方向，率與實舛，令人憤歎。設每邑有篤好學古能遊覽者，各考紀其地土之實據，以參相校訂，則天下地志何患不善！余嘗以是語告人，嘉定錢辛楣學士、上元嚴東有侍讀，因爲余言泰安聶君泰山道里記最善，心識其語。比有岱宗之遊，過訪聶君山居，乃索其書讀之。其攷訂古今，皆詳核可喜，學士、侍讀之言不妄也。

余疑水經注於汶水左右水源流方面，頗有舛誤。又謂古奉高在今泰安，右汶水〔一〕。故古登封入奉高境西行，度環水而北，至天門，歷盡環道，躋岱，迺得封所，馬第伯記可覆案也。往昔在濟南，秋霽登千佛山，望岱巔諸峰遙相接。竊謂歷城以南諸山，皆泰山也，後人多爲之名耳。今閱是書，每與余意合，而辨正尤起人意。

聶君欲余序以重其書。余淺學，又偶過臆度，徒幸有合於好古力索久往來是山中者。聶君足重余耳，余安足重聶君哉！

録自惜抱軒文集後集卷一。

【校】

〔一〕『汶水』，原作『汶東』，據各本改。

廬州府志序

廬州居江、淮之間，湖山環匯，最爲雄郡。余嘗謂國家因明季舊制，臨江建安徽省治，官舍吏廨，成立百餘年，不可猝移耳。若以地勢寬平，原隰雄厚，控扼南北之要言之，安徽大府建牙，未有宜於合肥者也。故守是者，尤貴得其人焉。

晉江張鞠園使君，以尚書賢郎受特命守廬州，敷政三年，吏靖民和，人頌其治。使君夙工文章，勤學稽古，於吏事之暇，展尋舊志，覺其舛失漏略，且志後事未及紀者將百年矣； 乃復精考博采，補綴修削，更成新志，凡若干卷。於是鉅郡之規模益彰，而文獻之事益備。

夫廬州，古文章地也。昔者廬江周興之徒，蘊匵古今，博物多聞，見推漢朝，而民間作孔雀東南之詩，遂爲千古五言之冠，其風俗文盛可知矣。及三國兵興，爲用武之地，文教衰薄。風俗美惡，與世轉移，其來久矣。聖朝統治百餘年，吏謹而民樂，俗朴而道文。夫文學者，所以興德義、明勸戒、柔馴風氣、登長才傑，於爲政之事，似賒而實切者也。今使君勤成是志，以示此方之人，而因教導之； 則其所以化民成俗者，固可觀其一節矣。〔一〕

録自惜抱軒文集後集卷一。

【校】

〔一〕廬州府志刊此序，末有『嘉慶七年冬十月，桐城姚鼐序』。

河渠紀聞序

康茂園先生，負經綸當世之才，懷飢溺由己之志。生平宦迹所至，爲民興除利病，往往身雜畚挶之間，備歷艱苦，而境内受其福者，或可以經閲百千年之久而不渝也。其讀書博考，遇有言治水之事，皆取而紀載，上自禹績，下及當代，大爲河海，細及溝渠，支分而統貫之，共爲一書，曰河渠紀聞。夫太史公作河渠書，止於漢武之時而已，而茲則舉武帝以後，天下治水之理，辭悉備焉。

孟子曰：『禹之治水，行其所無事也。』夫無事，非束手坐觀，及苟且因循，任其成敗於天之爲也；精思博訪以求之，苦身勞力以營之，建作方術，或有改更故迹，而使水土各得其性之所安，使斯民利無弗興，害無弗去，斯乃真行所無事矣。太史公曰：『甚哉！水之爲利害也。』夫〔一〕水苟不能使之爲利，則必使之爲害矣。然則讀茂園先生是書者，仍以太史公之意求之可也。鼐既讀終其編，因書爲序。

録自惜抱軒文集後集卷一。

【校】

〔一〕『夫』，原作『大』，據備要、叢刊、梅本、劉校本改。

朱二亭詩集序

余之聞朱二亭也，自朱子穎。其後余至揚州，遂獲與二亭時見，盡讀其詩。間嘗取二人之詩論之：子穎才雄氣駿，多感激豪蕩之音，其佳多在七言；二亭氣清神逸，多沈澹空遠之趣，其佳多在五言。皆數十年詩人之英，一亡而不可再遇者也。

夫詩之於道固末矣，然必由其人胸臆所蓄，行履所至，率然達之翰墨，揚其菁華，不可僞飾，故讀其詩者如見其人。二亭居揚州城北，陋巷狹室，而其胸次超然塵埃之外。其可追媲陶淵明、韋蘇州者，非第詩也，而詩乃發之。

嗟呼！余年二十，始見子穎。子穎承先世用武之餘烈，嘗思舍章句之業，奮迹戎馬，建立功名，使後世知其豪俊，而其詩亦時及此旨。及暮年，乃仕爲轉運使，俯仰冠蓋商賈之間，怱怱時有所不樂；而二亭以布衣放情山水，見俗人輒避去，高吟自適，以至老死。子穎雖富貴，而志終不伸；二亭雖貧賤，而可謂自行其志，卒無餘恨者也。

往時子穎之子刻其詩集，余爲論訂，於七言十取七八，五言十取三四而已。若以訂二亭集，則當反是。今二亭子以其家稿來，值余有脾胃之疾，不能細讀精擇之。又二亭詩余素見者尚多，今收之未備，故姑爲序其首，俾其子更搜集至備，請他人取余意訂之成集；茲可以傳後世，而爲一代布衣詩人之絕出矣！

録自惜抱軒文集後集卷一。

石鼓硯齋文鈔序

歙曹宮保文敏公，以德器才識，見知於高宗純皇帝，授位正卿，秉持國計，謀畫得失，爲四海生民之所仰賴，非徒文士而已。公之歸也，某嘗至歙，於其雄村宅中見之。其言次頗舉川陝、黄河兩事，爲國家慮。今十年之外，其言皆驗矣。信乎！其先識之過人也。

公五十歸養，太夫人猶在堂，而公不幸先歿，不獲爲朝之壽俊，以卒盡其所能爲，則今惟其文章遺編具存，學者讀之，以想見公之生平而已。

夫文之道一而已，然在朝廷則言朝廷，在草野則言草野，惟其當之爲貴。夫詩、書所載之文，大抵朝廟之文也。公之文雍容俯仰，明切而不蕪，優柔而有餘。書曰：『辭尚體要。』公可謂得朝廷之體者與？

某譾陋無狀，而公獨愛其文以爲善。公歿後，公子詹事抄集其文十二卷，以公遺意寄鼐，俾爲之序，因具論其義如此。

録自惜抱軒文集後集卷一。

方恪敏公詩後集序

吾鄉方宮保恪敏公，以經濟之才，上輔聖治，膏澤被萌庶，功業垂信史，而又秉受異姿，嗣增家學，作爲詩歌，超軼閎肆，自進於古，蓋以名臣而兼詩人之盛者也。公自少即以詩名，北窮徼塞，南涉江湖，其詞多沈鬱慷慨，固古人所云詩以窮而工者。然詩人之情詞，因時而變易，朝野窮達，各有所宜，豈必盡出於窮愁而後工哉？

公之詩，舊已刻行世者有八集，其七集皆雍正以前之作。至乾隆以後，官位轉登，淳意鴻文，上答天藻，政事之暇，亦間自操吟詠，而已刻者，蠶詞一小集而已。自丙辰以至戊子之作，別爲薇香、燕香兩集，凡五卷，藏於家。今公子南耦尚書將赴閩、越督軍，過江寧出以示鼐。

鼐竊論國朝詩人，少時奔走四方，發言悲壯；晚遭恩遇，敍述溫雅，其體不同者，莫如查他山。今公詩前後分集，頗同他山； 其述情紀事，直達胸懷，自能兼包古詩變態，亦無愧他山也。然他山侍直頻年，不出禁闥。公則督領畿輔，遠使龍沙； 障決流以奠民生，籌過師以助聖武： 忠悃感奮之志，憂愍篤至之忱，舉見詞間，存諸後集，非第如他山紀恩揚美而已。論公詩至是，當以匹唐燕公、曲江之倫，故曰以名臣而兼詩人者也。

鼐家與方氏世有姻親，公與家伯父薑塢先生相知尤密，於鼐爲丈人行，而鼐昔里居，公居江寧，鼐仕京師時，公又在保定，竟不獲瞻階砌。今南耦尚書將以後集付工雕板，俾述爲序。鼐不辭固陋而輒爲之，蓋以攄平生仰慕之情，又以發海内論詩者之意也。嘉慶己巳九月，同里後學姚鼐謹序。

録自惜抱軒文集後集卷一。

南園詩存序

昆明錢侍御澧既喪，子幼，詩集散亡； 長白法祭酒式善、趙州師令君範爲蒐輯，僅得百餘首，録之成二卷。侍御嘗自號南園，故名之曰南園詩存。

當乾隆之末，和珅秉政，自張威福。朝士有恥趨其門下以希進用者，已可貴矣； 若夫立論侃然，能訟言其失於奏章者，錢侍御一人而已。今上既收政柄，除慝掃姦，屢進疇昔不爲利誘之士，而侍御獨不幸前喪，不與褒録，豈不哀哉！

君始以御史奏山東巡撫國泰穢亂，高宗命和珅偕君往治之。君在道衣敝，和珅持衣請君易，君卒辭。和珅知不可私干，故治獄無敢傾陂，得伸國法。其後君擢至通政副使，督學湖南； 時和珅已大貴，媒孽其短不得，乃以湖北鹽政有失，鐫君級。君旋遭艱歸，服終，補部曹。高宗知君直，更擢爲御史，使直軍機處。君奏和珅及軍機大臣常不在直之咎，有詔飭責，謂君言當。和珅益嗛君，而高宗知君賢，不可譖，則凡軍機勞苦事，多以委君。君家貧，衣裘薄，嘗夜入暮出，積勞感疾以殞。

方天子仁明，綱紀猶在，大臣雖有所怨惡，不能逐去，第勞辱之而已。而君遭其困，顧不獲遷延數寒暑，留其身以待公論大明之日，俾國得盡其才用，士得盡瞻君子之有爲也。悲夫！ 悲夫！

余於辛卯會試分校得君，四年而余歸，遂不見君。余所論詩古文法，君聞之獨喜。君詩尤蒼鬱勁厚，得古人意。士立身如君，誠不待善詩乃貴；然觀其詩，亦足以信其人矣。余昔聞君喪，既作詩哭之；今得其集，乃復爲序以發余痛云〔一〕。

録自惜抱軒文集後集卷一。

【校】

〔一〕錢南園先生遺集於此序文末署『嘉慶癸亥春二月，桐城姚鼐序於皖城之敬敷書院』。

望溪先生集外文序

望溪先生之古文，爲我朝百餘年文章之冠，天下論文者無異説也。鼐爲先生邑弟子，誦其文，蓋尤慕之。計鼐少時，亦與先生之老年相接。然先生居江寧，鼐居桐城，惟乾隆庚午鄉試，一至江寧，未及謁先生。其後遂入都，又數年先生没，遂至今以不見先生爲恨矣。

嘉慶庚午，鼐在江寧，去始至江寧之年六十矣，先生之曾孫□□，乃以先生集外文見示。先生立言必本義法，而文氣高古深厚，非他人所能僞；今此編凡□十首，讀之誠皆先生文無疑也。然先生望溪集乃手自定，此皆其芟去不欲存者。雖後之君子閲此芟去之文，亦以爲不可及。然仰思先生之芟，宜有知其用意深嚴而憬然增悟者矣。然則□□其復鐫刻附之集後可也。至其所以芟之之理，鼐淺學也，恐妄度未必當先生之意，故亦不敢遽有論，將以待後有讀者自得之焉。嘉慶庚午重陽日，同里後學姚鼐序。

録自惜抱軒文集後集卷一。

程綿莊文集序

鼐往昔在京師，聞江寧有程綿莊先生，今世一學者也。乾隆庚戌，余來主鍾山書院，則綿莊已死，求所著書，亦不得見。今歲楊存齋令君乃持綿莊集見示，遂獲卒讀。乃究論曰：孔子之道一而已！孔子没而門弟子各以性之所近，爲師傳之真，有舛異交爭者矣。況後世不及孔子之門，而求遺言以自奮於聖緒墜絶之後者與？其互相是非，固亦其理。然而天下之學，必有所宗。論繼孔、孟之統，後世君子必歸於程、朱者，非謂朝廷之功令不敢違也，以程、朱生平行己立身，固無愧於聖門，而其論説所闡發，上當於聖人之旨，下合乎天下之公心者，爲大且多。使後賢果能篤信，遵而守之，爲無病也。若其他欲與程、朱立異者，縱於學者有所得焉，而亦不免賢智者之過。其下則肆焉爲邪説，以自飾其不肖者而已。

今觀綿莊之立言，可謂好學深思、博聞強識者矣，而顧惜其好非議程、朱。蓋其始厭惡科舉之學，而疑世之尊程、朱者，皆束於功令，未必果當於道。及其久意見益偏，不復能深思熟玩於程、朱之言，而其辭遂流於蔽陷之過而不自知。近世如休寧戴東原，其才本超越乎流俗，而及其爲論之僻，則更[一]有甚於流俗者。綿莊所見，大抵有似東原。東原晚以修四庫書得官禁林，其書亦皆刻行於世，而綿莊再應徵車，卒不用而歸老死。其所撰著，僅有留本，不傳於世，將憂泯沒。斯則所遭或幸或不幸也。綿莊書中，所論周禮爲東周人書，及解六宗、辨古文尚書之僞，皆與鄙説不謀而合。若其他如解易、詩所論，則余未敢以爲是。其文辭明辨可喜，固亦近世之傑，而爲人代作應酬文字，則不足存録。後有得綿莊書而觀之，必有能取其所當取者。嘉慶十五年十二月十八日，姚鼐序。

録自惜抱軒文集後集卷一。

【校】

[一]「更」，原作「過」，據備要、叢刊、梅本、會文本改。

陶山四書義序

論文之高卑以才也，而不以其體。昔東漢人始作碑誌之文，唐人始爲贈送之序。其爲體皆卑俗也，而韓退之爲之，遂卓然爲古文之盛。古之爲詩者，長短以盡意，非有定也，而唐人爲排偶，限以句之多寡。是其體使昔未有而創於今世，豈非甚可嗤笑者哉？而杜子美爲之，乃通乎風、雅，爲詩人冠者，其才高也。

明時定以經義取士，而爲八股之體。今世學古之士，謂其體卑而不足爲。吾則以謂此其才卑而見之謬也。使爲經義者，能如唐應德、歸熙甫之才，則其文即古文，足以必傳於後世也，而何卑之有？故余生平不敢輕視經義之文，嘗欲率天下爲之。夫爲之者多，而後真能以經義爲古文之才出其間而名後世，使人率視爲科舉體，而無復爲古文之志，則雖有其才而不能自振也。故貴有其才，又貴必有其識也。

長沙唐陶山先生，固嘗以文取科第矣，而其志乃欲以經義爲著書之事，不以科第論也。作四書義一編，寄以視余。余乃知君之才與識，皆高出當世，而將上比於唐、歸之流者也。余之鄙陋，持守孤論，雖欲率天下而不能得。君之倡爲高文，將世必有應者，一代文章之興，安知不出於是？余耄老矣，而重望於君，故欣然爲書其編首云。

録自惜抱軒文集後集卷一。

稼門集序

天下所謂文者，皆人之言，書之紙上者爾。言何以有美惡？當乎理、切乎事者，言之美也。今世士之讀書者，第求爲文士，而古人有言曰：『一爲文士，則不足觀。』夫靡精神、銷日月，以求爲不足觀之人，不亦惜乎！徒爲文而無當乎理與事者，是爲不足觀之文爾。

吾鄉汪稼門尚書，其生平不欲以言行分爲二事。上承天子之命，有撫安衆庶之績；下立身行己，有清慎之修。其所孜孜而爲者，君子之事也；津津而言者，君子之言也。故其詩與文，無鞶帨組繡之華，而有經理性情之實。士守其言，則爲端士。歷官者遇事，取其所記，一一行之，如繩墨之可守。此豈可以文士論哉？

漢時校書有六藝、諸子、詞賦之略，本無集名。魏、晉以後，集乃甚著，而繁蕪益多。若尚書之集，其文則諸子略之儒家言也，其詩則通乎古三百之誼者，此當爲劉向、班固之徒之所取已。

今春二月，尚書將入覲，與鼐遇於江之南，以其文七卷、詩十卷視余。余歸，卒讀而竊歎，以爲古今所貴乎有文章者，在乎當理切事，而不在乎華辭，尚書得之矣！乃以題諸其首。嘉慶二十年三月望，同里姚鼐序。

録自惜抱軒文集後集卷一。

跋聖教序

劉軻作大遍覺玄奘塔銘〔一〕云：『貞觀二十年秋七

月，進新譯經論，請製序。二十二年，高宗居春宮，撰述聖記。永徽三年，中宗產後，玄奘請號之曰佛光王，乃進金字般若心經。』又按褚中令於永徽年書聖教序刻石。其時雖有心經，當如釋氏諸經之體，其文繁冗。迨於志寧等五人潤色之後，詞乃簡要，爲今本心經。度其潤色之事，必在顯慶之年，褚令既逐後也。逮咸亨三年刻此碑，乃以于志寧等所潤色之經，附之序記之後。計其時，惟許敬宗當尚存，其餘四人，亦皆死矣。

吾推原此碑之刻，當由武后深怨褚令，併其書碑亦思廢之。自虞、歐久喪，登善之書，獨超一世，非遠假逸少，誰能壓之哉？沙門懷仁所見古蹟幾何？而集字如是之多，非宮闈之助，曷以能爾！本以嬖后忮心，而後世得傳晉賢之髣髴，乃反賴之，而褚碑之聲價，遂不能不爲退讓矣。但褚書碑首題『大唐文皇帝製三藏聖教序』，其稱甚當。此想有意異之，以『大唐』字加『三藏』字上，於文理殊爲不順。吾意懷仁者，直是一陋僧也。

唐時右軍書雖多，然集書安得無闕乏，假借湊改，勢必不免。『正』、『曠』皆右軍家諱，此碑內二字無增損筆，此爲湊改之迹甚明。若思翁之以集書爲習書，則是妄說之極可嗤者耳。

録自惜抱軒文集後集卷二。

【校】

〔一〕『玄奘』原書因避而改諱作『元奘』，故經改同。

跋褚書陰符經

此書故不劣，然實非登善蹟也。唐時書學最盛，虞、褚之體，習者尤多。二氏之徒，往往僞作，假名臣以自重其書。

案褚公在永徽，其職任最重者，同中書門下三品也。今若以非本官不入銜，則監修國史，亦不必入銜矣。唐封爵以古國爲名，如褒、鄂、燕、許，則但稱某國公；非古國，則曰某郡縣開國某爵。故褚公之爵，爲河南郡開國公。僞書者以褚之族望出於河南，遂於郡下直接其名，不知臣於君前列銜，無舍爵稱郡望之理。此猶僧徒僞虞書破邪論，列其銜曰『太子中書舍人』，不知世無此官。僧道謬妄無知，夫亦何怪，而自宋至今，書家無一人悟其詐，斯則異矣。

録自惜抱軒文集後集卷二。

跋方望溪先生與鄂張兩相國書稿後

方望溪宗伯與鄂張兩相國書，論制準夷事。當乾隆年間，準噶爾國生內亂，禍變相尋。我高宗純皇帝一乘其弊，舉若振槁，遂闢萬里之疆。此固由於〔一〕聖人智勇非常，而亦天之佑福我國家，而欲滅彼賊醜也。

若昔雍正之時，則彼國勢猶完，未可云非一勍敵矣。宗伯此書，欲爲嚴軍屯守，撫士蓄力，以待可勝之虜，勿爲輕舉深入，以邀難必之功。未知兩相國見此書後，所以入告者何如？而公之憂國之忠，交友之情〔二〕，則皆可以謂至矣。

公自定文集，未載此書，此係公手稿藏於家者，於公平生風義所關頗重，後有刻公集者，宜並入此篇。嘉慶辛未五月二十六日，同里後學姚鼐題。

録自惜抱軒文集後集卷二。

【校】

〔一〕『由於』，原作『由』，據備要、會文、梅本改。

〔二〕『憂國之忠，交友之情』，原作『憂國忠友之情』，據梅本改。

跋史閣部書後

鼐之六世從祖湘潭公，爲明神宗時清吏。其長女適吳氏，夫亡守節育孤，後與兄同遭流寇之亂，罵賊死義。史閣部撫皖時，高其誼，請於朝旌之。夫人子爾玉公，今侍御賡枚之高祖也，於史公憂歸時，以啓陳謝，史公復之。書藏於吳氏，今侍御以見示。

鼐惟史公千古偉人，撫皖時吾鄉尤被其賜，民敬祀之，至今不衰；而吾五世祖姑節烈之風，光於兩氏家乘，又因史公之言而彌顯。展讀手書，敬感交至，因題其後云爾。

録自惜抱軒文集後集卷二。

張花農詩題辭

吾家春木持其同里張君花農遺詩兩卷見示，余最愛其『谿行無雜樹，人聲出叢竹』十字，及『白下人初去』，『寒食清明連上巳』兩章，爲有超遠之韻；其餘亦多有清思，誠近來詩人一好手也。而其人終身困厄，不見知於世，至於將死，傳語春木，必爲流傳其所作。

夫人之爲詩，聊以發一時寄興而已。其流傳後世或否，亦何足論，而天下士率不能忘情於此。余傷花農之惓惓垂沒，其志可悲；又重春木於故人之意，因爲之記。至於余之庸愚，且衰老昏荒，言不足重，不能有增益於花農者，固亦非所計也。

録自惜抱軒文集後集卷二。

左蘭城詩題辭

蘭城爲夢樓同邑弟子，因夢樓識余。三人嘗同住攝山般若臺，論文字累日夜。其爲人，孤清遠俗，真詩人性情也。所爲詩，法夢樓，得其風韻。余嘗語夢樓：『以蘭城之年，而才志若此，積功至吾輩之年，安知不跨越吾輩乎？』夢樓曰：『然！』

今夢樓往矣！遠思北固、金、焦，烟景冥茫，但增悽愴；惟尚有蘭城吟詠其間耳！近閱蘭城集，因題其卷，願蘭城終如吾言，亦足慰夢樓於地下矣。

録自惜抱軒文集後集卷二。

古文辭類篹序目

鼐少聞古文法於伯父薑塢先生及同鄉劉耕南先生，少究其義，未之深學也。其後遊宦數十年，益不得暇，獨以幼所聞者，寘之胸臆而已。乾隆四十年，以疾請歸。伯父前卒，不得見矣。劉先生年八十，猶喜談說，見則必論古文。後又二年，余來揚州，少年或從問古文法。夫文無所謂古今也，惟其當而已。得其當，則六經至於今日，其為道也一。知其所以當，則於古雖遠，而於今取法，如衣食之不可釋；不知其所以當，而敝棄於時，則存一家之言，以資來者，容有俟焉。

於是以所聞習者，編次論說為古文辭類篹。其類十三，曰：論辨類，序跋類，奏議類，書說類，贈序類，詔令類，傳狀類，碑誌類，雜記類，箴銘類，頌贊類，辭賦類，哀祭類。一類內而為用不同者，別之為上下編云。

論辨類者，蓋原於古之諸子，各以所學著書詔後世。孔孟之道與文，至矣。自老莊以降，道有是非，文有工拙。今悉以子家不錄，錄自賈生始。蓋退之著論，取於六經、孟子。子厚取於韓非、賈生。明允雜以蘇、張之流。子瞻兼及於莊子。學之至善者，神合焉；善而不至者，貌存焉。惜乎子厚之才，可以為其至，而不及至者，年為之也。

序跋類者，昔前聖作易，孔子為作繫辭說卦文言序卦雜卦之傳，以推論本原，廣大其義。詩書皆有序，而儀禮篇後有記，皆儒者所為。其餘諸子，或自序其意，或弟子作之，莊子·天下篇荀子末篇，皆是也。余撰次古文辭，不載史傳，以不可勝錄也。惟載太史公、歐陽永叔表志序論數首，序之最工者也。向、歆奏校書各有序，世不盡傳，傳者或偽；今存子政戰國策序一篇，著其概。其後目錄之序，子固獨優已。

奏議類者，蓋唐、虞、三代聖賢陳說其君之辭，尚書具之矣。周衰，列國臣子為國謀者，誼忠而辭美，皆本謨、誥之遺，學者多誦之。其載春秋內、外傳者不錄，錄自戰國以下。漢以來有表、奏、疏、議、上書、封事之異名，其實一類。惟對策雖亦臣下告君之辭，而其體少別，故寘之下編。兩蘇應制舉時所進時務策，又以附對策之後。

書說類者，昔周公之告召公，有君奭之篇。春秋之世，列國士大夫或面相告語，或為書相遺，其義一也。戰國說士說其時主，當委質為臣，則入之奏議；其已去國，或說異國之君，則入此編。

贈序類者，老子曰：『君子贈人以言。』顏淵、子路之相違，則以言相贈處。梁王觴諸侯於范臺，魯君擇言而進，所以致敬愛、陳忠告之誼也。唐初贈人，始以序名，作者亦眾。至於昌黎，乃得古人之意，其文冠絕前後作者。蘇明允之考名序，故蘇氏諱序，或曰引，或曰說。今悉依其體編之於此。

詔令類者，原於尚書之誓、誥。周之衰也，文誥猶存。昭王制，肅強侯，所以悅人心而勝於三軍之眾，猶有賴焉。秦最無道，而辭則偉。漢至文、景，意與辭俱美矣，後世無以逮之。光武以降，人主雖有善意，而辭氣何其衰薄也！檄令皆諭下之辭，韓退之鱷魚文，檄令類也，故悉附之。

傳狀類者，雖原於史氏，而義不同。劉先生云：

『古之為達官名人傳者，史官職之。文士作傳，凡為圬者種樹之流而已。其人既稍顯，即不當為之傳，為之行狀，上史氏而已。』余謂先生之言是也。雖然，古之國史立傳，不甚拘品位，所紀事猶詳；又實錄書人臣卒，必撮序其平生賢否。今實錄不紀臣下之事，史館凡仕非賜謚及死事者，不得為傳。乾隆四十年，定一品官乃賜謚。然則史之傳者，亦無幾矣。余錄古傳狀之文，並紀茲義，使後之文士得擇之。昌黎毛穎傳，嬉戲之文，其體傳也，故亦附焉。

碑誌類者，其體本於詩，歌頌功德，其用施於金石。周之時有石鼓刻文，秦刻石於巡狩所經過，漢人作碑文，又加以序。序之體，蓋秦刻琅邪具之矣。茅順甫譏韓文公碑序異史遷，此非知言。金石之文，自與史家異體，如文公作文，豈必以效司馬氏為工耶？誌者，識也。或立石墓上，或埋之壙中，古人皆曰誌。為之銘者，所以識之之辭也。然恐人觀之不詳，故又為序。世或以石立墓上，曰碑，曰表；埋，乃曰誌。及分誌、銘二之，獨呼前序曰誌者，皆失其義。蓋自歐陽公不能辨矣。墓誌文，錄者尤多，今別為下編。

雜記類者，亦碑文之屬。碑主於稱頌功德，記則所紀大小事殊，取義各異，故有作序與銘詩全用碑文體者，又有為紀事而不以刻石者。柳子厚紀事小文，或謂之序，然實記之類也。

箴銘類者，三代以來有其體矣。聖賢所以自戒警之義，其辭尤質而意尤深。若張子作西銘，豈獨其理之美耶？其文固未易幾也。

頌贊類者，亦詩·頌之流，而不必施之金石者也。

辭賦類者，風雅之變體也。楚人最工為之，蓋非獨屈子而已。余嘗謂漁父，及楚人以弋說襄王、宋玉對王問遺行，皆設辭無事實，皆辭賦類耳。太史公、劉子政不辨，而以事載之，蓋非是。辭賦固當有韻，然古人亦有無韻者，以義在托諷，亦謂之賦耳。漢世校書有辭賦略，其所列者甚當。昭明太子文選，分體碎雜，其立名多可笑者。後之編集者，或不知其陋而仍之。余今編辭賦，一以漢略為法。古文不取六朝人，惡其靡也。獨辭賦則晉宋人猶有古人韻格存焉。惟齊梁以下，則辭益俳而氣益卑，故不錄耳。

哀祭類者，詩有頌，風有黄鳥二子乘舟，皆其原也。楚人之辭至工，後世惟退之、介甫而已。

凡文之體類十三，而所以為文者八，曰：神、理、氣、味、格、律、聲、色。神、理、氣、味者，文之精也；格、律、聲、色者，文之粗也。然苟舍其粗，則精者亦胡以寓焉？學者之於古人，必始而遇其粗，中而遇其精，終則御其精者而遺其粗者。文士之效法古人，莫善於退之，盡變古人之形貌，雖有摹擬，不可得而尋其跡也。其他雖工於學古，而跡不能忘，揚子雲、柳子厚於斯，蓋尤甚焉。以其形貌之過於似古人也，而遽擯之，謂不足與於文章之事，則過矣。然遂謂非學者之一病，則不可也。乾隆四十四年秋七月，桐城姚鼐纂集序目。

録自姚鼐編古文辭類纂卷首，康紹鏞刻本。

五七言今體詩鈔序目

天下之是非有不可得而淆也，而人以己意決之，則不能不淆，其不淆者必其當於人心之公意者也。人心之公意雖具於人人，而當其始，無一人發之，則人之公意不見，苟發之而同者會矣。論詩如漁洋之古詩鈔，可謂當人心之公者也。吾惜其論止古體，而不及今體，至今日而為今體者紛紜歧出，多趨訛謬，風雅之道日衰。從吾遊者，或請為補漁洋之闕編，因取唐以來詩人之作，採録論之，分為二集十八卷，以盡漁洋之遺志。雖然，漁洋有漁洋之意，吾有吾之意，吾觀漁洋所取舍，亦時有不盡當吾心者，要其大體雅正，足以維持詩學，導啟後進，則亦足矣。其小小異同，嗜好之情，雖公者不能無偏也。今吾亦自奮室中之說，前未必盡合於漁洋，後未必盡當於學者，然而存古人之正軌，以正雅祛邪，則吾說有必不可易者；世之君子，其亦以攬其大者求之。嘉慶三年二月桐城姚鼐識。

聲病之學，肇於齊梁，以是相沿，遂成律體。南北朝迄隋，諸詩人警句率以儷偶調諧，正可謂之律耳。阮亭五言古詩中既已録之，今不更載，所載斷自唐人陳拾遺、杜修文、沈、宋、曲江，此為開元以前之傑。抄初唐五言今體詩一卷。

盛唐人詩固無體不妙，而尤以五言律為最，此體中又當以王、孟為最，以禪家妙悟論詩者正在此耳。抄王、孟詩一卷，常建以下十五人又一卷。

盛唐人禪也，太白則仙也，於律體中以飛動票姚之勢運曠遠奇逸之思，此獨成一境者。抄太白詩一卷。

杜公今體四十字中包涵萬象，不可謂少；數十韻百韻中運掉變化，如龍蛇穿貫，往復如一線，不覺其多。讀五言至此，始無餘憾。余往昔見蒙叟箋，於其長律轉折意緒都不能了，頗多謬說，故詳為詮釋之。抄杜詩二卷。

中唐大曆諸賢尤刻意於五律，其體實宗王、孟，氣則弱矣，而韻猶存。貞元以下，又失其韻，其有警拔，蓋亦希矣。今抄韋蘇州下二十一人為一卷，劉夢得以下十二人為一卷。

晚唐之才固愈衰，然五律有望見前人妙境者，轉賢於長慶諸公，此不可以時代限也。元微之首推子美長律，然與香山皆以多為貴，精警缺焉，余盡不取。惟玉溪生乃略有杜公遺響耳。今抄晚唐，以玉溪為冠，合十八人共一卷。

夫文以氣為主，七言今體，句引字賒，尤貴氣健，如齊梁人古色古韻，夫豈不貴，然氣則躓矣。楊升庵專取為極則，此其所以病也。初唐諸君，正以能變六朝為佳，至『盧家少婦』一章，高振唐音，遠包古韻，此是神到之作，當取冠一朝矣。抄初唐七言今體詩一卷。

右丞七律，能備三十二相，而意興超遠，有雖對榮觀燕處超然之意，宜獨冠盛唐諸公。于鱗以東川配之，此一人私好，非公論也。抄盛唐詩一卷。

杜公七律，含天地之元氣，包古今之正變，不可以律縛，亦不可以盛唐限者。抄杜詩一卷。

大曆十子以隨州為最，其餘諸賢，亦各有風調。至於長慶、香山以流易之體極富贍之思，非獨俗士奪魄，亦使勝流傾心。然滑俗之病，遂至濫惡，後皆以太傅為藉口矣，非慎取之，何以維雅正哉？抄中唐詩一卷。

玉溪生雖晚出，而才力實為卓絕，七律佳者几欲遠追拾遺，其次者猶足近掩劉、白。第以矯敝滑易，用思太過，而僻晦之敝又生，要不可不謂之詩中豪傑士矣。抄玉溪詩一卷，附溫詩數首，然於玉溪為陪臺，非可與並立也。

唐末詩人，才力既異於前，而習俗所移，又難振拔，故傑出益少，然亦未嘗無佳句也。抄晚唐五代詩一卷。

西昆諸公之擬玉溪，但學其隸事耳，殊滯於句下，都成死語。其餘宋初諸賢，亦皆域於許渾、韋莊輩境內。歐公詩學昌黎，故於七律不甚留意。荊公則頗留意矣，然亦未造殊妙。今自宋初至荊公兄弟共為一卷。

東坡天才有不可思義處，其七律只用夢得、香山格調，其妙處豈劉、白所能望哉！山谷刻意少陵，雖不能到，然其兀傲磊落之氣，足與古今作俗詩者澡濯胸胃，導啟性靈。抄蘇、黄詩一卷、蘇門諸賢附焉。

放翁激發忠憤，橫極才力，上法子美，下攬子瞻，裁制既富，變境亦多，其七律固為南渡後一人，其餘如簡齋、茶山、誠齋諸賢，雖有盛名，實無超詣，今為略採一二，逮於宋末，並附放翁之後。抄南宋詩一卷。

録自姚鼐選編五七言今體詩鈔卷首，嘉慶刻本。

書信

答翁學士書

鼐再拜，謹上覃谿先生几下：昨相見，承教勉以爲文之法。早起，又得手書，勸掖益至，非相愛深，欲增進所不逮，曷爲若此？鼐誠感荷不敢忘！雖然，鼐聞今天下之善射者，其法曰：『平肩臂，正脰，腰以上直，腰以下反句磬折，支左詘右。其釋矢也，身如槁木。苟非是，不可以射。』師弟子相授受，皆若此而已。及至索倫蒙古人之射，傾首、欹肩、僂背，發則口目皆動。見者莫不笑之，然而索倫蒙古之射遠貫深而命中，世之射者常不逮也。然則射非有定法亦明矣。

夫道有是非，而技有美惡。詩文，皆技也；技之精者必近道。故詩文美者，命意必善。文字者，猶人之言語也。有氣以充之，則觀其文也，雖百世而後，如立其人而與言於此；無氣，則積字焉而已。意與氣相御而爲辭，然後有聲音節奏高下抗墜之度，反復進退之態，采色之華。故聲色之美，因乎意與氣而時變者也，是安得有定法哉！自漢、魏、晉、宋、齊、梁、陳、隋、唐、趙宋、元、明及今日，能爲詩者殆數千人，而最工者數十人。此數十人，其體製固不同，所同者，意與氣足主乎辭而已。人情執其學所從入者爲是，而以人之學皆非也；及易人而觀之，則亦然。譬之知擊棹者欲廢車，知操轡者欲廢舟，不知其不可也。

鼐誠不工於詩，然爲之數十年矣。至京師，見諸才賢之作不同，夫亦各有所善也。就其常相見者五六人，皆鼐所欲取其善以爲師者。雖然使鼐舍其平生，而惟一人之法，則鼐尚未知所適從也。承先生吐胸臆相教，而鼐深蓄所懷而不以陳，是欺也，竊所不敢！故卒布其愚，伏惟諒察！

録自惜抱軒文集卷六。

復張君書

辱書諭以入都不可不速，嘉誼甚荷！ 以僕駸蹇，不明於古，不通於時事，又非素習熟於今之賢公卿與上共進退天下人材者，顧蒙識之於儔人之中，舉纖介之微長，掩愚謬之大罪，引而掖焉，欲進諸門牆而登之清顯，雖微君惠告，僕固愧而仰德久矣。

僕聞蘄於己者，志也； 而諧於用者，時也。 士或欲匿山林而羈於紱冕，或心趨殿闕而不能自脫於田舍。 自古有其志而違其事者多矣！ 故鳩鳴春而隼擊於秋，鱣鮪時涸而鮒䱟遊，言物各有時宜也。 僕少無巖穴之操，長而役於塵埃之內，幸遭清時，附群賢之末，三十而登第，躋於翰林之署，而不克以居，浮沈部曹，而無才傑之望，以久次而始遷。 值天子啓秘書之館，大臣稱其愉解文字，而使舍吏事而供書局，其爲幸也多矣。 不幸以疾歸，又不以其遠而忘之，爲奏而揚之於上，其幸抑又甚焉。 士苟獲是幸，雖聾瞶猶將聳耳目而奮，雖跛躄猶將振足而起也，而況於僕乎？

僕家先世，常有交裾接迹仕於朝者，今者常參官中，乃無一人。 僕雖愚，能不爲門戶計耶？ 孟子曰孔子有見行可之仕，於季桓子是也。 古之君子，仕非苟焉而已，將度其志可行於時，其道可濟於衆。 誠可矣，雖遑遑以求得之，而不爲慕利； 雖因人驟進，而不爲貪榮。 何則？ 所濟者大也。 至其次，則守官攄論，微補於國而道不章。 又其次，則從容進退，庶免恥辱之大咎已爾。

夫自聖以下，士品類萬殊，而所處古今不同勢。 然而揆之於心，度之於時，審之於己之素分，必擇其可安於中而後居，則古今人情一而已。 夫朝爲之而暮悔，不如其弗爲； 遠欲之而近憂，不如其弗欲。 易曰： 『飛鳥以凶。』詩曰： 『卬須我友。』抗孔子之道於今之世，非士所敢居也； 有所溺而弗能自返，則亦士所懼也。 且人有不能飲酒者，見千鍾百榼之量而幾效之，則潰胃腐腸而不救。 夫仕進者不同量，何以異此？ 是故古之士，於行止進退之間，有跬步不容不慎者。 其慮之長而度之數矣，夫豈以爲小節哉？ 若夫當可行且進之時，而卒不獲行且進者，蓋有之矣，夫亦其命然也。

僕今日者，幸依聖朝之末光，有當軸之褒采，踴躍鼓忭以冀進，乃其本心，而顧遭家不幸，始反一年，仲弟先殞；今又喪婦；老母七十，諸穉在抱，欲去而無與託；又身嬰疾病以留之，此所以振衣而趑趄，北望樞斗而俛而太息者也。

遠蒙教督，不獲趨承，雖君子不之責，而私衷不敢安，故以書達所志而冀諒察焉！

録自惜抱軒文集卷六。

復曹雲路書

鼐再拜，雲路先生足下：數十年來，士不説學，衣冠之徒，誦習聖人之文辭，衷乃泛然不求其義，相聚臾首帖耳，哆口傳沓，迺逸迺諺，聞耆長者考論經義，欲掩耳而走者皆是也。風俗日頽，欣恥益非其所，而放僻靡不爲。使士服習於經師之説，道古昔，承家法，以繫其心，雖不能逮前古人才之美，其必有以賢於今日之濫矣。鼐少時見鄉前輩儒生，相見猶論學問，退習未嘗不勤，非如今之相師爲媮也。所謂『飽食終日，無所用心』者與！獨先生單心畢力於傳注，辨究同異，既老而不懈，説之矻矻然。雖未知於古學者何如，其賢於今之士不亦遠乎！

鼐居此一期矣，嘗苦無可與語者。聞先生之篤學著書，苟非居處閒遠之故，必將造而請觀焉。先生乃辱寓書而示以所爲説，不棄愚陋而欲因之求益，抑何任其忝且愧也！詩曰：『心乎愛矣，胡不謂矣！』鼐固不能爲益於先生，然而心之所蓄不敢不盡者，愛敬先生，謂不可類先生如今世俗倫也。夫聖人之經，如日月星之懸在人上，苟有蔽焉則已，苟無蔽而見而言之，其當否必有以信於人。見之者衆，不可以私意狥也。故竊以謂説經當一無所狥。程、朱之所以可貴者，謂其言之精且大，而得聖人之意多也，非吾狥之也。若其言無失而不達古人之意者，容有之矣。朱子説『元亨利貞』舍孔子之説者，欲以達文王之意而已。苟欲達聖賢之意於後世，雖或舍程、朱可也。

自漢以來，爲經説者已多，取視之不給於日。苟非吾言足發經意前人所未明者，不可輕書於紙。而明以來説四書者，乃猥爲科舉之學。此不足爲書。故鼐自少不喜觀世俗講章，且禁學徒取閲，竊陋之也。今先生之説，固多善者，然欲爲時文用之意存焉。鼐輒以硃識所善者，先生更自酌而去取之，必言不苟出，乃足爲書以視於後世。

鼐又聞之：『言之無文，行而不遠。』出辭氣不能遠鄙，則曾子戒之。況於説聖經以教學者，遺後世而雜以鄙言乎？當唐之世，僧徒不通於文，乃書其師語，以俚俗謂之語錄。宋世儒者弟子，蓋過而效之。然以弟子記先師，懼失其真，猶有取尒也。明世自著書者，乃亦效其辭，此何取哉？願先生凡辭之近俗如語錄者，盡易之使成文則善矣。直諒多聞，益友之道也。鼐不足爲多聞，直諒雖不能逮，而不敢不勉，故盡言之如此。鼐自撰經義數十首，中乃有忝與先生意同者，今併寄一册，忝教其失。

賢從子謂杖履秋冬或來郡，然則不盡之意可面陳，茲略報鄙意。承自稱謂過謙，不敢當也。鼐再拜！

録自惜抱軒文集卷六。

復汪進士輝祖書

六月某日，鼐頓首汪君足下：鼐性魯知闇，不識人情嚮背之變、時務進退之宜，與物乖忤，坐守窮約，獨仰慕古人之誼，而竊好其文辭。

夫古人之文，豈苐文焉而已？明道義、維風俗以詔世者，君子之志；而辭足以盡其志者，君子之文也。達其辭則道以明，昧於文則志以晦。鼐之求此數十年矣，瞻於目，誦於口，而書於手，較其離合而量劑其輕重多寡，朝爲而夕復，捐嗜舍欲，雖蒙流俗訕笑而不恥者，以爲古人之志遠矣，苟吾得之，若坐階席而接其音貌，安得不樂而願日與爲徒也！

足下去鼐居千五百里，非有相知之素，投書致辭甚恭，惓惓焉欲得其言，以紀太夫人高節卓行。足下何所聞而爲是哉？海內文士，爲達官貴人甚衆，執筆爲太夫人紀述者亦甚衆，足下既求得之，今又以命僕，將足下不遺一士而以鼐備其目乎？抑遂以太夫人不朽之名冀之僕耶？

且古人之文，今人讀之或不識。以今人之道度古人，古人文之傳，特其蚤耳。然則雖有如古人之文，其能不朽與不，未可知也。況鼐之不足比古人邪！雖然，推足下爲母氏之心，姑爲文以備衆士之列者，僕所不辭也。足下書來久矣，有犬馬之疾，今始閒，輒作記一首，寄請觀之。久未報，惟諒宥不宣。

録自惜抱軒文集卷六。

復魯絜非書

桐城姚鼐頓首，絜非先生足下：相知恨少，晚遇先生，接其人，知爲君子矣；讀其文，非君子不能也。往與程魚門、周書昌嘗論古今才士，惟爲古文者最少，苟爲之，必傑士也，況爲之專且善如先生乎！辱書引義謙而見推過當，非所敢任。鼐自幼迄衰，獲侍賢人長者爲師友，剽取見聞，加臆度爲說，非真知文、能爲文也，奚辱命之哉？蓋虛懷樂取者，君子之心；而誦所得以正於君子，亦鄙陋之志也。

鼐聞天地之道，陰陽剛柔而已。文者，天地之精英，而陰陽剛柔之發也。惟聖人之言，統二氣之會而弗偏，然而易、詩、書、論語所載，亦間有可以剛柔分矣，值其時其人，告語之體，各有宜也。自諸子而降，其爲文無弗有偏者。其得於陽與剛之美者，則其文如霆，如電，如長風之出谷，如崇山峻崖，如決大川，如奔騏驥。其光也，如杲日，如火，如金鏐鐵。其於人也，如馮高視遠，如君而朝萬衆，如鼓萬勇士而戰之。其得於陰與柔之美者，則其文如升初日，如清風，如雲，如霞，如煙，如幽林曲澗，如淪，如漾，如珠玉之輝，如鴻鵠之鳴而入廖廓。其於人也，漻乎其如歎，邈乎其如有思，暝乎其如喜，愀乎其如悲。觀其文，諷其音，則爲文者之性情形狀舉以殊焉。

且夫陰陽剛柔，其本二端，造物者糅，而氣有多寡進絀，則品次億萬，以至於不可窮，萬物生焉。故曰：『一陰一陽之爲道。』夫文之多變，亦若是已。糅而偏勝可也，偏勝之極，一有一絕無，與夫剛不足爲剛、柔不足爲柔者，皆不可以言文。

今夫野人孺子聞樂，以爲聲歌絃管之會爾；苟善樂者聞之，則五音十二律必有一當，接於耳而分矣。夫論文者，豈異於是乎？宋朝歐陽、曾公之文，其才皆偏於柔之美者也。歐公能取異己者之長而時濟之，曾公能避所短而不犯。觀先生之文，殆近於二公焉。抑人之學文，其功力所能至者，陳理義必明當，布置取舍，繁簡廉肉不失法，吐辭雅馴不蕪而已。古今至此者蓋不數數得，然尚非文之至。文之至者，通乎神明，人力不及施也。先生以爲然乎？

惠寄之文，刻本固當見與，抄本謹封還。然抄本不能勝刻者。諸體中，書、疏、贈序爲上，記事之文次之，論辨又次之。鼐亦竊識數語於其間，未必當也。梅崖集果有逾人處，恨不識其人。郎君、令甥皆美才未易量，聽所好恣爲之，勿拘其途可也。於所寄文，輒妄評說，勿罪！勿罪！秋暑惟體中安否？千萬自愛！七月朔日。

録自惜抱軒文集卷六。

復蔣松如書

久處閭里，不獲與海內賢士相見，耳目爲之聵霿。冬間舍侄浣江寄至先生大作數篇，展而讀之，若麒麟鳳皇之驟接於目，欣忭不能自已！聊識其意於行間，顧猶恐頌歎盛美之有弗盡；而其頗有所引繩者，將懼得罪於高明，而被庸妄專輒之罪也。乃旋獲惠賜手書，引義甚謙，而反以愚見所論爲喜。於是鼐益俯而自慚，而又以知君子之衷，虛懷善誘，樂取人善之至於斯也。鼐與先生雖未及相見，而蒙知愛之誼如此，得不附於左右，而自謂草木臭味之不遠者乎？心乎愛矣，何不謂矣！尚有所欲陳說於前者，願卒盡其愚焉。

自秦、漢以來，諸儒說經者多矣，其合與離固非一途。逮宋程、朱出，實於古人精深之旨，所得爲多，而其審求文辭往復之情，亦更爲曲當，非如古儒者之拙滯而不協於情也，而其生平修己立德，又實足以踐行其所言，而爲後世之所嚮慕。故元、明以來，皆以其學取士。利祿之途一開，爲其學者以爲進趨富貴而已，其言有失，猶奉而不敢稍違之，其得亦不知其所以爲得也，斯固數百年以來學者之陋習也。

然今世學者，乃思一切矯之，以專宗漢學爲至，以攻駁程、朱爲能，倡於一二專己好名之人，而相率而效者，遂大爲學術之害。夫漢人之爲言，非無有善於宋而當從者也；然苟大小之不分，精觕之弗別，是則今之爲學者之陋，且有勝於往者爲時文之士，守一先生之說，而失於隘者矣。博聞強識，以助宋君子之所遺則可也，以將跨越宋君子則不可也。鼐往昔在都中，與戴東原輩往復，嘗論此事；作送錢獻之序，發明此旨，非不自度其力小而孤，而義不可以默焉耳。先生胷中，似猶有漢學之意存焉，而未能豁然決去之者，故復爲極論之。『木鐸』之義，蘇氏說，集注固取之矣，然不以爲正解者，以其對『何患於喪』意少遠也。至盆成見殺之集注，義甚精當，先生曷爲駁之哉？朱子說誠亦有誤者，而此條恐未悞也，望更思之！

鼐於蓉庵先生爲後輩，相去甚遠；於潁州乃同年耳。先生謂潁州曰兄，固於鼐同一輩行，而過於謙，非所宜也。客中惟保重，時賜教言爲冀！愚陋率達臆見，卺終宥之！

録自惜抱軒文集卷六。

再復簡齋書

兩札下問，愚淺不能具答，略以所明者上陳：古人以玄爲服采之盛。禮所云冕服，皆玄也。衣正色，裳間色，謂之貳采。惟軍禮乃上衣下裳同色，故曰袀服。宿衛之士，當用軍禮，衣裳同色，故趙世家有黑衣之列，其衣兼衣裳而名之也。周制軍禮韎韋之服，韎之爲色，在赤黑之間，不知趙左師所云黑衣者，即是周之韎耶？或玄衣玄裳耶？要之黑非賤服也。古帝王革命，雖有易服色之事，而要其大體，皆上玄而下纁黃，雖魏、晉而降，制猶存焉。隋人以宇文周尚黑，舉矯而變之，遂亦及於章服。自隋、唐以後，以紫緋爲品官上服，朝會皆衣之，無復尚玄之禮矣。

夫聖人制禮，其始必因乎俗，故曰禮俗。祭之有尸，始蓋亦出於上古之俗，而聖人因以爲禮，此亦仁孝之極思。使聖人生乎今世，天下但有厭祭而無尸矣，固必不更行設尸以祭之禮，然不可因此遂譏古人之爲謬也。尸蓋廢於秦世，秦戎俗也。然則設尸非夷禮，廢尸乃夷禮耳。凡祀天神無尸，而配者人鬼有尸。淮南子言『郊祭有尸』可也，然太公爲尸之說，則不可信。郊祀稷尸，固宜以子孫爲之，何爲以姜姓乎？國語：『董伯爲尸』。晉之董姓，出乎辛有之子。意辛有乃夏子孫，故董伯爲鯀尸耶？然而不可攷矣。若夫感生之說，則緯書之妄，固不足述。貓虎之尸，亦說之者過耳，於理不應有也。

儒者生程、朱之後，得程、朱而明孔孟之旨，程、朱猶吾父師也。然程、朱言或有失，吾豈必曲從之哉？程、朱亦豈不欲後人爲論而正之哉？正之可也。正之而詆毀之，訕笑之，是詆訕父師也。且其人生平不能爲程、朱之行，而其意乃欲與程、朱爭名，安得不爲天之所惡？故毛大可、李剛主、程綿莊、戴東原，率皆身滅嗣絶，此殆未可以爲偶然也。愚見如是，惟賚教之！尚熱，未敢走謁。謹復。

録自惜抱軒文集卷六。

答魯賓之書

某頓首賓之世兄足下：遠承賜書及雜文數首，義卓而詞美，今世文士，何易得見若此者！某之譾陋，無以上益高明，求馬唐肆，而責施於懸磬之室。〔一〕豈不愧甚哉！顧荷垂問，宜略報以所聞。易曰：『吉人之詞寡。』夫內充而後發者，其言理得而情當；理得而情當，千萬言不可厭，猶之其寡矣。氣充而靜者，其聲閎而不蕩。志章以檢者，其色耀而不浮。邃以通者，義理也。雜以辨者，典章、名物，凡天地之所有也。閔閔乎聚之於錙銖，夷懌以善虛，志若嬰兒之柔，若雞伏卵，其專以一，內候其節而時發焉。夫天地之間，莫非文也。故文之至者，通於造化之自然。然而驟以幾乎，合之則愈離。

今足下爲學之要，在於涵養而已！聲華榮利之事，曾不得以奸乎其中，而寬以期乎歲月之久，其必有以異乎今而達乎古也。以海內之大而學古文最少，獨足下里中獨盛，異日必有造其極者。然後以某言證所得，或非妄也。足下勉之！不具。六月十七日，某頓首。

録自惜抱軒文集卷六。

【校】

〔一〕『室』，各本皆作『石』，唯劉校本作『室』，據國語・魯語上，『室如懸磬』改。

復秦小峴書

小峴先生觀察閣下：鼐蠢愚無所識，又以年老多疾，遂至廢學，爲海內賢士大夫所棄宜矣。與閣下非有生平過從之舊，遠承賜書，殷勤垂問，見推過甚，恧然愧赧！固不敢議閣下之言爲無端，又安敢以所相望之深，謂必可以任也？

鼐嘗謂天下學問之事，有義理、文章、考證三者之分，異趨而同爲不可廢。一塗之中，岐分而爲衆家，遂至於百十家。同一家矣，而人之才性偏勝，所取之逕域，又有能有不能焉。凡執其所能爲，而呲其所不爲者，皆陋也；必兼收之乃足爲善。若如鼐之才，雖一家之長，猶未有足稱，亦何以言其兼者？天下之大，要必有豪傑興焉，盡收具美，能祛末士一偏之蔽，爲群材大成之宗者。鼐夙以是望世之君子，今亦以是上陳之於閣下而已。

往時江西一門徒取鼐文刻板，鼐意乃不欲其傳播，屬勿更印，故今絕無此本子。惟四書義乃鼐自鐫，其板在此，今輒以兩部奉寄。經義實古人之一體，刻震川集者，元應載其經義；彼既錄其壽序矣，經義之體不尊於壽序乎？

胡雒君在會稽當佳，孝廉之舉不得，亦不足恨耳。此間常與鄒先生相見，因以略知近祉。相望殊切企慕，略報不宣。

録自惜抱軒文集卷六。

與王鐵夫書

十月二十四日，姚鼐頓首奉書鐵夫先生侍史：昔桓譚有言：『凡人忽近而貴遠。』以鼐之不才，又於今世，固所謂『祿位容貌，不能動人』者，而先生獨盛稱之，載諸文集。是其取舍遠乎流俗之情，而鼐獲不棄於賢哲，有不待乎後世之子雲也，豈非幸哉！舉世滔滔，知己寧可再遇，而相去四五百里，無因緣一見。久欲奉一書於左右，而忽忽未及爲；昨賢子至，乃承賜書先之，展誦喜躍不可勝，而又以自慚其疏隋也。冬寒惟興居萬福！

先生文章之美，曩得大集，固已讀而慕之矣；今又讀碑記數首，彌覺古淡之味可愛，殆非今世所有。夫古人文章之體非一類，其瑰瑋奇麗之振發，亦不可謂其盡出於無意也；然要是才力氣勢驅使之所必至，非勉力而爲之也。後人勉學，覺有累積紙上，有如贅疣。故文章之境，莫佳於平淡，措語遣意，有若自然生成者，此熙甫所以爲文家之正傳，而先生真爲得其傳矣。

詩之與文，固是一理，而取逕則不同。先生之詩，體用宋賢，而咀誦之餘，別有韻味，由於自得，非如熙甫文佳而詩則平淺者所可比也。至於尊書亦殊妙，所寄册，當裝以爲世寶，固不復奉還。略論其欣仰之意，聞之以爲有當否？

鼐今歲在江寧過臘，歸期尚未能決。昔年嘗一遊蘇州，極思其風景；若再獲東來，一瞻容儀，則大快平生矣。但不知得果此緣否？賢子在此，且當時得通書。率復不具。

録自惜抱軒文集後集卷三。

復劉明東書

師令君差至，得寄書並詩，欣慰！欣慰！以賢主人爲依歸，可謂得所矣。處幕中，以謙慎韜晦爲要，自與默默用功不相礙也。

見贈五言排律，句格頗雄，此是長進處；但於杜公排律，布置局格，開闔起伏，變化而整齊處，未有得也。大約横空而來，意盡而止，而千形萬態，隨處溢出，此他人詩中所無有，惟韓文時有之，與子美詩同耳。李玉溪、白太傅及朱竹垞，皆刻意作排律之人，而不得此妙，吾豈敢便以責之明東哉？然作詩，心之所向，必須在此，否則止是常境耳。

又明東所用故事，都不精切，止是隨手填入。姑摘其一聯：誌公謂徐陵天上石麒麟，豈可易石爲玉？又陵官非學士，學士唐乃有此官耳。公孫弘〔一〕與陵，於鄙人絕不似。止十字中，而病痛已四五矣。

前所論在詩境大處，勤心深求，忽然悟入；或半年便得，或一年乃得，又或終身不得。後所論在詩律細處，精意讀書，可以必得，然非數年之深功不能。前所論文章之虛，故可速而不可必。後所論乃學問之實，故可必而不能速。如近時顧亭林，非有得於詩家之妙，而其故事，卻精切之至。渠是學問人，故能於此見□□□。□□俱能功到，方是卓然成家之作。二者得一，亦可謂佳，但非其至。二無一得，便是今日草頭名士之詩，吾恐明東陷入其中，故須爲詳言之耳。吾於下一月必回家去，料明東歲末亦必歸家，必過城中，得一晤也。漸寒，珍重千萬！

録自惜抱軒文集後集卷三。

【校】「弘」，原書因避乾隆名弘歷諱而改爲「宏」，今改回，下同，不另出校記。

復欽君善書

欽君足下：辱賜書並示所爲文一篇。足下畸士也，其文亦畸文也。夫文技耳，非道也。然古人藉以達道。其後文至而漸與道遠，雖韓退之、歐陽永叔，不免病此，況以下者乎。

足下之文，不通於俗，而亦不盡合於古；不求工於技，而亦不盡當於道；自適己意，以得其性情所安，故曰畸文也。齊桓公見甕盎大癭說之，『而視全人，其脰肩肩』。足下謂不欲以人首加己身，其意善矣，而欲僕繩削其文。僕不能偶俗，略有類足下耳，豈能以區區文法爲足下繩削？苐如齊桓之視甕盎大癭者視之而已。

録自惜抱軒文集後集卷三。

復姚春木書

姚鼐頓首，春木足下：鼐今世一庸才耳，足下乃以宋、元以來學問文章之統相屬，見推崇重，甚愧！甚愧！素無交遊之緣，不遠千里，遺書求益，謙懷樂善。足下之志則美矣，顧鼐不足尸之耳。夫求學之道，牖於聞見及所嗜好者，每患其偏；平心廣采，則病其不精。愚見嘗欲持平，固視偏溺者差異矣。然嘗自恐不精，此所望海內賢士君子有以教益之。至於求勝之心，則誠未敢也。足下所欲爲記載之編，此一代史學也，所志甚大。昔退之少有成唐一經之志，及後身爲史官，乃反不敢任〔一〕其事，可謂惑矣。然鼐謂此亦有天數焉。夫生而富貴及死而聲名，其得失大小，皆天所與也。紀載者，人名聲所由得之所託也。故天欲其成乃成，天欲其傳乃傳，不然則廢。足下姑亦爲之，以聽天意可耳。

鼐舊作九經說，已有刻本，今寄上。其有增益及他書未刻者，則未能寫寄。賜寄湖海詩傳乃未至，不知於何處浮沉？述庵先生想尚健，其文傳成書未耶？先伯薑隖先生無成書，平生讀書，好以所得細書記於簡端。鼐欲爲集成筆記，然以其太碎細難輯，故不能就，私心所最憾。僅采數條，以意次敘入鼐九經說而已。至敝鄉密之先生撰述，飲光、海峰、南堂、息翁詩文集，皆有刻本，而此間卒未可得。若江、金書則具在歙也。

鼐頃自皖移來金陵，主鍾山書院，衰老絕不能作大字。所命爲楹對字，又犯鼐家諱，故不可爲也。胡雒君所欲爲書皆未成，而於去年已病喪矣，甚可傷。敝邑如此子者，亦未易多得也。茲因便上復，安得一見面言？希時通消息，不具。

録自惜抱軒文集後集卷三。

【校】

〔一〕『任』，原作『仞』，各本同，惟據徐校本改。

復吳仲倫書

姚鼐頓首，仲倫先生足下：鼐才陋識闇，無得於古人之學，而士大夫徒以故舊之好與之，遂橫竊虛譽，甚可愧恥。今先生又過聽而推及之，至比之歐陽永叔，是重益其愧，而使之不知所爲答者也。

伏讀賜示文集，理當而格峻，氣清而辭雅，今之世固未有其比。先生所希者退之也，以學退之者較之，蓋與習之、持正並，不待言矣。僕嘗謂古之論文事者多矣，惟退之與人言，必盡其底蘊，若與李翊、劉正夫、尉遲等書，本末始終精粗之義盡，甘苦之情達，隱顯之理備，他人不能若是也。然習之、持正，親見韓公，宜悉聞其言矣，而文不能盡韓公之旨。以先生之才而力希韓公，日取韓公之言而蹈其軌，意者其必能追配韓公乎。

夫天下文士皆慕乎古，操筆向紙，氣盛志厲，以爲凌出古人之上，而及其成文以較古人，則不如遠甚，何也？古今才力有厚薄，而真爲學者，其志必不自欺也。雖然，以一端之長短言之，則後人固亦有賢於古者。引其長以益其短，苟有所就，其亦可矣。今先生之文，果足並退之與否？抑間有能勝之者否？先生真爲學，必自能決之。如鼐之淺，未足爲先生定此矣。暑熱惟佳勝！安得一日面談？不宣。

録自惜抱軒文集後集卷三。

答蘇園公書

吳世兄至，接讀手書，並得快讀大作之全，喜慰無量！大抵高格清韻，自出胸臆，而遠追古人不可到之境於空濛曠邈之區，會古人不易識之情於幽邃杳曲之路。使人初對，或淡然無足賞；再三往復，則爲之欣忭惻愴，不能自已。此是詩家第一種懷抱，蓄無窮之義味者也。以言才力雄富，則或不如古；以言神理精到，真與古作者並驅，以存詩家正統。譬如司馬氏立國江東，縱不能剋復中原，然必不與石虎通聘者也。其間五古、五律，最多妙製，次則七律、七絶；四言及歌行排律，備體而已；應制館課之屬，雖悉刪刈可也。

鼐以硃筆閱識頗嚴，是閱古人不相識者詩集之法，非閱同時人詩之法。然千載之論，竊謂已定於此。使吾兄生得聞之，不愈於後世揚子雲乎？

録自惜抱軒文集後集卷三。

復汪孟慈書

七月朔，姚鼐頓首，孟慈孝廉足下：惠書知舊痾新愈，欣喜！欣喜！云欲就受業，聞之愧悚不寧。謭陋何足師？況以加高明卓絶如足下者哉！遇事激昂，欲以『躬自厚而薄責於人』爲勗，則足下所自處者善矣！鼐安能加一言耶？承示文冊，展誦攬見該博，非恒士所有；而昏耄畏久尋文字，深玩究論，則力所不逮矣！謹繳納。

夫天下爲學之事，不可勝窮也。有睿哲之姿，有強果之力，包括古今，探索幽渺，經歷數十年之勤苦；然遂謂於學盡得，而無一失焉，此殆必無之事也。是故學不可不擇所用心，擇而得其大者要者，而終弗自多焉，斯善學矣。

今世天下相率爲漢學者，搜求瑣屑，徵引猥雜，無研尋義理之味，多矜高自滿之氣。愚鄙竊不以爲安。自顧行能無可稱，年過學落，不能導率英少。苐有相望之意，不敢不忠。嘗以是語人，今故亦舉爲足下告也。或蒙採納否？

録自惜抱軒文集後集卷三。

與劉海峰先生

久未啓候，昨得舍弟信來云：三老伯自歸家後，起居甚好，但不喜入城耳。城中誠無佳處，然樅陽亦頗塵囂，三老伯居之，果能適意邪？朝夕何以自給？聞在徽州時有足疾，今已愈未？鄉間亦復有可與共語者不？

鼐於老伯忽忽不見，遂二十年，偶一念及，令人心驚。自少至今，懷沒世無稱之懼，朝暮自力，未甘廢棄。然不見老伯，孰與證其是非者！鼐於文藝，天資學問，本皆不能逾人。所賴者，聞見親切，師法差真。然其較一心自得，不假門逕，邈然獨造者，淺深固相去遠矣。猶欲謹守家法，拒斥謬妄，冀世有英異之才，可因之承一線未絕之緒，倔然以興。而流俗多持異論，自以爲是，不可與辨。此間聞言相信者間有一二，又悵其天分不爲卓絕，未足上繼古人，振興衰敝。不知四海之內，終將有遇不耶？

鼐丙戌年春，曾有兩字奉寄，並詩一冊，呈乞閱定者。前歲在武昌，作奉懷詩並書，均未知達否？近作詩文頗多，聊錄數詩紙後，老伯可觀鼐才力進退也。老伯詩文集中，愚見亦有數處欲相商者。此非面見不可詳悉，其本子款式、雕刻俱不佳，他日有意謀爲老伯另刻也。

自家伯見背之後，鼐無復意興，此間尤無可戀。今年略清身上負累，明年必歸，杖履無恙，從此長相從矣。因便略陳不盡。二月二十三日，上海峰三老伯大人。通家侄姚鼐頓首。

録自姚惜抱先生尺牘卷一。

與人書

囊以書局得與承教益，迄今追思，邈焉莫逮，其間存忘聚散之感多矣！先生以華國之才，任千秋之絶業，六七年内績以有成，異世且欣慕之，況嘗共几研者乎！書成必刻總目，不知今歲内便可刻成否？尚能以一本惠寄邪！

鼐自歸來，罷病日侵，高談無所與陳，閉門卻掃，作說經文字，可數十首，分爲六七卷。不知異時校閲者當以附之鈔録内乎，抑第與存目也？千秋萬歲名，寂寞身後事，今姑以爲自娱可耳。想與曉嵐、魚門諸先生談讌極歡，時必念及愚鄙。然瞻近之期，始終無日。昨竹君先生過淮，鼐已歸里，竟爾不遇，唯嘗與石君先生小語須臾耳。

録自姚惜抱先生尺牘卷一。

與謝蘊山

去冬接讀手諭，兼荷多儀甚厚，祇領感愧。欲作一書奉謝，苦山城無便，遂至於今，彌以爲媿也。即日惟興居萬福。大集留鼐處甚久，得以反復捧誦，大抵不專尊一家之美，總以真至清矯爲貴。此自昔賢最高之格也。便執筆以閲蘇、黄、杜、韓之法閲之，圈出以識所尤愛誦者，不敢以多而成泛也。謹繳呈，不知當不？擬一序，並繳呈，未知堪用不？才弱，恐不能盡發揮鴻章勝處，然似亦略狀其髣髴矣。明德鉅才，以當卓薦之典，真爲無忝。天下得賢者而登用之，亦草茅耰鋤之間所爲，額手自慶者也。想入覲期近，若遽擢任異省，則接侍或遂至難期矣。遥瞻祝頌之中，又增别離之感。謹此啓賀，並達愚悃，統惟鑒照不宣。

録自姚惜抱先生尺牘卷一。

與汪稼門

新年惟起居萬福，計旌麾當於元宵間抵治所，途間必皆晴霽，至後則雨雪潤麥，以慰恤民之思，爲兩快矣！

弟擬此月〔一〕初十後赴皖，賤狀尚如故態。故鄉雪後，米價乃減，今春差可以無患。舍弟隱瑜本以副貢就職於直隸，遭艱歸里，無以自存，度嶺欲覓一館地。其人學問極佳，舍筆硯而就吏事，可謂去長而用短，今瞻趨閣下，乞賜噓薦得一書院，使之自資，以訓諸生，亦叚爲勝任也。

弟一冬止讀宋儒書。近士大夫侈言漢學，只是考證一事耳。考證固不可廢，肰安得與宋大儒所得者並論？世之君子欲以該博取名，遂敢于輕蔑閩洛。此當今大患，是亦衣冠中之邪教也。閣下任世道人心之責，故亦不敢不以奉聞。溟海波平，吏民從化，遥望額慶。春寒惟珍重，肅候並達愚悃，統惟鑒照不宣。

録自姚惜抱先生尺牘卷一。

【校】

〔一〕『月』，原本與國學本同缺，據並州本補。

與魯山木

去歲聞奉諱廬居，道遠未及申唁，未知即日成阡畢未？伏惟朝夕自愛。令甥碩士至，承賜書，具荷相望之意。賢郎姪過金陵時，弟尚未至，故不得見。見碩士，則愛之如吾骨肉矣！往時敝縣前輩文學頗盛於天下，近乃衰歇，無復有志之士。獨新城英俊鵲起，彌衆且賢。良由先生導之於前，一人善射，百夫決拾。理固不虛，然亦天意欲留此道一綫之傳於新城矣。碩士言先生頻年精意於心性之學，此尤可敬服。士必如此，乃是爲己。不然，文如昌黎，學如鄭康成，不免猶是爲人也。終制後以能不出爲佳，近觀世路風波尤惡，雖巧宦者或不免顛躓，而況吾曹邪！鼐今歲尤衰，左臂筋酸痛，至逾半年不得愈。相見無期，遠望悵悒而已。暑熱，幸慎護不具。

録自姚惜抱先生尺牘卷二。

答徐季雅

林仲騫至，得書並大著一冊，承推譽過重，所不敢任。足下年甚少，而所能如此，其志氣又如此，異日成就，甯可意量！但願爲之勿倦，自有深入之境。此本非他人所能力助者，況如鼐夙昔所得者既淺，加復衰耄，豈足爲英少先導？但以垂暮之年，得見吳中近日賢俊奮起，足以追繼貴鄉諸前輩，茲足爲快耳。

夫文章之事，有可言喻者，有不可言喻者； 不可言喻者，要必自可言喻者而入之。 韓昌黎、柳子厚、歐、蘇所言論文之旨，彼固無欺人語，後之論文者，豈能更有以踰之哉？ 若夫其不可言喻者，則在乎久爲之自得而已。 震川閲本史記，於學文者最爲有益，圈點啓發人意，有愈於解説者矣。 可偺一部臨之熟讀，必覺有大勝處。 鼐衰病未必尚能適吴，足下或有西來時，不知當有相逢日不？ 草復珍重不具。

録自姚惜抱先生尺牘卷二。

與胡雒君

初春惟體中安好，咫尺不見，與萬里等耳，豈必以遠隔爲悵？ 所望客居清適而已。 鼐尚如故態。 衡兒已自京至杭，鼐書令其旋里，然竟未回，而賢郎亦未回，似各于浙中得一小館矣。 故鄉諸相好畧如故狀，獨目中所遇年少人才日薄，良可歎息！ 文廟建理學扁，良爲謬誕。 然鼐歸，事已過矣，安能遽令除卻邪？ 張虬御分發桂林，覰可與上官有筆墨知遇不？ 列之尋常佐雜之中，而吾賢與之他鄉聚晤，亦一快也。

吾所選五七言今體，重復批閲之本，彼行笥攜有之，可以偺臨一過。 鄙見自詡此爲詩家正法眼藏，不知他日真有識者論之當復何如？ 若近時人毁譽，舉不足校耳！

張樊川竟於十一月初九日葬於老牛集，此事猶當爲吾邑近年之盛舉。 至其後賢之果昌與不，則亦何敢遽定哉！ 陳石士尚趨庭宛郵，其應試於南北尚未定。 馬魯成現在家，行赴淮關書院。 馬雨耕適暫歸，昨相八角亭墓，乃大蒙其賞愛也。

去秋始得四庫全書目一部，閲之，其持論大不公平。 鼐在京時，尚未見紀曉嵐猖獗若此之甚，今觀此則畧無忌憚矣！ 豈不爲世道憂邪？ 鼐老矣，望海内諸賢尚能捄其敝也。 目花鐙下作書，草草不盡。 己未。

録自姚惜抱先生尺牘卷三。

與吴子方孫珽

承惠書千餘言，意甚深美，而辭蔚然。 此天下之才，豈僅吾鄉之彥哉！顧衰敝鄙陋，無以稱後來才俊之求，茲爲媿耳。

書內言鼐闢漢，此差失鼐意。鄙見惡近世言漢學者多淺狹，以道聽塗說爲學，非學之正，故非之耳，而非有闢於漢也。夫言學何時代之別？多聞擇善而從，此孔子法也。善，豈以時代定乎？博聞彊識，而用心寬平，不自矜尚，斯爲善學；守一家之言則狹，專執己見則陋。鄙意弟若此而已。子方以謂當乎不邪？

心氣耗竭，目復昏眊，奉答不能詳備，惟達其大旨，諒其不逮。暑熱珍重，尊大人前道候。餘不具。

録自姚惜抱先生尺牘卷三。

與張阮林

鼐頓首阮林世講足下：承寄見贈詩及諸舊作，俱有奇傑之氣，可謂異才矣！夫天之生才甚難，才之生於閭里而俾吾親見之，尤其難也。今既遇矣，欣喜豈有量哉！以足下之年富，而又精心勵志，其成就必大有可觀矣。夫惟愛之深者，則惟恐其不成，夫有才而卒不成者，志不高而功不繼也。如足下，宜無慮此。然以予相愛之誠，安得不更勗乎？文章之事，能運其法者才也，而極其才者法也。古人文有一定之法，有無定之法。有定者，所以爲嚴整也；無定者，所以爲縱橫變化也。二者相濟而不相妨，故善用法者，非以窘吾才，乃所以達吾才也。非思之深、功之至者，必不能見古人縱橫變化中所以爲嚴整之理，思深功至而見之矣。而操筆而使吾手與吾所見之相副，尚非一日事也。鼐衰老矣，猶願及吾未死而早見足下之有成而已。中人以上可以語，上鼐所言者所以達最上之材，非中材以下所可聞。足下奇士也，吾以言之，諒不爲失言哉！嚴寒，諸惟珍重！不具。

乙丑。

録自姚惜抱先生尺牘卷三。

與管異之同

前月得寄書併詩文，快慰不可勝！相別三年，賢乃如此進邪！古文已免俗氣，然尚未造古人妙處；若詩，則竟有古人妙處。稱此爲之，當爲數十年中所見才俊之冠矣！老夫放一頭地豈待言哉？

吾向教後學，學詩只用王阮亭五七言古詩鈔，今以加於賢，卻猶未當。蓋阮亭詩法五古，只以謝宣城爲宗，七古只以東坡爲宗。賢今所宗，正當以李、杜耳，越過阮亭一層。然王所選，亦不可不看，以廣其趣。崆峒集亦正爲子先導，紅豆老人謬說勿聽之也。古文若更欲學，試更讀韓、歐，然將來成就終不逮詩。

詩文皆已評閱，茲寄還，以三隅反，賢必能之矣。年誼疏而師生重，以後書札勿以年誼稱也。吾所著未刻者，難鈔寄；已刻而賢未得者，可指明，以便覓寄。餘不具。

録自姚惜抱先生尺牘卷四。

再與管異之同

東漢、六朝之誌銘，唐人作贈序，乃時文也，昌黎爲之，則古文矣。明時經藝壽序，時文也，熙甫爲之，則古文矣。作古文者，生熙甫後若不解經藝，便是缺陷。本朝如李安溪所見不出時文，其評論熙甫，可謂滿口亂道也。望溪則勝之矣，然於古文、時文界隄，猶有未清處。大抵從時文家逆追經藝，古文之理甚難；若本解古文，直取以爲經義之體，則爲功甚易，不過數月內可成也。賢既作古文，須知經義一體；又應科訓徒，不得棄時文。然此兩處畫開用功，亦兩不相礙。今將吾內外兩稿寄閱，於此兩層皆各有裨益處，潁悟必能解之。

録自姚惜抱先生尺牘卷四。

與陳約堂

三月杪郎君抵江寧，敬審起居萬福，接手書見推太過，愧赧，愧赧！又荷寄隆儀，益增愧矣！郎君在此，於鼐真成家人，雖淡泊而安恬之甚，所嫌鼐胸臆淺陋，恐無以副其千里來從之意，第傾其所有以與之而已。聞伯母大人佳城已定，而時日不合，稍展復土之期。石士不能記其山向，有人來望寄知也。

聞吾兄彈冠復出之志，尚在進退之間。竊計近日宦途愈覺艱難，裹足杜門，未可謂非善策。但里居亦大不易，苟非痛自節省，痛改潭府積習，則其勢不能久，居有迫之而出者矣。想吾兄亦必籌計及此，然毋乃有牽系俗情，不能自克者乎。

鼐賤體衰憊，然較往昝接對時不甚相懸，不知尚有再晤之日否？朝夕慎護，率報不備。

録自姚惜抱先生尺牘卷五。

復陳鍾溪

想望清光久矣，南北睽阻，不獲一見。邇者閣下持節視學江東，計按部必至江寧，固私欣可奉對矣。而閣下又先惠書來，辭意淳厚，推許過優，讀之愧悚！鄙陋耄昏，惡足以副閣下望哉？

閣下所云：文足以覘士行者，是也。夫士誦習先儒，謹守成説者，固未必盡賢也。乃至肆肬棄先儒之正學，掇拾詖陋，雜取隱僻，以眩惑淺學之夫，此其心術爲何如人哉？衡文者不能鑒別，往往録取，轉相仿效，日增其弊。此何怪士風之日壞也？閣下毅然欲率今日士習使之端，固當變今日文體使之正。且士最陋者，所謂時文而已，固不足道也。其略能讀書者，又相率不讀宋儒之書，故考索雖或廣博，而心胸嘗不免猥鄙，行事嘗不免乖謬。願閣下訓士，雖博學强識，固所貴焉，而要必以程朱之學爲歸宿之地。以此覘於士習，庶或終有裨益也乎！

承徵取鄙著刻本，今呈上九經説、詩文集各一部，乞閲教之。冬寒，惟珍重多福，率復不宣。

録自姚惜抱先生尺牘卷五。

與陳碩士

再得書，知侍奉清佳爲慰。驟熱遂甚衰羸，乃殊畏之，臂痛亦未大愈，故艱作書也。

震川論文深處，望溪尚未見。此論甚是！望溪所得，在本朝諸賢爲最深，而較之古人則淺。其閲太史公書，似精神不能包括其大處、遠處、疏淡處及華麗非常處，止以義法論文，則得其一端而已。然文家義法，亦不可不講。如梅崖便不能細受繩墨，不及望溪矣。臺山則似於此事更遠，想其所得，自在禪悦，而不能移其妙於文内。其時文大不及二林居作也。

簡齋已歸，而溉亭於此月初四喪矣。此間樸學舍此更無人，甚可哀憯！吴殿麟赴揚州二十日矣，不知今赴鎮江不耳？孔信夫去後未有信來。此間大僚無不被罪，使人哀歎！世間臺山允初所事，豈非大得邪？所存窗稿閱其半，然所論已盡，今便以寄還。采之文尚未閱出。呈尊大人名帖，乞爲候安。茲因使還略報，餘當俟面悉耳。六月初七日，庚戌。

録自姚惜抱先生尺牘卷五。

又與陳碩士

雨後乃大熱，想侍奉佳勝，讀書方勤厲也。文家之事，大似禪悟，觀人評論、圈點，皆是偺徑，一旦豁然有得，呵佛罵祖無不可者。此中自有真實境地，必不疑於狂肆妄言，未證爲證者也。鼐左臂尚未全愈，鈔辭賦尚未得。餘不具，六月廿一日。

録自姚惜抱先生尺牘卷五。

再與陳碩士

久未得消息，甚念，甚念！秋涼來想佳勝邪？所寄來文字，無甚劣，亦非甚妙。蓋作文亦須題好，今石士所作之題内本無甚可説，文安得而不平也？歸震川能於不要緊之題，説不要緊之語，卻自風韻疏淡。此乃是於太史公深有會處。此境又非石士所易到耳。文家有意佳處，可以著力，無意佳處，不可著力，功深聽其自至可也。

鼐秋間因酬對應試者之勞，遂病數日，今已愈。肰歎老翁不復堪事也。今年河道艱阻，京師百物必愈貴，居者愈難，石士不至甚憊邪？若便南歸，亦未易謀一安居之策。人生如浮舟江海，聽其所至，非智力所能與矣。已涼，惟珍重！餘不具。

録自姚惜抱先生尺牘卷六。

再與陳碩士

得九月十二日在漢口見寄書，具悉平安，計今抵家久矣。鼐冬初奉寄一書，諒亦達矣。卜兆大事已定未？甚念，甚念！明年乃他謀乎，抑仍往漢上也？鼐居此如常，衡兒尚不得署事，旅居蕭肰。雉兒下血之症〔一〕，交冬必大發，以是愁心耳。寄文一本，愚意頗不甚喜之，石士力所能至，當不止此，須大事畢後，更進功耳。

夫文章一事，而其所以爲美之道，非一端。命意立格，行氣遣辭，理充於中，聲振於外，數者一有不足，則文病矣。作者每意專於所求，而遺於所忽，故雖有志於學，而卒無以大過乎凡衆，故必用功勤而用心精密，兼收古人之具美，融合於胸中，無所凝滯，則下筆時自無得此遺彼之病也。

江寧此數日內，雪甚大，寒如燕中，老翁殊以爲苦。不知江西亦若此否？然明年麥秋則大可望矣。率寄珍重，不具。

録自姚惜抱先生尺牘卷七。

【校】

〔一〕「症」，原作「證」，國學本同，據並州本改。

再與陳碩士

得六月朔書，具悉佳好。見試差單都未得，恐須分房矣。京兆士所聚，得才或勝出差也。多作詩大佳，聽覃谿之論須善擇之。吾以謂學詩不經明李、何、王、李路入，終不深入，而近人爲紅豆老人所誤，隨聲詆明賢，乃是愚且妄耳。覃谿先生正有此病，不可信之也。令郎文略爲閱過，苟能取愚說，必將更有進步。詩、古文各要從聲音證入，不知聲音總爲門外漢耳。

頃見王述庵集，論子瞻諸銘在昌黎上，此何其謬邪！以此歎解人難得，時之爲詩文者多亂道耳。今日王鐵夫來，得晤之，然未得細談。其天分當在覃谿上，但學不如，此不可以名位爲優劣也。常州有惲子居文，亦有可觀。聞淞江姚春木選國朝文，然此不過如唐粹、宋鑒之類，備一朝之人才、典章，不可以爲論文之極致。如鐵夫謂宋元人文各有可學，此只是門面話。如云體例有可采處，則凡有遇皆可采，不獨宋元也。如直求可當古文家數者，則南宋雖朱子不爲是，況元及明初諸賢乎？

如宋金華直是外道，而朱竹君以爲妙絶，遂終身爲所誤。此等非所見親切，安得無妄説也！與石士相見難，恐老死無解人，遂痛言之，勿與人見可耳。不具。

録自姚惜抱先生尺牘卷七。

與石甫侄孫瑩

昨得汝秋間書，知汝父子在廣平安明歲館，想仍舊耶？吾近平安，然精神終是乏竭，八十老翁，辛苦執筆，以養一家之人，常苦不給，豈不可傷邪？

汝所論吾文字，大體得之。汝所自爲詩文，但是寫得出耳，精實則未然。此不可急求，深讀久爲，自有悟入，若只是如此，卻只在尋常境界。夫道德之精微而觀聖人者，不出動容周旋中禮之事。文章之精妙不出字句聲色之間，舍此便無可窺尋矣！

聞汝欲刻編修公詩，廣州刻價稍易，得成最佳。其餘所著散碎，非大爲編輯，未易敘次。此非旦夕事矣！吾今日連作數書，覺氣耗，略報。餘汝兄字詳之。

録自姚惜抱先生尺牘卷八。

又與石甫侄孫瑩

作前書未發，得汝六月廿日從化寄來書，具悉近狀。所言近時諸公於學問邪正之辨不明，其所品論殊非公當。誠然。吾昨得淩仲子集閲之，其所論多謬漫無可取，而當局者以私交入之儒林，此甯足以信後世哉？史〔一〕家自當力爲其所當爲者，書成以待天下後世之公論，何必競之於此一時哉？吾孤立於世，與今日所云漢學諸賢異趣，然近亦頗有知吾説之爲是者矣。渾潦既盡，正流必顯，此事理之必然者耳。至於文章之事，諸君亦了未解，淩仲子至以文選爲文家之正派，其可笑如此！汝所寄較舊稍有進步，然不能大愈。大抵文章之妙，在馳驟中有頓挫，頓挫處有馳驟，若但有馳驟，即成剽滑，非真馳驟也。更精心於古人求之，當有悟處耳。

今科桐城中四舉，而姚氏無一人，未知北榜何如耳？趙笛樓觀察所求墓表，俟稍遲爲之。吾衰敝，作文頗難，精神佳時或復執筆耳。彦容覓館不得，今只好爲薦一徽比館，然亦尚未得也。五兒已與復兒等同船回家去。此行真是孟浪，吾力勸其努力學字，然彼天分既鈍，又懶用苦功，何由大進耶？

録自姚惜抱先生尺牘卷八。

【校】

〔一〕『史』，原缺，據並州本補。國學本作『大』。

再與石甫侄孫瑩

近想汝平安？吾前月作一書，付師古往廣東寄汝，不知與此書到孰先後也？趙觀察封公墓表，吾已撰寄之。秋闈，吾家中甯遠之孫猶不爲寂寞，彦容頃得江浦徵比之館，歲僅六十金，無可如何，只得就之矣。吾精神殊不佳，留此度歲，亦不得已耳。

汝詩文今寄還，所評略如別紙。凡詩文事，與禪家相似，須由悟入，非語言所能傳。然既悟後，則返觀㫺人所論文章之事，極是明了也。欲悟亦無他法，熟讀精思而已。

吾此間僅雉兒一人隨朝夕，吾令復兒到家後即來此，想亦將至矣。中原紛紜多事，令人憂怛，茲略報不盡。

録自姚惜抱先生尺牘卷八。

再與石甫侄孫瑩

新年想汝平安。得去年十月寄書，略知消息。吾在此[illegible]適。彦容得江浦教讀館，歲修百四十金，今暫回家省覲。景衡署江都兩月餘，已謝事而反，有數千金之身累，蓋此邑兑漕例須賠累，而彼署事又值兵差也，近日州縣豈易爲之官哉！

笛樓太翁墓表，去冬已寄去，併有書復之，想從兼士處送去，當已達矣。

汝所論近時人爲學之弊極是，然反其弊而實有所得，此未易言也。人各任其力，量功候成就大小純駁，不可早定得失之故。有人事，亦若有天道焉。惟孜孜勉焉，以俟其至可耳。所選吾詩，大抵取正而不取變。然觀人之才，須正變兼論之，得其真境，乃善。夫文章之事，欲能開新境，專於正者，其境易窮，而佳處易爲古人所掩。近人不知詩有正體，但讀後人集，體格卑卑，務求新而入纖俗，斯固可憎厭，而守正不知變者，則亦不免於隘也。

登科記文，著筆嫌其太重。凡作古文，須知古人用意沖澹處忌濃重，譬如舉萬鈞之鼎如一鴻毛，乃文之佳境，有竭力之狀則入俗矣。大抵古文深入難于詩，故古今作者少於詩人。然又有能文而不能詩者，此亦自由天分耳。劉明東閉戶讀書，今年決不出作館，可謂有志。此間亦有一二欲讀書人才，皆不逮明東。然亦視其後來究竟何如，今不能定也。餘須面見乃得盡其詳，兹略報不具。

録自姚惜抱先生尺牘卷八。

與胡果泉

累月有疏候問，伏惟涼秋興居萬福！江南今歲旱既太甚大，君子念切民饑，而財用匱乏之時，又難於籌備，仰思憂悴之衷，必有逾范公之於青州者已。兹有陳者，敝縣之災與安慶各縣同也，聞本邑縣令出令各大戶：急出財以救饑饉。此誠是也，而側聞其又出示徵收下忙錢糧。二事並行，一何矛盾！此恐其所延幕賓不善之所爲也。誅求不得，必濟以鞭刑。極敝之民，恐鞭刑亦不能充賦，則將奈何？今邑中人心既已憂惶，鼐遠聞之，亦不能不爲桑梓之慮。謹撰私議一首，上呈几下。愚賤於公事素不敢干，此則所關於一邑利害甚鉅，伏望垂覽，酌所以處之。如使閭閻得安，則鼐妄爲出位之言，而抑或小助涓埃於仁心仁聞之萬一也。肅此惶恐謹上，兼候台安！不具。

録自惜抱先生尺牘補編卷一。

與呂幼心

恭惟老父臺先生兹惠之德，明達之才，勤厲之政，宿著於敝地，爲闔邑士民所仰戴久矣！頃者鳬舄再莅兹邦，弟等復荷幪依，不勝欣忭！然不敢以私書輕瀆令君，故闕啓候，知弗罪也。今年敝邑遭此大荒，側聞閣下敕令邑中巨戶，出穀平糶，以蘇窮民。此善政所被，雖出嚴令，而人心悅服，夫何有異說也！至於饑歲官賑，在事理爲常，而司庫非充，災處甚廣，籌餉甚難，亦不得不姑減災歉分數，以爲權宜之說。然遂謂可以征賦上供，則必不可，計邑中沿江沿湖圩田，固為有收者，然此等據地不多，恐不能及一縣地十分之一，且有無錯雜，極難於履勘。閣下或於報災之中，指明所在鄉保，剔出此十分之一，或並此統歸一例爲災田，固在仁明，酌行其可。蓋邑中豐收之年，此田往往被潦，以其少也，難於剔出求免，只歸統報也。至於此外闔境災黎，雖有田畝，而糜粥不充，蠲緩所不待言。苟復事徵求，恐其患不知所底！父臺昔在甘肅，以報災陳實，甯得罪於上官，豈今於桐城而變其素守哉！茲固不待愚鄙之陳說也，父臺必已盡舉民瘼，申告上憲，而鼐桑梓之情，復瀆聽覽，區區鄙懷，實爲淺陋，所望諒恕而已。家書一封，乞遣役送寒舍，並候不宜。

録自惜抱先生尺牘補編卷一。

與嚴半愚

去臘，汪君至，得惠書，具審動定佳也。交代事已畢未？當於何時可放歸舟邪？世途宦味，真如嚼蠟，幅巾山林，甯非良策！但故人遠別之懷，不勝悵耳。鼐益衰敝，疝病竟不可除，亦無可如何也。奉寄玉章三枚，舊畫一幀，又拙刻數種，望攜入歸裝，以慰別後相念。

録自惜抱先生尺牘補編卷一。

與張翰宣

春間承賜書，久未奉復，亦乏便也。近想佳勝，著作益富矣。所論文章之事，具見古人學之根柢，非深入者不能爲是言也。獨不信望溪不取孟堅之旨。此其間別有說焉，蓋以學問論，則漢書乃史家之首宗，豈可輕視？若以爲文論，凡漢書除所取太史公之作，其傳之佳者，盡在昭宣之世，大抵西漢人舊文，非孟堅所能爲也。其諸志率本劉歆，若班氏自爲之文，只是東漢之體，不免卑近；若司馬相如之文，自是西漢之傑。昌黎極推之。以學論，司馬固遠遜孟堅；以文論，孟堅安得望相如？昌黎詩文中效相如處極多，如南海廟碑中敘景瑰麗處，即效相如賦體也。而先生謂韓文無司馬體，則退之爲文，學人必變其貌而取其神，故不覺耳。韓公效相如處頗多，故其稱之不空口也，望更尋之。鼐今年只在此度歲，悵無由一見，故略報不具。

録自惜抱先生尺牘補編卷一。

與惲子居

前得惠書，久未奉復，道遠乏便，亦由懶惰之愆也。聞閣下遭無妄之毀，使人歎慨！今事當已明白，得復官不？承示數文字皆佳甚，今世那得見此手？第校之古人，當尚有遜處耳。夫古人妙處，不可形求，不可力取，用力精深之至，乃忽遇之。衰髦如僕，豈復能更有絲毫進步！閣下年力猶強，從政之餘，不忘學問，望更勉至古人深處，不以所值自限而已。

録自惜抱先生尺牘補編卷一。

與管異之

前月得寄書並詩，詩句格近老成，此是進步。然於古人神氣超絕、轉換變化處，未得也。陸放翁云：『我昔學詩未有得，殘餘未免從人乞。』異之此時，正在此界內。凡初學皆不能免此，然於此關不能跳過，則終是庸才矣。所望勉力而已。今體詩揚州尚未刻出，至古體阮亭不取四傑，此是阮亭識力正處，異之豈可議之？必欲補其所少，其惟長吉一人乎？若玉川則不足録矣，須知長吉、子瞻皆出太白，而全變其面貌。異之得此理，乃能善學太白矣。

録自惜抱先生尺牘補編卷一。

與馬雨耕

前月寄一書，不知何時達，近想佳好。鼐此間如常，前告彥容得館事，今又不然，令人悶悶。荒年艱窘，饑民死亡時聞。此間辦理似尚不逮呂公，吾前謂呂公猶差有可取處，而同鄉諸君信來言，八月初十日出示，征下忙錢銀，豈誤傳邪？抑本不欲徵稅，爲吏胥之所惑乎？不則呂公下鄉而幕賓照常例出示乎？此理殊未明也。鼐今年邑中田既無收，此間僅有稻九十石，而書院中月食米五石零，計所蓄僅食止明年二月。而書院月用須四十金，束修月五十金，萬不能除一半買米。今定於自十月起，上下俱日食一飯一粥，以待年豐米賤而後復舊。設法以求不可指準之件，不若儉苦以養自完之素。吾兄亦以吾之謀爲不謬邪？計吾兄今年亦必大窘窄，而儉約亦必若吾。凡諸戚友，俱可以此告之，舍此必無他良法矣。秋晴絕無雨意，麥不可種，明年尚未知作何狀耳。佩箴頃自宿遷來云：糧艘一隻未回，運河大竭。公私之憂，豈有已邪？

録自惜抱先生尺牘補編卷二。

與方植之

惠書至，略知近狀，又須更覓館地矣，使人悶悶。不知今已抵家不？吾此番來江寧，相去遠，茲後會面甚難矣，悵悵！寄示之詩，乃未見大進於往日，良由與俗人唱和，覺其易勝，便不復追古人。此何由得自卓立，有成就可觀乎？大抵學古人，必始而迷悶，苦毫無似處，久而能似之，又久而自得，不復似之。若初不知有迷悶、難似之境，則其人必終身無望矣。爲學非難非易，只在肯用功耳。

録自惜抱先生尺牘補編卷二。

與香楠叔

新歲遙想起居增福，官況必倍泰進，舉族可覬速登顯仕者，吾叔一人而已，安得不跂望之殷邪！侄近平安，然目加昏，又疝氣始發作痛，此爲不佳。去歲令長孫娶婦，又爲捐一監下場，遂將老翁所積留充送終之金全費去。今以八十之年，不能急歸，尚須作館以自給，豈不可傷邪！

生平詩文多隨手與人持去，未及留稿，亦不復自記，若此者多矣。『千帆落日鱗鱗白，萬壑秋聲葉葉黃。』設有人以爲己句，向侄誦之，侄不能知其爲己物也。賴吾叔之賞鑒而存之，亦翰墨中一重佳話也。自刻詩文集後，復有所作詩文，合可十卷。侄意不欲更刻，或待死後，並前更刻一全集耳。

録自惜抱先生尺牘補編卷二。

又與香楠叔

侄老病懶廢，久不奉啓候。頃陳笠颿方伯使至，顧承吾叔賜問，展誦欣忭，彌以慚悚，伏審頻年起居萬福！膝前幼弟聰俊健壯，行當入塾誦讀矣。知吾叔籌策蠻夷，履行谿谷，使跂喙得安其業，而國家永奠疆圉。孟冀之告馬伏波曰："諒爲烈士，當如此矣！"今吾叔亦何愧於斯義乎？

侄本意託居金陵，然非千金不能買宅，營之數年，卒不可得。而目昏體敝，日甚一日，明年八十四歲，安有仍作客之理？決計必歸去也！

秋闈桐城雋者四人，而吾家無與者，此亦未可如何之事也。今秋江南嗇收，不爲豐，亦不爲歉，粗足贍食。而黄河復決，大吏駐旆於水涯，群吏努力於畚鍤，加以帑屬匱竭，度支艱難，此爲近時之害也。

録自惜抱先生尺牘補編卷二。

與師古兒

汝身子即不健，不必鋭意作時文，卻不可不讀經書。蓋人元不必斷要中舉人、進士，但聖賢道理不可不明。讀書以明理，則非如做時文，有口氣枯索等題，使天資魯鈍之人無從著手，以致勞心生病。且心既明理，則寡欲少嗔，貪清淨空明，則爲知道之人。其可尊可貴，不遠出於舉人、進士之上乎？汝但宜時以此意，以讀書向道爲養病之法，則於汝父亦無不足之恨。如應考等事，不去何害！若強所必不能，徒自苦，又何益哉！

録自惜抱先生尺牘補編卷二。

贈序

送龔友南歸序

龔君劍戍居江南之宜興，有園田在焉。其來京師，每爲余道宜興山水之勝，而自言其樂思於此也。余曰：『昔者孔子取狂狷之士。狂狷者，慕古之人而不同乎流俗，故鄉原絕而譏之。今子材甚美，志甚高，論甚峻，近乎狂狷而將蒙譏者也。京師中豈宜是哉？其思自放於山水固宜也。』

今年冬十月，龔君一日過別余曰：『吾將隨吾父歸陽羨之居，逾年將復見子於此。』夫以龔君之逸才曠志，將處迹乎山谷之間，歌詠乎風雲，狎友乎魚鳥，余與龔君相別之日則長矣，而龔君顧樂之，若猶將復來此也，則余與龔君相別之日短矣，而竊恐君之不欲。雖然，如君年富而質美，進修而日強，且志日慕乎道德之盛。夫道德之盛者，不傲世而立名，不離物而矜己，謙而光，偕乎俗而不流。如是者，夫焉所處而不宜？君其一旦自江南而返乎京師，使君之學進乎古人，而德足信乎天下，復與余歡然相聚於此。然則君今者適乎江南山水之樂，其樂猶淺也。

龔君之行，其友皆作歌詩以送之。余更欲其更進於道也，而別爲之序。

録自惜抱軒文集卷七。

贈孔撝約假歸序

自周衰至今，垂二千年，古帝王之後，覆墜泯絕者，不可勝數。獨孔子後嗣，歷代有封爵，進而益崇，若聖人常在世者然。士大夫過曲阜孔氏，無論新故，必加敬愛，如恐弗及。豈孔子子孫人人賢哉？尊慕者深，則推及其遺體也遠。吾因是知古封建世及之法，當乎人心，由之足以維繫後世畔散乖異之群，而使之不忍去，其道亦猶是也。

國家重德而尊師，加禮聖裔，典逾前代遠甚。惟禮部會試，黏名拔之，孔氏試者雜於儔人之中，欲加意而莫由。於是有間數十年無孔氏舉進士，則天下歉然。前年春恩科會試，前衍聖公之孫孔君撝約與其從叔名繼涵皆得舉，撝約又選入翰林。天下不以爲孔氏榮，而以爲朝廷慶，雖余固亦樂之也。人情好惡殊異，選舉雖至公，未必人皆謂善；若天下樂之，因爲國獲得人之譽，其於選舉之道不尤盡乎？

然吾聞士之自待，與人之所以待己者不同。撝約年僅二十而有高才，廣學而遠志，蘄爲古人而不溺於富貴。然則其必不以人之所以樂之者自樂也。傳曰：『莫知其苗之碩。』何也？誠愛之深也。余誠無狀，然愛撝約之深，殆未有若余者。夫器莫大於不矜，學莫善於自下，害莫深乎侮物，福莫盛乎與天下爲親。言忠信，行篤敬，本也；博聞，明辨，末也。今夫豫章松柏，託乎平地，枝柯上干青雲；依於危碕，岸崩根拔而絕，土附之不足也。以天下愛敬孔氏，而加以撝約之賢，未嘗不益重也，慎其所以自附者而已！

今年春，撝約以親疾假歸省焉。其行也，官於朝者皆眷然不欲離，余乃別爲之說以贈。乾隆三十八年二月，桐城姚鼐序。

録自惜抱軒文集卷七。

贈錢獻之序

孔子沒而大道微，漢儒承秦滅學之後，始立專門，各抱一經，師弟傳受，儕偶怨怒嫉妒，不相通曉。其於聖人之道，猶築牆垣而塞門巷也。久之通儒漸出，貫穿群經，左右證明，擇其長說；及其敝也，雜之以讖緯，亂之以怪僻猥碎，世又譏之。蓋魏、晉之間，空虛之談興，以清言爲高，以章句爲塵垢，放誕頹壞，迄亾天下。然世猶或愛其說辭，不忍廢也。自是南北乖分，學術異尚，五百餘年。

唐一天下，兼採南北之長，定爲義、疏，明示統貫，而所取或是或非，未有折衷。宋之時，真儒乃得聖人之旨，群經略有定說；元、明守之，著爲功令。當明佚君亂政屢作，士大夫維持綱紀，明守節義，使明久而後亾，其宋儒論學之效哉！

且夫天地之運，久則必變。是故夏尚忠，商尚質，周尚文。學者之變也，有大儒操其本而齊其弊，則所尚也賢於其故，否則不及其故，自漢以來皆然已。明末至今日，學者頗厭功令所載爲習聞，又惡陋儒不考古而蔽於近，於是專求古人名物、制度、訓詁、書數，以博爲量，以闚隙攻難爲功，其甚者，欲盡舍程、朱而宗漢之士，枝之獵而去其根，細之蒐而遺其鉅，夫寧非蔽與？

嘉定錢君獻之，强識而精思，爲今士之魁傑，余嘗以余意告之而不吾斥也。雖然，是猶居京師厖淆之間也。錢君將歸江南而適嶺表，行數千里，旁無朋友，獨見高山、大川、喬木，聞鳥獸之異鳴，四顧天地之内，寥乎芒乎，於以俯思古聖人垂訓教世先其大者之意。其於余論，將益有合也哉？

録自惜抱軒文集卷七。

贈程魚門序

余初識魚門於揚州人家坐上，白晳長身美髯，言論偉異，自是相愛敬。魚門來官京師，乃益親。去歲同纂四庫全書，因日日相見，至今歲，余始將去。余與魚門一别於揚州。後六年，余由京師歸家，别於京師。後又六年，魚門南遊江、淮，轉入梁、宋，復別余去。後四年至今日，前之別皆未幾即見，今之去，其見時未可期也。

余幼於魚門十四歲。始相識，余年二十八，今逾四十，多羸疾，思屏於江濱田間以自息。魚門意氣亦不如故，修髯蒼蒼大半白，相對言今昔事，有足慨者。人欲握手交歡，杯酒道款曲，則鄉里親舊多有之；至縱橫往復古今賢士術業，言足起人意，非遇海内豪傑之士，不可得也。是以今者，余益有慕乎魚門。

夫士處世難矣！羣所退而獨進，其進罪也；羣所進而獨退，其退亦罪也。天地萬物之變，人世夷險曲直好惡之情態，工文章者必決摘發露至盡。人匿其情久矣，而或宣之，宜有見惡者矣，况又加之以名稱邪！往時大學士劉文正公，嘗太息魚門之才，而惜其爲名士。夫魚門行與學甚敦美，與名相副，名何足爲魚門病？抑吾聞之：物求而致之者，不若不求而致之之安也。魚門處盛名之下、車馬塵雜之間，其將釋知遺形，超然萬物之表，有若聲華寂滅、遺人而獨立者也。然則魚門終免世網羅繒繳之患也已！

錄自惜抱軒文集卷七。

贈陳伯思序

周衰而莊周、列禦寇之言興。蓋古帝王之時，民皆有淳德，聖人謂無以持之也，道以仁義，養以禮樂文章，使民始於忠信而成於禮。若周、禦寇所云『大人至德』者，聖人乃以爲教之質也。去古既遠，功利狙詐益用，二子始欲一返乎質，使人各全其真，其言雖不中，捄世之心，可謂切矣！自周及魏、晉，世崇尚放達，如莊、列之旨。其時名士外富貴、淡泊自守者無幾，而矜言高致者皆然，放達之中，又有真僞焉，蓋人心之變甚矣！

昌平陳君伯思，其行不羈，絕去矯飾，遠榮利，安貧素，有君子之介。余謂如古真德而可進乎聖人之教者，伯思也。國家設百官，以治庶事，伯思處曹司，溫溫無所辨，不爲能吏。嗟乎！使今之在官者皆伯思若也，則治亦大矣！伯思友余時年二十許，今又二十餘年，德與年日新者，余所望於伯思也。以魏、晉之賢自處而安乎故者，陋也。久與遊將別，思有以慰且勉之者，余之衷也，故述是說進焉。

錄自惜抱軒文集卷七。

壽序

劉海峰先生八十壽序

曩者鼐在京師，歙程吏部、歷城周編修語曰：『爲文章者，有所法而後能，有所變而後大。維盛清治邁逾前古千百，獨士能爲古文者未廣。昔有方侍郎，今有劉先生，天下文章，其出於桐城乎？』鼐曰：『夫黄、舒之間，天下奇山水也。鬱千餘年，一方無數十人名於史傳者。獨浮屠之儁雄，自梁、陳以來，不出二三百里，肩背交而聲相應和也。其徒徧天下，奉之爲宗。豈山川奇傑之氣有蘊而屬之邪？夫釋氏衰歇，則儒士興，今殆其時矣！』既應二君，其後嘗爲鄉人道焉。

鼐又聞諸長者曰：『康熙間，方侍郎名聞海外。劉先生一日以布衣走京師，上其文侍郎。侍郎告人曰：「如方某何足算邪？邑子劉生，乃國士爾！」聞者始駭不信，久乃漸知先生。』今侍郎没，而先生之文果益貴。然先生窮居江上，無侍郎之名位交遊，不足掖起世之英少。獨閉戶伏首几案，年八十矣，聰明猶強，著述不輟，有衛武懿詩之志，斯世之異人也已。

鼐之幼也，嘗侍先生，奇其狀貌言笑，退輒仿效以爲戲。及長，受經學於伯父編修君，學文於先生。遊宦三十年而歸，伯父前卒，不得復見。往日父執往來者皆盡，而猶得數見先生於樅陽。先生亦喜其來，足疾未平，扶曳出與論文，每窮半夜。

今五月望，邑人以先生生日爲之壽。鼐適在揚州，思念先生，書是以寄先生，又使鄉之後進者聞而勸也。

録自惜抱軒文集卷八。

書制軍六十壽序

大司馬制府書公紱庭先生，自其先相國藩屏江南之時，從於官署，趨庭之暇，以偉材明識，佐成善治，而因習知江南之民俗。其後以忠孝入侍禁垣，以勳績外著徼塞，而天子知其才德之閎，尤熟於江南之治，命撫安徽，擢督三省，皆嗣相國之故迹。公整身秉義，以率列城之吏，殫心悉謀，以圖數千里之政。法令不苛，而治績日茂，爲時益久，民心益仰戴親樂之。至於今歲，公俯臨江南者十年，而維秋八月，降崧之壽亦六十矣。

昔周公、召公，分主東西陝，始自文王之時，及於成王，則君陳繼周公爲尹，而召公受任，逮於康王，年幾百歲。周、召之治，皆前後數十年，此周治所以盛也。今聖人臨馭宇內，備文、武、成、康創守之道，亦且兼有其前後累洽之年矣，而督治三江者，自中原而包有吳、越，猶周、召分陝之職，公實以父子相繼居之，譬若周公、君陳焉。至其莊敬日強，任劇煩而不倦，精神方富，耆艾壽考，必且同於召公。然則以一人之身，將兼有周、召之美。若是者，豈獨公一身之庥嘉哉！夫亦我國家之盛事也。

然公持清介之節，葆儉素之風，設弧之辰，方親詣河、淮，以防秋水之至，誡屬吏無敢爲慶祝之禮。至於閭巷之間，歎美者盈途，頌禱者在室，而固不敢以陳於左右也。

鼐聞之豳風：古豳民頌其國侯，有躋公堂稱兕觥而祝無疆之壽者。今公世治江南，固猶古諸侯之嗣職，而凡厥吏民，各懷躋堂稱觥之思久矣。特公謙懷儉德，不使其下得爲耳，然其意不可不著也。鼐江南庶民之一，實與億兆同心，又欲附古詩人之意，謹述而爲之序云。

録自惜抱軒文集卷八。

陳東浦方伯七十壽序

昔昌黎韓文公之論爲詩曰：『歡愉之詞難工，愁苦之言易好。』故世謂唐詩人罕達，獨高常侍稱爲作詩之顯者而已。其後歐陽永叔因亦有『窮而後工』之説，世多述焉，或以爲是不必然。夫詩之源必溯於風、雅，方周盛時，詩人皆朝廷卿相大臣也，豈愁苦而窮者哉？鼐嘗思之：當文、武、成、康爲治，周、召之倫，陳述祖宗，援引興亾，以爲教諫，憂危恐懼之意常多。逮宣王中興，尹吉甫之徒，於君友間，誼兼規勉。是雖處極治之時，其詞固不得第謂爲歡愉矣。若夫爲歡愉之詞，魚麗、蓼蕭、菁莪、魚藻之篇，寥寥數言，不足以發爲詩之極致。然則詩人誠不必盡窮，而歡愉之詞不如愁苦，其説上推之六經，卒無以易也。

潯陽陳東浦先生，少爲詩人，實配盛唐之雄傑，秉節方面，則嗣周室之旬宣，固兼孔門之政事、文學，而爲詩人之達者也。今秋七月，先生七十初度，吏民蒙德者，無不爲先生慶，而先生方勤思國事，愍念民瘼，未嘗少自暇逸，歡愉之説，靡得進焉。鼐謂此先生德業之所以隆，亦先生詩所以美也。是以援韓公之証，論之周、召、吉甫，以請於先生。蓋衛武公年八九十，而爲抑戒，而召公矢音卷阿，年逾百歲，爲古詩人之壽，而道光於天下後世，此鼐所以祝於先生者。若夫白樂天、陸務觀之倫，雖亦詩人之多壽，而不足爲先生道矣。

録自惜抱軒文集卷八。

鄭太孺人六十壽序

儒者或言文章吟詠，非女子所宜，余以爲不然。使其言不當於義，不明於理，苟爲眩曜迂欺，雖男子爲之可乎？不可也。明於理，當於義矣，不能以辭文之，一人之善也；能以辭文之，天下之善也。言而爲天下善，於男子宜也，於女子亦宜也。太姒之所志，莊姜之所傷，共姜之所自誓，許穆夫人之所閔，衛女、宋襄公母之所思，於父母、於兄弟、於子，采於風詩，見錄於孔氏，儒者莫敢議；獨後世有爲之者，則曰不宜，豈理也哉？

侯官林君母氏鄭太孺人，少善文辭，歸於林君尊甫。林君尊甫以進士知山陰縣，罷官旋沒。廉吏家無儲贍，太孺人年三十餘，上事姑，下撫兩幼子，辛苦勞瘁，以其學教二子，同一年得鄉薦，季者成進士爲編修。余每與兩林君言論，非世俗淺學也，而皆出於母氏。今詣余謂太孺人是冬壽六十，乞一言以歸爲獻。余謂太孺人之行，孔氏所褒，而其文，儒者所當采以附古錄詩之旨者也。林君歸，以是説進諸母氏之前，太孺人其益可以自信矣！

録自惜抱軒文集卷八。

旌表貞節大姊六十壽序

周之西都多貴族，而詩人嘗思詠其女子焉，曰：

『彼君子女，謂之尹、吉。』女而有君子之德，天下所得之以爲榮者也。及尹氏爲太師，見刺家父，而節南山作焉，則併其親黨譏之曰：『瑣瑣姻亞。』夫一尹氏也，而得其女者，或以爲榮，或以致譏，豈非以所值賢不賢異哉？故貴賤盛衰不足論，惟賢者爲尊，其於男女一也。吾族夙有形家之説，曰：『宜出貴女。』而張氏與吾族世姻，其仕宦貴顯者，固多姚氏婿也。然余以爲吾族女實多賢，豈待其富貴而後重邪？

余三從伯父爲嘉湖道布政副使，實生大姊，適張君肩一，爲萊州太守之子。太守之夫人，吾姑也，大姊之娣，又吾妹也，皆賢有可稱，而大姊之遭最不偶，十六而嫁，能事公姑，以爲有禮。太守捐館舍，肩一以憂致疾，姊割臂求以療之，竟不起，遺一孤女。姊年才二十，悲傷之甚，損其一目。自是上事姑，下撫弱女，閉門自守，不妄見一客，卒以夫弟子雍嗣，教之成立，有司請於朝而旌其閭焉。吾嘗閲歸熙甫作顧文康之女壽序，言：『其家隆盛，能以豔陽桃李之年，而有冰雪風霜之操。』吾姊雖不若彼出於宰相之門，而父母及夫家，皆典牧方州，世承仕宦。姊獨於其間遭離荼苦，執德秉節數十年，其亦可謂君子之女，無愧古之尹、吉，而其榮有逾六珈簟茀者已。

萊州之喪，吾姑恭人最儉謹，持家有法。姊能嗣姑之舊以保其業，子女皆婚姚氏：女嫁母侄，子娶姑女，邕然門庭之間，日浸以盛。姊於是老而傳事，蓋今兹年六十矣。十月上浣，實其初度，内外之族，皆往慶之。詩曰：『無非無儀，惟酒食是議，無父母遺罹。』此以處常者言也，若不偶遭值艱厄如吾姊，其必如吾姊處之，乃可以言無遺罹矣。吾故引詩美刺之義爲壽，豈獨以榮吾姊哉！又使幼少者，將聞吾言而知敬戒也。

録自惜抱軒文集卷八。

伍母陳孺人六十壽序

自余來江寧，伍生光瑜從余遊四年矣，時爲余述其母氏之賢，曰：『昔光瑜先考，爲人慈仁樂善，而艱於子。適母楊孺人賢明而好義，急緩帶之思，乃得生母陳孺人來歸，生子瑛及光瑜。光瑜甫生而孤，是時舉家所以爲生計者，皆托於人手。主人驟喪，或乃乘勢危而欲攘之。兩孺人處悲哀之中，內撫幼弱，外禦強侮，備嘗困難，而後得保其家。二子既長，雖慈愛之甚，而教督必嚴，以至於有孫也，則撫之亦如是。於是者數十年，而楊孺人棄世。陳孺人之事女君也常嚴，未嘗一日懈於禮；侍其疾也，未嘗須臾離於側；及其亾也，悲哀至久而不能自勝。其持家教子婦及施德親族也，一皆率循楊孺人之舊法而不敢怠。當先君始沒，楊孺人年三十餘，陳孺人二十餘。國家之制，三十歲以下守節者得旌典，逾三十則否。光瑜將爲母請旌，孺人聞之悽然曰：『吾與楊孺人共守數十年，目見女君之懃苦立義至矣！今者使國恩獨加於吾，而楊孺人不與，則吾不忍也，必不可。』光瑜又請曰：『甲寅之歲，春正月五日，實吾母陳孺人六十初度。光瑜既不敢違母命而請旌於朝，願先生賜之言以光於室。』余聞而歎曰：『兩孺人者之秉義，則皆美矣，而陳孺人讓善之義，何其厚也！』易曰：『謙尊而光。』今世相矜以名，雖閨門之內，亦務爲誇飾而寡情實。如陳孺人之辭名不欲居者，何可及哉！雖然，守謙者孺人之志也，而奉國制以揚幽潛者，有司之責也。孺人自盡其情，而有司自行其典，夫亦並行不悖可矣。孺人豈必終拒之哉？若夫詩之言曰：『釐爾女士，從以孫子。』言女有士行也。孺人之用心如此，可不謂有士行乎？況其子孫從爲士者乎？然則將必有承其德而興者，可以爲伍氏慶矣。

録自惜抱軒文集卷八。

王禹卿七十壽序

孔子曰：『古之學者爲己，今之學者爲人。』今夫聞見精博至於鄭康成，文章至於韓退之，辭賦至於相如，詩至於杜子美，作書至於王逸少，畫至於摩詰，此古今所謂絕倫魁俊，而後無復逮者矣。假世有人焉，兼是數者而盡有之，此數千年未嘗遇之事，而號魁俊之尤者矣。然而究其所事，要舉謂之爲人而已，以言爲己猶未也。

夫儒者所云爲己之道，不待辨矣。若夫佛氏之學，誠與孔子異。然而吾謂其超然獨覺於萬物之表，豁然洞照於萬事之中，要不失爲己之意，此其所以足重，而遠出乎俗學之上。儒者以形骸之見拒之，吾竊以謂不必，而況身尚未免溺於爲人之中者乎？

丹徒王禹卿先生，篤志學佛者也。先生少以文章登朝取上第；生平吟詠之工，入唐人之室，與分席而處；書法則如米元章、董玄宰之嗣統二王；此皆天下士所共推無異論者。獨至其學佛之精，而人反不甚信；僕以語人，人口諾而心笑者且有之。今歲八月，先生忽生背疽，負痛欲死，而晝夜危坐，與人言說，神明不變，匝月而平復。於是世始駭歎，知先生之學，真有能外形骸而一死生者，平時不覺，遇難而後見也。

又越月，則爲先生七十壽辰。夫先生苟無此七十之壽，則其爲己之實，不能大著於天下，而天下反以其爲人寄迹之事稱之，不亦失先生於交臂乎？先生持佛戒，桑弧之日，不可以酒醴稱觴；鼐獨爲斯言以壽，侑以清茗，使來壽於堂者同飲之，將終醒而無醉云。

録自惜抱軒文集卷八。

陳約堂七十壽序

陳約堂先生，當其六十之時，作守姑孰，余既爲文以壽之矣。逾十年，君自宛邱解組，過余里而歸老新城。時君之次子，得爲刺吏於寧州，而三子新捷於京兆。君則貌充而神益健，年至是七十矣。昔周公留召公以仕，而末終以『明我俊民，在讓後人於丕時』。蓋君子老之不能不終退者，理也；而冀俊民之興，以助國家丕時之盛者，人臣無已之心也。後之士大夫，雖不敢上比周、召；而願助國家之盛，求俊民而讓之，夫亦何嘗不同是情哉？夫誠得俊民之可讓矣，雖四海九州素不相知之人，吾猶將樂之，而況出於吾之子姓也哉？

今約堂一家群從，列官清要，效才内外，爲國器者既衆矣；而約堂甫遂歸田之志，即兩子奮翼之初，是一家俊民之興，蔚焉勃焉，未有極也。此天下相知，所以咸爲約堂慶，而約堂亦不能不熙然以喜者已。

顧吾又思之：周公作君奭之年，召公老矣，而卒不得退，至於康王之世，年蓋逾百，而作卷阿之歌。其言

『吉士』、『吉人』，亦猶之周公讓『俊民』之旨。然而周公欲明農而不能，召公欲退，至逾百歲而猶不能。然則後人讓俊民之心，可竊附周、召之心； 而歸田之樂，則有周、召之所欲而不得者矣。

余以無狀，早放田野，今年亦七十矣。去約堂家五六百里，約堂懸弧之日，不能遽往登堂。然或異日扁舟來訪，與君徜徉山水之間，共話數十年之離合，翛然矢音，亦差爲交遊之盛事。今先屬此一觴，以爲後約，不亦可乎！

録自惜抱軒文集後集卷四。

許春池學博五十壽序

春池學博，篤行君子，而沉思好學。爲文華美英辨，而切於理。既成進士，授職長丹徒學。丹徒諸生，無不樂其人而親其教也。

余往主揚州書院，多有丹徒生在列，知其地多異才矣。又往來江上，過北固、金、焦山，每與客登眺，愛其山川雄秀而曠深，蓋所以能蓄清英而生佳士者。其後又主安慶敬敷書院，春池以同鄉生來著録焉。余論説學問，必崇古法，蓋世人所謂迂謬者； 春池時獨能信吾説而不疑，余固賢之，知其異矣。今以春池之賢，而教丹徒之秀傑； 諸生之信春池，殆猶春池之信吾，固宜其有合也。

昔與春池聚時，春池固猶少壯，今忽忽越二十餘年不見春池，而春池壽五十矣。既樂其聲名之有聞，而亦感余益老且憊。丹徒江山之麗，才傑之多，與春池風義之舊，皆邈然不可復見，而其生徒以春池初度，舉觴爲慶，乞余爲之辭。余欣然書之，亦所以識余感也。

録自惜抱軒文集後集卷四。

馬儀顓夫婦雙壽序

嘉慶丙寅八月，爲吾四妹七十初度； 越及半歲，妹夫儀顓亦七十矣。族戚咸造其室，舉觴爲慶。吾隔在鍾山之麓，未能遽返，乃以所欲言者，書而寄之。

夫一鄉之衆，七十者鮮矣。夫婦具而七十者尤鮮。儀顓之孫獻生，前一年登第，入翰林，告歸而稱家慶。夫婦一堂，俯見兩曾孫挾筴而就家塾，此族戚所爲喜也。

儀顓坦中樂易，與人不爲怨惡，鄉黨謂之長者，而吾妹亦頗以賢見稱。當乾隆甲戌、乙亥間，吾家貧最甚，日不能具兩飯，晡輒食粥。吾妹嫁則夫家始猶裕，而繼亦貧。其前後處貧困，皆能怡養性情，無纖毫尤怨。至承事舅姑，有常人所難任者，而吾妹能盡其理。此所以備經艱苦之餘，晚見榮慶，而人亦不以謂鬼神之妟施，而謂其宜也。

然吾始者弟兄三人，兩妹，今吾與四妹僅存。儀顓有才子吾甥魯陳，甫登第而隕，賴有孫繼起速耳。今之稱慶者，衆人之情也。若吾與吾妹夫、吾妹，固有追懷而默愴者矣。

夫欣戚之境無常，而善否之理不易。吾妹夫暨吾妹精神方健，不似老人，而吾亦幸未逮昏聵之甚。往事姑置之矣，所願更以此身相勵以謹，相策以道，耄耋不衰，庶足以終對先人而教子孫者。若夫積善餘慶，雖有是理，而不敢以覬覦焉。吾所爲言者盡於此，而吾妹夫、吾妹，必能受吾言而盡一觴矣。

録自惜抱軒文集後集卷四。

伍母馬孺人六十壽序

乾隆甲寅之春，余爲伍孚尹之母陳孺人作六十壽序，今十八年矣。馬孺人者，陳孺人之長婦也。孚尹之兄□□早喪，馬孺人守節三十年，今亦壽六十。其子思樹等來請於余曰：『昔吾祖母秉節守義，謙不肯請旌於有司，惟見諸先生之文。今吾母節義實同於祖母，鬻子勤劬，教訓成立，至於今，母老而勞不懈。又諭二子以祖母昔者不欲受旌之誼，「吾雖於例當旌，而不敢逾焉。」惟歲正月，當吾母六十初度，亦欲以其事見諸先生之文，此亦吾母之志也。』

余聞而歎焉！念昔陳孺人讓善之誼甚厚，今馬孺人同其節行，而又同其謙讓，非詩所謂能『嗣徽音』者乎？余始來江寧，見富盛之族絢赫一時者多矣！至今才二十年，而盛族衰替，十有六七。獨孚尹一族多賢子，遊吾門者冠履相接。其家風之美，傳數十年而日起日增，斯母教之助爲可貴也。庸鄙迂謬如余，桓譚所云『祿位容貌不異人』者，而孺人乃盛欲得吾言焉，其用意固有異於常人者已！

又思：余本江北儒生，獨以耄年久處於兹，獲聞見伍氏一家數十年之事，斯若有天數焉。然則述孺人之美，繼陳孺人之後，誠爲此郡之美談，余於兹安得不一言也！

録自惜抱軒文集後集卷四。

策問

乾隆戊子科山東鄉試策問五首選二首

問：夏書紀九州，而各載其貢道，蓋以急惟正之供，謀轉輸之便，聖人所以安國而利民也。禹時九州之中，四州貢道，皆在今山東之境，或由濟、漯，或由汶、泗，皆達河以至帝畿。或謂徐州『浮於淮、泗，達於河』。『河』乃『菏』字之誤，是何謂耶？自水道屢變，大河改流而南，而國家建都燕京，則天下糧運，皆由會通河以至太倉，而山東爲咽喉扼要之地，是其勢較古時爲尤重。夫運河北所行者漳水也；南所行者泇、承、沂、泗也；臨清以南，濟寧以北，則上下皆賴於汶水。昔人言『汶水有五，源別而流同。』其詳可得聞歟？

明永樂中，尚書宋禮用白英策，築壩東平之戴邨，遏汶盡出南旺，分流南北，可謂巧於濟運矣。然南旺地勢特高，故昔人謂去閘則南北分瀉一空；況天時不齊，或有旱竭，固其理也。然則豫備之使無患運道者，宜以何術？周禮·稻人：『以瀦蓄水，以防止水。』考工記曰：『善防者水淫之。』初宋禮於汶上、東平、濟寧、沛縣竝湖地，設水櫃、斗門，櫃以蓄泉，門以洩漲。然水櫃在明時，已苦易淤，今固不免填塞矣。夫豈乏善防之術，如周禮所云『逆地防』、『不理孫』者乎？抑湖濱之民或有侵占，失其舊而吏不之省乎？且唐時承縣有十三陂，以爲沃壤，嶧縣其故界也。今將舉湖陂之利，盡修復之，內美田疇，外資舟楫，其道何以籌之？至於浚淺、置閘諸策，前人謀之詳矣，其在今日，尚有可議者歟？

夫通古今之謂儒，漕運經國之重務也。是以皇上既嘗親莅河堤，指示方略，至雨澤小有不時，必上軫宸慮，咨命河臣，毋敢怠忽，意至切矣。然則考稽川瀆，講求利病，幾一得以佐當世之用，亦儒者事也。其各陳所見，以爲當寧獻！

問：國家設官分職，各有典司，而惟守令最爲親民之吏。使親民之吏，舉得其人，則天下何患不治？使親民之吏，一方失其人，則一方受其病，朝廷雖有良法善政，皆爲虚文而已。恭惟我皇上愛養黎庶，軫念如傷，重司牧之官，慎察吏之政，是以綱維建立於上，群生禔福於下，治化之澤行，而貪暴之風寡矣。雖然，海内至大，人情萬殊，賢者固各舉其職，而間有不肖，或亦偷容其間。今將使郡縣之吏，盡稱其職，其道以何者爲要？

夫人難求備，德性多偏，吏之嚴明者或鮮慈惠，仁愛者或過於寬柔。所謂嚴而不殘，愛民如子，見惡如農夫之去草者，甚難其人。今將聽長民者意之所自趨乎？抑國家法令，有可以持其偏而扶其弊者歟？至其甚者，則又或放縱無忌，黷冒侵惏。是以今者稽察之令，責成上官，而執法除邪，明示懲創。然猶恐上官以姑息，而吏巧於避法，何以禁之？

且國風・羔羊之詩，美節儉正直之德。夫節儉則無侈費，正直則無營求；無侈費，無營求，則取用於廉俸，寬然有餘資矣，而曷至甘爲墨吏哉？然則奢蕩營謀者，吏治之所由敗也。今欲羔羊之美，偏於郡邑，而無『簠簋不飭』之譏，將焉所立法而後可？昔者司馬子長始傳循吏，而所載公儀子，固魯人也。諸生亦嘗讀史而慕其風歟？漢書循吏六人，後漢書循吏十二人，其所爲之迹，有於今可仿而用之者，亦有不可施於今者，尚分别論之！至其餘如趙、張、三王之流，雖不入於循吏之傳，然其治道實有足爲吏法者，採其長而施之於今，奚不可也？諸生其援古以合諸當世之要，書所謂『學古入官』者，蓋將有取於此。

録自惜抱軒文集卷九。

乾隆庚寅科湖南鄉試策問五首選三首

問：管子曰：『有地牧民者，務在四時，守在倉廩。』賈生曰：『積貯者，天下之大命。』古聖王之制：『九年耕必有三年之食。以三十年之通，雖有凶旱水溢，民無菜色。』則積貯莫善於此。其後李悝治魏，視年豐殺以爲糴出之節，是雖富強之術，其計畫亦足爲王政資。漢五鳳年間，始設常平倉。其法，悝之遺法也。然當時止用於邊郡，一傳及元帝而罷之。豈其道有不便於民乎？抑吏爲之不善也？隋時有義倉之名，宋儒定社倉之制。言積貯者，大抵因此三術。其建置本末利害得失之相較，可悉聞歟？

今州縣各設常平倉，又令鄉邑自爲社倉，國家籌爲民厚生者至矣。湖南之地，古所云『火耕水耨，民食魚稻，呰窳偷生，而無積聚』者。然則議積貯於兹地，尤其急也。夫土壤卑濕，官存倉穀，久貯則有紅朽之虞，歲糶則有強派抑買之弊，是將何以杜之？社倉積穀，雖民所自爲，然將一聽於民，而官不爲之經理歟？將使吏與於其間，而毋乃又爲閭里擾歟？必使吏良而令行，民賴其利，將何術與？夫審民生纖悉，以達於謀國大體，儒者有用之學也。願聞陳義之詳密焉！

問：民有四，而士其表率也。士習既端，則國多卿大夫之材，而民安於從化。古之時，兔罝之士，皆可爲干城。父與父言慈，子與子言孝，一有罷士，不得容於其間也。周、秦之交，士習始漓，而縱橫狙詐之說以起。自漢以來，士風又屢變矣。方今多士涵濡於列聖重熙累洽之餘，又仰被皇上聲律身度之教，嚮仁慕義，俊民聿興。詩云：『藹藹王多吉士。』固兹時也。

若乃九州萬國，地廣俗殊，椎魯者無文，華巧者失實，南北異尚，何以齊其短長？又其間，間有居庠序而侵吏事，舍樸厚而樂輕俠，有士之名而實爲士之蠹。地有師儒，而未必盡從其教；歲舉優劣，而未必盡得其實。將使化導得行，而激勸各當，其道曷由？諸生夙誦洙、泗、閩、洛之言，所以自正其身者，即國家所以整齊天下之理也。修己移風，試爲悉陳其要！

問：詩以言志，虞廷設教，蓋首用之。唐時以律詩試士，其後或沿或否。聖上以科舉表判之法，文具無實，乃詔試士增用詩題。所以觀學者性情才力，畢陳而不可掩也。今試以古今體制之殊，俾諸生縱論之。

五言詩始於枚乘、蘇、李，其後作者輩出。魏、晉而下，太白譏其綺麗，退之斥爲蟬噪。果無足取若是乎？李、杜詩之大家，而朱子尤推子昂感遇者，則又何說？七言歌行，王子猷所告謝太傅者，已盡其理，能推發其意與？唐、宋、金、元、明諸家歌行一體，派別尤多，而各極其致。其正變何以衡之？自沈約始言聲病，五言近體，權輿於此。唐初言律詩者推沈、宋，其後諸家少變其法。

中唐作者多以五律爲長，然以視開、寶以前何如也？元微之推杜子美爲第一者，其長律一體耳。子美果以是獨絕，而律詩必以是爲正法乎？七言律詩，明人之論，或主王維、李頎，或主杜子美，而盡斥宋、元諸作者，意亦隘矣。然蘇、黄而下，氣體實自殊別。意有不襲唐人之貌，而得其神理者存乎？夫唐人之詩，古今獨出。然或謂惟絕句一體，最爲得樂府之遺者，是何謂也？

我朝文治百有餘年，風雅之林，炳焉極盛。皇上睿藻昭回，囿古今而羅萬象。學者少窺萬一，以旁衡千古詩人之作，如登高臨谷，如持鑒察形，較如其易明也，可以究舉而詳說矣！

録自惜抱軒文集卷九。

傳記

朱竹君先生傳

朱竹君先生名筠，大興人，字美叔，又字竹君。與其弟石君珪，少皆以能文有名。先生中乾隆十九年進士，授編修，進至日講起居注官、翰林院侍讀學士。督安徽學政，以過降級，復爲編修。

先生初爲諸城劉文正公所知，以爲疏俊奇士。及在安徽，會上下詔求遺書。先生奏言：『翰林院貯有永樂大典，内多有古書世未見者，請開局使尋閲。』且言搜輯之道甚備。時文正在軍機處，顧不喜，謂『非政之要而徒爲煩』，欲議寢之。而金壇于文襄公獨善先生奏，與文正固爭執，卒用先生説上之。四庫全書館自是啓矣。先生入京師，居館中纂修日下舊聞。未幾，文正卒，文襄總裁館事，尤重先生。先生顧不造謁，又時以持館中事與意迕。文襄大憾。一日見上，語及先生。上遽稱許『朱筠學問、文章殊過人』，文襄默不得發，先生以是獲安。其後督福建學政，逾年，上使其弟珪代之，歸數月，遂卒。

先生爲人，内友於兄弟，而外好交遊。稱述人善，惟恐不至，即有過，輒覆掩之，後進之士，多因以得名。室中自晨至夕，未嘗無客。與客飲酒，談笑窮日夜，而博學彊識不衰，時於其間屬文。其文才氣奇縱，於義理、事物情態無不備，所欲言者無不盡。尤喜小學，爲學政時，遇諸生賢者，與言論若同輩，勸人爲學先識字，語意諄勤，去而人愛思之。所欲著書皆未就，有詩文集合若干卷。

姚鼐曰：余始識竹君先生，因昌平陳伯思，是時皆年二十餘，相聚慷慨論事，摩厲講學，其志誠偉矣，豈第欲爲文士已哉！先生與伯思皆高才耽酒，伯思中年致酒疾，不能極其才；先生以文名海内，豪逸過伯思，而伯思持論稍中焉。

先生暮年賓客轉盛，入其門者皆與交密，然亦勞矣。余南歸數年，聞伯思亦衰病，而先生沒年，才逾五十，惜哉！當其使安徽、福建，每攜賓客飲酒賦詩，遊山水幽險皆至。余間至山中崖谷，輒遇先生題名，爲想見之焉。

録自惜抱軒文集卷十。

張逸園家傳

張逸園君者，諱若瀛，字印沙。曾祖兵部尚書諱秉貞。祖諱茂稷，考諱廷瑑，皆贈左都御史。廷瑑三子，長若潍，仕至左都御史，而君其季也。都御史爲人端凝樸慎，而君慷慨强果，自其兄弟少時，里人皆異之矣。

君始以諸生爲書館謄録，敘勞授主簿，借補熱河巡檢。熱河今爲承德府，君仕時未設府、縣，以巡檢統地逾百里，歲爲天子巡駐之所，四方民匯居其間，君以嚴能治辦，奸蠹屏除。留守内監爲僧者曰于文煥，君一日行道，見其横肆，立呼至杖之。於是熱河内府總管怒，奏君擅杖近御，直隸總督亦劾君。上聞之，顧喜君强毅，不之罪，而以劾君者爲非。

其後爲良鄉知縣、順天府南路同知。有旗民張達祖，居首輔傅忠勇公門下，始有地數百頃，賣之民矣，久而地值數倍，達祖以故值取贖。搆訟，經數官，不敢爲民直。君至，傅忠勇頗使人示意君也。君告之以義，必不可，卒以田歸民。畿南多回民，久聚爲竊盜，不可勝詰。君多布耳目，得其巨魁，或親捕之，凡半年獲盜百餘。盜畏之甚，乃使一回民僞來首，云：『有某人至其家，巨盜也。』及捕之至，即自首『某案己所爲盜，有贓在京師禮拜寺。』君使兵吏偕之至禮拜寺，則反與閧鬭。至刑部訊，以某案事與此人無與，以君爲誣良，議當革職。既而上見君名，疑部議不當，召君，令軍機處覆問，減君罪，發甘肅以知縣用。是時上意頗嚮君，然卒降黜者，大臣固不助君也。

在甘肅二年，嘗爲張掖復營兵所奪民渠水利。又以張掖黑河道屢遷，所過之田，爲沙磧數百頃，而歲輸糧草未除，力請於總督奏除之。時甘肅官相習僞爲災荒請賑，而實侵入其財，自上吏皆以爲當然，君獨不肯爲。其後爲者皆敗，於是世益推君。

君引疾去甘肅，里居數年，會兄都御史已進用，上數顧詢君狀。君乃復出，補直隸撫寧知縣。其勤幹如昔，然君年已六十餘矣。以子鴻恩爲兵部郎中，受封朝議大夫，例不爲知縣，遂去歸里。又數年，卒君居里爲園，時遊之，名之曰逸園，言己不得盡力爲國勞而苟逸也，故人以逸園稱君。

姚鼐曰：余家與君世姻好，君爲丈人行。所謂逸園者，負城西山面郊，余先世亦園址也。君數飲余於是，自述平生爲吏事，奮髭抵掌，氣勃然。誠充其志，所就可量哉！君在里，建毓秀書院，爲族人設藝局，以養貧者。親姻昏喪急難，每賴其施以濟。君亾久矣，人方思之不能忘也。然余尤偉君杖内監僧及不爲傅忠勇曲論民田事，爲有古人剛毅之風，故爲著傳。君能著於世矣，才節遇知天子，而仕抑屈於縣令，惜哉！命爲之耶？抑古之道終不合於今乎？君長子鴻肇，爲戶部員外郎，先卒。次鴻恩，爲福建延平府知府。次鴻磐。

録自惜抱軒文集卷十。

方晞[一]原傳

方根矩，歙人，晞原其字也，爲歙諸生，工爲文。其文用意高遠，非今世之所謂時文者也，而昔人所以取四子書爲義之初旨，則晞原得之爲深。其學宗婺源江慎修，其文宗桐城劉海峰也。所居在歙西靈金山中，有林泉之勝。晞原親賢好學，四方賢者至歙，無不樂交晞原，晞原亦延致其家，唯恐其去，名聞甚廣。乾隆丙午科，大興朱石君侍郎主江南試，自決必能以第一人取晞原，而晞原是時已不應試。後又四年，晞原卒。其卒，年六十一矣。

晞原父曰□□，候補布政司理問，常客於漢上，而使晞原家居爲學，及爲其曾祖、祖父母營卜葬地。數年，晞原學益深，而登涉川原，盡得兩世葬地，其父乃以爲慰。其於交遊，死生如一，能任其急難。意氣和易，寡怨怒，雖終身諸生，世爲之不平，而晞原未嘗以爲感歎也。子二：曰起泰、起謙。

姚鼐曰：余始聞方晞原之名自戴東原。東原爲言新安士三：曰鄭用牧、金蘂中及晞原也。蘂中在京師，與相接最久；用牧、晞原之文，嘗得讀之，而不識其人。及晞原歿之前一年，余主紫陽書院，用牧以鄉試去里不得見，得見晞原，果君子。然以事促歸，不及造其靈金山居也。其後余不復至歙，而晞原、用牧相繼喪矣。人存歿數十年間耳，遇不遇曷足論，士有所以自處其身者足矣。藥中書來，使作晞原傳，余以所知者述於篇。

録自惜抱軒文集卷十。

【校】

〔一〕『晞』，各本同，唯劉校本作『睎』。查戴震東原文集卷九與方希原書，作『希』。

印松亭家傳

印君諱憲曾，字昭服，寶山縣人也。祖曰輯瑞，考曰克仁。克仁無子，其弟廣西太平府知府光任生君，以君爲之後。中乾隆十五年順天鄉試舉人，次年成進士，分發廣東爲翁源知縣，以能吏稱。其後內擢補吏部稽勳司員外郎，三擢至吏科給事中，京察一等。乾隆四十六年，命爲浙江寧紹台兵備道。

其在寧紹凡八年，嘗修海寧石塘有功；榷海關盡去苛征，商民喜之。寧紹歲造戰船，以樟木爲材，君採購嚴禁吏蠹，毋擾於民，而公事修辦。大計列一等，當擢而君疾，引歸數月而卒，年七十一。

君爲人孝弟慈仁。其在京師，遭本生父母喪，哀甚，見者不能與言也。平居和易愛人，人樂親之。交友鄉里至都，居君寓舍常滿，有求索者必應。事有就君謀者，必盡其慮。及君外任，則求君者益廣，君意常若有歉於人者然，故求者雖頻數不以自沮。其處內外職，屢治刑獄，而意一出於慈仁矜全，多賴以生者。

鼐與君及泰州侍庶常朝，皆以鄉試同年相知。侍君負氣疾惡，同年生多遭誚責，然獨重君，嘗謂鼐：『印君真長者也！』其後庶常沒於京師，君視其棺殮尤備。君生平寡欲，獨好鼓琴，晚而自號松亭云。子三：曰鴻經、鴻緒、鴻緯。君居官爲政之詳，錢辛楣少詹事已爲誌墓具之。鼐更以所知者爲傳，以授其子焉。

録自惜抱軒文集卷十。

節孝陳夫人傳

陳夫人，雍正甲辰科進士、臨海知縣諱暠鑑之女，遷江知縣左諱文高子世揚妻也。年十七而嫁，嫁十年夫死，一子行遜，二歲。左氏雖宦後，至夫人寡居，甚貧乏，上事姑謹，下撫孤子，及以叔娣女爲女，訓之必以禮。

始臨海公生五女，夫人最長，季則姚鼐母也。臨海嘗夜教女讀書，每太息言：『吾女何率勝兒！』夫人後亦自授行遜書。左氏所居，猶其先明忠毅公之故宅，分至夫人及子，二室才盈丈。撫子愛甚，鼐時至其室，亦愛甚。嘗使子與鼐於室中談經義，夫人自治食噉之，聞其言於牖外，即喜入曰：『汝等與人言宜若是！』夫人年五十八，乾隆十五年冬甚疾，鼐之母視疾，執手而訣。

行遜後終於諸生，其子其章最有行誼。嘉慶元年，詔舉孝廉方正，里以其章應舉，而其章之子，前一年登江南鄉試榜，人謂天祐節孝之遺也。然去夫人卒四十五年，去行遜亡二十餘年矣。今惟夫人所撫叔娣女爲女適張氏者尚存，亦爲嫠，年七十餘矣。當乾隆間，夫人已爲吏奏旌表其節孝，鼐更愴思而述從母傳云。

録自惜抱軒文集卷十。

何季甄家傳

何季甄者，名思鈞，霍州靈石人。考諱世基，生三子，思鈞爲季，故字曰季甄。季甄早孤，依於其兄思溫，友敬甚至，勤力於學。乾隆四十年成進士，改庶吉士。纂修四庫全書，善於其職。四十三年散館，改部屬矣，旋以校書之善，仍留庶常館。次年授檢討，自是常在書局。及全書成，與賜宴文淵閣下，而旋以疾請告，屏居訓子元烺、道生，兩子一年成進士，其後皆以才顯，有名内外。其居靈石北鄉有雙溪，嘗自號雙溪。天下稱何氏爲盛門，以何雙溪爲宿德矣。嘉慶六年季甄卒，年六十六。

始吾二十八歲居京師，而季甄之兄令季甄從吾學。其齒幼於吾六年耳，而事吾恭甚，使背誦諸經，植立不移尺寸。其後學日進，而與吾或別或聚。吾在禮部時，季甄得山西鄉舉而來，相對甚喜。後三年而吾以病將歸，季甄適攜家居於都。吾入其室，見其子之幼俊，歎曰：『何氏其必興乎！』然是年別，不復得相見。次年，聞其成進士。又後十二年，聞其兩子成進士。又後十三年，聞季甄喪矣。

季甄存時，常以書問吾甚摯。自京師來者，爲吾言：『季甄之家法整飭，老而所養益邃，容肅而氣沖，士流有前輩典型之望。其所以訓子者，真古人之道也。數十年未嘗須臾晝而居內，敕其子皆然。』吾老而德不加修，吾愧於季甄，季甄不吾媿也。季甄於交遊鄉黨多惠愛，每好濟人困，又嘗設義學於其間。

始季甄娶王氏無子，繼娶梁氏生二子：元烺以庶吉士改部，今爲戶部郎中；道生以工部郎擢山東道御史，出爲九江知府。又繼娶張氏，生四子：立三、維四、慎五、潄六。潄六爲孤才三歲。吾痛季甄之喪，既爲文哭之，又次其行爲傳，以寄諸其家云。

錄自惜抱軒文集卷十。

陳謹齋家傳

陳謹齋，諱志鋐，字純侯。休寧有陳村，在縣治西南山谷之間，俗尚淳朴，陳氏世居之。謹齋之曾祖仁琦，以孝悌稱，爲鄉飲賓。其子燿然，孫世璒，皆敦厚不欺爲長者。世璒又爲鄉飲賓，僅一子志鋐，守其家法尤謹，故自號曰謹齋也。

謹齋以行賈往來江上，或居吳，或居六合、江浦。所居貨嘗大利矣，而輒舍去之，既去而守其貨者果失利，其明智絕人如此。而內事親孝，養寡姊甚厚。姊亡，盡力上請，獲旌其節。在里則歲以米平糶；建陳氏宗祠，置祀田，設爲條制甚備；倡修邑鄉賢祠。其村南有巨溪，越溪道達婺源，而溪漲輒阻爲人患。謹齋爲造舟設義渡，置田以供其費。在六合、江浦，遇公事所能爲者，必以身先，如其在休寧焉。

其自奉甚簡陋，而濟人則無所惜。人或欺忤之，夷然未嘗較也。人或頻以事求索之，輒應，未嘗厭也。暇則以忠謹之道訓其家人，而未嘗言人之過。少時遇一術者，爲言君某歲當少裕，某歲大裕，及他事成毀，後皆奇驗。又言君當五十三歲死矣。故謹齋至五十，即歸臥陳村不出，以待終，然壽七十八乃沒，人謂其修善延也。既沒，而其家不失長者風，謹齋之教也。

謹齋子四人：有灝、文龍、有洄，皆篤謹爲善人，皆先之卒； 惟幼子有涵送其終，時年五十矣，而以盡禮致毀有稱。有涵之子兆麒，從姚鼐學爲文，嘗爲鼐述謹齋之行。

姚鼐曰： 謹齋生平皆庸行，無奇詭足駭人者，然至今人多稱之者，以其誠也。夫使鄉里常多善人，則天下之治無可憂矣。如謹齋者，曷可少哉！ 曷可少哉！

録自惜抱軒文集卷十。

方染露傳

方君染露，名賜豪。爲人清介嚴冷，不可近以不義。少以能文稱，爲諸生。乾隆三十年，中江南鄉試。屢不第，以謄録方略館年滿議敘，得四川清溪知縣。既至官，親其僚輩洟涊之狀，曰：『是豈士人所爲耶？ 吾奈何與若輩共處！ 且吾母老，不宜遠宦。』即以病謁告，其莅官甫四十日而去歸里。歸則授徒以供養，日依母側。執政有知之招使出者，終不往。如是十年，母以壽終。君悲傷得疾，次年卒，年五十有九，乾隆五十九年也。

君尤工書，里中少年多效其法。君夫人張氏亦賢智有學。余居里中寡交遊，惟君嘗樂與相對。一日在余家，共閱王氏萬歲通天帖，疑草書數字，不能釋。君次日走告余曰：『昨暮，吾妻爲釋之矣！』舉其字，果當也。然張夫人竟無子，側室□氏生子元芝，元芝四歲而孤。

君既喪，余益老，里中舊相知皆盡。君弟僡自京師書來，請爲君傳。余謂君行可紀，而亦以識吾悲，故書之如此。

録自惜抱軒文集卷十。

禮恭親王家傳

禮恭親王諱永恩，其始封禮烈親王，諱代善，太祖高皇帝第二子也，推戴太宗，有大功於社稷。子惠順王諱祜塞，未嗣爵先卒。惠順王子諱傑書，嗣爵爲王，是爲康良親王。生康悼親王諱椿泰，悼王生康修親王諱崇安。修王之子，則恭王也。

恭王生而有至性過人，祖母悼太妃嘗病，時修王督師於外，恭王甫五歲，而侍湯藥於前，未嘗離，日禱神以冀愈。雍正十一年，修王薨。王以年幼，始封爲貝勒。

讀書騎射，爲學日益精厲，作詩古文皆有法。高宗純皇帝聞而喜之，命奉朝請。王侍衛勤慎，歲時扈從，出巡邊塞，屬櫜鞬從射獵，而考論古今，吟咏篇什不輟，嘗曰：『上馬挾箭，下馬持筆，吾分內事也。』

乾隆十七年，襲封康親王，時王年二十餘。上以王忠敏質實，通曉政治，時召與議論，頗親異之矣，而時相與忤。會護衛有潛出境爲不善者，時相屬吏傅會，以爲王故知，將興獄累及王。上察其非是，乃得解，苐奪王俸，然王自是少疏。每入班次，趨朝會，駕出入則迎送惟謹，曰：『此亦臣子所以效靖共也。』

暇則以筆墨爲娛，其論文以義法為要，詩以清遠澹約爲宗。其往來議論者，謝皆人、劉大櫆、徐炎、朱孝純輩也。故識趣高卓，越出流俗。間染翰，或以指作繪，皆有生氣。其生平遇人甚厚，而已常致不給，尤以持籌計得失爲鄙，曰：『吾雖貧而忝居王位，忍言利乎？』

初烈王始封曰禮親王，及惠順王嗣爵於康熙初，改號曰康親王，自是傳四世。及高宗念烈王之元功，謂宜復祖號，乃復封號曰禮親王。是年賜半俸，召至灤京，賜宴較射。上曰：『三十年不見卿射矣，精采猶如昔也。』王頓首謝。嘉慶元年，預千叟宴。九年冬，預宗室宴。初乾隆十一年，宴宗室於惇敘殿；更五十九年重與宴者，惟王及貝子永碩二人而已，次年二月十九日薨，年七十九。上聞，輟朝，賜謚曰恭，贈恤如典。

王燕居動靜嚴整，好禮。自護衛得過後，稀論朝事。偶言所料，成敗輒中，然未嘗以自喜。至於人才興亡進退之間，每有聞見，其愛樂之情必深至，所思長遠，非恒人見所逮也。所著誠正堂集若干卷，律呂元音四卷。妃吳札庫氏，先喪。繼妃舒穆祿氏，生一子某，嗣禮親王爵。

録自惜抱軒文集後集卷五。

劉海峰先生傳

劉海峰先生名大櫆，字才甫，海峰其自號也。桐城東鄉濱江地曰陳家洲，劉氏數百戶居之，爲農業，多富饒。獨海峰生而好學，讀古人文章，即知其意而善效之。年二十餘入京師。

當康熙末，方侍郎苞名大重於京師矣，見海峰大奇之，語人曰：『如苞何足言耶？吾同里劉大櫆，乃今世韓歐才也！』自是天下皆聞劉海峰。然自康熙至乾隆數十年，應順天府試，兩登副榜，終不得舉。乾隆元年舉博學鴻詞，乾隆十五年舉經學，皆不錄用。朝官相知，提督學政者，率邀之幕中閲文，因歷天下佳山水，爲歌詩自發其意。年逾六十，乃得黟縣教諭。又數年，去官歸樅陽，不復出，卒年八十三。無子，以兄之孫□爲後。

先生少時，與鼐伯父薑隖先生及葉庶子酉最厚。鼐於乾隆四十年自京師歸，庶子與鼐伯父皆喪，獨先生存，屢見之於樅陽。先生偉軀巨髯，能以拳入口，嗜酒諧謔，與人易良無不盡，嘗謂鼐：『吾與汝再世交矣！』天下言文章者，必首方侍郎。方侍郎少時，嘗作詩以視海寧查編修〔一〕慎行。查編修曰：『君詩不能佳，徒奪爲文力，不如專爲文。』方侍郎從之，終身未嘗作詩。至海峰，則文與詩並極其力，能包括古人之異體，熔以成其體，雄豪奥祕，麾斥出之，豈非其才之絶出今古者哉！其文與詩皆有雕板，鼐欲稍刪次之合爲集，未就，乃次其傳。

録自惜抱軒文集後集卷五。

【校】

〔一〕『編修』原作『侍郎』，據徐校本改，下同。劉校本指出：『查慎行仕歷或贈官均未至侍郎，此稱「侍郎」疑誤。』按查慎行於康熙時以舉人特賜進士，官編修，故以徐校本爲是。

吴殿麟傳

吴殿麟，歙人也。其名定，字殿麟。少時事親謹，三年之喪如禮。自期功及師友喪，飲食起居，必變於常，非如世人之苟且也。家本貧，至老貧甚，然廉正有守，屢鄉試不售。嘉慶初，有司以孝廉方正舉之，賜六品服。時謂是科舉者，惟殿麟差不愧其名云。

劉海峰先生之官於徽州也，殿麟從學爲詩文；海峰歸樅陽，又從之樅陽。兩淮運使朱孝純，亦海峰弟子也，請姚鼐主揚州書院，會殿麟亦有事揚州，附鼐舟，於是相從最久。其爲人忠信質直，論詩文最嚴於法。鼐或爲文辭示殿麟，殿麟所不可，必盡言之。鼐輒竄易或數四，猶以爲不，必得當乃止。

殿麟暮年歸歙不復出，專力經學，希爲詩文矣。歙中學者言經，自江慎修、戴東原輩，大抵所論主考證事物訓詁而已，而殿麟乃鋭意深求義理，註易、中庸各一編。蓋殿麟於文及學，其立志皆甚高，遠出今世。雖其才或未必盡副其志，然可謂異士矣。卒年六十六，有子四人。

録自惜抱軒文集後集卷五。

印庚實傳

印庚實，名鴻緯，庚實其字也。其考爲寧紹台兵備道憲曾，世居寶山，有四子，分季子居吳縣，故庚實終於吳。庚實在家，能順親志，事兄撫諸子無失理，外接賓友有信義，鄉黨稱其賢。嘉慶元年，詔舉孝廉方正，有司以庚實應選，衆以爲當也。

當寧紹府君時，天台有僧曰寶林，寧紹賢之，常與接對。庚實在旁，亦喜聞其說而歸心焉。嗣是庚實於進退得失之事，視之泊如；然於義利必辨，於非道必不爲，非借釋氏以掩其爲邪者也。嘗再至江寧，與鼐相見。其氣淵靜近道，樂山水，遍覽僧舍；頗喜爲詩，詩思清潔，然無意求工，以自適而已。嘉慶十三年卒，年五十四。子康祚、駿祚。

後二年，康祚至江寧，請鼐爲之傳。庚實考，鼐同年友也，昔嘗傳之矣。今又喪庚實，人事無常，思之黯然。嗟呼！庚實固知其然，而決然遺世者歟？

録自惜抱軒文集後集卷五。

吳石湖家傳

吳君諱山南，字石湖，婺源人也。婺源自宋篤生朱子，傳至元、明，儒者繼起，雖於朱子之學益遠矣，然內行則崇根本而不爲浮誕，講論經義，精核貫通，猶有能守大儒之遺教，而出乎流俗者焉。近世若江慎修永，其尤也。慎修死，而石湖獨好其學，凡慎修著書，抄輯寶貴而時誦之，蓋多有世所未見者。

君居於江寧西郊，臨江上。乾隆之末，鼐來江寧，君時就論學，因得借觀君藏慎修所著未刻者數種。其後君取慎修所錄鄉黨篇文刻之，又欲盡刻其餘書，未及爲而君沒矣。

君爲人事親孝，接人以誠信，好施恤衆而近賢。藏書甚富，讀之時論得其大義。少補婺源諸生，讀書於鍾山書院，考授得布政司理問職，年四十四而卒。其才其志尚可以有見，而惜其未竟也。祖□、父□。娶孫氏，繼娶江氏，子二曰：坤、培。培亦鍾山書院生。嘉慶十年，余再至江寧，君已喪，聊紀其行，付其子以爲君家傳云。

録自惜抱軒文集後集卷五。

程樸亭家傳

婺源程樸亭尚友者，字硯北，其考爲贈中憲大夫諱文達，余前所傳程養齋之兄也。母曰張太恭人。君幼，太恭人課之學最嚴，人稱爲賢母。君亦自策厲好學，爲縣學生，而不喜科舉之文，一朝棄去，取宋五子書朝夕讀之。言動必出於莊敬，雖獨居不敢惰，嘗著近思錄輯要六卷。其論學必本之躬行，以謂尋求章句，何足以爲學也！事父母孝，張太恭人晚歲患風疾，口不能言，指畫色授。君侍疾三年，視聽於微眇，獨得其意。其兄躍濤以母喪哀毁卒，遺孤七歲，君撫之恩誼周至，卒使成立而俾之裕。於鄉黨宗族，有匱乏必濟，遇凶災必賑，接人和愉而不流，人多服焉。其自號曰樸亭，故人以爲稱，年四十九卒，卒後贈徵仕郎内閣中書舍人。子組，乾隆壬子科舉人，今爲内閣中書舍人。綬、縉光，皆鹽大使。錫紱，翰林院待詔。

夫天下學者，鶩於文章博聞之事，而内行或不足焉。如樸亭，處流俗之中，而慨然有慕宋五子之爲人，欲求其髣髴，斯可謂有志之士歟？組見姚鼐於江寧，述其父生平如此，故爲次其家傳。

録自惜抱軒文集後集卷五。

周梅圃君家傳

梅圃君，長沙人，周氏，諱克開，字乾三，梅圃其自號也。以舉人發甘肅，授隴西知縣，調寧朔。其爲人明曉事理，敢任煩劇，耐勤苦。寧朔屬寧夏府，並河有三渠：

曰漢來、唐延、大清，皆引河水入渠，以灌民田。唐延渠行地多沙易漫，君治渠使狹而深，又頗改其水道，渠行得安，而渠有暗洞，以洩淫水於河，故旱潦皆賴焉。唐延渠暗洞壞，寧夏縣吏欲填暗洞，而引唐渠水盡入漢渠，以利寧夏民，而寧朔病矣。君力督工修復舊制，兩縣皆利。大清渠者，康熙年始設，長三十餘里，久而首尾石門皆壞，民失其利，君修復之，皆用日少而成功遠。君在寧夏多善政，而治水績最巨，民以所建曰周公閘、周公橋云。

累擢至江西吉南道，以過降官，復再擢爲浙江糧儲道。當是時，王亶望爲浙江巡撫。吏以收糧毒民以媚上官者，習爲恒矣；君素聞，疾之。至浙，身自誓不取纖毫潤，請於巡撫，約與之同心。撫臣姑應曰：『善！』而厭君甚，無術以去之也。反奏譽君才優，糧儲常事易治，而其時海塘方急，請移使治海塘。於是調杭嘉湖海防道。君改建海岸石塘，塘大治，被勞疾，卒於任，而王亶望在官卒以貪敗。世言苟受君言，豈徒國利，亦其家之安也！君卒後，家貧甚，天下稱清吏者曰周梅圃云。

姚鼐曰：梅圃，乾隆間循吏也。夫爲循吏傳，史臣之職，其法當嚴。不居史職，爲相知之家作家傳，容有泛濫辭焉。余嘉梅圃之治，爲之傳，取事簡，以爲後有良史，取吾文以登之列傳，當無愧云。

録自惜抱軒文集後集卷五。

碑文

宋雙忠祠碑文並序

東海朱使君，受命領兩淮鹽運司之次年，謁於江都城北宋制置使李公、副都統姜公祠下。乃進士民告之曰：『當宋之季，自荆、襄而下，城隳師殲，降死相繼。伯顔之軍，南取臨安；阿术之軍，北圍揚州。時維二公，忠義堅固，竭力合衆，以守兹城。臨安既下，帝、后皆入於元。孤城勢不可終全，二公卒不肯降屈其志，再卻謝后之書，斬元使，焚其詔，以絶他慮，明身必死國家之難。

昔蜀漢霍弋、羅憲，據郡不降魏；及審知後主内附，然後釋兵歸命。世猶愍其所處，以爲弋、憲欲守而無所嚮，異於君在懷有二心者也。若二公當國破主降之後，效節於空位，致命不遷，卒成其義概，可以壯烈士之志而激懦夫之衷者，以視弋、憲何如哉？今天子褒禮忠節，雖親與聖朝爲敵難而殞者，皆隆崇謚號，俾吏秩祀。矧宋二公立身甚偉，而舊祠陊壞，歲久不修。其於朝廷奬忠尊賢之典，守吏以道導民之誼，甚不足以稱，吾將率先飭而新之。』衆皆曰：『願盡力。』乾隆四十二年六月，既竣工，桐城姚鼐爲之銘。辭曰：

元雄北方，既脱金距。瞰視江淮，嬰兒稚女。誰固人心，奉彼弱主？力或不支，有氣可鼓。二公堂堂，孤城在疆。國泯衆遷，誼不辱身。死爲社稷，生豈隨君！既得死所，安於牀茵。列士搏膺，市人流涕。同廟揚州，以享以祭。五百斯年，其報匪懈。新堂炯炯，有翼其外。神陟在天，明曜剛大。思蠲厥心，來庭來對。

録自惜抱軒文集卷十一。

明贈太常卿山東左布政使張公祠碑文並序

明崇禎十一年冬，大清兵自青山口入畿甸，所過夷剕，蔑能防阻。放兵南下，山東巡撫以濟南兵守德州。濟南遺卒不及二千，而大兵卒至。左布政使張公，率吏卒募士城守，相拒十晝夜，力盡援絶。十二年正月庚申城破，公戰死城上，妻方夫人、妾陳氏，皆自投大明湖內。事聞，贈公太常卿，方夫人、陳氏皆被錫命。義果章於一家，忠烈光於國紀。夫天下之善一也。我朝神武，奄有天下，於前代之臣，忠於所事，雖相抗拒以死，必褒美及之。豈非崇善植義，示人臣不以衰盛易心之道哉？故天下聞而增感歎焉，況在其人之鄉里乎？張公桐城人也，既沒，濟南及桐城皆爲祠祀公。鼐昔嘗以使事至濟南，瞻公像，拜於祠下，愾焉賦詩而後去。後十五年家居，值里中修飭公祠，衆請爲文以記。吾鄉當明萬曆中，公及左忠毅公以丁未、庚戌兩科相繼成進士，而皆死於忠藎，故世言吾鄉人物風節之美也。君子所貴，爲善而已。二公所以死不同，而同爲忠。士有遭值行義不必同二公，而庶幾於二公者，其道亦必有在焉矣。公行載明史傳，不待文而顯；爲之文者，以厲鄉人也。祠在邑南門公居室前，復修之者，公五世孫某。銘曰：

天有所廢，人不可支。危以軀殉，道則無虧。公治閩、粵，民頌曰哲。遷屏東藩，以困奮節。婉懿夫人，援攜娣妾。甘臥潭淵，高義矗立。靈車神輦，風雨之辰。偕徠故居，撫其嗣人。倚彼城垣，高堂以軒。既飭敬祀，以萬斯年。

録自惜抱軒文集卷十一。

吏部左侍郎譚公神道碑文并序

公諱尚忠，字因夏，南豐譚氏。其先世多聞人矣，及公成乾隆辛未科進士，授戶部主事，三徙爲山西道監察御史，出爲福建興泉道，又入爲刑部員外郎，再出爲廣東高廉道，三遷至安徽巡撫，降福建按察使，再遷至雲南巡撫，入爲刑部右侍郎，調吏部左侍郎，嘉慶二年十一月二十八日薨於位。

公之在戶部也，嘗司寶泉局，及高宗純皇帝察局中事，惟公無纖毫私染。在興泉時，以洋行事例降官，而上又察知其不汙，故復進用。其在封疆爲大吏，室中澹如寒士，遇屬員甚有禮，藹然親也，獨不能少入之以財利。天下論吏清儉者，必舉譚公爲首。然公遇事奮發，則執誼不可回，其爲安徽巡撫，以忤和珅致降爲福建按察使；在福建，復屢以事與督、撫爭。至督、撫同官，事尤相牽，而爲撫者每委曲以就督。公在雲南，獨能持正裁之，且謂曰：『公自爲其德，吾自任其怨可也。』其豐采峻厲如此，故公雖和平廉潔，而非煦煦曲謹者也。其教子有曰：『人當先約其身，身約則心約，心約則事不踰閑，然後可以擴充，爲有本之事功矣。』故公所至，興利去害，必究其原委曲折之盡，則斷然行之，使所蒞必蒙其澤而後已，去則民多涕泣送之。高宗純皇帝嘗稱爲正人可任事，今上亦絕重之，而公遽沒矣。

公在安徽，姚鼐主敬敷書院，時接談讌，食設五器而情厚有餘，及聞公薨而悲，今又十年矣。公子光祥以庶吉士改禮部主事，自京師移書至，曰：『先公既葬矣，而碑未立。』某夙奉公教，宜爲文，至其家世及夫人子侄〔一〕之詳，則編修陳用光誌之矣，故不具。銘曰：

公居士林，文學愔愔。接物以情，不爲阻深。秉節當官，蔑敢私干。進者宜之，退者弗怨。歷邇及遐，隴坻海嶠。攘抉奸蠹，耋孺鼓樂。晚爲侍從，公望在衆。殂未及登，刊石載頌。

録自惜抱軒文集後集卷六。

【校】

〔一〕『子侄』，原作『子姓』，據叢刊、備要、會文、梅本改。

墓表

鄭大純墓表

閩縣鄭君，諱際熙，字大純，爲人介節而敦誼，勤學而遠志，年三十六，終於舉人，而士知其生平者，靡弗思焉。君初爲諸生，家甚貧，借得人地才丈許，編茅以居，日奔走營米以奉父母，而妻子食薯蕷，君意顧充然。鄰有吳生者，亦介士，死至不能殮。君重其節，獨往手殯之，將去，顧見吳生母老憊衣破，即解衣與母。母知君無餘衣，弗忍受也。君置衣室中，趨出。

君既中鄉試，將試京師，行過蘇州。或告之曰：『有閩某舉人至此，發狂疾，忽詈大吏。吏繫之，禍不測矣。』君瞿然曰：『吾友也！』即謝同行者，步就其繫所，爲供醫藥、飯羹，至便溺皆君掖之。適君有所識貴人至蘇州，求爲之解，某始得釋。君即護之南行，至乍浦，乃遇其家人，君與別去。於是君往來蘇州月餘，失會試期，不得與。

君文章高厲越俗，其鄉舉爲乾隆丙子科。同考知龍谿縣陽湖吳某得君文大喜，以冠所得士。及君見吳君，吳君曰：『吾不必見生，見生文，知生必奇士也。然已矣！生文品太峻，終不可與庸愚爭福。』君自是三值會試，一以友故不及赴，再絀於有司。君意不自得，遂不試，往主漳州雲陽書院，歸謁吳君於龍谿，遂於龍谿卒。

君有弟字曰大章，少與君同學，同執家苦，長而同有名。君歿八年，大章登進士爲編修。去年，余與大章同纂修四庫全書。大章日見余，每如欲有言而止。今秋余疾請假，大章乃悽然曰：『世好文者多矣，莫若吾兄。吾兄鄙夷凡近人，而追慕古人則忘寢食、棄人事，以求其文之用意。惜乎不見君文，吾兄必愛之也。今吾兄沒十四年矣，君又將去，安得君文傳之？』余爲惻焉。昔吾鄉方望谿宗伯，與兄百川先生至友愛，百川死而宗伯貴。吾鄉前輩皆告余：宗伯與人言，一及百川，未嘗不流涕也。今大章何以異是！

大純學行皆卓然，雖生不遇，表其墓宜可以勸後人。余固不憚爲辭，而大章之志，則亦益可悲矣。君無子，其詩文曰浩波集，大章為鐫行之。乾隆三十九年十月，刑部郎中桐城姚鼐撰。

録自惜抱軒文集卷十一。

河南孟縣知縣新城魯君墓表

魯氏世居江西新城中田邨。康熙乙丑科進士，諱瑗，由翰林檢討仕至右通政。通政之子諱京，康熙戊子科舉人，爲廣西平南知縣，實生孟縣君。君諱鴻，字遠懷，乾隆癸未科進士，爲河南沈邱、滎澤、孟縣知縣。君少讀書，慕古人行蹟，思效於實用。其在職，重鄉約長，必慎擇清謹畏法者，而稍禮貌之，又重獎其尤善者。告上誡下，一以忠信，故事舉而民不擾，下情達而上官樂從。

沈邱與江南阜陽界，鄰盜互匿焉，故難捕。君推誠與阜陽約，兩縣合捕如一邑，於是宿盜皆獲。沈邱有買硝之累，君力請去之。而爲孟縣，禁無賴號爲水官擾民者。其時上官亦多知君賢，然十年居河南，終不見拔。君亦厭吏事，遂援例入貲，當得府同知，因離任遽返。返則誘進後進，稱善如不及。著四禮通俗，以率鄉人。

其於古文，受法於建寧朱梅崖，所爲凡百餘首，持論有根柢而多當於情。君之族子九皋，始從君爲科舉之學，君高其才，勸使學古，九皋卒成進士，以古文名。君於余爲進士同年，然往來疏甚，晚與九皋相知，乃聞君之爲人。君在里，又將使其二子繪、繽渡江從余學，雖不能至，余甚愧其意。

乾隆五十四年冬，君卒。卒逾年，九皋與繪、繽以書乞爲文揭諸墓上。蓋魯氏多才，而君所以啓後人者爲有道矣。乾隆五十七年三月日，桐城姚鼐表。

録自惜抱軒文集卷十一。

疏生墓碣

疏生名枚，父曰長清，兄曰枝春，皆桐城諸生。生幼從其兄讀書，穎悟過人。大興朱竹君學士督安徽學政，愛其才，取入學。次年補廩膳生，才十三歲。乾隆五十一年，朱石君侍郎典江南試，填榜得疏枚名，大喜曰：『此吾兄生平所重士也。』然生終於舉人，年三十二，乾隆五十七年夏卒。

生爲學精甚，寒暑晝夜疾病不輟。世之士能文章者，略於考證；講經疏者，拙於爲文；生能兼攻之不懈，於箋註文辭之事，皆求得塗轍矣，用力憊而夭及之，悲夫！

生居去吾家七十里，顧不常見。其慕余絕甚，得余文輒誦之不忘。余在江寧，生疾，亟謂其兄曰：『吾不復見姚先生矣，爲乞數言識我足矣！』其秋，枝春來語余，余傷而書之，使歸鐫其墓上。姚鼐表。

録自惜抱軒文集卷十一。

蔣君墓碣

君諱知廉，字用恥，翰林院編修鉛山蔣心餘先生士銓之長子也。編修以才稱天下矣，君少，繼有才名，能文，工作書。乾隆四十二年，爲選拔貢生，從編修京師，編修大病，割臂和藥，一進而愈。君鄉試屢不録，以謄録勞授州同知，發山東，署臨清州同知，吏事甚辨，辨獲盜之不實者，執之力，卒獲真盜，果如君言。值水滂，君行視救溺者，中濕，未幾卒，年四十，乾隆五十六年也。

當余在揚州時，編修君赴都，過揚州相見。君以拔貢將入試，與其弟偕從。時丹徒王侍讀有家僮善歌吹笛，而編修工爲曲，嘗成曲，俾以笛歌。吾曹相從，飲酒聽歌極樂，以君年少，不呼使與也。第見編修有子英秀侍側，共言其可慶而已。後未十年，聞編修歸里旋沒，又數年而君亡。余頃居江寧，君之子立中來求爲文紀君，其年已逾君始遇余之年矣。人世之速，而才者之不可留如此。悲夫！

君才既足稱，沒後，其幼子立萬之生母賈氏，卒謚以從，今從君葬，是亦可紀，而余又感思生平故舊，乃書其略，俾立中碣君墓上云。嘉慶三年十月，桐城姚鼐書。

録自惜抱軒文集卷十一。

中憲大夫直隸[一]清河道朱公墓表

公諱灡，字問源，其先吳人顧氏也。明天啓時，有以義憤擊魏閹所使緹騎逮周順昌者。避匿江寧，自是爲江寧朱氏。國朝始爲江寧學生者曰應昌，生贈編修圻，贈編修生康熙己丑科進士、翰林院編修元英。編修生江寧學貢生贈通議大夫松年，嘗舉孝廉方正，不就，早卒，公之考也。

公生八歲而孤，家貧身弱，妣舒太夫人苦節，撫而教之，稍長即遊幕於外以供養，蜀、楚、閩徼無不至，於民情美惡、政教利病無不曉，卒在直隸通永道幕，爲總督方恪敏公所知，保舉以從九品職引見，發河工，補楊邨主簿。值漕船起撥，運丁有多奪小船以病衆者，公往數語論之即服，公名自是起。歷縣丞，知獻縣、河間縣務關同知，務關，治河官也。公治運河有績，而上官惡之，以報水遲解其職。會有大臣出勘河患，乃保留公。公始以水漲害民田廬，請上官修治爲斥拒；至是陳於使者，功舉，畿輔民獲寧焉。逾年，授天津府同知，卓異，擢正定府知府，再擢清河道。公在道職凡五年，而五署按察使。

方公之爲知縣，所臨案無留牘，屢以平反冤獄，稱明允於直隸矣。及攝臬司，尤以獄爲重，每屬吏所不能決，公親研鞫，或晝夜據案披訊，經月不輟，所定必當罪，全無辜者甚衆。又爲獄囚疾，設隔別之法，令無傳染；籌得歲千餘金，爲獄中炭薪醫藥之費，至今爲利。歲饑，總理賑救，勤察無遺濫。值純皇帝東巡，至趙北口，召公見於行幄，時以水災請蠲魚葦課，上問：『魚葦宜水者，而亦蠲何耶？』公曰：『水小則魚聚葦生，大則魚溢出而葦沒爛。』上大稱善。又詢數事，皆稱旨，將大用之矣，而以審案稽遲去職。公之四攝臬司也，爲日淺甚，有盜案在保定府，未定上。其後盜發他省，供首盜在保定而未究出。上怒，自總督以下皆得過，方以法繩下，雖知公在職暫，不特宥也，久之，乃賜復原銜，既又令總督遇相當缺出題補。然公久勞於官致憊，自以老病乞歸，不能仕矣，時乾隆五十六年也。上後猶數問其病愈否，公竟於嘉慶元年九月十九日卒於江寧里中，年七十三。

公生平嚴持清節，而施人則甚厚，仕歸，資業蕭然。嘗著才識論謂：『處事以識爲主，而才副之，不可偏廢，不得已而去，寧無才不可無識。』故其立身治民，必求其大者要者云。

所著待潮書屋存稿四卷，又詩三卷，待潮雜識二卷，歷官紀要二卷。夫人陳氏，誥封恭人。生子三：紹曾，安徽布政使；賢仰，早卒；續曾，靈州知州。側室于氏生子三：顯曾，候選縣丞；述曾、承曾俱候選從九。孫七：桂楝，候選同知；桂楨，己未進士，文選司主事；桂馨，桂森，桂柱，桂樞，桂楹。女十一人。孫女十人。公與夫人合葬於江寧□□□。桐城姚鼐爲之阡表云。

録自惜抱軒文集後集卷六。

【校】

〔一〕『直隸』，據徐校本改。底本及備要、叢刊、會文、梅本作『保正』，查從無此地名。劉校本作『保定』，按道臺大於知府，故清河道不可能屬保定府。據水經注，今河北威縣以下稱清河，故以徐校本作『直隸』爲是。

修職郎碭山縣教諭瞿君墓表

君諱塘，字澂川，嘉定人，有文學，爲王光祿鳴盛門人，光祿稱之。以商籍爲錢塘學生，由廩貢得教諭，嘗署浙之嘉善、寧波、淳安學官矣，卒改歸本籍，乃爲碭山教諭。奉上官檄察邳州水災，君不避勞苦，所察得實。既又值旱災，君察之亦然，民被災多賴以存者。父艱歸，服終，署昭文、元和、金壇學官，所至皆爲諸生所親樂。然君厭塵事，遂謝病不復出，託居蘇州閶門之北。

君爲人篤謹和易，未嘗有疾言厲色於鄉里。遭喪以毀得疾，數年遂習爲導引，通道家之說，夜長不寐，年六十，嘉慶九年坐而逝。

妻諸孺人，賢恭稱君配，生子中浩、中溶。先君九年卒，嘉慶十年，合葬長洲之天森山。側室周氏，生子中淦、中濟。中溶娶錢少詹事大昕之女，嘗見鼐於江寧；今葬君，以王侍郎昶之銘寄示余於懷寧，余掇其要以表其墓。

録自惜抱軒文集後集卷六。

姚休那先生墓表

休那先生之先世，自婺源遷桐城白苓里，是爲白苓姚氏。居九世曰一邃，爲諸生而早卒。妻吳氏，爲節婦。

子士晉。士晉後改名康而字休那焉，爲明諸生，有雋才高識，而屈於場屋，里中何文端延之入都。文端爲吳江周忠愍宗建墓誌，爲世稱；其文史家今據以爲傳，出先生手也。文端告歸後數年，被召，又邀先生同行，先生知世不可爲，嘗題臥猿詩以諷之，文端遂稱病而反。先生後入史相國幕中，故史公檄文，多爲世稱。然先生旋歸里，得免揚州之難。

改革之後，屏居田野，鬱邑悲傷，作忍死錄，以記其家自曾祖以下四世事，其言最悲痛。平生文字，爲人作與自爲者相半，凡十餘卷，藏於家，惟評貨殖傳、黃巢傳刻傳於世。順治十年卒，年七十六。

先生存時，史相國爲豫題墓，曰：『明讀書人姚康之墓。』卒後百五十年，同里姚鼐述其生平，表於碣云。

録自惜抱軒文集後集卷六。

石屏羅君墓表

石屏羅君，諱會恩，字際叔，宗人府丞諱鳳彩之孫，隴西知縣諱元琦之子，有文學，數不第，退居修行於家。其事父母，盡孝養之誠。父歿，使婦侍母寢數年；母終，免喪而後婦復。君，乾隆戊子科舉人也，吏部選爲安寧州學正，君不忍離母，竟不就官。其兩執喪，皆能如禮。有兩兄兩弟，以事以撫，能恭以愛。其遇族里誠且直，責人言或至切，而人感其意不爲怨也。里中事宜，謀於公所，君卓然建議，躬任其勞，必衆利而後已。其身終於鄉，而人信其才足以任世事也。

嗚乎！士溺於俗久矣，讀古人之書，聞古人之行事，意未嘗不是之，而及其躬行，顧憚不能效也。如羅君，可謂勇於善而不負其學者已！君嘉慶九年卒，葬於懷寧之□□，江濬源銘之。逾二年，桐城姚鼐爲書其生平之概，俾其弟覲恩揭諸墓上云。

録自惜抱軒文集後集卷六。

婺源洪氏節母江孺人墓表

江孺人，婺源江某之女，爲洪永禧之妻。永禧家貧甚，勤耕薄田，未明而興，逾昏而息，孺人歡然共其勞。有子三，於〔一〕一歲殞其二，永禧痛之甚，亦亡。孺人獨撫六歲仲子立登於田間，殆無以爲生矣。於是晝督傭客，夜執針黹，茹苦積瘁，以至子立登之長出賈，乃稍有贏。孺人顧好賙恤，有負其財者，念其貧憊，棄券而復資之，而自奉則儉，不欲逾田家時。有孫鈞，自幼餐宿皆依其側，長則督之學。立登後居於江寧，鈞亦來江寧從余學，爲余言孺人所以訓之者，率如古賢母言，而孺人目不知書，其貞哲天性然也。

孺人亡年七十有五，其喪夫時逾三十，於例不應旌表。余嘗論女子夫亡守志，有未三十而守猶易，有逾三十而守倍難者，例有定而人所遭不可定也。孺人之執節，可謂難矣！因書其實，俾鈞刻諸墓上云。嘉慶十一年秋七月，桐城姚鼐表。

録自惜抱軒文集後集卷六。

【校】

〔一〕『於』，原缺，據叢刊、備要、會文、梅本補。

姚氏長嶺阡表

姚氏自餘姚遷桐城，始遷曰勝三公，勝三公後，四世以農田爲業。五世爲明雲南布政司右參政諱旭，有政績而貧。參政卒，子孫復修農田，三世皆有隱德。參政四世孫諱自虞，爲諸生。其子諱之蘭，爲汀州府知府，加按察副使銜。所歷海澄縣、杭州、汀州二府，民皆爲祠以祀。參政、副使仕績，明史皆載入循吏傳。副使之子諱孫棐，仕爲職方主事。職方之子文然，仕國朝康熙時，以刑部尚書終，謚曰端恪。至世宗時，追論先朝名臣，思其賢，詔特祠，春秋祀焉。祠今在城東門内端恪公之第。四子諱士基，以舉人爲羅田縣知縣，羅田民以奉入名宦祠。

羅田府君之次子，是爲贈編修公，鼐之祖也，年二十六而卒。配任太恭人，賢孝秉節，上奉姑，下教二子。長子爲翰林院編修諱範；次子爲贈禮部員外郎諱淑，鼐之考也。贈編修公承累世賢哲之遺風，敦行勤學，而不幸無年。編修府君既孤，憤發策勵，外友天下賢俊，以相資長，爲詩古文辭，故同里則劉才甫，山陰則胡稚威，常熟則邵叔宀，皆編修所尤厚也，而編修自沈究遺經，綜括先儒，茹精晰微，萃成己得，然仕爲翰林數歲，不究其用而歸，歸著書亦未及竟而卒，此天下士所共爲歎惜也。

當端恪公薨，羅田府君買得墓地，居長嶺之巔，去城七十里，將葬端恪，而群從子以爲遠僻不用，乃別葬。後羅田府君卒，亦別葬。羅田長子中書公與贈編修公，相繼沒矣，而故買長嶺之山，其契藏族君子來安訓導文默之笥，吾家不知也。有謀葬地，就來安求售，來安不許，然後吾家得聞。任太恭人乃命編修兄弟，奉中書及贈編修公合葬於此山，雍正之六年也。又其後編修公沒，未葬；任太恭人及鼐父贈禮部公皆別葬矣。鼐與伯兄昭宇乃奉編修及伯母張太宜人，合葬贈編修墓下之右。其時鼐繼妻張宜人亦未葬，又葬於編修張太宜人塚右，時乾隆五十二年也。故姚氏之阡，爲塚三而有五柩焉。

自是後又二十年，贈編修公諸孫盡喪，獨鼐存，懼舊德遺事泯不聞，乃謹書以列諸隧左。中書公諱孔錞，字振修，康熙三十九年舉人，候選內閣中書舍人，康熙四十九年卒，年四十一。娶廣德州學正方曾祐女，生二子：興渼、興湶。二孫：漣、支幹。贈編修公諱孔鍈，字瓊修，縣學生，康熙三十七年卒，贈承德郎、翰林院編修，累贈朝議大夫、禮部儀制司員外郎。娶懷寧任氏，大理寺少卿諱奕鑈女，生二子，有八孫。編修子曰縣學附貢生昭宇，南寧府同知羲輪，舉人登，監生勷隆，縣學增生斟元。贈禮部子曰刑部廣東司郎中鼐，候選州吏目訏，附榜貢生鼎。編修府君始名興涑，今贈編修墓所列，其舊名也，後改名範，乾隆七年進士，改庶吉士，授翰林院編修，乾隆甲子科順天鄉試同考官，三禮館纂修官，乾隆十五年歸里，乾隆三十六年卒，年七十。娶縣學生贈內閣侍讀張若霖女，乾隆三十九年卒，年七十四，今合祔焉，生子五。鼐始娶張宜人卒，繼娶張宜人，乃前婦其五世祖妹也，爲屏山縣知縣張諱曾敏女，其始權厝，鼐有銘矣，茲不具。

録自惜抱軒文集後集卷六。

贈中憲大夫湖廣道兼掌河南道監察御史加一級孟公墓表

國家定制：　一品官封贈三代，得及曾祖父母，而又有特令，官未至一品，而顧以己身及妻應得封典，特乞貤加及曾祖父母者，呈請部臣奏聞而詔俞焉。蓋所以伸人子孫追遠事亡之至情，又以示士有積善者，或遠或近，期必蒙報於後世，此又聖朝錫福之廣，所以勸天下之爲善也。

乾隆五十三年，覃恩封贈諸臣之家，而太谷孟御史生蕙請以所應受之封，貤及曾祖已故候選府經歷，奉旨允給。於是遂贈公中憲大夫、湖廣道兼掌河南道監察御史加二級。夫人趙氏，贈太恭人。公諱鴻品，字飛陸，其立身有行義，事親尤孝謹，愉色婉容，能曲成親心。其考邑庠優生玠，亦君子也，母武孺人，皆樂公之能養志。公外接人無城府，獎正疾邪，而能有容。其教子孫，必爲正士。謂『士品立，則可富貴，亦可貧賤；士品一隳，富貴則驕溢，貧賤則卑污，均爲可恥。』公生於康熙十五年，卒於雍正十一年，年五十七。後六年，葬孟家莊東南原，又後四十年而得贈官焉。趙夫人年九十，乾隆二十九年卒，祔公墓。子三人：長熙，邑庠生，贈朝議大夫、湖廣道監察御史；次照，次烈，恩賜從九品鄉飲耆賓。孫八人：啓周，贈中憲大夫、工科給事中；啓疆，歲貢生，汾陽縣教諭，貤封奉政大夫、順天府西路同知；啓堂，國學生，贈文林郎、清河縣知縣；啓林，啓域，啓堃，啓墉，啓基。曾孫十八人：生蕡，贈中憲大夫；生蕙，乾隆癸未科進士，歷官至通政司參議；文蔚，府經歷；生草，乾隆戊戌科進士，順天府西路同知；生蘭，生菖，庠生；生藻，生英，從九品；生萬，生芮，生茂，生芬，生崧，生荃，生康，生傑，生夔，生度。玄孫以下，人材滋起。人謂公德之貽甚遠，不享於其身，而光於後嗣，未有艾也。

鼐與公曾孫生蕙爲同年友，生蕙遺書令爲阡表，鼐愧不文，顧以通家晚列，仰望懿美，國恩家慶，皆可贊述，因書所聞見，以謂可爲賢者慰矣。

録自惜抱軒文集後集卷六。

博山知縣武君墓表

乾隆五十七年，當和珅秉政，兼步軍統領，遣提督番役至山東，有所詗察。其役攜徒衆，持兵刃，於民間淩虐爲暴，歷數縣，莫敢何問。至青州博山縣，方飲博恣肆，知縣武君聞，即捕之。至庭不跪，以牌示知縣，曰：『吾提督差也。』君詰曰：『牌令汝合地方官捕盜，汝來三日，何不見吾？且牌止差二人，而率多徒何也？』即擒而杖之，民皆爲快，而大吏大駭，即以杖提督差役參奏，副奏投和珅。而番役例不當出京城，和珅還其奏使易，於是以妄杖平民劾革武君職。博山民老弱謁大府留君者千數，卒不獲，然和珅遂亦不使番役再出。當時苟無武君阻之，其役再歷數府縣，爲害未知所極也。武君雖一令，而功固及天下矣。

君諱億，字虛谷，偃師人，乾隆四十五年進士。其任博山縣及去官才七月，而多善政，民以其去流涕。君自是居貧，常於他縣主書院，讀經史，考證金石文，多精論明義，著書數百卷。今皇帝在藩邸聞君名，及親政，召君將用之，而君先卒矣。君卒以嘉慶四年十月二十九日，年五十五。

余與君未及識，第聞其行事，讀所著述。今遇君子穆淳於江寧，爲文使歸揭諸墓上。君行足稱者猶多，而非關天下利害，茲不著。嘉慶十八年二月，桐城姚鼐表。

録自惜抱軒文集後集卷六。

贈中憲大夫武陵趙君墓表

君諱宗海，字匯川。其先世居歙之巖鎮，宋之宗室也。有朝散郎不彼之裔孫字仲容者，自歙遷於湖南，爲武陵人，君之祖也。君考曰商山，早世。君三歲而孤，繼又喪母，乳媼哀而育之於家，稍長，出入里閈，恭慎勤敏，異於常人。時武陵有王西厓妻劉安人，寡居而賢，知能鑑人；生一子一女，女聰慧，通知古今書史。劉安人奇之，欲得良婿，見趙君愛之，曰：『此孤兒後必大。』乃以女女焉，是爲王太恭人也。君遂爲王氏贅婿，治生爲賈，然能敦信而輕利，遠近服其爲人，所交多四方長者。當趙氏來武陵，猶有貲，君考之亡，族人皆侵取之。君既立家，顧厚於族人尤甚，微弱者皆依以成立，先世柩在歙未安葬者，君皆葬之。人有事就謀者，必忠告而爲盡力焉。以積勞卒，卒年四十，時王太恭人年三十八。

君未沒時，綢繆趙、王兩姓皆立門戶，子皆能讀書矣。太恭人兄春埜爲名諸生，太恭人以子屬教之，今觀察也。及君喪，太恭人督教子益嚴，嘗杖子而杖折，太恭人識歲月於折杖而藏之。初君所受託以財賄者，有數千金，及君沒，頗乏償貲，或謀以孤寡辭而弗與。太恭人曰：『吾夫信義，故人託之；今弗償，是爲夫取惡名也。』乃破産鬻室中衣物，以盡償負。其周恤族黨親故之事甚衆。人謂君固賢，而成君賢者亦内助也。

君與太恭人以子貴，屢被國恩封贈，而今觀察爲編修時，以己及妻應得之封，貤贈外祖及劉安人云。君之子二：曰慎畛，嘉慶丙辰科進士，今爲廣東惠潮道；慎畯。君與王太恭人合葬於□□。嘉慶十八年冬，桐城姚鼐爲之表。

録自惜抱軒文集後集卷六。

方母吳太夫人墓表

吳太夫人者，吳縣人，事太子太保，直隸總督方恪敏公爲側室，而今尚書浙閩總督維甸之母也。尚書生十一歲而孤，歸居江寧，或見其孤弱侵侮之，太夫人置不與論；而自刻厲勤苦彌甚，教子極嚴，不使稍有子弟之過。嘗篝鐙治女紅，而課子誦讀於側，每至夜分。及尚書長，成進士登朝，則日勉以道義忠敬之事，而治家以勤以樸，不改於初。尚書或被使命出，戀侍膝前，雖行萬里磧外，太夫人必正色責其速行急國事，不得少佇；逮既出門而爲涕泣焉。

當恪敏公存時，兩從子孤幼，撫之身側；太夫人愛誨之，與己子無少異。故今侍郎河南巡撫受疇，嘗述於上前，上聞爲太息，及太夫人亡，而令持一月之服也。其天性尤好聞人爲善，及有慶樂事，則欣喜若在己，苟力所及，則必助之。其有不善或憂苦，則戚然不安者移時。於舊怨則忘之，而令子更以厚待。既以子貴，國恩得封太夫人，而上稔知其賢，屢加賜問。嘉慶十八年卒於江寧里第，年八十五。上聞，特使江寧將軍至宅祭之。命婦加祭非常典，以旌德也。是歲十月甲子朔，葬於句容北葆山恪敏公之西麓。惟太夫人徽懿徹於九重，惠澤洽於閭巷，朝廷賴毓成之器，室家奉先立之型，核厥嘉休，宜垂後世。墓成之日，桐城姚鼐述爲之表。

録自惜抱軒文集後集卷六。

墓誌銘

內閣學士張公墓誌銘并序

故資政大夫、內閣學士兼禮部侍郎桐城張公者，贈光祿大夫諱士維之曾孫，贈光祿大夫諱秉彝之孫，而太傅、大學士文端公之子也。雍正元年，恩詔開會試科。是時文端公薨，公之兄太保文和公已爲戶部尚書充會試考官矣。公以舉人例避不與試，值特命官別試迴避舉人，於是公成進士，改庶吉士，授編修，遷左贊善，歷翰林院侍讀學士、詹事府詹事。今上即位，以公爲工部右侍郎。

公在翰林，常充日講起居注官。起居注素無條例，爲者繁簡任意，漏遺冗贅，不稱史體。公精思爲之，寒暑在館十餘年，編載詳贍，上以爲善於其職。於是公以工部侍郎兼起居注官事。本朝官不爲翰林而仍職注記者，獨公爲然。爲工部侍郎數年，轉內閣學士兼禮部侍郎，又二年遂告歸。

公爲人誠樸篤謹，細微必慎，每當入朝，自書職名，讀之曰：『某官張某。』又屈指計之曰幾字，視紙上三四而後敢出。奉使督江蘇學政，遇試士日，公服竟日，燕處不脫。人問之，公曰：『取士，國重典也，敢忘恭〔一〕乎？』其爲侍郎，謹奉法度而絕阿私。

既告歸，則益以舊德篤行自守，所爲喪祭禮制，多合於古，足爲法式。其自奉甚陋，或人所不堪，雖其家人皆竊笑之；然至族黨有緩急，出千百金不惜也。未嘗私受人一錢。門生某爲江西巡撫，過公居，奉數百金爲壽。公曰：『吾蚕足衣食，安用汝金爲？』又有以人參寄公者，公曰：『吾生平無病，烏用參？』少爲宰相子，久居京師冠蓋之間，而終無世故態，遇人無貴賤，率意而言，必忠必信，是以天下之士皆謂公長者。

公諱廷瑑，字桓臣。兄弟六人，其四皆貴：長少詹事廷瓚，仕仁皇帝，與文端公同時；次太保大學士廷玉；次禮部侍郎廷璐。太保、禮部侍郎與公，皆仕憲皇帝及今上最久。公之歸也，禮部侍郎及太保前後皆告老，而公最後沒。上聞，顧謂左右曰：『張廷瑑兄弟皆舊臣賢者，今盡矣！安可得也？』因歎息久之。

公卒於乾隆二十九年，年八十有四。夫人吴氏。子二：長若泌，舉人；次若渠，副榜貢生。以乾隆三十八年某月日，合葬公夫人於桐城北投子山麓。銘曰：

德葆以居，才託其餘，取安吾心，不爲人誇。士誰能然？惟公之行。繼成於學，始秉於性。再世卿相，家胡不隳？厚植根荄，天則祐之。我銘其幽，所陳者信。後世識之，以固無盡。

録自惜抱軒文集卷十二。

【校】

〔一〕『恭』，各本作『共』，據劉校本改。按：『共』，古同『恭』。

副都統朱公墓誌銘并序

公諱倫瀚，先世世襲指揮使於明，屯戍遼陽左衛，因家焉。三世歸我太祖皇帝，為正紅旗漢軍世襲參領。其子以從世祖入關功，爲鎮守山海關世襲城守尉，是爲公之曾祖，諱登科。祖諱廷縉，襲職後改副都統，因亡世襲，自是以白衣仕進。副都統有弟爲湖廣道參議，諱廷寀，無子。副都統使己子爲之後，是爲公考諱天爵，爲建寧府知府，有吏能清節。

公少而孤貧，負軼才奇氣而好學，文武藝皆能盡其巧，通知當時事變利病，慨然懷濟人之志。中康熙五十一年武進士，選三等侍衛。聖祖偉其才，使兼直武英、養心殿。數年，改用爲刑部郎中，持法堅，不可奪。時刑曹或破律放意，以入人罪；公疏論其非，上善之，飭吏如公指。

雍正中，出爲寧波、衢州知府，浙江糧儲道布政副使。衢民爲齋堂，合衆誦佛書。公曉以非道，盡解其黨；及大吏聞，欲以邪教論，衆已散去，遂皆免。運丁有積欠久不能償者且十萬金，公計糧道所入歲償之，竟除其逋。今上初，召入爲御史，出莅湖廣驛鹽道，復爲御史、給事中，掌吏、户科，巡南城，擢正紅旗漢軍副都統。在朝屢以事陳，抉絕萌姦，民賴其悉。

公爲人和易好交遊，而持身介直。仕宦恥爲家計，晚歲益貧，或至乏食，其意益恬，時爲文自娱，以至於歿，年八十一，有集十二卷。

公在浙江時，世宗夜夢道士見而請曰：『吾天台山道士也，來就陛下乞所居地。』帝寤，異之，使問於浙江，吏言：『天台故有桐柏觀，今爲人侵廢，且爲墓矣。』詔還爲觀，俾公董其事，公成觀而民無疾焉。往來山中，爲詩一編曰天台遊草，其辭尤奇雋，士多誦之。自聖祖愛公書，世傳寶朱公指畫及書。然公修己，立朝卓然，於衆不詭隨，蓋有古人之風，豈以文士論哉！

子五人：長孝先；次孝升，舉人，□縣知縣，先公卒；次孝全，次孝純，次孝揚。乾隆二十五年，葬公宛平西北十五里祖墓之側，夫人合〔一〕祔。銘曰：

言以法謇刮吏瑕，行以義域不爲他。苟利於國家則羸，偉哉中藏鬱以多！抑揚文武誰不宜，遠泯涕泗百士嗟！作銘幽室埋其阿，此石可泐名不磨。

録自惜抱軒文集卷十二。

【校】

〔一〕『合』，原作『□』，據各本補。

淮南鹽運通判張君墓誌銘並序

君諱廷璇，字清紹。桐城張氏始以仕顯者，曰明廣西布政司參政淳，史録諸循吏。參政之孫秉哲，順治時以能文名，爲舉人。舉人生都水員外郎芑。都水四子，其季爲君。

君少修謹，寡子弟之過。長以薦舉，試職於禮部。出爲東臺鹽課大使，擢鹽運通判，分司通州，廉慎於法，所職無不舉。

通州符生，以文爲君知，嘗侍，從容以吏事干君。君曰：『書生乃可言及此耶？』既而曰：『汝毋乃貧乎？曷不語我？而俾人以利訹汝。』遂厚予之。生感而奮，爲善士。

海濱以竈户煮鹽，舊給之田，竈户輒責之民，且百年，田價增八九倍，而田數易主矣。有議：『奪田與竈户，使竈户第償故直。』君曰：『是非平法也。且竈户貧，不能買田；必姦民誘使爲名，而陰據之。是平民失業而姦民利也。』以告上官，不聽。君曰：『厲民爲媚可乎？』投劾遂去。君與太保文和公，皆參政玄孫也。君績學工詩，善楷書，言行有藴藉，太保尤器之。然仕於內外，皆不竟其志，年四十餘即歸。歸而飲酒賦詩，接鄉里，歡然無間。其居衆中，望其狀，嶷如也。娶左氏，生子若兆。教其子少毋與人接。鼐年十九時，君一日見之，歸使若兆獨與之友。

君沒於乾隆三十三年，年六十七。始厝他所，逾□年，若兆定葬君某所，左安人祔。鼐爲之銘曰：

群言以禮，士容几几，維邦之祉。群言詭隨，士容猖被，邑以敝墮。嗚乎！予尚見古之人，以恪以循，既畚以墳，以徵予文。

録自惜抱軒文集卷十二。

原任少詹事張君權厝銘並序

君諱曾敞，字愷似，桐城張太傅文端公之曾孫，禮部侍郎諱廷璐之孫，翰林院侍講諱若需之子。年二十一，中乾隆十六年進士，改庶吉士，授翰林院檢討。自文端至君，爲翰林四世矣。是時君家太保文和公解爲相歸，而侍講及群從在朝爲翰林者四人，君年最少，材器通美，究識古今事宜、國家典故，而持己清峻，人謂君且繼其家兩相國後也。

君爲檢討十餘年，值御試翰林，名列第五，進侍讀，充日講起居注官；四遷至詹事府少詹事，兼侍讀學士。又值試翰林，列第三，當進官，詔特褒君而未及遷。自有記注官，君家世職之，及君尤講正體例，嘗獨任一館之事。諸城劉文正公爲掌院，每歎異君。君疾士大夫骫骳隨俗，節概不立，欲以身正之，見於辭色，衆頗憚焉。

君三爲順天鄉試同考官，有公廉名。逮己丑科會試，復同考。時武進劉文定〔一〕公爲考官，知君可信，君所薦卷，中者較他房多且再倍。君又以嶢然獨立，稍自喜也。於是榜發磨勘，有摘君所薦舉人梁泉卷疵纇數十，當斥革。吏遂傳君法，革職提問。會考驗無纖毫私狀，而梁泉故鄉舉第一，詔卒復梁泉舉人，君雖釋罪而竟廢矣。於是惜君者莫不咎當時議君之重，而謂兩劉相國宿知君賢，而不能爲一言於上，而顧使疾君者得其快。嗟乎！君進非人所得援，其退非人所得沮，天則使君仕不究其才，而志不信於世也，而何咎邪！

其後，君以萬壽加恩，復五品頂帶，歸主晉陽、江漢、大梁三書院。乾隆四十二年正月，卒於大梁，年四十七。始娶姑女姚氏，生一女，適孫起浙。再娶定興鹿氏，生子元良。側室生子元龔、元衮。其亡也，長子才十二歲。

君少而孝友，持喪以禮。於族姻朋友，事雖難成者，任之必盡其勞，謀之必竭其慮。雖疏遠，以急投之必應。乙亥之歲，江南饑。君居侍講憂在里，倡捐米出賑平糶，晝夜營之，以活一縣之衆。又以糶餘錢積穀，以待歲祲，今吾鄉所謂永惠倉也。

爲文工爲應制之體，尤好古人文章，託意深邈，而不比於時者。仕方顯而爲詩示余，多憤慨深鬱之詞，蓋其所志遠矣。君與余家世姻，少相知，又嘗重余文。君喪之歸也，余既以辭祭而哀之，乃復爲其權厝室銘曰：

綺組會者絲邪！而孰爲之機邪？鳴者匏簧邪！而孰噏以揚邪？物或以冬榮，或盛夏而先零，孰主是而爲之虧成？以盛族有君，志則抗而節弗污，既駕而鶩，而躓於中路，芒乎吾奚知其故？維紀其人而如可以呼！

録自惜抱軒文集卷十二。

【校】

〔一〕『文定』，各本作『文正』，此據劉校本改。劉稱：『清代謚文正者七人，劉姓有諸城無武進，此必劉綸謚文定之誤。綸字春涵，常州人，舉乾隆元年鴻博第一人，仕至大學士，故曰：「兩劉相國」，蓋統勳亦官大學士也。』

翰林院庶吉士侍君權厝銘並序

君諱朝，字潞川，泰州人也。其先姓侍其，明初去『其』稱侍氏。曾祖諱念祖，祖諱震，考諱衛，皆諸生，而祖、考得贈如君官。

君少孤好學，無師友之助，而於古文辭、詩歌、四六諸體，皆習而能之，始冠，得鄉舉。初聘泰州沈氏，沈氏女不㚔得瘖疾，其家願無嫁，請君他娶。君不可，卒與處無嫌惡，且十年。沈氏卒，而後娶江寧鄭氏，人以爲難。

君內行修，外重交遊，有死生之誼，而性峭急，聞人一善，稱之不容口，惟恐世不及知，及見行有失道理者，亦切齒忿怒，若不可須臾共處世者然。故世亦以此過君。

乾隆二十五年成進士，當就吏部選知縣，君曰：『吏事非吾所堪也。』後國子監缺丞，詔大臣於進士中選得君。君任職，以不阿上爲節。有共事不合君者，君不能堪，即日引疾去。

久之，會修四庫全書，大臣有知君之才，奏爲校勘官，既而爲總校。君校書數倍他人而最精當，乃命爲庶吉士。是時君已得疾，而讎閱不懈。乾隆四十二年，瘍生於首。秋七月晦，竟卒，年四十九。無子，女嫁者一，幼者二。其弟臣仕浙江，亦未有子。君妻弟鄭君厝君甘泉之西山，以待臣生子而後之。

鼐知君最久，故爲銘。銘曰：

山璞瑤琨，器則隊也。龍淵、太〔一〕阿，銳則折也。嗟子伉伉，勇言義也。孑以自居，甘與躓也。日暮延登，才未竭也。天生不與之年，死不與之繼。世也芴兮，以託於茲，吾辭以志也。

錄自惜抱軒文集卷十二。

【校】

〔一〕『太』，各本作『大』，據劉校本改。

亡弟君俞權厝銘並序

先贈大夫三子：長鼐，次訏，次鼎。訏字君俞，幼於余八歲。嘗以一鐙環坐三人而讀書，其時家貧甚，中夜，余歎以爲聚讀之樂，不可得而長也。君俞聞而悲獨甚。

余二十二歲，授徒四方以爲養；既孤，又仕京師，使兩弟侍太恭人於家。久者十年，或四五年，弟兄不相見。君俞獨以應順天鄉試間入都，每來，學加充，識加明，行加慎，余輒喜。其初病目幾瞽，及愈而作真、行書甚工，余益以喜。然君俞數困場屋，後以監生試吏部，得吏目職，於是君俞意彌不懌。值南昌李侍郎督學浙江，邀之同往。侍郎事或不當，君俞輒諫之。其夫人聞之，太息而稱爲益友也。

君俞聞余歸里，遂亦歸。逾年丙申歲夏六月，感暑疾，初如甚微，夜不能言，旦遂沒。嗚乎！余不孝不友，不能亢其家；君俞存，余冀其有以爲太恭人慰也；君俞亡，余其斷棄也已！君俞娶張氏，再娶倪氏。一子三歲，名曰恩，余惡知能卒使其成立邪？銘曰：

貌碩以豐，氣寬以有容，宜達而窮，閱期卅八而奄終。天乎人乎！宗之不振乎！厝汝以近先君乎！知我言哀者鬼神乎！

録自惜抱軒文集卷十二。

左衆郛權厝銘並序

衆郛，諱世經。考曰贈文林郎諱瀓，母曰張孺人；祖曰贈文林郎諱之延，祖妣曰姚孺人，孺人爲鼐曾祖姑。於親黨，君爲余丈人行，然而年相若，少而志相善也。君娶舅女。其妻之弟應宿及君兄一青及余四人，少者十餘歲，長者二十餘，里居無他交，獨四人相遇不厭，而君於其間尤沈静寡言笑，勤學喜爲詩。詩成視余，輒以意指瑕纇，君不爲忤，輒芟易之。一青與余常出遊，君偕應宿營視余家甚備。

其後一青丞湖北縣，以獲盜功，升爲令。入京師，過余旅舍，篝鐙夜對太息，憶君與應宿，雖爲諸生，而方藝花竹爲園，遨遊歌詠山水，邈然不可逮也。

一青爲令六年，罷去。後二年，余亦病歸。然後四人者，復聚於里中，時乾隆乙未夏也。然君比已被疾，其秋加劇，九月竟卒。夫人倉卒遽慟，從而絕。逾年，一青病，至冬亦亡。夫交友久離，及其遇而遽亡之，雖常人猶可悲，矧君兄弟之賢而與余之厚邪？

君卒年四十七。一子七歲曰虎，應宿撫之。厝君暨夫人柩縣北古塘，而余爲銘，待虎長而葬君。銘曰：

嗚乎！衆郛之柩也，志學而將究也！身隱而年弗壽也。繼者昆而偕亡者婦也。厥天爲之夫焉咎也！維余之與舊也，銘以詔孤之幼也。

録自惜抱軒文集卷十二。

兵部侍郎巡撫貴州陳公墓誌銘並序

公諱步瀛，字麟洲，陳氏。先世居歙，公曾祖諱時賓遷江寧，遂爲江寧人。祖諱應陛。考諱士鋐。家故殖財，至公考爲文學，好施予，盡亡其貲，生四子而公爲季。公長益貧，精厲爲學，閎傑於文詞，中乾隆二十六年恩科會試榜第一，選庶吉士。散館改兵部主事，再擢至武選司郎中。公考至是年八十餘乃卒，公爲養與喪，皆當人意。及後爲安徽布政使，則自曾祖至考，皆獲贈通奉大夫如公官，妣皆贈太夫人。

公在兵部，職事修辦，吏不能為姦。服闋，其尚書奏請補車駕司郎中。逾二年，授河南陳州府知府，再擢至甘肅按察使，讞獄平。值平涼府鹽茶廳回民爲亂，黨連數郡，人心皆聳。爲逆者聚於通渭石峰堡，而總督李侍堯乃託以追逸賊，西往靖遠，獨留公扼隴上爲守禦。公亦憤發，不避險難，盡拘爲逆者之家，又擒其分處他縣爲間應者。官軍初戰失利，公度賊乘勝必東犯陝西，以隆德、平涼當下隴之要，而守衛單弱，即撥固原兵分守，而後奏聞。其後賊果東犯，不得過。公奏之達，上以爲知兵。命大臣督軍至，且詔『事與陳某議之』。公迎説形勢、事理無不究。又籌糧饋，入險岨皆給。逾月賊平，公雖身未履戰陳，而功足以埒。上乃擢爲布政使，而旋調任於安徽，賜之花翎以奬焉。

乾隆五十年，江淮大饑，米升至錢五六十，暴民脅衆爲攘。公遍至所部，頒布上恩，督吏賑恤，防捕盜賊，全護疲困，自夏迄秋末，安徽得寧，而公勞瘁成疾。其後擢貴州巡撫，抵治所，舊疾大作，遂薨，爲乾隆五十四年十一月某日，年六十。

公爲人坦白和易，雖於屬吏無矜容厲氣；然審察能否，進退必當其才。安徽布政司書吏皆江寧人，公臨之有恩誼，而不以奸公法。公自奉儉陋，其在陳州，嘗舉家食稷。於族戚故舊，助恤常厚，歲時餽問無間，所在官舍，來居者常滿。少工文章，喜誦書，老而不倦。承學弟子多材，而秦中丞承恩與公進士同榜，又同一年爲巡撫，人以爲美談。

鼐嘗偕公官兵部，公來安徽，鼐方主安慶書院，於公習且久。公子舉人廷碩、國學生廷頎，以乾隆五十六年□月某日，葬公江寧城北□□山之麓，請鼐爲銘。銘曰：

公以文興，多士誦稱。不究其能，司武是膺。秉節西疆，布迾有方。力不挽強，戎慝翦襄。天子命將，謀以公壯。以戰以鑲，其阻有蕩。陟登大吏，而親勞事。爲國之志，爲身之德。養其疲羸，拊其寒饑，誅其虣欺，斥其不治。協維帝心，開府西南，不以歲深，雲而弗霖。金陵之里，兩中丞起。公壽先已，貽休弟子。鍾山東北，卜維公宅，植保松柏，載詞藏石。

録自惜抱軒文集卷十三。

嚴冬友墓誌銘並序

冬友，江寧嚴氏，諱長明，一字道甫。乾隆二十七年，車駕南巡，君以生員獻賦，召試賜舉人、內閣中書。就職，旋入軍機辦事。

君在軍機凡七年，通古今，多智，又工於奏牘，諸城劉文正公最奇其才。戶部奏：『天下雜項錢糧，名目煩多，請去其名，而以其數併入地丁徵收。』君曰：『今之雜項，古正供也，今法折徵銀。若去其名，他日吏忘之，謂「其物官所需，民當供。」且舉再徵之，是使民重困也。』文正曰：『善。』乃奏已之。

大金川之爲逆也，大學士溫福〔一〕往督師，欲君從行，君固辭。退有咎君奈何違宰相意者，君曰：『是將敗沒，吾若何從之？』人頗甚君言，既而溫公卒致軍潰以死，隨往者皆盡。

辛卯恩科會試，劉文正公爲考官，值軍機事有當關白，君撾鼓入闈得見，既而出。同考官朱學士筠曰：『甚哉！冬友不自就試，而屑屑治吏事爲？』文正曰：『士亦視有益於世否耳，即試成進士，何足貴！』當是時，軍機有數大案，賴君在直，任其勞，獲成議，而雲南糧道以分賠屬員虧銀不完，將死，去限期十日；君具牘入請文正奏寬之，乃生。其年遂擢侍讀。

君治事衆中獨勤辦，然以是頗見疾。其後連遭父母喪，服終遂請疾，不復入。間遊秦中、大梁，居畢中丞所，爲定奏辭，還主廬陽書院。乾隆五十二年八月□日，卒於合肥，年五十七。

君於書無不讀，或舉問，無不能對。爲詩文，用思周密和易而當於情。嘗爲平定準噶爾方略、通鑒輯覽、一統志、熱河志四纂修官；其自爲之書，曰歸求草堂詩文集及論辯經史、書算、文藝、金石文字者，凡二十餘部百餘卷。祖諱馨，父諱自新，俱以奉直大夫、內閣侍讀爲贈封官。夫人南昌耆士葉用章之女，生男女各二，男曰觀、晉。

余在都時，君時與相從，見君朝趨省禁，暮入文酒之會，若甚暇者。然或以事就君謀，必得其當。君嘗語人曰：『異日先去官者，必姚君也。』後數年，余請告歸，過江寧，君見迎笑曰：『吾固料君之來也！』余居皖中，君一來會；後余再至江寧，而君喪矣。乾隆□□年□月□日，葬君及葉夫人於某所，君之子請銘。銘曰：

偉猗冬友！當時群士，智孰與醜？既筦事樞，振物之首。才非不見知，而其仕之登不究。得年非夭，而亦不爲壽。天命若是，夫孰可多有？伐石鑱詞，瘞貽弗朽！

録自惜抱軒文集卷十三。

【校】

〔一〕『溫福』，各本作『溫敏』，據劉校本改。劉稱：『查木果木僨事者，爲督師大學士溫福，「敏」字乃明顯錯訛，應改正。』

孔信夫墓誌銘並序

信夫諱繼涑，孔子之六十九世孫，而曲阜衍聖公諱傳鐸之季子也。幼而才俊，衍聖公爲聘華亭張尚書照女，女殤而君遂習於張氏。尚書以書名天下，君得其筆法，書蓋埒之。又善於鑒別，收集古今名家書，鐫刻論辨，世所傳玉虹樓帖也。其於詩文，爲之皆工善。

乾隆三十三年，余主山東鄉試，得君及君兄户部之子廣森。時廣森才十七歲，而君年四十餘，名著海內久矣。其後廣森得第爲檢討，以經學稱，三十五歲而殞。君之少也，值上釋奠闕里，嘗充講書官。及爲舉人，累會試不第，納貲爲中書舍人，未就職。又值上東巡，於中水行宮召使作書，及進，上稱善。然竟不獲仕，終於曲阜。

初衍聖公夫人□氏，生冢子繼濩。繼夫人徐氏，生户部及君。冢子之後，襲爵三世，君與户部皆及之。其遇曲阜公事，以祖父體自任也，其氣皆剛直，人或與之或否。其後户部不樂家居，客遊杭州以沒，檢討哀痛遽殞，不數年而君又繼之。嗟乎！君與檢討之生，世第一家也，又以文學才藝名著天下，余一旦遇之，二三十年間，見其死亡至盡；雖其文采風流不可磨滅，而志意抑鬱乃更有甚於常人者，其可悲爲何如也？

君於交遊有始終之誼，鄉里值歲饑，出千金賑之者三焉。乾隆五十六年，余在鍾山書院，君夏來江寧視余，再宿而別，君遂以是年十二月戊辰卒，年六十五。無子，以戶部少子廣廉嗣。將死，貽書乞余銘其墓。銘曰：

猗子聖人之世也。廓其知也，蔚其藝也，名上聞於朝，而下載於四裔也。完則毀而剛則折也，有疾而不可刈也。銘託余哀，以待後君子之達其志也。

録自惜抱軒文集卷十三。

陝西道監察御史興化任君墓誌銘並序

君諱大椿，字幼植，其先爲王氏。在元有爲山東行省平章事者，曰王信。其子宣繼居父職，元亂，避居興化，改曰任氏，爲任氏之十三世，爲歲貢生鑣。其子晉，中乾隆己未科進士，官徽州府學教授，是爲君祖；生庠生葆，爲君考；祖考皆以君得贈封朝議大夫、禮部儀制司主事。

君之少也，穎敏於學，爲文章有盛名。又性和易謙遜，人無貴賤靡弗愛君。然君固有特操，非義弗敢爲，故自少至老，終於貧窶。乾隆庚辰恩科，君爲舉人，中己丑科二甲一名進士。故事，二甲首當改庶吉士，人皆期君必館選矣，然竟分禮部爲儀制司主事。君每日自官所歸，輒鍵戶讀書如諸生時。值詔開四庫全書館，大臣有知君才，舉爲纂修官。是時非翰林而爲纂修官者凡八人，鼐與君與焉。君既博於聞見，其考訂論說多精當，於纂修之事，尤爲有功。其後鼐以病先歸，君旋遭艱居里。

既而鼐遇君淮上；當是時四庫書成，凡纂修者皆議敘，嚮之八人者，其六盡改爲翰林矣。大臣又以鼐與君名列之章奏而稱其勞，請俟其補官更奏。君於是初服除，將入補官，亦以見邀，鼐以母老謝。君獨往，然大臣竟不復議改官事。君自循資遷員外郎、郎中，保御史。乾隆五十四年四月，授陝西道監察御史，甫一月而卒，年五十二。君賢者，居曹司固亦佳吏，居言官苟非日淺，亦必有所見，然終不若以其文學居翰林之爲得人也，而惜乎其竟抑不得也。

君事父母，能於貧匱中盡其養，待族友有恩誼，而不可使爲諂瀆。所成官書外，其自著者曰經典弁服釋例十卷，深衣釋例三卷，釋繒一卷，字林考逸八卷，小學鈎沉二十卷，吴越備史注二十卷，惟字林已刊板。詩集已刊者四卷，其餘與雜文未刊者又若干首。君學博奥，而於爲詩則尚清遠，不多徵引，曰：『此非詩所貴也。』

娶趙宜人，無子。没後三年，弟大楷始生子熾炎以嗣君。又後十二年，葬君於某處。鼐昔者與君本相知，及同處四庫館，則朝晡無不偕，有所疑説，無不相論證也；退而偶有尊酒召賓之設，無不與同也。閲今二十年，同居館者死亡殆盡，而鼐僅存。君弟大楷來求爲誌，乃愴懷而銘之曰：

嗚呼！幼植之瘞，不居文章之官，而既為其事矣。不至耆耇之壽，而著書足名後世矣。生不見子，而没可以祀矣。吾爲銘之，足慰君志矣！

録自惜抱軒文集卷十三。

夏縣知縣新城魯君墓誌銘並序

君諱九皐，字絜非，建昌府新城魯氏也。大父諱寧，康熙庚午科舉人，爲内閣中書。考諱淮，歲貢生，爲廬陵縣學訓導。君爲人敦行誼，謹於規矩，而工爲文。人觀其言動恭飭有禮，而知其學之邃；讀其文沖夷和易而有體，亦知其必爲君子也。嘗踰嶺至建寧，謁朱梅崖，而受其爲古文之法。於四方學者苟有聞，君必虚心就而求益。雖以鼐之陋，君嘗渡江至懷寧，見鼐而有問焉。君古文雖本梅崖，而自傅以己之所得，持論尤中正。里居授其學於子弟及鄉之儁才，又授於其甥陳用光，且使用光見鼐。蓋新城數年中古文之學日盛矣，其源自君也。

其爲科舉之文，不徇俗好，自以古文法推而用之。或以爲不利場屋，君曰：『得失，命也。』君竟以乾隆庚寅科得鄉舉，辛卯恩科成進士。歸居十餘年，奉養祖母及父，因益力爲學。而因事設方以利其宗族閭里，雖貧而必致其財，雖勞而必致其力。逮終養，乃出就官。是時鼐聞，寓書諫君，謂：『今時縣令難爲，而君儒者，違其長而用之，殆不可。』然君竟謁選得山西夏縣。縣當驛道，又時值後藏用兵，使驛往來日不絕。縣舊分二十餘里，里以次出錢供役，謂之里差。吏因爲利，民致大困。君自持既廉，又減其役之得已者，而重禁侵蠹，民大便之，而樂爲役。君顧歎曰：『吾不能盡去里差，是吾恨也。』其見民，煦煦然告以義理所當從及去，不作長官威厲之狀，民亦欣然聽其教。於是縣號爲治，上吏亦絕重君矣。鼐聞乃自咎前者知君之淺，固不能盡君才也。然君亦以積勞致疾，在縣凡兩期，以乾隆五十九年三月卒於官，年六十三。

娶楊孺人，生四子：肇熊、肇光、嗣光、迪光。四女子。又庶出之子五，皆少，一女。肇光，拔貢生，君以後母弟某；嗣光，壬子科舉人，君以後從父弟某。皆能嗣君古文學者，而肇光先殞。君文曰山木集，已刻者若干卷，未刊者若干卷。

某年月日，葬君某所，嗣光及君甥用光，皆以書來乞鼐銘。銘曰：

孰謂儒者不可以理繁庶？孰謂學古不可爲今世語？美哉魯君！其行企矩，其文蹈雅，卒寘德在夏，而士興其庭宇。其生也有令譽，其亡也有傳緒，其葬也於是野。

錄自惜抱軒文集卷十三。

汪玉飛墓誌銘並序

汪生行忠信而立志甚高，不與今世士同流，謂：『士舍宋儒程、朱之所道以爲學，舉不足云學也。』晝動而暮休，必考一日所爲，得失離合，悉書於一冊，以自爲戒勸。事其父兄，撫其妻子，交其師友，循今世之禮，通以古人之意，見者未嘗不以爲當於人心。爲今世場屋之文，必求發古聖賢之旨，而不爲苟美。

余主鍾山書院，生以上元學生來爲弟子。余德薄不足爲生益，然生親余尤至，相見論説，依依者幾三年，而生遽死。生故有咯血疾，而爲學研思不懈，余時戒之。乾隆五十六年秋冬間，忽大甚，至失音。余方歸里，亟以爲憂。其次年春正月，疾進，時時念余，遂卒。余復至，遂不見生。嗟呼！使生不死，必追逮古賢人，必有立於天下；不幸亡，學未成，行未著，知其異於今世學者，唯余而已！

生年二十六，其父七十餘，子雲官甫六歲。妻楊氏割肱療生不愈，終爲嫠而守之。余爲擇攝山東南故雲花寺址右阜葬生，而爲銘曰：

古秣陵，明南畿。粤汪生，挺産茲。名兆虹，字玉飛。聖不作，望緡哉！敻有轍，崇有階。逴勱志，胡弗幾？抗發塗，蹶駿才。芒天乎！理則乖。痛無沬，伐石埋。繄姚鼐，綴此辭。

録自惜抱軒文集卷十三。

鮑君墓誌銘並序

鮑氏世爲歙人，明末有諸生遺革命不復出者，曰登明，爲君高祖，其居在巖鎮，生子元穎，賈於吳，致富。其子蕃，賈於杭州，入其籍。蕃生善基，爲杭州府學生，善爲文，而家業貧落，生四子，其第三者君也。君繼父學而益勤，少自杭就學於歙，已而歸杭。終父喪，遂復至巖鎮，復先人居，入歙學，其文名日起。巖鎮有吳先生瞻泰者，試之紅豆歌，使次韻，君詩即成且工。先生喜，以孫女妻之。吳先生贈嫁，有書數千卷而無他才。君爲人敦行義，重然諾，作詩歌古文辭，皆有法，能見其才。當時儒者文士，皆樂與之交，學使者舉爲優貢生。然困於鄉試，不見知。年四十餘，遂絶不就試，以文業授徒。其徒乃多發科成名，其尤著者，金修撰榜也。

君諱倚雲，字薇省，嘗爲族譜數十卷，以擬蘇明允族譜，故復號蘇亭。子二：長嘉晉，亦歙學生，能文。乾隆四十二年，嘉晉疾殞。君以慟得疾，次年秋九月二十一日，君遂卒於巖鎮，年七十一。次子嘉命，君使後其仲兄倚樓。嘉晉有子早亡，嘉命有四子，以其次子金復嗣嘉晉，爲君宗焉。嘉命及其長子壬子科順天舉人桂星，皆嘗問學於鼐，今將葬君某所，乞鼐爲銘。銘曰：

五世三徙卒居歙，貧富迭更返故業。師友援推表鄉邑，有文炳興身挹攊，卜其終登在繼葉。

録自惜抱軒文集卷十三。

章母黃太恭人墓誌銘有序

太恭人桐城黃氏，處士諱貞吉之女。適章氏，爲贈中憲大夫、松太兵備道諱某之冢婦，贈中憲大夫、松太兵備道諱天祐之妻。生二子：長曰東桂，爲候選州同知；次曰攀桂，爲江蘇松太兵備道，獲以其官贈祖、考，以太恭人封妣者也。

太恭人年三十三而寡，舅姑老且疾矣，而子甚幼。逾十餘年，又喪夫之弟。太恭人能晝夜勤苦操作，以殖其產。又能上盡奉養，以及舅姑之終，下撫教稚弱，以至於壯。祀先人，賙親舊，應賓客，皆盡恩誼，人謂章氏一婦任二子事也。

其後攀桂仕爲渭源知縣，擢知鎮江、江寧府，監司蘇松，皆迎太恭人於官舍。諸孫屢與鄉舉矣，人皆榮之。太恭人被服自奉之具，不加於其素，而修治先廟墓，饋遺族黨，濟人乏匱，則每進而廣焉。乾隆五十年，江、淮大旱，民死亡相繼。太恭人適在里，睹大哀之，盡分藏廩於族戚故舊，以書速子於浙江購山芋、玉米數千石，雜錢米濟賑，所費萬金。攀桂迎之官，不可，曰：『吾去，若饑者何？』於是攀桂亦遂請養歸。逾再期，乾隆五十二年冬十二月，太恭人卒，年八十有一。卒而來哭者填戶，曰：『微夫人，吾死久矣！』孫五：曰夢橋、甫、維極、維桓、維棟。曾孫四。

初，太恭人頗通形家說，與其子營葬夫贈中憲於縣東南蟢子湖之北原，命曰：『異日勿啓祔以驚神靈。』其子乃爲卜宅於縣西二姑峰之麓，登其巔以嚮蟢子之湖，明如趾下。太恭人乃喜。以卒之次年十二月某日葬。銘曰：

施則侈也，於己苟完。有子承之，其惠以殫。山之嶔也中有原，趾出石泉湛甘寒，首於西北嚮東南〔一〕，德人居之固且安，載詞堅石永不刊。

錄自惜抱軒文集卷十三。

【校】

〔一〕『東南』下各本原有『間』字，唯梅刊本無，劉校本認爲：『校文義、句法刪』。

廣州府澳門海防同知贈中憲大夫翰林院侍講加一級張君墓誌銘並序

君諱汝霖，字芸墅，宣城張氏。大父諱宿，父諱中聖，皆爲縣學生，皆贈中憲大夫。君自縣學生，雍正十三年爲拔貢生。旋以人才保舉，乾隆元年引見，命爲知縣。分發廣東，任河源、香山、陽春知縣。其至香山者再，而攝署之縣又三四焉。

君初在香山，遭母汪太恭人喪憂居，新任令未至，奸民賴姓乘隙爲亂。君即起捕倡亂者寘之法，而杖校其和從者。逮新令至而邑已寧。其後至香山，免荒埔報升之稅；修城南羅婆陂，成灌溉之利，而禁豪家爲堤堰之厲民者。海南徐聞縣民惰窳，布種後不知糞耨槔車之事，而婚姻尤無禮式。君攝其令，乃教之如內民。時廣東有開礦採銅者七縣，地力盡而役未止。君攝英德縣，知其病，請於巡撫奏停焉。澳門者，香山南境，斗入海，西洋夷民居之，以與中國爲市。時設同知官甫二年，上吏以君賢，俾攝其職。君尤能得夷民情而柔調之，故卒授君爲澳門同知。值事，吏議降一級，上官惜君去，奏請留粵，而部議不許。君遂返宣城，不復出矣。

君博學多聞，尤工駢體文及詩。嘗爲澳門記略，輯宛雅若干卷，詩約若干卷，自爲詩文集三十卷，政牘五十卷。乾隆三十四年七月八日卒於家，年六十一。配袁恭人，生君長子燾，乾隆癸未科進士，爲翰林院侍讀，得贈君如其官。一女適附監生梅學。側室梁安人生二子：廣西布政使經歷倓、太學生炯。二女：一適諸生劉辛，一〔一〕未嫁死。孫男十一。孫女七。乾隆□□年□月□日，葬君於寧國縣花塢山村之原。桐城姚鼐與燾爲進士同年，又與炯相知，於君葬後，爲君補爲墓銘。銘曰：

懿維君，吏海瀆，安內民，外夷馴。爲國勤，著有勳。未上聞，乘歸輪。聚典墳，閎厥文。子繼振，蔚以彬。瘞泯泯，昭億春，吾銘云。

録自惜抱軒文集卷十三。

【校】

〔一〕「一」，各本缺，據劉校本補。

袁隨園君墓誌銘並序

君錢塘袁氏，諱枚，字子才。其仕在官有名績矣。解官後，作園江寧西城居之，曰隨園。世稱隨園先生，乃尤著云。祖諱錡。考諱濱，叔父鴻，皆以貧遊幕四方。君之少也，爲學自成。年二十一，自錢塘至廣西，省叔父於巡撫幕中。巡撫金公鉷一見異之，試以銅鼓賦，立就，甚瑰麗。會開博學鴻詞科，即舉君。時舉二百餘人，惟君最少，及試報罷。中乾隆戊午科順天鄉試，次年成進士，改庶吉士，散館又改發江南爲知縣，最後調江寧知縣。江寧故巨邑難治。時尹文端公爲總督，最知君才，君亦遇事盡其能，無所迴避，事無不舉矣。既而去職家居，再起發陝西，甫及陝，遭父喪歸，終居江寧。

君本以文章入翰林有聲，而忽擯外；及爲知縣著才矣，而仕卒不進。自陝歸，年甫四十，遂絶意仕宦，盡其才以爲文辭歌詩，足迹造東南山水佳處皆遍，其瑰奇幽邈，一發於文章，以自喜其意。四方士至江南，必造隨園投詩文，幾無虛日。君園館花竹水石，幽深靜麗，至欞檻器具皆精好，所以待賓客者甚盛。與人留連不倦，見人善，稱之不容口。後進少年，詩文一言之美，君必能舉其詞，爲人誦焉。

君古文、四六體，皆能自發其思，通乎古法。於爲詩尤縱才力所至，世人心所欲出不能達者，悉爲達之。士多効其體，故隨園詩文集，上自朝廷公卿，下至市井負販，皆知貴重之。海外琉球，有來求其書者。君仕雖不顯，而世謂百餘年來，極山林之樂，獲文章之名，蓋未有及君也。

君始出，試爲溧水令。其考自遠來縣治，疑子年少無吏能，試匿名訪諸野，皆曰：『吾邑有少年袁知縣，乃大好官也。』考乃喜，入官舍。在江寧，嘗朝治事，夜召士飲酒賦詩，而尤多名蹟。江寧市中，以所判事作歌曲，刻行四方。君以爲不足道，後絶不欲人述其吏治云。

君卒於嘉慶二年十一月十七日，年八十二。夫人王氏無子，撫從父弟樹子通爲子，既而側室鍾氏又生子遲。孫二：曰初，曰禧。始君葬父母於所居小倉山北，遺命以己祔。嘉慶三年十二月乙卯，祔葬小倉山墓左。桐城姚鼐，以君與先世有交，而鼐居江寧，從君遊最久，君沒，遂爲之銘曰：

粵有耆龐，才博以豐。出不可窮，匪雕而工。文士是宗，名越海邦。藹如其沖，其産越中。載官倚江，以老以終。兩世阡同，銘是幽宮。

録自惜抱軒文集卷十三。

方侍廬先生墓誌銘有序

方先生，桐城人，諱澤，字苧川，侍廬其自號也。祖某，父某。先生少有異才高識，遊江寧，與諸名士遊。一時才俊之士，言行多險怪，先生默默獨守中行。其後同遊者多及禍，而先生弗與。然頗經紀其喪，有終始之誼。退爲諸生，久屈場屋。長白觀尚書保，以學士督學安徽，最知先生賢，乃舉優貢入都，時先生年五十矣，再入北闈不售。爲八旗生教習，歲滿，詔以知縣用，先生不樂就。歷遊湖南、河南、山西學政幕内，遍觀山水之勝，作爲詩歌以自娱；最後主洪洞玉峰書院，得疾歸，歸未幾卒，年七十一。

先生與鼐伯父編修府君少爲交友。編修府君仕京師時，先生館於鼐家，鼐兄弟皆受業。先生論學宗朱子，論文宗艾千子，惡世俗所奉講章及鄉會闈墨，禁其徒不得寓目。先生爲文，高言潔韻，遠出塵埃之外，場屋主文俗士不能鑒也。然先生弟子，以其説獲儁於鄉會試者十餘人矣。得失要自有數，不繫乎其文，士自從所好耳。如先生，乃真信道篤而知所守者也。編修府君嘗謂先生文似明羅文止，詩似宋楊袐監云。

子二：□、□，今皆亡。有孫績、曾孫東樹，能世其家學。先生弟子今僅存三人，皆年七十矣，與績謀葬先生，而鼐豫爲之誌，曰：

其守頷頷，以古爲則，不爲俗惑。英英高雲，以壯其文，絶於穢氛。生名弗耀，沒遲藏兆，弟子所悼。營是幽宮，龜言既從，以安厥終。

録自惜抱軒文集卷十三。

陳孺人權厝志

孺人，仁和陳氏女也。父琛。母程氏，通文字，以課子女。故孺人自少讀書，能爲詩文，而其志慨慕古女子賢哲有節行者，不欲以才藝自居也。故其爲詩，質直慷慨，義常〔一〕近古；不若世女子流連風景，爲媚好悅人之詞。

孺人適江寧胡君，名培。胡君居貧甚，孺人時以文字慰其意。既而胡君病没，遺三子二女，皆未婚嫁。孺人執女紅爲衣食，暇則教子女，與之論古今爲學。又性解醫術，里中婦女有疾，往往請爲之方。孺人於富者尠所求，於貧者或濟之藥，雖自處乏困，不恤也。其子女卒皆成立婚嫁。幼子鎬，從姚鼐學。鼐見孺人詩曰合簫樓稿，歎謂今女子作詩者之冠，雖流俗淺人論詩者未必知也，而後世必有知之者已。

孺人嫠居三十四年，嘉慶三年十月卒，年六十八。鎬與其兄鎮、鑑，權厝夫人於江寧城北，鼐爲之銘。銘曰：

居庳里，志高矣。藏無有，而學富。其身可亡名不毁，吾爲命之女君子。

録自惜抱軒文集卷十三。

【校】

〔一〕『常』，各本皆作『嘗』，據劉校本改。

奉政大夫江南候補府同知軍功加二級仁和嚴君墓誌銘並序

君諱守田，字穀園，杭州仁和嚴氏。祖諱士奇，贈奉政大夫。考諱立功，爲虞城主簿，封奉政大夫。君少遊濟南，寄籍運學爲諸生，遂中乾隆辛卯科山東鄉試舉人。乾隆四十六年，挑發廣東知縣。初任陽江縣，未至境，有迎吏來，與君語少習，見君囊槖貧甚，誘君以利。君問：『何以取利？』吏曰：『邑有賣漿者，毆人死，而多引富室，繫數十人矣。君至咸脅以罪，千金立致也。』君曰：『諾。』至縣日，即坐堂上，出所冤繫囚，盡縱之去。獨留一囚訊之，囚即服罪，賣漿者也。迎吏捧牘在側，捽下痛杖黜之。是時方傾市來觀上新令，見君治此吏，歡呼動地，君名聲一日大起。調仁化，與巡撫孫公士毅爭獄，君辭厲。孫公變色，既而卒從君議，更以重君。遂調之番禺，凡獄事多委君。以母憂去官。服闋，再赴廣東，補順德知縣。治海盜有績，屢辨難獄。又調南海。番禺、南海，皆大府治所。君兩蒞之，人見其意思如暇，然而政無不盡。是時孫公擢爲總督，率兵出關，討安南之亂。公故奇君才，檄之從軍，及市球江之捷，敘功入奏，賜孔雀翎、五品頂帶。君才益見端緒矣，既而與孫公偕返。孫公內召，嘉勇公福康安代其任。福公亦重君才，君議論其前必盡。福公常聽其說，於事多便，乃保題君。引見，命記名知府，而發江南以同知用。在江南三年，屢委署，未及真授，而遭父憂歸。

其署淮安知府時，值旗丁以各縣助之費少爲詞，數百人大噪淮上漕使之門。君往召衆前，使訴其意。君徐曰：『助費在州縣。今爲爾白漕使飭下道，道下州縣。取費至，則汝候久矣，不亦病乎！』衆曰：『然。』君曰：『是誠非吾職，然吾當爲公濟汝以私財。汝等張颿疾行可矣！』於是命之次第發，而稍資給之，竟無事。江淮人咸稱頌君有定亂才。君既歸數年，竟不復仕，於嘉慶四年四月十日卒於里，年五十有二。

君文章無不能，而奏牘尤善，通曉兵事，便騎射。爲舉人時，偕人遊塞上，與侍衛武人共宴飲角射。君最後發，三矢中的如一。武人大愕沮屈。君從容就坐，題詩便面而去。其在孫公軍中，誠欲盡其謀，以共立功於域外，不幸值阮氏之變，軍潰功不就。然古人始敗而卒建大功，如孟明之類，史冊多有。其後孫公猶被眷遇，卒收庸、蜀桑榆之效，而君竟不復試於軍旅矣，世孰由知其才之異也。

君在江南時，嘗一來訪余。與言，果明決異士。其後余至杭州又遇君，而君無意用世，亦旋歿矣。娶莊宜人。君在江南時，宜人卒。生炳及兩女。側室范氏生煥，亦兩女。胡氏生燾。吳氏生煦。某年月日葬君於杭州天馬山祖塋之側。莊宜人祔。銘曰：

既多文，又秉武，臨溟海，江淮滸，鋤黠猾，柔強禦。意趠遠，爲國撫，萬里駕，中乘阻，鬱餘能，紀可睹。勒堅石，慰終古。

録自惜抱軒文集卷十三。

歙胡孝廉墓誌銘並序

胡君諱□□，字受穀。其先鄞人，康熙中有武進士璋遷歙，生行人司行人廷鳳，廷鳳生歲貢生銘恭，銘恭生廩膳生與修一統志凝鼎，凝鼎生君。君少孤，受學於淳安方先生粢如，工文章，中乾隆己卯科鄉試，名著於遠邇矣，而屢躓會闈，迨母喪終，君遂絶志求進。吏部符取爲知縣，亦不就，惟日與諸生講誦文藝以爲樂。

歙城南，越溪陟山有古寺。寺〔一〕雖多頹毁，而空静幽邃，多古松柏。君攜徒稍葺治，讀書寺中，其意蕭然。余昔主紫陽書院，去寺不十里，嘗與往來；或至夜月出，共步溪崖，林逕寒窈，至今絶可念也。

君論文尤能起人意，又多藏書，喜借人閲，歙士多歸之，用君説取科第仕朝者數矣。君竟老山中，年七十四以卒，嘉慶三年十二月九日也，余去紫陽亦十年矣。

君性仁厚，與物無畦畛。其没也，非其徒亦皆思之。娶方孺人，先三年卒。生府學生良會。良會將葬君某所，以書乞余銘。銘曰：

行伊修，其文彪，澹寡求。懋學優，授群髦，日月遒。藏陰幽，後億秋，於吾諏。

録自惜抱軒文集卷十三。

【校】

〔一〕「寺」，各本作「十」，據劉校本改。

高淳邢君墓誌銘

君諱復誠，字良生，高淳邢氏。祖諱之鵬，考諱本岐，祖、考皆娶陳氏。君爲人樸誠慈和，與人無爭，而好施予。乾隆三十四五年間，高淳大水，壞民廬舍，既而大疫；君多所賑施，以濟民困。又爲設醫藥葬埋。至五十年大旱，民病尤亟；君盡出藏穀千餘石以食衆，又假貸數百金以佐施。自其大母陳孺人，建石橋於邨溪之上，久而圮，君復建焉；又買石治塗，以便行者。君考嘗欲爲邢氏設義倉，未就，君與弟復吾卒就之，寘義田五百畝。君祖於宗祠既寘祀田矣，至君益之又數十畝。故鄉族無不愛戴君者，然君遇之謙甚，未嘗敢自德也。

君年八十二，卒於乾隆五十五年四月十八日。嘗以急公議敘授職直隸州同知。娶劉氏，生增廣生國秀。繼娶楊氏，生允模。側室費氏，生國學生晉、國學生國勳。晉從余學於江寧。余在江寧，見高淳人多言君長者。晉之來，君沒既葬於先隴之次矣，而晉求補爲君誌，余因書所聞而銘之曰：

斯民僿矣其生危，孰職撫是顛則持？邑有魁艾敦愛慈，積而能散衆所飴。遺休逮後理不疑，刻石藏幽視來茲！

録自惜抱軒文集卷十三。

繼室張宜人權厝銘並序

宜人十七歲而歸余，三十一歲而沒。上事姑，中接娣姒，下撫諸子、婢僕，無以異今時女子，而悖傲苟賤暴虐之事，所必無也。治家不能極於儉嗇，而矜奢縱佚之事，所必不爲也。尤喜稱人之善，聞人不善，雖於余前亦絕不言。余迂謬違俗，仕不進而家不羸，宜人不怨，顧以爲宜。然以余所遇不偶，獨幸得宜人偕居室十五年，而今又死矣！

乾隆四十三年，兩淮運使朱子潁，請余主梅花書院，又勸以家往。宜人之疾，以多産氣虛，猝無良醫，或反以藥疏其氣，故以閏六月朔殞於揚州。宜人高祖爲張太傅文端公，曾祖爲少詹事諱廷瓚，祖爲贈奉政大夫諱若霖，而今四川屏山令君，爲宜人之父。其母又鼐姑也，皆在屏山，隔數千里，不知其亡也。余先娶亦張氏，同出文端之父，遺一女，宜人視之，殆無以加其善。既沒，所出子女各二，幼不甚知哀，而長女之慟不可聞。

八月，柩還，厝之縣南五里而銘其室曰：

循階庭，立軒楯，窈若存！夐超遠，風幽幽，翩哉返。稚子嬉，潛來盼，跂以須，精霧散。歸無窮，物之本，罔荒忽，曠靡戀。生奚欣？死奚怨？厝委形，於此館。

録自惜抱軒文集卷十三。

安徽巡撫荆公墓誌銘並序

荆公諱道乾，字健中，蒲州府臨晉人也，以縣學生中乾隆二十四年山西鄉試。三十一年，挑發湖南爲知縣，所莅麻陽、龍山、東安、永順，皆有賢蹟，而在東安，卻鹽商歲饋千金，則俗吏以爲恒事固當受者也，於是上官舉公卓異矣。適丁太夫人憂，服滿乃引見，仍發湖南候陞，復補龍山，調善化，前後在湖南十二年，擢寧夏同知，又舉卓異，擢池州府知府。

公清介端謹，與人甚和易，而臨公事無纖毫内顧之私，故尤爲當世賢者所貴。諸城今劉相國墉撫湖南時，以謂第一良吏也。大興朱尚書珪撫安徽，亦謂公第一。自池州調鳳陽、安慶，又舉卓異，擢登萊青道，歷山東按察使、江蘇布政使。嘉慶四年秋，授安徽巡撫，距其去安慶時未五年也。

公既習于安徽，又繼朱尚書後，其治相似，以安民便俗爲要。其有所陳奏，雖其事有爲天下督撫所不欲言者，公皆直達於上，上亦知公之至誠也。公任巡撫兩年，病作，請解任； 上令公養疾，待少愈入都，將處以内職，然公竟以嘉慶七年三月癸酉卒于安慶，年七十二。卒後，人哭者視其幮被如寒士。喪行，吏民送者莫不泣涕。上聞，有詔愍惜賜祭，令山西巡撫侯喪終擇其子若孫送引見焉。

公曾祖諱爾極，祖諱毓光，考諱德志，皆贈如公官。有三兄，其二先卒。公夫人姚氏亦先卒。其第三兄學乾，常與公居官舍，晝同器食，夜同室寢，依依如幼稚，以至於終。子二：澤桓、澤楕，歸葬公，請鼐爲銘。

鼐目睹公清修令德，以謂當世達人才傑蓋多矣，若夫真樸淳至，表裏如一，則無以逾公，故舉公行如此。其吏事之常，雖有善能，猶於公爲不足道也。銘曰：

以德爲寶，以義自好，其行暠暠。帝曰賢哉！宜臨江淮，載離載來。治以道靖，煦良宥眚，悲哀法穽。德人之祥，衆戴曰臧，歿而不忘。歸葬河汾，有慕故民，銘其幽壙。

録自惜抱軒文集後集卷七。

廣西巡撫謝公墓誌銘並序

公諱啓昆，字藴山，世居江西南康之蘇步，公後徙居南昌南郭，乃以蘇潭爲自號云。公於乾隆二十五年庚辰科會試中式，次年殿試，以朝考第一名選庶吉士，年二十五。乾隆三十一年授編修，既而充國史纂修官，日講起居注官，出爲鎮江府知府，又知揚州府、寧國府，擢授江南河庫道、浙江按察使、山西布政使，調浙江布政使。今上親政，命爲廣西巡撫，凡三載，嘉慶七年六月乙丑終於位，年六十六。

公爲知府時，即明決于吏事，所持堅正，上官雖異意而不能奪，屢以善績稱於江、淮矣。及爲藩司，其時各省官帑多缺，或公私相晉，閱歷數官，前後援倚，所虧愈多，立不可補復。公持身廉潔，而智能究郡縣利病之多寡，立法以其贏絀相補，任使盡其能，操縱當其時，故所莅不數年，無造怨于吏民，而能完久虧之額。他人或欲效公所爲，輒中窒而不能遂。故公爲藩司多美政，而世尤稱公理財爲最善。及至廣西，內治吏民，外撫夷獠，築湘、灕之堤以爲民利，民呼曰謝公堤。又嘗興學校，飭營伍，文武皆懷愛之。其卒也，以盛暑步禱雨致疾。上聞甚悼惜，賜金治喪，又詔賜祭葬。其後廣西士民呈於大府，請以公入祀名宦之祠。

公自少本以文學名，博聞強識，尤善爲詩，其才宏贍精麗，兼具唐、宋名家之體。所爲樹經堂集若干卷，雜古文四卷，西魏書若干卷，小學考若干卷，晚成廣西通志若干卷，則士謂公文學吏治蓋兼存於其中焉。

曾祖諱茂偉，祖諱希安，考諱恩薦，皆以公貴贈資政大夫，妣皆贈夫人。公娶某縣李夫人，生女。繼娶某縣劉夫人，生子學增，候補主事，先公卒。側室四，盧孺人生子二：學崇，嘉慶壬戌科進士，庶吉士；學坰，候選府同知。女一。衛孺人生子學培，候選府同知。管孺人生女三。高孺人生女一。

公在翰林時，爲乾隆庚寅恩科河南鄉試正考官，辛卯會試同考官，多得賢才。其最者，巡撫會稽陳大文，布政使歷城方昂，以吏績名，而檢討曲阜孔廣森以文學顯。其在浙舉孝廉方正，亦多名士。生平重交遊，獎氣類，居廣西作懷人詩數十篇，首其座師大興翁學士方綱，次桐城姚鼐也。遺命其子，必使鼐爲墓銘。嘉慶□年□月□日，學崇葬公□□。鼐爲銘曰：

儒者之風，退然其中。剛果有能，作吏見功。北旬汾、洮，南及嶺嶠。沒而民思，生被其曜。惟其多才，文武惟試。講藝賦詩，異於俗吏。帝褒良績，天祐厥家。妥奉榫居，銘幽詔遐。

録自惜抱軒文集後集卷七。

通奉大夫廣東布政使許公墓誌銘並序

公諱祖京，字依之，德清許氏。曾祖諱煌甲，祖翰林院編修、南昌府知府諱鎮，考舉人西安教諭諱家駒，三世皆以公貴，贈通奉大夫。公少勤學，工文辭，乾隆戊子科中浙江鄉試第一人，己丑科成進士。授官內閣中書，貧甚，徒步懷餅入直，暮而出，歷七年。內閣侍讀缺，公次當擢；金壇相國于文襄公欲別擬人矣，聞公論謂許舍人不得擢爲不平，乃卒擢公。在內閣，兩遇京察皆一等。

丁酉科充四川鄉試正考官，復命奏對稱旨，旋命爲雲南驛鹽道。逾三年，擢雲南按察使，屢辨疑獄，悉精當得情。姚州有劫盜以刀背傷事主，司擬死罪上。部駁謂刀背雖金非刃，不當死；承審官知州誤擬，應降職。公言：『州本擬如部所論，臣飭改之，咎乃在臣。』奏上，純皇帝愈以此重君，擢廣東布政使。

公在雲南時，值總督李侍堯怙勢求賄，其後事發得罪。屬吏多爲所累降絀，公初不迎附，卒亦不與其咎。及在廣東，仁和相國孫文靖公爲總督，值林爽文亂臺灣。文靖馳至潮州，調兵餉甚衆。公抗言臺灣亂當即平，不可無故先用粵民。文靖得牘怒甚，欲奏公沮軍，會臺灣平乃止。及毅勇貝勒相國福文襄公爲總督，勢益重，而公守意自如。文襄之護安南阮惠入朝，公定郡邑供帳有限數。阮惠行出廣東，緣道官乃務極華侈，傳單至達行在所。純皇帝以讓文襄，文襄乃歎公初所定豐約之當也。廣東濱海，民雜易擾，公治之凡十年，於事患多所消弭。民有欲請於瓊州開礦者，公駁不許；又有欲於省設船步網利者，公亦不許，民以晏然。乾隆五十九年以請養歸，逾一年丁母蔡太夫人之憂，既而病，居杭州就醫，嘉慶十年二月二十一日卒於杭州，年七十四。

公強識過人，少所見文字，至老未嘗忘。治官事勤甚，累日夜廢寢食不疲。其在雲南，不置幕客，文案皆親定之，又以餘力訓子爲學。其在內閣，修官書一統志、西域圖志、西域同文志、勝朝殉節臣錄，皆獨當其勞。平生自著書，則有書經述八卷，詩四卷，許氏譜二卷，藏於家。夫人同縣進士祁縣知縣胡官龍女，賢明有禮，先公卒四年。子二：翼宗，國學生，早卒；宗彥，嘉慶己未科進士，兵部車駕司主事。女一，適山陰王思鈞。胡夫人先葬武康春崗嶺上，青浦王侍郎昶銘之矣。嘉慶□年□月□□日啓穴，以公夫人合葬焉，桐城姚鼐爲之銘。

銘曰：

公以儒興，操筆文雄，秉節吏能。愍愚察病，勇爲衆靖，優哉從政。其道蹇蹇，建謨伊善，植躬靡涊。禁闥著庸，山徼海邦，身去慕從。天靳民澤，錢塘之郭，公臥不作。有配允賢，魯袝茲阡，厥嗣昌延。

録自惜抱軒文集後集卷七。

贈文林郎鎮安縣知縣婺源黃君墓誌銘並序

婺源之黃邨，有孝子曰黃君奬，字譽侯。君之祖曰大珙，考曰鴻。其祖以上，蓋嘗富矣，至其考而大落，兄弟皆無以生，遠爲幕客於蜀中。去時，君數歲，十餘年不通問。君冠，乃走蜀求其父，備經艱困，得見於重慶，父已病風痹矣。君乃於重慶一石崖中居，以課童子爲養，逾年父終，無資，不能以喪歸。始其父慕得巴縣江北地爲義圩，及沒，君遂葬之於巴，成塚立碑而去，依其世父，未幾其世父亦死。君自是流離漂泊，於川東西無不至。嘗於峨眉重嶺中，值大雪，迷道入無人地，飢不能行，自分必死。忽一丈夫至，予之莜麥餅數枚，曰：『竟此，可以至通路矣！』由是得生。

遇歙商謝氏，素知君孝，延爲童子師。卒從謝氏，得東下江南，至蕪湖，君時年已六十矣，始娶婦於蕪湖顔氏，而同歸婺源。其母程孺人已前卒，祖以下猶有期功親六人，未幾盡喪，君拮據營其喪葬。其妻顔孺人亦賢女，與同居敝屋，忍飢凍而樂爲善，僅一子，能讀矣，則課之甚嚴。如是十餘年，子煇以拔貢生入都廷試，特命爲陝西知縣。遂以鎮安縣知縣覃恩封君及顔孺人，煇乃請養以歸。歸後又三年，爲乾隆四十七年七月二十八日，君卒，年九十有六。又後二十一年爲嘉慶八年正月十九日，顔孺人卒，年八十有六。

嗟呼！如君生平所遭困厄且數十年，使竟隕喪，或雖不死而無後，則世亦無由知君矣，而卒於衰老之後得妻子，身以上壽終者，天之欲表潛德也。夫天且重之，而況人乎？君子煇以嘉慶〔一〕□年□月□日，葬君□□，姚鼐爲之銘。銘曰：

陟山泝水，求親萬里，以瀕於死。身危家圮，茹荼若醴，卒以有子，升爲命士。述之可唏，揚之無既！

録自惜抱軒文集後集卷七。

【校】

〔一〕『嘉慶』，各本作『□□』，據徐校本改。

中憲大夫雲南臨安府知府丹徒王君墓誌銘並序

君諱文治，字禹卿，丹徒人。自少以文章、書法稱於天下，中乾隆二十五年〔一〕一甲三名進士，授編修，爲壬午科順天鄉試同考官、癸未科會試同考官。其年御試翰林第一，擢侍讀，署日講官，旋命爲雲南臨安府知府，數年以屬吏事鐫級去任。其後當復職矣，而君厭吏事，遂不復就官。高宗南巡，至錢塘僧寺，見君書碑，大賞愛之。內廷臣有告君、招君出者，君亦不應。

君之歸也，買僮教之度曲，行無遠近，必以歌伶一部自隨。其辨論音樂，窮極幽渺。客至君家，張樂共聽，窮朝暮不倦。海內求君書者，歲有饋遺，率費於聲伎，人或諫之，不聽，其自喜顧彌甚也。然至客去樂散，默然禪定，夜坐脇未嘗至席，持佛戒，日食蔬果而已，如是數十年，其用意不易測如此。

君少嘗渡海至琉球，琉球人傳寶其翰墨。爲文尚瑰麗，至老歸於平淡。其詩與書，尤能盡古今之變，而自成體。君嘗自言：『吾詩、字，皆禪理也。』余與君相知既久，嘉慶三年秋過丹徒訪君。君邀之涉江，風雨中登焦山東升閣，臨望滄海，邈然言蟬蛻萬物無生之理，自是不復見君。今君家來訃，以嘉慶七年四月二十六日趺坐室中逝矣！妻女子孫來訣，不爲動容；問身後事，不答。然則君殆莊生所謂遊方之外與造物爲人者耶！著作文藝雖工妙，特君寄迹而已，況其於伎樂遊戲之事乎！

君年七十三。夫人黄氏。生子槐慶。女四，婿曰溧陽狄□、丹徒陳□、商邱陳杲、長洲宋懋祁。孫男六。將葬君□□，鼐爲之銘，以代送窆。鼐爲王氏秀山阡表，具君世矣，故不復述。銘曰：

茫乎其來何從乎？芴乎其往何終乎？嗟吾禹卿乎！生而燕樂，與世同乎！名表於翰墨之叢乎！骨蜕於黄壤之宫乎！ 翛乎寥乎！ 憑日月之光而遊天地之鴻蒙乎！

録自惜抱軒文集後集卷七。

【校】

〔一〕『二十五年』，各本皆作『三十五年』，據劉校本改。從其下文『爲壬午科鄉試同考官、癸未科會試同考官』可證。壬午，爲乾隆二十七年，癸未，爲乾隆二十八年，恰在他『中乾隆二十五年一甲三名進士』，授編修之後。

中憲大夫松太兵備道章君墓誌銘並序

君諱攀桂，字華國，一字淮樹。先世自建州浦城，數遷而居桐城。十餘世至君祖諱紹七，考諱天祐，皆以君貴，贈中憲大夫。君歷仕甘肅渭源知縣、武威知縣、江南鎮江府知府、江寧府知府、蘇松督糧道、松太兵備道。其在甘肅，年甫三十，強果任事，獲久逋巨盜，總督特奏其功。引見，純皇帝甚器之，命擢同知。總督未及擢，上已特命知鎮江府，旋以才優調首府。

君博知天下利病，所莅官，興廢多得宜，而尤明於地形勢。純皇帝屢南巡狩，始皆自鎮江陸行至江寧。詔改通水道，大吏使君相視。衆初謂：『昔吴陳勳鑿句容破岡瀆，下達毗陵，六朝因之，隋始廢，今可復也。』君往來察之，以爲句容茅山岡，石巨勢高，鑿之極難；縱成瀆，非閘不可儲水，其勞費無已。不若從上元東北攝山下，鑿金烏珠刀槍河故道，以達丹徒，工力省而後修易，可永爲利。大吏如君議上奏，令君監修。君鑿瀆百里，既成，謂之新河。御舟行甚安，而數十年至今，商民率避大江之險行新河，君之力也。純皇帝嘉其能，故君方以糧道被吏議，而上巡至，即以松太授君。

君好士獎善，樂施予。自鎮江、江寧及至松江，興理書院，撫恤嫠困，人多賴之。乾隆五十年，安徽大眚，桐城尤甚。君時在松太，聞之，出萬金以救飢者。又以糴穀以賑，必驟長市價，乃先於他處購山芋、玉米數千石運至，所全活無數。既而又爲疫死者葬埋。君平生惠閭里族黨之事甚多，而茲其最巨。其時君妣黄太恭人里居，哀飢者，多所救恤。君迎養，不肯往，遂請告歸。太恭人時健甚，然逾年遂卒。人謂早去官而獲送終，亦其孝也。

自是君不復仕，或居里，或居金陵。居金陵時，鼐主鍾山書院。錢塘袁子才，於金陵城中作園林甚盛麗，丹徒王禹卿時來遊，與君皆有聲伎。三君每召聚賓客遊宴，鼐亦與焉。然君及禹卿，皆內耽禪悅，事佛甚精，子才時譏之，二君不以易也。六七年間，子才先亡，鼐歸，俄聞禹卿喪，今又失君矣。余悵然寂處，追思昔遊，一往真如夢幻，然則二君之歸心釋氏，庸爲過乎？

君卒於金陵，豫剋期，辭交好，以嘉慶八年十二月二日卒，年六十八。嘉慶十年六月□日，葬於懷寧西馬鞍山之北麓。夫人先後皆吴氏。子維極，候補知府；維桓，乾隆己亥科舉人、兵部武選員外郎。女二。孫四。子才、禹卿之卒，鼐皆銘其葬矣，今君子請銘，誼不可辭。銘曰：

趨世工而建有功，植財豐而能濟窮，生也憂樂與世同，超然一往遊虛空。書其可稱以飭終，寥乎趣嚮誰能窮？

録自惜抱軒文集後集卷七。

蘇獻之墓誌銘並序

常熟蘇君去疾，字獻之，桐城姚鼐同年友也。孤清峻立，以古人道持身，衡於世知不行，年四十四去官，自號曰園公。處場圃，觀山水，作文章自娛，尤工爲詩，標舉性情，引撢幽渺，斵雕藏耀，人初視若無足賞，再三往復，則爲之欣忭悽愴，不能自已。

乾隆五十五年冬，君訪友於安慶，鼐與遇於江津舟中，各出其詩相示，分持而去，自是十五年不見。嘉慶十年正月，君卒於里。次年八月□日，葬於常熟西山父墓之側。君子來告，請鼐爲銘之。

君曾祖翔鳳，康熙壬戌科進士，沂水知縣。祖佑，昌平州同知，贈興化府知府。考直言，贈內閣中書。君於乾隆己卯科中順天鄉試。辛巳恩科，取爲內閣中書，考得贈官。癸未科成進士，改庶吉士。散館改刑部廣西司主事，發貴州爲直隸知州，署都匀府八寨同知，以逸獄囚罷官。次年引見，以原官起用，君請疾，遂不復仕。

其狀小身短視訥言，然胸中通貫今古，於事理無不曉，敢爲介直辭，在刑部屢爭疑獄。當安南黎氏爲阮氏逼篡，仁和孫相國文靖公士毅爲兩廣總督，將討之。君於文靖姻也，與之書曰：『虛聲不可以讋強悍，鄉鄰有鬥，雖閉戶可也。取之是爲貪兵。發難有端，將爲吾患，不可不念。』文靖迂其說，然竟以喪師，身幾不免，乃悔棄君語。大臣間亦知君才者，而君不樂與俗伍，間應其招，嘗爲山西、河南書院山長，旋歸以老，年七十有八而終。有詩集六卷，制義律賦二卷，已雕板；古文數十首，藏於家。夫人錢氏，處士用和女，前卒。生三子：汝詔，監生；載，漳浦縣丞；采，廩膳生。一女，適大理寺評事孫輿，文靖子也。側室魏氏，生女尚幼。有孫十一人。銘曰：

嗚呼園公！有道植躬，仕而不見通。有文閎崇，視於世而不見工。吾銘其幽宮邪！以待後世之無窮邪！有知而如見其中邪！

録自惜抱軒文集後集卷七。

浮梁知縣黃君墓誌銘並序

君諱繩先，字正木，黃氏，鄞人也。唐末有江夏侯晟，以禦盜功爲明州刺史，其後屢有聞人於鄞。閱二十九世爲君祖曰振齡，考曰起忠，皆贈文林郎。君以鄞學生中乾隆十七年恩科鄉試，成乾隆二十二年進士。發爲江西知縣，任樂平、浮梁兩縣，勤事致疾，告歸數月，以乾隆三十年九月九日卒於鄞，年四十七，葬於東湖陳墅墺父墓左。

君在江西九年，天性仁明，強力於政事，未明起閱文書定，晨召吏即發。有訟者至當鞫，或當往驗視，皆不越旬日。坐堂上決事，日或十餘案。即作判詞，自讀與訟者聽之，幕友書吏，無從留閣以取市。與囚言，廢屏刑器，嘗以至情動之，而囚自服。有豐城民余上文之弟，爲浮梁人毆死，藏其屍。訟二十年不決，上文乃走候大駕出陳告。事下大吏，欲第論上文驚蹕罪。君銳意治其冤，自往履毆所，於民宅後試掘，即得其弟屍，獄遂定。嘗謂事糺亂者，非必難察，由吏不盡心，惰玩致也。故君所斷本治及上官委治他縣事百數，無不曲當，而積勞亦深，痼不可痊矣。其所去縣，民必涕淚送之數十里，浮梁爲之立碑。其後浮梁民有爲後令屈抑者，走浙江將訴於君，至則君已喪，乃悲痛而去。

夫人張氏，生子五：定宇、定文、定衡、定樞、定杓。定文今爲揚州府同知，與桐城姚鼐遇於金陵，請補爲君誌。時嘉慶十一年，距君亡四十年矣。銘曰：

萬姓委命，君則真令。煩祛亂靖，人安已病。嗚呼！天不與以齡，其貽以後慶。

録自惜抱軒文集後集卷七。

中議大夫太僕寺卿戴公墓誌銘并序

嘉慶十一年五月甲午，故太僕寺卿揚州梅花書院山長、長興戴公卒於書院，喪歸湖州。次年，其子以公行狀，求桐城姚鼐爲公墓銘。鼐與公，皆乾隆二十八年癸未科進士也。是年成進士爲京朝官者蓋六十人，而浙江最勝，逾二十人。長興戴公在工部時，浙江有二戴，以公年少，群呼曰小戴公。每同年聚會，鼐見公溫溫寡言說，而謙謹讓人，知爲長者也。其後十年，仕京朝者或出或死亡，鼐以病歸，留者十餘人而已。鼐既歸三十餘年，又加少；其末歲在朝者三，皆浙江人也，錢塘費相國淳、富陽董相國誥及公是已。既而聞公去，又聞其亡，迄今同年生，合計內外朝野不過五六人，而鼐最爲篤老焉。昔鄭康成以『比牒並名者爲宰相』，而已『樂論贊之功』，有『日西方暮』之嘆。余之無聞，安敢比於康成？而草澤之中，犬馬之齒未盡，彌見同年之摧喪，則感又有逾於鄭公者，是可悲也！

公諱璐，字敏夫。曾祖諱容，贈通議大夫。祖諱永椿，雍正癸卯科進士，江蘇按察使。考諱文燈，乾隆丁丑科進士，禮部儀制司員外郎。公所歷官，自工部都水司主事，再擢至郎中，遷湖廣道御史，禮科、吏科給事中，鴻臚、光祿、太常三寺少卿，通政副使，太僕寺卿。嘗爲乾隆甲午科廣西鄉試考官，充文淵閣詳校官。其爲人謹飭奉職，不求苟表異爲聲名，以資平進至三品，而家常窶乏，諸子遊幕乃得爲生，終不爲取贏計，故年六十有八，而客歿於揚州，茲其可述者矣。

夫人沈氏，子錫衡、崧中、鼎恒。鼎恒，嘉慶戊午科舉人。女四。孫三。銘曰：

德有常，進有方，至九卿，無辱行。承世祥，能文章，貽後生，遠不亡。歸翣牆，於此藏。

録自惜抱軒文集後集卷七。

中憲大夫陳州府知府陳君墓誌銘並序

君陳氏，諱守詒，字仲牧，世爲江西建昌府新城人。君祖以汧，以富而好施稱於江西，自是累世皆然。其居中田邨，故天下稱中田陳氏。君考諱道，乾隆戊辰科進士，不仕而篤學植行於家，世稱凝齋先生。君爲凝齋第二子，其人勇於爲善，嘗首出財，建立義倉於所近邨落，春借秋收，至今民賴其賜。在京師買宅，立爲新城會館。乾隆五十二〔一〕年，甘肅官以冒賑事多被戮，其家屬不得返，君出金使人至甘肅爲贖罪，且助使返。至於朋友急難之誼尤厚，嘗分宅以居鉛山蔣編修士銓。君少擁先世遺財，屢費，至暮年遂竭盡矣；遇事有所欲施而力不供，輒咨嗟不樂，蓋急於濟人者，固承其家風使然，而亦君天性也。

君仕爲兵部武選司員外郎、車駕司郎中、安徽太平府知府、河南陳州府知府。其在官，與人誠信慈惠，猶鄉里然。凝齋凡五子，余識其二：其一君兄金衢嚴道，其一君也。金衢朗亮疏達，而君恂謹，皆君子人也。君守太平時，鼐居安慶書院，君來訪，自是相知。及君自陳州告歸，余尚在安慶，送君江上，別九年，而君以嘉慶十四年十一月甲子卒於里，年七十八。昔金衢最早喪，而其後今多貴顯；君生亦未及盡君志，天固昌其後世使大成君志歟？

君夫人魯氏，封恭人，前卒。生子二：舉人、光祿寺署正煦；嘉慶辛酉科進士、翰林院編修、文淵閣校理用光。側室胡氏，生寧州知州繼光。方氏生瑨光。湯氏生瑾光。君沒時有孫十人。某年月日，君子葬君於□□，以書來請爲銘。銘曰：

仁人之族，固靡暴也。愉懿有士，其可好也。親賢樂義，鞠無告也。不擁其貲，施以好也。衆欲其存，耆未耄也。鬱其餘慶，徯久報也。

録自惜抱軒文集後集卷七。

【校】

〔一〕「二」，原作「□」，據備要、叢刊、梅刊、劉校本補。

通奉大夫四川布政使姚公墓誌銘並序

公諱令儀，字心嘉，別字一如，先世自浙江遷婁縣。曾祖諱天麒，祖諱士英，考諱宗侃，三世皆以公貴，贈通奉大夫、四川布政使。公少爲松江府學生，乾隆四十二年爲選拔貢生，次年朝考一等，引見以知縣用，發往雲南，至則攝祿豐縣事，值易門缺官，上官令並攝，事皆辦，改署尋甸州。

總督誠嘉毅勇公福康安，見公所爲，賢之。時四川有亂民爲患，福公移督四川，乃奏以公從幕府。其後繼福公爲督者，李公世傑、孫公士毅，皆知公賢，俾令犍為、仁壽，晉石砫同知。又從將軍鄂輝，進討西藏廓爾喀，兵行人迹不至之地，冱寒巖谷之中，爲儲峙供頓皆辦。鄂公本四川總督也，以罪降，而孫公士毅復爲總督，福公爲大將軍，同征西藏而異路，皆以書招公。公以既許鄂公，從之不去，而任事彌力。上聞亦義公，乃賜花翎，旋擢雅州府知府；及功竣，又調成都府知府。

其後川東、湖廣苗民爲亂，福大將軍又往征，檄公至軍。初，福公以公於西藏之行不就其招爲慍也，既而意解；及征苗，軍中事率與公謀。公言無不盡，屢有功矣；會大將軍輿人毆都司徐某於營門，裂其衣。公叱止之，不聽。公乃擒杖之，一夕死。大將軍頗憾，抑其勞不進官。其時大將軍從人暴横甚，軍中皆倚公爲重。公旋以勞疾請假，而大將軍亦薨於軍。

其後四川達州白蓮教復爲亂。及威勤侯勒保爲總督，又檄公入幕。當嘉慶二年、三年，與賊連戰，公皆與謀畫以戰捷。所獲俘囚，公承鞫，其無罪獲釋者，不可勝數。威勤公旋被逮，其時公晉官四川鹽茶道矣，而未之任，乃護送威勤公入都，旋釋罪，又與偕返，而威勤復權總督事。其時數大帥相峙，公皆與相知，於間勸以和一，言甚忠藎〔一〕，諸帥多聽，功成寇殄，四川以寧。嘉慶六年，公乃涖鹽茶道任，逾四年，擢四川按察使，次年擢布政使。

公生平在軍中時爲多，臨民時雖淺，輒有績。當爲縣令，善平獄訟。方孫公士毅爲督，禁民間小錢，法峻幾廢市。公乃急發倉穀，令以小錢若干，易米若干，錢收而民靖。孫公大善之，令各屬以爲法。其知成都府，歲祲，請發倉粟，大吏持不可，公身任，請必償，卒以濟民。每冬月，設粥廠以食餓者及春。逮爲監司，令各郡行其法，至今四川賴其賜。其爲按察使也，數月清釐積案六百餘事。然亦積勞，自居軍中，已常失血，暮年遂亟，嘉慶十四年十一月癸未卒於成都，年五十六。

夫人許氏，生子二：椿、楗，皆諸生。公持身廉，而厚施於族黨故舊。少能文，工爲書，至老不倦於學。嘗謂鼐知爲文，以書交，使其子論學就鼐，然未及見公而聞公喪矣。其子扶柩歸葬，嘉慶十六年十一月甲申，窆於青浦縣三十八保一區二十八圖罔字圩。鼐爲之銘曰：

愉愉有文，侃侃其武。不辭險艱，不憚彊禦。內靖外襄，不以功詡。柔撫勞民，作藩西圉。不竟厥緒，銘告來許。

録自惜抱軒文集後集卷八。

【校】

〔一〕「忠藎」，各本作「忠盡」，據劉校本改。

禮部員外郎懷寧汪君墓誌銘並序

禮部員外郎汪君，於嘉慶十三年十月八日卒於京師。次年，其孤湳奉柩歸葬於懷寧，先以書請余爲之銘。嗚呼！學之敝甚矣！世俗說經者，不務講明，服習聖道，行天下之公是，而求一己之私名。搜取隱僻爲異，而不必其中；辨晰瑣碎爲博，而不必其當；好惡黨讎，乖隔錯迕；是失聖人所以作經之本意，而以博聞強識滋其非者也。

君少稟承宋儒之言，行己有恥。其於經也，辭義訓詁之小者，未嘗一一拘守程、朱，而大義必宗嚮，而信且好焉。因推明其旨，將以扶正道率後賢，是可謂君子之爲學矣。余始未識君，居懷寧敬敷書院時，君來，偶見余說詩·關雎，言：『古序及毛傳，皆同朱子之說；謂爲后妃求賢作者，鄭康成一人之誤說耳。』君因探懷出所著說，則意正同余，自是往來益密。其後君去，入京師，中乾隆五十三年順天舉人，嘉慶元年成進士，選庶吉士，告歸，又一見。其後君改官禮部主事，擢員外郎，以公事被議，旋復待缺，遂卒。

君所讀經，皆有札記，其子編之爲八卷。君年僅五十餘，所欲爲者非苐如今八卷也。君深識天下事利病，遇義慷慨敢爲，使耑行一方，施於政事，亦當有可觀者，惜其仕與學皆未竟而身没矣。君諱德鉞，字崇義。祖諱周煜，父諱文墀。娶徐氏，繼娶阮氏。子三：時湳、時漣，時泰。孫□。銘曰：

篤行好學義之徒，志遠事鬱失士模，後百千歲敬厥墟，沐樃中瘞非俗儒。

録自惜抱軒文集後集卷八。

誥贈中憲大夫刑部員外郎加三級瀘溪縣教諭楊府君墓誌銘並序

君諱芳，字仲篪。先世撫州臨川楊氏，自臨川遷金谿，居鵝塘里，累世皆以學行爲儒，而率終於諸生。曾祖諱遴，祖諱曰遷，考諱毓淇。君生幼而三世皆喪，惟曾祖差晚，撫教君至十歲而已。君於危孑孤處之中，矯能自立，一日發父遺書，慨然涕泣，思究學，乃窮日夜治諸經，悉通其義，遂爲諸生，雍正乙卯科、乾隆癸酉科，再以五經爲鄉試副榜貢生。

君平生手鈔五經至四五通，而寡著述，曰：『士貴於經所云行與副耳，若傳註則前儒備矣。』故其處家盡孝弟之誠，雖貧不較於財，雖勞不表於衆。其持身能極儉約，故能介然無求，而室家安之。於交朋友，誨弟子，必以誠信。士群推其文行矣，而終屈於有司，乃選瀘溪縣教諭。君在瀘溪，以身訓士，尤以敦倫紀、惜廉耻、勤職業爲亟，非公事未嘗謁令，亦不輕受人謁。士有見枉，則告於令直之，其人來謝卒不見。文廟敝，君勸修於瀘溪；瀘溪人素重君，聞君言皆應。值積雨，竈無薪，治廟材者或束木柹以遺君，君拒不許。至今瀘溪人言官於彼者曰：『如楊學官，乃君子已。』

君之瀘溪，年七十矣，數年遂歸，歸五年，以乾隆五十二年十二月望卒於里，年八十。未没時以子護貴，封奉直大夫、刑部主事加一級；卒後贈中憲大夫、刑部員外郎加三級。夫人同縣李氏，生庠、生韶；繼配同縣聶氏，生乾隆甲辰科進士、江寧布政使護，乾隆辛卯科舉人誒；皆贈太恭人。李太恭人先君卒，已别葬。聶太恭人君卒後三年卒，年□十□。其爲人慈仁恭儉，甘貧，善承君志。爰詔甚於己出之子。嘉慶□年□月□日，葬君於□□□□，聶太恭人祔焉。銘曰：

秉義嚴飭，誦經行則，内行靡忒。善群而貞，不忮而清，君子之能。德充仕狹，闇無著業，光闡嗣葉。有配仁厚，偕厥老壽，同藏茲阜。

録自惜抱軒文集後集卷八。

舉人議敘知縣長洲彭君墓誌銘并序

君諱希韓，字玉摯，長洲彭氏。自順治丁亥科進士、長寧知縣瓏，生翰林院侍講定求，侍講生鄉飲大賓正乾，大賓生兵部尚書啓豐。侍講於康熙丙辰科、尚書於雍正丁未科，皆以會試、殿試頻第一名授修撰，故天下稱盛族必曰彭氏。自大賓以上，四世皆贈如尚書官。

尚書長子爲舉人、曹州府桃源同知紹謙，而君又桃源之長子也。昔侍講撰儒門法語，以教子弟爲修士，而君幼尤端謹明惠，能讀先人之書，尚書以爲喜。乾隆乙酉科，中江南鄉試舉人，時君考已仕山東爲令。君往來官舍，奉侍之暇，偶言商政事必當理。君考旋以卓薦升曹州府桃源同知，未之任，省親乞歸，歸六年卒。其時尚書里居尚健也。君治喪事既間，則奉大父惟謹。其後值乾隆四十五年純皇帝南巡，蘇州紳士建迎鑾亭館三處，君以尚書命任其事甚修備。其年尚書入都祝釐及返，君皆侍焉。四十九年又值南巡，蘇州當有修建，計費頗廣於前，衆欲以畝派。君曰：『蘇賦固重矣！紳士迎鑾紀恩，而費及小民，不可。吾曹捐之，慎用無糜可也。』衆曰：『善。』初君嘗爲四庫館謄錄，既竣功議敘，當得分發知縣矣，以尚書春秋高，不欲離，故未就。是年夏，尚書遂捐館，君以冢孫視疾及喪皆如禮。然君傷甚，自是亦病，遂里居不復出，卒於嘉慶十一年十月四日，年六十三。

君爲人誠厚端凝，而明敏於事；有就謀者，語之必盡其道，任之必盡其力。輯宋以來儒者之說，時取自省，曰退齋日錄。君叔父紹升，以開敏堅卓之資，融合儒、釋爲義，世所稱二林先生也。君自幼與同塾讀書，中歲講論，皆資受其益，而君持論，終守家法不渝，所謂善學柳下惠者與？君工文，善楷書，暮年既病，終日危坐讀書如常時，以迄於卒。

娶顧孺人，生澧州石門知縣藴琨。繼娶吴孺人，生女一。再繼娶孔孺人，生候補縣丞藴琳、庠生藴燦。女二。以嘉慶十□年□月□日，葬君吴縣太平鄉梅灣山麓。桐城姚鼐爲之銘曰：

植行篤，養志卓。才可遠服施一剢，葆厥澹邈靡不足。繼前修躅遺後福，藏君兹竇鞏且隩。

録自惜抱軒文集後集卷八。

吉州知州喻君墓誌銘並序

喻君諱寶忠，字元甫。祖曰懋達，考曰世岸，皆以君仕知縣贈文林郎。先世爲建昌府新城縣人，君考遷居南城矣，子孫猶貫新城籍。君自新城學生中乾隆二十四年江西鄉試，三十一年成進士。君先以大挑一等得知縣，成進士後，乃分發廣東，所歷河源、陵水、石城、翁源四縣，署南澳同知、化州知州事。嶺外命案，好爲詐僞，吏每爲所罔。君察傷涖獄，能盡其聰明，究其情曲；又婉喻理義，使之心服焉。在石城，值大旱災，君首捐財市米，且勸富民出賑，設粥廠七；每鄉民所出米，即賑其鄉，不足則取於縣；又爲平糶，施醫藥棺槥之法甚詳，民賴以濟。是時君積勞數月而鬚白，以卓異擢山西吉州知州，未一年遂告歸，時君年六十矣。

君少工文章，在廣東四爲同考鄉試，多得士。及退歸，衆推之主盱江〔一〕書院，成益多才。君之歸也，居於南城，嘉慶十一年卒於南城，年八十二。配鄭宜人前卒，生子三：宗衡，縣增生；崇緒，國子監生，皆卒。宗勳，乾隆乙亥科舉人，爲安仁縣訓導。側室陳氏，生子三：宗崙，以縣學生舉優貢，候選知縣；宗嶠，江蘇從九品；宗嶧。女九。君卒時有孫十一，曾孫二。□□年□月□日，葬君於□□□□。銘曰：

奉職能，持己清，文可稱。壽既登，子若孫，殷當興。書藏堋，後必徵。

録自惜抱軒文集後集卷八。

【校】

〔一〕『盱江』，各本作『盱江』，據劉校本改。

朝議大夫戶部四川司員外郎加二級吴君墓誌銘並序

君諱元念，字在宫，桐城吴氏。曾祖諱子雲，順治乙未進士，河南提學按察司副使。祖諱祖佑，浙江安吉州知州。父諱文炳，候選州同知。母馬太恭人，生六子，而君爲長，年二十餘而孤。君撫諸弟成室，治家有法，不貪而殖。君始仕得雲南建水州知州，有善政。有士官亡，有子，而其弟欲奪其襲位，構訟。弟以金置酒甕饋君，君召兩造升堂，開甕出金，罰使修橋，而斷以子襲。鄰州有盜，越境至，爲君獲，君以與其州官而不居其功。數年，擢戶部四川司員外郎，二年告歸。里居凡三十三年，嘉慶八年正月乙未卒，年八十。

君爲人長者，呐言而和易，里人多愛君。其生平無妄媵，居京師時，以妻子侍母於里，與姚鼐同賃一宅而分居之，朝夕談無間。鼐後君四年乃歸。鼐自歸里，多居書院，不復與君長聚，然時念君，及君喪而鼐故人盡矣。夫人左氏，懷來知縣世壽女，能佐君以成其志。生子二：候選訓導金榮，監生承露。女三。孫九。夫人卒於乾隆五十三年□月□日，嘉慶九年三月□日，合葬於縣治東南十里方莊之原。鼐爲銘曰：

質素寡競，以簡居政，民樂以幸。懸車既定，優遊多慶。年耄身竟，其族方盛，繩繩子姓，有配維稱，永偕幽敻。

錄自惜抱軒文集後集卷八。

順天府南路同知張君墓誌銘並序

君諱曾份，字安履，桐城張氏。祖諱廷□，南川縣知縣。考諱桐，萊州府知府。君本諸生，能文章，而爲吏勤明有斷，所至民以便安。始仕爲寧晉知縣，遷南皮，皆有能績，遷大興。畿輔〔一〕多貴人勢家，君秉法，請託不得行，尤著強幹名。擢順天府南路同知，其績益起。京師達官知其才，將大起之，而君以淀水漲，親往護文安隄，自夏迄秋，晝夜勞憊，隄得固而君得疾，次年疾進，以乾隆四十一年五月十五日卒於官，年四十五。

始君妣姚恭人，姚鼐從曾祖姑也。君娶姚宜人，鼐從曾祖妹也。當乾隆二十八、九年，鼐在京師，君需次吏部，與少詹事曾敞三人，同居一巷，日夕相對，意密甚，鼐遂以女許君幼子。君後出仕爲縣，復入爲大興。其年，少詹事罷官去。君擢南路，距都城三十里，鼐與君相見猶數。夫遠宦數千里，而婚姻得相依近，此人生不易遇，可幸者也。然鼐以乾隆四十年去京師，次年即聞君喪，又次年而詹事亡。君有三子：長元輅，爲廣西巡檢病歸；次元輈，以嗣君兄曾□；次元輯，鼐女婿也，君沒後九年而喪，吾女又無子，悲夫！人生倖得可快之事何其少？而不幸可痛之事何其多也！

君始葬於縣治北山，以有水泉之害，嘉慶十年□月□日，改葬君於□□之原，姚宜人祔。鼐念君才優年絀，不獲大展於生前，而沒後又多可悲者，因銘以寄吾傷焉。銘曰：

殷哉畿輔，難治自古。矯矯強武，卓不可侮，遐矚長撫，而中折殂。天道何主？孰昌孰膴？孰抑孰阻？擇是安土，蕃祐厥後。銘是魯祔，其信其庶！

録自惜抱軒文集後集卷八。

【校】

〔一〕「畿輔」，原作「畿首」，據會文、梅本改。

贈朝議大夫戶部郎中福建臺灣縣知縣陶君墓誌銘並序

君諱紹景，字京山，先世彭澤人也。宋端平初，有自彭澤官江寧者曰細三，後遂居江寧東南鄉，今謂之陶邨。居陶邨若干世，遷居城内者曰可能，是爲君祖，以君貴，贈文林郎。君考諱勳，以君貴，封文林郎，又以孫敦仁貴，贈奉政大夫。

君之少也以孝聞，母疾，割肱以療之而愈。讀書勤苦逾人，工文章，以庠生中乾隆三年戊午科江南鄉試第一名。閲數年不第，選雲南大姚縣知縣，調永善，遭艱歸。服闋，補福建松溪知縣，調臺灣。其在雲南，民風陋樸，君專以德化，有訟者，反覆勸諭，民輒悔改。及至閩，民詐狠健訟，君乃嚴法繩之，其邑亦治。君在臺灣，嘗〔一〕署淡水同知，皆有績。以海疆任滿，當擢官去，臺灣民素戴君，爲立碑頌。然君經涉海洋之險，厭吏事，不待擢而遂告歸。其在鄉里，温温長者，口未嘗稍言人之過，喜論文。在雲南、福建，皆嘗爲同考官，多得佳士。又開設書院，以啓其秀俊，士皆賴其誘進焉。

君之歸也，年四十餘，優遊閭巷復四十年。又值戊午科，乃重赴鹿鳴之宴，世以爲盛事。又逾二年，爲嘉慶六年二月二十六日，終於里，年九十一。夫人詹氏先卒。子二：保德州知州敦仁、國學生敔修。孫十人：渙悦、濟慎，皆嘉慶丁卯科舉人。君始以子得封奉政大夫、保德州知州矣，身後以渙悦爲户部郎中，得貤贈朝議焉。嘉慶十五年，與詹夫人合葬江寧安德門外林堂山麓。桐城姚鼐爲之銘曰：

才俊之興，君冠以稱。出宰殊俗，優優吏能。其德無矜，宜壽之增。載貽後禩，餘慶其徵。

録自惜抱軒文集後集卷八。

【校】

〔一〕『當』原作『常』，據劉校本改。

抱犢山人李君墓誌銘並序

自劉海峰先生晚居樅陽，以詩教後進，桐城爲詩者，大率稱海峰弟子。然吾謂爲詩自有性情，非其性情，雖學不能善。李君僊枝，字寶樹，遊海峰之門，學其詩而似之。孤介自喜，爲縣諸生，早棄去科舉學，在家爲園池，植竹樹自娱，稍稍積錢，即出遊覽山水，遠絶城市，其性情真詩人矣。

乾隆五十八年，余在江寧。君忽至，問所自來，曰：『偶思洞庭及錢塘西湖，因遊月餘，途間未嘗與人談話；今將歸，過此來見君耳！』因邀余至其家。後余歸里，以君居抱犢山，去城猶百里餘，未及往也，而君旋卒。卒後，君從子宗傳述君意，欲余志其墓。余以君之可稱述者如此，因許銘之。君祖熙載。父光璐。娶王氏。卒於嘉慶元年三月十一日，六十四歲。抱犢山人，其自號也。銘曰：

大江之北，浮渡之東，抱犢巃嵸，是爲詩人之幽宮。林高谷空，寥寥泠風，如或吟嘯於其中。

録自惜抱軒文集後集卷九。

孫母許太恭人墓誌銘並序

太恭人常州宜興許氏女，武進孫氏婦。考諱建，康熙辛卯科舉人，廣西義寧知縣。舅諱謀，康熙辛未科進士，禮部主客郎中。夫贈中憲大夫諱枝生，主客之第三子也。少而父母皆喪，其兄鳳飛爲恩承州吏目，攜至廣西義寧見而愛之，遂以女與之，爲贅婿於義寧官舍，二年生子孝勳，又二年贈中憲大夫卒。時恩承已前喪矣，而義寧無子，度兩姓後皆無依，頗欲奪女志。太恭人以死誓，且曰：『女在，何不若兒耶！』

數年，義寧卒於官。太恭人奉父、夫兩柩，踰嶺嶠，泝湘，越洞庭，歸於江南，訪求武進孫氏，僅一宅，而五世同居之，太恭人分有敝屋兩間而已。以宜興贈嫁田，易之於武進，得二十餘畝，不足供食。於是晝則紡織針黹以助食，夜則課子讀。子有過必撻之，撻畢必大慟。其後孝勳中乾隆丙子科舉人，又後十年，得句容教諭。太恭人從武進至句容，乃命以武進田爲祭田，曰：『子有薄祿，吾田宜奉公矣。』又後二十三年，孝勳爲河曲縣知縣。其時太恭人之孫星衍，以丁未科一甲第二名入翰林矣，太恭人乃從居京師。其後星衍爲兗沂道，孝勳亦請告從太恭人居山東。後星衍以母喪去官，再起爲山東督糧道，太恭人乃又與子至德州。嘉慶十年六月十九日，卒於德州官舍，年九十八。

其平生嚴整，不苟言笑，而御下和恕，未嘗以重語詈之。體素健彊，當星衍去官，居金陵燕山侯祠，祠有假山小樓。太恭人年九十矣，時輒不杖登之，至於終壽而神明不昏也。居武進時，歸葬其父宜興，母亡又葬其母。及子孫既貴矣，命買田宜興供許氏祀，而孫氏家祭後必祭許氏，以報義寧德焉。始以節孝舉得旌表，卒以子及孫貴，累封至太恭人。子一。孫三：星衍、星衡、星衢。嘉慶十年十一月□日，孝勳葬之於武進夾巷口，祔於贈中憲之墓。桐城姚鼐爲之銘。銘曰：

懿女少罹，洊閔酷矣！秉節濟危，峙煢獨矣！忍寒與飢，命子穀矣！天褒以壽，康食祿矣！同穴於茲，貽裔福矣！

録自惜抱軒文集後集卷九。

周青原墓誌銘並序

乾隆三十年春，高宗純皇帝南巡江、浙，合江南士之獻進賦頌者，召試於江寧。自十六年南巡，至是三召試士矣。是年定爲糊名閲卷，取中尤嚴，而江寧周君，以廩膳拔貢生入試，欽定爲一等，賜舉人，授內閣中書舍人。君之名乃大著於天下。君入都供職，旋入軍機處辦事。一夕內直，上偶問得君名，歎曰：『此吾南巡時所得江南才子也！』時大臣無不欽重君者。

君兩會試未第，倏挂吏議；君時年才逾三十耳，而意沮喪，無仕進之志。君故通曉天下利病，又善爲文奏。既退閑，於是四方督撫，多請君入其署爲章奏，而君亦藉以遨遊遍天下。當君之得過，以人有來探事者，君對不知。後其人得罪，引君及同直軍機者，皆未泄密也。吏有與軍機官相惡者，即以『不嚴斥探者』傅重比，鐫級。其後與君同罪者，復進用至卿貳，而君獨遠迹都門，雖其居幕府爲奏之善，多爲天下稱誦，而身一見枉，終放廢以至於老。此天下所共慨惜也！

君諱發春，字卉含，其號曰青原，人皆呼之，故青原之稱尤著。余初於京師見之，其文章書法之美，交遊中所希見，而議論和平，與人接，恂恂溫良人也。余歸里，主皖中書院，君時來皖，得再見甚歡。余後至江寧，而君尚依君子之桂於皖，遂不見，而之桂今以君柩歸矣。君夫人沈氏，賢而早沒，生二子：之桂，安徽候補知縣；之桐，先喪。嘉慶十六年十月十日君卒，年七十四。次年□月□日葬於江寧南吉山之麓。夫人沈氏先葬，於是今以君合焉。爲之銘者，桐城姚鼐也。銘曰：

才高不盡其能，名著不究其升，智可逮遠而身失其憑。惟其君子長者也，卜其後之式承。

録自惜抱軒文集後集卷九。

中議大夫兩廣鹽運使司鹽運使蕭山陳公墓誌銘並序

公諱三辰，字北樞，先世居義烏，自義烏遷山陰之臨浦鎮。鎮去蕭山城二十里，居者多貫籍蕭山，故公六世祖至公，皆稱蕭山人。曾祖嚴州府教授、贈奉直大夫諱正治，祖縣學生諱常敬，考金壇縣知縣諱逢霖，祖考皆贈中議大夫。

公少爲蕭山縣學生，援例爲安徽縣丞，升鳳陽縣知縣，以獲鄰州巨盜，升府同知，借補亳州知州。亳，巨州也。訟者日進狀數十，公得其狀，即訊即判，逾月訟者稀，半年則鮮矣。乾隆四十九年，河南柘城民王立山爲亂，距亳州百餘里。公聞，即募鄉勇，得千餘人練習之。河南官兵爲立山所敗，公度立山必至，設伏路左右而自待於城外，立山入亳州境，見無備，易之，趨城忽見兵，駭而戰，伏起蹙之，衆遂潰，生禽立山。其年安徽大饑，上官令亳州設兩粥廠以賑。公計一州兩廠，何足贍饑者？自增三廠，分設境內。又收民棄男女者集於佛寺，令一老嫗撫孩幼十，如此數十處，身時周巡其間。計其費，上官發銀，曾不及半，移用以濟之。人謂如此，終必以虧庫銀獲罪矣。公曰：『活民而得罪，吾所甘也！』

當公禽王立山時，大學士文勤公書麟，方爲安徽巡撫，至亳巡其戰處，太息曰：『君，將材也！』及睹賑民增廠，愈賢之。令藩司盡補公所費，公以無累，世以此益稱文勤爲知人也。而總督不喜公，奏禽立山事，不敘公績。純皇帝見奏，以理勢隱度，知公之賢，即令引見，加直隸州。公旋知泗州，時書文勤爲總督，保升知府。引見，授常德府知府，調長沙府。會征鎮筸苗亂，公總理糧餉，隨戰於平隴，大捷，加道銜。嘉慶四年，擢廣西右江道，屢署布政使、按察使。十一年，大計卓異。十四年，擢兩廣鹽運使。

公才高識遠，遇事陳說慷慨。屢署兩司，勞於吏事。及授運使，事逸而衆所利也，公遽以老疾請辭職以去。仕安徽時，買宅江寧城內，及謝官歸江寧，令諸子出仕，自穿池種花竹，時會故人。君一日謂姚鼐曰：『吾死，君當爲吾銘墓。』卒前一夕，召客飲酒劇談，夜端坐而卒，爲嘉慶十七年五月二十五日，去官三年矣，年七十有七。先娶孫夫人，生一女，卒。繼娶方夫人，生四子一女：子候補知縣星珠、府通判星華、布政司庫大使星軫、布政司經歷星景。側室王氏，生一子：未入流星德。以嘉慶十□年某月日葬□□，姚鼐銘之。銘曰：

仁及於民，法可遠施。功著於時，中蓄餘才。任於繁勞，去彼膏脂。惟以明智，蹈夷遠巇。清曠江城，終以懌怡。

録自惜抱軒文集後集卷九。

贈奉政大夫刑部郎中南昌縣儒學教諭鄱陽胡君墓誌銘並序

君諱祚安，字紹蘧。其先世居婺源，有胡學爲唐散騎常侍。學之後十餘世，遷居樂平。又數世，遷鄱陽琳橋里。當明季有諸生居晉，君之曾祖也。君祖諱文炤，入國朝爲居士。考諱世高，以君仕時贈修職郎，以孫克家貴，累贈中憲大夫、惠潮嘉兵備道。君之妣曰詹恭人，生二子伯常及君而殞。繼妣徐恭人生子濟民。贈中憲暮年得風痺病，臥起待人扶掖，君時尚幼，入塾讀書，稍閒歸侍疾左右，甚得其宜，勤苦無倦色，見者爲悲之。及既孤，兄弟相依，力學奉母。其季弟尤聰慧，君自課之誦讀，愛友甚至。而季弟竟以羸喪。其時徐恭人有喪明疾，又遭愛子之殞，不勝其痛，君承事婉至，苟可以慰親者，竭盡其力，無勞與難，於是以己中子爲季弟後，自是數十年，奉侍安養徐恭人以終。

君篤學，工力爲文。既冠爲鄱陽學生，中乾隆二十一年江西鄉試，屢試禮部不第，卒乃授南昌縣教諭。君平生爲己及語人，皆以敦行爲先，而後及於文藝。及爲師儒之官，尤以是爲訓，從遊聞其言者，多有動焉。

當四庫全書館之開，朝廷蒐求祕書，而因有以藏違禁書相告訐者；亦有本非違逆，而姦人以妄詆所怨，牽致官所，人心惶惑。君承上官檄主其事，乃開示條目，分別應呈繳毀與否。人遵其教，數旬而畢，無被罪者，衆以謐寧。南昌有爲匿名書，謗豫章山長，張之衢。其山長意疑爲某兩生也，告巡撫褫兩生攝罪之。君知其枉，辯於上官，未許；君執之益力，兩生卒賴以全。君遇事能別白是非，又堅定有守，雖職卑所及不廣，而所用意有足稱矣。

君卒於乾隆四十五年六月，年五十三。娶童夫人，生子四：長國子監生克恭；次廩貢生候選訓導克勳；次乾隆庚子恩科進士、今安徽巡撫兼提督軍務克家，君所命爲季弟後者也；次候選知州克健。孫五。曾孫一。君始亡，浮厝於里；今獲卜兆於□縣□山之原，嘉慶二十年□月□日遷窆。於是桐城姚鼐爲之銘曰：

有懿修士，操始孝弟，婉愉在室，祥被門外。以儒爲官，亦正厥誼，載施未閎，餘慶斯大。繩繩後賢，卜兹松隧，乃鞏幽藏，降嘏百世。

録自惜抱軒文集後集卷九。

實心藏銘並序

實心藏者，兵部尚書總督浙閩軍務桐城汪公之生壙也。公自言平生惟矢心去妄而存實焉，此念無間於終身，故以名其壙。且著說以示子孫，以謂歿且不棄實心，況生者乎！又以說寄同里姚鼐，使爲之壙銘。

鼐謹案：公名志伊，字稼門，以乾隆八年正月□□日生。年二十九，中乾隆辛卯恩科舉人。其歷官爲靈石知縣，霍州知州，鎮江、蘇州知府，蘇淞糧道，江南按察使，甘肅、浙江布政使，福建、江蘇巡撫，工部尚書，湖廣、浙閩總督。

其政績之美甚衆，而其尤著者：山西有孟木成者爲人誣以殺死張光裕，一省之官皆定爲情實矣。公驗其凶刀甚小，與傷痕不合，所序情節甚乖舛，執以爲誣。欽差至，猶頗以翻衆案爲難也；公辨之，詞證明而義堅正，木成卒得生，公名由是大起。東南之漕，爲天下至重。公爲糧道及浙藩，尤能清理之，使輸者不困，而官運充。自昔江、漢汎溢，沈浸民田，或數十年，且數百里。公督湖廣時，奏請建閘濬河，而建立堤工，親往督視，用財實而工鞏，至今爲利。其察江盜尤嚴密，法當而令行；及在閩治海盜，事皆整辦，江海行者靡弗頌焉。其自勵訓士，及誨其家子弟，一皆出於儒者之正義，而歸於實心，則公所自得之要也。

是藏成於嘉慶二十年，公年七十三矣。鼐謂古人多以垂暮之年，復大建勳業，若漢趙營平、宋文潞公，皆以八九十而更有事功，載於史傳。今公雖逾七十，而精神尚健，足爲國任。前日之事可書，後日之業吾不能紀。然惟一以實心之道成之，則事雖未見，理則可明。大人君子之道，一於誠而已，以是作公藏豫銘可也。

公曾祖諱□□，祖諱□□，考諱□□，皆以公貴贈資政大夫，妣皆贈夫人。公夫人姚氏先卒，已别葬。子□□、□□。孫□□。銘曰：

國政巍崇，寢食之細，悉以誠將，一言可蔽。猗惟汪公，名德重臣，塞淵其心，自矢畢身。其行未央，焯其已見，銘告千禩，爲士林勸。

録自惜抱軒文集後集卷九。

遊記

遊媚筆泉記

桐城之西北，連山殆數百里，及縣治而迤平。其將平也，兩崖忽合，屏矗墉回，嶄橫若不可徑。龍谿曲流，出乎其間。

以歲三月上旬，步循谿西入。積雨始霽，谿上大聲漎然十餘里，旁多奇石、蕙草、松、樅、槐、楓、栗、橡，時有鳴禽。谿有深潭，大石出潭中，若馬浴起，振鬣宛首而顧其侶。援石而登，俯視溶雲，鳥飛若墜。復西循崖可二里，連石若重樓，翼乎臨於谿右。或曰：『宋李公麟之垂雲沜也。』或曰：『後人求公麟地不可識，被而名之。』

石罅生大樹，蔭數十人，前出平土，可布席坐。南有泉，明何文端公摩崖書其上，曰媚筆之泉。泉漫石上爲圓池，乃引墜谿內。左丈學沖，於池側方平地爲室，未就，要客九人飲於是。日暮半陰，山風卒起，肅振巖壁，榛莽、群泉、磯石交鳴。遊者悚焉，遂還。是日，薑塢先生與往，鼐從，使鼐爲記。

録自惜抱軒文集卷十四。

登泰山記

泰山之陽，汶水西流；其陰，濟水東流。陽谷皆入汶，陰谷皆入濟；當其南北分者，古長城也。最高日觀峯，在長城南十五里。

余以乾隆三十九年十二月，自京師乘風雪，歷齊河、長清，穿泰山西北谷，越長城之限，至於泰安。是月丁未，與知府朱孝純子潁由南麓登，四十五里，道皆砌石爲磴，其級七千有餘。泰山正南面有三谷，中谷遶泰安城下，酈道元所謂環水也。余始循以入，道少半，越中嶺，復循西谷，遂至其巔。古時登山，循東谷入，道有天門。東谷者，古謂之天門谿水，余所不至也。今所經中嶺及山巔崖限當道者，世皆謂之天門云。道中迷霧冰滑，磴幾不可登。及既上，蒼山負雪，明燭天南。望晚日照城郭，汶水、徂徠如畫，而半山居霧若帶然。

戊申晦，五鼓，與子潁坐日觀亭，待日出，大風揚積雪擊面。亭東自足下皆雲漫，稍見雲中白若樗蒱數十立者，山也。極天雲一綫異色，須臾成五采。日上，正赤如丹，下有紅光動搖承之。或曰：『此東海也。』迴視日觀以西峰，或得日，或否，絳皜駁色，而皆若僂。亭西有岱祠，又有碧霞元君祠。皇帝行宮在碧霞元君祠東。

是日，觀道中石刻，自唐顯慶以來，其遠古刻盡漫失；僻不當道者皆不及往。山多石少土，石蒼黑色，多平方，少圜。少雜樹，多松；生石罅，皆平頂。冰雪，無瀑水，無鳥獸音跡。至日觀數里內無樹，而雪與人膝齊。

桐城姚鼐記。

録自惜抱軒文集卷十四。

遊靈巖記

泰山北多巨巖，而靈巖最著。余以乾隆四十年正月四日，自泰安來觀之。其狀如壘石爲城墉，高千餘雉，周若環而缺其南面。南則重巘蔽之，重谿絡之。自巖至谿，地有尺寸平者，皆種柏，翳高塞深。靈巖寺在柏中，積雪林下，初日澄徹，寒光動寺壁。寺後鑿巖爲龕，以居佛像，度其高，當巖之十九，峭不可上，橫出斜援乃登。登則周望萬山，殊鶩而詭趣，帷張而軍行。巖凥有泉，皇帝來巡，名之曰甘露之泉。僧出器，酌以飲余。回視寺左右立石，多宋以來人刻字，有墁入壁內者，又有取石爲砌者，砌上有字曰政和云。

余初與朱子潁約來靈巖，值子潁有公事，乃俾泰安人聶劍光偕余。聶君指巖之北谷，溯以東，越一嶺，則入於琨瑞之山。蓋靈巖谷水西流，合中川水入濟；琨瑞山水西北流入濟，皆泰山之北谷也。世言：『佛圖澄之弟子曰竺僧朗，居於琨瑞山，而時爲人說其法於靈巖，故琨瑞之谷曰朗公谷，而靈巖有朗公石焉。』當苻〔一〕堅之世，竺僧朗在琨瑞，大起殿舍，樓閣甚壯。其後頹廢至盡，而靈巖自宋以來，觀宇益興。

靈巖在長清縣東七十里，西近大路，來遊者日衆。然至琨瑞山，其巖谷幽邃乃益奇也。余不及往，書以告子潁。子潁他日之來也，循泰山西麓，觀乎靈巖，北至歷城，復溯朗公谷東南，以抵東長城嶺下，緣泰山東麓，以返乎泰安，則山之四面盡矣。張峽夜宿，姚鼐記。

錄自惜抱軒文集卷十四。

【校】

〔一〕『苻』，原作『符』，據梅刊、劉校本改。

晴雪樓記

遼東朱孝純子穎知泰安府之二年，境內既治無事，作樓於居室之東，曰晴雪之樓。

又一年，余自京師來遊泰山，偕子穎登其上。思昔子穎西在巴蜀，以軍興使雲南永昌； 後又逾美諾之巖，入小金川之阻，冰雪所沍，師旅所屯，往來常數千里。今年賊起泰安鄰郡，子穎最先造大府幕，爲出方略，親戰臨清城下，巨炮越頭上，手射斃賊首一人，率士入城，遂定餘孽，余誠偉其氣。然方其出入險難之地，履鋒鏑之所交，忠謀勇氣，誼不顧己，固不知復有燕遊之樂。及事定時夷，口不言功伐，蕭條登眺，澹若無爲。此所挾持，蓋過人益遠矣！

余駑怯無狀，又方以疾退，浮覽山川景物，以消其沈憂。與子穎仰瞻巨嶽，指古明堂之墟，秦、漢以來登封之故迹，東望汶源西流，放乎河、濟之間，蒼莽之野，南對徂徠、新甫，思有隱君子處其中者之或來出。慨然者久之，又相視而笑。余之來也，大風雪數日，崖谷積滿，霽日照臨，光暉騰映，是樓之名，若獨爲余今日道也，然則樓之記，非余而孰宜爲？乾隆三十八年十月，作樓始成。三十九年十二月，桐城姚鼐記。

錄自惜抱軒文集卷十四。

遊雙谿記

乾隆四十年七月丁巳，余邀左世琅一青、張若兆應宿，同入北山，觀乎雙谿。一青之弟仲孚，與邀而疾作不果來； 一青又先返。余與應宿宿張太傅文端公墓舍，大雨谿漲，留之累日。

蓋龍谿水西北來，將入兩崖之口，又受椒園之水，故其會曰雙谿。松堤內繞，碧巖外交，勢若重環。處於環中以四望，煙雨之所合散，樹石之所擁露，其狀萬變。夜共一鐙，憑几默聽，衆響皆入，人意蕭然。

當文端遭遇仁皇帝，登爲輔相，一旦退老，御書『雙谿』以賜，歸懸之於此楣，優遊自適於此者數年乃薨，天下謂之盛事。而余以不肖，不堪世用，亟去，蚤匿於巖窔，從故人於風雨之夕，遠思文端之風，邈不可及，而又未知余今者之所自得，與昔文端之所娛樂於山水間者，其尚有同乎耶？其無有同乎耶？

録自惜抱軒文集卷十四。

觀披雪瀑記

雙谿歸後十日，偕一青、仲孚、應宿，觀披雪之瀑。水源出乎西山，東流兩石壁之隘。隘中陷爲石潭，大腹弇口若罌。瀑墜罌中，奮而再起，飛沫散霧，蛇折雷奔，乃至平地。其地南距縣治七八里，西北距雙谿亦七八里，中間一嶺，而山林之幽邃，水石之峭厲，若故爲詭愕以相變焉者，是吾邑之奇也。

石潭壁上有刻文，曰『敷陽王孚信道、建安陳信臣、滎陽張嶢子厚、合淝皇甫升，紹聖丙子正月甲寅』，凡三十六字。『信臣』『皇甫』『甲寅』之下，各有二字損焉。以茲瀑之近依縣治，而余昔嘗來遊，未及至而返。後二十餘年，及今乃履其地。人前後觀茲瀑者多矣，未有言見北宋人題名者，至余輩乃發出之。人事得失之難期，而物顯晦之無常也，往往若此，余是以慨然而復記之。

録自惜抱軒文集卷十四。

遊故崇正書院記

江寧城西倚山，古因其勢作石頭城。今古城盡變，而石頭之一面不改也。石頭城内清涼山巔有翠微亭，南唐暑風亭址也。亭下稍西有僧寺，南唐所爲清涼寺也。寺之左，明户部尚書耿定向爲御史督南畿學時，建正誼書院於此。迄張江陵柄國，毀書院。江寧諸生改爲祠以祀定向，至國朝祠亦頹敝矣。今釋展西居之，飭修其祠宇具完，因建前後屋，以奉佛居僧，而俗猶因故名呼曰崇正書院。

其前有竹軒，窈然幽靜，可以忘暑。後依山作小室丈許，啓窗西向，則萬樹交翳；樹隙大江橫帶，明滅其間，爲登覽之勝。余來江寧，每徘徊翠微亭畔，四望曠邈，輒回憩其室。展西亦喜客來，具茗食相對。今年余與太倉金麓邨、錢塘葉心畊至者再矣。展西欲余有紀，因書以遺後來遊者，俾有考焉。嘉慶十三年三月晦日記。

録自惜抱軒文集後集卷十。

雜記

儀鄭堂記

六藝自周時儒者有說：孔子作易傳。左丘明傳春秋。子夏傳禮·喪服，禮後有記，儒者頗裒取其文。其後禮或亡而記存，又雜以諸子所著書，是爲禮記。詩、書皆口說，然爾雅亦其傳之流也。

當孔子時，弟子善言德行者固無幾，而明於文章制度者，其徒猶多。及遭秦焚書，漢始收輯文章制度，舉疑莫能明；然而儒者說之，不可以已也。

漢儒家別派分，各爲專門，及其末造，鄭君康成總集其全，綜貫繩合，負閎洽之才，通群經之滯義，雖時有拘牽附會，然大體精密，出漢經師之上。又多存舊說，不掩前長，不覆己短。觀鄭君之辭以推其志，豈非君子之徒篤於慕聖，有孔氏之遺風者與？

鄭君起青州，弟子傳其學既大著；迄魏王肅駁難鄭義，欲爭其名，僞作古書，曲傳私說，學者由是習爲輕薄。流至南北朝，世亂而學益壞。自鄭、王異術，而風俗人心之厚薄以分。嗟夫！世之說經者，不蘄明聖學詔天下，而顧欲爲己名，其必王肅之徒者與？

曲阜孔君撝約，博學，工爲詞章。天下方誦以爲善，撝約顧不自足，作堂於其居，名之曰儀鄭，自庶幾於康成，遺書告余爲之記。撝約之志，可謂善矣！

昔者，聖門顏、閔無書，有書傳者或無名。蓋古學者爲己而已。以撝約之才，志學不怠，又知足知古人之善，不將去其華而取其實，擴其道而涵其藝，究其業而遺其名，豈特詞章無足矜哉！雖說經精善，猶末也。以孔子之裔，傳孔子之學，世之望於撝約者益遠矣。雖古有賢如康成者，吾謂其猶未足以限吾撝約也。乾隆四十五年春二月，桐城姚鼐記。

録自惜抱軒文集卷十四。

寶扇樓後記

朱子潁家有聖祖仁皇帝之賜扇，作寶扇之樓庋焉。王禹卿爲之記，成以其辭視余。余讀而歎曰：『昔漢武既招英俊，程其器能。左右近臣，若主父、嚴、朱，皆出爲守相；獨東方朔以不得任用，至於上書自訟。才士之亟於自效若此哉！若以人臣愛君之心言之，則日侍帷幄者之志，固已得矣；況乎出臨一方，有吏事之責，人情乖迕，有詘伸應接之難，曷若一意以親媚於主上者之爲善哉？』

都統公以筆墨文字，遭逢聖祖知遇，內侍最久。其後乃出入宣力，躋於二品。今子潁之任用，略同於都統公而且滋重矣，而回思昔日都統依天日之輝光，侍清宴之閒暇，聖翰雲章，璀璨懷衷，蓋有邈然不可及之慕。況於禹卿，辭玉堂之廬而飄搖江海者乎？余於是書爲後記。

子潁既外任，家雖作是樓，而未得以登。異日倘召居闕廷近職，以休沐之餘，俯仰斯樓，循玩吾言，感念國恩之無窮，將有灌然不知泣涕之隕落者已！乾隆四十四年七月，姚鼐書。

錄自惜抱軒文集卷十四。

快雨堂記

『心則通矣，入於手則窒。手則合矣，反於神則離。無所取於其前，無所識於其後，達之於不可迕，無度而有度。天機闔闢，而吾不知其故。』禹卿之論書如是，吾聞而善之。禹卿之言又曰：『書之藝，自東晉王羲之至今，且千餘載。其中可數者，或數十年一人，或數百年一人。自明董尚書其昌死，今無人焉。非無爲書者也，勤於力者不能知，精於知者不能至也。』

禹卿作堂於所居之北，將爲之名。一日，得尚書書快雨堂舊楄，喜甚，乃懸之堂內，而遺得喪，忘寒暑，窮晝夜爲書，自娛於其間。或譽之，或笑之，禹卿不屑也。

今夫鳥㲉而食，成翼而飛，無所於勸。其天與之邪？雖然，俟其時而後化。今禹卿之於尚書，其書殆已至乎？其尚有俟乎？吾不知也。爲之記，以待世有識者論定焉。

録自惜抱軒文集卷十四。

隨園雅集圖後記

曩者鼐居京師，友人程魚門爲語：『在江寧時，嘗寓居袁簡齋先生隨園幾一月。其水石林竹，清深幽靚，使人忘世事，欲從之終老也。』簡齋先生與鼐伯父薑塢先生故交友，而鼐未見，獨聞魚門語，識不能忘。其後鼐以疾歸，閒居於皖，簡齋先生遊黄山過皖，鼐因得見先生於皖。又後七年，鼐至金陵，始獲入隨園觀之，魚門語不虚也，而魚門於前數年卒於陝，獨家歸江寧，因見先生，述其語而相對太息。

先生故有隨園雅集圖，所圖五人爲：沈尚書、蔣編修、尹公子、陳文學及先生。先生以示鼐：考作圖之年，與魚門語鼐時相次，時陳文學年纔十八。今先生外惟文學尚存，仕爲郡倅，亦已老矣。圖後名公卿、賢士題識數十人，於今求之，非特昔之耆耈宿德邈焉已往，即與鼐年輩等者，亦零落殆盡。獨先生放志泉石三四十年，以文章詔後學於此。夫豈非得天之至厚，而鼐亦忝值之於是時也！圖有山陰梁相國記，五人爵里具焉，先生俾鼐書其末。

夫人與園囿有時變，而圖可久存；圖終亦必毀，而文字可以不泯。千百年後，必有想見先生風流者，顧鼐非其人，不足託也。先生故人皆有題詠，魚門獨無名字其間，鼐識其辭，亦以補其闕云。

録自惜抱軒文集卷十四。

西園記

黟自漢爲縣，而其後境屢析，分爲佗邑。今其縣所據者，蓋漢縣之北隅而已。徽州處萬山中，而黟又在徽州群山之隘，略無平處，民居其間，尤敦樸多古風。魯語云：『瘠土之民，莫不好義。』誠不虚也。

其南二十里曰葉邨。邨有曰西園者，葉君冠山之所爲也。冠山篤行君子，而好文學，老於諸生。於其宅西爲屋數間，背山臨谿，爲課子讀書之所。其子有和，從余學爲文，卓然有志於古。昔人稱洛陽多名園，極鉅麗閎曠之觀。惟司馬溫公獨樂園，至狹陋，不足競其勝。然人尤重其園者，以溫公故也。今西園亦數畝地耳，然以賢者創於前，佳子弟承於後，安知異日世不絕重此園，以謂逾於鉅麗閎曠者耶？

余年二十二，嘗一至黟，未與葉君相識。其時君之子尚未生，園尚未作也。後幾四十年乃至歙，去黟不遠，亦未及識君而歸，獨君之子見告，家有是園而已。今君歿逾年，君子書來，述君臨歿欲得余文爲園記。余老矣，殆不復入萬山之隘，以見所謂西園者。又念能增重此園者，君子也，豈在余文乎哉！顧重君之賢，傷君愛余之意，姑爲文述之，以勖君之子。至於初作園之日月，及谿山登眺之勝，足以娱人耳目者，皆不足論也。

録自惜抱軒文集卷十四。

金焦同遊圖記

乾隆丁酉、戊戌之歲，朱思堂運使方在淮南，邀余主揚州書院，而王夢樓侍讀居京口，嘗期之同遊金、焦二山，屢宿僧寺。一日，三人對立山間，悠然若有所悟。思堂因言，欲使工爲三人共作一圖。其後圖成，而余已去揚州里居，不及見也。思堂旋亦歸京師，惟夢樓常居京口。余懷思兩君，寄以詩云：『三客並知非一世，兩山迴首有餘蹤。』紀是事也。數年，思堂竟捐館舍。又後數年，其子丹厓來爲江寧糧道。余適在江寧，相向感念思堂之不作，獨見賢子偉然繼武，重涖江南，悲思之懷，一時交至。

丹厓攜昔工所爲三人同遊之圖，出以見示。作圖時，三人微及斑白。今鼐與夢樓，皆鬒髮皓然，與圖中不相似，蓋屈指閲十六年矣。思堂之儀容，固邈然既亡；鼐與夢樓，餘年處世更復幾何？未知此身與是圖，當孰爲真幻？因題其後，併以寄夢樓云。乾隆五十八年八月晦日，姚鼐記。

録自惜抱軒文集卷十四。

袁香亭畫冊記

香亭太守與其兄簡齋先生解官之後，皆買宅金陵而寓居焉，風流文采，互相輝映，固門內之盛也。簡齋性好山水，年六十七，猶時出遊，探極幽險，凡東南佳山水，天都、匡廬、天台、武夷，達於嶺海無不至，而香亭日閉戶，邀之暫出，輒有難色。其性與簡齋異者若此。顧獨好畫，窮日夕執筆爲之不倦。蓋林麓煙雲之趣，浩渺幽邃之觀，水石竹木花葉鳥獸蟲魚之奇態，香亭自具於胸，而時接於几席之上，意其遊亦未嘗異於簡齋耶？

茲冊香亭摹董思白山水，凡十二幅，而簡齋自書詩十二首與相間。香亭以示余。余於詩畫深處，非所能解。自來金陵，與其兄弟交遊，往來累歲，識名其末，以存其迹云。

録自惜抱軒文集卷十四。

少邑尹張君畫羅漢記

畫家白描之法，世謂始於李伯時。伯時龍眠山莊，在吾邑境。嘗入龍眠求其故址，卒不可知，悵然而返。而伯時之畫，生平亦未之見。往者袁春圃方伯爲言：『曾於常州僧寺見伯時畫一應真，其衣褶引筆屈曲，上下可二丈許，止作一筆，此殆爲真蹟無疑。』余聞而想見之，不能忘。

少尹張君以高才來蒞敝邑，多藝能，以日治伯時舊里，追希妙蹟，於簿書之暇，作應真長卷，持以見示，俾書其尾。余既未睹李氏絕藝之真者，不敢定君與伯時之畫相去幾何；又思伯時山莊、西園諸圖，有蘇、米爲之記，畫泯記存，使人讀而髣髴焉。而余又無是文也，徒歎美少尹之逸情高韻，欲塞其請，漫書而歸之。

録自惜抱軒文集卷十四。

江上攀轅圖記

仁和孫公總督江南，歲未及期，綱紀上張，惠澤下布，吏慎而法良，税平而事簡，人方樂其治，而上召公入爲協辦大學士。夏四月，旌旆首途，耋艾壯稚，扶攜追送，慕懷而不欲其發。於是袁君樹爲之圖，又有袁簡齋、浦柳愚兩君，作詩以詠其事，持以視鼐。

鼐謂公負閎偉之才，仰佐聖治，俯安黎氓。外襄異域，勳業播四海，靡不聞矣。至其遇平生故舊，無貴賤，辭色愉愉，執禮謙遜之甚，如布衣交，此惟與公接者知焉。孔子曰：『事君而達，卒遇故人，曾無舊言。吾鄙之！』若公者，不亦賢乎！

抑聞之，古王者勖諸侯詩曰：『君子樂胥，萬邦之屏。』又曰：『彼交匪敖，萬福來求。』夫君子承天王德意，以屏萬邦，愓愓焉惟恐不盡其任。處位雖尊，未嘗見爲此爲我寵貴資也，故驕傲之氣泯，而屏翊之道至。詩言賢侯之行二端，而理通於一。君子觀人一節，而知其備焉。然則見公之處交遊者如此，而亦可以推明公爲大臣之度矣。

袁、浦兩君，皆公鄉里故舊，而鼒則江南萬民之一，又故人也，故述斯義於兹圖，以爲敬愛公者，公誼私情，若是交至而公德益宏矣。

録自惜抱軒文集卷十四。

吳塘別墅記

無錫汪君銘常作別墅於吳塘之側，又自定壽終之藏於是地。丹徒王夢樓先生爲之銘，及作吳塘八韻詩，寄余觀之，且使爲記。

昔莊生述子祀、子輿、子犁、子來謂：『孰知死生存亡之一體者，吾與之友矣。』今汪君之志，與此四人者，其奚異乎？子來又曰：『善吾生者，乃所以善吾死也。』吾聞汪君能以厚德成其内行，又擇山林湖陂之佳勝，將以遺世事而樂其生，此非所云善其生者乎？夫夢樓了通釋氏無生之法，殆無愧於子祀所云足與友者。若余俯仰人間，慕道而未見，苟遇子祀，當爲所擯。夫烏足記汪君之墅？獨念生平亦好樂山水，渡江至丹徒，止於夢樓之堂。自是以東，皆足迹未至。今讀夢樓之詩，景物奇勝，足繫夢想。尚思以異日東遊，造錫山而窺吳塘之域，接汪君之容，而探其曠遠達觀之旨，斯誠平生之至願矣。

昔蘇子瞻不識吳德仁，因陳季常寄詩，有『寓物而不留物』之羨，因以『握手一笑』相期。余願亦以此覬之汪君，其尚可得歟？是爲記。

録自惜抱軒文集卷十四。

陳氏藏書樓記

士大夫好古能聚書籍者多矣，而傳守至久遠者蓋少。唯鄞范氏天一閣書，自明至今，最多歷年歲。國家修四庫書，取資范氏，以助中秘之藏，海內稱盛焉。

余家近合肥，聞合肥龔芝麓尚書所藏書亦至今未失，其家專以一樓庋之，命一子弟賢者專司其事。借讀入出，必有簿籍，故其存也獲久。聞范氏之家法，蓋亦略與同焉。

夫一人之心，視其子孫皆一也，而子孫輒好分異，以書籍與田宅奴僕資生之具同析之，至有恐其不均，翦割書畫古蹟者，聞之使人悲恨。然則藏書非必不可久，抑其子孫之賢不異也。

新城陳凝齋先生，嘗購書萬卷。其後諸子爲專作樓，以貯手澤。樓旁即爲子孫讀書之舍。今其仲子約堂太守，又慮歲久而後人或有變也，乃摹凝齋先生之像於石，而奉之於樓下，使後人一至其樓前，而愴然思，惕然悚，愈久而不敢不敬守也。

以余少獲奉見凝齋先生，乃以拓本寄余，且命爲樓記。余於先生後裔又識數人，皆賢儁也，而約堂用意又如是之至。然則百年之後，數海內藏書家，必有屈指及新城陳氏者矣，吾安得不樂而爲之記也！

錄自惜抱軒文集卷十四。

重修石湖范文穆公祠記

南宋資政殿大學士范文穆公，既以文學著稱當世，其詩尤爲天下所愛。後世爲詩者，每誦法之，以謂宋詩人之傑。然考公生平立朝出使，卓有節行，臨民布政，方略可觀，亦非第詩人之傑而已。

世傳公爲中書舍人時，與張敬夫俱論已張說簽書樞密事。說曰：『張左司平時不相樂，固宜爾也。范致能與吾故交，胡爲亦攻吾？』世以此或疑公。吾謂此公之所以賢也。君子之行不必同，大趣歸於義而已。拒小人甚嚴，君子之介也。於人何所不容，故舊往來，有不能絕者，君子之和也。至於當國家大政，進退賢不肖，則不敢忘守官之節，以平居暱好之私，奪朝廷是非之正，此非賢者而能之乎？易曰：『君子夬夬獨行，遇雨若濡，有慍無咎。』范公於張說，殆若是矣。吾益以見公賢，夫何以疑公哉？

公，吳人也。吳西南石湖，公詠遊之地，故有祠，歲久且頹。嘉慶二年春，觀察歷城方公、大興查公、府同知歙汪君同泛舟石湖，思范公之賢，至公祠而傷其敝，始議更修之。返告於方伯德化陳公及蘇州太守任君，皆樂成其事。因聞於侍郎學使長沙劉公及凡守牧江蘇者，競出財而濟其功，以其年某月竣事。方公至金陵語余，請爲之記。

余謂范公之賢，誼當祠於吳不朽，而諸公之競勸於此，亦有性情嗜好不必同，而同樂爲義者乎？是固可紀也。余生平未嘗至吳，而慕其山川之勝。異日或從諸公瞻遊湖濱，造於祠下，見公像而一酬焉，公其謂『是知我者』哉？

録自惜抱軒文集卷十四。

孫忠愍公祠記

明北平都督副使、燕山忠愍侯孫公諱興祖，始以雄傑之材，從高祖於淮上，渡江開國，數立戰功，終奮伐元遺孽，深入失援〔一〕，身沒沙漠。其忠烈之蹟，具載明史本傳。

忠愍兄子諱繼達，始同以族從淮上，積戰功爲濠梁衛指揮使。忠愍侯，定遠人也。及指揮使守常州，與張士誠拒戰最久，從徐達平士誠，復有功，高祖乃賜之田宅於常州武進。指揮子孫遂爲武進人。指揮之子泰，當建文時，爲北平都指揮使。燕師起，與戰於懷來，中矢，裹血力戰，竟陷陳死，惠帝追封廣威侯。

廣威有從父兄恭，亦早從太祖取沂州、密州、益都，及克元都，屢有功，官至前軍都督僉事，授驃騎將軍。孫氏一門，在洪武、建文時，功業著聞凡四人，而死事者二焉。忠愍之子恪，亦繼爲良將，爵至通侯矣，而不免與藍玉之禍。故孫氏之居定遠者衰，而武進獨盛。

明禮部尚書文介公慎行，則濠梁指揮之八世孫，而廣威之弟後也。今兖沂曹觀察星衍，又文介兄七世孫也。觀察以謂孫氏建功，肇始於忠愍，而無專祠，非所以表忠義以光後嗣。乃於江寧城中買地，建爲祀所，以奉忠愍，而以濠梁指揮、廣威侯、都督僉事三主祔其左右。又於祠室置書籍彝器之藏甚備，俾後子孫能讀書者守之，餘皆可假觀，而終歸於祠。因請余爲之記。

余謂孫氏之始興也以武烈，而後子孫之達者以文學，文武雖異，而一歸於忠孝大義則同。今觀察建祠之法，上以崇先祀，下以啓後賢，不以遠遺，不以己私。其用意甚厚，其望於族人者甚巨且遠。孫氏忠孝之美，其將有世濟者乎？

録自惜抱軒文集卷十四。

【校】

〔一〕『援』，原作『授』，據備要、會文、劉校、梅本改。

方正學祠重修建記

天地無終窮也，人生其間，視之猶須臾耳。雖國家存亡，終始數百年，其逾於須臾無幾也。而道德仁義，忠孝名節，凡人所以爲人者，則貫天地而無終敝，故不得以彼暫奪此之常。

昔明惠宗之爲君，成祖爲臣，自下逆上，篡取其位。當時忠義之士，抗死不顧，而方正學先生之事尤烈，此貫天地不敝之道也。天道是非之理，間不與禍福相附。楚商臣、匈奴冒頓，皆身享大逆之所取，而傳之子孫。當其造逆之日，亦安知無仗節死難之臣於其間？而古記或略而不傳。要之忠義之氣，自合乎天地，士固不必以名傳也，而靖難之事，於今爲近。正學先生本儒者之統，成殺身之仁，雖其心不必後世之我知，而後人每讀其傳，尤爲慷慨悲泣而不能自已。成祖天子之富貴，隨乎飄風；正學一家之忠孝，光乎日月。此豈非人心之上通乎天地者哉！

明萬曆時，南京士大夫始建正學祠於其墓前，至國朝數經修飭，今祠宇又以久敝矣。江寧巡道歷城方公昂，其先金華人，正學之族子也，來謁祠下，因亟修治其漏壞，又增建前後之屋各四楹，旁屋三楹，以便守者之居，而壯祠之觀。歲月久遠，或更有視其敝、感正學之誼而來修者，公乃請余爲記以待之。嘉慶二年秋七月，桐城姚鼐記。

録自惜抱軒文集卷十四。

常熟歸氏宗祠碑記

吳中歸氏，皆出於唐翰林學士兵部尚書餘姚宣公之後。宣公之孫五世，其名可考； 五世之下，更宋及元，其世次名爵皆佚焉。明太僕丞震川先生作歸氏世譜，論之詳矣。常熟之族，震川世譜所云，在常熟者，居白茆是也。

始自吳遷白茆者，曰榮四公。榮四七世孫曰椿，震川所爲作歸府君墓誌銘者也。其子有雷、霆、電三人。霆於白茆建祖祠焉。後其子孫自白茆遷常熟城內，而白茆祠久圮壞，乃更建祠城北，爲堂三間。中祀宣公，旁祀始遷祖榮四公以下，凡三十五人。堂後爲樓，凡居白茆時所藏石刻遺像，皆遷藏於是，時康熙六十年也。迄嘉慶二年，今歸君文學寅亮、拱等，以堂久黯敝，加丹雘而新之； 又於堂前增建門廡凡八間，而祠之規制乃益嚴以靖。

常熟歸氏，自明中葉至國朝二百年中，以名德尤稱鄉賢者，曰刑部主政裔興公，少詹惺崖公，贈工部尚書監茲公，又有孝子松期公。孝子故於宗祠堂側有專祠，今圮，乃於其地重立之。其三鄉賢，則買地各建專祠於宗祠之後，逾年工悉竣，乃至江寧請記於余。

余謂歸氏在明著稱以昆山，今世則以常熟，至大司空監茲〔一〕公以才德勃興，列位正卿，真古公侯族矣。今歸君爲大司空之孫，繼承祖德，而尤盡心於宗祀，其道不已善乎！ 且崇先者，一家私情也。尚賢者，天下公誼也。茲之立制，蓋兼盡之。

昔震川每惜古人宗法之壞而不可復，而立宗祠者，收宗復古之先務。吾聞震川無後嗣，其墓在常熟，宗人爲修祭焉。夫常熟之宗，能厚於其別宗者猶如此，而況於其本宗哉！ 由是推之，其將弗憾於宗法之敝也歟？ 是足記也。嘉慶三年十月，桐城姚鼐記。

録自惜抱軒文集卷十四。

【校】

〔一〕『監茲』原作『□□』，據叢刊、備要、梅刊、劉校本補。

峴亭記

金陵四方皆有山，而其最高而近郭者，鍾山也。諸官舍悉在鍾山西南隅，而率蔽於牆室；雖如布政司署瞻園最有盛名，而亦不能見鍾山焉。

巡道署東北隅有廢地，昔棄土者聚之成小阜，雜樹生焉。觀察歷城方公，一日試登阜，則鍾山翼然當其前，乃大喜，稍易治其巔，作小亭。暇則坐其上，寒暑陰霽，山林雲物，其狀萬變，皆爲茲亭所有。鍾山之勝於茲郭，若獨爲是亭設也。公乃取『見山』字合之，名曰峴亭。

昔晉羊叔子督荊州時，於襄陽峴山登眺，感思今古。史既載其言，而後人爲立亭曰峴山亭，以識慕思叔子之意。夫後人之思叔子，非叔子所能知也。今方公在金陵數年，勤治有聲，爲吏民敬愛，異日或以茲亭遂比於羊公峴山亭歟？此亦非公今日所能知也。今所知者，力不勞，用不費，而可以寄燕賞之情；據地極小，而冠一郭官舍之勝。茲足以貽後人矣，不可不識其所由作也。嘉慶三年四月，桐城姚鼐記。

録自惜抱軒文集卷十四。

安慶府重修儒學記代

古有成均鄉黨州閭之學，而無祀先師之廟。釋奠則於學設席以祭，祭而徹之。後世學廢而孔子之廟興，至宋乃因廟爲學。自元、明至國朝，悉因其制。觀仰聖人，以啓學者效法之思，制異於先王，而意未嘗不合也。

安慶府治，始於南宋嘉定年，黃勉齋先生之所營建。意此府學之興，亦必始勉齋矣。恭維我列聖御宇，以朱氏之學訓士，而勉齋，朱子之高弟也。其守此郡，以朱子之學教於一方。雖當時支撐江、淮，戎馬之間不竟其志事，而其意可思也。

昔當朱子時，有象山、永嘉之學，雜出而爭鳴。至明而陽明之說，本乎象山。其人皆有卓出超絕之姿，而不免賢智者之過。及其徒沿而甚之，乃有猖狂妄行，爲世道之大患者，夫乃知朱子之教之爲善也。近時陽明之焰熄，而異道又興。學者稍有志於勤學法古之美，則相率而競於考證訓詁之塗，自名漢學，穿鑿瑣屑，駁難猥雜。其行曾不能望見象山、陽明之倫，其識解更卑於永嘉，而輒敢上詆程、朱，豈非今日之患哉？

安慶府學，歷代屢有損壞修復。今某來撫此土，又值其年久功弊，乃合官民計量，出財而修之。自嘉慶十三年□月起工，至次年□月畢工，用銀一萬□千□百兩。自大成殿外及門廡階砌及旁附祠，靡不整飭。吏民請紀其事。余幸當海宇清晏，庠序大興之日，臨勉齋之舊治，仰企勉齋道德，渺不可追。惟近推聖天子崇教之心，而遠循朱子、勉齋之舊訓。願諸生入是學者，一遵程、朱之法，以是爲學，毋遷異說！至其修建興革之細碎者，則不足載云。

録自惜抱軒文集後集卷十。

重修境主廟記

龍谿水出群山之中，衆谿交絡，匯而奔出龍眠之口，橫嶂塞谿隘，是建境主之廟。唐中葉桐城丞張公孚卿，有德政於茲邑，歲旱禱雨，水大至，溺焉。縣人思而祀之於此，謂之境主。自唐至今，廟或圮敝，民輒新之。豈非賢者之澤，垂留者遠而愛慕者深哉！

嘉慶十三年，歲大水。潛、霍山中蛟出，毀田廬，殺民人，患甚劇，而桐城獨免，民尤以謂張侯之庇我也。其祠有損壞者，衆出財修而新之。是年秋末，余自江寧歸，往遊龍眠，策杖渡谿水，至公祠下，瞻新宇之既成，同衆仰戴公之無斁也！遂書爲記云。

録自惜抱軒文集後集卷十。

萬松橋記

徽州之縣六，其民皆依山谷爲邨舍。山谷之水，湍悍易盛衰，爲行者患，故貴得石橋爲固以濟民。吾至徽州，觀其石梁之製，堅整異於安徽他郡；蓋由爲之者多，石工習而善於其事故也。

黟之東南有葉邨，邨北大溪東流，達休寧漁亭，以合新安江水。邨東西各有小溪，北流入於大溪。兩小溪上有石橋四，皆葉君廣芥一先人之所爲也，而大溪曲當邨口，有萬松亭。亭側架木溪上爲橋，曰萬松橋，時爲大水決去。邨人病之，欲易石久矣，然其功巨不可就。

乾隆五十三年夏，徽州蛟水發，葉邨之南山崩阤，壞田廬，毀橋岸。其後數年，民修田廬既飭，而山之崩壞未復，地脈虧敗。葉氏以爲憂，群出財修之，衆舉葉君掌其事，壘石培土，山之形勢，不逾月而完，餘銀數千兩。衆喜，復請君董爲石橋於郙口。當昔蛟水之發，山隕一巨石於地，方三丈餘。葉君視其質堅而理直，取爲橋材。嘉慶七年九月橋成，長十二丈，廣丈六尺，高如其廣，仍名之曰萬松之橋。猶有餘石與銀，葉君使工復爲石橋於其溪之上流，曰西閈橋，而郙之左右舊橋，盡修而新焉。

當蛟起之年，余適在歙，見被害者之遠且巨，甚可傷痛。今葉公爲橋，乃反因其隕石之力，因禍爲福，轉敗爲功，豈非智乎！余嘉葉郙之族，不吝財以營公事，而又得葉君之誠篤而明智，善任其事以督之，故衆工無不舉，是皆足書也。嘉慶六年八月，桐城姚鼐記。

録自惜抱軒文集後集卷十。

寧國府重修北樓記

佳山水名絕著，爲古今賢士君子所頌歎，四海之内可百餘區。雖其所以稱盛之故，大體略同，而其間各負絕異之境，非人意度所至，有必不可以相似之地，儷而一之者，此天地之文也。君子因所身遇，覽天地之至文，以養神明之用，是爲智而已。若夫較量優劣之論，則智者所不爲。余素持是論，往時丹徒王禹卿侍讀最取其說而稱之。

今夫江以南列郡之名樓，鎮江有北固，寧國有北樓；其山勢皆自南入城，陂陁再聳，樓當城北而面南山，此圖可傳，言可著者也。而其各有獨絕之異境，非親覽不知，圖與言不能具也。而此二樓，皆在太守署内。余嘗數至丹徒，不識其太守，不獲登北固；幸識寧國太守魯君矣，而余足迹未至宣城；二地之勝，故皆想慕而不見焉。

嘉慶十一年，魯君爲守之三年，治内謐安，惜故北樓之頹敝，命工飭之，既竣，以書告鼐，使爲之記。余謂君賢明仁決，善吏事而能文章，可謂智者也。又王侍讀弟子，家於丹徒而臨宣州。其成是樓也，余雖未登，而能用吾意以觀於其間，將以踰越謝玄暉、李太白之所舊得者，非吾而何？爰書以爲之記。君名銓，乾隆庚戌科進士。

其樓之落成，在嘉慶十一年□月。桐城姚鼐記。

録自惜抱軒文集後集卷十。

甘氏享堂記

先王之禮，墓藏而廟祭。戰國乃有祭於墦間，至漢時而有塚舍，蓋原涉以塚舍著名於哀、平、王莽之世。夫有祭則當有舍，原涉特以舍之僭侈逾於常人耳！計當時塚之有舍，非第涉也。至東漢而謁墓之禮，上自天子，下遍於士大夫之家。此後世因俗制宜，使先王復生，必以爲不可廢也。

江寧甘夢六福，爲晉甘敬侯之裔，嘗修敬侯之墓。余爲之記矣。茲爲其先君葬江寧南靈母山之東北，去城五六十里，歲時省墓祭祀，無所託居，乃買田建享堂六間於墓麓之前，復以請余。余聞夢六之先君子生有孝行，而夢六繼之，敬共於墓祀，自遠祖及近，皆有稱焉，此固君子所樂予也。因爲述古今之異禮，而以當乎人心者爲貴，乃復爲之記云。

録自惜抱軒文集後集卷十。

先宅記

鼐先世自餘姚來桐城，始居麻溪南，至八世葵軒公居栗子岡南，十世芳麓公居城中天尺樓宅，先高祖端恪公居北門雁軒，曾祖居南門，宅曰樹德堂。

麻溪南宅，今猶爲世寬公後人居之。栗子岡南宅，其宅與田，今屬中翰公房裕綸守其業，堂懸芳麓公爲禮部郎時楄尚存焉。天尺樓宅，至職方公令八房分居，是宅以遺幼子，故至今爲第八房竹塢公後人居之。

天尺樓者，其門樓名也。宅最後居樓五間，鐵松中丞截居樓爲職方公支祠，乃與天尺樓宅隔分。當芳麓公之世，有鐵釜〔一〕負木甑，從空飛來，其聲薨薨，甑内蒸秔猶熱。釜容四斗許，今在祠樓上。

雁軒者，端恪公買北門倪氏宅也。自天尺樓宅徙居之。後五房分居，其宅亦以遺幼子，故爲第五房朝邑公後居。再世售於潘氏，潘氏毁拆雁軒而別構焉。先曾祖羅田公，自雁軒徙入樹德堂，居四十年。鼐生於樹德堂，八歲時宅售於張氏。伯父太史公與先贈大夫乃徙北門口之宅，曰初復堂。今七十年矣，宅少人衆，不能容，必有徙。鼐因修譜，併記先世宅於此，以爲後人考信焉。嘉慶戊辰臘月朔，鼐記。

録自惜抱軒文集後集卷十。

【校】

〔一〕『釜』，各本作『斧』，據劉校本改。

朱海愚運使家人圖記

右圖一卷，凡六人。偉丈夫據磐石正坐、長髯下垂者，朱海愚運使公也。衣藍簪桂、憑檻坐、若有言者，夫人梁氏也。左侍兩少年，立稍前者，公之長子字白泉者也；後立手執蘭蘂進者，公次子字蒼巖者也。姆抱小兒帶銀環倚檻右立者，公孫奕勳也。乾隆四十三年，運使公年五十，在揚州，兩子未仕，甫得一孫，使工畫其家人相聚之樂如此。

鼐於乾隆十七年入都，與公相知，公時尚無子也。其後公仕蜀中，余仕京師，相隔數年，公返，乃復得見。公守泰安，余解官至泰安。歲暮風雪，同登泰山，夜觀日出，公自爲之圖。及公至揚州，邀余主揚州書院，於是相聚者兩年。公旋病歸京師，遂没於京師。至今日，余不見公三十四年矣，而復展對公像，爲之隕涕。

公夫人已前没，次子蒼崖嘗得太守而亦病没。惟白泉再爲江南觀察，與余相見最久，爲出此圖。其時白泉子奕勳爲山東黄縣令有聲，圖中之銀環兒也。白泉復有三子二孫，蒼巖亦有子二人、孫四人，皆生於作圖後者。家祚方盛，可慰公地下。余獨追感今昔，閲六十年有如旦暮，耄昏僅存，愴思冥漠，因書爲圖記云。嘉慶十七年六月十七日，桐城姚鼐記。

録自惜抱軒文集後集卷十。

種松堂記

乾隆時，宮保方敏恪公總督直隸，居保定日，念贈光禄中翰公塋兆未定，乃作『白首歸來種萬松』之圖，自題詩其上，欲以身依先壟，極悲思慕願之意云。

其後贈光禄葬句容之葆山，種松蓋不啻萬。及公薨，亦歸葬葆山之東麓。蓋公生未遂依壟之志，而藏體於斯，固亦可以安公之靈矣。又其後，今南耦尚書以母吳太夫人亡，葬之葆山西麓。蓋去宮保公作圖時，五十餘年矣，而長松茂蔭，蓋蔽巖嶂，陰映雲霄，十餘里外，望之蔚然，知爲方氏阡也。乃作堂以爲墓舍，遵宮保之遺意，名曰種松之堂。

夫所謂故國者，非喬木之謂，世臣之謂也。今尚書將以功名繼宮保之後，爲國楨幹，而丙舍之護蔭於兹，日久日益。然則睹喬木之盛，而發世臣之思者，其斯堂也歟！嘉慶十九年七月晦，姚鼐記。

録自惜抱軒文集後集卷十。

餘霞閣記

江寧城西四松庵，僧彌朗居也。庵後倚山有軒南向，本民居，衆買其地歸於庵。方葆巖尚書嘗邀余登之，喜其崇敞而惜其荒穢也。

嘉慶十八年冬，陶熙卿暨其從子子静樂庵居之静，乃出財飭其敝壞，種卉木，治石磴，作室爲陶氏讀書之所。又於軒後爲閣三間，西向臨江，盡收江南北之山於楹內，觀於夕陽時尤宜。俾余名之，乃取謝脁詩語以表其美，且著閣所由始焉。嘉慶十九年二月，桐城姚鼐題並記。

録自惜抱軒文集後集卷十。

祭文

祭張少詹曾敞文

嗚呼！昔君始降，宵中營室。鼐生逮君，後五十日。君長而才，鵬揚驥騖。鼐也無能，伏尋章句。十年二之，偕聞鹿鳴。風雪載途，共以車征。龜坼其膚，褰闢帷軨。笑我擁袖，懦婦稚嬰。省試罷歸，獨君登第。送我西墉，援衣出涕。

君爲禁臣，彪胸爛手。裁觚朝脱，暮誦士口。鼐走南北，五躓一升。來則授榻，行爲檢縢。荒園廢寺，挈攜交朋。畸客窮士，受禮不能。狂歌踞罵，酒悲沾膺。人或駭厭，君恬不憎。鼐不能飲，君每代舉。同車出入，相從坐處。獎善救過，或喜或頩。嗚呼君往，而孰余成？

士氣之卑，言甘貌順。君企古人，欲以義振。兩試翰林，辭成拔俊。遂至詹事，益持孤峻。衆所顧畏，索刺瘢疵。詔衡貢士，有當無私，勇於知恥，怯於賄貲。交讒去官，大快群欺。自是與君，别居南朔，在歲壬辰，來傀去邈。念君魁梧，面丹有渥。終接簪甍，晨宵商榷。

鼐始告歸，君在大梁。靳世大用，爲師一方。正月十二，作書示我。暮已告疾，晨琴徹左。凶問遠承，將信終叵。手執君書，情密辭夥。天道祐善，芴不可論。既煢獨余，又奪所親。強盛先隕，弱寧久存？鼐在揚州，君柩歸里。不牽其紼，不撫其子。寫辭可窮，有悲曷已！尚饗！

録自惜抱軒文集卷十六。

祭劉海峰先生文

嗚呼！自聖有道[一]，道存乎文。孔徒之傑，與顔同倫。周室世衰，末流岐分，或鳴爲技，或以道陳。迄千餘年，其傳緡緡。豈無才士，識闇其本。茍爲僨強，卒躓而隕。聖言載世，有炳其光！蔽晻於矇，日月何傷？吾鄉宗伯，勇繼絶軌。甘噬朐臘，寧遺腴旨。賅萬逾俗，去古則咫。先生再興，益殫厥美。上與詩、書，應其宮徵。

抉搜百家，掩取瑰偉。抑揚從心，不見端委。日麗春敷，雖妍不靡。世有斯文，千載之雄。百世所述，當世則窮。半生場屋，老授學官。卒亦不居，退處江干。

天奪其子，獨與以朋。昔我伯父，始與並興。和爲文章，執聖以繩。劇談縱笑，據几執觥。召我總角，左右是膺。賤子既冠，於京復見。先生執手，爲我嗟歎！嗣學古人，以任道期！亹亹其文，以贈吾離。其後閱年，又逾二十。豈徒君耄，鼐亦衰及。念吾伯父，相見以泣。先生益病，侍帷妻妾。要我床前，強坐業業。猶有高言，記爲士法。孰承遺書？竟委几榻。舉世茫茫，使我孤立。有言莫陳，終古於邑。嗚呼尚饗！

録自惜抱軒文集卷十六。

【校】

〔一〕『道』，原作『述』，據備要、會文、徐校、劉校、梅本改。

祭朱竹君學士文

嗚呼！海内萬士，於中有君。其氣超然，不可輩群。余始畏焉，曰師非友。辱君下交，以爲吾偶。自處京師，君日從語。執拒相諍，卒承諧許。或歲或月，以事間之。清辭酒態，靡不可思。余與君訣，乙未之春。有言握手，期我古人。

君之屬文，如江河匯。不擇所流，蕩無外内；飆怒濤驚，復於恬靡，小沚澄潭，亦可以喜。世皆知君，文士之碩。莫見君心，堅如金石。不爲勢趨，不爲利眯。吃口澁辭，遇義大啓。嗚呼今日，士氣之衰。天留一人，庶卒振之！七年江濱，日思君面。已矣及今，終不可見。嗚呼尚饗！

録自惜抱軒文集卷十六。

祭方葆巖文

嗚呼！世有俊民，爲時而出。宜壽以康，盡其才實。竟奪以殞，天胡弗恤？惟昔恪敏，績佐高宗。公孤髫年，已有父風。占奏有儀，見於帝宮。弱冠授官，旋復登第。密勿禁闥，決事靡滯。出從戎旃，遠踰西裔。躋陟崑崙，雪霜所閉。裁奏氈幄，招戎馬蹄。旁行書來，受爲吾隸。屢以其賢，見知先帝。

今皇親政，方面遂膺。疲羸是撫，亂略是懲。汔至清夷，治效益登。建牙樹纛，滄海南憑。鯨波颶風，談笑載乘。萬里臺灣，如涉溝塍。内治外攘，惠洽威棱。爲臣則忠，爲子則孝。母老子遥，陳辭内告。帝愍其忱，朝請夕報。奉母金陵，寒暄萡芼。出入里閭，書生衿帽。抑抑其心，恂恂其貌。惟太夫人，既終其壽。天子賜慰，命官奠酬。公營壤兆，積勞在疚。嗚呼逮今，面黧身瘦。遘疾遂深，不可療救。帝待公出，作蕃作相。民望公來，雨膏保障。公亦自期，終吾喪葬。日月猶長，庶竭忠亮。年未六十，云胡泯喪？要絰未除，淚容屬纊。公今往矣，海内同惜。況在親舊，嘗從朝夕。樽酒言笑，翰墨間作。鳳儀儼在，晒思疇昔。茹悲陳詞，酬兹奠席。尚饗！

録自惜抱軒文集後集卷十。

梅曾亮選集

點校　潘忠榮

整理説明

梅曾亮（一七八六——一八五六），字伯言，又字葛君，譜名曾蔭，晚號相月齋居士。江蘇上元（今南京）人。世居安徽宣城柏梘山，乾隆時，曾祖奉旨移籍江甯。爲示不忘祖先和祖籍地，故其將詩文集名爲柏梘山房集。

梅曾亮出生於書香門第，祖輩爲著名數學家梅文鼎，父梅衝爲嘉慶五年（一八〇〇）舉人，母侯芝亦頗有文化素養，曾親爲改訂彈詞再生緣。梅曾亮少從學於舅氏侯子有，嘉慶六年肄業尊經書院，嘉慶八年見姚鼐於鍾山書院，後拜爲師，得以親受桐城義法之學。繼而遊歷蘇浙，並時與管同、方異之二人依惜抱講論道藝，學益淳厚，文愈高古。嘉慶十九年，爲吴鼒延入揚州唐文館，與吴氏、秦敦夫、顧千里、陳小松等考證文字、金石及吟詠唱和。嘉慶二十五年（一八二〇），舉順天鄉試，翌年成進士，以縣令注官貴州。因父母年高，不便就養，遂告病繳照。此後數年，以受徒爲業。道光六年（一八二六）、十一年（一八三一），先後入安徽巡撫鄧廷楨和江蘇巡撫陶澍幕府。道光十四年入京，納貲爲户部郎中。道光二十九年，辭官歸里。居京期間，常邀集同道，講授古文詞，將桐城派古文運動繼續推嚮前進。離開京師後，主講揚州梅花書院。咸豐二年（一八五二）冬歸上元。次年洪秀全領導的太平軍攻佔南京，梅曾亮一度受執，後乘間逃脱，攜家避難，自城北遷至王墅村，又輾轉至興化，再移居淮安。咸豐四年（一八五四）館於江南河總督楊以增（至堂）之清宴園。咸豐六年（一八五六）正月十二日卒，年七十一。

梅曾亮爲『姚門四傑』之一，是繼姚鼐後對桐城派發展貢獻殊多的代表人物。首先，他補充和豐富了桐城派的古文理論。桐城派理論發展到姚鼐時，基本已臻成熟。但社會的劇烈變革，鴉片戰爭的爆發，卻對其一貫強調和固守的韓、歐文統的理論提出了嚴峻挑戰。梅曾亮以其深切感受和敏鋭洞察力，在繼承桐城派固有理論的基礎上，提出了『因時』、『通時合變』的主張。這就爲古文創作指明了新的發展道路，爲桐城派又一次搶占了文學理論的歷史制高點。同時，他還強調文章創作要『得其真』，而這種『真』又是多方面、多層次的，社會、時代、事物、性情，無不可不真。『因時合變』而又能『真』，這樣創作出來的文章自然就具有了無限的活力和生命力。

其次，梅曾亮以大量的古文創作親自實踐了桐城派的古文理論。梅曾亮的古文共有十七卷，分爲論說、書啟、贈序、書序、傳、記、墓誌、讚哀詞祭文以及駢體文等，體例多樣，內容宏豐。主要反映了他不滿封建政治，關心民衆疾苦；鼓勵官清吏廉，頌揚道德規範；反對外敵入侵，提倡愛國自強；贊美秀美山川，謳歌師友親情的思想感情。當然，其中也有一些歌頌烈婦貞女、反對農民起義的文章，但那是時代的局限，且非其文章主體。通觀其文，我們不難感受到，梅曾亮的古文創作，完全符合桐城派標立的道統和文統，並體現了他爲文『因時』、『求真』的文學主張。

再次，梅曾亮對桐城派的傳播和發展壯大作出了突出貢獻。姚鼐逝世後，梅曾亮以他久居京師而又『最名能文』的優勢，扛起了桐城派的大旗，成爲四海造請、天下依歸的一代宗師。其門徒遍布江蘇、江西、浙江、湖南、湖北、廣西等廣大地區，不僅使『惜抱遺緒，賴以不墜』（王先謙續古文辭類纂），而且使桐城派得到進一步的發揚光大。梅氏侄婿朱慶元爲光緒石印本精刊梅伯言全集所作跋語說『我朝之文得方（苞）而正，得姚（鼐）而精，得先生（梅曾亮）而大』，確是言而不虛。

梅曾亮作品，以現存三十一卷本爲完本。版本主要有兩種。其一爲梅氏手訂本。手訂本於咸豐六年（一八五六）三月由海源閣楊氏刊刻，含文集十六卷、文續集一卷、詩集十卷、詩續集二卷、駢體文二卷。其中文集十六卷由楊以增先行刊成，其余刊刻未半而楊氏遽逝。楊氏子紹穀、紹和繼承父志，最終續刊成柏梘山房全集。據楊以增柏梘山房文集序可知，此本爲梅氏親手所訂。同治三年（一八六四），出現咸豐六年刻本之補刻本，補刻本主要是補版，次補文五篇，均在楊以增所刻十六卷文外。民國四年（一九一五），金陵蔣國榜於淮上購得咸豐本與同治補刻本版片，自撰題辭冠於篇首，於民國七年（一九一八）重印問世。是爲蔣氏慎修書屋本，亦即續修四庫全書本之柏梘山房全集底本。

其二爲梅曾亮手寫本（簡稱光緒本）。上述手訂本中，文多爲楊氏錄副，梅氏手訂；詩多依梅氏手稿，並無副本。後來詩集手稿與文集分離，詩稿不知所終，或如高均儒所建言『應與全集版並歸梅氏』。但不管怎樣，梅氏家中仍有一套詩文手稿卻無可置疑。這從朱慶元梅柏言全集跋中可知。梅曾亮季子少言有心釐刊父集，但遘疾壽夭，臨終屬其家人將手寫本郵示朱慶元。朱於光緒二十七年（一九〇一），將其石印出版，署名（精刊）梅伯言全集。此本曾依同治本增補，且與其『參互勘定，以付剞劂』。因此，已非原貌。宣統三年（一九一一），上海國學扶輪社所出石印本，以及民國十六年（一九二七）本，均爲光緒本之重印本。

除全集外，梅氏尚有一些選集本。現存最早的爲咸豐四年（一八五四）臨桂唐氏涵通樓所刻柏梘山房文鈔上下卷，收於涵通樓師友文鈔中，爲其弟子朱琦、龍啓瑞等人所編。又柏梘山房駢體文鈔一卷（簡稱四六本），王先謙輯，光緒十五年（一八八九）長沙王氏刊，收入國朝十家四六文鈔中。又標點梅伯言文鈔一卷（簡稱標點本），上海進步書局印。又（音注）梅柏言文一卷（簡稱音注本），收自王先謙續古文辭類纂（簡稱續類纂本），音注者爲吳興沈伯經。又梅柏言文鈔即明清八大家文鈔本（簡稱八大家本）。又梅伯言先生文鈔上下卷，天津徐世昌纂錄，等等。梅曾亮詩集，除全集本外，亦別有數種版本。本書因選文不選詩，故不詳列。詩文集版本及存世狀況，安徽教育出版社出版的清人別集總目列舉甚詳，可資參攷。

本書選文所依據的底本，即爲續修四庫全書所錄之民國七年蔣氏慎修書屋本。選文的基本原則是古文從寬，駢體稍嚴；論辨、序跋、書信、雜記從寬，傳狀、碑志、哀祭稍嚴；能直接體現梅氏政治、學術、文學思想和真情實感的文章從寬，頌揚貞婦烈女、謳歌剿滅『亂民』、受請阿諛奉承的文章稍嚴。據此，從梅氏十六卷文集、一卷文續集和兩卷駢體文中共選出文章二百九十三篇；另據上海古籍出版社出版，彭國忠、胡曉明校點的柏梘山房詩文集·文集補遺中直接選錄不見於底本的文章六篇。總計二百九十九篇，約二十余萬字。編排順序依據底本，與課題組的規定基本一致。惟文續集和文集補遺所選諸篇，各依文體分置於前面諸體之後。駢體文集中殿後。

本書點校的參校本主要有光緒本、八大家本、四六本、標點本、音注本、續類纂本等。本書校勘，凡底本筆畫訛舛，字形混同的明顯誤刻，如己、已、巳之類，徑改，不出校記；爲避清諱而改動的古代人名、書名及年號一律回改，如『桓元』回改『桓玄』、『宏治』回改『弘治』，不出校記；涉及民族、宗教以及中外關係帶有貶抑性或非通用性文字，徑改，如『㖹人』改爲『英人』、『猺民』改爲『瑤民』，不出校記；虛字出入，文義無殊，不出校記；底本不誤，他本誤者，一般不出校記，若難以判斷二者是非，則酌出校記；字跡不清或空格無文，用『□』標示。其他方面，亦嚴格按照『國家清史編纂委員會文獻整理工作通則』進行，不另贅述。

本書點校，曾參照上海古籍出版社出版，彭國忠、胡曉明二位先生校點的柏梘山房詩文集，在此謹表謝忱。

潘忠榮

二〇〇七年六月

目録

士説 癸酉

求棟梁者必於木，而木不皆棟梁者也。其不材者，且不得與萑蒲竹箭比，其實異，其名同，吾見夫木之難求也。然而求棟梁者，不求之萑蒲竹箭之林，而斷斷然必求之木。

士之於國，猶木之於室也。一國之士，其材者百無一二焉；一山之木，其材者亦百無一二焉。然國患無士，而室不患無木者，何也？豈士之寡而木之多歟？抑信士之不如信木者歟？彼求棟梁者，不求之萑蒲竹箭之林，而惟木之求也，不以木之有類於萑蒲竹箭者而變計也。故天下有不材之木，而無不成之室。今以士之有類於商賈負販也，而謂用商賈負販者之無異於用士，此士之所以終不出歟？

録自柏梘山房全集・文集卷一。

韓非論 癸酉

太史公謂韓非引繩墨切事情，悲其爲説難而不能自脱。嗟夫！非之爲説難，非之所以死也。

今人君無賢智愚不肖，莫不欲制人而不制於人，測物而不爲物所測。然卒爲揣摩智士之所中，而不能脱其要領者。彼士也，陰用其術而主不知，故因勢而抵其巇，使知有人焉玩吾於股掌之上，而吾莫之遁。雖無信臣左右之譏，其不能一日容之也決矣。且古今著書立説之士，多出於功成之後者，不然，則無意於世以潛其身。今非方皇皇焉入世之網羅，獨舉世主所忌諱者縱言之，而使吾畏，亦可謂不善藏其用者矣。不然，非之術，固士陰挾以結主取濟者，非獨以發其覆而爲禍首，豈不悲哉？

吾觀老子之書，以柔爲剛，以予爲取，處萬物所不勝，而視天下不嬰兒處女若，宜有難免於雄猜之世者。然則老子之不知所終，其已智及此哉！

録自柏梘山房全集・文集卷一。

民論〔一〕癸酉

天下有亂民，有姦民〔二〕。毒官吏，迫飢寒，挺刃而卒起，索黨與隨和以自救〔三〕，此亂民之常態也〔四〕。若夫無所激發而倡爲狂悖之說，以招誘愚瞽而名之曰『教』，是爲姦民。姦民者，古無是也。且夫教之名〔五〕，民所不易受於長上者也，而匹夫能得之於鄉里，非民之所能爲也，勢也。

今夫民之生也，耕而食，織而衣，貿貿然相往來，不知有士大夫聲名文物之樂，又非如富厚有力者有鳴鐘連騎、采色視聽之娱。若此者，枯槁寂滅之士或能堪之，而民固不能樂乎此也。聖人憂之，於是有飲射之典，有儺蠟之禮，有月吉讀法之令，奔走之，馳驟之，而不憚其勞拙。其意以爲，吾法之可知者，在乎角材能習教訓，而消息乎時氣。而法之不可知者，在使民同易耳目，震盪血氣，陽遂其鼓舞之情，而陰輯其靜而思騁之意。其教如是而已。

當漢之盛時，凡鄉射大儺都肄鄉會，皆太守與縣令親之，猶古法也。法之廢，其東漢之衰乎？嗟夫！此黄巾米賊之禍所以起，而不可禁也。夫民所樂趨之事，而不爲利導之，草野之間，必有因民之欲，竊吾意以售其姦者。其始特出於私立名字，斂財帛，賽會徵逐而已，而其後遂爲有國者之憂。至於爲有國者之憂，蓋非獨從而和者不樂也，而亦豈倡之者之始意及此哉？然而勢必至乎此者，何也？吾爲之說以導之，吾聚之，吾能散之。故其權在上，民自爲聚者，非法之所許也。民知意不出於上，而恐法及已也，鰓鰓然有與上相持之心，其勢遂聚而不可復散。故曰非民之所能爲也，勢也。昔子貢觀於蠟，以爲一國之人皆若狂。夫至於一國若狂，雖後世游民聚衆之盛，無過於此，而聖王行之。孔子曰：『張而不弛，文武弗能也。』夫文、武所不能者，而後人能之，必其民皆標枝野鹿，如上古之不相往來者而後可也，而豈有是理哉！

嗟乎！權出於士，而黨錮清流之禍成；權出於民，而左道亂政之禍烈。然則，以王者之權，而謂教化不易興者，則妄矣！

録自柏梘山房全集·文集卷一。

【校】

〔一〕民論：續類纂本、八大家本作『書後漢書後』。

〔二〕天下二句：續類纂本、八大家本作『古姦民為亂者多矣』。

〔三〕索黨句：續類纂本、八大家本作『及名捕嚴急，則求黨與索隨和』。
〔四〕此亂民句：續類纂本、八大家本作『皆事勢之常態』。
〔五〕若夫無所六句：續類纂本、八大家本作『要未有無所激發，處心積慮，立教以惑民者也。其有是者，蓋起於東漢之末，而大盛於魏晉之間。嗚呼，教之名』。

論藺相如返璧事 癸酉

使相如說趙王立出璧授秦使者，辭其償，且以輕十五城而重璧也爲秦罪，秦計必懷慚而不能發。不知出此，乃出萬死不一生之謀，以圖完璧，而秦之計固已得矣。何則？彼知不愛死士而愛璧者，其國可玩而虜也。嗟夫！趙爲秦辱久矣，豈特不償璧！不償璧其小者耳。恥貧者不能力田，輒與富人爭席，曰吾能勝，可乎？吾是以疑不帝秦而卻秦軍者，無是事也。

録自柏梘山房全集·文集卷一。

墓說〔一〕癸酉

或問曰：墓吉則福，凶則禍，古有之乎？曰：未聞也。防墓崩於雨，王季之棺毀於水，文以王，孔子以聖，安在其爲禍福也？然則有擇而與禍福應者，何也？曰：古無之而今有之。烏乎！昉昉於墓祭者之爲之也。

古者貴賤之士皆有廟，廟有寢，於是乎藏衣冠，於是乎求昭明。古之人以爲有鬼神者，則必於是歸焉耳。其享焉而格之，其慢焉而恫之，吉凶禍福之應，未有不起於此者也。夫何墟墓之有徵？夫何形骸土壤之神乎？嗚乎！廟制之廢也久矣，鬼神之失所棲也甚矣。祭墓非古也，後之人以爲有鬼神者，則必於是歸焉耳。子孫之不依，廟寢之不宅，曰臯壤焉是藏，吾未見其非忍親也。然人既以是爲神之所棲而誠之矣，鬼神亦以是爲人之所命而據之矣。然則吉凶動於神，而禍福中於人者，宜也，非幸也。吾故曰：墓祭者之爲之也。後之君子，有欲講求於殯葬之終始者，則無動於吉凶之說；欲無動於吉凶之說者，備廟制之禮而立其誠焉，斯可矣。

録自柏梘山房全集·文集卷一。

【校】

〔一〕墓說：光緒本作『說墓』。

觀漁丙子

漁於池者，沈其綱而左右縻之。綱之緣出水可寸許。緣愈狹，魚之躍者愈多。有入者，有出者，有屢躍而不出者，皆經其緣而見之。安知夫魚之躍而出者，不自以爲得耶？又安知夫躍而不出，與躍而反入者，不自咎其躍之不善耶？而漁者視之，忽不加得失於其心。嗟夫！人知魚之無所逃於池也，其魚之躍者可悲也，然則人之躍者何也？

録自柏梘山房全集·文集卷一。

雜説丙子

堯之眉，舜之目，仲尼邱山之首，合以爲土偶，則不如籧篨戚施，僞與真也。葛害於寒，裘害於暑，酌其中則寒暑皆害，害去則利不全也。

太白之詩豪而誇，子美之詩深而悲，子建之詩怨而忠，淵明之詩和而傲。其人然，其詩亦然，真也。古人之作肖乎我，今人之作肖乎人；古人之作生乎情，今人之作生乎學。然則詩不可學乎？曰：學其人而近乎性，猶之我也，始雖僞其後必真。而今人則曰是有弊，以體分之，以類擬之，故無乎肖亦無乎不肖，無乎工亦無乎不工。然則，其果無無乎不工者歟？曰：有之，王維是也。忠乎？貳乎？釋乎？儒乎？甘心於山澤之臞者乎？抑捷足於貴戚之門者乎？若是者，吾不能定其爲人。然則不可定其爲人者，乃其詩之無乎不工者歟？

録自柏梘山房全集·文集卷一。

論魏其侯灌夫事丁丑

嬰能散千金之賞，而不應武安之求田，非忿其怙勢哉？然以蚡臨況爲幸，何其卑也！灌夫馳吳軍，視死如歸，可謂壯士，以慕勢卒死於權。嗚乎！勢力之怵於人也，甚死生哉！

録自柏梘山房全集·文集卷一。

晁錯論戊寅

晁錯以術數授景帝，景帝悅之，用其計削七國。七國反，景帝乃誅錯。君子曰：術不可不慎哉！以盜之術授人，而保其不我盜，且曰是必不疑我爲盜，雖至愚者不出此。錯之智，曾〔一〕不是愚人若也。哀哉！

昔〔二〕範蠡以計然之術教勾踐滅吳，曰：『越王爲人可與共患難，不可與共安樂。』乃扁舟逃於五湖。始皇用尉繚之計亡六國，尉繚曰：『秦王居約易爲人下，得志亦輕食人。』遂逃去。方其說之行也，若石之投水，若丸之走阪。其君不惜出肺肝相結，如左右手，而二子獨汲汲不可終日。豈好爲過計哉？彼知非雄猜深阻之人，不能行吾術而不作；其能行吾術者，必不容他人之有其術。故先有棄富貴之志而成功名。彼晁錯之智乃不知此。今以受特知蒙貴幸無比者，入一人之言，衣朝衣，斬東市，目不得反顧，足不得旋踵，雖商鞅、韓非之行法未至是也，而景帝能之，錯教之也。錯之術，盜術也，而恃所授者之不我盜哉？

或曰：帝之削七國也，志甚壯。反書聞，乃惶遽自誅其大臣。且吳王白首舉事，不因一錯而解兵，豈帝而不知此？曰：帝詔諸將以深入多殺爲功比，三百石以上皆殺無赦，有議詔及不如詔者皆要斬。帝之志苟得亡吳，不憚以國爲功，豈冀幸於兵之一解而息事哉！然則其誅錯者何？曰：兵之微，權也。夫亂臣賊子之首事，必以名刼其衆。故王敦以周顗、戴淵，蘇峻以庾亮，李懷光以盧杞，而七國則以晁錯。晉不去周顗、戴淵、庾亮，而王敦、蘇峻之禍成；漢與唐去盧杞、晁錯，而懷光、七國之勢挫。雖勝敗之數不全出於此，然彼所恃以爲名者，吾舉而空之，亦所以怒我而怠寇也。鄧公見景帝，言誅錯是爲七國報仇也。帝曰：然，吾亦悔之。嗚乎！帝特以錯爲餌敵具耳，何悔之可生！或曰：審如是，則七國不反，錯固可免於禍乎？曰：不然。臨江王適長太子也，栗姬廢而臨江王死於吏；亞夫功臣也，七國平而亞夫死於吏。錯之親不及臨江王，而勳舊又非亞夫比也。然則始所以用錯者何？曰：削七國者，帝之素志也，而不欲居其名，故假錯以爲之用，帝固不足怪也。

世之擇術者，亦擇其可以授人者而自處哉！

録自柏梘山房全集·文集卷一。

【校】

〔一〕不是：音注本、八大家本、續類纂作『是不』。

〔二〕昔：八大家本、續類纂本作『若』。

惜字紙説 戊寅

吾鄉俗好善，紙字〔一〕之棄於途、於笥、於溷廁，醵錢而斂之焚之，載其灰中江而投之，始畢乃事，月以爲常。其説曰：不若是，或踐踏之，其罰爲賤、爲眇、爲愚、爲夭。犯輒應，故自好者咸用是爲兢兢。余曰：善乎，世之有此説也！然字之禍福靈於人而敗於物者，何哉？夫大有罪於字者，莫如蟲，齮齕之，腐敗之，能使字之通者塞、美者醜、完好者壞，而獨肥其身、滋其族，且以是高其名，凡所居所食，他蟲莫敢望焉。蟲之視人也，横矣哉！友人顧廣圻曰：奚有於是！是戔戔者，字紙也，則忌而畏之。學者之於字，字人也，則慢而侮之。字之貴賤輕重，亦視其所附者乎？是二説者，余無以辨之。

録自柏梘山房全集·文集卷一。

【校】

〔一〕紙字：光緒本作『字紙』。

書示仲卿弟學印説 乙酉

文生於心，器成於手。手主形，心主氣。書畫摹印之事，心手兼之。知形而不知氣，則無意；知氣而不知形，則無法。余嘗學書，青甫舅氏曰：『甥作楷似隸，作隸顧反似楷，何也？』後與溫明叔同摹印，明叔數日後輒似之，余終不能似也，遂棄不復爲。仲卿之嗜好與余同，而於印尤甚。取文、何兩家印常置座右，曰：『吾將爲之。』余因舉所自病者告之，欲其解吾嘲焉。

録自柏梘山房全集·文集卷一。

刑論 乙酉

天下之法，未有久而無弊者也。法之簡者，其弊淺；法之密者，其弊深。惟其法之良而守之，不敢稍變通其法，以得罪於天下後世，故其弊遂成而不可返。

夫殺人不忌爲賊，昏墨賊殺，臯陶之刑也。後世近古者莫如漢，亦曰：殺人者死，傷人及盗抵罪。此皆法之整齊簡易者也。古之人非不知殺人之情事萬有不齊，而一切之法不足以悉其變也。然甯從其略者以爲法，貴易知而難犯。決一人之死，而可使千萬人之不敢入於死，則易知而難犯之故也。而後人曰：是其法猶未詳。於是同一殺也，而有謀殺、故殺、鬬殺、誤殺，有戲殺，有過失殺，有下手加功之殺。因是同一死罪也，而有入情實，有不入情實者；有立決，有緩決，又有緩決數次而從末減者。蓋一死罪之成，其文書之反覆詰難，積盈尺之紙而不足也。而後得由州縣以上於刑部，而之人也，如是猶或不至於死。噫！何立法之密而如此其難知也？是法也，良法也。苟其變之，則受不仁之名，而得罪於天下後世。雖心知其非，曰：姑從衆。從衆而失，是天下之公失也。議法者曰：有濫生者，即有枉死者，是救生不救死也。執法者曰：死者已矣，生者亦猶是民命也，已死而枉，究與吾殺死者殊，而吾救生之心，亦足以自解於天下。

嗚呼！是非徒不救生也，且益民之死也；非徒益民被殺者之死，且益民殺人者之死也。今里巷之中有殺人者，民驚相告矣。某殺人者死，某殺人者不死，民亦驚相告矣。死生者，民之所知也。曰鬬殺、曰誤殺、曰戲殺、曰過失殺，則民所不知也。民不知一殺人之例如是之委曲分別也，而惟見殺人者有時而不死也。夫使殺人者畢出於死之一途，以慴其勃然不可遏之氣，猶能忍有不能忍。今使介於可生可死，而先快心於一挺刃之下，亦何憚而不洶洶哉！臘有毒，食之立死。一人死而無有繼者矣，三人食而一人生，則繼死者將不止三人。是非民之不畏死也，法誤之也。故曰：非徒益民被殺者之死也，而並益殺人者之死。

嗚乎！計較於一罪之輕重，而鹵莽於千萬人之死生，循其法之弊，其勢固不至乎此而不得也。而人且曰：必如是，而長吏始不得以誤殺人。固也，長吏之不得以誤殺人也，而其弊則使平民皆可以故殺人。天下之爲長吏者少，而爲平民者多；則法之生人者少，而殺人者多。

録自柏梘山房全集·文集卷一。

臣事論丙戌

天下之患，非事勢之盤根錯節之爲患也，非法令不素具之爲患也，非財〔一〕不足之爲患也。居官者有不事事之心，而以其位爲寄，汲汲然去之，是之爲大患。

今夫四民之中，士之貴於農工商賈也，較然明矣。使農工商賈皆汲汲然有爲士之心，則方其爲農也，田萊必不能闢；其爲工也，藝事必不能精；其爲商賈也，有無必不能遷。然天下之民，有〔二〕自樂其農工商賈之業，而以士爲畏途者。彼士也，有考試場屋之苦，有文字聲病之學，違其程度，則又有褫奪撲責之刑以隨其後。凡士之所深憂以爲大辱者，民皆脫然而無患。彼民也，度其身而苦其事，有萬不可以嘗試者，故甘心絕意樂其業而不遷。

今之爲仕者則不然，無愚智賢不肖也，而皆有必爲公卿大夫之心。夫吏之遷除，或以年計，或以十數年計，非可朝拜官而夕超擢也。然其身縻於此，而其心去此職而上者，不可以層累計。人有仕宦十年而官常調者〔三〕，則鄉里笑之，而親交〔四〕爲之減色。忘分苟得，相師成風。夫爵祿者，廉恥之藥石也，善用之則起，不善用之則廢；廉恥者，聰明之隄防也，固其防則盈，而潰其防則竭。聰明竭矣，雖勉強爲作，施令布政，與吾民相酬對者，特具文焉而已。故曰：有不事事之心，而以其位爲寄，汲汲然去之，是之謂大患。

雖然，是患也，不成於賤而成於貴；不成於貴賤之懸殊，而成於治貴賤之不公。大臣者，將帥也；屬吏者，士卒也。大軍之沮敗，非爲將者之獨奔，而法之加，必自將者始。今夫大吏，其日造請問起居者，屬吏也；供芻薪米炭者，屬吏也；加聲色頤指者，屬吏也；聽彈劾遷換者，又屬吏也。有罪，則曰：是屬吏所承辦也，承審也，大臣者不知。同有罪，則曰：是大臣也，不可與小臣同科。科其罪矣，而或降級、或罰俸，不旋踵而復其故。其罪同，而位卑者則一蹶不可復振。用法如此，固賤者之不能心服也。心不服而隱忍以爲之，此其身有不能安，而其職有不能盡者矣，則宜其以位爲寄，而汲汲然去之也。

然則如之何而可也？ 曰： 善爲治者，所慎重而專任之者，大臣而已。使小臣之事統責之大臣，而大臣之罪不可分之於小吏，其大小之罪均，法之加必自貴者始。蓋位重而責之者厚，厚不爲刻也； 位輕而責之者薄，薄不爲私也。夫如是，貴者難其事，而不敢有以位爲樂之心； 賤者量其力，而無皇皇於冒進之意。樂其職，故其心安； 安其心，故其事成。傳不雲乎：『厚味實臘毒，高位實疾顛。』古之人自一命以上，其憂患遞相增也，以至於卿相。惟庶人則無憂。

悲夫！ 自三代而下，士之畏富貴而不居者，何少也！ 使士也，無考試場屋之苦，文字聲病之學，褫奪撲責之刑，而又無農工商賈之瘁，以獲高世之名，則天下有一不爲士者，而其心不服。人主尚安得四民而用之哉？ 或曰： 如此，則非所以貴賢賤不肖之心，且無以磨厲人於功名之途者也。曰： 今之貴賤，非如古之世。其貴賤也，以爲不賢乎，則固有時而爲大夫公卿矣； 以爲賢乎，則公卿大夫皆自小臣始矣。且夫人棄賤就貴之心，如水之就下，如丸之走阪，雖賁、育之勇不能抑之。聖人不得已而分利害之數與貴賤条之，而聽人能不能者之自處。政之失也，則專其利於所貴，而專其害於所賤。夫避賤而趨貴，罪之可也，然使卑賤之憂患甚於貴富，人孰不避憂而趨樂？ 是人臣之利也，非國家之利也。然有公忠體國之大臣，則亦不利乎此矣。

録自柏梘山房全集・文集卷一。

【校】

〔一〕非財： 續類纂本、音注本作『財力』。

〔二〕有： 續類纂本作『卒』。

〔三〕人有句： 續類纂本、音注本作『人有仕宦十年而不遷調者』。

〔四〕交： 續類纂本、音注本作『友』。

論語說丙午

昔曾皙言浴沂舞雩詠歸之志，爲夫子所嘆與。自常情觀之，固曠達之士所能也。聖人乃深契之者，何哉？ 曰： 此賢者學道之所得，而聖人之觀人於微者，乃正在乎此也。昔齊景公登牛山而泣，爲晏子笑。景公固庸愚者耳，漢文及武帝皆不世出之主。文帝登霸陵悽慘悲懷，念及於北山石槨；武帝横汾作歌，其詞亦始樂而終悲者，何哉？氣不足以持之也。然此猶富貴而帝王者也。阮籍固曠達之士，遊至徑路所窮，輒痛哭而返。莊子亦曰：山林歟？皋壤歟？使我欣欣然而樂歟？樂未畢也，哀又繼之。

人固有視富貴如脱屣，死生如旦暮。至於俯仰陳迹，流連光景之代謝，事無與已而悲從中來，不能自己於登臨遊覽之際者，是何也？得喪之見，能自制於意之所重，而不能不忽於意之所輕。苟呈露於意之所輕，其所重者，固萌芽而未嘗去。然則如莊子者，猶未能平其心者也。今如點之所言，游而樂焉，樂而歸焉，歸且詠而不失其樂焉。浩浩然無所戀於其始也，熙熙然無所歉於其終也，是豈可以強爲之哉！其於死生富貴，不足以動其中也久矣。是故其心平而其氣充。其氣充，故凡物之去來消長，不足以盛衰吾氣。此則賢人學道之所得，非曠達所能幾，而聖人所以深許之者歟？

吾觀莊子書十餘萬言，大旨欲薄富貴、齊死生。而聖人之道則異是：義重而重，義輕而輕。其不苟於萬鍾千駟也，視之與簞食豆羹無異也；其不苟於金革白刃也，視之與揖讓周旋無異也。而務爲達者，乃始矯而輕之。夫矯而輕之，其意則固重之矣。吾故曰：如莊子者，未能平其心者也。

録自柏梘山房全集·文集卷一。

上方尚書書癸酉

竊念國家熾昌熙洽，無雞鳴狗吠之警一百七十年。於今東西南北方制十餘萬里，手足動静，視中國頭目大小省督撫開府持節之吏，畏懼凜凜。殿陛若咫尺，其符檄下，所屬吏遞相役使，書吏一紙，揉制若子孫，非從中覆者，雖小吏毫髮事無所奉行。事權之一，綱紀之肅，推校往古，無有倫比。而曹州、長垣諸賊，敢以狐鼠嘯聚，潛行突發，輕輕入重地，驚犯闕廷，賴雷雨助威，臣士協力，兩日一夜，斬殺痛斷。天子爲之震悼，下哀痛之詔，公卿恐懼，有識之士莫不悽慘傷懷，奮臂欲起者。而餘賊猶盤桓窟穴，屠殺守宰，抗拒大軍之兵仗，此特萬死出一生之計。豈果能竄據一郡縣，遷延歲月，爲肘腋患哉？然賊雖冥頑，必有恃而敢動。方今官吏皆習故態，雖小利害至微淺輒袖手，委重律令，不一任勞怨爲天下先，此豪傑志士所以束手而無奇，奸人所樂窺而無憚者也。

今明公奉天子詔往破賊，金鼓一動，畢授天討，無足慮者。然愚以爲，要在破崖岸，用望外之賞罰，一切以盡人才爲先，鼓衆心爲本。誠如是，推之天下可也，況區區之寇！然非明公，其誰行之？亦誰爲言之者？冬深益寒，伏祈自愛，以壯三軍之心。

某頓首謹上。

録自柏梘山房全集·文集卷二。

復陳伯游書 丙子

某頓首伯游足下：

屢承惠書，識愈高而辭愈下。若不以某爲無，似欲與深言文章之事者，皇然爲愧。某少喜駢體之文，近始覺班、馬、韓、柳之文爲可貴。蓋駢體之文如俳優登場，非絲竹金鼓佐之，則手足無措。其周旋揖讓，非無可觀，然以之酬接，則非人情也。

前歲客揚州，爲人校唐文，皆非某所好者，然無如何。去歲三月，婦病篤，乃束裝而歸，永逝之哀不能自抑。所遺兒子才四歲，家人取麻衣著之，駭哭，以爲異物。每淚落不能諦視，若夢若覺，忽已一載。今歲元旦爲爆竹聲驚起，推枕坐嘆，已是三十一歲人矣。神智已覺不似昔時。見年少於吾者，如富人亡財者代他人惜金，終不得復入手，誠可嘆也！嘗觀魏叔子、汪鈍翁文，頗不快意，然視彼之甘苦，萬不逮一。每度量彼己，顧瞻日月，則心沸面熱，恐於此事竟無所就。

今年館於城外，徒一人，方八歲，主人又意憐之，館中都無一事。又去堂内俱遠，無賓客兒童雞犬之溷，作伴一小童多睡甚熟。每夜取古人佳文縱聲讀之，一無所忌，結約之氣，畧爲一伸。嘗謂求富貴而無命者，布衣則終布衣耳。學之成不成亦有命焉，然終勝於不學之人。足下以爲誠然乎？不吝著作，時有以教之，則幸甚！

録自柏梘山房全集·文集卷二。

復姚春木書丙子

春木足下：

別後思念無已。前所須先文穆公奏議行狀，并先伯祖文集一通，今皆以往奉上，收到後望即以札相聞。

足下閉門著述，於故老名儒之嘉言懿行，收拾排比，懼其湮沒，乃史之支與流裔。此某所欲從事而不可得者，今乃爲足下所先，其爲欣羡奚似！賢者不有得於今，必取傳於後。其傳之遠近，則視乎所託之尊卑，而託之至尊者，莫如經史。然説經者，自周以來，更歷二三千歲，其考證性命之學，類不能別出漢唐宋儒者之外，率皆予奪前人，迭爲奴主，繳繞其異，引伸其同，屈世就人，越今即古，多言於易辨，抵巇於小疵。其疏引鴻博，動搖人心，使學者日靡刃於離析破碎之域，而忘其爲興亡治亂之要最、尊主庇民之成法也，豈不悖哉！惟史之作，其載於書者，非言行之得失，即政治之是非，其精微者易知，而其詳明者無不可法戒也。故託之尊而傳之遠者，莫如史宜。然傳之遠，則其功罪於後世也亦滋甚，非明且公者莫能爲也。

夫史之是非，其失有二。以立言者之有顯有晦，視其同顯晦之人而分左右焉，故或謗其上，或誣其下。而謗者之言又疑於直也，故易於惑君子。然久而知其爲謗焉，反不足以懲小人，何也？彼幸夫言之罪我者，後人以其言爲謗我而疑之也，故言不可易也。今足下淡於嗜欲榮利，無忮求之心，無軒輊之見，蓋得其公則無不明者，況足下之明乎！

秋涼時可一晤否？率復，不具。

録自柏梘山房全集·文集卷二。

復陳石士先生札辛巳

連日未謁，伏惟起居安吉爲頌。示文一篇讀過，今繳上。所言某君集，舊曾見之，其駢體莊雅可誦，所言樂律諸事，曾亮不解，此無以定其是非。大畧觀之，固多聞之士也。獨其議論敗理道，好詆毁儒先，片言隻字之訛，穿鑿詆欺，文致大惡，駭動後學，不顧所安。傳謂：『小人無忌憚。』荀卿所斥爲『陋儒蒐容』者也。士陋於俗學久矣，有嶢然而出其類者，謂：士之大患在空疏，吾反是，則天下之能事盡此而已；背理傷道，吾之小疵也。嘗以爲士之不學，猶婦之失行者。有庸奴其夫者曰：『孰若吾不失行，則若此可也。』其鄰婦必聞而笑之。今之學人大都以不失行爲奇節，又不獨某君矣。

輒此奉覆，不足爲外人道。餘不宣。

録自柏梘山房全集·文集卷二。

上汪尚書書 癸未

門下士梅曾亮再拜上書於宫保尚書執事：

曾亮自少好觀古人之文詞及書契以來治亂要最之歸，立法取舍之辨〔一〕，以爲士之生於世者，不可苟然而生。上之，則佐天子，宰制萬物，役使群動；次之，則如漢董仲舒、唐之昌黎、宋之歐陽，以昌明道術辨析是非治亂爲己任。其待時而行者，蓋難幾矣；其不待時而可言者，雖不能逮，而竊有斯志。今曾亮又甘伏草野，屏閑處，雖有陳説，媮得避嫌之便，故敢一竭其拳拳之愚。

今天下任封疆爲賢大吏者，肩相望也；爲州縣賢有司，亦不乏人也。然聖人立法，不恃人之自然而然，在吾法有以助其不得不然。夫天下事取辦於督撫，督撫之事取辦於州縣。州縣於天下居何官也？而今爲州縣者，皆苦無權。夫州縣非無權也，擅桎梏人之刑敲樸之，罰中人之産一日破之有餘力。鄉民見胥吏如遇怪物，震懾而卻足。如此而曰無權者，何也？今天下之州縣一千數百，民事利病修廢之所宜，竭官吏之聰明才力以求之，而未必盡舉也。然且蕩蕩然若無所事，非不欲事事也。雖事之萬全無害，而苟其倡議行之，則文書之上簿者有六七級之上官以臨其上，即有六七級之胥吏以撓其下，此合彼牾，往返曠日，迫切成過誤，功不收而罪集。凡此者，所以鉗制不法之吏，使不得妄有爲作以困苦百姓，不可謂不至也。然有萬不可已之事，足以有爲之才而逆阻於文書階級之煩擾，以自敗其意，聽其破壞於冥冥中者，蓋什八九矣。是其權足以擾良善，而不足以懲姦邪；可以爲弊，而不可以見功。故曰無權也。

而令外縣者，又率經首縣或衝要，乃得遷秩。而一日之内，以六時事上官賓客之過境，風不得避塵土，雨不得避泥塗，瑣不得避水槳，困不得避飢渴，終日竭蹶，耗精亡神之太半。勤苦如此，然及百姓者無一事。夫上官賓客，固與我比肩而事主者也，又嘗與我策名而同進者矣，而今乃若是。亢厲守高者固有所激而不爲，其爲之者，將無以責其不肖，何則？卑尊之禮有定制矣，饋遺供張又有明禁矣。自夫人以盡禮，不足以爲恭，而從而加甚焉，又習於久而安也，則反以盡禮者爲傲，而忘其初，是固州縣罪也。然所以冒不是而爲之者，何也？由州縣而府，猶屬吏也；由府而司道，猶屬吏也。由州縣而至司道者，不過千百之十一，其槁項黃馘而老死於風塵之下者，乃至不可勝數。且夫供張之不辦，饋遺之不供，禮數之不密，上不明責之，下也而他罪中之，州縣不能辨也。夫越禮者一人焉，不見黜，則守禮者已懼而變節矣，而喜怒又從而風示之，且倒置之。彼大吏者，知其不能越我而他進，故劫以不能言之威。爲州縣者則曰：吾有達於上也難矣，吾苟免焉，志溫飽而已。夫人已艱於進取之路，而自外於清流矣，而必曰無變志焉者。士之自處者固宜有是，而非國家之所以磨厲人材也。故曰無以責其不肖者，此也。然則如之何而可也？其法莫若使爲州縣者，課最而入之爲御史，如國初之制。夫御史，雄職也，而患其言不合事情，使之經歷州縣，則更事多而少窒礙；州縣，外吏也，彼知得入爲京職而不限於資格也，則精神生而大吏不得以相困。故其時如陸清獻、郭華野輩，皆由此選爲時名臣。

今天下乂安，憲章完具，生民以來未有如盛世之隆者也。而萬世之後可慮者，惟姦民。夫博弈飲酒，暴橫里巷，謂之豪民。豪民易治也。造作異端，潛惑愚眾，其平居恂恂，無間於官吏，而其志乃敢豪民之所不敢，若是者，謂之姦民。姦民難知也。爲之大吏者，其位尊，其地隔，其無由知也，固宜。可以知之者，獨州縣耳。然又以權之不存，與志之不在是也，亦相率而不知。故州縣之職不重，則姦民不可消也。而重州縣，莫若中外互用，以破其闒冗不自奮之心。

曾亮自出門下接見顏色，竊以爲忠清亮節有古大臣之學者，莫如明公。然則立殿陛之上，與聖天子相都俞吁咈者，非明公其誰與歸！故敢略陳其愚，惟執事之採擇焉。

録自柏梘山房全集・文集卷二。

【校】

〔一〕辦：光緒本作『辨』。

與容瀾止書 甲申

瀾止世兄閣下：

馬韋伯歸，知閣下恩錫頻繁，加授卿秩，幸甚慰甚！曾亮於壬午十月抵里，事多不如意者，兩老人傷於哀樂，又不欲長子遠離，遂以癸未正月告病繳照。念閣下終日侍立三殿，與天顔相咫尺，跧伏里巷者，不當以形迹自邇。然竊見奇俠之氣得於天性，雖處勳門而胸中昂藏磊落，如登高望遠，別有瞻矚，非隨世俗爲輕重者，故不敢默默自疎。

曾亮年十三四學執筆爲詩文，見時賢集多快語無忌憚，大以爲佳。二十餘，見吴縣王惠川云：『君博覽而不循其本，未終卷已易他書，不足以爲學也。讀書當先其古者，專治一書，熟其神情詞氣，再易他書，數年後視近人當何如耳？』其時聞若言，面赤汗沾衣也。稍取史記點定兩三次，繼以漢書及先秦子書，漸及諸史，數年前所嘆賞者，漸化去無顧藉心。嘗除夕閲舊作，詩文不可存者，裂下燃爐中，下布栗子數十，且燃且閲，遂盡無一紙存者。時栗子則大熟矣，作爆竹聲，驚起觸人面。是後人皆戒子弟，以無交梅、管兩生，兩生多誤人。管生乃異之也。生平不留意者，俗書及時文，卒以此受詬，然於俗言終不大信賞也。渠謂之時人者，亦不皆得耳。國朝如閻百詩、胡朏明輩，豈在科第？今冒得之，已愧昔人，進取之事，固已置之望外。惟家世貧薄，當有時仰面向人，此其酷耳。薄俗重衣冠、談聲利，見其人進取有限，又不好諸少年戲，所在皆貌莊而情疎，以此自識退避，時閉門，性不能默默，有所言語付之紙筆，強名之曰『著書』，妄以此敵世人輕重，當重見笑也。

入都以來，以文字蒙辱知愛，不同尋常。稍具近狀，亦使閣下知其人故態猶在，未得執手板作庭參。吮墨雜書，不復自擇，鑒恕爲荷！

録自柏梘山房全集・文集卷二。

與李申耆書 甲申

申耆先生閣下：

曾亮初應鄉試，聞是科舉首爲先生，其時已私識名姓，然未敢以定賢者之淺深。後聞以散館改令鳳臺，文武具宜，鋤豪碎姦，政聲遠聞，始悚然知有政事之學、遠到之慮。非夫通括帖習大小經，汶汶於一得，絕無餘事者也。然以夙所聞志行風采，及爲令所施設，竊以決不久當即歸，而先生竟棄官歸。恒以自矜於人，謂稍能測賢者心迹。後入都，與張大令琦、魏孝廉源、黄秀才洵日相見，益悉近狀：自放山水，以著述爲娱樂，宏獎末學，孳孳樂善。幸甚！

今俗尚靡靡，以科舉外不當復有他書，陳引古義便指爲破壞人子弟功名，鄉習戶玩，牢不可破其說。若先達之士以身示準則，不以成敗置論，使知利達有命，不在專長，庶乎後生有可從信。今日多一讀書稽古之子弟，即異日多一讀書稽古之公卿，其爲功孰與作吏多？先生今日殆其人也。

每欲一奉光儀，接言論，道遠不獲。夫以十餘年知相慕悦之人，又得交其人之友，而相隔數百里，長抱此獨知之誠，不使其人知後進中有未見而久知我者一人焉之名氏，亦狷者之陋也。輒不自揆，而以書自通焉，并附文一篇以爲異日之贄。惟恕其冒昧而裁止之。

録自柏梘山房全集·文集卷二。

覆上汪尚書書 乙酉

前由陳中書所遞至賜書，伏讀數過。鴻章鉅字，光輝薄星辰，聲氣諧韶、濩，如高山深谷，猝然臨前，鮮不變色卻步，而蜿蟬迤邐，千里始盡，不測其氣脈之所終。非明公盛德鴻才，達於政治之體要，孰能言之？非謙尊下士，不間於勢分之遠邇，孰肯爲言之？然則推公之心，其有以卑位自嫌而不敢自進其說者，固宜得棄絕之罪於大君子，而未離乎卑陋之見者也。

夫君子在上位受言爲難，在下位則立言爲難。立者非他，通時合變，不隨俗爲陳言者是已。昔蘇文忠說仁宗，以有爲諫神宗之興事，非更變多而鋭氣消也，所值之時異也。賈生一見文帝，而勸以削藩國、係匈奴，知文帝所謙讓者在此也。故欲救其弊而扶其偏，使其雖從吾言必不至過而爲患。不然，則誼者亦晁錯、王恢矣。豈惟賈生？書之戒成王曰：『其克詰爾戎兵，以陟禹之跡。』戒康王曰：『張皇六師，無壞我高祖寡命。』使遇秦皇、漢武之君，則斯言豈不爲禍？夫言之非其人而爲禍者，得其人即能爲福。若僞尚書則不然。其時自唐虞至夏殷周之久也，其君自堯舜至太甲之不類也，而其詞茫茫昧昧，惟取寬綽而無疵者，塗附增加，如出一口，雖舉其篇而互易之可也。如是之言，即言非其人而不爲禍，然未可謂之爲知言也。漢哀帝底劇鼎臣守相有罪，交臂就死，而息夫躬方勸以立威刑。元帝慈愛，恭儉非所難也，失在於不斷不明。而貢禹所陳，皆諱所難而責所易，人皆知息夫躬之爲佞也，而豈知禹之佞甚於躬哉？

夫言有託於經而甚尊，出於口而無弊，予人主以易緣飾之事，可受之名，而實無益於人國者。固君子所宜深察而明辨之者也。曾亮嘗持此說以觀古人，已有所作亦推此意。惑於自信，謬於自知，深恐不應經義違師法，非大君子中正之道。輒取近作論事二篇，錄呈左右，惟明公不惜教誨而深裁之〔一〕。

録自柏梘山房全集・文集卷二。

【校】

〔一〕深裁之：音注本作『深裁核之』。

上鄧嶰筠先生啟庚寅

蒙賜手書並書院束脩，已祇領訖。謝起事宣城已專人來告，自此當無後憂。感激之私，豈有涯量。異之書已遞去，聞尚未能出門，小病今始愈也。

昨過友人所，有合肥徐漢蒼字壽伯，陸祁生丈之門人，方植之友也，貌莊而色憂，云欲得陶宮保書求公薦館，而天使方在城，進見無時。天寒旅寓無資斧，老親倚閭，不知所爲計。曾亮聞之惻然。因思他人則不敢知，若年丈則以古君子愛士之心爲心，不稍置輕重於懷抱者，苟其才有可取，布衣書與宮保之書一也。即毅然自任，以書爲先容，壽伯欣然收刺束裝，即日告行期。曾亮雖中悔其冒昧，勢不可已。惟壽伯詩已曾見之，才氣甚清，音節亦能合於古。其人樸雅，亦佳士也，似不與尋常投詩卷爲游客者同科。輒屬進其所業，退食之暇，一流覽之，亦以知曾亮不謾言於長者前也。

録自柏梘山房全集・文集卷二。

與姚柏山書 辛卯

前得手書論文事，快慰幸甚！文章至極之境，非可驟喻，以言有用，則論事者爲要耳。宋人文明健酣適，然時失之冗。戰國策士文，可謂雄矣，然抑揚太甚有矜氣，令人生不信心。簡而明、多而不令人厭生者，惟漢人耳。苟得其意，而爲宋人之文從字順，論事之道莫善於是矣。

屬作文尚未得就，連日卒卒固少暇也。鄉里中當行之事，力避之則義不可，稍涉之未有終始如意者。往歲脩建貢院，江甯俞太守以董事見商，告以汪度、陳克寬、朱性堂，後三人在工一年，實能督理工匠，綜覈錢銀，估定物直，且終始不避勞怨。今聞畢工，當奏請議敘。陳以現任教職歸入委員，朱以知縣告病無事獎勵，獨生員汪度以董事未捐銀三百兩，不得議敘。而所謂議敘，獨委員始得之。當事者皆曰：『此例也。』夫以生員而代辦官工，亦不可謂不破例矣。辦工之時，則以委員爲不可信而破例用之；酬勞之時，又以生員爲不應得而循例除之。雖受者不以爲損益，而旁觀者不能無嗛然。事雖微，舉措亦可惜也。中丞處不別致書，閣下必深識此意。石甫當相見已老蒼矣，可嘆！

曾亮頓首！

録自柏梘山房全集・文集卷二。

復鄒松友書 甲午

承惠書，詞氣激揚，若以曾亮言有深相發者。前書迫期日，殊草草。今閣下云爾，非誘掖之而使其多言乎？行役諸詩，清淳樸質，德人之音，然和平中亦具哀怨。閣下清才遠志，性好文章，今以簿書擾擾，妨其所好，宜其氣結而不揚也。

夫文章之事，不好之則已，好之則必近於古而求其工。不如是，則古文詞與括帖異者，特其名耳，又果足樂乎？否也。今雖居文學之職，其用心習技必以古爲師，是習鐘鼎文以書試卷，必不售矣。居是職而不稱其職，不可也。稱其職矣，則所爲者又能合乎古而有樂乎心耶？不足以樂乎心，則所爲之妨於吾所樂者，文章之敗人意，與簿書一也。君子疾沒世而名不稱，智士無思慮之變則不樂。上者立功業，其次垂文章於將來。有自見於沒世之心，則不必當吾世而盡如吾意也。而文士失職者，每疑造物豐其才而嗇其遇。使其遇果豐焉，則亦喑口噤舌沒世而已，顧安所得材！彼席履豐厚者，苟其困焉，未必無言語文字驚駭世俗者也。

生斯人而使自見其材，命也；生斯人而不使見其材，亦命也。兩途者，必一出於是焉。以天下千萬人之多，而惟二途之所從出，出乎彼則入乎此矣。又安得以途之亨者爲常，困者爲變，而怏怏於其間哉？重厚意且爲其多憂，故書所見以質，其以爲然乎？否乎？

録自柏梘山房全集・文集卷二。

上某公書 辛丑

久未肅啟，歉然於中。伏計盛暑就道，明公高識遠度，必能坦然。惟順時節宣，加意衛攝爲重。天之成就偉人，各有意度。如陸敬輿、李伯紀諸公，其困苦寃抑，百倍於閭巷之小民，而天不爲悔，以爲成其名而增重以天下後世之望者，與郭令公、裴司空之功成名立無以異也。太史公曰：『人能宏道，無如命何。』此猶有競心焉。若淮南子之言，則進乎是矣：『其操之也若發機，其縱之也若委衣。』此則命無如人何耳。不能默默進其厭飫者爲愧。伏惟亮察，不宣。

録自柏梘山房全集・文集卷二。

與陸立夫書 辛丑

前接手示，言堅壁清野計，甚善。國初姚啟聖以海賊善用砲，乃退海二十里守之，此良法也。今賊所長者砲，吾亦用砲，以短攻長，必敗之道。歷揣廣東、福建及浙省失事情勢，皆由我兵不知部分，屯聚一方，而彼船高大，用千里眼視我兵厚處開砲擊人。我衆既奔，彼始湧上。萬無兩軍相接，彼能開砲之理。若用砲於兩軍相接之時，則彼衆先盡，此理之必然者也。

然則制砲之法，莫如致敵而接戰。致敵接戰，莫如於賊登陸之處。去海十餘里，多掘深溝。溝以內縱横各一丈，深五尺，足容十人；以溝內之土，加於溝上向敵之方，形如半墳；溝左右稍陂陀之，令士易登上；溝以外相去縱横亦一丈，便於出入刺擊。彼見我兵去海遠，又溝土蔽砲，砲無所施，必將登陸。待其近溝，始與接戰。彼空行二十里，鋭氣已衰，我兵又無火器之患，彼衰我壯，然後勝負可得而言也。又，敵來之方，近溝百步，多掘小坎，深廣尺餘，內用枯枝或短木支撐蘆席，上蓋浮土，以惑敵人。一賊失足，百人皆驚。我軍以整攻亂，勝之必矣。

閣下精敏誠篤，又親得按臨形勢，變通行之，必有成效。若的然可行，或告知凡有海防之處，皆可通行。此雖若瑣瑣，較之築臺用砲、以短攻長者，相去萬萬矣。某啟。

録自柏梘山房全集·文集卷二。

上某公書 辛丑

天下至奇之病，能者治之，不過平易之藥。非無奇也，當其病，則所謂平易者皆奇藥也。

今浙東之事，可謂奇病矣。夷賊於十餘日間入陸地深二百里。此非夷人習水者所能也，其地形又非火器之利也，直漢姦導附之耳。今宜明降諭旨，曲赦漢姦：凡來歸誠，概不復罪；漢姦能斬一漢姦降者，賞銀若干；能斬一夷人降者，賞官幾品。此雖若空言不切之務，然破散姦黨之機，實在於此。雖未必立即投誠，然足以生夷人內顧之慮。姦夷相猜，則形勢消阻，蹤迹破露，攻守之計乃有可施。所謂以至常之藥治至奇之病者，此也。不然，則夷人必以前經諭旨有漢姦定罪不赦之言，藉以爲恫喝把持之計，使姦民絕自新之望，堅反噬之謀，是阻民心而崇賊黨也，江浙之病未有艾矣。

答朱丹木書丁未

吳紅生寓中一别，遂不獲攀送。既喜閣下遷擢，又以相去益遠爲望。今稍近矣，未及馳一書爲賀，猥先賜存問及薪米之費，以爲可進於古，使得并心力於所業。慚荷慚荷！

曾亮之文，直以無所事事，聊自娱悦，銷暇日耳，以古人期之，非所望也。惟竊以爲文章之事，莫大乎因時。立吾言於此，雖其事之至微，物之甚小，而一時朝野之風俗好尚，皆可因吾言而見之。使爲文於唐貞元、元和時，讀者不知爲貞元、元和人，不可也；爲文於宋嘉祐、元祐時，讀者不知爲嘉祐、元祐人，不可也。韓子曰『惟陳言之務去』，豈獨其詞之不可襲哉！夫古今之理勢，固有大同者矣。其爲運會所移，人事所推演而變異日新者，不可窮極也。執古今之同而概其異，雖於詞無所假者，其言亦已陳矣。

閣下前任劇邑，治悍民，不尚黄老。今官督糧道，乃尚黄老，此持權合變者也。文之隨時而變者，亦如是耳。

附文數篇呈閲，勿以已刊刻而恕其疵累焉。幸甚！

録自柏梘山房全集文集卷二。

與朱伯韓書丁未

昨聞家人言當即歸里，爲之悵然。前送小坡敍言殆驗耶？自愚言之，歸可也，不歸亦可也。誠欲歸也，古人當仕宦炙手之時，尚有急流勇退者，况乎進之士，何不可歸？若曰義不可不歸，則賡堂之歸，因父憂遂不即來；頌南之歸，因左降無缺。今閣下情事皆異於此，故曰不歸亦可也。且古人致仕而去者，隱則隱，耕則耕。而自漢以後，能行此者難矣！誠使閉門掃軌無待於世，居京師固不如家居之爲得也。然此惟閣下能自得之，非他人所能與矣。蜀莊沈冥，而東方生、揚子雲亦非嗜禄利者，而其趍不同，彼其意固各有在。士之成名於後世者，亦自審其所能處者而已。

録自柏梘山房全集·文集卷二。

答王鵬雲書丁未

接奉來教，猥荷存問。惟稱譽過當，受者忸怩，非所望於二十年以長者也。先生爲壯縣十餘年矣，一旦解組歸，清風肅然。常人之情當不能自釋，然故鄉人來者，皆言步履輕矯，過訪老友可徒步往來，高談抵掌，如前二十年在家所見。此真造物與閒，仍與健者，較之罷宦餘財而老僊兀兀如木人者，彼當羡先生耳，此不當羡彼也。

曾亮居京師二十年，靜觀人事，於消息之理稍有所悟，久無復進取之志，雖强名官，直一逆旅客耳。每自思念，即以此當教官作何不可過？遂心中都無一事，每夜到枕即睡，每飯三碗可，不須魚肉，見者誤以爲能自優渥，不知乃全得力於惰窳無恥，可一笑也。官事既嬾於趍走，又不能無事靜坐，聊藉筆墨以消其無賴之歲月。而人乃謬以言語文字相屬，每一掘〔一〕筆，輒恥於不如古人，又不肯爲今人，二者交戰終歲中，惟是爲大苦，可爲無其實而竊其名者之戒。先生又以傳聞之言而過情稱之，愈滋愧矣。四五年來不復作壽文，若尊壽之序則萬不欲辭，以此中不須浮語虛詞耳。所示之事，當即致書，不敢忽。

錄自柏梘山房全集·文集卷二。

【校】

〔一〕掘：應作「握」。

覆劉楚楨書戊申

閣下之文，淵雅翔實，而詩則清遠華妙。文人有一長者，或好用長於不宜用之地，則見短矣。能者兼之，是爲難也。生平視袁盎不直一錢，得所示論乃大快。其作直惟是巧耳，而巧亦不足自全，涉世者可以爲戒。竇嬰亦有何賢，以爭景帝傳之弟一言耳。此於太后爲直，於景帝爲巧，景帝豈能真傳弟者哉？有附正論以折之者，固帝所樂聞也。而晁錯之死於袁盎，則嬰實導之，其見枉於武安，亦天道也歟？因袁盎事，聊復及之。

錄自柏梘山房全集·文集卷二。

答吳子敘[一]書 戊申

子敘同年閣下：

兩得手書並詩文，承起居安吉，於荒漠阻絕之區，能以學術文藝自娛，此之失未必不爲得，要亦非姿力強定者不能也。

曾亮因家眷送女南回，經營同伴者，山東行旅多梗，今到家未來消息，心常懸懸。欲使澄息思慮，細研玩文字，尚未能也。然來詩文亦展讀數過，向於性理微妙，未嘗窺涉，稍知者獨文字耳。昔孔氏之門，有善言德行，有善爲說詞者，此自古大賢不能兼矣。謂言語之無事乎德行，不可也。然必以善言德行者，乃得爲言語，亦未可也。莊周、列禦寇及戰國策士，於德行何如？然豈可謂文詞之不工哉！若宋明人所著語錄，固非可以文詞論於德行，亦未爲善言者也。昨所示文，其理之當否，無能折衷。若以文論，則閣下之意固不在文，而欲以理勝者也。竊以爲讀古人書，求其爲吾益者而已；求其疵而辨勝之，無當也；專求其疵，則可爲吾益者寡矣。方其得一說焉，皆自以爲維世道、防人心也。然人心世道久存而不毀者，自有在焉。雖朱陸之是非，良知格物之同異，猶未足爲其輕重也。況所辨有下於此者，或前人所已辨而不必置辨者，愈少味矣。疏惰之性，自適其適，故所見如是。

所示詩清樸以意勝。近作一首，並往呈覽，當覺其詞費耳。塞外寒，珍攝爲慰！

錄自柏梘山房全集・文集卷二。

【校】

[一]吳子敘：音注本、八大家本作「吳子序」。

與孫芝房書 辛亥

芝房大兄閣下：

前接手書，并惠寄衣物，感荷感荷！尊意欲變駢體爲古文，而來書詞旨明健，已絕去六朝媕婀之習，此天姿高勝處，坐進於古人不難。

夫古文與他體異者，以首尾氣不可斷耳。有二首尾焉，則斷矣。退之謂六朝文雜亂無章，人以爲過論。夫上衣下裳，相成而不複也，故成章。若衣上加衣，裳下有裳，此所謂無章矣。其能成章者，一氣者也。欲得其氣，必求之於古人，周秦漢及唐宋人文，其佳者皆成誦乃可。夫觀書者用目之一官而已，誦之而入於耳，益一官矣。且出於口，成於聲，而暢於氣。夫氣者，吾身之至精者也。以吾身之至精，御古人之至精，是故渾合而無有間也。國朝人文，其佳者固有得於是矣。誦之而成聲，言之而成文，而空疎寡情實者，蓋亦有焉。則聞見少而蓄理不富也。故詩之道，性近者皆能工之。古文而成體，非博學心知其意者不能。此皆閣下之所能自得者也。

自出都來，勝友日遠，舊學益荒廢，無以稱見問之意。然有知焉，不敢不以告也。文一首，詩數十首，在邵位西處，取閱之可得近狀，慰垂念之意。

録自柏梘山房全集・文集卷二。

贈陳仰韓序戊寅

有屋十數楹，當市聲車馬之所不至，可以樂琴書奉倫黨；奴婢人各一應門、灑掃之職，不至於躬親；有上農之口，而粢盛饘粥之費，無所求於世，亦不爲世所歆羨；無禽犢饋獻往來冠帶之瑣瑣；水陸行不出數百里外，非有奔走期會販鬻之勞瘁迫之使然。此其樂，千百人内往往有之，非世所指名者也。若夫有是樂，而得以其暇討論得失，作爲文章，嘯歌古人，則其樂又有大者焉。然文章之士，常出於饑寒愁苦，而有是樂者，或敝心力於錙銖囊篋而不自知。然則樂非難也，有而知其樂者，固天之所吝哉？

余於文章之士得交者三人：曰管君異之，曰吴縣王惠川，桐城方植之。方余之初交於三君也，皆心壯志盛，視窮愁不爲蒂芥。及年加增而境益困，往往中酒悲嘆，而余亦自悼其志之紛而學之無成也。最後乃得交陳君仰韓。君家故素封，後中落，然無求於世，而一以學問文章爲事。善議論，踔厲慷慨。所謂有是樂而能知其樂者，交游中獨於仰韓見之而已。嗚乎！惠川以貧故客豫章，死矣；管君及余落落無所適；植之亦流宕不能歸。而君方偃仰一室，馳騁乎翰墨之娛。嗚乎，豈易得者哉！豈易得者哉！

録自柏梘山房全集・文集卷三。

贈汪平甫敘 壬午

壬午秋，與平甫同寓京師，相樂也。已而將別，平甫曰：『君行矣，強爲我一言。子若言，則吾先言所志者而質之子，其可乎？蓋吾自束髮以至今，吾之志凡三變，而未始有極也。吾少爲科舉之文，見夫鴻生鉅公出語驕人，以爲文章者契券也，功名者有途路者也，昧是則不足稱時人矣。勞吾精，敝吾神，以從事焉。凡書之博大奧衍，閭里師所不蓄者，見之而若驚，拾焉而若浼，懼其勞吾神而敗吾志也。而又見夫循此者得，不循此而亦得，或循此而未必得，吾之心疑焉。然而歲月遷於上，而毛髮變於下，如是者已七八年。此吾之一變也。謏聞以爲高，弔詭以爲狂，亦嘗聞其風而慕之。不該不徧之單文碎義，獵取以爲夸，而書之大體者不知也。以爲讀書者怡吾神、適吾性而已。不知而不問，是縣解也；戾古而自作，是圓機也。不必勞身苦心，以索解於不可作之古人。華筵當歌，駊騀其形，飄飄乎若神厲九霄，而糞壤千古也。謂文章之能事譁眾而已，樸學者不足稱，而循本者大無謂也。然持吾之所能爲，以較夫世之工者，余無甚忝焉。而古人名聲若日月者，或弇陋而無華，詒於口而不可誦也。吾始而疑，繼而懼，疑夫古人之或余欺，而懼余大惑之終不解也。此又余之將變者機也。然而歲月遷於上，而毛髮變於下，如是者亦六七年。若夫包羅百氏，旁通九流，成一家之書，綜萬物之情，吾今知貴焉，而未敢有志也。嗟夫！吾之志凡三變，而吾之壯時則既逝，而今所志者，茫乎其無津涯而無所向也。不亦大可悲夫！』

曾亮聞其言而驚焉，且有所懼焉，何其言之有似於我也！吾不能自言者，而平甫言之。吾且不自知其可悲也，不亦大可懼耶？雖然，吾與平甫其自是而務於實乎？自先秦兩漢之書，下到今，讀其近古者焉，不如是者，文卑。黄帝、顓頊之書，下到周，讀其近今者焉，不如是者，文僞。凡學之道，在因吾所知以求其所不知，是謂精。一以致二，雖杪必效。無畏所不知而阻其所知，在因吾之所能而求古人；無循古人之所能，而忘吾身。無達於心而畏難於手，無玩其詞而不求諸聲，無割裂首尾而資高言，無改易途轍而適異路，無小有所獲而褟於人人，無告人以不問而取憎，無畏乎時譏，無疑乎古人，無欺乎後人。吾與平甫其樂是而終吾身乎？進於是而有事業焉，是待時而成者也。進於是而有道德焉，吾不敢爲平甫限也。然平甫之所志於文者，固舍是而末由以成者乎？

録自柏梘山房全集·文集卷三。

送姚建木序 癸巳

建木豪於詩，而好劇飲。吾嘗晨詣之舟中，君尚卧，見客欲起，而兩手不隨。僕白曰：『昨醉歸耳。』時君方爲寶應教官，旋以才薦，得山東樂陵令。昔曹參爲相，日飲歌呼。蓋放其爲齊相時，人稱爲清淨合道。其時新去湯火，君臣俱欲休息無爲。今承平久，百廢當具興，欲以齊相法治之，不可得也。

今是人之善治家也，必計歲畝穀盆若干，瓜菜鼓若干，禽畜澤若干，衣食婚嫁、送往迎來，率用錢幾分去一，通一年之最，歸其餘。歲晚務閒，爲酒食，召鄉黨僚友。故財有餘於樂，而樂不傷。朝氣〔一〕攝衣，童僕駿作，播灑庭宇，清爨周落，適奥就功，百爲鱗櫛，禾程計帳，梡斷鈎鉱。一日所需，盡辰而畢，日昳乃休，宵盤永夕。故力有餘於樂，而樂不匱。其不若是，視肉褕食，謂辰已餔，家人憧憧，見燭而趨，竿牘委積，親交斷疎，千指縮蓄，一事百呼，廣宫疏鬣，厥有濡需；主人未知，暖暖姝姝；婦子歎室，高堂醉呼。夫若是，則雖有千日之酒、凌雲之篇，其不能一日樂乎心也決矣，而況於爲邑乎？建木行矣。

廉吏無歉財，勤吏無并日。昔陳軫過犀首，曰：『公何好飲也？』曰：『無事也。』夫惟無事，始可以飲酒。此惟勤者能之，彼惰者求一息之無事不可得，顧安所得飲乎？建木豪於詩而好劇飲，其治一縣如無事也，即於其能飲酒卜之。故書以爲之贈。

録自柏梘山房全集·文集卷三。

【校】

〔一〕氣：應作『起』。

送朱尚齋序甲午

朝廷設州縣以親民，而爲之上官者常六七級。獨爲郡守者，下有令以先其勞，而上又不若督撫任之鉅也。則職之易稱者，莫郡守若矣。雖然，邑之政，一令專之；郡之政，必守與令共成之。守賢矣。有一邑之瘥，則郡受其病。故守不職，人不以咎其令；令不職，人將以咎其守。而令之絀陟，又非可時得之大吏者也。則將與或賢或不肖之人共一郡之治，吾見郡守之難爲也。

尚齋先生以遷秩得守瑞州，人有以是爲慮其難者。余曰：先生昔日之賢令也，其得失利病之關於民者，見之真而行之習矣。以昔所恥爲者戒其屬，而其屬聽之，民有不安樂無事者乎？以昔所勇爲者勉其屬，而其屬聽之，事有不清和咸理者乎？民之安，事之理，邑如是而郡不治者，未之有也。是難也，未可以爲先生言也。故書以爲瑞之人賀焉。

録自柏梘山房全集·文集卷三。

送張梧崗〔一〕敘甲午

法之正，千古不易也。而用法之術，今古不同。古爲令者，百里之內，刑政自專之。經術習名法者〔二〕得自辟爲曹掾，逐捕吏兵，不待索而具，下有嗇夫、鄉老、亭長分其職，而上獨一太守仰其成。其權專，其勢便，故事易行，文易文，武易武也。然終漢之世，循吏不過數人，而多以鷹擊毛鷙爲治。此無他，威生於易行，權便於獨斷，法不足以治人，人失而法隨之，故能守法以便民者，古循吏也。後世之制，大吏多而小吏少。令下有丞尉，備員而已。而有六七級之上官，遞臨其上。士分於學，而官師不相兼；兵分於營，而文武不相屬。所指揮獨有胥吏，皆恆產世業，自爲授受，非官所得專，上下之情途，人無以異。其權分，其勢格，雖武健恣睢之人，不得顯肆其暴。此制之所爲得也。然人不足以勝法，及法敝而人亦隨之。其有能執法以安民者，則今之循吏也。然則若之何而執之？曰：今之法，固足以困賢者不得行其意矣，其藉法以行私者，固未絶於世也。然則法所能困者，吾意之苟可以止而止者也； 吾意不以苟可以止而止，法固不能吾困，而爲吾用。 執法者，亦善其術焉而已。

吾友張子梧崗，謁選得仁化邑。 將行，或告以地近南海，俗悍輕，宜克以剛者。 然循吏者循法而已。 法如是，何名爲剛哉！ 不善其術而有意於剛，又非所云能執法者矣。 昔人論書，謂結字今古不同，而執筆千古不易，法亦猶是也。 梧崗賢者而深於書，則於是必能推而合之。

録自柏梘山房全集·文集卷三。

【校】

〔一〕張梧崗： 續類纂本、八大家本作『張梧岡』，正文同。

〔二〕經術習名法者： 續類纂本、八大家本作『自古之通經術習名法者』。

送張漁篁序 乙未

承天子之命爲守土吏，有堂皇以尊其居處，有輿衛以便其出入，有吏卒以給其使令，有糈祿以養其廉恥，是亦足以正身而娛意矣。 然且爲之說曰： 古君子必有游息之物，高明之具，使之優遊平夷，常若有餘，然後理達而事成。 夫登山游霧，挑撓無極，坐茂樹而聽清泉，隱者之樂也。 喜有賞，怒有刑，功名藏府庫，而德行施後嗣，仕者之榮也。 而古人有此者，常不能兼。 自曠達之說興，而人始欲以仕者之榮兼隱者之樂。 南皮之游，金谷之酒，山簡之池，謝安之墅，浩衍之清談，標高揭勝，流風相師。 於是記述之繁，多出於亭館、山水、花木之事，叩景揣色，藻縟萬千，巧諛工詩，緣飾政經。 嗟夫！ 古之人不如是也。

成都張漁篁博學深識，文質直有古風，顧常慨然於世之爲無益之文者多也。 夫無益之文，足以滋無益之事。 若此者，可謂能知政矣。 君嘗宰清河，清河稱治。 今遷秩，出守無爲州，知者皆以爲州民賀。 是州也，於宋爲軍，故嘗有米元章拜石遺迹，好事者或樂道之。 然此亦務爲怪迂，以師曠達者，不足爲賢者稱。 故書君所志乎文者，以卜其政。

録自柏梘山房全集·文集卷三。

送陳作甫敘乙未

古文人多起家縣令中。唐宋前，進士授職，無中外分，猶不足異。至明時，文士獨高，震川亦以縣令入爲太僕丞，與昌黎、永叔、介甫諸君子，皆有政聲，不害其爲文，文益工。然則親民官非徒習政事，亦所以摩厲其文章也。

夫文有世祿之文，有豪傑之文。模山記水，敘述情事，言應爾雅，如世家貴人，珍器玩好皆中度，程應故實，此世祿之文也。開張王霸，指陳要最，前無所襲於古，而言當乎時論，不必稽於人而事覈其實，如魚鹽版築之夫，經歷險阻，致身遭時，雖居廟堂之上，匹夫匹婦之嚬笑，可得而窺也，此豪傑之文也。士當貧賤時，酬接者勢皆等夷，無利於相詐；貴者則去民遠，而利害不相及。惟令也，臨乎民而近民。相臨也，則下有必遁之情；而相近也，則上有先受之利害。雖魚鹽版築中，其操心慮患不是過也。人情固樂爲世家貴人，而不樂爲魚鹽版築也。然文章家，未有不豪傑而能成大文者。此昌黎諸君子所造爲不可及歟？

陳子作甫，爲文雄直疏宕有古風，固有志於昌黎、介甫者也。以進士令甘肅，將行，謂其友曰：『何以張我？』余則謂：『以君之才而得縣令，如唐宋諸君子，措之政以成其文，又當高涼悲壯之地，激發其志氣，天所以張子者足矣，何以人爲！』君笑曰：『有是哉？』然是言也不可以不識。』道光十五年六月，上元梅曾亮敘。

録自柏梘山房全集·文集卷三。

贈孫秋士敘乙未

爲名公子貴介弟，而無官於朝，無迹於場屋；斗室中課六七童子，十餘年主者不易姓；往來不過一二士；詩一卷，紙墨昧暗，讀者卷舌滯口而不可捨去；敝衣冠，獨行市中，斷爛古書外，不市他物；居近正陽門不二三里，目不見朝報一字，不知何者爲今日時事、達官要人。蓋古之山林枯槁之士，無過於孫先生者，而今於京師中遇之，亦異矣。

韓昌黎言：居京師八九年，不知當時何能自處。夫士至京師不可居，困矣。然困有至非京師無可居如先生者爲愈，奇耳。吾觀東方曼倩及揚子雲，皆非嗜祿利者，其居長安中，甚落拓矣，亦卒不捨去。豈古今人之遇或同與？二子在當時，雖其遭遇若此，後之好事者，或傳其書，寫放其貌，忻慕笑抃而欲從之遊。則以吾所言如先生其人者，後人好事者見之，有不欲傳其書寫放其貌而欲從之游者乎？有不忻慕笑抃而忘其爲落拓於當世者乎？太史公、班固書，屢言長安諸公貴人皆不出其名氏，以其人日異月新不勝識也。然則有名氏如二子者，落拓亦何負於人哉？

曾亮交先生十餘年，今先生年六十矣，乃述其行之似古人者以爲壽，以見壽莫壽於使後世知我爲古人也。

録自柏梘山房全集・文集卷三。

送韓珠船序丙申

國家暢威德西北，控數萬里。而東南極海所界，蕃國朝貢及市易，罔有不恭，動靜作息，視我頤指。惟英吉利以醜夷顓顓，居西海陬，芒不知中國廣大，耆利昧生死，越國萬里，踔一船環叩海疆，作〔一〕言求市，驚恐民吏。邊疆吏將以闌入邊關罪罪之，當也。天子獨察其胡賈行無遠識，含養以禽獸土芥，不以生喜怒褻我兵械，一使其言塞事阻，遷延卻退，常以無事。夫夷情之強弱馴暴，惟家南海久與爲市者習之深，苟其有利害也必先受。惟能言者不能知，能知者不能言信〔二〕於士大夫之耳。則懸隔漫度，妄生形聲，亦其宜也。

吾友韓珠船侍御，胸臆高遠，當官有聲。一旦乞假歸，定省於南海，交游之士皆祝君之壽，其親而來朝，疾也。昔合河孫文定公，嘗徒步游東南山水，數千里風俗人事、政教之所宜，履行周咨，故後所建議，深植治體。今君之歸，其道途皆文定故所游處，而習復舊貫，視昔賢較深，吾尤願其登之朝而爲天子獻也。夫風俗、人事、政教之善弊然否，是朝廷所待言於諫官者也。區區一醜夷之情狀，誠不足以設心，然知之而能言之者，莫君若矣。吾將詢於其來，以解羣惑。書以志之。

録自柏梘山房全集・文集卷三

【校】

〔一〕作：音注本作『詐』。

〔二〕信：音注本作『入』。

送周石生序丙申

爲言官於朝廷，求言如不及之時，奮白筆書盈尺之紙，爲國家陳民俗所急，及封疆郡縣吏能否得失之所宜，朝入而夕報可。所言非，則天下受其病。即所言當，而天子爲之發信臣，封密詔，官馳吏奔，往返萬餘里，自畿輔及山海下縣，惴惴然不知雷霆斧鉞之所向。其關於人心輕重如此，非出公忘私，盡掃刮同異恩怨屏置城府外，不足稱朝廷委任寄耳目之意。即出於公無私，而不能遠覽情事洞合內外，一旦投身事中，地親勢〔一〕迫，違變不得如意料，始喟然歎立言之不可易，雖賢者亦往往有是。

吾友石生，自幼同書硯，識其性情，今數十年無少變異，忠恕純白，文圓質方，不激不隨。故爲言官者今四年矣，所建白皆益事就功，不屑矜懻中傷及斷爛無情實之言，塞言責以自快。天子嘉之，特授爲蘭州道封疆之任，兆其基焉。而君夷然充然，無稍喜戚於其心。蓋昔所見之言者，今且自實之，故有深念而無夸容。而君之言事也，必度之己所能爲與能不爲，故有定心而無驚色。公之屬也，明之充也，以行政庇民，計有餘矣。

君將行，告曾亮曰：『贈，必以言。』乃書君所能於前者，以徵其後。

録自柏梘山房全集·文集卷三。

【校】

〔一〕勢：音注本作『事』。

贈林侍郎序丙申

國家歲漕東南粟以給京師，而江蘇供其半。水運道四千里，夫役、平賈、關津轉般費、運官及丁，皆取給州縣吏。吏不能給，則取贏於民田之兩稅。取贏不可以正告也，則視民之強弱，爲取之薄厚。而單戶益重困，又不幸風雨收穫之不時，官民望空，而責漕者益急，乃假貸息錢及所主守乾沒以集事。故州縣吏失足一蹉跌，沒齒不振。即不若是，歲暮漕事起，皆懷冰臥薪，惴不自保。民事一切修廢利害，孰可緩急輕重，漫不敢訾問。春氣動，糧舟畢行，始僚友相賀勞，得保符印，幸今歲無事。故漕事之病於吏治者，往往有是。惟明哲公溥、體國之重臣，深權密幾，調陰剷陽，使官不病民，漕不病官，皆優游寬舒，應務有餘，然後能勤民急公，豐財和衆，禮俗達而政教成。

中丞林公之巡撫江蘇也，時則九十月交，寶穡將薦，報災過期，而下鴻自天，漂我中田，渾渾泡泡，穀沈穗漂，田更〔一〕悼心，官吏灰氣。公乃破成例告災，請減漕數。其書深婉震動，蓋陸忠宣、蘇文忠之論事，再見於唐宋之後，是豈務盡下爲名高哉？下不可病民，上不可病官，甯權濟於一時，而不敢耗國家豐豫之氣。大臣之用心，固宜如此也。故能上動天鑒，下蘇民生，官清吏安，家老甘寢。連年以來，嘉生順成，風魚不災，貨商流馳疵厲寢伏。人知公撫吳之勤，休聲美實，洋溢羨衍，而豈知勞身焦思，獨運於衆人所不見者哉！

道光十七年春，公朝於京，禮成將歸，三吳之士大夫莫不進謁於門。某以部民後進，得望見顔色，輒宣盛德以爲覲歸之獻。上元梅曾亮謹序。

録自柏梘山房全集·文集卷三。

【校】

〔一〕更：音注本作『叟』。

送馬止齋序 丁酉

同里閈通饋問，嫁子聘婦，累數世爲姻黨。一語不合，剋時日會鬭，甥舅兄弟反眼不相識，父絶女，夫棄妻，以爲此仇，家人不可共飯食居處，集黨與兵仗，白日鬭街衢中，計死傷數相敵乃已。不則，更鬭。嘗畜養悍少年，供其酒肉敖盪，官索抵罪人，則以應。吏隱忍蓋覆其曖昧，幸以無事。苟名捕戎首，則攩挄捍拒，不可以徒手得，牒請兵吏，大府且以爲不耐，事或罷去。令閩中者率以是爲大患。

吾友馬止齋，博雅好古，其文章根柢兩漢，以循吏興教化自飭。道光十七年春，以簡發令於是邦，人皆以爲非武健莫能勝今任。君傲然曰：『此教化之事，豈武健所能效哉！』夫教化，必刑罰輔之，吏威輕，則無以成教化。古之爲循吏者，必後威，然其生殺人之權自在也。今之吏威蓋輕於古矣，恤恤乎不可不有以養之也。馭奴婢者平時無疾言，稍呵叱之，則以爲大戒。故君子之愛用其威也，如彀矢然，人不畏其破的之後，而畏其持滿未發之先，誠知其一發而不可禦也。則雖鞭樸之威，善養者可使重於刀鋸。此武健者不足與道之，止齋其可也。

録自柏梘山房全集·文集卷三。

送蔡友石先生序戊戌

道光十七年冬，太僕寺卿蔡公以太夫人年過八十，乞養歸江甯，士大夫祖餞都門外。有言於座者曰：『昔疏廣、受二子去國，道旁觀者皆曰：「賢哉！二大夫。」至昌黎送楊少尹，亦謂追配二疏。蓋漢唐兩盛事，今得公而三。』

曾亮曰：宋賢以二疏爲知機，於宣帝用法少仁恩，獨有先見，此畏而去者也。而楊巨源歸東都，留别中朝官，其詩怨，其氣抑而不昌，此困而去者也。今公遭逢盛時，無二疏之所畏，而以廉訪大吏入爲九卿，非如巨源浮沈儒官，不得志而引退者同。且未請告時，召見垂問，功最甚悉，人驚寵，冀倖後命，而遽超然以親年高乞歸養爲請。天子亦重違其誠，而褒賞嘉歎之意，流示於信臣左右。蓋色養者，人子自然之心也；而禄養者，適然之遇也。皇皇於不可必之遇，而弛其人人得自盡之心，以其親所望於子者，亦不惟其心。惟其遇也，迫於境者往往有是。而公獨不以此自便，毅然行古道，其權衡於義之輕重，而有補於倫紀及風俗者甚厚。且以未及引之年，不可限之名位，無一毫顧藉心，使世知有不愛官爵而自愛其親之士大夫，其有光於國體及士品者甚大。此二美者，一歸之於公。若楊與二疏，其境異，其情殊，皆不足以擬公。客應曰：『然。』遂以其語爲贈。

録自柏梘山房全集·文集卷三。

送翁二銘序己亥

嘗過同年翁二銘門，見所署曰：論思朝夕，眷戀庭闈。曰賢乎哉！君殆將歸養。未幾，果以太夫人年八十乞歸養爲請，得俞旨。同年生三十余人設席爲祖，各製詩以美之，屬曾亮爲之序。

昔人之詩有云：『古人一日養，不以三公換。』是言也，蓋自古而難之。中世士大夫以官爲家，雖卑秩薄禄，有不能决然去之者，况三公乎？惟新安曹文敏公，以大司農歸養，純皇帝賜藏佛於家，爲其母九十壽也，天下以爲寵。其子文正公，爲今上太平宰相者且二十年，人皆以文敏公能韜光斂福，慶貽子孫，抑其篤行有以獲天助也！今二銘以侍從超九卿，供奉内廷，持節校士於天下，筆無停書，車無停軌，其暴於世者，固足以榮其親矣。而歉不自足，乞養於委任優渥之時，其不以三公易其養之心與文敏同。蓋將邀獲恩寵備多福，一如文敏之致於其親者乎？新安多名山，而君鄉虞山兼山水之勝，板輿輕舟，日從容於湖山清淑之地，又文敏公不能爲其親一日致者。則君之歸，豈獨今朝士大夫企羡爲不可及者哉！

錄自柏梘山房全集·文集卷三。

贈汪寫園序 壬寅

無錫汪寫園先生，好古文詞之學，自韓、歐數公外，於熙甫尤深好之。夫古之爲文詞者，未有不言事功者也。至熙甫，而人始以文人歸之。觀其論倭患、水利書，亦非無意於世者，卒舍彼就此，何哉？蓋高世奇偉之士，莫不欲有所自見於世。其所欲自見者，雖不必有非常之功，必求異乎衆人之所爲以爲快。夫求異乎衆人之所爲，則非有非常之遇與破格之權，不足以行其意。苟無其遇，徒徇徇焉謹筦庫、守繩墨，與衆人同其功，其心固不能安於是也。而其才之足以他有所爲以自見於後世者，又敝於筦庫繩墨之間，而不可復振。故往往度其才之所宜，與其時之所詘，以爲兩涉而俱敗也，莫如決其一而專處之，甘心於寂寞之道而不悔。此熙甫所以甯自居於文人之畸，而不欲以功名之庸庸者自處也。

先生成進士後，以方壯之年爲京外官，皆不久棄去，遊處浙東名山水者數年，朝夕治書矻矻，與李申耆、吴仲倫諸君相期文章復古道爲事，豈用心固與人殊哉？是乃熙甫所以爲熙甫也。曾亮與先生雖未嘗相見，而其子顯仲來京師，從游甚習，故得知之深。熙甫之好，幸能同之，惟不得遍游山水之樂。今雖欲歸，償其夙昔之好事，會相忤有不可遽遂之勢，然後知早歸十數年如先生者，爲文人之全福也。

今歲壬寅秋，先生年六十矣。顯仲請爲文以壽，故述先生所以宗熙甫之意，而自以去就之不專也以爲愧。他日故鄉山水間，猶得拂巾曳屨，與先生游乎？書以誌之。

錄自柏梘山房全集·文集卷三。

贈余小坡敘〔一〕甲辰

道光元年，余初游京師，一時交游多好古博洽之士，意氣相得甚歡。後十餘年，又來京師，其人或死、或歸、或遠宦、或志趣始同而終異者有之。以十餘人之多，而雲卷波徙，遂無復有一人存者，慨然自以爲無復朋友聚處之樂矣。久之，得交陳君藝叔、朱君伯韓、吳君子敘，又因伯韓得交小坡，及馮君魯川、王君少鶴。其志趣同而不常合并者，又有人焉。要皆雄俊之士，不妄與可於人者也。

余初識小坡，其貌甚落落，久之而情益親，議論益同。其有所作，余未嘗不以爲工，而於余文所可否，未嘗不與我同其意也。蓋自六七年以來，余與數君子游處之適，文酒諷議之歡，曠乎禮而不流，肆於言而不歧，莊莊乎相推，儻然而無所隨。雖昔之意氣相得者〔二〕，其樂蓋無如今日之盛。而數君子外，增一二人焉而亦不可得。則甚矣，友之難而斯樂之不可忽也！

道光二十四年〔三〕二月，小坡以朝命由戶部郎中出守雅州，同游者甚祝其行，而又惜其去也。嗟夫！樂其留而不樂其去者，孰有甚於余者乎！又孰有甚於小坡於余者乎！然其如小坡何哉？避外而惡難，政不得試乎民，祿不得贍乎親，豈士君子之所以自處者乎？豈朋友望於所親厚者乎？又豈吾友所以自慰其親戚朋友〔四〕者乎？吾且如其行何哉？然則自今以往，諸君子皆有不能久縻於茲者，孰先去乎？孰後處乎？其終離乎？其復合乎？余其倏然於四虛之塗，而去人日遠也夫。

錄自柏梘山房全集·文集卷三。

【校】

〔一〕題：音注本、續類纂本、八大家本作『贈余小坡之任雅州序』。

〔二〕意氣相得者：續類纂本、八大家本作『意相合者』。

〔三〕道光二十四年：音注本、續類纂、八大家本作『今歲』。〔四〕親戚朋友：音注本、續類纂、八大家本作『親戚父兄』。

贈李紫藩序丙午

吾友李蓴村，昔以循吏爲朝廷所知，而其子紫藩，今亦謁選得公安令。以蓴村之遺教，而紫藩又好古而文，其於爲政必異乎流俗矣。今之行，若知其難而求益於余者，夫余固畏難而避爲令者也，其何以益子哉？雖然，畏難而不爲者，非也；以爲無難而急於有爲者，亦非也。

夫事之習於委靡窳敗也，久矣。得一有志之士矯而振之，固人所拭目而望者也。然傳不云乎：『君子安其身而後動。』又曰：『君子信而後勞其民。』身之未安，民之未信，而急於自試以立名者，未有不自沮其意者也。至自沮其意，乃廢然曰：『事之不可爲也，固如是！』是豈真不可爲哉？葆信而守虚，不福先而讓夷，與人遊於無疵。其保民也若母，其畜民也若虎，鞭其後，無迎其怒，是所以獨功而衆同之，事難而怨不府者也。夫人之不事事者，豈以是爲安哉？有議其後者矣。至爲者敗之，而世乃共安之矣。今以紫藩之自拔於流俗也，而不取有易爲之心，其不至自沮，而使不爲者藉口以自便也審矣。故書其意以贈之。

道光二十六年七月，梅曾亮敘。

録自柏梘山房全集・文集卷三。

徐柳臣五十壽序甲辰

道光二十二年冬，同年徐柳臣自安慶府知府遷迤東道，見於京師，會飲後抵掌談笑，述少小時跳盪跅弛事以爲樂。且曰：『吾志實不欲同於人人，然今竟無以異於人人，而年既五十矣！子知我者，能以言爲我贈乎？』曾亮唯唯，因問君在安徽近狀。

君曰：『吾始守潁州，劾貪令，有朝貴刼吾以書，不爲變，卒去之。署有閣，隔城丈許，吾延其閣，跨閈壤而懸屬於城。每聞人聲異常，自啟閣，周城而歸，胥吏莫吾蔽也。夷警時，省中民閉糴且逃，余署按察使出示曰：「米價三日不平，斬！」行戶價立減。此三者，吾所快也。然嘗有所恨。興水利垂就，姦民敗之。又英夷去巢穴數萬里，入我心腹，使揚帆而歸，耗中國財數千萬，吾尤大恨者此也。』因出其上巡撫某公書曰：『以兵勦夷，不若以民勦夷。請奏行班賞格於天下，無論軍民及漢姦，能得白夷、黑夷，及身手有記驗漢姦一首級者，賞銀五百、三百、一百兩不等。能破壞其一桅船、火輪船，及二桅船、三桅船者，賞銀五萬、十萬、二十萬、三十萬不等。船所有者軍器火藥外，民盡有之。蓋兵有定數，有常處，今以重賞誘民，則隨處皆勝兵也。人將曰：賞格頒則所費鉅。然以中國之財，散中國之百姓，與議和議撫，散外夷而不歸者，孰爲利？且今之調客兵、募鄉勇，等費也。然費之於賞功，與費之於養惰者，孰爲優？』

曾亮曰：英夷擾海疆，患延四省。中國非兵不多，糧不羸，患氣不振。今君所言，其言足以呼百川走長鯨，使將吏咸若，此事立辦矣。君之不自同於人人，豈無挾而然哉？其樹立未可量，方五十未可以爲壽而自愒也。乃記君所言於前者贈之，以要其建樹於後者之無窮也。

録自柏梘山房全集・文集卷三。

鄧嶰筠先生七十壽序 甲辰

道光二十四年十二月五日，爲吾鄉鄧嶰筠先生七十壽辰。鄉之官京師者，將寄言以爲祝。

或曰：凡祝者，率祝其富貴康強，而子孫逢吉也。或其人未必有是，乃願其有是也云爾。若先生，以侍從歷封疆者數十年，五子而十孫，年七十作細書如少年輩，而公子子久又以編修任郡守，則世所祝者，又何足爲稱願哉？而吾鄉人所以稱先生者，則異是。蓋先生爲諸生時，鄉之人有年輩相及者矣，官京師時有同游者矣。其後，開府建節述職者，再于役萬里，還京師，重受恩命，鄉之奉光儀接言笑者非一人一日矣。然皆曰先生之言論、丰采、衣冠、動作，見之於京師時者，猶其見之諸生者也；見之於開府建節時者，猶其見之於京師者也；見之於于役萬里而還者，猶其見之於開府建節者也。內不加輕，而外不加重也。所謂其天守全其神無郤者歟？

今夫草木之時榮時落者，雨一潤之，而蕉然者沃矣；日一暄之，風一散之，而萎然者華，拳曲者長旺矣。

其有所受於天而襮之於人者，朝得之而不及夕也，夕得之而不及朝也，其所受者小也。若松柏則不然。其得於所潤、所暄、所散者，固無異乎時榮時落者也。而其神落落然，其形兀兀然，若未嘗有潤之暄之且散之者。然而歷堅冰、抗嚴霜者，惟松柏獨也。其受寵而不驚，乃其臨變而不自失者也。莊子曰：『受命於地，松柏獨也正，故冬夏青青。』是則先生之所以爲壽，而非同鄉之士不能言其詳者歟？

抑又有進者：古大臣以宣勞之身，而獲林下之樂。唐宋諸賢往往有之。今先生方爲上心所嚮用，而期如昔賢有不可必得之勢。夫出處進退，惟義所裁，無成法，此則先生能自得之。而香山耆英之游聚，鄉之人有不敢必爲私慶者歟？

録自柏梘山房全集·文集卷三。

田澹齋八十壽序 丁未

蕭山田吉生與曾亮同官戶部，因得其封翁澹齋先生之賢。蓋嘗深痛幼弟之殤，而朱氏之女以貞殉也，遂以吉生爲之後，既而皆得封贈如吉生官，而心始慰；又置田建荆華書塾，延師給費，以課族之失學而貧者；又與族人合建義倉，以贍族之貧而遇歉歲者。因以嘆流俗之人譁衆取寵，傾身結賓客，而同室計錙銖。一食之饌費萬錢，而疏宗不得以舉火。若先生者，殆足以磨世厲俗者歟？道光二十七年，爲先生八十壽辰，而吉生兄弟母夫人年亦六十二矣，將寄言爲祝，以屬曾亮。

昔蘇文忠爲王氏銘三槐堂，以爲修德於身，責報於天，取必於數十年之後，如持左券交手相付。若先生之福壽，亦人定勝天，可決其必然無疑者歟？今夫木之生也，一本而榦分，一榦而枝分，一枝而葉分，而花實分。其榮華也、憔悴也，參差不齊之數，雖巧厤不能得其凡，造物之神化不能一其致也。然而溉之者，不計其枝榦花實之參差不齊也，而一視之，而一培其本。夫一視之而一培其本，則榮者益榮，而悴者不終於悴。苟榦榦而分之，枝枝而別之，曰：『吾溉其榮華者而已，憔悴者吾不計也。』若此，豈復有全木哉！

今先生既能自殖其生矣，其賢子又皆能取科第、爲朝廷登進矣。而不惟一己之私計，必欲推是以公之族人，此培本之說也。非若榦榦而分之、枝枝而別之者也。然則厚其族，以自厚其天，以自厚其福，與壽者豈有量哉！吉生其以吾所言者呈之先生，於書塾所以命是名者，庶有當焉，而欣然爲之進一觴也。

録自柏梘山房全集·文集卷三。

吕母姚太恭人八十壽序 戊申

天與是人以期頤之壽，必先付以恬澹之性、深遠之識，不汲汲於衆人之所騖，以自適於優遊不迫之天，然後其神全而形固。吾友吕鶴田給諫，其賢母姚太恭人自爲婦時，佐贈君雲里先生供養舅姑，極勞瘁，顧老而益康。鄉居時，與孫曾嬉游田間，種蓺爲樂。子請來京供養，曰：『吾居京師不若田間樂也。』雲里先生卒，子服闋入都，戒之曰：『汝爲言官，言可也，慎毋妄言以冀外官。』

夫言官之設，以建言也。朝廷之意猶恐其畏難而自沮也，乃爲之遷擢外職，以優寵之。而懷才之士欲自試於盤錯者益爭，欲以言自見。然或有無所可言者而勉強言之；或於利害相倚伏者，未睹其害而率易言之。夫無所可言而強言之，其失也，文具而已。未睹其害而易言之，則言不見功而見過，且以言者之多而不售也，雖不遽以是啟厭薄言者之風，而苟使一人之言輕，凡言者亦俱失其重。此則非言之弊，而妄言者之弊也。太恭人之訓，可謂深識遠見者歟！吾所謂天與是人以期頤之壽，必付以恬澹之性、深遠之識、不汲汲於衆人之所騖者，信可以當之可無愧者矣。

曾亮家故宣城，與鶴田同郡。居京師，又文酒相樂也。今歲六月吉日，爲太恭人八十壽辰，康強純固，鶴田諸昆弟子若孫皆蕃衍秀異。爲知友者，摛詞述德，皆有侑觴之詞，況同里之士，尤不容默而息也。故舉其致福之由以詔鄉里，爲凡爲母者法焉。

録自柏梘山房全集·文集卷三。

張南山七十壽序 己酉

南山同年爲國朝詩徵數十卷，因其詩以載其行事，及他所著録。曾亮讀而善之，欲爲文以綴其簡末，未得也。道光已酉，爲君及其配金恭人七十雙壽之歲，其子賓嵎以記名御史官刑部京師，請文以爲壽。余因曰：是乃可以序先生之書矣。

昔唐虞前，其文不可考，而歌謠獨流傳至今。以秦之滅學，而詩以諷誦獨全。夫人之愛名也同於壽，而名之可壽者莫如詩。故古今爲詩者獨多，以其名之可久而壽也。然苟詩傳而事不傳，其傳也亦孤。至唐詩紀事、列朝詩小傳，始兼而存之，猶或本末不具，或議論乖刺。惟君於是書採擇詳贍，而無黨同伐異之見，使千百人之行事、著錄，百世下可知而論之。夫以一人之書，而千百人之書舉賴以附之、書之，必傳於後無疑也。以一人之身，而千百人之名皆藉以延之，其必食報於壽無疑也。且將有來者焉，待是書而續之，則人皆欲致君以無窮量之壽，又無疑也。然則序是書也，非即所以爲先生壽乎？

賓嵎請爲文時，適將歸里，料檢書冊，不復多暇，獨念與先生爲同年生，年齒相去亦不及十歲。然余方跧伏里巷，而先生爲湖北吏，救水災日不暇給。及余官京師，聞已自江西歸，不復出，左右書史，嘯詠於清華豐沃之地。談笑之相隔者幾三十年，而余之窮年矻矻，老不欲廢書，雖南北相去數千里，嗜好所在，幸能同之。則是文也，固余所不得而辭者也。

録自柏梘山房全集·文集卷三。

陸立夫六十壽序 庚戌

咸豐元年二月七日，爲總督兩江沔陽陸公六十壽辰，江蘇官吏將進詞爲祝，以屬其同年生梅曾亮。

竊以爲古名臣碩輔，如裴晉公、文潞公、富鄭公諸人，皆功建名立，富貴壽考。夫大功大名，人之所不輕有，有之而兼備福壽，尤天之所吝也。是數公者，皆兼得之，天下之人同然樂之，而不以爲不宜，是何也？能出身任艱鉅之事，以造福於民者，天必有以酬之，此古今一致者也。

沔陽陸公以侍讀膺簡命，爲天津道時，英夷在疆，奉旨偕重臣防遏外兵。客將旁午交錯，公以從容乎講幄秘閣者，而俯接羣碎，親士卒之勞苦，通客主之扞格，嚴保甲，守捉游徼，內姦不生，外姦不形。英夷遷延伺睨，無可間入，恫疑恐愒之故技，噤不得發舒以去。成皇帝以爲可大用也，洊擢開府。自雲南移江蘇，進兩江總督。其官吏、人物、財賦之浩穰，事會之殷繁，蹈常習故之事，通材當之已日不暇給，而公且超然有餘，規遠大之利。以江蘇官困於漕而病民也，於是有海運之舉，漕省費以蘇官，官減徵以蘇民，而米贏入於京師者且三十萬石。以淮南鹽火於武昌而虧課也，於是有票鹽之改，潔己率屬以絕官私之侵漁，使人自爲商，商自爲占，不數月而復舊引之虧欠者且數十萬。凡此者，皆處至難之勢，犯羣情之疑，雖深識之士審知其事之必可行，而無敢發其難者也。而公獨毅然行之，以爲吾惟策其理勢之必然，則雖犯天下之至難，而其事固如種之無不生、炊之無不熟也。非勇於任天下之事，而不顧一身之利害毀譽者，其孰能行之？

夫古固有謹身選事，貌爲中庸，而年位俱泰者，世遂以容容多福爲恒言，而不可易。而如裴晉公諸人，又何以稱焉？然則能造福於民者，必爲福之所鍾。而俗情所疑者，乃其變也。天下有道，則君子道其常。方今聖主龍飛，重熙累洽。而公膺東南艱鉅之任，精白一心，以承天寵，則由艾期之年以臻乎文、富諸公平格之壽，以永福斯民者，豈有既哉？

録自柏梘山房全集·文集卷三。

湯相國八十壽序 辛亥

咸豐元年十一月吉月，爲蕭山相國夫子八十壽辰。門下士進言爲祝，以屬曾亮。

昔聖人標樂壽動靜之旨，而太史公亦稱老子清靜自正。淮南子宗之，曰：『非澹泊無以明志，非甯靜無以致遠。』諸葛武侯亦以淮南子之言自道其所得。古名卿碩輔外應天下之務，而內存其心，皆是學也。後儒習其說而歧其趨，乃以主靜爲近於虛無寂滅，豈理也哉！若相國夫子之學，乃深有得於主靜者乎？

曾亮居京師幾二十年，嘗窺於言貌動作之間。及莅官家居之日，當天恩頻繁，委任稠疊，外撫封圻，內長六官，鋒車輶軒，宣風暢猷，公超然穆然，神不爲之加充。

或閉門齋居，撫几獨坐，庭無雜賓，室有凝塵。而公漠然油然，神不爲之加斂。夫不紛於榮華，不觳於寂寞，山林枯槁之士亦往往能之，然投之艱劇之中，愕然而不安者，何也？彼其所能者自適已，而已非能靜也。夫惟天下之至靜者，能不擾於天下之動，是非有得於明志致遠之效而能然乎？雖然，靜而無欲者，人皆知之，靜而能剛，其理人未必知也。公受三朝知遇，以恩禮終始，其遭逢之隆，非有可沽直以求聲名者。而正言不阿，世之論聞於朝寧者，人皆知而信之。朝廷方申命加秩，而公辭榮於拜恩之疏，不激不隨，尤深得古大臣進退出處之節。則班固言清靜之道，主卑弱自持者，固未足以盡其蘊也。

昔聖人言靜者之壽，人猶疑理與數不可盡符。及觀之公，而其言乃益信。故因侑觴而昌言之。若康強逢吉，人所競稱述者，不敢復瀆陳之也。

録自柏梘山房全集・文集卷三。

淮南子書後 癸酉

淮南子剽竊曼衍，與安所為文不類。然自呂氏春秋外，存古書者莫多是書，非東漢人為之決也。惟天文訓所言三百六十五度四分度之一，則四分厤，章帝始行之。其二十四氣亦與東漢更定者同，豈亦有後人附益者與？孔子曰：『信而好古。』豈不以非信之難，能辨其為古者難歟？昔柳子厚謂列子書質直，少爲作，莊子多本之。夫列子剽莊子者耳。其書非莊子及諸子書所有者，文氣皆甚卑，不類周秦時文，而以爲莊子之所從出，疏矣。樸學之士好是古而非今，不能通知文字升降之源。不根者攬其詞，昧没其終始。子厚固非二者之可倫比，其言鶡冠子剽賈誼賦入其書，信當矣，而顧失之於列子，何哉？

録自柏梘山房全集・文集卷四。

平準書書後 丙子

甚哉，利之爲禍烈也！當武帝之世，可謂大無道之政，而民不聊生者歟？如是而國不亡者，蓋昭帝之善持其後歟？而當其身何以免焉？其文景之遺澤長歟？抑遷甚言之以戒後世歟？且天下惟明主能好名，而中主之所畏者禍也，使知武帝之政未至如是而已。盜賊數起，父子搆兵，則人將惕然而爲戒。使知如武帝之政亂民貧，而猶不失爲晏然之主，子孫相繼為帝，陝隘酷烈，何施而不可。何者？名不過如武帝，而武帝固非其所諱也。唐之元宗、隋之煬帝，皆誤此說以至於亡。由是言之，則遷未必其甚言之也。然武帝時，商賈及中家以上大抵皆破，而農民及無業者獨受其委輸，此其亂而不至於亡者歟？不然，則遷於是乎有謗辭矣。

録自柏梘山房全集·文集卷四。

唐詩選書後 戊寅

或汗漫而游，或車馬而馳。從我者莫宜於書，尤莫宜於詩。然不宜者有二焉，卷帙多而完好者，皆不宜。余於殘書中得唐人詩選一本，汰之成一卷，於佳者乃不能十之一，隘矣。然不宜之二者，是皆無之。吾師乎？吾師乎？從我於汗漫而游者乎？從我於車馬而馳者乎？

録自柏梘山房全集·文集卷四。

鈕非石非石子書後 戊寅

老子之術雖出於虛無清靜，然以柔爲剛，以退爲進，擅天下之利，而物莫能傷。非莊子之忘是非，齊得喪者比也。而世以無用疑之，則不然。今夫鬼神木寓〔一〕，天下之大無用者也。然以十金寄人，則介然有吝色。以千金陳鬼神之前，而不患其失者，何也？人同其利，而鬼神不同其利也。同其利者，必爭。爭，必就不同其利者而委命焉。是故衆愈弱，我愈強。老子所以爲君人南面術也。然則韓非之學出於老子，其道果同歟？曰：非之道，如人方操刃以殺人，乃突前而捉其柄，此可謂之智矣。彼操刃者，必出於三尺之童子而可哉！

録自柏梘山房全集·文集卷四。

【校】

〔一〕寓：應作「偶」。

秦遠亭詩書後 辛巳

遠亭爲詩，與余自江甯適南昌始，計一日所得，少乃一二首，期必成，不計工拙，互指摘爲笑語。自尚書公以江西巡撫內召，君侍養京師，余衣食於奔走，不時見。道光元年，相見於京師。君出其詩，益工而富，惟舊作已多刪改不可識，可識者以其題耳。嘗與君泊虎邱，立劒石下，遻錢塘潮，觀橘柚於富陽之林，登釣臺，見江流紆曲，歸得魚於瀧中。其他多瑣屑可喜事。時君年二十，余又少之，嬉嬉然不知斯時之爲樂也。今則知耳，然而更憂患多矣。自今日以往，詩可進，游可同，如向時無憂樂之兩人，豈可得哉？

録自柏梘山房全集・文集卷四。

復社人姓氏書後〔一〕辛巳

右復社人姓氏一卷，朱氏彝尊得之，而藏於曹氏寅者。首順天，次應天、浙江、江西、福建、湖廣、廣東、河南、山東、山西、四川。至少者廣西一人居其末，凡二千二百五十五人。其人其地或遼遠不相及，其名而可知者又不能十之一。嗚乎，濫已！夫君子相游處，講說道藝，名高則黨衆，黨衆則品淆。蓋必有人爲吾取怨於天下，而激吾以不能庇同類之恥，故有爭。爭則所以求勝之術，或無異乎小人，而所營救者，又不必皆君子，而君子遂爲世之詬病。傳曰：『因不失其親，亦可宗也。』豈不諒哉！

當黨禍方急時，婁東張氏走急卒京師，致書要人，起復周延儒，事乃解。夫延儒即不相，固無救於明之亡。而張氏之所以傾時相者，有異乎其禍黨人者耶？余觀幾社源流一書，言明季事甚夥，然頗疑過其實。范蔚宗傳黨錮也，亦然。夫漢與明皆受禍於宦豎，而東林與黨錮偏受其名。文人矜夸，能震動奔走天下，多浮語虛詞，而有國者或欲出全力以勝之，其計左矣。然以一時之習尚，使後世謂士氣不可伸，而名賢亦爲之受垢，馴至清議不立，廉恥道消，庸懦無恥之徒附正論以自便，則黨人者，亦不能無後世之責也夫？

録自柏梘山房全集・文集卷四。

【校】

〔一〕題：標點本作『書復社人姓氏後』。

守濬日記書後〔一〕辛巳

嘉慶十八年，桂林朱鳳森爲濬縣令，以守城功賞同知銜。此書鳳森所自記也。是役也，滑縣令強克捷以九月五日前捕得李文成，以七日其孥被戕於馮克善，而滑縣失，初八日賊圍濬，十七日河北色鎮〔二〕將以官兵至解賊圍，十二月大兵復滑城，餘賊悉平。其賊首林清，於九月十五日謀變京師，先伏誅。

曾亮曰：天道神明，豈不信哉！國家之厚得天助也，有由然矣。古大亂之成，常出始事者所不及料。迫飢寒而亂，其亂必成。非是，則謀雖密，黨雖衆，往往以期會乖牾而洩，不必臨良將重兵，堅城深池而敗。天之心以爲上無所以致之，而樂禍者罪在下也，不得與迫飢寒爲亂者比。是以長國家者，恤民爲心，有萬年之基。

録自柏梘山房全集·文集卷四。

【校】

〔一〕題：標點本作『書守濬記後』。

〔二〕色鎮：標點本、八大家本作『邑鎮』。

西招圖畧書後壬午

西招圖畧者，大學士某公松筠之所作也。其書大意載：西藏自達賴、班禪貢丹書克於盛京，而厄魯特部之固什汗亦同時進貢，時崇德七年也。後固什汗曾孫拉藏汗爲準噶爾部所殘，當康熙五十七年，撫遠大將軍王同、平逆將軍延信，由西甯進兵綏定西藏，以達賴喇嘛之呼畢勒罕坐床於布達拉山。而拉藏汗之婿康濟鼐有功，封貝勒，旋爲阿爾布巴等所害。雍正五年，大兵誅滅阿爾布巴，以頗羅鼐有功，封郡王。及次子嗣封，蔑視達賴，僧番怨苦之，卒謀反，伏誅。乾隆十五年，除西藏王爵，設駐藏大臣，以達賴喇嘛統前藏，班禪統後藏，皆其俗所謂黃教僧也。前藏居後藏之東北，而地較廣。又東北爲三十九族游牧，屬夷情部郎，而皆統轄於駐藏大臣。凡前後藏有四汛，有遊擊、都司、守備、千把總、外委十六員，漢兵六百六十人屬之。有戴琫、如琫、甲琫、定琫一百六十六員，番兵三千人屬之，有騎兵五百人。有事，則徵發於達木蒙古取之。定例以稞麥三千石儲前藏，糧臺供之；以五千克貯布達拉碩，取於達賴喇嘛之莊頭。除常運外，足供漢番兵三月食。

曾亮曰：先王之制，因俗而爲教，從欲以爲功。朝廷設駐藏大臣，與達賴喇嘛及班禪參制之。所以設神道，順夷情，長算遠馭，爲不可測者也。聞其世家多以金錢布施班禪，得歡心，即求取噶舒克，以役使番衆之馬牛羊，人徒芻茭不與值，故番衆敬班禪，亦時怨之。爲大臣者，務以均强弱、和僧俗爲治，以番衆疾苦諭班禪，則内治得矣。國家憑天威蕩準部，藏地之東北無警，遂以永安。惟廓爾喀屈强西南，陽布中非，其願也。然其地酷暑，不耐寒，盛夏時有竊發，秋冬春則蜎縮鼠竄，壅穴而居，非帝王所累心者矣。藏之領兵官曰瑋，印照曰噶舒克。斗亦曰克，凡一石，六克有奇。其所食者有稻米，買運於布嚕克巴。其雜穀有青稞麥。

録自柏梘山房全集·文集卷四。

讀莊子書後〔一〕癸未

嗚乎，莊子之意隱矣！夫不知泰山之爲大，烏乎以秋毫齊之？不知彭祖之爲壽，烏乎以殤子齊之？齊之者，言乎其不齊也。不齊而必且齊之，其心固無如其不齊。何也？吾觀周之立説，多以王公大人爲之質，而折之以匹夫。其廣已造大，與王斗、顔斶之徒無以異，特詞不同耳。戴晉人之説魏侯瑩是已，必推遠之至於無垠，而反視魏在若存若亡之間。則其視魏也不已重乎！蓋周之爲人，負高世之才，既未能遯世無悶〔二〕，而儀、秦妾婦之道又所不爲，故汪洋自恣，務爲伸彼屈此之言，以自適其意，亦重可悲矣！

莊子者，文之工者也。而世之言莊子者〔三〕，必以道歸之。曰：莊子者，浮屠法之所祖也；又曰：孔孟之徒也。凡宋人之所以爲説，悉舉而曲傅之莊子，曰如是則理精。夫書自六經以外，其理之純而無疵者，寡矣。冒天下之不是〔四〕而必快其意之所安，立言者固時有是。若行不至周孔，文不至六經，而以中庸自居，是選懦〔五〕不自樹立者之所爲，非所謂雄俊之君子也。不然，則言之純、義之精，未有如今所謂經義〔六〕者矣，而豈得爲立言乎哉！

莊周也、屈原也、司馬遷也，皆不得志於時者，之所爲也皆怨悱之書也。然而，莊子之怨悱也，隱矣。

録自柏梘山房全集・文集卷四。

【校】

〔一〕題：　續類纂本、八大家本作『書莊子後』。

〔二〕負高世二句：　續類纂本、八大家本作『於富貴利達之見，固未能忘於心』。

〔三〕而世句：　續類纂本、八大家本作『以莊子爲言道術，非知莊子者也。而後之言莊子者』。

〔四〕不是：　續類纂本、八大家本作『不韙』。

〔五〕選懦：　續類纂本、八大家作『選耎』。

〔六〕經義：　續類纂本、八大家本作『制義』。

梅氏宗譜書後 癸未

當隋氏之季，梅氏有知巖者，以鄉兵保障宣州，抑止鋒鋭，不務與羣雄角逐，以待天下清，完土納境，自歸唐室，使其民終始不罹兵革，蓋有功於宣甚大。其子孫宜光啟繁衍，以食其報。而梅氏始祖遠公，或傳言來自吳中，又以爲來自新安，則未知知巖之後之遷於新安歟？抑因梅福之隱吳門而附會以吳中歟？然年系疏遠不可譜。其可譜者，遠公後數傳至宋嘉泰間而分爲二。其一先居九溪河，別爲一支，當北宋時爲盛，最著者學士詢及從子聖俞。其一自郡城東遷，居柏梘山之山口村，則吾譜之始遷祖太七公也。吾家稱山口梅家，自公始。四傳至壽一公。其弟遷今之塘岸上，別爲祠堂，而壽一公留居山口村。又六傳而遷於蒲干村者，曰珍公，在山口村之西北。又一傳而遷於坐吉村者，曰棖公，在蒲干村之東南。

自南宋至元明數百年間，九溪河之梅無聞人，而山口村之梅始盛自遷蒲干村也。其留山口及遷他村者以數十處，惟蒲干村之梅最有聲。自遷坐吉村也，其留蒲干及遷他村者又數十處，惟坐吉村之戶最爲殷。自蒲干至坐吉村，於明凡得布政使司右布政者一人，布政使司參政者兩人，按察使司者一人，庶吉士監察御史者一人，郎中者一人，主事者一人，鹽運使知府者一人，同知者兩人，兵馬司指揮者一人。於國朝，巡撫入爲左都御史者一人，以都御史賜謚祭葬、入大臣傳者一人，以歲貢生賜葬、入儒林傳者一人，附儒林傳者兩人，入文苑傳者兩人，學政者一人，主事者一人，而應博學宏詞者，九溪河一人。從明至今，知縣、教授、中書科中書，及佐貳、流外、軍衛、王府官得百餘人；廪貢增附監生不及千人；舉於鄉者不及百人；舉鄉試第一者一人，殿試一甲第二人者一人，二甲第一人者一人。有詩文集者百有八人。

今天下望族衆矣。或祖孫兄弟魁天下，或父子居宰輔握旌節，或同時官侍從者一姓十餘人。吾梅氏皆未之有焉。然歷千餘年不絶不續以迄於今，而時亦發見文采以警動後裔，蓋一盛於宋之聖俞公父子，再盛於明世：宛溪公兄弟五人，同時舉甲科，爲方伯廉使，而梅氏子弟至專設書院於文峰；又再盛於定九公，祖孫以布衣召，受聖祖仁皇知，雖不得與夫世禄之選，然未至於一蹶不再興，其效見於前世而可冀幸於將來者，梅氏或庶幾焉。

詩曰：『子子孫孫，勿替引之。』祖宗之功德，有時而窮，而無以引之。吁，可懼哉！忘其先人而自夷於下品者，孱也；恃其先人而不自淑其身者，悖也。故詳述之，以告吾爲梅氏之子孫者。

道光三年五月己巳朔二十三日辛卯，嗣孫曾亮謹識。

録自柏梘山房全集·文集卷四。

家譜約書 癸未

太七公配許氏，合葬柏梘山口蝦蟆田，當南宋嘉泰時，譜所始也。子三人，仲曰九一，配朱氏，合葬柏梘山大井頭。當南宋寶慶時。子四人，長曰迪九，配汪氏，合葬柏梘山大井頭。當南宋寶祐時。子四人，長曰壽一，配錢氏，合葬柏梘山之菴隴。當南宋咸淳時。子三人，長曰魁一，配徐氏，合葬柏梘山飛橋隴西。子四人，季曰清四公，諱卓一，字質齋，配陳氏，合葬柏梘大山之右。歷元天厤及明洪武時。子三人，次曰敬同公，諱淑敬，一字欽夫，配郭氏，合葬柏梘山之飛橋北隴。歷元至正及明宣德時。子三人，季曰朝甫公，諱榮，配錢氏，合葬柏梘大山之右，附清四公。歷明永樂及天順時。子五人，長曰君重公，諱珍，配李氏，合葬栗木崗。歷明宣德及弘治時。子六人，五曰時中公，諱棖，一字小溪，爲淮王府典膳，配稽氏，先葬塘衝山；劉氏、側室余氏，祔葬甯國縣方家衝〔一〕。歷明成化及嘉靖時。子七人，三曰幼光公，諱繼前，一字南溪，配郭氏，合葬柏梘山之槽水圈。歷明正德及隆慶時。子四人，三曰毅甫公，諱守立，一字石門，爲江西甯州同知，配劉氏，合葬許村雙廟崗。歷明嘉靖及崇禎時。子四人，長曰懸符公，諱瑞祚，爲浙江衢州府西安縣丞，配劉氏，合葬梅隴教場山。歷明隆慶及國朝順治時。子三人，長曰期生公，諱士昌，一字大千，邑庠生，配鮑氏，側室胡氏、陳氏，合葬勞山，歷明萬曆及國朝順治時。子五人，長曰定九公，胡氏出，諱文鼎，一字勿庵，歲貢生，明崇禎癸酉年生，國朝康熙辛丑卒，聖祖仁皇帝命江甯織造曹頫監葬事，配陳夫人，合葬獨山。子一人，正謀公，諱以燕，一字筆侯，康熙癸酉舉人，生順治乙未，卒康熙乙酉，祔定九公墓；配郭夫人，葬雁塔橋。子二人，長爲文穆公，爲曾亮之曾祖，始奉旨自宣城移籍江甯，賜葬句容縣基隆山麓；配錢、吳兩夫人，葬查村橋，王夫人祔姑葬，皆先公卒，故仍葬宣城。

嗣孫曾亮曰：古今氏族墳墓，非必其子孫淩替，而至於不可識，必自遷居始矣。昔文穆公居江甯，顔所居曰『寄圃』，志僑居也。今六十餘年，僑者土著，竊恐後世之忘所自也。而譜牒煩重，難時閱，故敬録本支之諱字、卒葬，著於篇，後人可觀焉。嗚呼！祖宗之欲有其子孫，更千百世而無極也。其賢哲有聲者，則曰是能榮其先人，然祖宗固不及知矣，而猶恃子孫之知有其祖宗。其意曰：苟千百世而知吾爲其祖宗，則吾固千百世而有其子孫矣。爲子孫者，其勿使祖宗之失所恃哉！

録自柏梘山房全集・文集卷四。

【校】

〔一〕劉氏二句：八大家本、續類纂本作『配劉氏、側室余氏祔，改葬甯國縣方家沖』。

浦君錫詩序 癸未

吾友君錫以儒家子得祖父蔭，襲世職五品雲騎尉。又以君能其官也，加授四品銜。然性兀奡，不滑習於跪拜，以是爲上官嗔，聽劾去。人多咎君者，則曰：『吾有子得繼蔭，不墜先人功，足矣。』既落落無所事，益喜肆其力於詩。曾亮嘗讀之，而爲之言曰：古之爲詩者，感物造端，才智深美，可與圖事，故可以爲大夫。自賢人失志之賦作，而屈原、宋玉之徒興，流極既衰，遂謂爲詩者多窮。然就其工者論之，其情縱，其理疏，其志伉，其音悲。其情縱，故孤往而深寄；其理疏，故怪迂而多奇；其志伉而音悲也，故多詆訶怨罵，不得如古聖賢之一於優柔和平。由是觀之，意其人必邁俗，少可持方枘納圓鑿，以己之不合而欲人皆然，雖其遇之多窮，亦其勢然也。其故豈詩之爲哉？

今君錫之詩，喜往復自道，多慷慨，亦所謂志伉而音悲者。則君錫之所挾以遊於世，與世所以遇君錫者，可知矣。然世之循循焉無惡於世者，彼其言語文字固不欲自見於後世者也。而士之自愛其名者，甯困吾身，而不可使吾言之不快吾意。然則君錫固未能以此而易彼也，亦量己所能行以無所苟焉而已。不然，則儒緩其貌，神禫其詞，終日言而不知誰氏之子，若適莽蒼而不知所止，其於中也，殆弱喪也夫！

録自柏梘山房全集・文集卷四。

費崑來西園感舊圖敘書後 癸未

右，顧君千里之序此圖，於吳山尊學士之文雅聲譽，及崑來與學士游處之歡、古道之篤、可以敦薄夫而厲俗者，既詳言之，余可無贅。而獨憶余之交崑來也，自西園始。余館學士之西園也，自校全唐文始。其時名公卿而倦游者多，雄長其事，分曹立偶，馳騖往來，冠蓋車馬之盛，萃於西園者，管弦鏗鏘，連日夜不絕。今未及十年，皆變滅不可復記憶。蓋不獨學士一身有存沒之異，而意氣之盛不減疇昔者，遂亦無有幾人。而千里與余相望於數百里內，治書矻矻，寂寞如曩時，亦可嘆也。

録自柏梘山房全集・文集卷四。

董文恪公詩集敘 甲申

文恪公薨之踰年，而公之子夢齡將裒刻詩集，屬爲之敘，因卒業而嘆曰：

古名卿大夫之相見必稱詩，以喻其志，所以別賢不肖而覘盛衰。是説也，持驗之後世，多不能合。及讀公詩，而益嘆班固之言爲然。公以布衣享科第之榮，而不以自矜。散館改吏部，人爲公鞅鞅，而不以自失，盡忠忘家，用意至到。時有重臣撓公者，人爲公危，而公侃侃論列，不稍屈其意。卒之上動主知，成勞中外，經綸易險，無有後艱。迄今讀其詩，雄豪兀傲之氣見於楮墨。蓋公之生平，雖極科名祿位之盛，而清節高致，邁往不羣，非於世有屑屑求合之意，而聖主昭然獨見，恩榮始終，亦非有左右借譽之口。其立身之大節如此，則發於言語文字者，如是之足傳焉，無怪也。

公奏議凡數十卷，其明決似李文饒。詩則所作者較少，然自有足傳者，非以公之人而貴也。後世讀公之詩，以知公之性情學術，并以推公之遭際，然後知士之屈伸進退於時者，蓋有命焉，而不係乎操術之巧拙。則媕婀骫骳者有所戒而知返，矯立名節者有所勸而益振，而又以知能爲是詩者，必賢公卿而遭世之極盛者焉。則以工詩爲貧賤者之事，信乎其不可與於古之詩也。

録自柏梘山房全集・文集卷四。

和禱冰詞樂府書後 甲申

侍朗陶公嘗以給事中視江南漕事，禱冰於高郵之露筋祠，歸舟遄通。其明年，漕運倍速。公請錫神號，得旨俞允，乃作歌詩以侈神惠，名公卿皆屬而和之。及巡撫安徽，又遍示屬吏之工詩者。而尚齋朱君適令宣城，既承命進和兼退示曾亮，因讀而言於衆曰：

令君之詩，其得力蓋深遠矣。當癸未之夏，淫雨迄秋，宣城故山邑也，然山居者水出於堂下，沈竈破柱，漂屋瓦而去，大樹倒菑，巨石抉土壤自出，崗谷窪隆，迴易不可辨。田居者室廬墳墓澔澔不見蹤迹，數十里之內呼號鉦鼓之聲連日夜不絕。扉闔棺槥、倉庾廡廥之所積，皆蔽水四下，或掛罥隈曲，民僅而免者裸體抱樹而號，力倦樹拔，逐雞犬而去。君甫視事月餘，即出己財，具錢帛、糗糧、藁席，聯數舟爲一大艦，分棹小舟百餘，親率吏役，冒甚雨入驚濤中。民之浮者、游者、附桴者、騎危者、攀杙者、邱者、址者、泣者、慓者、顛者、立者，如雁鶩草葉，落落然黑子着於水面，皆泥首垢面，心死數日。望縣官從天而下，則載置之高地，給數日食。其轉屍者，拯而以席掩之，置高阜以待斂。於是，富者皆出財具舟，各救其所近地。及雨止，民四出。則立法，禁剽掠，安老弱，請上官以發國帑，出廉俸以募富民。凡立廠散米給錢，如古循吏，法皆備。故自夏以迄今春，民遭水者，雖公私掃地赤立，而無有瘠死溝壑、呼號宛轉於中野者。嘉風協氣，盈溢宇下，麻麥穎碩，民心大和，暘時雨甘，寶穀先告。皆曰：『非君之令茲邑，民無能安輯若此。』

夫古救災之法，詳於飢而畧於溺。若以扁舟涉巨浪，出入於風雨晦冥之中，濡毛髮，焦唇吻，悸魂魄，晝夜無休時，以救倒懸者，蓋古循吏之法所未詳，而身創行之，其過古人遠甚。然則君之急公忘己，與侍郎之憂勞忠勤，以古大臣之心爲心者，固深有合焉。則詩之工，其故豈詩之爲哉！故備書之，以見侍郎與令君上下濟美，立政普施，有以保靈貺而終前功也。

録自柏梘山房全集·文集卷四。

春秋溯志序 甲申

百年以來，名儒老師相逐於訓詁、名物、象數之學，凡宋儒說經空虛道術之談，變之惟恐不盡。至春秋一書，褒貶善惡，貴取其義，無可肆其捃摭，則又雜出於讖緯之誣、科例之煩苦，迂怪破碎，難知其說之窮而屢變者，不勝其詞之遁也。彼豈以是爲人心之所安哉？亦好與宋儒爲異而已。

歙縣程菡宗先生，篤志君子也，慨然有志於是經。凡閱二十年，成書十二卷，曰春秋溯志。其大義，書法微詞比觀直書諸要旨，一本程子春秋傳之義，推演之以求合乎聖人之志。此豈獨私於程子哉？以爲聖人之志微矣，竭吾之心力以求之，未必其能合；否也，而必不敢悖乎人心之所安。苟無悖乎人心之所安，則以求聖人之志不遠矣。

當康熙時，公卿多崇尚理學者。進取之士，摹時好以成俗，儒先語録之書遍天下矣。而士或空疏弇陋，立詞不根，視經傳如異物。有志之士慨然思變之，義理、考證之學遂判然不可復合。今天下考證之風，如昔之言義理者矣。其設心注意專以爲吾學，而不因習尚者，固亦有之，而不可數數覯。然則當昔時而能言考證者，真考證也；當今之世而能言義理者，真義理也。可謂雄俊特出，不惑於流俗之君子矣。此尤余之所重於先生也。

録自柏梘山房全集・文集卷四。

朱尚齋詩集敘 甲申

尚齋先生以詩集見示，受而讀之。蓋以吾之性情合乎唐賢之格調，而於世之標領新異矜尚奇博者，夷然不屑也。曰：吾所得之古者，不在是則莫吾易也。

夫詩，亦何必不奇、不博、不新、不異者，而必貴夫古人，何也？曰：吾非貴古也，貴古之能得其真。今責丹青者曰：吾欲使山淵易其狀，草木變其質，蟲魚鳥獸恢其形。夫人而能之也。第曰山如履其石，水如臨其流，蟲魚鳥獸草木如撫其鱗甲羽毛柯葉，則非國能者將縮手而不進。夫人人能之者，不可爲難能；而難能者，必屬於一人所獨能者矣。然而山淵易其狀、草木變其質、蟲魚鳥獸恢其形，不可以爲不奇、不博、不新、不異也，而卒不爲能者之所難，與求者之所貴。至於詩，則反賤其難而貴其易？曰：古人無異乎人者，此古人之所以不可及歟？今先生之詩，其登臨游宦之所得，風俗利病之所經，觸於情感於物者，人人之所同也，而獨以其不爲奇博新異者，適肖其情與物之真，而若忽然而得之。夫忽然而得之者，其詞常爲千百思之所不能易，此非求之古人中不可得也，故曰真也。

或曰：詩者，不得舒其意之所作也。先生之令吾宣，有惠政焉，亦既行其意矣。而其詩慨然燋然，於民事重有憂者，則先生之志乎古者，豈僅詩云乎哉！

録自柏梘山房全集・文集卷四。

桑弢甫先生集敘 乙酉

桑弢甫先生以孝義奇偉之性，發爲詩文，高奇清曠，有自得之趣。非如同時諸人，掇拾南宋後之偏詞剩義，爲奇博者比也。先祖石居公嘗樂誦之。又有五岳集，則棄官後放浪山水之所作也。其孫雲柯先生來江甯，曾亮從之游，嘗出是以贈。及道光元年，又見其曾孫樸堂來，而雲柯先生卒十餘年矣。家燬於火，凡自有之物皆盡，詩板亦殲焉。相與慨然久之。詢其與弢甫先生同時人，其後或絕無嗣，或託賤工，姓名不足以自達。

嗟夫！盛必有衰，理之常也。然卿相科第多能世其家，而文人之有後者何少也！豈天之所輕重損益，固與人殊歟？抑富貴而淩夷者，人以多而忽之，而聞人之子孫不幸爲世所指名耶？則爲之子孫者，蓋其難哉。

今樸堂以貧故，方奔走於四方，而拳拳於先人之典籍，曰：『吾少息，必復刊而行之。』屬曾亮爲之序。樸堂，誠篤君子也，吾知其言之必可復也。若是者，可以爲聞人之子孫而知其難者已。

録自柏梘山房全集·文集卷四。

繁昌縣誌序丁亥

道光三年，安徽巡撫安化陶公奏修省志，以別於江南通志。自縣至府，各上所修，以備省志之採擇。於是繁昌縣志成，大令張君以序爲請。

蓋繁昌之有縣，始於唐。縣而有城也，始於宋。有城而遷今縣治也，始於明之天順。有縣而創立志書也，始於明之正德。國朝自順治迄乾隆，修志者三焉。當建邑之初，庶事草創，至宋慶曆間，始爲完邑。物用既饒，民獻亦修。聖朝宏功，膏澤豐美，則夫田廬芻牧之數，禮俗文物之紀，日新月異於前者，宜以要最著於官書。使守土者辨肥瘠而布其利，察奢儉以制其俗，且以待大吏者考驗，於是以通人地之所宜，非空文而已也。令君之勤，烏容已哉！

余又以謂古郡不過數十，縣不過數百，自魏晉僑置，多立名字以自誇詡。唐隋因之，未盡革也。故有今數縣之地，而古統以一令者。豈古之人材獨優哉？蓋古自縣令以下，由丞尉、少吏，及三老、孝弟、嗇夫、亭長，皆於民有教化譏何之權，而民亦兢兢焉，無薄待其官之意。故令之權積累而增重，使無與令共治之人而權又不足以使其佐。而欲以一人之身，周悉乎數百里之內，無古今皆不可行也。然則分郡縣之官，而裁其地，亦揆時務協變通之道，而世所謂古制不可行於今者，非其制之不可行，乃得其一而失其一者也。繁昌故南陵分邑也，故因論及之，以俟考古者正焉。

録自柏梘山房全集·文集卷四。

撫吳草序 戊子

兵部侍郎陶公以道光五年巡撫安徽，遂移節於江蘇。時黃流未安，賑使結轍。方建海運，發徵萬艘，復鳩水工疏決江海，米鹽鱗雜，檣帆畚葦之事，粟錯於文簿，皆曠年不逢，歸勞於公。既撫吳四載，政修民和，天子嘉勞重疊。衆皆曰：方事之殷，功役卒興，成法曠絶，羣情然疑，不專委重大吏，中材當之，震懼失守，或竭蹶赴功，僅乃集事。而公神氣閑定，歌詠間作，學奥材贍，雄放清遠，如捫古洞，撥苔蘚，披黃虞之穹碑，如萬鍤一決、縱魚龍而出隘，如高峯游霧，俟秋雲而留歸風。蓋人所不暇爲、不能爲之時，獨爲且工也如是，故人適適然驚之。

昔召公、吉甫有行役宣勞，及成功相慰勉之作。故曰九功之德，皆可歌也，謂之九歌。若侔揣物象，窮閒適之趣，乃不得志於時者之所爲詩，非古大臣之詩也。自三代以下，道器不全，或平進富貴，而憂思不能深遠；或勳業爛然，文詞不足以達其志。夫然，故憔悴抑阨之士得專其名，而詩之學不在上而在下，則其時人材之盛衰，與政事之修廢，何如也？今誦公之詩，其憂勞元元，佐聖天子撫循之至意，以推美僚屬，功利不專，悦使民而忘其勞。所以不動聲色而指揮立成者，皆見於此。蓋所以詠勤苦而宣膏澤，非與草野之士爭一藝之名也，而詩之道乃崪然聳於盛漢之表。如是而欲廣其傳，以彰詩教者，誠知言哉！誠知言哉！

曾亮以年家子，幸接言論於公之撫吳，既習其行事矣，敘其詩，并以爲吳民告焉。

録自柏梘山房全集·文集卷五。

閒園詩序 戊子

自督撫至州縣，其尊卑闊絶，下不能徑達其情於上，上不能明示其意於下。惟郡守之職當其樞，可以通懷慮微，抒德導情，至首郡則尤重於他郡。而蘇之首郡，獄訟發徵期會，非止本郡所自具。凡轄於江蘇兩布政使者，其獄皆上按察使於蘇，而委重於首府。其民物之浩穰，國家引漕歲數百萬，蘇松得三之二。富商大賈、巧匠蠻夷之市舶，周流委輸，以一郡轂綰其口，冠蓋櫛居，不可以武競。奉使過客之厨饌，車馬舟楫輷輷浮浮，日夜行不休。濱海之居，茭葦魚蛤之利，土沃地荒，舋勇奪爭，屢讞不成。其屬縣所自具者，繁劇又甲於天下，而悉歸其成於守，故蘇郡之劇爲天下最。非有鄭僑之才、冉子之藝，未有不張惶補苴，志煩而慮亂者也。

江夏陳芝楣先生，以侍從近臣莅政於此，適當海運之役，及吳淞口徒陽河濬功之時，百政具興，委勞於身。而先生從容夷猶，治絲不棼，邦無曠功，吏無留牘。踵韋白之遺風，修郡治之舊貫，忘其身之勞而職之劇也，名其園曰『閒園』。先生之言曰：『治煩者，必置心於萬事之外，乃可以盡萬務之情。此吾園之所以名也。』諒哉言乎！足以爲治本矣。於是，與鉅儒鴻生游斯園者，樂而觴之。詩紀其事，與游者咸和之。其記之者，上元梅曾亮也。

録自柏梘山房全集・文集卷五。

緣園詩序 戊子

江甯以園名者曰隨園、緣園，皆有幽篁清池，平臺奇石，足以舒煩滌憂，包集羣雅。昔袁子才先生居隨園時，以詩名盛於時，搜奇挹勝，吐納煙景，園所蓄蘊，一洩於詩。一時士大夫逸樂富厚無事，皆自喜爲詩，過從先生無虛日。緣園主人其一也。主人性好賓客，通俠，立然諾，精神過人，詠調詩酒，博弈連日夜不倦，管弦倡優、輿馬漿酒之費，一無所愛惜，務適意以爲快。

緣園去隨園不數里，四方名公卿會文酒者，往來於兩園之交，輿相摩、裾相接也。曾亮不及從游於袁先生，而得與緣園主人游。年六七十矣，舊游多凋喪者，獨居不好詣人，然客至必盡歡。觀人弈，竟日不下子，問之，笑謝而已。惟酒酣輒慨然曰：『今少年無知予者，予今默然爲老翁。予不惜予衰，惜諸少年不見予之盛也。』乃出其詩曰存不存稿，屬某序之。其搜奇挹勝，吐納煙景，皆步趨袁先生者也。而一時賓客文酒之樂，亦慨然遇之。讀其詩，可以見吾鄉一時之盛事。

余因以怪今士大夫安樂無事如曩時，而交游聲氣不復如故老所稱說，豈無大力者倡之耶？抑好名之士不古若耶？將物力有盛衰，而士氣之聚散消長，亦爲所轉移耶？夫傳後者無所藉，而成名於當世者必因其時。主人其慨於斯言乎哉？主人邢姓，崑其名，醴泉其字也。

録自柏梘山房全集・文集卷五。

湯子燮試帖詩稿書後 戊子

嘉慶之九年，先君館江西巡撫署，課秦遠亭公子。同受書者，湯君子燮、帥君子文及曾亮，凡四人。乙丑春，先君試禮部，正月稍暇，以詩牌爲戲。四人皆取牌八十一枚，餘者置几中央，甲所棄推之乙，乙入之出所棄者與丙。不入，歸之四隅，枚取於中央，以入易出如初。丙至丁，丁至甲，皆然。餘盡而四詩不成，則易行。一詩成，則三人負。且第詩之高下爲賞罰，務以強澁之字，運支離之思，往往得奇語如夢中作，以爲戲。蓋吾四人之習爲詩，於是年始，而君尤好之，嘗得『高柳扶青直到天』句。謂偶對不勝，嗟誦數日，三人助思之，竟難奇也。夏與子燮別，壬午春一見於京師。又六年戊子，君待婁縣闕，於江甯相見，數數問君詩，君曰：『多矣，然不如昔年之自信也。』其秋，君分校鄉試，門下士鮑君體醇求刊君集，君笑謝曰：『有待！』固請，乃出試帖數百首應之，屬曾亮書其首，因記君詩之緣起如此。中有數題，爲昔時同作者，讀之，猶憶吾四人檢僻書中奇字時也。

録自柏梘山房全集・文集卷五。

書林揚觶書後〔一〕己丑

方子植之之爲此書，其說既盛美矣。曾亮請引伸其說曰：

唐之前，人品之邪正，政事之是非，較然分明，未有一人之身乍賢乍佞者也。唐以後朋黨相傾軋，明以後師生相救援，各有私說傳之稗官，而愛憎勝名實淆矣。其人大都身居貴游，號習掌故，草野之士無由辨其僞真。而究之爲此書者，皆黨同伐異不學無術之人也。唐之牛李，宋之紹述，明之數大案，讀史者於正人君子俱不能無遺憾焉。雖完人實難，亦邪說亂真，有中於人心之先入者矣。宋人謂：『子弟讀世說，則驕蹇易生。』夫世說之失，不近人情而已。唐人重科第，一時學士著書，多以先輩行卷、師生衣鉢爲美談。一第之得失，有死生以之者，豈必其情事之實，然亦冒得者之自爲嫮姱〔二〕而已。然庸鄙之說，遂錮溺於人心，以至如北夢瑣言、記登科之唐摭言等書〔三〕，其人皆當戎馬倥傯、國祚顛沛之時，而沾沾於人士之一第，豈非廉恥道息，而爲無學識之尤者哉！無識之人，言安足信？爲史者或取而録之，其是非之倒置，宜矣。

録自柏梘山房全集·文集卷五。

【校】

〔一〕題：續類纂本、八大家本作『書方植之書林揚觶後』。

〔二〕嫮姱：八大家本作『誇毗』。

〔三〕以至如句：續類纂本、八大家本作『以至於北夢瑣言、文昌雜録、唐摭言等書』。

閑存詩草跋 己丑

閑存詩草者，桐城吴伯芬先生所作也。其子長卿以示曾亮，因題其後曰：

今世之聞樂者，肅然穆然。其聲動人心，非皆能辨其詞也。取清廟、生民之詞，而佶屈誦之，未有不聽而思臥者。故詩之道，聲而已矣。海峯劉先生之言詩，殆主於聲者乎！而得其宗者，吴先生也。同學若王悔生、陳策心，詩皆未及見，獨幸見先生詩。其音節清亮，情詞相稱，追唐人而從之，非學七子者所能及。劉先生復古之功，固不可沒哉！方其舉鴻博報罷，流離京師，一試學博而終老於窮鄉。同時司文章之命而爲人先游者，不乏人也，而士之篤信於寂寞之道者，固如此。此蓋有所恃哉？然亦烏知夫後世慨慕而太息之必有其人焉，而甘爲之也。嗚呼，其可尚也夫！

録自柏梘山房全集·文集卷五。

温厘生遺稿序 庚寅

西漢文類書不傳，然人皆曰：是書也，柳宗直實編之，以其兄子厚爲之敍也。李聖僕文不傳，然人皆曰：温文居會昌進士，爲中第一二，以其兄義山爲之敍也。温子綸注，字厘軒，貴州桐梓人，吾年丈露皐先生季弟也，有文行而早卒，先生悲之甚。念太夫人愛憐之，幾見其成而皆卒也，愈悲之甚。思有以永其名者，刊其文而序其行。其愛真，故其詞樸；其詞樸，故其行昭。年少服義，行古道，愀然有概於人心焉。春木之芚，童烏之苗，命也夫？雖然，是宗直之書也，聖僕之文也。夙興夜寐，無忝爾所生，有是編焉，足矣。

録自柏梘山房全集・文集卷五。

金石彙選序 庚寅

居乎今何以思乎古也？曰：古人往矣，少矣；少，故貴也。曰：往矣，少矣，雖貴之，烏從而親之？其器存焉耳。物老而酋，人老而化，器老而尊。日月星辰，山川土壤，凡無血氣去來者，皆器也，皆古人之遺於今者也。以其常於今，且不止於今也，則莫古之矣；不常於今，而幸至於今，以成爲古也。絹之壽，百年止矣；紙之壽，五百年止矣；過此者，其金石乎？石有時而泐，金有時而液，惟託於文字者無窮。詩歌於文字，又其易傳者也。古人之文字，以金石壽之；金石也，又以詩歌壽之。是物與人交相引爲壽者也。然博觀也難，故好者歉焉。

吾友甘實菴家多藏圖書，博觀不倦，類聚今古人咏金石者爲若干卷，曰金石題詠類選，鉅製短篇，載不遺一。曾亮讀而言曰：文存，斯器存。其製作原始形模庣凹，讀其詩如見其器焉。器存，斯人存。商之賢，周之英，去吾於無何有之鄉，自是器言之，則四手之相接也，客與客傳觀而相奉也，其有足樂者存乎？不其然乎？則吾友闡古之功，不其碩乎？

録自柏梘山房全集・文集卷五。

曇花居士存稿序壬辰

曇花居士存稿者，舅氏侯子有先生之所作也。曾亮幼時受業於先生，見手一小書不置，竊而視，磊磊若石子著口中不可讀，則山谷集也。冬夜，課咏雪，輒剌取雪賦語，排比綴之。先生笑曰：『去汝「圭璧」、「縞素」等字，成一詩，得否？』乃講示東坡禁體二詩，時於聚星堂作，不深解。至『青山有似少年子，一夕變盡滄浪髭』，則大以爲仙人語也。後應童子試，不暇爲，獨見先生吟哦深思不少輟。其主講濠梁，與壽州蕭亦喬談藝甚歡。亦喬好言唐音，先生雖取所長，而能以句律運其天趣，無門戶見也。後感氣疾，不能高吟，病榻上猶推手作勢，故所作功益深。壬辰秋，青甫舅氏將梓其遺集百餘篇，命曾亮編次。嗟乎！憶曾亮受書時，年十二三，先生顧不以常童畜我。今所編者，即爲童子時所親見其吟哦深思者也，能無痛乎？

先生於吾母爲同堂兄，友愛殊甚，又皆多疾，以年命互相憂。母嘗病危，先生序母詩刻之，幸生存，見以自慰。今編是詩，則先吾母卒已十餘年，吾母之卒亦三年矣，爲尤可痛也夫！道光十二年八月，甥梅曾亮謹序。

録自柏梘山房全集·文集卷五。

管異之文集書後癸巳

曾亮少好爲駢體文，異之曰：『人有哀樂者，面也。今以玉冠之，雖美，失其面矣。此駢體之失也。』余曰：『誠有是，然哀江南賦、報楊遵彥書，其意固不快耶？而賤之也？』異之曰：『彼其意固有限，使有孟、荀、莊周、司馬遷之意，來如雲興，聚如車屯，則雖百徐庾之詞，不足以盡其一意。』余遂稍學爲古文詞。異之不盡謂善也，曰：『子之文病雜，一篇之中數體互見〔一〕，武其冠，儒其衣，非全人也。』余自信不如信異之深，得一言爲數日憂喜。嗚呼！今異之亡矣。吾得失不自知，人知之不能爲吾言之。異之亡，余雖於學日從事焉，茫乎不自知其可憂而可喜也，故益念異之不能忘也。

異之卒於道光十一年。其明年，今巡撫安徽鄧公刊其遺文，命曾亮爲之序。乃書疇昔論文語於集後，以志吾悲，且以志良友之益我於不忘也。

録自柏梘山房全集・文集卷五。

【校】

〔一〕數體互見：音注本、續類纂本作『數體駁見』。

馬韋伯駢體文敘癸巳

韋伯與余交三十年矣。余少好爲詩及駢體文，君皆好之。余苦故實遺忘，棄駢體不作，君獨勇爲之。故吾兩人詩異趨，文則君壯浪雅健，余不及也。昔會課鐘山書院中，每論文，訟議紛然，忘所事事。異之色獨莊，盛言古文。余曰：『文貴者，辭達耳。苟敍事明，述意暢，則單行與排偶一也。』異之不復難，曰：『君行自悟之。』時韋伯在坐，亦右余言。今去此言時且二十年，異之卒又逾年矣，所謂『行自悟之』者，未敢信其必能，而駢體文遂不復有所成就。讀韋伯文，可愧也。

君散館改戶部，將別，有以自見，集其文若干篇示余曰：『吾文殆止於是矣！』嘗以謂古詞臣與曹司官局不分，分者自明始。獨異夫明之官曹司者，皆能以文章聲氣奔走天下，而後之推文事者，亦莫不歸此數人。雖文章之氣有所激而愈伸，而成名之途亦不若是隘也。豈嗜好之所在，朝廷之官爵不得而限之歟？今韋伯之文，既所謂述事明、敘意暢者矣，雖自今深自覆匿，欲人之無求，其可得乎？而毅然欲棄故技營新功，夫韋伯不以違其才而有所激也，吾知之。謂官職能限其嗜好者，吾於韋伯固未之信也，於其文識以俟之。

録自柏梘山房全集・文集卷五。

陳拜薌〔一〕詩序癸巳

歸安孫秋士，震澤張淵甫，會稽陳拜薌，皆交游中能詩者也。秋士以名公子而絕意科舉。淵甫善說經，志欲得一校官以就其業，故所作或閒冷孤逸，或清醇淡古。獨拜薌自年少時，即以高才爲諸侯上客，書奏旁午，下筆如刺蜚繡，或劇飲詠調，酣嬉以自適其樂。顧其詩清曠邁俗，而殺縛事實，詞與事稱，非博覽載籍〔二〕一資以爲詩者不能也。君殆有真樂於是，而於詩一吐其快者乎〔三〕？吾亦嘗客幕中，與主人燕飲，簫管四合，萬籟屏聲，錦繡豐潤，膩肌醉骨。當是時，客如垣墻，僕如流川，千指萬目，各有所趣。念吾一身駛駛樽俎，塊然如一槁木枝委曠野耳，烏睹所謂高臺深池、華燈明燭者哉！以吾之概於是，知君之亦有概於是也。概於是而詩作焉〔四〕，其樂也，殆所以忘憂者乎？

會稽多佳山水，六朝人不樂仕者往往入東。君客游久，亦將倦而歸矣〔五〕。然詩莫盛於唐，而工詩者多幕府時作。陸務觀歸老鑑湖，其詩亦不如成都、南鄭時爲極盛。夫鳥歸巢者無聲，葉落糞本者不鳴，其勢然也。今夫水之歸壑也，其未至則澎濞洶湧，雷奔雲譎，及至於壑則已矣，而觀者遂掉臂而去之。故水而使人驚而樂之，非水之適也，而觀者必樂乎是。天將昌君之詩，則其歸又果可必乎？

録自柏梘山房全集·文集卷五。

【校】

〔一〕陳拜薌：八大家本作「陳拜鄉」，正文同。

〔二〕載籍：續類纂本、八大家本作「精擇」。

〔三〕而於句：續類纂本、八大家本作「而其他特寓焉者乎」。

〔四〕概於句：續類纂本、八大家本作「有慨於是而詩作焉」。點本無此句。

〔五〕君客二句：續類纂本、八大家本作「君倦遊久，亦將歸矣」。

黔記序 甲午

嘉慶十六年，山陽李芝齡先生以中允爲貴州學政。時巡撫某公，以黔中地非甚隘，而糧數乃不敵一二縣於江蘇，多隱匿，將請丈全省田。先生聞之駭甚，而無說以折之也。而某公自以不加賦而田增多，賦倍出，爲國計久遠，意自得鋭甚，時時籌經費、調屬吏、議設官局，事行有日矣。先生初至黔時，以文獻隱失，府縣志多缺不修，乃檄各學校官，訪鄉士大夫藏圖書、金石、歌謠涉黔事者，最上學政，爲黔記一書，而遂得御史包承祚丈田奏。蓋乾隆初，貴州學政鄒一桂請丈田，而包公駁之，事遂寢。先生示某公曰：『丈田事，學臣嘗奏之，議被駁。今必援前議解其駁，奏乃得伸。不然，部議必駁公如曩時，且以匿前議不奏詰公，即公無辭。』某公驚曰：『吾不意害乃如是！非包公黔人，固無由知。勿復言丈田事。』後完顔公麟慶署巡撫，以包公事已遠，文書失，恐後萌芽，於先生官戶部侍郎時，故列上其事，而部援前議詳覆之，事定不行。

蓋方檄學官時，惟欲綱羅放失舊聞而已，而遂得包公奏以回某公意，安黔民。不然，黔中固多山少平地，民或以虛占不毛之土，而實奪其可耕之田。又以胥吏可上下之手，而丈高下不可準之地，使賄成於胥吏，官財耗而官田不增，其害小；苟民田奪而官田遂增，権剝其膚髓，爲國家經常之規，萬世之憂可一朝可伏也。而黔之民得至今宴然無憂，非先生之功哉？此一事於是書足千古矣。若夫鉅細兼備，裨益雅俗，有華陽志、風土記之遺意，覽者宜自得之而有取焉。

録自柏梘山房全集・文集卷五。

吴述之進奉文敘甲午

翰林之署始於唐，凡執技者皆待詔於中。惟學士官乃儒者，清貴如今翰林，而所職文字多機要，王言之褒貶，及軍國大計、戎機邊奏，與宰相共之。故今之軍機，於古蓋學士職也。其制誥官文字，則掌於中書，自宋以來稱爲外制。今中書猶司誥勅，於古所謂制，其事簡矣。而翰林之職，乃專以掌朝廷冊告碑祭及郊廟歌詩，雖不與古學士同，而必擇工於文者爲撰文。翰林以專其事，於職最爲優。

吾友吴述之，以翰林院辦事兼撰文者數年，旋以編修出守同州。於其暇，輯前所爲進奉文若干首，屬曾亮敘之。昔歐文忠由內翰知成德軍，自敘內外制集文，顧瞻玉堂，流連慨慕。人臣拳拳之思，固宜如是。然則述之之心，豈古人殊哉？若其文之宣上德，報精禋，當西功告成，鐃歌樂府之盛事，洋洋乎潤色之上儀也。故輒述職司沿革之故著於篇，治國聞者可觀焉。

録自柏梘山房全集・文集卷五。

黄香鐵詩序甲午

黄子香鐵試禮部，嘗戒詩，專科舉學。一不自得，復以詩釋戒，詩愈昌。曾亮聞而笑曰：『士專於所好，有回萬牛入九軍而不顧者，況區區科第一得失之間哉！』

古人好詩者，或中夜發狂大叫，白晝行不見官長，以伯主之威，改一字不可得。此非有聲色臭味可尋逐，而好之甚於酒色聲利，是烏知其所以然哉？徐無鬼見魏武侯，告以相狗馬耳，武侯大悦而笑。女商不識也，徐無鬼曰：『久矣夫，莫以真人之言謦欬吾君之側者夫。』吾以是知物之可好於天下者，莫如真也。人之境，百不同也。境同而性情不同，則其詩舍境而從心。心同而才力不同，則其詩隱心而呈才。境不同，人不同，而詩爲之徵象，此古人之真也。境不同，人不同，而詩同焉，是天下人之詩，非吾詩也。天下人得爲之詩，而吾代爲作之，烏乎真？人情之愛人，必不如其自愛也。吾日爲不知誰何之人作之，而曰：『吾甚愛之。』愛烏乎至！

今黄子之詩，述家人親友悲喜之情，生計憂艱，及耳目所近接可驚歎悲憫事，亦時有物色慢戲綺麗之作，亦不至於淫放。適乎境而不夸，稱乎情而不歉，審乎才而不剽竊曼衍，放乎其真適足而止。此則黄子之詩，非天下人之詩也，可以言真矣。真如是，可以言好矣。稱觴貴人之前，美言洋洋，錦屏高張，而讀者神不偕來也。商旅里巷之諺，一曙得之，童至耄而習之。吾是以知物之可好於天下者，莫如真也。物之真者，吾猶愛之，況吾所自有者乎？吾之毛髮枝節，吾猶愛之，況爲心腹腎腸者乎？不然，泛泛然天下人之詩也，吾日爲之而不知誰爲之，曰：『吾甚愛之。』則愛人之毛髮枝節也，亦如自愛其心腹腎腸者耶？非耶！

録自柏梘山房全集·文集卷五。

從吾軒從征記書後(一)乙未

唐人記高仙芝征小勃律，其人能以術致妖霧淫雨。章佳公阿桂年譜記征金川事頗同。今此記言：打箭鑪西行四十日，至恩達塘之瓦合山，金鼓聲立致雷雨。豈荒徼絶域，人有怪徵，地氣亦殊歟？蓋天高地下者，自然之氣也。而人氣之充塞，亦有以摩盪而升降之。人物少則中虚，而上下之氣將合，陰陽發亂，不主故常。古聖人所以絶地天之通也。彼殊徼絶域者，太古之事，亦如是而已。嗟夫！日闢而日廣者，地也；日生而日衆者，人也。斯域也，千百年之後必有良田疇、美竹石、好衣甘食，如吳會中，而且以是書爲妄語者。

録自柏梘山房全集·文集卷五。

【校】

〔一〕題：八大家本作『從吾軒從征紀事』。

李芝齡先生文集敘 乙未

座主芝齡先生，以古文詞若干首示曾亮，既卒業編次，因僭言其首曰：

自進士設科，而人皆以方盛之才力，困詘於場屋之文，仕宦成而精力亦銷亡矣。惟早得科第，如韓、歐數君子者，雄才盛年，早棄俗學，博觀古人之書，以從事於茲術。立乎廟堂之上，厭飫於聲明文物之大觀以昌其氣，磨礱政事以植其根，諮詢於皇華原隰之間以博其趣，然後其學之成，兼具天地萬物之美，而不類乎草野曲士之爲。固其天資之絕於人，亦遭遇使然也。

今先生科第名位如古韓、歐，文之昌，固其遇爲之哉？然有超乎其遇者，何也？其游覽山水鑱刻萬類，雖沈冥於泉石者不若也。是登乎廊廟，而心游乎山澤者歟？曰：是天機之相合者也。功名也，節義也，文章也，皆人之動乎天機者也。是機也，峙而爲山，流而爲川，發斂之而爲草木之花實，亦皆動於天而不知其所以然。君子見大水必觀焉，山林皋壤則欣欣然樂之，是之謂以天合天。以天合天，又安往而不得吾文者？不若是，則以人塞天。容一心之得喪而不足也，況能容天地萬物之蕃變者哉？然則古君子所以善其文者無他，勿夭閼其天機而已。所以全其天機者無他，超然於榮觀而已。是則先生之所同，而文之所以進乎古者歟？不然，遭遇如數君子者，踵相接也，而以文鳴者不數人焉。莊子曰：『其嗜欲深者，其天機淺。』不足以與論先生之文。道光十五年六月，門下士上元梅曾亮謹序。

録自柏梘山房全集·文集卷五。

九經說書後 乙未

昔侍坐於姚姬傳先生，言及於顏息齋、李剛主之非薄宋儒，先生曰：『息齋猶能谿刻自處者也。若近世之士，乃以所得之訓詁文字詘笑宋儒。夫程朱之稱爲儒者，豈以訓詁文字哉？今無其躬行之難，而執其末以譏之，視息齋又何如也？』因出九經說相授，曰：『吾固不敢背宋儒，亦未嘗薄漢儒。吾之經說，如是而已。』

昔李文貞、方侍郎苞，以宋元諸儒議論糅合漢儒，疏通經旨，惟取義合，不名專師。其間未嘗無望文生義、揣合形似之說，而扶樹道教，於人心治術有所裨益，使程朱之學遠而益明。其解雖不必盡合於經，而不失聖人六經治世之意，則固可略小疵而尊大體，棄短取長，積義成章。治經之道固如是也。後之學者，辨漢宋，分南北，以實事求是爲本，以應經義不倍師法爲宗，其始亦出於積學好古之士爲之倡，而末流浸以加厲。言易者，首虞翻而黜王弼；言春秋者，屏左氏而遵何休。至前賢義理之學，涉之惟恐其污，矯之惟恐其不過。因便抵巇，周內其言語文字之疵，以詭責名義駭誤後學，相尋逐於小言辟說而不要其統，黨同妬真而不平其情，安其所習，毀所不見，終以自蔽。此其患，未可謂愈於空疏不學者也。

夫經者，羣言之君也。治經而有繼往開來之功，以扶微起廢者，則君之貴戚大臣也。事君而惟貴戚大臣之言是附，不可以爲純臣。治一經而惟一師之言是從，又豈可謂之正學哉？先生之學，其精博固遠過乎文貞、侍郎矣，而亦不奴主同異，則是書也，兼其長而無其短者歟？

録自柏梘山房全集・文集卷五。

郭羽可竹冊跋丙申

昔天隨子作怪松圖贊，其意以爲：凡木之生，必得平原膏區，扶立質榦；苟生於巖穴之內，石木相鬬，乘陽之威，悲己之軋，拔而將升，卒不勝其壓，擁勇鬱遏，坌憤激訐，然後大醜彰於形質，天下指之爲怪木。吾嘗讀其說而疑之。

郭子羽可，其束身修行發爲文藻，未嘗稍有讓於古人；其席履豐約，名爵隆殺，未嘗稍有勝於今人。以怪松之說推之，其發見翰墨，因形賦心，必有擁勇鬱遏、坌憤激訐如天隨子所云者。況竹之槎枒勁怒，尤易吐胸中之奇者乎？然觀羽可之竹，怪偉奇縱，歸於太和，布揮晴霄，旁暢風雨，是又何技之工而境之善變哉！夫因石而得怪，是木之孱者也。若亭亭雲升，澹然夷猶不知其鬱，嶔巖而阨於崛穴也，則羽可之竹是也。羽可乎，其道勝者乎？

錄自柏梘山房全集·文集卷五。

太乙舟山房文集敘 丁酉

見其人而知其心，人之真者也。見其文而知其人，文之真者也。人有緩急剛柔之性，而其文有陰陽動靜之殊。譬之查梨橘柚，味不同而各符其名，肖其物；猶裘葛冰炭也，極其所長而皆見其短。使一物而兼衆味與衆物之長，則名與味乖；而飾其短，則長不可以復見。皆失其真者也。失其真，則人雖接膝而不相知。得其真，雖千百世上，其性情之剛柔緩急見於言語行事者，可以坐而得之。蓋文之真僞，其輕重於人也固如此。

新城禮部侍郎陳公，爲古文學，得於桐城姚姬傳先生。扶植理道，寬博樸雅，不爲刻深毛摯之狀，而守純氣，專主柔而不可屈。不爲熊熊之光、絢爛之色，而靜虛澹淡，若近而若遠，若可執而不停。蓋其德性粹正得之天，而襮其真於外者，於文其大端也。道光十五年秋，公薨，人無知不知，皆喟然曰：『古君子不存於今！』然公獨其形質亡耳。浩浩然隨流平進，而不攙撅於升降也；家貧屢空，而不戚戚於豐殖也；見一善而亟下之，樂稱道之，忘年位之尊與善之非在己也；莊莊乎不自枉以導人，而不齟齬於崖岸也。雖沒世，後讀其文，如見其生平言語行事。嗟夫，是豈可以僞爲之哉！夫公之學，固出於姚先生，而文不必同。然前乎先生者，有方望溪侍郎，劉海峰學博，其文亦皆較然不同。蓋性情異，故文亦異焉。其異也，乃其所以爲真歟？

公之薨也，子蘭第以遺令定文於曾亮，故謹序之。昔嘗見語曰：『尊公太夫人遺事，幸示余，相爲作墓表也。』言諸猶在，今乃序遺文於公，其尤可感也夫！道光十七年三月，上元梅曾亮敘。

錄自柏梘山房全集·文集卷五。

李芝齡先生詩集後跋 丁酉

芝齡先生詩集若干卷，曾亮既校讀畢，而敬跋其後曰：

詩至今日，難言工矣。言唐者容，言宋者肆，漢魏者木，齊梁者綺。矜其所尚，毁所不見，舌未乾而名磨滅者不可勝數也。然則孰探其所從生？曰：空而善積者，人之情也；習而善變者，物之態也。積者日故，變者日新，新故環生，不得須臾。平而激而成聲，動而成文。故無我不足以見詩，無物亦不足以見詩，物與我相遭，而詩出於其間也。今以吾一人之身，俄而廊廟，俄而山水，俄而齋居，俄而觴詠，將拘拘然類以居之，派以別之，取古人之所長而分擬之，是知有物而不知有我也。若昧昧焉不揣其色，不別其聲，而好爲大，曰：不則，其境隘；好爲莊，不則，其體俳；好爲悲，不則，其情蕩。是知有我而不知有物也。知有物而不知有我，則前乎吾後乎吾者，皆可以爲吾之詩，而吾如未嘗有一詩。知有我而不知有物，則道不肖乎形，機不應乎心，日與萬物游而未嘗識其情狀焉，謂千萬詩如一詩可也。

然則詩惡乎工？曰：肖乎吾之性情而已矣，當乎物之情狀而已矣。審其音，玩其辭，曉然爲吾之詩，爲吾與是物之詩，而詩之真者得矣。夫水之恃源也，飲一勺而知海味，其性全也。日月旁魄於三十八萬七千里之外，而一隙容其光，神不窮於分也。今先生，其性情深厚得之天，其鑒徹萬類得之人，情足以充其詞，才足以窮其趣，故於詩有兼長而無二弊。讀者其以是而求之。

録自柏梘山房全集·文集卷五。

侯青甫舅氏詩序 戊戌

詩尚才乎？尚情乎？兼之者尚矣。然率患才多而情少者，何也？榮利紛於外，而天機鑠於內也。人生即知有父母兄弟，後乃知有親戚朋友，後乃知有爵祿富貴。至知有爵祿富貴，其情遂往而不能返。舉一第於鄉，此身幾不爲家人有：別父母，棄妻子，役役於傯得傯失中。比其歸，則歲月逝矣，人事改矣，老者不可見，而少者壯者不可復識矣。困而歸者，比比焉。即遇而歸，向之助我欣喜感激者，其人皆化爲冷風，蕩爲摽雲，獨吾以頹然待終之身，供欷羡於所不知何人，不亦傎乎？

若吾舅氏青甫先生，其舉於鄉，年甚少也，爲文操紙筆立就者數千言。工尺牘得畫名四十年，所至屨滿戶外。然僅一應禮部試，得校官，遂不復出。館江鄉，數百里內，筆墨所入，供甘旨庀家具，又推給寒與飢之三族。至供養事畢，始赴歙就官。家居時，間日必過吾母話。抑菴舅氏病也，以爲憂；及家計瑣瑣，子弟成否，族親之生計有無事，時喜時歎。吾母嘗曰：『今歲殊艱難，未過上元節典一釵，後當如何？』先生曰：『吾初質衣服，慚其家人。今計有質物，即自豪耳。』追思聞此言，忽忽已三十年。今年已長大，閱人事多，又久去鄉井，益嘆如先生其人不多見。修業養性，伏處於山水深窈之鄉，年壽烏得而不永？述作烏得而不富也！先生所作，不主科臼，而汪洋炫爛，其才固有大過人者。然汪洋而不失之淺易，炫爛而不失之浮艷，則性情之深厚淡遠者爲之，非逐爵祿富貴而不返者所可及與！

道光甲午年，先生年七十矣，歙之人士及四方交游，以文爲壽者滿家。曾亮乃爲集序以獻，以見其人之所以壽乎世者，即其詩之所以壽乎世也。

録自柏梘山房全集·文集卷六。

十六國宮詞序戊戌

同年周蓉初以所作十六國宮詞見示，曾亮因爲之言曰：

夫宮詞者，必擇其事之貴麗、詞之清美，以成其要眇哀怨之音，此特工詩者之事耳。而於十六國爲之，則資乎史學矣。自晉失其馭，五胡迭興，兵相蹈藉，拓跋氏建國，而北朝之名始定於一。劉、石、慕容、苻秦諸國，其興滅雖暴，猶壤長地進，大半天下。其他或不過數郡縣之地，竊名字十餘年之間，而符瑞震耀，炎炎赫赫，與三代赤烏白魚無以異。及成就基業，乃至微淺，本末不相應。蓋其始，特取便一切。田單神師，吳廣效狐鳴之謀，而爲之羽翼者，樂附會之，誇神述天，以自文其么麽而已。則甚矣，史臣之無識也。然方其克一脆敵，據一敝州，莫不窮極姦酷，勦民命而饕兵威，出死力以爭之，百敗而不挫，亦若秦漢之君貽子孫帝王萬世之業也。其得之艱難也既如此，而其人又皆人頭畜鳴、人肝爲羞、人血爲飴，竭天下之物，無可以勝其暴者，而不能不牽於靡曼之好，極情縱欲，喪其所力征經營者而不悔。

嗟夫！鬼妾怨耦孥首墨面於椹斧刀鋸之餘，而優笑於熊咆鯨呿之側。吾固見其事，悲其人，震掉而不忍視。雖凡爲史者，亦罕能精識之。而蓉初能屏其荒傖，澤以風雅，使讀者同視易慮，樂之而不厭，與連昌宮、津陽門諸作者相上下，則以是詩爲資於史學者，不其然哉！蓉初之學，於地理沿革、文獻掌故，考之極詳，然務爲博，而不以累其詩。然則是詩也，非獨其言語工也，其採獲之由博而精者，尤不易及也歟！

録自柏梘山房全集·文集卷六。

練伯穎遺書書後己亥

練立人之子伯穎，年十一而好書，年十八而卒。所著後漢公卿表、西秦百官表、北周公卿表、後漢書刊誤、五代史地理考、明謚法考，及雜文，共四卷。凡人長於考證記問者，其魄強也；長於文章義理者，其魂強也。伯穎考證所就既如此，其文亦堅明質直，蓋魂魄俱強者。而促於年也如是，豈山川之精氣亦時有豐嗇，而不能給人之求歟？伯穎乃不幸而適逢其嗇也，其可惜也已。

録自柏梘山房全集·文集卷六。

臺山氏論日本訓傳書後庚子

臺山氏書日本人論語訓傳，其略曰：日本之俗，精技巧，習戰鬬，文學非所長也。自明季來，始稍稍説經。而近有著論語訓傳者，曰太宰純，蓋祖孔安國、皇侃、邢昺諸解，而以彼中荻先生者爲大宗，詆訶程朱，上及孟子。其書以安民言仁，以儀節言禮，以詩書禮樂言道。至其妄誕，則以性善爲妄説，以私欲爲天理，以人欲淨則不可以爲人。而宋儒所謂『人欲淨，天理行』，乃釋氏斷煩惱、修菩提之説，不可以言聖人之道。日本書，向未多見，使其學術皆如此，則不如無書之爲愈也。蠻夷小生，未聞正學，啁啾一隅，無足異者。然是書也，今跨海而來吾國，豈吾之學術風氣有相爲感召者乎？是書之妄不足攻，而使吾之得見是書爲可慮也。

余讀之，而爲之説曰：如臺山氏之言，彼二人者，可謂異端之尤者矣，而自以其學出於皇侃諸人。夫皇侃諸人，皆欲實事求是，以證明聖人之經，惟不能以義理之精微，求聖賢詞氣之微眇，而專以訓詁求之，非可以異端斥也。然異端之生，自失吾心之是非始，而學者苟日從事於瑣瑣訓詁之間，未有不疎於義理而馴至於無是非者。臺山氏之憂，有人矣哉！有人矣哉！

臺山氏，金姓，邁淳其名。蓋朝鮮之官内閣學士者也。

録自柏梘山房全集·文集卷六。

臺山論文書後 庚子

臺山氏與人論文，而自述其讀文之勤與讀文之法，此世俗以爲迂且陋者也。然世俗之文，揚之而其氣不昌，誦之而其聲不文，循之而詞之豐殺、厚薄、緩急，與情事不相稱。若是者，皆不能善讀文者也。文言也，則昌黎所謂養氣；質言之，則端坐而讀之七八年。明允之言，即昌黎之言也。文人矜夸，或自諱其所得，而示人以微妙難知之詞。明允可謂不自諱者矣，而知而信之者或鮮。臺山氏能信而從之，而所以告人者，亦如老泉之不自諱。吾雖不獲見其人，其文固可以端坐而得之矣。

録自柏梘山房全集·文集卷六。

韓氏藏明題名録書後 庚子

嗚乎！此明萬曆迄崇禎進士題名録也。隔朝世見數百歲人，雖山夫愚叟，人皆敬愛之矣，況其皆搢紳先生者乎？宜小亭郎中惓惓於斯録也。録中所著幾數千人，知名而賢者十不能得一。其始皆類也，及受職分，則坐致宰輔與終身役役下吏者，相去天壤，皆自以爲意中事。馭貴失其權，而榮辱自定於始進之身有如是哉！而然其有文章節義、激發天性者，官職又不足以限之。而榮華當時者，今或訝而靳之，謂夫夫也，乃得與斯人同年同録者也。録之人一也，而輕重於今昔之間者，乃不同若此！自立之士，其在乎審所處哉？

録自柏梘山房全集·文集卷六。

吴笏菴詩集序 辛丑

笏菴先生與曾亮交十年矣，商論文藝，一日發書至三四，交之密無如兩人者。然先生門常寂寂，少過客，於廣坐游宴中未嘗見其面。兩人居雖近，歲不過一再往來，迹之疎，亦無如兩人者。而先生之性情、居處、笑語，吾可於一室中坐而得之，以先生之詩得之也。家林之優遊，羈旅之感慨，親愛疾病之歡悲，物情榮落，使人坎壈而不平，吾與先生同之。從容於侍從，而迴翔於卿寺，華不加榮，寂不嫌默，是先生之所獨也。同者吾知之，異者吾烏乎知之？曰：吾一人之情也，性也。使的然呈露於文字聲律之間，而人皆以爲境如是、情如是者，千萬人而不得一也。幸而得之，則其人之神理，繇萬世而不竭。吾之境，非人之境也；情，非人之情也。吾不自肖其情，安知不肖乎人之情？人則舍其情，而以吾之自肖其情者爲同乎人之情，此吾所以於先生詩而得其人也。然則，詩有不能得其人者，何也？得喪不能齊，而自諱其真也。不則，才不能盡其意，詘然而止者也。不則，趣不能行其神，兀然而木者也。其天全，其能全，如是而不能得其人，必非知詩者而可哉。

先生昔以詩示曾亮，嘗甲乙之。今删其半矣，又以示，曰：『子無憚於言。刊雖成，且爲子更之。』蓋得之深，而不可自已者如是，宜其寂處聲華中而超然自遠者哉！士欲成一名，而不能棄百慮以游心於寂寞者，無小大皆不可成也。

録自柏梘山房全集·文集卷六。

朱蘊山詩序辛丑

昔聞朱蘊山司馬，當嘉慶十八年守濬縣，以無兵之官、無備之城，抗蜂蟻四合之賊，能堅守月餘，俘斬數百，以待大軍至，賊以聚殲。其功於國，福於斯民甚大。卒恥合大吏意，口不言功受加級賞，不自以鞅鞅，此真烈丈夫偉男子事。而未得一相見。後交其子伯韓編修，怪其齒之壯而詩學之深。伯韓曰：『昔先司馬好詩，家居、出游、從宦、寢處、飲食，未嘗去詩。與子弟言學，未嘗不及詩。』因得讀蘊山詩集。蓋精熟選理，而取法唐人之氣體聲調，故詞理兼茂，音壯而氣清。

古詩人多好言兵，率空語，無事實，飲馬、出塞，助語爲豪壯而已。獨張睢陽以風雲叱詫之氣，特發於篇什，其圍城中詩，讀者每痛其名成而身碎也。司馬蹀血四十日，鬭賊於樓櫓之中，與吾士民不落賊手，乃限此一垣墻。視嘉州、放翁參大帥幕府，以從軍爲樂者不同，卒保境完民，使圍中人於萬死惶惑中，如噩夢大覺，履平地見白日，神回意新，俯仰歡詫。此一役也，爲千古快，固詩人之奇也。

既以語伯韓，遂以記於篇首。

録自柏梘山房全集・文集卷六。

鄒松友詩序 辛丑

或告於余曰：官之爲人患也，甚矣哉！均是人也，愚行翳路汪洋自恣以適己，雖乘權怙勢百出於吾上之人，強吾以所不欲而不能也。雖刻深媢忌、乘間抵隙之人，其視我如無焉，而不攖其怨也。吾無官也，幸而有是官殿最。主之功令，守之職分，臨之愛憎，疑信、同異、厚薄，臨我者，情萬變而未始有極也。而吾之憂喜榮辱成虧得喪，汲汲然隨之變矣。吾與彼之形骸，猶燕楚也；吾與彼之肝膽，猶秦越也。情發乎彼，而機中乎此者，何也？官爲之的也。然而是官也，飢寒留之，親族縻之，門戶羈之，勢不可以去官，官之爲人患也安窮哉！

余笑應之曰：是則然矣，然不足以患吾鄒子。鄒子之仕宦二十年矣，無百金之產、十畝之宅。所有者，獨是官耳。然時而若將遷美官，時而若將還故官，時而若將寄之閒官，又時而如無一官，患如是其深也。然且蕩蕩然一無所患，曰：吾方治詩，自漢魏至宋元明，無不觀其偉麗可喜者，無不録其興象獨至動人心神者，無不吟哦而深思。其視憂喜榮辱、成虧得喪之中乎吾身者，如浮萍之入於江湖，而莫能爲有無也。如木葉乾殼之飄乎太空，觸浮雲而廢然磒虛也。如是，又安能患鄒子哉！

或曰：信如子言，則其人其詩，固有詭世異俗者乎？曰：鄒子之詩，清而淳，美而深，高邁不屑之致，人自得於言外。所謂杜德機與？不然，則廣已造大內不足也，宜其擾擾焉萬緒起矣。夫淵明詩，豪不若太白，然其天守全矣。太白則摧傷抑塞，志不可復振。其豪者，氣也。此動不勝靜之說也。鄒子其知之矣。

録自柏梘山房全集・文集卷六。

李蘊山時義序 辛丑

抑菴舅氏館吾家時，曾亮童子也，時見李蘊山先生以時義相商。舅氏爲文澄渺思慮，善課虛；而先生文精實宏博，非日誦經史、習疏義者不能作。兩人各有所好，不相類也，而講藝相得歡甚。及濟卿以先稿寄曾亮請序，則舅氏所閱者咸在。追憶先生貌莊氣温，進趨襜如，終日言不見戲謔，不愧先輩成德。今四十餘年，昔日童子已過於先生始得見之年，執筆爲序，悵然者久之。

昔東坡述明允之言曰：『自今以往，文將日工，而道益喪矣。』夫文誠工，何關道之喪哉？其工者，工於逢時者耳。先生舉於鄉已中年矣，每試題非所樂者，自笑曰：『吾今歲未入塲也。』禮闈一再試，即不赴。蓋其時吾鄉先生不汲汲進取者，類如是，非獨其榮利澹也，其所守者專。雖以有司之嗜好，強以性情所不屑而不可。故先生與舅氏各守其所長，而交相重，以爲士之道當如是也。

嗟乎！士固貴有所短。若摩揣熟爛，自以爲無不工者，又安能有一長哉！夫以進取之學，而不枉其道者，尚如是，則吾鄉風俗之美，有不止於是，而吾不及知者矣。更後數十年，吾今所及知者，吾鄉人其猶及知之耶？吾子弟師友間，猶有如先生其人者耶？書以記之。

録自柏梘山房全集·文集卷六。

萬裴園詩序 辛丑

吾鄉萬裴園先生，方鄉舉時，年甚少。及爲縣令，改校官，從容於閒官者數十年。自俗情觀之，先生於仕宦宜有不釋然者，而陶陶然不以進退爲憂樂。年過八十，重與鄉飲之典。其平居惟好吟詠，至老不釋。人皆以先生之詩，學袁簡齋大令而爲之也。簡齋之詩，自以爲出於樂天。樂天之生平，仕宦稍進，則詩爲之喜；稍退，則詩爲之悲。然此，特其迹耳。其外乎成虧得喪，而有真樂者存焉，則詩之爲也。今先生之詩，稱心而言，俯仰拾取，不屑爲艱深勞苦之態。故其仕宦進退，坦坦舒舒，無忮詞，無憂色，其志豈樂天殊哉？志樂天之志，即能爲樂天之詩，可也。況流俗所以稱先生者，其名固有所不必謝也。

先生之仲子世綸，爲曾亮從妹夫，故嘗以書往。詞旨卒卒，無以副長者數千里存問之意。今讀其詩，嘆昔知之不深。遽成古人，尤悢悢也。

録自柏梘山房全集・文集卷六。

曲阜詩鈔書後壬寅

余友孔繡山，於曲阜孔氏詩鈔外，復刻曲阜詩鈔。凡四十八人，計九姓，東野氏得三人，而顔氏稱盛。其修來考功，又漁洋同時稱『十子』之一者也。雖未知於漁洋何如，固斐然有述作之意者矣，而知之者尚鮮，況其他乎？嗟乎！士固貴有所憑。然所憑者過厚，則後起者難爲功，以人所期者奢也。昔東坡喜譽其子過，余讀其詩，固能者也，而斜川集世士亦罕習之。使非東坡爲之先，則其集必易顯於世矣。爲聞人之子孫，其難且若此，況聖賢之裔乎？繡山汲汲乎欲存之也，其有見於是矣。

録自柏梘山房全集・文集卷六。

十經齋文集敘甲辰

沈西雍先生自廣平守述職來京，讀其十經齋文集，視十年前所著者，又增其半。其治經守師說，雖本於段茂堂大令，而義有獨得。旁證曲暢，務扶持其說於不可易，而不爲苟同。至他詩文，其音雅，其氣疏，其情詞蕭瑟而兀傲，於齊梁下之作者，意不屑也〔一〕。人以先生邃於經而工於文，異乎樸學之士〔二〕。然漢世能治經者，莫如賈生、董仲舒、劉向、揚雄，而其文皆非後世能言者所可及。故班固傳漢書也，無文苑，獨儒林而已。至範蔚宗後漢書始歧而二之，而史之例遂沿而不可止〔三〕，不亦惑哉！然此非獨爲史者失也，即世之文士，亦羣囿乎其說而不能自拔。若以文章之道，本不可通於治經者，此則學術之異〔四〕，倍本塞源，而先生未嘗爲異也〔五〕。

吾讀蔚宗書，有感於文章質文升降之變，故因先生之文，書以發其端。

録自柏梘山房全集・文集卷六。

【校】

〔一〕其治經……意不屑也句：　音注本、續類纂本、八大家本作『其治經述學，去非求是，與錢詹事及其師段茂堂大令書相首尾，而義有獨得，不爲由傳，出入於九流百家，旁暢曲證。雖起老師宿儒而難之，莫能勝也。其學有專門，而不爲苟同也如此。然其他作，於談歡述別之情，比物即事之旨，其氣疏，其音雅，其情詞蕭瑟而嵯峨，於齊梁下之作者，意不屑也』。

〔二〕樸學之士：　音注本、續類纂本、八大家本句下有『不知學問之道，固有足乎此而通乎彼者，而先生未嘗爲異也』三句。

〔三〕止：　音注本、續類纂本作『改』。

〔四〕異：　音注本、續類纂本、八大家本均作『弊』。

〔五〕倍本二句：　音注本、八大家本作『倍本失源，而吾所謂足乎此而通乎彼者，古學者未始不如是，而先生未嘗爲異也』。

陸立夫賦存序 甲辰

同年陸立夫方伯，以館閣及平時所作賦數十篇，呈座主湯敦夫先生，曰：『是宜存以詔後學。』因得讀之，且以復於立夫曰：

曾亮於館閣之文固不工習，而於立夫之賦則深知之。其不同乎人，可一望而得者，氣也。六朝之跌宕，唐賢之精整，合以本朝應制之體裁，而超軼邁往之氣，卓然流露於三者之外。嘗見立夫所作四書文，其法本明人小題，而有浩氣行焉。與所作賦皆無規規乎取必於世之意，而未嘗不以登甲科入內廷，則士之所遭，豈可以人力爲詭遇也哉！而深信不惑如君者，是爲難也。

君既以大考翰詹得侍講，道光二十年遂膺簡命，爲直隸天津道。值天子重憂海疆，徵西北兵聚畿輔，信臣視師者絡繹於道。惟天津道掌一切軍興，手口數十萬索裝待餔。君抑鋒斂性，消納同異，爲羣議主，而下與健兒悍夫摩其牙角，化我心膂。當其飛書馳符，食不得定箸，寢不得温席，回思玉堂優閒，含和吮墨，俯仰今昔，其將有悠然神往者乎？然是隨流平進者之志，非所語於雄俊之君子也。夫人人擇所樂而居之，則未知夫所不樂者，又將以誰畀也？有能爲者而避之，則必使不能爲者而居之，尤非君子之所敢出也。惟立夫其知之矣。

録自柏梘山房全集・文集卷六。

帝鑑圖詩序甲辰

明張太岳相神宗，進帝鑑圖。古帝王可法者八十一事，爲戒者三十六事，其圖以四字爲目，而列說於後。其說皆明白簡易，使童孺可曉。蓋所以待其君者，自處固甚重矣。同年蔡季瞻次其目，爲試帖，得百一十七首。陸立夫好而刊之，屬爲序。曾亮因讀之，而有感於蘇氏子由之言也，曰：

信乎！權臣不可有，而重臣不可無。而爲人君者，往往能容權臣，而不能容重臣，爲可嘆也。自霍光、諸葛武侯、慕容恪後，如李文饒、張太岳，皆幾乎可以爲重臣。而太岳之在明，尤可謂總己以聽者矣。然一則禍發於身前，一則勢敗於身後，論者遂與怙權竊位者同類而共笑之。嗟夫！緣百尺之竿而不息，雖甚愚者，知其終一跌而靡也，況智士哉！然而計卒出於此者，何也？夫負高世之材者，不憚糜爛其身，而必一出其胸中之奇，甯負跋扈之名，而不使有所牽制者之敗吾事，久矣。夫人情之日非也，成大功立大名者，未有不害於庸衆者也。豈惟庸衆而已？當其專己獨行，即君子亦疑其心，而羣思有以快其後，則其禍不旋踵固無足怪者。夫功成名遂而身退者，古固有之，此尋常之顯榮者則可矣。若操震主之權，必逆策夫權盡之身，無所容而不悔者，則爲之。不然，則甯忍而捨之，沒世而不出。吾觀太岳與時人書，亦自知所踞之危且難矣。及已至是，進亦敗，退亦敗耳。彼其先，固有所不能忍者也。則當其得爲之時，又豈復爲後悔者計哉？

安化陶文毅公，於太岳蓋深太息之，而爲之刊定其遺集。吾以是知其不隨俗爲毁譽也。則季瞻亦文毅之志也？夫至於所作之工，季瞻之詩非可以試帖盡也，故亦不復贅也。

録自柏梘山房全集·文集卷六。

蔣松士詩序乙巳

松士與余爲同年生，又同官戶部。志氣鮮潔，寡交游。每閒過余，若將有所深語。坐移晷，卒無所言以去。即言，亦深矉太息，若重有憂者。雖余，亦爲君默默且尠歡也。君以母憂歸全州，旋卒。弟碧山試禮部，以君詩示余。其他體或不專意爲之，至五古，則多慷慨激烈，或悽惻幽眇。蓋君所抑遏不出之口者，悉移而注之於詩。其身世骨肉之遭遇，言之累欷而不可盡者，詩則盡抉發之以爲快。於唐詩人儲太祝輩體格不同。要之，任真樸而無客氣，則其趣同也。昔揚子雲口吃不能劇談，默而好深湛之思。人之言語文字，固有絀於彼而贏於此者。以君之默於言也而豪於詩，亦其理然乎？嗟夫！子雲雖容貌禄位不能動人，猶獲老壽之福。君不幸，乃不至乎中壽以死也，惜哉！

録自柏梘山房全集・文集卷六。

陰晉異函序丙午

昔李吉甫敘元和郡縣誌，謂敘邱墓、徵鬼神，非地志之要。而太史公書獨好言鬼神，以爲雍州積高，神明之隩，自秦文公祠白帝，夸禎符，後世至傳秦穆公上天，始皇時華陰神且以璧遺滈池君，而漢武帝求神仙，方士言神祠者彌衆。及唐都關中，華陰祠爲四方游宦〔一〕出入所瞻謁。於是自秦漢來恢奇俶詭之事，學士大夫益震襮曼衍，其光景雜出於小說、傳記者〔二〕，不可勝數也。

乾隆時，華陰李小泉先生自溧水令罷歸，專以文史自娛。既修華陰縣志成，乃取仙佛神怪之事可喜可愕者，別爲一書，曰陰晉異函，蓋不悉載之志乘者。固吉甫之遺意〔三〕，而旁採博取以萃爲此書者〔四〕，亦太史公著書多好奇之意歟？

顧太史公以意有所鬱結不得攄，故著書，詞稱微妙難識。封禪書言宛若陳寶事靈貺昭應，屑如有聞，而使人自得其誣罔之意於言意之表。今先生書，網羅舊聞，無所作而亦時附見己意〔五〕，若莊若俳，以寄其排調慷慨不合乎流俗之意。則是書也，即謂爲先生所自作，可也〔六〕。

録自柏梘山房全集・文集卷七。

【校】

〔一〕游宦：音注本、續類纂本、八大家本作「冠蓋遊宦」。

〔二〕學士三句：音注本、續類纂本、八大家本作「學士大夫益震襮其說，曼衍其詞，光景動人民，而雜出於小說傳記者」。

〔三〕固吉甫之遺意：音注本、續類纂本、八大家本作『固本李吉甫實事求是之意』。

〔四〕以萃爲此書者：音注本、續類纂本、八大家本作『必萃而不遺』。

〔五〕無所句：音注本、續類纂本、八大家本作『不自爲作而時亦附見己意』。

〔六〕不合四句：音注本、續類纂本、八大家本作『流俗之意，蓋其雄於文廉於吏，而不得遂於宦者，後之人亦可概見其素抱焉。則是書也，謂爲先生所自作可也。』

程春海先生集序丙午

嘉慶九年，先生年二十，來鄉試江甯，始相見。讀其詠史詩，先君子呼曾亮曰：『汝見程公子詩乎？渠長汝者一歲耳。』及道光十一年，先生來主講鍾山書院，相見益親。夜過其邢氏寓園，月出園中，竹石如沐，池光盪人面。坐水檻，盡讀其所作於別後者，而少時得名以黃蝶詩及前見者，俱不復存矣。是時，總督陶文毅公政寬簡，民吏樂逸，多興復湖山寺觀。而葆益舟觀察尤好爲主人，泛酒船至燕子磯，飲絕壁下，還過嘉善石壁，訪梅花水、夾蘿峯，飯半山亭，聽銅溝水聲，循定林寺古道歸，以爲常。先生及曾亮數人，皆其座上客也。後至京師，爲戶部屬官，遇我一如其舊。山館野寺，未嘗不偕；偶召賓，未嘗不與；有所作，必屬和。然常什不副一，而先生於辭無所窮，其稱情輔意，足以射聲叩影，如高資者，無所志而不就也。

丁酉夏，忽見語曰：『吾庭樹鴉數百，夜噪而飛，拔巢去，此何祥也？』未幾而病，呼余與訣。余雖悲，猶以爲倘不至若是。後十餘日竟卒。自先生去，江甯同游者任階平、王竹嶼、汪均之，皆先後死，觀察亦歸殯京師鞏駙馬之墓側。先生呼余往，哭甚哀。及余與徐蓮峯哭先生，去哭觀察時未三四年，今蓮峯又亦久死。先生之卒已十年矣。悲夫！

尚書祁公，屬張石舟大令編校遺集，曾亮不可無一言綴於末也。故述少長離合、南北游處之歡，以見略勢。分而篤古，誼如先生者，殆不可多見，以誌吾哀。至所作深博雄偉，覽者當自得之，非可以言詞盡也。雖然，先生之異乎人者，豈獨其文學哉！人屬曾亮以事，而匿其情，漫以請於先生，覆書曰：『吾子而有是言，豈某之生平有不見信於深友者乎？不然，則子受紿也。』嗚乎！傳曰：『直諒多聞，古之益友。』又曰：『夫惟大雅，卓然不羣。』先生殆無愧斯言夫！殆無愧斯言夫！道光二十六年六月，上元梅曾亮譔。

録自柏梘山房全集·文集卷七。

葉耳山遺稿書後丙午

葉耳山名怡，上元諸生。余年二十餘，交管異之，聞其名。與同游城西小盤谷諸山，飯其家，夜半而別。其所居僻遠，余時出游，不常見。道光二年，自京師歸，訪其隣，則耳山死矣。或出一卷書授余，曰：『此葉先生所遺者。』問其室家，曰：『先生無室家也。』蓋其課徒所入，足自給而已，若畜妻子，將求人，則不爲也。同時黄蛟門亦諸生，與耳山不相知〔一〕而行相似，皆閉戶自苦〔二〕，亦各自得也。余家固貧，然未若蛟門甚，每見其衣履寒敝，而形神怡然，輒以自失。與異之談甚歡，余至，或時避去，吾甚望以流俗疑我也，然心益賢其人。

耳山遺書，有燕石序，詞意奇詭難識。其詩之佳者，余能誦之。蛟門所遺，余無有見者矣，獨異之嘗稱其詩。二人雖皆不欲以文詞名，而憶之至今不能忘，豈非以其人哉！夫安貧固士之常行也，自士之失其常者多，遂以常者爲異。而兩人固未嘗自異也，然不謂之難焉，不可矣。嗟夫！此兩人之行，余皆得於異之。異之亡，雖有賢如兩人者，吾猶得而見之耶？否耶？

録自柏梘山房全集·文集卷七）

【校】

〔一〕不相知：續類纂本、八大家本作『相知』。

〔二〕閉戶自苦：續類纂本、八大家本作『閉戶自若』。

張端甫文稿序丙午

張生岳駿，字端甫，無錫人，客京師，從余游者十年。於義山、山谷詩，歸熙甫文，偶學輒似。余小坡、陳藝叔論詩文獨嚴，見生作，乃奇嘆之。及所與游朱伯韓、吳子敘、馮魯川，年或長或相若，皆先達矣，生處之無傲容，亦無不自得之色。余以是重之。及游河南，寄余書，不復及文藝，而講求宋儒躬行之學。余異其能遽若是，而又意其憂傷之深，非是不足以自勝也。

嗟夫！士之困至貧極矣。若生，則求一日爲常人，貧而不可得。祖不得有其養；母不得有其家；妻女也，不得有己之室；有數妹也，皆無以嫁而家死。使生而狂惑，其心漠然無所動者，可也。或其家之人，天誘其衷悔禍焉，亦可也。而不然者，則死而已耳。

生自開封至京師，暴得疾，語其友曰：『吾自覺失心，必不活矣。篋詩文若干首，爲我歸梅先生。』病七日，遂卒，年三十五。卒前一日，余視之僧舍，搖首曰：『先生去，有斂我者矣。』瞬而視侯子勤。逾卒之六月又八日，乃檢序其遺稿，遺子勤刻之，而歸其手稿於家。噫！以生之才而可見者止此，人不可以無年也乃如是夫！道光二十六年九月二十七日，上元梅曾亮序。

録自柏梘山房全集·文集卷七。

錫山文讀序 丁未

無錫汪寫園先生録其鄉制義文，自明成化迄國朝，得人若干，篇若干，爲錫山文讀。其有佳文而貴顯於世，及不售於場屋而文佳者，固悉載於是矣。或文雖不爲世士所好，而其人足重乎世，如『八君子』之流，尤必葺而録之。當明之末造，張居正卒位，而申時行、王錫爵繼之，此明室盛衰之機，亦士君子嚮背得失之林也。而數君子者，兩無所附麗於其間，以罷黜之身，聳然係朝廷名節之重。及我朝文治翔洽，士之高節亢行，無所激而施，而專務於通經博古之學，則大科鴻博之士，彬彬出矣。豈非士之趨舍，一視乎時之所貴賤爲盛衰哉！

論者謂：八股盛而六經微，十八房興而廿一史廢。窮其勢之所極，固必至於是而不可回。然以是編所載之文，因其文以考其人，其學行華實雖大小之不同，皆汲汲乎有沒世而名不稱之懼。乃以知科舉之學，固不足以弊人，而爲所弊者，不係乎有科舉否也。則先生於是編，考世風之升降，備文獻之支裔，可以使有志復古之士慨然以興矣。

録自柏梘山房全集·文集卷七。

法可菴詩序丁未

吾嘗謂東坡之詩出於劉夢得，而讀其詩者或不能知。蓋有過乎前人之材，而所旁涉者又廣博而無涯涘，故使人移易耳目，而忘其源流之所自出。古之善學人者，固皆如是，不獨東坡然也。

吾友法可菴觀察，於詩蓋深學東坡，而不規規於一人一境，且旁及於大歷以下諸子，游其思而博其趣。故所作得東坡清曠之氣，而運以唐賢之調適澹沱，亦時有感激振厲，而離合微至，不大聲色。然則東坡之於夢得，其所學有高出於夢得者，而可菴之於東坡，其所學有不專於東坡者也。惟其不專於一人也，乃合乎東坡之所以學夢得，而同爲善學古人者歟？雖然，詩之境宜於嵯峨蕭瑟，不涉凡近。若聲華爲弈之地，固所謂歡愉之詞難工者也。可菴生長華胄，平進富貴，視東坡起蓬累之中，而中放逐於江海者，其境豈同哉？而清曠之氣獨得於詩者如是，其性情之邁乎流俗，尤不可及也夫。

録自柏梘山房全集·文集卷七。

徐廉峯尺牘遺稿序戊申

徐孟卿舍人，以先人廉峯太史與友人書及訓子語見示。廉峯詩集，生前所自訂，其他文，蓋其所不注意者。然吾以爲，觀人於微而得其真者，莫是若也。當其據案即書，稱心而言，豈復有人之見存哉！

憶昔與廉峯游，樂其胸臆誠直，言論慷慨，貌若高亢，而服人之善，憐人之才，性不耐雜，而慮事精審，於物必求有濟。自浙江主試歸，門下士多高才生，連屋館於其家，飲酒歌呼，不問也，有東海司寇公之遺風。病革時，猶欲出萬金，爲五城散粥費，御史重於奏聞而止。此豈世所易得者哉！今觀其與友人書，及所以訓子弟者，與余聞見事多相類。故曰：可以得人之真者，莫是若也。抑余因程春海侍郎得交廉峯，侍郎卒，同視其斂，君慨然曰：『春海手書不可復得矣，在君與我所者，盍裝治之。』言未久而君亦卒。今觀是編，其能不悽惻傷懷也！

録自柏梘山房全集·文集卷七。

劉楚楨詩序戊申

國初以詩鳴者王漁洋、施愚山，皆不以考證爲學。其以是爲學者，如閻百詩、惠定宇、何義門，於學各有所長，而詩非其所好。兼之者，惟顧亭林、朱竹垞而已。亭林不以詩人自居。竹垞於詩，則求工而務爲富者矣。然其詩成處多而自得者少，未必非其學爲之累也。嘗謂：『詩人不可以無學。』然方其爲詩也，必置其心於空遠浩蕩。凡名物象數之繁重叢瑣者，悉舉而空其糟粕。夫如是，則吾之學常助吾詩於言意之表，而不爲吾累，然後可以爲詩。

若楚楨之詩，其學而不爲吾累者乎？百詩諸君子之所長既兼而取之矣，而其詩磊落直致，或跌宕清妙，怡人心神，凡生平之撰述，一空其跡。吾向知楚楨之爲學人，今乃益知其爲詩人也。抑楚楨之詩多作於窮居羈旅。今爲令，有民事焉，其地異，其情殊，且終得爲詩人而已乎？雖然，和平其心而達於事者，循吏也，固詩教也。荒於政而惟詩之耽，豈治詩之意哉？

録自柏梘山房全集·文集卷七。

何子貞詩序戊申

古今治詩者多矣，有專於詩者之詩，有其人其學不專於詩者之詩。專於詩者，句磨而字琢之，勞其神而苦其心，矻矻然舉天地之大，萬物之多，而惟吾詩之知。若夫不專於詩者，諸子百家之説，有一不知焉，吾耻也；詩、古文詞、金石、丹青、書法，有一不能焉，吾病也。其於詩也，特其無所不能者之一能，而非其專能也。

吾友子貞，自貴州考官歸，以所得詩見示。讀之，求其事似一古人者而不得也，不知其爲漢魏、爲六朝唐宋，適己而已矣。吾意所欲言者，聲之於口，形之以手而已矣。其所謂不專於詩者之詩乎？

子貞迹近而心遠，其自守堅，其智深而能靜，畀以事，無不可任者。而温温於侍從之職，乃以其汪洋之材、沈毅之姿，自恣於諸子百家、詩、古文詞、金石、丹青、書法之學，其學也，亦寄焉而已。子貞之學，固不足以盡其人。況其詩，又何足以盡其學乎！其不工焉，非其所惜；其工焉，亦非其沾沾自喜者也。不然，使子貞而專於詩，舉天地之大、萬物之多，而惟吾詩之知，則真詩人矣，而失吾子貞矣。固不樂乎以彼而易此也。

録自柏梘山房全集・文集卷七。

孫秋士詩存序 戊申

歸安孫秋士，名憲儀。其父遲舟編修，名辰東。兄亦編修，官知府，早卒。君妻子亦繼卒，家復燬於火，無所歸，館鄭氏京師數十年，見童子抱其孫焉。余與君數相見，然不忍問其家事，獨誦其詩，知其嘗有一女而已。君卒於鄭氏。數年後，葉潤臣舍人得其詩驚嘆，謂無世俗氣，將刊之，以告余。余慨然曰：『此盛德事也！秋士窮於生，庶其不窮於死乎？』然君詩中稱三友，謂張淵甫、吳西谷及余也，而豈知刊君詩者，爲生平不一識之潤臣也哉！士亦貴自表異耳，無患乎不知己也。

録自柏梘山房全集・文集卷七。

蔣玉峯詩序 己酉

余同年中多詩人，鄒君松友、張君白也、蔡君季瞻，余皆讀而序之矣。獨玉峯不恒相見，自壬午後，幾二十年。其子申甫編修，居與余鄰，君亦適來京師，始晨夕相過從談讌，而得君之爲人。又數年，始得讀君之詩。蓋其詩，不務聲色，不奴主於門戶流派，而婉而善入，易而善出。凡應官行役之瘁，登臨山水之適，朋友親戚之情，話人艱苦而不能達者，或繳繞叢雜，言之而不能具者（者），君一出之以清和平夷，循節曲傅，奥美畢出，使已無不盡之詞，而讀之者亦無不快之意。如乘輕舟順風中流，倏忽千里，而恬然不知有波濤之驚、江湖之艱阻也。是則君之無所因襲，而自成其爲詩者已。

君爲人廉智自將，和易而有護。自縣令至監司，官江西者幾三十年，士民皆愛誦之。有大疑獄或官民有不相得者，雖非君所莅，大吏必使君往，一以清和平夷、循節曲傅者處之，卒以無事。夫爲吏於今日，蓋綦難矣。上不能無所求於下，而民常有挾以要其上，而猶欲以武健勝之，宜其糾紛雜亂而事幾僨也。君之詩，即君所以爲政者乎！

録自柏梘山房全集・文集卷七。

戴雲帆文集序 己酉

古諫官之設拾遺補闕，其義貴於輔君德而已，司彈劾、陳利弊、其餘事也。逮其後，啟沃之事或專出於一二親貴之大臣，而爲言官者，遂以彈劾爲專司，而益務於興建利弊以盡其職。夫利與害相倚伏，陳其大端，使上知理與勢之所宜興閉，言者之所能也。若夫行之有次第，施之有緩急，循其理解，而平其牙角，全吾言之所利，而不涉於害，則在有司之奉行而已。苟其行之不善，或雖行而非其意所便者，鹵莽析亂，使其利不可成，而害之布列於耳目者，已森然而不可諱，天下遂以咎言者之失。然則言之非難，言而必其人之能行者難也。

吾友雲帆爲言官，而深知其難。其慮事也甚深，而究得失也甚析。平居論辨今古，及與人書疏，皆殷然以世事爲念。然惟其念之者殷，則審度於行法之在人者，愈不可易爲嘗試，吾以是知其無功利心而不近名也。近出其所爲文十卷，其少作多沉博淵雅，有意於崔、蔡之所爲，後乃一以理勝，而覈於事。殆昔人所謂『得數十首可當著書』者乎？雖然，古之人得行其意，則無所爲書，使君一日審其有能行者而盡言之，則是編也，又其糟粕也夫？

錄自柏梘山房全集・文集卷七。

朱少仙詩集序 己酉

昔白樂天與孟東野、賈長江，皆元和詩人。然人讀孟、賈詩抑塞，思罷去；樂天詩輒心曠神釋，而樂爲之徒，豈非其境爲之哉？

餘姚朱少仙先生以文行名於時，而屢試禮部，始以大挑得知縣，顧棄不取，爲州學官，復棄官而家居。其境固不若郊、島之困，而視樂天則有間矣。及得其詩讀之，自少而壯而老，凡有接於目者，皆欣欣然而得其樂意也。其夷猶容與，澹泊而自適，亦使人心曠神釋，而樂爲之徒也。因其詩以得其人，所謂無求而知足者歟？雖然，人之富貴貧賤，其境無有窮也。惟無求而知足者，其境爲無以加。苟爲無以加也，含醇和，混希夷，而超然於無累之域，又烏知己之非樂天，而樂天之非己也哉！則以無其遇而同其詩爲先生異者，猶未爲知言也。

或曰：樂天之子無聞，而先生有賢子登侍從，壽且過之，所遭又有勝於樂天者，是固然矣。而其所自得於詩者，亦不係乎此也。

録自柏梘山房全集・文集卷七。

恥躬堂文集序 辛亥

昔閲魏叔子文集，有『易堂九子』，彭躬菴先生其一也。未得見其書，知爲勝國遺老而已。咸豐元年，曾亮主講梅花書院，其七世孫雲墀都轉過揚，以文集贈，并詩十六卷，屬爲序，乃稍得其生平。

蓋先生少席豐厚，性豪邁，盡散金帛以交恢奇偉異之士，至築屋數十楹，以居過客。周旋於黄公道周、史公可法、楊公廷麟數君子之間，欲有所自見於世，而迄不得行其意。遂築室於甯都金精之峯，與三魏相依，務欲韜匿聲采，無所聞問於世。而又不得安，其居爲土寇所擾，展轉遷徙。及海宇安乂，稍可休息，則困於飢寒道路之奔走，其文采行誼又爲當途士大夫所引重，卒不得安於所謂金精峯者。夫先生於明季固一諸生也，當搜訪勝國遺老之日，而超然以布衣終，其節固已高矣。而今讀其詩，抑塞拂鬱，若有所負咎於世。蓋志義之士，其崎嶇犯難，百折而不悔者，非以爲人也，求自全其心而已。苟其心之無憾也，雖人言而不恤。惟其心之不如是而遂已也，則雖求之名節而無可疵，質之天下後世，亦無能求備於是。而耿耿不自釋者，終不以後行之所成，自恕其始意之所獨至。此其志義所以尤不可及與？

先生之詩，兀傲有似山谷者，激烈之氣則近放翁。然嘗自言：『吾文不欲學古人。』則詩又豈規規於古人哉！特其邁俗慷慨之氣，有與古人同者，固宜詩之有時而合也。然是猶不足以盡先生。惟知其有高世名，而耿耿不自釋於心，可以知先生之詩矣。

録自柏梘山房全集・文集卷七。

八角樓詩稿序 辛亥

何顧船刑部以其親上官宜人詩稿見示，清醇真樸，無纖俗之病。其詞，則多遠道憶父母之作。夫内夫外父母家，此以義言之耳。若發乎情，如古賢女思歸，見歌詠者固『三百篇』之所録也。余在都時，爲文字真率會者十許人，皆好古多聞者也。顧船主會特勤，饌飲必豐潔，然是日皆宜人自製羹，客愧之，欲辭約，顧船曰：『是吾親意也。某所與游，親必問爲賢以否，其學術若何，對不副所問，輒不樂。若諸君子，則吾二親樂常以爲客者也。』余聞之，益以爲愧。然宜人則可謂賢矣。詩曰：『飲御諸友，炰鱉膾鯉。侯誰在矣，張仲孝友。』宜人於詩教，蓋深矣哉！蓋深矣哉！

録自柏梘山房全集・文集卷七。

衡游草序 辛亥

厲茶心先生昔以詩集見示，余嘗答詩，以稱述其高致。續讀和陶詩，心意閒適，才力悉斂之於平澹矣。今又見其自湖南歸之衡游草，凡山水之情狀，風雨雲日之興象，皆見於詩，悉力呈露，而不使之稍縱。蓋才與境變，而不主故常，視和陶詩又一奇矣。昔杜子美以湖南爲清絶地，而困於飢寒奔走。今先生載眷屬，視令子於官舍，有天倫之雍容，無羈旅之騷屑，固宜能盡所歷之妙，而悉吐其胸中之奇也。過洞庭詩，洶湧滂湃之狀，震掉紙上，余雖未嘗至，恍然遇之。至九江、皖公山以下，皆嘗所經歷，而其時胸臆對錮，忽忽無所會，讀是詩殊自失也。

録自柏梘山房全集・文集卷七。

石瑤臣傳書後 辛亥

昔太史公傳循吏，自春秋盡周末，幾數百年，然爲之傳者，四五人而已，何其難也！蓋有其人，而事不傳者多歟？如麴令何易于，使無人，焉見於詩歌文字？亦沒沒於後世矣。居高明者易彰，而卑困者寡述，勢固然歟？或曰：循吏者，心乎民而已，智名勇功，非其所屑計也。任峻、鄧艾、杜元凱之流，其興利與召信臣等，而功名之意居多焉。君子亦探其心，而不欲與以是名，則副乎循吏之名者，蓋其難哉！

近今之世，吾得一人焉，曰石家紹，字瑤臣，翼城人[一]，道光二年進士，官江西知縣，終銅鼓營同知。自大吏僚友、搢紳先生、士民卒隸，無不以君爲循吏也。入都時，除夕飲余齋中，論史記不絶口，問君所行事，則笑謝不自言及。及卒，見其友所爲傳，皆爲民吏者所當爲。人或怠焉，僞焉，獨力誠行之以盡其心。江西嘗大飢，錢粟未辦，而飢民集西山者已數萬，齋聲呼賑，巡撫署屋宇皆震，大吏不知所爲。或曰：『急檄石令！』石令至，萬衆皆迎伏跪拜，曰：『願聽處置。』是賑也，得緩而無變。夫嘑呼搶攘之時，見一人則帖然服者，惟嬰兒於慈母則然，而君能得之數千萬洶洶飢迫之衆。且君之於民，非能解衣而遍衣之，推食而遍食之也，而若此，何哉？夫殊尤卓絶之行，固倫常所宜有也。至父母於子，雖極其情而不足爲異，故雖以君之爲吏，亦特盡子民者所當爲而已。然而非父母其心者，則不能爲。此君所以得此於民者歟？

嘗自記曰：『吏而良，民父母也；其不良，則民賊也。父母，吾不能；民賊也，則吾不敢。吾其爲民傭者乎？』故自號曰『民傭』。嗟夫！父母之保抱其子者，蓋日爲傭而不自知也。是則君所以自處者矣。

録自柏梘山房全集・文集卷七。

【校】

〔一〕翼城人：續類纂本、八大家本作『冀城人』。

亨帚集序 辛亥

嘉慶中，與元和顧君千里同客揚州，秦敦夫先生招飲，與顧君言書籍目錄之學，竟飲不倦，於是得盡聞所不聞。顧君精博，慎許可。至先生，則以爲何義門諸君子之緒論，猶未泯也。道光三十年，再至揚，先生已前卒，玉笙同年以遺集屬序，自館閣至里居，所作皆在，而序書之文爲多。

昔司馬談、劉向始有書序，班固、柳子厚、王介甫、曾子固繼之，皆敘書之旨要而已。先生則兼詳其板本之源流同異，與訛繆刪脱之所緣起，爲學者多聞闕疑之助，其意固已深矣。而文之體格態度，則阮文達公嘗稱之，以爲人能知者少，惟詞隱自記，多徜徉之詞。或惜爲於世不竟其用，然以翰苑尊宿，優游於林下者三四十年，席先世圖史與畢生搜訪之富，而所居又爲四方學士詞人之所輻輳，遂得肆意乎稽古之娱。發古德之幽潛，祛後學之弇陋，則先生於世，豈復有不足者哉！

獨念曾亮以三十年之久，重來揚州，昔所遇贍聞麗藻之士，與先生相欣賞者，今皆不復再遇，而行年亦遂至如昔所見先生之年矣。序是文，不能不慨然以思也。

録自柏梘山房全集・文集卷七。

徵銘錄書後 辛亥

王子守靜介姚石甫，屬爲徵銘錄書後，以未見其錄，不及爲。今歲，守靜又介湯雨生以其書來，爲其親述行之文，多至數十人，余所習及所知者半焉。因余之所知而徵其所不知，則其言皆可信者矣。以一人之行，而言之可信者數十人無異詞焉，其行之孚於人人，非以其子之求而有所飾焉，必也。故吾因周保緒之言，重有慨也。

夫贏於義者虧於利，此事之適然者也；侈於躬者毀於家，此理之必然者也。俯拾仰取，而困於時命之無所獲，又數之常然者也。人於事之適然者，父子兄弟相戒也。至必然與常然者，則昧昧然趨之，其失利一也，而倍亡其義焉，可謂知所擇處者乎？傳曰：『人貌榮名，若學愚。』王君可謂知所擇，而得其榮者矣。君諱旦。徵文者子國棟，字守靜，歙人，而三世居常州。故兩江文行之士，皆具於是編焉。

録自柏梘山房全集・文集卷七。

青嶰堂詩集序 壬子

先君子同年友，以文字知曾亮者三人：安化陶文毅公、新城石士侍郎陳公，其一則嶰筠尚書鄧公也。文毅之撫吳草，侍郎太乙舟集，既皆讀而序之。至公之詩，則巡撫安徽，曾亮時在署中，嘗親見其屬筆。其取材也必精，其句律也必整，而出入於東坡、放翁之波瀾態度。其於詩，不爲則已，爲必片言隻字無不愜於心者而後成。每辰巳時見屬吏，議事畢會食八箴堂。時管異之、馬湘帆、汪平甫俱在坐，方植之亦時來，和章聯句，詠調間作。午過，入齋閣，治文書。日晡後會食，漏一下，各散去，日以爲常。

蓋公明於知人，善任使，又熟察其地之肥瘠、民之強弱，而擇其人吏之所宜，而無有愛憎厚薄之關其間。故官吏奉職，鮮有敗事。朝廷無信使之遣，有司無供張之困。民氣安樂，鈴閣清靜。公乃得與賓客遊從之士，從容乎翰墨之娛也。

今歲，公之子子久太守以遺稿寄示，屬爲序。伸卷再四，多昔在署時評識之作。蓋公之撫安徽也，十年矣。其總督兩廣、閩、浙，皆不能如安徽之久且多暇也，故詩於是時爲最盛。事會遷異，風流云亡，欲如文毅及公安徽時之民和政優，講論文事，雖名公卿而建幕府者，今亦慨然難之。而昔會食諸君子，亦先後凋喪，獨曾亮藐焉幸存，而得序公之詩。嗚呼，盛衰之感，豈獨在一人也哉！咸豐二年五月，梅曾亮序。

録自柏梘山房全集·文集卷七。

孔君墓銘書後 壬子

昔朱邑爲桐鄉嗇夫，廉平，不苟以愛利爲行。後屬其子曰：『必葬我桐鄉，桐鄉民能奉嘗我。』夫邑，貴爲九卿，能薦達賢士，廉潔守節，非碌碌居位者，而自以爲有功德於人民乃其爲嗇夫時。蓋士有致位公輔，聲施爛然，而歉焉有所不自得；或小吏卑秩，而泰然無愧於心者，亦視其所及乎民者而已。故吾於孔君之事深有取也。

夫權輕而民畏，必有以見重於民者；位卑而令行其言，必有以見重於令者；役姦而能去其害，必有以見信於其使令者。此三者，皆行之至難者也，而其事則人以爲微也而忽之。不知彼所得致乎民者，其職固如是止焉，而無有加也。此邑之所以無愧於桐鄉者也。吾觀漢之循吏，若朱邑、文翁、黄霸諸人，起家嗇夫，或郡縣吏、卒史，後皆爲名公卿。歷卑位多便近民，知疾苦耳。惜乎，君所施專而不咸也。

君諱傳坤，字靜遠，孔子六十四世孫。子繼鑅，進士，官刑部主事。以君不急其仕，棄而歸養，示余墓銘文而垂涕也，乃感而書之。

録自柏梘山房全集·文集卷七。

阮小咸詩集序 壬子

江甯郡城，其西北包十餘山，林壑深遠，而秦淮、清溪之水縈帶其下。其迹雖或存或湮〔一〕，而清淑之氣猶足以沾溉人物。故士生其里，多跌宕自標異，或真樸無文飾，有六朝人餘習。其衣冠言動，與南城人風氣固殊也。

以余相知，若嚴君小秋、汪君鄰樓、車君秋舲、陸君香篘、汪君平甫、方君慎之及小咸，所居相去率不過一二里。而諸君皆多文酒之會，時相與攜榼訪勝極乎山砠水涯，歡吟醉呼窮日夜，披林莽逐星月而歸，以爲常。

小咸雖與諸君倡和相得，而終歲授徒，於文酒之樂不多與也。及余自京師歸，北城諸君凋逝殆盡，慎之亦久客不能歸。獨君年已七十，尚授徒如故。余因自嘆年未甚耄老，而自里居後，山城孤寺，往往多獨游，少與偕者。見少年游從意氣之盛，追念昔時同輩，邈焉難求，而寂寞自守、得臻乎老壽如君者，爲可幸也。乃未幾，而君亦旋卒。君之子肇星，以詩稿屬序。余讀之，清婉恬適，如君其人，不以其不得志於有司也，而有怨詞，有矜氣，真德人之音也。昔與君及鄰樓、香篘，同肄業於尊經書院，夜歸，市戶皆靜閉，獨吾三四人履聲滿街。讀君詩，忽忽不覺爲數十年事也。咸豐二年九月序。

録自柏梘山房全集·文集卷七。

【校】

〔一〕湮：續類纂本、八大家本作『沒』。

舒伯魯集序 甲寅

伯魯始以年家子見余於京師，呈詩文爲贄。余告之曰：所爲詩文，皆出之太易。凡詩閲一二字可意得其全句者，非佳詩也。文氣貴直，而其體貴屈。不直則無以達其機，不屈則無以達其情。爲文詞〔一〕者，主乎達而已矣。時聞言默然，若深有動於中者。及復應順天試，與弟仲和館余家，其詩文則大變矣。且執弟子禮甚恭，録余詩文一通以去。後余主講梅花書院，復來揚州，録續所爲詩文以去。未幾，以部郎供職京師，卒矣，年未至三十也。悲夫！

伯魯之才高，志亦與之相副，以爲古人無不可到者。即其所成就者論之，謂已造古人夐絕之境乎？未能也。然就其所已至者，以決其他日所必能至，非古人夐絕之境，固無以位之。從余學文者，無錫張端甫，好震川之文，而以憂傷其生，年甫過三十亦卒，其境使然也。伯魯之境，方爲人士所豔羡，而不以自足，其詩文亦多悲傷潦倒，若無以自聊者，豈氣機所至，有不能自主者耶？曾滁生侍郎語余曰：『伯魯，奇才也。然好作悲語，不稱其年，恐非福，宜有以戒之。』余愀然，幸其言之不驗。今竟驗矣，可惜也夫！

録自柏梘山房全集·文續集。

【校】

〔一〕詞：標點校本作『詩』。

太乙舟山房時義序 乙卯

陳淮生太守以碩士宗伯公時義屬曾亮閲定，且曰：『爲先公年家子，而相知深者，莫如君，其爲我序之。』蓋公之文，於明之諸君子工爲文者，皆深得其神理，而一衷以宋五子之説，故其文質而不華，正而不阿，讀之，知其爲德人也。

公少從學於姚姬傳先生。先生之詩、古文詞，今好學深思者皆篤好之，爲海内所宗矣。至講授時義，或謂爲高遠無當於場屋，公則自從學至登甲科，校士視學，皆以陸清獻及先生所選定者爲諸生程式。蓋不惑於流俗，而奉一師之言以終身，未見有如公之於先生者也。然則謂必偭背規矩，逐時好，始徼倖於一獲者，豈不誤哉？

昔嘗見公文有姬傳先生所閲者，光氣俊偉，似陳臥子諸君。今此文已不復存，蓋公固有驚俗絶塵之才，務抑而斂之，而才之足以行其法者，自在也。苟無其才，而襲爲樸拙陳朽之言，以掩其虚薄者，不足以知公之文矣。

録自柏梘山房全集·文續集。

陳淮生時義序 乙卯

吾友淮生官部郎，不復應試，乃總其生平時義，屬余序之。君幼承宗伯公之文派，而長從學於姚鏡塘郎中。郎中之文，節短而味永，得隆萬人深致。君擩染歲久，欲爲熟軟媚耳目者，下筆輒自慚。至應試文，固降心抑志，勉以就有司之繩墨者。而自人觀之，猶驚而不相習也。然宗伯公未嘗因試而以其文爲不工，君亦不以屢困而自變。余嘗坐其齋中，見所習文皆應試者所不經見，而以此投合於世，可謂知所好而堅於自信者矣。雖然，君今且出爲郡矣，守以下吏而執事者衆，將有承守之意旨者焉，而亦必有勤民潔己之吏，侃然志古道者也。投之於世而不合，則廢然而返。其不合也，在志古道者，亦自以爲降心抑志、就上官之步趨者矣。而猶爲世所斥怪。此君之文而不見遇之説也。君蓋將鑒於是而反之，則阨於文者，即其所以達於政乎？是可賀也。

録自柏梘山房全集・文續集。

姚姬傳先生尺牘序 乙卯

姚姬傳先生嘗語學者，爲文不可有注疏、語録及尺牘氣。蓋尺牘之體，固有別於文矣。惜抱軒尺牘凡數百首，與親故者，亦兼及家人瑣瑣事。至朋友學徒，則論學及爲文之宗旨爲多。夫學之通蔽、文之雅俗深淺，既屢見之文集矣。今尺牘所論，雖體制不同，而其義則微顯，互證可相輔而益明。蓋其信於心者深，而教人也誠，故或莊言之，或率意言之，其理未嘗不更相表裏，無稍有齟齬於其閒。此亦足以見爲學之不欺。雖無所爲作，而出之者，於詞無枝游，未可以其別於文而忽之也。

同年楊至堂侍郎，深企慕乎先生之爲人，以爲其超俗者非獨文與詩也，即尺牘，亦德人之雅音。因以新城

陳氏刊本，延高君伯平重爲校刊。伯平遂悉手寫之以上版，字體渾穆，使此書益可欽玩。蓋先生所論學術，非獨與流俗殊也，即稱爲學人者，亦未嘗俯同之。故信而好者或鮮，然則侍郎固有過人之識，而能心知其意者哉！

咸豐五年九月，上元梅曾亮譔。

録自柏梘山房全集・文續集。

柏梘山房詩集自序

曾亮總所爲詩，得若干首，而自箴其失曰：

蓋聞言不虛，立古必驗，今率感前邱，鑒茲來軫。天寶無家，拾遺發江關之詠；蜀道多難，商隱標井絡之旨。若乃提挹往事，言成典則，紃察今情，虛而無徵。某山某水，乃周處風土之記；書名書姓，實班固人物之表。此一蔽也。

且夫爲鍾則大，爲鈴則小，其物則是，其言則非。故山谷爾雅之演，乃香傳之微詞；元亮山經之讀，亦陽秋之隱語。蓋罣牢乎萬物，得反覆於三隅。豈徒極命蠹生，叩景玩物，心在一啄，神厲九霄？此則武王之銘，同

乎金石之錄；離騷之經，資乎草木之書。體雖沿於皮陸，義難疏於毛鄭。此又一蔽也。

右軍蘭亭之詠，不殊常語；安仁金谷之詩，未聞好詞。何者？意非積蓄，詞由豪舉。且獨在之慨，當抱影而彌甚；掩卷之笑，非朋從所與知。今則對客進牘，字惟談歡；舉杯當歌，聲必論慼。以常談爲才語，謂暴謔爲高言。此又一蔽也。

樂府所被，實錄斯存。太傅長慶之集，深規乎比上；水部怨女之風，不失爲自鳴。若夫名沿技錄，情同子虛。採扶疏之春華，便列子夜之曲；拾參差之香草，已登房中之歌。此又一蔽也。

語得來處，拙而足珍；言乃無稽，巧而必斥。世有擅六藝之場，累一集之富。而違孫卿則典之戒，或蹈籍氏忩祖之譏。譬之鶡冠自喜，弁師不存其名；龍鲊多怪，湯官本無其製。昔人謂所作不可悉難，難則不知所出。此又一蔽也。

且夫詩者，乘興而言，盡意而止。猶夫鳥獸叫音，情竭者不復懷其響；大塊噫氣，怒鬱者不能收其聲。而鄙淺之士，好爲自文。竄句有關鍵之閉，安章如糾纆之合。夫積土成山，居然懷谷；積水成淵，自能回湍。今必穿土以助其纙運之勢，激水以增其盤涏之觀。此又一蔽也。

疊韻之巧，盛於蘇黄；和韻之風，流於元白。意在騁捷徑之險巇，示回翔之善迹。夫妥貼於制韻，既外重之患深；欲深明其本章，又曲傅之患起。矜此難能，競於碎義。是猶削足適履，屈頭便冠。此又一蔽也。

要津之區，才俊滿前；投贈之作，侈言無驗。或三德不振，而揄揚過乎曾史；或九能未諳，而傅會極於屈宋。此則腐毫之相如，卑於掃門之魏勃；陳王之八斗，賤於正平之一刺。此又一蔽也。

夫古今代興，雅鄭異響。凡此數端，多不自拔。況季緒之才，作者未逮！師古之失，自知爲難。就正有道，不其恧歟？顧以少好吟弄，長多坎軻。凡爲悲歡，萃此楮墨。欲使已滅之迹，按履可尋；不停之聲，眠琴如在。非此贅語，曷留景光？輒編以歲華，都備日記云爾。

録自柏梘山房全集·自序。

書楊氏婢事〔一〕癸酉

楊氏之寡妾，以貧故不安於室，嫁有日矣。未嫁前一夕，呼其婢不應者三。怒曰：『汝，我婢也，何敢如是！』婢叱曰：『我楊氏婢耳！汝今誰家婦者，曰「我婢」「我婢」？』妾方持剪刀，落於地，起環走房中。至天曙，呼其婢曰：『汝今竟何如？吾復爲爾主矣。』婢叩頭泣。妾亦泣，竟謝其媒妁，不行。後將嫁其婢，婢曰：『人以我一言故，忍死至今，我亦終不去楊氏門，亦不嫁。』妾之夫，楊勤恪公錫紱子也。

録自柏梘山房全集・文集卷八。

【校】

〔一〕題：續類纂本作『書楊氏婢』。

侯起叔先生家傳戊寅

先生姓侯氏，諱學詩，字起叔，江甯人，幼孤貧力學，尤邃於詩。以進士官廣東三水縣，仕至江西撫州府知府，以病歸。

先生沉沉無多言，人初不以爲能，然善斷疑獄。每聽事，堂上下皆屏息，無胥吏聲。聽訟者言畢，不僝一詞，復使言。僞者詞輒躓，抵隙躡尋，不得轉移。不一事威愒。令南海時，兼虎門同知及總捕通判，凡數印，默默如平常，同官以是知其敏也。然歸里後，不一言在官時事，有問者，以風土物產對而已。家居，自刪削所爲詩，曰：『吾詩自南海後僋矣。』是時，錢塘袁簡齋方寓江甯，及陽湖趙甌北、鉛山蔣心餘，皆以詩震襮天下，而袁爲魁。自王公大人，下至商賈婦孺，讀其詩者，人人自以得其意。賓客游士投詩卷爲弟子者，名紙之積如山，而先生泊如也。其所爲詩，味幽而氣疎，情暢而義肅，大較似陳無已，而貌加豐焉，世之人不知好也，即先生亦未嘗輕以詩許人。年六十餘卒。子二人：長雲松，以弟之子繼，中嘉慶三年舉人；次雲石，博士弟子。

先生之官南海也，巡撫李公瑚威重，甚患茭塘民之多盜也，計殲之。先生請訊，公曰：『每獲盜，皆曰「茭塘」、「茭塘」。茭塘數百家，即得不爲盜者一兩人，足爲訊乎？』先生固請之，公曰：『吾任君作好人！』後訊出者三百餘人。嘗曰：『天道有知，我尚當有一子。』不踰年而次子生，如其言。

梅曾亮曰：先生，曾亮外祖父也。病歸後無事，獨時見其自改詩。年十五六時，閲其詩，無所省。又十餘年，覺有異焉，亦未能知其佳也。今則真知之耳。然以吾遲之數十年而後知者，望之人人，其亦有同吾之知者耶？其竟無同者耶？方其兀坐渺慮，定得失於微茫之中，豈以世有必得其用心者，亦自慊其志而已。雖然，事不能自慊其志，而能有待於後世者，蓋未之有也。

録自柏梘山房全集·文集卷八。

書李林孫事 戊寅

郟縣陳伯瑜，任俠士也，嘗於巡撫某公座大言曰：『某某處教匪當起。』時乾隆六十年矣，天下乂安，坐中皆搢紳先生、大吏官屬也，大譁，以爲妖人，嗾某公即坐上執之。伯瑜曰：『執我易易耳，若何者而釋！』無何，川、楚賊果起。官吏皆驚，禮爲上客。時賊衆已蔓延，然未入河南界。河南路四通，輕徙鳥舉不可制，當事者尤是爲憂。而浸淫聞賊自襄城來，文武吏皆他出守禦，獨布政使馬慧裕，提空名守城，實無兵，用伯瑜計得襄城李林孫，以五百人破賊襄城。

時賊已大至，臨水欲渡，聞伯瑜以二百五十人閲兵也，戲觀之。未及戰，而後陳囂，林孫以二百五十人出其背。賊前後相紛挐，殺傷過當，乃遁去。林孫已破賊襄城，其鄉兵聲聞梁、楚間。林嵐乞其兵守盧氏。賊帥張潮兒來攻，衆號十萬，可二三萬。嵐卒不滿二千，莫敢進。嵐謝其衆曰：『公等皆林孫人，徒死無益。』指大樹曰：『我官也，死是間耳。』衆怒曰：『誰無面目者，乃致官〔一〕爲此言！今日戰，有不勝賊而生者，撞大石破腦死。』嵐拜，衆亦拜。遂戰，賊幾殲。賊走且詬曰：『我識若！我識若！』林嵐者，河南省試用知縣也，後爲安徽省同知。

有蓋方泌者，爲陝西商州州同，亦善使鄉兵。嘗敗，言笑如平常。衆怒曰：『見人父兄子弟死，反笑爲，固不可解也。』方泌曰：『賊小勝，驕矣，我報父兄子弟仇，戰必勝，珍寶盡有之，我故樂而笑也。』衆氣振，復戰，乃大勝。方泌至前戰地，呼亡者而哭曰：『好男子，不見吾殺賊而死也。』因伏地哭不能已。衆皆哭。

汪正鋆〔二〕曰：『吾往來梁、楚間，問所聞李林孫者，見之襄城逆旅中，年六十餘矣。皃〔三〕温厚長者。』正鋆與言形勢旺相〔四〕、用兵奇正之道，皆不省，曰：『大豪傑無他，得人心耳。』

録自柏梘山房全集・文集卷八。

【校】

〔一〕官：續類纂本、八大家本作『公』。

〔二〕汪正鋆：續類纂本、八大家本作『汪士鋆』。

〔三〕皃：續類纂本、八大家本作『而』。

〔四〕正鋆句：續類纂本、八大家本作『士鋆與言，言形勢王相』。

墨生傳 壬午

墨生，周墨子之後也。漢時，有子墨客卿。自漢至唐宋，皆隱不仕。宋王安石嘗薦其先世，欲官之，不果。

君生於明洪武時。時太祖已平天下，除羣雄，謀萬世安，欲以木訥文弱愚黔首之民。或以生可以摩厲薄俗，薦也。召見，大說之，爲文學博士。時青田劉先生及高青邱輩，以謀議詞學見尊重，後以事見誅。君爲人，陰重不洩。凡天地人之理道，山川、禽獸、草木、名物、象數，皆畧涉之。有問者，故爲無崖岸以對。自名禍陰，猾吏不能測之。惟太祖亦以生謹厚，無它腸，除州牧郡守、尚書九卿，必經君指授乃可，以此京中貴人，翕然稱墨君。

墨君雖游於要人乎，然不以貴驕人，無貴賤賢不肖，一與游，皆歡然終身。其愛慕君殊甚。或曰君能言神農、堯舜、文武、周孔事，親見其抵掌談語，自司馬遷、伯益、隸首不能詳也。人咸多君，以爲神，如數千歲人。秦漢後，輒卑之，若夢覺焉。嘗曰：『吾治書猶庖人治庖，醯人爲醯，蠅螻腐敗而勿食之貨，必留以觀其化。』時有魯兩生，避之不肯見，曰：『墨君，妄人也。善因權而爲功。』其門下士既秉事用權，或持其術不能通，稍叛去。君聞之，默默不自得也。嘗有所薦舉，非其人，上怒甚。生免冠叩首，曰：『臣無由知。』太祖亦悟，曰：『君休矣！』復就故官。墨生蓋以壽終，或以爲化去不死。其子孫衆多，遷徙流寓，益蔓延不可窮也。

太史公曰：墨以道術受姓，別者九焉。惟君後獨爲繁昌，蓋祿利使然也。觀君言論侃侃，類有道者，獨昧於知人，何哉？然太祖之殺伐行威，不愛人士，以文字見屠滅，數數覯矣，生獨終始蒙恩禮不衰。古所謂『文無害』者，豈生之謂耶？

録自柏梘山房全集·文集卷八。

王芾傳 壬午

嗚呼！士之谿刻自處，不顧人之是非者，豈務絕俗以爲高哉？適其意而已矣。昔徐昭法餓數日，黃九煙造之，持而哭，出扇，令其徒鬻之。人莫售者，則曰：『此黃九煙詩畫也。』乃得銀數錢歸。昭法與九煙皆怒，以爲洩九煙名，促還之。嗚乎！士敝於衣食久矣，以居官爲商，以立名爲狂，以文爲駔儈，以勢爲子母。其搢紳間相然諾，非是末由也。有默不答者輒怪之，況侃然持論甚高者乎！骫骳頑鈍、無忌憚之言，儼然作矜莊之色，如父師之語子弟，聽者正冠改容，以爲若人愛我，此其尤可怪歎者也。如徐先生之風，豈非俗所謂不近人情，而且疑爲無有是者哉！

余於江甯得一人焉，曰王芾，字小石。壯時嘗應試，中副榜，遂棄不應試。好爲大言，無檢束，談經書，務閎大奇偉，鑿空以自恣，期適己意而已。他日忘前語，又改說之，然皆有詞義扶持其理。亦不常說經也，暇攜兩孫游於常所往來、意所可者，遇飯則索飲。所適之富隣欲飲之，不可強持之，展兩足，伏地大號曰：『吾足痛！』而狂走逸去。家居，常不得菜，植箸鹽中，嘬箸以佐食。而性好客，客至必沽酒，人不能堪，而君勸客飲益堅也。屋外有棄地，君晨往負暄。有過者，暴起，揖坐之，談不令去。人驚，或間道行避君。然見人未嘗言貧，贈之金，則受者四五人而已，稍多亦不受。

昔王大經嘗著巢許論，曰：『亂生於民，民生於多欲。自堯舜至湯武，僕僕若臣虜，懼不能給。彼無求者，緡緡昏昏，不知其仁；沕沕墨墨，不知其德。蟠木北戶，流沙戴斗。舉天下不其治者二人焉。其行不足以治天下，使天下無待治，則巢、許是也。堯、舜、巢、許，皆能治亂之聖人，故並世生焉。』其言迂遠不經，然能力行之，薄嗜欲，遠名禍，以明布衣終。今王君之行，雖疏狂少邊幅，亦所謂無欲於世，而世莫得而治之者乎？人皆曰：古人之爲此者，化性而起僞。然王君自壯至老，余無時見其不自得。投以世所樂者，驚而逸，如麇鹿然，豈其僞爲之哉？余以是知古人之清風高節信有，是不可誣也。

大經，字倫表，一字石袍，東臺人。

録自柏梘山房全集·文集卷八。

家秋竢先生家傳甲申

先生名立本，字秋竢，一字望園，於曾亮爲伯父行，而入國史·文苑傳曰庚者之曾孫也。少以文名庠序中，得選拔入都，充八旗官學教習，考職得州同。有勸以就職者，笑曰：『此非吾出身也。』乾隆十七年，中順天鄉試舉人，考授内閣中書、軍機處行走。又五年成進士，以第二人及第，授編修，充國史館纂修。宣城人俗畏客居，遠賈不過百里外，鄉會試都省者，惴惴然如不即歸。而先生留都中久，鄉人士詫其所爲，至是乃笑曰：『其自苦如是，得之晚矣！』嘗一爲江西壬午鄉試副考官，癸未會試同考官，旋視學廣西，殂於署。其時，以某縣令不得其死事有連，蓋乾隆三十二年也。

任學使者，自一二大省外，官卑體尊，州縣多鞅鞅，即督撫，亦貌敬之如外客。而先生嘗值内廷，魁上第，人皆以地望疑先生，謂有所陵忽，抑先生非其人也。然竟以是爲同官猜，其可悼也已。其卒也，文穆公已薨，而族伯祖生谷、薏沙兩先生亦相繼先逝，上下十餘年間，梅氏登甲科、列朝籍者盡矣。嗚呼，亦門祚之故也歟？

録自柏梘山房全集·文集卷八。

葉應傳丙戌

葉應，涇邑生員也，無字，其妻相與語稱先生，人呼爲葉先生。終歲不沐浴，面多垢，然盛暑未嘗不冠。來鄉試江甯，門生負一擔炊竈具，妻牽犬隨行。見年長者，無客主，必坐其下；幼者，反是。客聞先生來，輒逃。或坐立，稍失容即見責，不問名姓何也。惟先祖石居公私嘆異之，曰：『如葉應，真孝子。』嘗館余家，夜已臥，大哭，拔關遂逃。間年問之，曰：『忽憶母，急歸耳。』石居公之卒，既除喪，有白衣冠立大門外者，家人驚，祖母汪宜人曰：『噫，是其葉先生乎？』余易冠出迎，乃入，哭弔如禮，趨而出。

幼時見先生，不敢正視，恐失笑見呵。後稍長，知敬異之。聞已沒，不復來。噫，自先生沒，衣冠形模可怪笑如先生者，亦不復見也。

録自柏梘山房全集・文集卷八。

鄱陽縣知縣吳君家傳 丁亥

江西民有以事訟於巡撫者，聞人言『令當得罪』，乃驚，懷牒而還。蓋鄱陽令吳君事也。

君陽湖人，諱琦，字鏡涵，又字敬菴。以乾隆丁酉科舉人、四庫館謄錄，令江西鄱陽縣。少豪邁自喜，年二十登泰山，攜酒觀日出，痛飲而下。及爲吏，循循然一於儒。鄱陽兩遇旱災，自出數千金以賑民。有訐所怨以教匪者，君曰：『以何爲驗？』曰：『不食肉鹽耳。』君曰：『若餔之而食，則奈何？』訐者屈，遂釋不問。又有誣大姓爲不軌者，大吏命以兵往，君先期召所名捕者曰：『有一不至，吾不汝能救矣。』辨其誣於上，得釋。君先令宜黃，山邑民多族居，有所捕人不易得，丞尉以檄來者相繼。君至，皆請罷，以酒食召其族豪，令致囚以自贖，故兩邑民皆愛君甚。嘗自鄱陽至南昌，鄉民請留宿，君曰：『吾事急，還當詣汝。』及還，從者請便道，君卒如約。其歸也，以貧負官錢，民代償以金六百，乃歸。教授十餘年，道光丙戌年卒。孫綖，字耶溪，好爲古文。

梅曾亮曰：民自枉而不忍傷其令，令之賢，過於使邑無冤民者，而宦亦不達，何哉？方勤襄公對睿皇帝曰：『福建省如某某州縣，皆好官也，然不得升職。』上曰：『何以？』公對曰：『不合例處分多也。』方公之言，亦古大臣之心哉？

録自柏梘山房全集・文集卷八。

汪洎齋先生家傳 戊子

曾亮幼時至宣城南凹村，舍外兄汪儒郊所。登其樓，多殘書，朱墨皆黯昧。問之，其曾大父洎齋先生讀書所也。先生名昌國，字檖珍，又字洎齋。與同邑楊編修廷棟、駱進士大甸、吳進士淑琦，皆以制義獲時名，而先生爲之魁，日可三四十藝。以進士令河南新鄭、密縣，自免歸，以文章教族黨後進。祖石居公爲先生壻，故曾亮嘗至其村，去先生之卒已數十年。屋廬皆舊所居，樓黝黑，雞犬紡織聲皆出其下，而先生終歲默默在此。前人之好學深思以自敝其心力者，可念也。

録自柏梘山房全集・文集卷八。

書鄧中丞決獄事 己丑

道光元年，曾亮在京師，聞人言鄧公守西安時決獄事，未得悉。及公巡撫安徽，曾亮在署，從容問昔時事，公抑抑不自言。久之，得一二事，記如左：

公在西安時，外府疑獄皆移訊於公。同州婺出其繼子，子無所歸，訟至省。公怒曰：『此逆子也，當杖死！』繫柱石下，故久治他事，而潛令人以茶餅給其子。子奉母。母怒不食。奉其叔，叔食之。至日暮，公度其母見子傫然繫廷中，時時顧日影待斃也，意且悔，乃密呼其叔曰：『汝嫂癡人耳，汝試以我意語之：汝撫六歲兒，至娶婦，婦死更娶，勞苦至矣。顧信族人言「我有好兒子，爲汝嗣」。汝幼而撫者不能子，而顧能子長兒乎？彼利汝財而嗣汝，顧能孝養汝乎？汝死，財與子皆族人有之，即汝何利必欲出子者，官明日爲汝決，無難也。』叔叩頭出。次日，母子來，泣謝，不復言出子事。蓋化訟而使其獄不成，公聽訟往往如是。

漢中府鄭魁，營卒也，坐置砒鑩中殺人，當死。賣砒者，賣鑩者，死者之隣婦見擣砒者，皆具獄，成而上之按察使。魁反供，刑之不服。公曰：『是獄未可具，當緩之。』乃密呼賣鑩者前，曰：『汝賣鑩，日幾何枚？』曰：『二三百。』『一人約買幾何？』曰：『三四枚。』『然則汝日閲百余人耶？』曰：『然。』『百餘人形狀、名姓、日月，汝皆識之耶？』曰：『不能。』曰：『然則汝何以獨識鄭魁以某日買汝鑩也？』其人愕然。固問之，曰：『我不知也，縣役來告我，曰：「官訊殺人者，已服矣，惟少一賣鑩者，汝自言實賣鑩鄭魁可也。」』訊鄰婦，言爲役所使如前言。惟賣砒者爲真。蓋死者嘗與鄭魁有違言，以瘋犬死，其唇青，而魁買砒，實以毒鼠云。

録自柏梘山房全集・文集卷八。

鮑母謝孺人家傳甲午

謝孺人，歙縣鮑御史文淳母也。年二十二，歸愚謙贈君，爲再繼配。時前娶程孺人遺二子已婚，婦與姑年相若也。撫之恩禮各當。贈君喪子，婦繼卒，孫失乳，終日嗁，以餅餌抱〔一〕哺，環走房中。嗁亟，孺人亦泣。時已生子亦十餘歲，孺人雖勞瘁甚，然教子無一日忘也。自塾歸，必背誦書，無躓字乃已。每夜分，村墟寂寥，虚響怪嘯，兒女棄書冊針線，奔依孺人。孺人撫之久，令還讀。與老嫗談往事，兒輟讀聽，即止不談。幼子入學，喜甚，乃曰：『自我爲汝家婦，聞高祖輩爲諸生有名，兩世益困。汝父終歲客，勞苦成家，然不吝財，族無依子弟端謹者，援植成立十餘家，數言：「吾家固諸生，子復爲諸生，足矣。」然我望汝不止是，汝慰我則可必乎？』後子文淳貴，不及見，卒時年五十八。子文灼、文淳。女一，適王氏，以節撫孤，賢淑有母風。

梅曾亮曰：余聞贈君多客游，晚病廢，故孺人教子獨專。然古名人魁士固多如是，非惟慈心，蓋漸摩之密致然云。

録自柏梘山房全集·文集卷八。

【校】

〔一〕抱：音注本作『飽』。

艾方來家傳甲午

艾君名錫朋，字方來，撫州東鄉人，明艾千子先生裔也。父名子登，年六十四生君。未踰月，而生母王氏卒。稍長，即能察母饒孺人意，媚順之。鄰兒誘爲擲錢戲，鄰母邀孺人覘之，羣兒逸。君時七歲，逡巡隨孺人歸，貌愧甚。十五能屬文。以父爲勢豪所辱，習武勇，於市中衆辱豪。遂改習醫，鬭傷者得藥輒愈。君嘗病，鬭傷者失藥死，訟破兩家，人愈重君。君廢書早，日夜望子學文甚。銜文袖中示人，或言兒文亟進，則喜。歸語兒曰：『某先生道汝文佳，當不妄〔一〕耶！』試不售，則曰：『吾家至吾身，十一世爲單門，仕進則可望耶！然吾生平，於人物無忮害心，汝當知之。』後見子舉鄉試，乃卒。

娶饒孺人。姑病痱，夫婦以竹榻載母，舁游鄰家街市，皆駭笑，母則大樂。園中實一果、甲一菜，欄中增牛犢、豚子，必使姑得觀以爲快。雪夜製履，寒甚，語兒曰：『頃見鄰婦牀獨敗絮，渠有姑，不可使忍凍死。』即徹具，命兒持往。返曰：『鄰婦方泣，見兒至則大喜也。』以夫好施醫藥，來者並助以酒餌，村中人皆言孺人慈，喜道孺人事。年七十九，與隱君同年生，先一年卒。子暢，道光二年舉人。

梅曾亮曰：歸熙甫撰先妣事略，皆瑣屑無驚人事，失母者讀之，痛不可止。夸者飾浮語過情，人人同，安知爲誰氏子乎？至堂述其親，甚似熙甫，親爲不死矣。又言力儉，不得稱父母施與心，嘗見孝子婦多好施，仁所積也，雖萬鍾烏能竟其志哉！

録自柏梘山房全集・文集卷八。

【校】

〔一〕妄：標點本、八大家本作『忘』。

總兵劉公家傳〔一〕乙未

公諱清，字天一，貴州廣順人。以拔貢生歷官布政使，終總兵。然人皆呼爲『劉青天』，從其官四川縣令時民所稱也。嘉慶元年，達州王三槐以教匪倡亂。時公以縣丞遷知縣，數以鄉兵破賊於南充、廣元間。公撫民及士卒，皆以兒子畜之，人樂爲死。賊自爲民時知公名，戰莫爲用，故遇公輒逃。睿皇帝知之，由南充縣驟遷至建昌道，賞戴花翎。後屢起屢躓。

先是，上以賊久未平，有進招撫說者，試行之。經略大臣念撫賊莫如公宜，隻身入賊營者數返，三槐遂降，而冒功者詭言生得之。三槐誅，他賊首疑憚不出，故功不時就。而官兵持剿撫兩端，戰不力。然賊卒深信公，前後降黨與二萬人。及行堅壁清野議，上命經畧大臣一委公，賊卒由是破散。捕餘匪，裁撤鄉勇，公功爲多。八年，大功告成。入覲，賜詩，取民所呼『青天』者以爲句。由四川按察使改山西，遷布政使。以屬吏事，責授刑部員外郎，轉山東鹽運使。時嘉慶十七年矣。

逾年，而教匪朱成良陷曹縣、定陶。公自請從戎，以官兵五百，敗賊於髫山，復定陶；又敗之於韓家廟，殺賊二千。時賊保扈家集，於曹縣樹土墻，荆棘四周。公自定陶攻其東，縱火拔柵。賊突出，多死。稍逸者，南北官兵至，合擊之，誅賊首朱成良、王奇山，賊在山東者皆盡。而河南賊自滑縣奔定陶者，亦殲於公。十一月賊平。公之平扈家集也，上諭曰：『劉清年逾六旬，且係文職，能身率士卒取賊巢，勇敢可嘉。賞布政使銜〔二〕。』至是，遂授雲南布政使。旋以二品頂戴，留山東鹽運使任。二十一年八月，改登州鎮總兵，復改曹州鎮總兵。

今上即位二年，以疾乞休，在籍食全俸。七年，終於家，上深惜之。子廷榛，先候選知縣，乃官其孫熾昌，兵部主事；瑩，舉人。賜祭葬〔三〕。

梅曾亮曰：國朝漢總督以武起家者，岳公鍾琪、楊公遇春皆是也。公以布政使官總兵，遇尤奇矣〔四〕。公軍中久，坦率，厭苛禮，改是官未必非意所便也。然復定陶時，專將有功，亦不能無中於上官之忌云。

録自柏梘山房全集·文集卷八。

【校】

〔一〕題：續類纂本、八大家本作『總兵劉公清家傳』。

〔二〕賞布政使銜：音注本、續類纂本、八大家本作『賞布政使銜及玉牒大小荷包』。

〔三〕賜祭葬：音注本、續類纂本、八大家本作『尋賜祭葬』。

〔四〕公以二句：音注本、續類纂本、八大家本作『布政使改總兵，惟公一人』。

陶愚齋家傳 丁酉

先生諱宏樸，字愚齋，世居南陵三甲村。性慈好施，有求助者，自百錢至千百金，無倦色。力不給，則稱貸與之。病且革，語王宜人曰：『乞貸我者，皆貧甚，無可言。我負人者，易田宅，盡償之。不則，人謂我以他人金作豪舉也。』宜人如其言，而盡焚負己者之券。棺殯於村隙地，忌者誣以侵公產，糾衆移之，婦孺皇遽。有呼於衆者曰：『我，外姓人，不敢知陶氏事。然善人棺，不可動也。』應者數百人，譟而前，移棺者乃散去。卒時，年三十八。後十六年，爲道光二年，子士霖成進士，今官山東道監察御史。

梅曾亮曰：游俠之士，人感德者輕，以財所從來者易也。君廉謹，尺寸不負人，然揮金窮交，如棄唾涕。魏公子無忌曰「平原君徒豪舉耳」，若先生，可謂仁心爲質者矣。

録自柏梘山房全集·文集卷八。

蔣少麓家傳 辛丑

君諱啟敫，姓蔣氏，字少麓，廣西全州人。自曾祖至父勵常，皆以文行仕宦顯。君幼有奇氣，嘗與羣兒戲，雷出於樹，皆仆地，君盡掖羣兒起，無懼容。稍長，益喜兵家權謀之書。舉道光二年鄉試，然於進取，不汲汲也。攜兄子試禮部，道病，君與偕歸。兄尤之，君曰：『得失，命也。兒輩病，奈何使千里獨行？』家居，以事親教子弟爲樂。鄉人學文者，皆從之游，然未知君之奇也。

羣苗伐木於仙源山，山童土敝，沙石盡頹下，斷羅水源，病民田數十萬頃。官民以苗衆，憚不敢禁。君曰：『此姦商貨羣苗爲之。得官兵役助勢，隨我以往。一商逃，羣苗散矣。』如其言，事乃息。

時趙金龍死，羣瑶自疑。君策其事未已也，而藍元曠復起武岡，全州地迫近，民大驚恐。君請於州牧，搏一鄉卒，守要地以待。賊憚不來，鄉人皆德之，始奇其爲。而君嘆曰：『是非長策也。物同利則患生，使瑶民居處飲食如曩時，絕不與華民同，别以瑶可也。今爲華民所開誘，嗜欲與我同，而族類與我異，禁其所甚好之利，而與以所甚恥之名，積愧含忿，爲日久矣。滖惡民煽之，能無變乎？』乃作理瑶書，以爲當改土歸流，合華瑶，不生分異，可保無事。其書數百千言。

道光十八年卒，年四十一。兄啟敭，曾亮同年友也。任贛縣時，君助兄，政理有聲。悲君之亡，又其才不大顯於世，使子琦淳請曾亮爲之傳。琦淳，今官編修，君所攜偕試禮部者也。

梅曾亮曰：君慷慨有大畧，喜任事，其意固欲有所見於世，而顧澹於進取，何哉？夫古之任事者，固將以息事也，而世或以畏事者息之。畏事而事生，則反加任事者以首禍之名，事所以少成而多敗也。然則，君不遇以終，未可謂爲不幸也夫！

錄自柏梘山房全集・文集卷八。

鄭耐生傳 辛丑

慈谿鄭喬遷，字耐生，七世祖梁，黄黎洲先生弟子。高祖性，自號五岳游人，建二老閣，祀黎洲及十二世祖溱，而藏書於其上。君爲諸生，工科舉學，後好爲古文，發二老閣書，借閱範氏天一閣所藏，一資其文。而與陽湖陸祁生、吳仲倫爲師友。

當明季時，浙東多遺老義士，其節尤奇。君於黎洲、全謝山所紀述，有意其賡續之也。及張蒼水、馮簟谿、王篤菴諸君子同難者，每尋其斷冢荒碣，徘徊窮山中，於家事不數數問。惟好飲，飲必有詩。已，皆屏棄之，曰：『是窮愁語耳，安得高論！』年六十餘，携其文，將浮江渡河游京師，歷齊魯而歸也，未行而卒。

梅曾亮曰：君生平以文自贍，蓋貧甚矣，然汲汲以修墜文逸事爲務。士之處境，或未如君之難也。窮愁過身，衣食外不念及一事。失學而惑，烏能達乎！

錄自柏梘山房全集・文集卷八。

王剛節公家傳 壬寅

英夷擾海疆，廣東、福建死事者數人，惟浙江定海〔一〕王剛節公與兩總兵皆力戰，殺賊過當，以無救遂敗，人咸惜之。

公諱錫朋，字樵慵，順天府寗河縣人。少雄武有俠氣，以武舉補兵部差官，援例得固原城守營遊擊，遷〔二〕慶陽營叅將。道光六年，從大軍征張格爾。自大河拐至回莊，戰疾力，矢殪其酋，賞戴花翎。進戰至阿瓦巴特，陷堅，賊阻渾河沿，從大軍間道渡河，入喀什噶爾城，進收英吉沙葉爾羌和闐，皆有功。別將獲賊目玉努斯。十二年，苗民趙金龍亂湖南，殘常寗、新田，公以臨武叅將，從提督羅斯舉破賊羊泉街，首逆誅。別將逐賊高家坪，大捷，回就大軍楊家園圍賊，殲之。賞鋭勇巴圖魯名號，擢寶慶協副將。

時廣東瑤亦煽動，趙仔青進擾湖南，兩廣總督檄以兵控兩省中地，殺賊背江口。至濠江口，又破賊銀匠衝，獲其酋旗。仔青反走，追獲之及其孥。湖南平，赴廣東大軍，戰連州大洪橋。乘勝入火燒排之蛇兒嶺，奪馬鞍山，遂平五排瑤。又從定〔三〕蓮花汛、冷水衝、金竹根、桃花衝、紅泥田，各瑤及排後瑤亦就擒服。遷福建汀洲鎮總兵。服闋，改壽春鎮總兵。

公自遊擊從楊忠武公定回疆知名，及平瑤，功居最。嘗戒諭士卒曰：『戰利，呼人共之，獲倍多。即人不利，趨救之，可兩全。』故戰比有功，而定海事竟以無救敗。先是，英夷陷定海，去之，公以壽春兵鎮其地。二十一年八月夷再至，出守九安門。鄭國鴻駐竹山門，葛雲飛駐曉峯嶺，相去十餘里。賊先犯九安門，不利，退攻竹山、曉峯。公馳往〔四〕兩營，已先敗。賊爭鬭，公眾且盡，所親卒及身自盪殺數十百人。賊至益多，揮短兵陷陣死。是役也，賊可三萬，我兵計五千。公檄請益兵，大府不應。戰且五六日，勢足以待救，亦坐不救，曰：『吾守鎮海者也。』鎮海急，則又走人家。賊至門，守室者不出鬭於庭，門焉者亦不知，但走告主人賊至某所、過某所，是擁大軍爲偵侯而已。三總兵皆坐是敗死。公殺賊獨多，死尤烈。事聞，天子震悼，以提督禮，賜謚，卹建專祠。子承泗，襲騎都尉。

梅曾亮曰〔五〕：余讀公家書及祭所親文，詞旨温雅，不知其爲武人。鄉人言待兄弟、交友，皆有至性。歸省親，更衣結韈履身盡子職，可謂儒者風矣。夫逃兵多悍卒，不知義也。知義，雖儒者立焉，況公之武勇者哉！

録自柏梘山房全集・文集卷九。

【校】

〔一〕浙江定海：音注本、續類纂本、八大家本作『浙江定海陷』。

〔二〕遷：音注本、續類纂本、八大家本作『攝』。

〔三〕又從定：音注本、續類纂本作『從軍定』。

〔四〕往：續類纂本、八大家本作『救』。

〔五〕梅曾亮曰：音注本、續類纂本、八大家本作『論曰』。

蔣岳麓先生家傳 甲辰

先生蔣氏，名勵常，字岳麓，廣西全州人。父振間。五歲時，祖病思蔗，悵悵然行五里外，得蔗園，園人驚，負歸而畀以蔗。長好宋五子書及兵法、醫卜。金川用兵時，隨父官四川，攝龍安府事及金川南路、西路糧站。其稟食，皆手自俵散役，去他站來者至四千人。有勳官至站，驕貴甚，陰使悍役折其氣，而徐出禮之，遂帖然去。大軍進至噶拉依，糧路險遠。有放夾覇者，土番也，刼糧車於噶喇穆，不及告，而自以兵役擊殺百餘人，後遂不敢犯。先是，自南路糧站改西路，亦嘗以數騎遇賊百餘，即登高阜，指畫坐笑語，徐按轡行，賊疑憚，未遽前。度且出隘，大呼從者曰：『驅遂馳去。』大吏聞之曰：『以子才叅吾軍事，五品官可立致也。』辭不就。

舉乾隆五十一年舉人。時州大旱，貸錢居麥秋。得雨，施麥種於人。明年，又飢，民剽掠爲變。見州牧曰：『請無用兵，而先發粟以賑。某往，衆可立散。』遂以無事。官融縣訓導，去省遠，士不樂鄉試，乃汰文書錢例入官者，以便貧士。或以三百金賄獄事，怒責之，請除名於學使。巡撫汪公重其名，將改邊缺教官，以擢知縣，吏索賕，不應。遂引疾歸，主清江書院十年。士始苦其難，繼感其恩，終服其教。嘗曰：『人錢帛多寡，皆天定之。凡吾所賙，皆其人所自有，而假手於吾者也，非損吾之有，何以德爲？』或緩急有不及赴者，輒悵惋大有所失。蔣氏丁萬餘人，散遠不相識，乃建安陽侯琬之大宗祠。修譜牒，以禁族訟別婚姻，而祭祀期會，無寒暑必親往。年八十餘，每日猶徒步省墓。嘗往來道有博戲者，聞杖聲鏗然，皆避去。

既卒，門弟子百餘人，以齒引奠於庭。其居首者，年亦七八十矣，皤然老儒，跪拜哭，不勝其哀。見者嘆爲盛事。其來哭而不知名氏者，日日有之。有文集八卷，曰岳麓齋，皆敘述古儒先條教及訓誨子孫門弟子者也。其子知名者，啓敭、啓斆。孫，琦淳。

梅曾亮曰：蔣先生，蓋純孝人也。方侍親從軍，當機赴變，孑孑守繩墨者，固不出此。及家居教士，復古禮，泛愛周急，粹然一出於儒者之正，豈境與人殊哉？昔曾子論孝，至於戰陳、涖官、居處、朋友之際，斷一樹、殺一獸不以時，不可以爲孝。蓋孝之道廣矣，備矣。精一行之無不貫，吾乃於先生見之。

録自柏梘山房全集・文集卷九。

栗恭勤公家傳〔一〕甲辰

公姓栗氏，諱毓美〔二〕，山西渾源州人。嘉慶六年，以拔貢生官河南知縣。遇災年，放稅振穀，以實惠民，不以上官意爲損益。遷光州知州，汝甯府知府，徙開封，歷河南糧儲道，開歸陳許道，遷湖北按察使、河南布政使。道光十五年，授東河河道〔三〕總督。

公前知武陟縣，黃沁隄、馬營壩工〔四〕，皆親其事。及是〔五〕，益勤詢河兵官久於河者，以地勢水脈、前任官行事之當否。蓋北岸自武陟至封邱二百餘里，南岸之祥符下汛至陳留六十餘里，皆地勢卑下，多串溝。串溝者，在隄河間。其始但斷港積水而已，久之溝首受河，又久之溝尾入河，而串溝遂成支河。於是，以遠隄十餘里之河，變爲近隄之河。而隄河相遠之處，舊皆無工，不儲料者也。於是，以無工之處變爲至險之工，故人不及覺，覺不及防，往往潰隄爲大患。公乘小舟周歷南北，時北岸原武汛串溝，受水〔六〕已寬三百餘丈。行四十餘里，至陽武汛溝尾，復入大河，又合沁河及武陟、滎澤諸灘水，畢注隄下。兩汛素無工，故無秸石，隄南北皆水，不可取土築壩。公即收買民塼，於受衝處拋磚成壩。四十餘晝夜，成磚壩六十餘所。壩始成，而風雨大至，支河首尾皆決開數十丈〔七〕，而隄不傷，公由是知磚之可用。又試之原陽越隄及攔黃堰，及南岸之黑堈，皆效。遂奏請減買秸石銀，兼備磚價，千磚爲一方，方價六兩〔八〕。是後每有工役，碎石及秸埽用大減，數年內省官銀百三十餘萬，而工益堅。

有不便其事者，其說頗上聞。公前後陳奏曰：『護提之方，率用秸埽。然埽能壓激水勢，俯嚙堤根，備而不用，又易朽腐。碎石坦坡，惟鞏縣、濟源產石較近，而採運已艱。河工失事，多在無工處所。千里長堤，勢不可盡爲儲備，而河勢變遷不常，衝非所防，遂爲決口。磚則沿河民窯終歲燒造，隨地取用，不誤事機。且磚及碎石皆以方計，而石多嵌空，磚則平直。每方石五六千斤，而塼重多三分之一。一方石價，購塼兩方，而拋塼一方，當石兩方之用。其質滯於石，故入水不移，堅於秸，故久水不腐。又，土不能築壩水中，塼則能水中拋壩，即盪成坦坡，亦能緩受急衝〔九〕，化險爲易。或謂：塼可保將生未生之工，不能用於已生之後。然使將生者可保，即別無已生之工。昔衡工之決，因灘陷埽不能施；馬營壩之決，因補堤不能得碎石。使知用埽不如抛塼，收塼易於運石，則數千萬之官銀可省。』奏入，上知公忠實可任，且綜畫周密，卒皆允之，屢詔褒賞。訖公任五年，河不爲患。

二十年，薨於位。上爲之震悼，賜謚祭及太子太保銜。時長子烜〔十〕已官刑部郎中，乃賜次子耀進士。公在工，有風雨危險，必身親之。平居時，河曲折、高下、嚮背，皆在其隱度。每曰：『水將抵某所，急備之。』或以爲迂，且勞費。公曰：『能知費之爲省，乃真能省費者也。』水至乃大服。故十五年原陽之支河，十八年盛漲八尺之水，皆決口而有餘，卒以無事。或以爲天幸，然前公任三年，祥符決；公卒逾一年，南岸又決；二十三年，又決。則豈非人事哉？宜吏民羣思公以爲神，且立廟也。

梅曾亮曰〔十一〕：公之令安陽、武陟，守開封時，折疑獄如神。他人有一事足爲循吏，然於公，猶非其大者。傳曰：『心誠求之，雖不中不遠。』公治河能通物性，以盡利誠壹故也，況求民情也哉！

録自柏梘山房全集·文集卷九。

【校】

〔一〕題：音注本、續類纂本、八大家本作『栗恭勤公傳』。

〔二〕諱毓美：音注本、續類纂本、八大家本其下有『字樸園』。

〔三〕東河河道：音注本作『河東道』，續類纂本、八大家本作『河東河道』。

〔四〕黄沁堤句：音注本、續類纂本、八大家本作『馬營壩黄沁堤』。

〔五〕及是：音注本、續類纂本、八大家本作『及任河督』。

〔六〕受水：音注本、續類纂本、八大家本作『受水口』。

〔七〕數十丈：音注本、續類纂本、八大家本作『數百丈』。

〔八〕遂奏請三句：音注本、續類纂本、八大家本作『遂奏請千磚爲一方，方價六兩，減採買稭石銀，兼備磚價』。

〔九〕亦能句：音注本、續類纂本、八大家本作『亦能緩減』。

〔十〕烜：音注本、續類纂本、八大家本均作『煊』。

〔十一〕梅曾亮曰：音注本、續類纂本、八大家本作『論曰』。

韓若谷先生家傳丙午

先生韓氏，名念祖，字若谷，陝西澄城縣人。五代時，王鎔書記和馬彧詩名定辭者，有弟昌辭，居深州。四傳至忠獻公琦，居安陽。元至正間，遷洪洞。又二世，遷於澄城。祖嗣禧，父曰魯。先生幼學於叔父，每耕，必攜坐隴上讀書。年十四，以默寫十三經爲縣學生。所爲時義，皆清醇無世俗氣。屢試不得舉，亦不以自悔也。善醫，工詩文，勤於開益後學，經其指授者，蓋數百人。年六十四而卒。娶馬宜人，再娶袁宜人。長子伯熊，歲貢生，以兄之子後。次子亞熊，道光二年進士，官膠州知州，贈如其官。

梅曾亮曰：余少時，見諸老先生，温温然不以學問高人，習五經傳注，惟功令所定者而已，然經文無不成誦者。其後，則論益高，辨益博，而經或荒矣。夫功令不示人以難，然非以人之學不可加於是也。矯爲難而先失所易，則僨矣。先生爲童子時，其風氣固尤近古哉！

録自柏梘山房全集·文集卷九。

袁宜人家傳丙午

宜人袁氏，韓若谷先生繼室也。年十八歸於韓，生子亞熊。祖姑寡居，性嚴毅，而姑範宜人失明。侍祖姑食畢，以匕飯其姑，而後自食。數十年未嘗失祖姑歡。歲嘗饑，市棉織布，復以布易棉，取其羨以佐食。同堂之子女煩擱，事皆身任之。及婚嫁，於心無不盡者。終日理米鹽水漿，無少暇。然兒自塾歸，猶夜課之。一日怒曰：『兒謂我不知書耶？今所誦，何猶前日書也。』將與杖，兒告以王制中有重文，乃已。袁氏本富室，後貧，以嫁時物悉歸之，曰：『本兄家物也。』年五十而卒。

梅曾亮曰：余同年韓介侯，即宜人子，名亞熊者也。宜人病，猶命誦於旁。忽語子曰：『吾今日聞書聲甚煩，可無讀也。』是夕遂卒。介侯流涕，言其時幼，不知其言之悲也。

録自柏梘山房全集·文集卷九。

蔣念亭家傳丁未

甚哉！廉吏之難爲也。非獨廉之爲難，而上官同其廉之爲難也。苟不能同其廉，則且害其廉。既已害其廉，而加之罪，則必以大不廉之名被之，以爲非是不足以中仁主之深惡而去其疾也。當是時，而有辨其誣而直其事者，可以迴成命矣。或出於事後而無所及。雖後時而無所及，而受誣者行事之本末，得以此自白於世，其死似可以稍慰。而爲之子孫者，乃益追痛於邂逅乖迕，以平反得無死之人，不及待十餘日之後命。此其每一念及，而涕泣不欲生者也。

灌陽蔣君作梅，字念亭，以進士令四川南川縣，旋督理西藏糧臺事務。時番僧鬬殺漢民，君按致其罪。其酋堪布賂金瓶而實以珠，求緩獄。君怒，揮之去。乃倍其賂於駐藏大臣強君。君益怒，不從。強君者慚，其酋且重賂，遂以監守盜誣君，奏置之法。君令南川，敏而勤，獄爲之空。縣多山溪，患漲溢，君會之成川，田以不敗。及官西藏，撫軍民有恩。至是，且爲之死，皆感動，罷市立廟，設其像如生。君之死，在嘉慶十五年五月。四川總督常明辨其罪甚析，然亦以五月内奏始至京，宜朝旨責其馳奏之緩也。

夫古之受誣得罪死者多矣，或冤抑數世，而子孫故吏始白其事於朝。方罪而旋雪之，蓋寡矣，而君已不及待命也夫。君之子達，官編修，讀仁宗賜川督諭旨，未嘗不流涕也。

録自柏梘山房全集·文集卷九。

梁味愚先生家傳丁未

先生名本恭，東昌人，嘉慶七年進士。爲人沈默，不以言語才智高人。然任東流五年，獄無重囚，其輕繫者立訊決。流民至，以口糧迓之郊外，遍給乃入，無擾閭里者。姦民周履中怙黨骫法，前令畏之，捕得治如律。大吏將任以首縣，辭。旋以憂歸，遂不復出，改教授。先，官安徽時，嘗以百金代世家鬻女者，焚其券。至教授沂州，益以課諸生、重風化爲事。劉婦瞽，幾不婚，爲成之。鮑氏女受誣，作鮑貞女傳表其烈。年六十八，道光十八年卒。子儁，亦官訓導。先生改官時，年四十二。其爲吏有治聲，非迫於年困於職者也，而汲汲去之如是。夫舉天下官皆以爲民，獨爲州縣者，民近耳。先生殆真知其難而不欲自恕者歟！

梅曾亮曰：先生爲鄉試同考官，嘗三至江甯。庚午科，語邑人曰：『吾薦卷梅生，素知之乎？得毋怏怏不我見也。』時先已客游，而先生旋歸里，遂不獲見。後以語楊公以增，曰：『吾師也，卒數年矣。』爲具述行事如此。念先生門下士姚公瑩建海外功，楊公今撫陝爲重臣，役役於文字者，獨曾亮耳。愧先生言，時往來余懷也。

録自柏梘山房全集·文集卷九。

秦省吾家傳 戊申

君諱緗武，字省吾，系出宋學士觀。十一傳維楨，自常州居無錫。考諱瀛，官刑部侍郎，以古學峻行爲東南人士望。君以援例官知縣江西，權十餘縣事，然最久者彭澤。人愛之，及生時爲誌名宦傳也。始去彭澤，時所平反脫冤死者，皆攀隨至江干拜別。道光十三年，父憂服闋，復任彭澤，去前任時二十年矣。歲久荒，民多負稅。每令至，吏屈指計曰：『令以某年某月日上官，某年月日奏銷處分滿，某年月日官當罷。』以爲常，無爽者。君不事敲撲，以文教告諭，民戴前愛，輸如額。馬當鎮接湖廣、安徽，其閣排洲爲盜藪，刼人。君夜馳往，盜不及越他界，其果辦又如是。大吏以爲能，使禁督贛南會匪，又上江西省便宜四事。其所歷他縣，蘇民困，得上請者在在有之。然竟終於彭澤，縣人爲歸其喪。子曰俊杰，曰煦，曰麗昌。麗昌嘗與余書，於古文詞有得也。

梅曾亮曰：國家常禁民立會，而禁輒不行。蓋名其爲會而正責之，一人得而千人驚，其勢常以千萬人而互匿此一人，是驅散者而使之聚也。惟中有罪者案致之，不名其爲會，如此，則上所欲得者，常不過一二人。而與上爲敵者，寡矣。敵者寡，則所治者雖漸多，而皆使之失其衆。此攻瑕不攻堅之術也。是說也，吾得之於姚公祖同。因君治會匪事，故著之。

録自柏梘山房全集·文集卷九。

王藝齋家傳 己酉

王公家相，字藝齋，常熟人。祖承錫，考庭芝。公始以拔貢生官蕭縣教諭，檄查水災。時奉檄者多擇居高卬地，而里正集災民，就書冊刻冒爲姦。公冒水親履其戶，驗口數真僞。上官賢之，有災必檄公。公後自京師歸，過徐，人皆識之，曰：『此前教官活我者也。』嘉慶四年，成進士，官編修，遷御史，遂具疏陳災賑弊。又以漕事之弊，始於京倉之胥吏，而遞歸其害於農，其言絕深痛。而是時，有議漕事者，以州縣浮收無定制，請定令每石加米二斗。民不大病，而官亦有以贍運丁。公曰：『州縣之取民雖横，然猶有所忌，以非朝廷法令也。今著令，定爲加二，則正供矣。使加二之後，能禁其不再加，則前之浮收何以不能禁？苟不能禁，而先以正供之名掩其浮收之數，以便其異日之再加，是助官病民也。』上疏數千言論之。時今上新登極，是公言，前議遂息。以戶科給事中授河南南汝光道，屢署按察使事。地故多紅鬍捻匪，爲民害，讞以戍邊者百二十人。以引疾歸於里。

少以文學鳴，有茗香堂集十六卷。服官後，乃一以國計民事爲念，奏議及與人書，言鹽河事皆窮極情弊，而議加米疏尤稱頌於時。子三人：憲正，憲成，憲中。憲成，進士，官刑部主事。

梅曾亮曰：道光初，來京師，聞公上疏事，然未一見，旋遷擢，且外任。聖主之遠利而褒忠言，可謂至矣。今執筆爲公傳，追思與友人持讀公疏，立倦而紙不得窮。俯仰間忽三十年。公固賢矣，而受盡言之時，亦豈易得者哉？

録自柏梘山房全集·文集卷九。

黄个園家傳[一] 庚戌

君諱至筠，字个園，甘泉人。父牧趙州時，生君。十四歲孤，人沒其遺產。年十九，策驢入都。得父友書，見兩淮鹽政某公，與語，奇其材，以爲兩淮商總。時嘉慶初，軍興，事方亟，兩河決口，丁夫楗石之費，戶部以正供入不足充，募富民出錢，榮以職。君首輸，爲衆倡，前後數十萬。由府道加鹽運使司銜，入都祝嘏，圓明園聽戲，賜克什，長子、次子皆郎中〔二〕。當是時，上至鹽政，下至商，一視君爲動静。販夫走卒，婦孺乞丐，揚人相與語，指首屈必及君。而是時，承純皇帝六十年豐豫之後，商人皆席富厚，樂驕逸，詠調舞歌，窮園林亭沼、倡優巧匠之樂，流貤居積，惟主計者可否。割腴日深，名贏實虧。而私商朋興，官吏益放手，湖北岸，費銀百五十萬。鹽政又務進奉，冀久任。進奉無現銀，俵虚數於商以取息。於是，庫額增而所納益不足，而商人始困也。

及道光時，裁〔三〕鹽政，淮北改票鹽，而商總權絀。人〔四〕得見運使，人自言事，利各私己而仍委其重於君，而商總始困。然君自以受國恩深，且於諸商爲丈人行，不與較長短，代償官銀，自取多數，而視衆商之殷瘠，差所代多寡，皆聽命集事。每奏銷時，君入運使署定議，肩輿出，人撫掌曰：『奏銷過矣。』道光十八年七月，君卒。其時，諸舊商大抵皆敗，新進多文巧機利，乾沒而不顧後〔五〕，私小智破大體，爲之首者，縮蓄深閉，莫肯任患，而奏銷始失期。運使乃檄吏督之，吏滋不公，受賕任情入貨者，引身惜財者，倍償。於是羣情涣離，營巧謀退，庫引懸而無商，綱運減數而國課虧，鹽法益壞不支，而當事者議變法矣。蓋君之爲商總者四十餘年，支拄救敗者又十餘年。卒五年，而庫始有懸引，減運綱。又七年，爲道光三十年，而淮南之票鹽興，綱商廢。而昔之忌君、畏君、有不足於君者，皆慨然思君，以爲無復有斯人也。

梅曾亮曰：君長子錫慶、次子奭，余在都時，常相見。聞君蓄名畫至數千，而不喜伎樂。嘗至蘇徵歌召客，豪費日千金，人皆怪其所爲。適有西人蠱之，屬轉輸銀百餘萬，君持歸，而奏銷得報如期。其贍〔六〕智，固不可及哉！

録自柏梘山房全集・文集卷九。

【校】

〔一〕題：音注本作『黄個園傳』。

〔二〕入都四句：音注本、續類纂本作『長子次子皆郎中，入都祝嘏』。

〔三〕裁：音注本、續類纂本作『改』。

〔四〕人：音注本、續類纂本作『商』。

〔五〕乾沒句：音注本、續類纂本作『而玩法乾沒』。

〔六〕贍：疑作『瞻』。

淑人烏朗罕濟拉莫忒氏傳畧 辛亥

道光三十年，聯公秀峯以江蘇按察使總理鹽政。曾亮時客揚州，公語及都中同部時，并及家事，愀然曰：『吾今而知家事之難爲也。吾始官都中，後官外，知官事而已。當食而食，當衣而衣，其豐儉厚薄，吾未嘗預戒之，未嘗不適其節也。吾有姑、有弟、有妹、有族親之貧者。每月銀若干，粟若干，吾知供給無乏而已，未嘗權其輕重而劑其多寡也。尊卑、長幼、臧獲，無譁無媮，吾以爲是固然而已，未嘗調其愛憎而察其隱蔽也。自淑人歿，而家事乃畢集於吾身，吾未一年而不勝其憊。淑人之勞，勞二十餘年，憊且病，且死，固其宜也。』

余曰：『誠若是，其賢矣哉！然則不可以無述。』

公乃曰：『淑人年十七而歸余。時吾祖官禮部尚書，八十賜壽，門祚方盛，姻族觀禮。淑人謙尊合經，人咸曰宜。吾守金華而以憂歸，行李不給，淑人屏當施設，得以成行。吾湖北赴官，省親鳳陽，淑人獨舟行泝江。時英夷入江求撫，道路驚咤，隄防艱危，安達治所。吾兄弟三人，一得疑疾，且卒，乃悟曰「吾大誤！嫂待我乃如是，我則非人。」嘗語吾曰：「君得官矣，家所固有者，叔宜有之。」及將卒，語人曰：「祖姑言：爲婦者，當學吃虧。然是爲極難耳。吾今日庶有以見祖姑乎？」』公言及此而悲，遂不復竟問。然此已足以訓於後人。

淑人氏烏朗罕濟拉莫忒。歸於公，爲瓜爾佳氏婦。道光三十年三月十四日卒，年四十五。

録自柏梘山房全集・文集卷九。

洪序也家傳 辛亥

君名上庠，字序也，歙縣人。少試場屋不售，以捐例官主事，又以運判改官兩淮。君好學，工書，於篆、隸尤所深嗜，自少至壯，日爲之不輟。而當官則務職，不以故習自高。其官通州也，南路五鹽場屢爲水敗，君建函洞，洩潦水，一不以官民錢。道光二十九年，江南水災，上官議賑費，君籌二十萬以集事。官海州，潮敗鹽，竈丁告飢，立發銀粟賑之。事定申牒，總督陸公嘉其能，奏加同知銜，俟升兩淮監掣。未幾卒。子豐，佐介江君敦讓，請爲傳。

夫民之洶洶不定者，急求食耳，立應之，則一無事矣。人見其無事也，或以爲即告而發，亦未必致患，而如是者，或近於沽名。然世有避沽名之嫌，而患生於必致者，蓋比比矣。則如君者，曷可使其無傳也？

録自柏梘山房全集・文集卷九。

周伯恬家傳壬子

周伯恬，諱儀暐，陽湖人。考諱情，與李申耆之父友善，攜就讀。李故多書，遂恣意流覽。工六朝文詞，尤深於詩。嘉慶九年，舉於鄉，大挑得訓導宣城。俸滿，授陝西山陽縣令。地貧瘠，民以例供官之薪炭棚架，皆罷之。或曰：『俗好訟，宜少立威，自見於上官。』君曰：『吾老矣，乃復與少年輩治名聲也？』鄧公廷楨先見君韓城驛詩，愛重之。及巡撫陝西，語僚屬曰：『周君，固名士，且老矣，可使無以歸乎？』乃換署鳳翔。而鄧公旋薨。君之友魏公襄，亦先卒京師。君悲傷成疾，遂卒。時道光二十六年也。君之年，蓋七十矣。

君少與陸祁生、李申耆、張翰風皆以文章學識有盛名，後皆爲知縣。或不久棄去，惟張君官山東十年，有政聲。君固非溺文藝、薄吏事者，而不能如張之久，且年之未衰也。然君去山陽，時有歸志，父老或知之，曰：『官去鳳翔時，無遽歸，必還我山陽。』此亦足以知君矣。有二子，曰本植，曰騰虎，能以文繼其家。

梅曾亮曰：君爲校官，來江甯，言論豪甚。著棕鞋，日行十餘里訪友人，或獨往城西北山中。後兩見於京師。及之官時，稍衰矣。余念之，每爲不自釋然。爲君計，亦無有可以易其之官者也。而余與君遂自此別矣。

録自柏梘山房全集・文集卷九。

兵部侍郎江南河道總督楊公家傳丙辰

公諱以增，字益之，一字至堂，聊城人。父兆煜，官即墨教諭。公以道光二年進士，知縣貴州，權長寨同知。有夫出婦者，公朝勸至暮，不爲斷離，卒兩悔而泣。有老吏，視事必侍側，聽時點頭太息。蓋訟者之僞，隱於官而不能隱於吏，故歎公能察微也。補荔波縣，多苗民。同官曰：『苗民懼繇役，君來獨否？』疑有操切術。顧君日與書院生說經習文，此何術也？以明保循良第一，調貴築，陞松桃廳興義府知府。調貴陽，陞廣西左江道。調湖北安襄鄖荆道。俗忮堅，多盜。提督羅公思舉，有古名將風，視大吏無如也，獨重公，謂能治盜。父憂服闋，授河南開歸道，轉兩淮鹽運使。未赴，擢甘肅按察使。捕妖民夏長春、李一元，其黨與散四方者，與川督寶公興、陝撫李公星沅，密函飛書，悉就擒捕。中衛有貞女，家誣以忤逆，笞死，雪而旌之。其時禱雨即沛，人以比東海于公。權布政使時，有履勘邊地之旨，公曰：『甘省瘠貧，泉源不可恃。按畝徵，必爲民困。』任其事者以朝旨不可違，然以升科復停者數十縣，猶公力也。

旋擢陝西布政使。關中旱飢，巡撫林文忠公奏請自代。上慰留文忠，以公權巡撫。公聞命，禱神祠，素衣齋食，入陝，得微雪，望闕謝恩。雪大作，晝夜霑渥，文忠乃折簡賀。及陞巡撫，諭屬吏曰：『三輔土厚，民風純，然大災後元氣弱，牧民者無事更張也。』比歲大熟。回疆警，命權陝甘總督總理糧臺事。已，轉江南河道總督。或以河事爲慮，勸引歸。公曰：『吾知稔矣，徒以受皇上特達恩，以縣令超擢至此，欲決去，誠不忍於心。』未至南河，時已先減河工費。故公至，盡力搘柱者二年。後一年，而豐工決。與總督陸公，除夕風雪中幕宿河上，薪炭鹽米，不以費屬吏官錢。官吏興奮，歸實費於工。及成而敗，然較嘉慶中費不什一，故有餘以爲後圖。而粤匪事起，犯江甯，江南北騷然。關津租調費歸河工者，一歸於糧臺，而工惟用鈔。又以公兼理鹽務。然商逃利空，不足有所增補，河事倚閣不行，而鄉勇備防堵者方日日索哺。公先機運微，籌畫兵食，不見罅漏，兵民安謐於無事。

浦之南，江甯、鎮江、瓜洲，西北則廬州，北則河南，賊或據或流，烽火相望不絕。獨麗浦郡縣民飲食得安樂，商賈得販賣，熙熙然不知數百里外有十萬環寇師，豈非公心力之爲之歟？而公之心神，亦自此傷矣。咸豐五年十二月十八日，薨於署，年六十九。淮揚民常困水，就食江南，近三四年，江南民渡江者數十萬人，而水不告，災米不增價。此非人力所至？故人皆歸福於公。而公則以塞河未成，自悼歎，臨終時猶籌度其事未已已也。配徐夫人，繼娶朱夫人。子紹穀，雲南大理府通判；次子紹和，二品廕生，舉人，改內閣中書。孫保彝。女五人，所適皆彬彬詩禮家焉。

梅曾亮曰：林文忠公可謂知人矣，其言曰：『楊至堂乃聖賢門中人也。』夫自守而不能容人，隨人而不能自守者，皆不足以運世。聖賢者，能運世者也。至堂守身如金城湯池，粟私不可攻。至與人接務，恢恢乎如河嶽之無涯量。鯨鰕之巨細，犀象虎豹之珍怪，無不容納於其閒。自縣令至封疆，守正無媕婀，而一無所齟齬。蓋不以處己者望人之同，故正人與之。即志行殊者亦信其無私利心，能推利於人，而不害其事也。予館署中，對案食者一年。公辰見賓客，治文書，事畢即手一卷。晚食後，會談文藝及往舊事。其事父母、待兄弟朋友，及和調家庭，言動有常節，一以宋儒之禮法爲歸。而名物象數、音聲訓詁，亦勤懇研究。陸立夫嘗語予曰：『吾向以至堂好蓄書，今乃知其得一書必閱一書也。』公亦自言：『古人曰歸耕，吾不能矣。若著氈冠，披羊皮裘，課鄉里小童經書，吾誠樂之。』其所得之深遠如此，吾於是益歎文忠爲知人也。

姚姬傳先生嘗言：近世言漢學者，無宋儒苦身力行之學，而摘其文義小疵相詬病，是妄人也。公深契乎先生之言，而刊其尺牘，即公之所以自處者可見矣。

先君子校刊伯言先生文集，既成，續校詩集、駢體文，刊未及半，而先君子薨。穀等泣請先生爲傳誌之文，時先生患鼻衄，旋淮安寓舍。踰旬，撰家傳寄示。不數日，先生亦卒。是爲咸豐六年正月十二日，距先君子薨僅二十四日。嗚呼！迨穀等促工刊竣詩及駢體十五卷，都文集爲三十一卷，先生已不及見矣。此傳編列文續集之末，目仍分年而爲，丙辰特著一篇。愴誦攀號，追慕罔極。孤紹穀、（紹）和泣識。

録自柏梘山房全集・文續集。

記日本國事 丙子

日本賈人舟膠於臺灣濱海者，虜其財。事聞於閩浙總督方公，公斬爲掠者三人，償其財。叩頭謝，且固辭曰：『大將軍令不敢私入中〔一〕，今以風故，猝至此。稍以貨歸舟中，人無脱死者矣。』公歎異而遣之。

蓋方公自爲余言如此。然余獨怪日本以蕞爾之夷，法立於國，而民聳然於萬里之外，欲有所拾取則狼顧，豈其有異術焉？抑鱗介之民，易爲理也。又賈人所攜書，有紀國之年與事者。其始祖曰天皇，當隨〔二〕唐之交。後數百年，而國有大將軍，號曰尊公。其同姓，曰家尊公，威權特甚。有令以火遞傳之，頃刻百里。大將軍尤惡天主教，嘗殺數千人而其教絶。他國有天主教者，皆絶不通。有貨其地者，問事何神。館某廟，舟無守，貨人無所失，而入廟不拜者，殺之。以天主教不拜神也。賈他國者，分其贏於大將軍。無他官府及胥吏假手，故民不以分所有爲苦，亦毫髮不敢欺。

嗟夫！彼大將軍雖如王，視中國不過一郡守耳，何乃能若是？階級少則事權一，胥吏去則上下通。然則彼之倔強一隅，而役使如志者，豈無故哉？豈無故哉？

録自柏梘山房全集·文集卷十。

【校】

〔一〕中：音注本、續類纂本作『中國』。

〔二〕隨：誤，音注本、續類纂本作『隋』，當是。

游小盤谷記戊寅

江甯府城，其西北包盧龍山而止。余嘗求小盤谷，至其地，土人或曰無有。惟大竹蔽天，多歧路，曲折廣狹如一，探之不可窮。聞犬聲，乃急赴之，卒不見人。熟五斗米頃，行抵寺，曰歸雲堂。土田寬舒，居民以桂爲業。寺旁有草徑，甚微。南出之，乃墜大谷。四山皆大桂樹，隨山陂陀，其狀若仰大盂。空響内貯，謦欬不得他逸，寂寥無聲，而耳聽常滿，淵水積焉，盡山麓而止。由寺北行至盧龍山，其中阬谷窪隆，若井竈甗鬵之狀。或曰：『遺老所避兵者，三十六茅菴，七十二團瓢，皆當其地。』日且暮，乃登山循城而歸。暝色下積，月光布其上，俯視萬影摩盪，若魚龍起伏波浪中。諸人皆曰：『此萬竹蔽天處也。所謂小盤谷,殆近之矣。』

同游者:侯振廷舅氏、管君異之、馬君湘帆〔一〕、歐生岳庵、弟念勤,凡六人。

錄自柏梘山房全集・文集卷十。

【校】

〔一〕馬君湘帆:續類纂本、八大家本作『馬君夢湘』。

鉢山〔一〕餘霞閣記 戊寅

江甯城,山得其半。便於人而適於野者,惟西城鉢山,吾友陶子靜偕羣弟讀書所也。因山之高下爲屋,而閣於其巔,曰『餘霞』,因所見而名之也。俯視花木,皆環拱升降,草徑曲折可念,行人若飛鳥度柯葉上。西面城,江自南而東〔二〕,青黄分明,界畫天地。又若大圓鏡平置林表,莫愁湖也。其東南萬屋沉沉,炊煙如人立,各有所企。微風撓之,左引右挹,緜緜緡緡。上浮市聲,近寂而遠聞。

甲戊〔三〕春,子靜觴同人於其上。衆景畢現,高言愈張。子靜曰:『文章之事,如山出雲、江河之下水,非鑿石而引之,掘渠而導之者也。故善爲文者,有所待。』曾亮曰:『文在天地,如雲物煙景焉。一默存之間〔四〕,而遁乎萬里之外。故善爲文者,無失其機。』管君異之曰:『陶子之論高矣。後說者,於斯閣亦有當焉。』遂書以爲之記。

錄自柏梘山房全集・文集卷十。

【校】

〔一〕鉢山:八大家本作『盋山』,下文同。

〔二〕江自句:續類纂本、八大家本作『淮水縈之,江自西而東』。

〔三〕戊:誤,續類纂本、八大家本作『戌』,當是。

〔四〕一默句:續類纂本、八大家本作『一俯仰之間』。

陳易庭學琴圖記 壬午

吾友陳君易庭,才高而志奇。其覃思於詩,蓋天性也。然欿然不自足,進求夫古之爲音聲可弦歌者,爲學琴圖,屬曾亮爲之記,曰:『吾性樂於是而寄焉耳。』

蓋人情,非大聖人皆不能無所寄。寄則專,專則有涯,故外困而退有所休。無所寄,則情無所之,失志益甚。夫古之爲士者，無故不去琴瑟，故清和夷猶，常若有餘，不以得喪貧富傷吾生而挫其氣也。後世雅琴既已淪亡，其詩歌率多妖淫輕險之詞，不足以正心娛意。然有其善者，固使人擺掉超越，不留於俗。故士有所抑鬱不得通，當抗音而歌，起舞低昂，若聳身於霄漢之表，視擾擾者之爭螻蟻食也。及夫嗒焉而輟，物亡情留，一俯仰間而通蔽變矣。昔有寄，今無寄也。況進求於先王之樂者哉？

今易庭之才高，則有所多取於世；志奇，則寡合於人。而幸也，其有寄於詩也，今且進其道於琴焉。於吾言，其益然乎哉？

録自柏梘山房全集·文集卷十。

周石生授經圖記壬午

石生與曾亮年相若，居相近，幼同嬉游，長就學同師，及他往未嘗不偕。兩家尊親，以小名互相呼，雖僕嫗亦然，皆能道兩小時嬉游事。及壬午年同試禮部，而曾亮以知縣注貴州，當遠去。石生悵然久之，乃屬題母夫人授經圖也。

石生自孤童時，從母夫人育外家陳氏。幼時與石生往來，歸稍遲，兩家各使老嫗來呼。石生少廢讀，母夫人必怒與杖，石生泣，則擁杖而悲。嘗曰：『汝幼育外家，不可忘陳氏恩。至束脩，皆汝母自力。汝當識此意也。』時曾亮年十三四，家大人方試禮部，留京師。每從塾歸，則吾母課誦，必問所習者師講解否？能記憶否？背師作游弄否？自塾歸適他所否？即石生從塾歸，其母夫人亦然。曾亮自家大人客，四五年而未嘗一日寬吾母失學之憂，則石生自少孤以至於長成，其母夫人之心力之瘁可知也。然則苦節者必有後，而得母教者多賢子孫，豈不諒哉？

石生之入學後曾亮，已而先舉於鄉。及成進士，曾亮猥先焉。他日之游宦倦而歸，烏知夫先後之不相同耶？其時或布衣粗飯，里巷相過從，追思前事，兩家子弟皆皤然白首，披圖而觀，起敬起畏。石生其猶有曩之心哉？而母夫人樂何如也！

録自柏梘山房全集·文集卷十。

記棚民事〔一〕癸未

余爲董文恪公作行狀，盡覽其奏議。其任安徽巡撫，奏準棚民開山事甚力。大旨言：與棚民相告訐者，皆溺於龍脈風水之説，至有以數百畝之山保一棺之土，棄典禮、荒地利，不可施行。而棚民能攻苦茹淡於叢山峻嶺、人跡不可通之地，開種旱穀，以佐稻粱，人無閒民，地無遺利，於策至便，不可禁止，以啟事端。余覽其説而是之。

及余來宣城，問諸鄉人，皆言未開之山，土堅石固，草樹茂密，腐葉積數年，可二三寸。每天雨，從樹至葉，從葉至土石，歷石罅，滴瀝成泉。其下水也緩，又水下而土不隨其下。水緩，故低田受之不爲災；而半月不雨，高田猶受其浸溉。今以斤斧童其山，而以鋤犁疏其土，一雨未畢，沙石隨下奔流注，壑澗中皆填污不可貯水，畢至窪田中乃止。及窪田竭，而山田之水無繼者。是爲開不毛之土，而病有穀之田；利無稅之傭，而瘠有稅之戶也。余亦聞其説而是之。

嗟夫！利害之不能兩全也久矣。由前之説可以息事，由後之説可以保利。若無失其利，而又不至如董公之所憂，則吾蓋未得其術也。故記之，以俟夫習民事者。

録自柏梘山房全集・文集卷十。

【校】

〔一〕題：八大家本、續類纂本作『書棚民事』。

謁墓記癸未

道光三年四月二十五日甲子，由坐吉村入柏梘山謁墓。未至山五里，謁查村橋墓，曾祖母錢吳兩夫人之所葬也。至山口，謁太七公墓，始遷祖也。春分時，蝦蟆將子於此，遍滿坑谷，故俗謂之蝦蟆田。過此至菴隴，謁壽一公墓。又過此至飛橋北隴，謁欽夫公墓。又前至飛橋，兩水會橋下，北流二十里成河，過橋循左澗水，過柏建寺，至柏梘大山，謁質齋公及朝甫公墓。過此至槽水圈，謁南溪公墓。日已暮，乃歸。

自過飛橋而東，皆石壁，流水左右夾路，聲洶湧，逆人足，如不得前。石壁多大字，石稍長，移其畫出字外，怪不可識。姪六有曰：『過槽水圈而東，山愈高，徑愈狹。』吾始行也以足，繼以手，終以尻坐石而移之。乃上水露臺，過七當山，得甯邑界焉。

辛丑，至劵山謁大千公墓，山足皆緣以石，而土其中。壬寅，至梅隴謁懸符公墓。未至墓五里，雨。先過京山堂寺，路斗絕，輿者相枝柱，僅乃得上。而寺前土平以寬，清泉竹石，迎媚來者，輒以爲大怪，奇險中無此地也。食畢雨止，乃上教場，即墓所也。明末有鄉兵屯之，故以名墓。在山絕頂，時時有萬丈壑過肩輿下。壑在右，余睨左壁；在左，余睨右壁。至墓，則山舒雨〔一〕翼而中平，可田可廬。劵山梅隴墓碣，皆安溪李文貞公書石。

五月二日庚午，至甯國縣方家衝，謁小溪公墓。墓在山頂，形如仰盂，中頹而四高之。後有山，持之如柄。山下有溪水南流，而山足展而西，登墓望之，若水入山腹矣。

乙亥，至獨山，謁定九公及正謀公墓。墓有碑曰：『江南織造曹頫監造。』聖祖仁皇帝特恩也。至栗木崗，謁君重公墓。不一里，至雁塔橋，謁高祖妣郭夫人、曾祖妣王夫人墓。

丙子，至許村，謁石門公墓。自獨山至許村，墓四所，無山，當大路側。

由坐吉村至柏梘山，一日畢；梅隴，兩日畢；劵山，一日畢；方家衝，兩日畢；獨山、栗木崗、雁塔橋，半日畢；許村，一日畢。凡所謁墓，必高大堅緻，立甃石障土於前；必豐碑深刻，以記年月、名氏，及立碑之子若孫；必布石數丈，以便跪起陳設；必平易墓道，以便出入；必有舍有田，以便守塚者及謁墓之子孫。又必廣置墓之左右山，或延袤數十里，以植樹木，聳瞻視。又定子孫司事者，一歲再巡其山，以審界畫、防侵盜，而一山之專設者四人，或八人。故其襟抱清茂，徑路幽美，或終日行不涉他姓地，如家林焉，不知爲窮山中也。

古名卿碩士，其墟里墳墓，檢史冊常不可合。今於千餘年之墓，農夫孺子得歷歷拜掃之，非梅氏之厚幸歟！亦祖宗之經畫者勤矣！而其時人力之給、物產之豐，亦不能無慨於今昔云。

録自柏梘山房全集・文集卷十。

【校】

〔一〕雨：八大家本作『兩』。

記所至各村 癸未

凡居坐吉村者，皆與余同祖棖五房。而余所至他村，若崗下、橋頭間、大屋下、上蔡村、桑園、上張公園、下張公園、塌埂、新田山、田頭山、下刁崗、後陽村、許村，及與楷三房共居之橫埂塘，顯八房共居之花園裏，凡十五村，亦皆棖五房。更樓、塌裏，凡二村，爲和一房。湯村、傅村、田屋裏、井旁上，在甯國縣者；薛家溪之大灣裏、叉路，凡六村，爲霖二房。鳳禎橋、下蔡村、水閣涼亭、高泥亭、蒲田埂、橫埂塘、楊家衝，凡七村，爲楷三房。蒲田埂一村，爲機四房。石埂嶺、黃楝樹，凡兩村，爲柱六房。六房皆出於珍一公，而珍一公之弟四人，四人之子孫，則別之以某公分下。下芳村、塼臺上、上後家村、仁村，泊及郡城西門外之高嶺、求陽村，凡六村，爲琪公分下。山口村、周家衝，凡兩村，爲瑞公分下。高許村、甯國縣之譚灣裏，凡兩村，爲璉公分下。而瑀公分下，惟一丁寄居。坐吉村五分，皆出於榮公。而榮公之同母兄二人，曰富，曰顯。富宗公之後微矣。顯公後有八房焉，族人別呼之曰顯八房。余所至者，上芳村、壩房、花園裏、下石馬、下許村、灣裏、下後家村，凡七村。又至別爲祠堂者一村，曰塘岸上，榮公之叔高祖也，於族最爲遠。

凡余所至者五十餘村，自塘岸外，皆共蒲田埂之宗祠。共祠而未至者三十餘村，或以人族少，道回遠。又方田作時，丁壯在野，屋宇中皆貯麥。故未敢重勞父老以候過客，廢耕耘。非有所輕重於其間也。而所至之處，則必設茶荈、具酒肉雞魚答拜也，必有所餽以爲禮。

嗟夫！吾家寓江甯，於諸村中缺候問，疎過從久矣，未有所裨益光寵。諸父兄乃能不責不足於我，且懇懇如此，愧甚！不可忘也。又，余至諸村，皆姪六有同行。每悉問某村爲某分下、爲某幾房、爲某字輩，常苦不能識，而鄉人多能識之。今士之居通都大邑者，以不盡交天下士爲恥，而不知誰何之古人，尤喜爲之辨氏族、考子姓，然家之人而不識也。嗚呼！此尤余之所愧於鄉人也。

録自柏梘山房全集・文集卷十。

引虹橋記 癸未

梅氏自宋、元、明葬柏梘山，凡九十六所。山口村至柏梘大山之谷口十餘里中，幽宫巨碣，往往而在。七十餘村所祖者，靡不具是。故山外有坊，曰『梅氏墓道』，他姓莫與焉。而循山口至大山，必先西北行，轉而東南，迴遠數十里。其中陽崖陰壑，起伏百丈，林木幽昧，蔽景匿光，悲禽巨獸，倏忽睒睗。行者皆掉慄，莫敢投足。故於北隴下絶澗爲橋，路徑直且易行，前明羅太守所鐫曰『引虹橋』也。土人名之曰『飛橋』。嘗燬於火，曠四十餘年未修。緣山涉溪，經歷阬谷，冬冰夏湯，不可懸度。凡梅氏之謁墓於山者，皆莫之便，於道光元年，宗人乃刻意建之。以族姪肇壬字六有者董其役，鳩工庀材，悉復舊觀。橋之下，去澗底者五丈，其南北達兩山者四丈，東西霤之相去者二丈。上覆棟宇，旁列軒檻，如亭而修，如橋而平，中設長座以休息行者。是年十二月落成，凡錢以緡計者千，木以章計者千，工以指計者萬。縣隔上通，險阻下伏，襟帶周固，呈露清淑。

成之二年而曾亮謁墓於山，過兹橋而休焉，嘆其工力之壯偉。肇壬曰：『此吾梅氏事也，不可不爲之記。』蓋兹橋之設，非行旅之孔道，而爲梅氏謁墓者所必經。吾宗人以墳墓之故，不惜曠年之勞、數十家中人之産，以竭蹶圖之。其反本追遠之心，足貽賴後人者，功美蓋未可量，故不敢辭而記之。

若春秋佳節拜掃之時，諸父老相與整冠巾，挈壺榼，以往來於兹橋中，丹葩霜林，照耀谿壑，可玩也。

録自柏梘山房全集・文集卷十。

歐氏又一村讀書圖記 甲申

城北多古園，惟董氏窺園者，去鍾山爲近。由窺園而東北，皆菜畦縱横，密徑若窮，忽花木照耀篁竹中，則歐氏又一村也。瓦室十餘間，敞〔一〕其南，以植花藥數十種。拓其軒之北，鍾山偃仰，如在几席上。從籬落中見行者，疑深山樵漁，不類塵市人。從余遊者，歐生岳庵及其弟子白，嘗朝夕讀書於是，乃圖之，而以記告於余。

夫圖記歌詠，恒出於賓客山水聲色之游聚，此皆幻於情而逐於物者也。物不可留，情不可執，卒然合并，斯會不常。妍窮景畢，執萬化而不釋，於是蔽而自矜，將貽後人。此文字之所以日繁而用多褻也。若夫居家林，玩書史，此豈待於外而懼樂之不可常哉？然數年以來，子白常侍養於浙，岳菴雖家居，亦囊篋鱗襍，不能吟頌無事如曩時。且才如二子，豈終徜徉於斯圖者？則是圖也，卒前勤，懲後荒，意在斯乎？

昔曾子固不以舟車廢其學，而蘇文忠直禁內讀書夜分，老兵皆倦臥，彼其視金馬玉堂之中，波濤塵堁之內，皆學舍也。故古人有以自立者如此。不然，當貧賤時曰：『吾他有求焉，不暇學。』富貴矣，則曰：『吾有以自重者，姑緩之。』是殆不足與於斯圖也。二子者，其知之矣。

録自柏梘山房全集・文集卷十。

【校】

〔一〕敝：續類纂本、八大家本作『蔽』。

馮晉漁舍人夢遊記 甲申

園之大，不見所際。花木皆清曠茂悅，流水周布，池館數十所，各爲一區。路四出，皆以閣道，旁廊上屋，碧波潛通，金鱗朱華，平布瀰漫。獨虛一大屋，闔其扉，曰：『將以待主。』是境也，吾於夢時得之。以夢之習也，夢之中亦知其夢焉。又幸夫今夢之非夢也，寤而獨樂之，未嘗以言於人。而馮晉漁舍人亦以夢嘗有所歷類於余，獨心以爲王弇州山人居也。弇州之文學樹立，固才士所企羨，而晉漁之志，當不以此自限。豈嘗心注於是而神往之哉？蓋偶焉耳。然當是時，蓋自適之甚，不登而山，不涉而水，不拜跪迎送而主客。莊周、列禦寇，槁身忘形，僅乃得至以爲逍遙遊者，吾可以忽然得之。以吾之有適於是，知晉漁之適於是而不能忘也。

或曰：『如吾夢之所適，仞而有之，其可乎？』曰：『不可。』昔鄒衍造大瀛海之談，人奇怪之，好其說。今如衍所談，西人或身歷之，以爲固有。而衍之奇亦少衰。然則使吾兩人真有如是之山水，真有如是之花木池館，真有如是之主人抵掌談語，又何足異哉？吾又以知天下之樂，未有如無是事而心設之者矣。

録自柏梘山房全集·文集卷十。

陳石士先生授經圖記〔一〕乙酉

漢儒之經學有專師，而又以師法轉相授受。其學之顯晦，一視其徒衆之多寡與爵位之高卑。而苟其學之不足傳，與傳之不得其人，雖當時爲諸儒所宗，而遺篇斷簡不可見於後世者，往往有之。惟孔安國、董仲舒，其學在當世，非如師丹、張禹以尊官致大師，而古文尚書與春秋之學，歷久而不廢。蓋司馬遷嘗問故於安國，而聞春秋說於董生，其表章發明之力爲多。

桐城姚姬傳先生，以名節、經術、文章高出一世。門下士通顯者如錢南園侍御、孔撝約編修，皆不幸早世。而抱遺經、守師說，自廢於荒江窮巷之中者，又不爲人所從信。惟今侍講學士陳公，方受知於聖主，而以文章詔天下之後進，守乎師之說，如規矩繩墨之不可踰。及乙酉科，持節校士於兩江〔二〕，兩江人士，莫不訪求姚先生之傳書軼說，家置戶習，以冀有冥冥之合於公，而先生之學，遂愈彰於時〔三〕。蓋學之足傳，而傳之又得其人，雖一二人而有足及乎千萬人之勢，亦其理然也。

夫先生之書具存，其文章之高奇、說經之通遠，士或浮慕焉而未能入。然張其學者有公，則學於公者，亦必有人如公守師說而尺寸不踰者〔四〕。先生之學，其傳於世者未有艾也。

公試畢，將歸京師，出授經圖以示曰：『爲我志之，吾不能一日忘吾師也。』嗟夫！曾亮固所謂自廢於荒江窮巷之中，而不爲人所從信者，於是圖，其能無概於先生哉？

録自柏梘山房全集·文集卷十。

【校】

〔一〕題：音注本作『陳碩士學士授經圖記』。

〔二〕及乙酉二句：音注本作『及道光五年秋，持節主試兩江』。

〔三〕時：音注本作『世』。

〔四〕士或四句：音注本作『雖好古之士浮慕焉，未能入，況祿利之士其不能深知篤好也決矣。然先生之門人衆矣，而今集其成者唯有公。則學於公者，雖不必盡如公事先生之心，亦必有一二人如公，守師說而尺寸不逾者』。

游瓜步山記丁亥

道光七年二月十六日，客同年熊民懷六合官署，與同人游瓜步山。余與翰初先登。古廟數楹，無槅檻可據，浮屠像皆剝落坐塵埃中。老農數人踞階下，議社事。問僧，曰：『掃墓出矣。』方悵然欲歸，而闇夫導數客偕主人至。移肴核於補山亭，兩峯翼張，亭承其腋。蓋去廟西不數十步，而岡隆谷窪，匿蠢獻秀，遠江近渚，迴瀾就目，雜花周阿，迎桃送杏。既醉飽，復登西峯之太平菴。山風泠然，異香出於寺，則兩老梅，數百年物也，高出樓，大蔭一畝，方盛開。諸人皆錯愕瞪視，既乃太息，坐臥其下，日暮而後去。

蓋余二人初至時，未知有亭，主人至，乃得之。亦未知有梅，入寺，乃見之。此一日中事耳。吾兩人胸臆愉塞，殆如隔人世事。莊子曰：『山林與？皋壤與？使我欣欣然而樂與？樂未畢也，哀又繼之。』夫待山林皋壤而樂者，將失之而悲。是樂也，達者之所笑也。書以志吾愧。

同游者，商城熊闇夫方烜，興化束補卿鑾，上元温翰初肇江、朱竹香啟善、梅伯言曾亮。主人者，瓜步司直隸陳守齋寶善也。同游者皆有詩，而屬曾亮爲之記。

録自柏梘山房全集・文集卷十。

穎上搨帖圖記丁亥

管晴雲先生諱霈，吾友異之祖也，以副榜官穎上教諭。性好古，取蘭亭碎石藏卜姓者，命其子手搨之極多。卒一歲，而子文郁字西京者亦卒。異之年七八歲，書史散失，今所存惟石背黄庭一紙而已。異之得以畫名者張君崟爲搨帖圖，屬曾亮記其歲月。蓋悲先人之遺，又所遺之僅於是也。

國初，項子京好古多藏，每所得有價浮者，數日不樂。及分之諸子，貴賤必均。蓋其父與子皆未嘗以書畫視之，直田宅視之耳。雖藏以千萬計，謂之無一有可也。異之自有之書，不過數十種，而所閲有百此者，藏豈貴多哉？又先生嘗賑泗州水荒，與上官爭，活人以千計。及擢四川仁壽縣知縣，非其好，不赴也。蓋人以飢寒得失爲心，則不急之務，無可以娱其意者。先生爲校官，禄微甚，而有以自適，日徘徊於荒墟殘碣之間，其過人遠矣。

録自柏梘山房全集・文集卷十。

吴松〔一〕口驗功記 戊子

太湖三萬六千頃，以經流達於吴淞。吴淞首枕太湖，尾掉黄浦，亘三百餘里入海。源長流鋪，非洪壯闊深不足以吐納靈湖，綱絡神委。明嘉靖初，一治於官，一濬於私。後曠不修，喉吻縮蓄，浦漵差互，茭葦怒生，高卑平夷，水旱皆困。

安化陶公巡撫江蘇，以道光七年冬十二月奉命瀹疏。時羣情獻疑，或守卑論，或求新功。爰斟酌古今，延覽地形，以爲徙武康、紵溪，穿新渠，言失之鑿；廢吴江全邑以濬松江，言失之縱；遷沙村，鑿千橋，開白蜆，徙湖委於青龍，言失之擾。而元時疏黄浦至新洋，功施卑卑不利洩宣，又失之率。乃鳩工立程，爬抉填淤，鏟咋曲岸，惟其寬深無改故渠。巨旱連隴，神移鬼推，盤盂涓澮，雲解天動。不踰三月，水工蕆事，擇期驗功於吴淞口。

時當春和，桃楊獻新。水光納天，積葑雲卷。黿魚舒波，望墟永歸。千帆怒張，如馬縱野。農利普存，歡謠載途。公顔載愉，詩紀其事，和者千焉。雍雍乎元臣之『訏謨』，吉甫之『清風』也。乃屬曾亮實事以紀，則道光八年九月之十日也。

録自柏梘山房全集・文集卷十。

【校】

〔一〕松：標點本、光緒本、續類纂本、八大家本作『淞』。

從戎紀事圖記 庚寅

嘉慶五年，洪君梅溪以尉攝縣事，守南部城，殺賊七百人。六年，於南部之新鎮壩殺賊二百餘人，又邀擊敗逃賊於廣安州楠木頂。是三役也，有一焉皆可以授超等之賞，而君退然無所得，所得者惟是圖耳。然是圖也，世之以軍功得勇爵者，或不能有之。彼未嘗身搴旗蹀血而代人受功，安能言之詳而據之實如此哉？宜其不得與君爭有此圖也。失之彼而此得焉，亦無憾也夫。而世之專闈權司賞罰者，於功罪何如也？

録自柏梘山房全集・文集卷十。

書樵夜讀圖記庚寅

吾友馬棣園，以書樵夜讀屬周保緒爲圖，而屬曾亮爲之記。昔與君始相習於康方伯幕中。後同游棲霞，日日攀藤葛，踞泉石爲樂，夜刻燭作紀游詩，矻矻不少休。同游者，胡君聖基、汪君鄰樓，其年最少者君也。後君學益成，當途者爭禮延之不能。數相見，欲求爲昔時山中游，蓋不可得。

昔人稱桃源中『不知有漢，無論魏晉』。吾嘗從田間游，問桑麻樹藝事，田夫野老或諱匿不樂道之，顧喜聞城中人談市朝也。今之山中人，固與古殊哉？抑境習厭生，人固好談所不見以爲樂乎？則棣園之游市朝而違林臯也久矣，宜是圖之超然有遐思也。雖然，古之士恒爲士，而不雜於農。其耕者，隱也。故揚子雲曰：『士有不談王道，則樵夫笑之。』言古士之貴於樵也。秦漢以後，乃有帶經而鋤者，有讀書流麥或負擔歌謳道中者。今之士也雖不恒，然欲耕且讀如秦漢人，亦不可得。豈其俗之返乎古哉？亦惰游而恥自食其力者，衆也。然所不恥者，蓋百此矣。而獨恥爲秦漢人，君之圖亦有激而云然乎？

録自柏梘山房全集・文集卷十。

江亭消夏記丙午

都中燕客者，曰館、曰堂，皆肆也。觀優者集焉。樂閒曠、避煩暑，惟江亭爲宜。地當南城西，故爲水會，今則四達皆通車。甲午五月望，徐廉峰編修、黄樹齋給諫，招客而觴之。天氣清佳，地曠人適。以客皆雄於談而失飲也，乃射覆以行酒。當令者，取尊俎間物載經典者，隱一字爲鵠，而出其上下字爲媒。因媒以中鵠者不飲。然所出字，皆與鵠繇褫判散，不可膠附，又出他字相佐輔綴。其鵠者愈專而媒愈幻，務以枝人心，使不使〔一〕尋逐以爲快。忽然得之，歡愕相半。每一覆而罰〔二〕飲者，十數人。

酒肴既餍，憑軒周流。下多葭葦，蒙籠坡陀，風草相噬，柯葉綷縩，疑其下〔三〕有波浪瀄汩聲，渺若大澤無涯，江湖之思焉。主客多江東南人，歲比大水，談者以爲憂。於斯亭，又悵然於不可得水也。給諫遂歸而圖之，圖中人皆面山，左倚城，指亭下相顧語者，亭之西軒也。上元梅曾亮記。

録自柏梘山房全集・文集卷十一）

【校】

〔一〕使：續類纂本、八大家本作『得』。

〔二〕罰：八大家本作『發』。

〔三〕疑其下：續類纂本、八大家本作『其下』。

宣南夜話圖記丙申

道光十五年冬，江甯鄧公始受新命，總制兩廣，自安徽入覲於朝。時鄉之官京師者，公子子久編修外，幾二十人。公未明入覲，出答賓客之造請。及暮，歸宣武門南寓館，與鄉人述故老逸事，商論文史，辨訓詁音聲。於三百五篇詩，刺取聲韻雙叠者，左右逢獲，如取物筐篋中。人皆神開意新，日聞所不聞。庭無倦僮，座無謏賓，盤無咈肴，酒無盈卮。雲凝風休，惟談是資。座移星稀，充然忘疲。於是楊君繡庭圖紀其事，京兆尹蔡公首倡以詩，在席咸和。

有朝士語曾亮曰：『昨東華門內，見兩廣總督鄧公，貂冠盛服，長身鶴步。郎君愉愉愔愔，冠佩相隨至乾清宮門外，可謂君鄉盛事。』則應之曰：『公仕宦三十年，以侍從致封疆，撫安徽十年，變鎔精民，消勺吏慝，平牙鏟角，先幾運功。今兩廣雖物重地大，公神氣閒定，視之一如安徽耳。故其無矜色，無華言，澹泊內足，聰明四周，非習熟聞見浹言論，不知其深。子乃徒美其遭逢之隆，不亦膚乎？』客憮然曰：『有是哉，則公所與諸君子燕語者，不可以不識也。』既以應客，遂弁其語於圖。

録自柏梘山房全集・文集卷十一。

通河泛舟記丙申

道光十六年七月，與友人泛舟通河。檣帆始移，曠若天外，波雲水鷗，萬景畢納。自二閘至三閘，不三四里，而茶村酒舍，斷續葭葦中。舟人緩橈安波，悠然無窮，攀林而休，披草而坐，舟步相代，窮日乃返。陶君鹿崖曰：『自吾官京師十餘年，無此樂矣！』屬温君翰初圖之，而曾亮爲之記。

是遊也，王君絅齋爲主人，翰初及其弟明叔、陶君鹿崖、萬君葵田及曾亮，凡五客焉。皆江南人，於山水蓋饜見之。而余嘗游金焦迷失，舟檣折於錢塘潮；大風雨過彭蠡湖，舟幾覆。祝終身不經江湖以爲快耳，今乃見是水而樂之，亦以見人情之歆厭有常，而物之好醜不可恃有如此也。

録自柏梘山房全集・文集卷十一。

牛山種樹圖記 己亥

同年舒蘇橋，在安徽治巢最久。民事既修，乃闢宇種樹於縣北臥牛山，與羣士講藝其下。張少白山人爲作牛山種樹圖也。君後屢遷擢，眷眷於巢不忘，且幸後人無廢所樹也，出此圖以示曾亮。蓋君子官於是土，去後之思，官與民一也。歐陽公之於潁，白太傅、蘇文忠之於杭，時時見於歌咏，豈徒戀其州土之平、樂山川之清曠云爾哉？詩不云乎：『毋逝我梁，毋發我笱。』吾既嘗撫是民矣，則願官是土者，長得賢有司焉，嗣吾功而成之也。此父母之心也，圖之意也。

君雪夜阻舟於河，雇役夫，縮手莫應。一叟曰：『是何官人？夜行急如是。』舟人曰：『自某所今升某官者也。』叟驚曰：『是吾舊好官。』立呼二子出，冒雪挽舟，堅不受錢。巢民之於君如是，君之眷眷於是圖也，宜哉！

録自柏梘山房全集・文集卷十一。

陶谷記 辛丑

陶谷當郡城之西北隅，山平地幽，林壑深美。傳以爲陶隱居之所居也。舊有陳氏宅，吾友張子澄齋得而營之。廓其舊，凡燕寢之安、觴詠之適、亭沼花木之玩，莫不咸備，而日奉太夫人往游其間。以書告曾亮曰：『吾營是以樂吾親，子其爲我記之。』

昔仲長統以爲得良田廣宅，背山臨流，親有兼膳之奉，不羨入帝王之門。夫必如是而不仕宦，微統也，誰不樂此者！及觀潘岳閒居賦，其居處供養，略如統所云矣，卒不能保身養親以全其志。然則統之樂，未可以爲易也。夫古人有仕三釜而心樂者，以爲非是無以養吾親，不以是爲榮其親也。國人稱願，然曰：『幸哉！有子如此，可謂孝也矣。』其榮也，在德成名立，而已不係乎仕不仕也。惟韓子稱歐陽詹以志養，謂在側而其親無離憂，不如有離憂而其志樂。則未知爲父母者，其心果同出於是與？抑探其子之志，不爲是言而不得者與？吾於是知韓子之言未盡也。

今澄齋之才，風雅明決足以任世事，使守缺京師，當久得官。顧以親故，棄不取，而徜徉於玆。夫士有終身不去親側者，迫於境也。能仕宦而不以易其親，此義亡也久矣。故吾樂爲言之，以廣其義。且以幸仲長子之所志者，於吾友而親見之也。

録自柏梘山房全集·文集卷十一。

周文泉從軍圖記 辛丑

慕萱先生以京朝官久客幕府，征臺灣及四川教匪，皆襄其役，以勞卒軍。睿皇帝閔之，官其子七品，試用軍營。時文泉年尚幼，好事者爲作十二歲承詔從戎圖也。文泉以儒術風雅自喜，既得知縣官，不應試。時披圖悵然。夫科第發身，常事也。以童子授七品官，特恩也。睿皇帝之鼓動萬類，其神化蓋遠矣。當是時，劇賊起川中，蔓延五省，半天下。而朝廷從容指揮，坐致太平，非信賞必罰，破成格以鼓臣士之心，安能功之捷而治之長如此哉？則披是圖者，非徒感一士之榮遇。我國家綜理夷險不可測之機神，有慨然思奮者已。

録自柏梘山房全集·文集卷十一。

海源閣記 壬寅

昔班固志藝文，自六藝而外，別爲九流。則凡書之次六藝如諸子者，皆流也，非其源也。況又次於諸子，如詩賦、諸畧者乎？然當秦火後，餘裁數經。至漢成帝時，閒二百年，書已至萬數千卷之多。而自漢以後，幾二千年以至於今，附而相推，激而相摧，演而愈淆，釃而愈支。昔之所謂流者，且溯而爲源，而流益浩乎其無津涯。

故書猶海也，流之必至於海也，勢也。學者而不觀於海焉，陋矣。

雖然，是海也，久其中而不歸，茫洋浩汗，愈遠而不知其所窮，惝然不知吾之所如，浮游乎無所歸休，以終其身爲風波之民，不亦憊哉？然則何從而得其歸？曰：有史焉，足以紀事矣；有子焉，足以辨道術矣。今且類其物而分之，比其物而合之，摭一書爲千百書，而其勢猶未已也。由今以觀周秦人書，於漢人見之外，別無見也。由今以觀魏晉人說經，於唐人載之外，別無見也。其見於史、見於集者，亦希矣。然今之說者，不惟視唐加詳也，且視漢而加詳也。夫漢唐人之書，具是矣。其後此者，非衍詞也，即變文也。不然，則鑿空者也。而作者勤焉，學者騖焉，以千萬言說書之一言，而其辯猶未知所息也。昔之人有言曰：『十三經、十七史外，豈有奇書？』夫古今才人，如此其衆也；著書垂後，怪奇偉麗者，如此其多也。而云爾者，是知源者也。

同年友楊至堂無他好，一專於書，然博而不溺也。名藏書閣曰『海源』，是涉海而能得所歸者歟？或曰：『信如子言，凡書之因而重、駢而枝者，悉屏絕之，其可乎？』曰：『烏乎可！游濫觴之淵，而未極乎稽天；浴日月之大浸，是未知海之大也。又安能知源之出而不可窮也哉？』

録自柏梘山房全集·文集卷十一。

觀我圖記 癸卯

據徑尺之局，操盈握之子，規規焉爭勝負於方罫之間，而呈巧拙於一二人之目，此豈有飢渴寒暑之切於吾身哉？而方其據几注視，窮神畢慮，視天下之成虧得喪，無以易之。是人也，使引其身爲旁觀之人，未有不以爲可非笑者也。然其非且笑也，固曰：『吾所觀者，人也，非我也。我則何渠若是？』嗟夫！古今之紛紛者，蓋無有知吾所觀者，無時而非我也。於彝香刺史飽涉世務，倦而求息，乃爲觀我圖，以自見其意。弈者，觀弈者，凡三人焉，而衣服容貌如一人者，皆於子也。莊子不云乎：『操之則慄，舍之則悲。』方靡刃於聲利之塲，其所爭者，自以爲大矣。卻立而觀之，與營營於方罫之間者何異？知其無異也，而恍然於弈者，即觀者之一人焉，則是圖之意也夫！

錄自柏梘山房全集·文集卷十一。

金山寺藏鼎記 甲辰

吾友葉東卿先生，得古鼎於岐山之農，徵文實事，定以爲周宣王時物。其臣遂啟諆〔一〕伐玁狁歸，賜以酬庸者也。於是詩以張之，寄置於丹徒之金山寺，屬曾亮爲之記。

夫萬物所樂者，成也，久也。自聖人不能違之。銘物必祝其壽，子孫永寶用。至莊周、列禦寇之徒，一切齊得喪成虧。浮屠氏興，而其說加厲〔二〕。今以古人欲世守之物，而寄之浮屠氏，豈古人製是器之意哉？曾亮曰：守之善者，蓋莫有善於是也。

夫物之易失者，以己獨有之而人不與有之者也。夫獨有是物而不使人與有之，雖有蓋世之威，不足以持其後。況守是物者之爲吾人也哉？然則孰能守之？曰：惟不自有者能守之。今浮屠氏之法，其身之不自有，而何有於居？其居之不自有，而何有於所寄之物？雖其重樓傑觀之地，途之人游焉，莫之禦也。雖其所甚寶貴之物，途之人觀焉，莫之非也。夫然，故天下之忮有是物者，皆釋然，曰：『彼且不能專之，吾又烏容競之？』天下之欲有是物者，又釋然曰：『吾未嘗不與有之，吾又烏容事之？』故曰：守之善者，莫有善於是也。

昔東坡以吳道子畫捨僧惟簡〔三〕，而曰：『吾自度不能常守是也，故以與子，子將何以守之？』此豈真慮其不能守也哉？使慮之，則亦不捨之矣。且惟簡之能守與否，即未可知。而東坡以一捨之故〔四〕，道子畫至今不亡。則雖謂善守是物者，莫如東坡可也〔五〕。

錄自柏梘山房全集·文集卷十一

【校】

〔一〕諆：八大家本作『謀』。

〔二〕而其說加厲：續類纂本、八大家本作『而其道說加勝』。

〔三〕吳道子畫：續類纂本、八大家本作『吳道子畫四菩薩』。

〔四〕而東坡句：八大家本作『而東坡惟能舍之』。

〔五〕可也：八大家本其下有『此蓋先生之微意也夫』。

十賢祠記丙午

國朝初，宣城以文學著於四方。以吾梅氏一姓言之，載國史儒林、文苑傳及舉鴻詞科，皆有人。推之一邑之廣，其人材之盛，可知也。而繼起者或鮮，豈山川風氣時厚而時薄歟？抑有待於倡之者善其術歟？今夫聞人賢而企慕之，且師法之，遠猶近也。然不若耳目所近接，而且出於父兄師友之間，其師法者必倍親，而企慕者必愈誠，亦其理然也。

宣城有七賢祠，舊建於敬亭山，歲久圮廢，蹊徑荒茀。江夏王廉普先生宰是邑，民事既修，昭虔於神，將葺而新之。且以爲邑之有先賢祠，固將興起其邑人者也。而今所謂七賢者，自蕭齊迨明季，皆宦游寄迹而非產於宣者，不足使邑人勸，乃增祀宋之梅聖俞先生，國朝施愚山、梅勿菴兩先生，爲十賢祠。新其堂、廣其室、拓其垣，且改治其道，使行禮者便登降，以生其敬恭焉。而屬曾亮爲之記。是徒以標風雅、飾名勝爲高哉？誠以示吾宣人：今增祀之賢皆宣人也，其文學道術固聞於人人，而於宣之人，尤不啻其父兄師友也。夫吾之父兄師友，既爲人人所企慕師法者矣，而忽而置之，獨在其爲子弟者焉，豈情也哉？則因是祠而使宣之人士興感，以復其盛如曩時，非先生之功歟？

聖俞先生於曾亮同祖遠公，而勿菴先生爲六世祖。推公善之心，固不敢以爲私榮，而得附名其間，固其所深幸者矣。道光二十六年三月，梅曾亮謹記。

録自柏梘山房全集・文集卷十一。

海客琴尊圖記丙午

海客者，朝鮮使臣李藕船名尚迪者也。張子仲遠，先嘗遇於京師。道光二十五年，李君再以貢使來，復相遇，觴之於吳氏之蔣園。客十八人，皆會談讌，極日而罷。以海國異域之人，離別之久，得聚而以一樽相樂，不可謂非快事矣。而仲遠得縣令，之武昌，於京師游處不能忘也。乃屬善畫者圖之，而曾亮爲之記。

昔宋蘇文忠以高麗使臣求書，義不可許，援漢東平王求太史公書事以爲鑒。蓋其近契丹而懸隔於中國，接之者不能無戒心，禁防深堅，亦其勢然也。我國家混同華夷，於朝鮮使雖定其去來之期，而除譏禁，便出入，得造請賢士大夫，稽考文獻，辨析道藝。士大夫亦以其地僻遠，來者多賢且材也，皆歡然相接，無主客重輕之嫌。故其人皆榮於來，而惆然於其去，若遠州下士辭鄉里而樂皇都也。傳曰：『聘弓鋏矢，不出竟場。』彼一時，此一時也，豈可同哉？是圖也，有以見柔遠之規曠蕩於前古者矣。

録自柏梘山房全集·文集卷十一。

正氣閣記丙午

道光二十一年，英夷入定海，旋擾吳淞江。總兵葛公雲飛、典史楊君慶恩，先後死節。其郡人會稽宗御史稷辰，義而哀之，爲祠於宣武門外，曰『正氣閣』。祀明季郡人死節者倪文貞公以下十一人，而以二公同祀，屬與祭者爲之詞。曾亮因言曰：

忠義之心，同民心而貫今古者也。當明季時，伏節死義者相望，至若十數公者，或從容致身，或支拄危難以圖存，或不知所益，一瞑而萬世不視者，亦有之。然皆以一死遂志，定百行之終，人遂不得以前異者奪後之同。此忠義之事所以可勉於人人，而大節之所以足貴者歟？然則二公之同祀，豈以勝國臣而有嫌哉？人之生也不相謀，至忠而死，則古今無二是矣。且忠義之同乎人心者，豈一郡之私？其公之者衆矣；衆莫大於京師，則是典之舉於斯也，宜無惑焉。道光二十六年六月，梅曾亮謹記。

録自柏梘山房全集·文集卷十一。

寄齋讀書圖記丁未

桂林陳子心薌，好治書，而以『寄』名其齋。余因爲之說曰：萬物皆寄也，而人於物之中，獨限其修短之數，聖愚不可移。是寄之至暫者，莫人若也，而況其所著之書乎？雖然，物之壽，金石止矣，川岳則無以加矣。然或液或泐，或崩或竭，古有而亡於今者，書皆存之。是寄之至常者，莫書若也。夫以寄之至常者之莫如書，而視人爲有無，則夫至暫者將知所以自貴，而不可有所玩焉。是則名是齋之意也夫！

録自柏梘山房全集・文集卷十一。

光澤縣育嬰堂記丁未

光澤縣當南宋紹熙時，嘗行社倉法。而歲以米三百斛助民之貧不舉子者，見於朱子邵武軍光澤縣社倉記。其收養之詳法不可知。而古者男女子皆稱子，則所助者必多出於女無疑也。閩中溺女之俗，不知所自昉，而非法所能禁。夫腹飢不得食，膚寒不得衣，雖慈母不能保其子，子安能有其母哉？此社倉之法爲不可廢，而自宋迄元、明，行者蓋鮮。則即光澤一縣言之，其生不見日月，並不得入於襁褓者，已不知凡幾矣。

刑部何君化井，於道光十年仿社倉之意，建育嬰堂。先以己財育其力之所能給者，因請於邑令周君味蘭捐金爲倡，而邑之士大夫及過客，皆有輸助其後。令復取邑他用之羨以充入之。於是建廨舍，設董事，嚴錢帛之出入，稽乳婦之勤惰。且以爲乳婦而家於堂，勢不便也。故凡所收育，皆置於乳婦之家，而月給錢以爲直。其於朱子時社倉條例之同異不可知，而因事〔一〕制宜之道，固纖細而無餘弊矣。

昔漢章帝詔嬰兒無父母親屬者，及有子不能養者，稟給如律。夫嬰兒而無父母親屬，必得乳婦以養之，即所稟給者必乳婦也。古人雖文義簡直，而可以意推，則今所行者，亦古人之良法也歟？其宗願船，亦官刑部京師，請曾亮爲之記。夫始事之勤，固不可不書而記。其成之之難，以冀夫後此者之無有廢，尤爲善者之深意也夫！道光二十七年七月，上元梅曾亮譔。

録自柏梘山房全集・文集卷十一。

【校】

〔一〕事：音注本作「時」。

課兒圖記丁未

年家子陳元祿爲曾亮言王霞九先生之賢：其官學政及鹽運使，能教士恤商，而家居不遺財以贍族。其容貌詞氣，見之者如與古人居也。因出所記劉太夫人課子圖，而請爲之記。

夫古之時，如敬姜、孟母之倫，傳者蓋少，然亦惟教子以義方而已。至後世而授經課讀，熊丸畫荻之事，始見於傳記及文人學士所歌詠。以賢母而成子名者，近今尤多。蓋爵祿聲譽之重輕於今古，而漸被於閨閣者，亦已久矣。然則，期子以顯榮者多，至期子以立身修行，於古固未知何如也。若太夫人之訓其子，其猶存古之道乎？其食報者，雖同乎衆人之所期，而所期者，未嘗同乎衆人。蓋賢不肖，人事也；貴與賤，天事也。教之義，主人而不主天，以天之不可必也。不然，則夫孤嫠飢寒而能振其子於卑辱者，其志行亦曷可少哉？

録自柏梘山房全集・文集卷十一）

河朔訪碑圖記 戊申

沈西雍先生守真定，作常山金石志，後權大順廣兵備道。三郡於唐皆河北道也，於是有河朔訪碑圖。嘗讀其金石志，稽考同異，於史傳多所佚獲。其官爵族系，或史亡而碑具，或碑詳而史略。夫國史，非家乘也，略一家之事，不足爲史病。使必人人詳之，則史轉穢耳。而是書能證其所略，於學者多聞之功，固有裨焉。以一郡之地而所得者已如是，況三郡之地而搜訪無遺者乎？是圖也，將繼此而有志焉，嗜古者所拭目而待者矣。

録自柏梘山房全集・文集卷十一。

侯子有先生墓誌銘 戊寅

先生諱雲錦，字子有，亦字抑菴，江甯人。父學誼，母顧氏。試中嘉慶三年舉人。再娶羊氏、陳氏，皆無子。先生於內行修也，少以文名於時。於仕宦危〔一〕得之矣，卒不遂。晚乃頹墮委靡，務爲無訾省狀以自適，然終不能自勝。其卒也，疾以肝。凡不至聽事者數年。卒時年五十七。將死，自書其行曰：『父母已衰，孝不勝慈。有弟曰松，友不勝恭。少治章句，乃爲祿利。晚逃佛老，未捐忿忮。詩今之奴，字古之隸。嗚呼哀哉！名與生湫。』

其伯父諱學詩，由進士歷江西撫州府知府，文學政事皆可書。有外孫梅曾亮，於先生爲弟子，實銘其墓。

銘曰：

生靡樂，死奚若，嗚呼先生此其壑。

録自柏梘山房全集・文集卷十二。

【校】

〔一〕危：標點本、續類纂本、八大家本作『佹』，當是。

王惠川墓誌銘 戊寅

君名渭，字惠川，蘇州府吳縣人。自曾祖至君，始業儒。爲吳縣生員。以嘉慶二十二年卒於南昌客舍，年四十一。以某年月日，其妻子葬君於某所。友人梅曾亮爲之銘。

君博覽強記，尤熟於史，著五代史職方考一書。同里顧廣圻以精博擅一世，尤亟稱許惠川。然惠川惟志於討論得失，要最爲文章，成一家之書。嘗曰：『古人與身孰親？分章竄句，甘心古人之功臣，吾不暇也。』其爲文辨博廉悍，以有關於道術爲主。其詩悽慘幽邃，雖小物必有所指，而用思至精，世俗人莫能知也。

國家興文教幾二百年，名儒大師間出。說一字之誤，陳書至數十種，窮搜而遠採，以上及杳冥不可知之年，下至骫骳慢戲，假託名字，間脱分裂。古人之所不稱，往往立之，而書出於刺取收攟之中，蓋幾於盡矣。獨文章之學，倡之者既寡其人，而爲之者又或束書不觀。割裂首尾，惟閭里師戶知童守之文，形撫聲襲，游談無根，爲樸學者，闢其捷而奪之氣。故其道益孤而不能振。然則惠川以魁奇鴻博之才，棄俗尚以從事於斯道，而卒不得以壽考成其材。此非獨君之不幸，亦斯道之不得其人以昌〔一〕之者之不幸也！

君爲人落落自喜，每自詫曰：『吾豈長貧賤者？』又曰：『吾雖貧，不能爲童子師。』人信之，君益困。惟南昌太守張敦仁雅重君。其卒也，太守實歸其喪。未卒之三月，君過江甯時，病瘧者半載矣，余阻其行。君曰：『歸，易耳。即不病，當餓死，奈何？』送君至歧路而別，君儽然逐行李去，百步外猶數數反顧。時二十一年十二月十三日也。余之見君，蓋自此止矣。嗚呼！死生離別之感，固今古所屢見。而以生平意氣之合，其文采有足以表見於後世，而曾不得假之年以極其才力之所至，如君者，其爲可悼惜爲何如也？銘曰：

儒嵬義弱文杌鮠，胥鈔計帳以塞責。無賢與姦用一格，使忠義人色有墨。鬼蜮遁巡貌不得，誰追使還文字職？君志未就死誰惜，觀所成者視此石。

録自柏梘山房全集・文集卷十二。

【校】

〔一〕昌：續類纂本、八大家本作『倡』。

欒城令朱君墓誌銘 壬午

道光元年十月二十三日，欒城令朱君卒於官，殯於龍崗書院。父老婦稚，月朔望皆祭拜，以暨其喪之歸者一年。蓋君愛民出天性。先是，令以檄取物於民，例不供物，而倍價以供。君悉罷去。終其任，民以緡計者省十萬。聽事偶誤，常徘徊胸中，覆訊自引過乃已。終日坐齋閣中，士民有故輒進見，閽者無誰何。所用僕從，多呐舌痴步。或問之，曰：『欒城民，皆吾僮僕吏胥也。』嘗借車馬於民，曰：『官以某日借某日還，馬羸車敗者官，償之。』胥吏作權者，民以告。既集事，皆如其言。故有大徭役，君嚴辦居最，而民不傷。民有殺妻而以妻亡告者，君密捕，得妻尸廢井中，人以爲神。或曰：『君於民，如腹心視手足。』夫以手足詐腹心，必無幸矣，知言者以爲然。欒城縣固貧瘠，令暫至，輒改他邑，使償先所負於官。大吏以君之獨完也，安之至六年，始以治行卓異薦於朝，未遷秩而卒。

君徽州歙縣人，名承澧，字藍湖。曾祖德明，祖馥，皆贈中憲大夫。考諱芫會，進士，官汀漳龍道。兄承寵，禮部精膳司郎中；弟承厚，以書名於時，皆先君卒。君父兄皆以科第顯。自年十五爲諸生，輕財好施，文彩動人。既試，不第，家益貧。年五十矣，乃以貲得是官，非其志也。故彌策厲力，求異俗吏所爲，而竟死不卒其志，可悲也已！

君配江甯侯氏，子五人：祖轍，祖輅，祖轂，祖輪，祖軥。女一人，歸洪氏。女孫八人。以道光二年□月□日，葬歙之浯村祖墓側。君於曾亮爲從母夫；祖輪，又妹之夫也，故知君爲詳。

録自柏梘山房全集・文集卷十二。

男八十墓碣 癸未

男八十，又名煥枝，梅曾亮伯言第三殤子也。以嘉慶壬申年十月十三日生，殤於道光二年十二月之十日。生三歲，而其母病且卒，指八十以示吾，而後死。今汝又死。前一夕遍呼家中人，漏下五鼓始絶聲，朝晡後氣絶。其叔父仲卿痛之甚，以成人禮葬於西城内烏龍潭之東，西面城〔一〕。先是一月，八十隨奴子韓貴謁其母及叔母墓，循是潭而歸也。今所葬，適值其地。

嗚乎！兒憨痴如凡童，又年不及中殤，吾家人待之，蓋情過於禮矣。然獨以爲天下之可悲者，莫吾兒若也。

録自柏梘山房全集·文集卷十二。

【校】

〔一〕烏龍潭之東，西面城：續類纂本、八大家本作『烏龍潭之東西面』。

朝議大夫貴州遵義府知府胡君墓誌銘〔一〕丙戌

君姓胡氏，諱鐘，字山音，又字蘭川，後自號晚晴居士，江甯人。其先自婺源以明末來居，數世有隱德，不仕。君性孝友，博學多能，於書畫爲尤工。年十六，補邑庠生。應乾隆丁酉科拔貢，以是科舉於鄉。以四庫會要、内廷方略兩館謄録議敘，授雲南太和縣。歷任至貴州遵義府知府，以嘉慶九年致仕歸。

始在雲南時，靖變民，嚴苞苴，立學校，卓卓可紀述，而家居不一語人。鄉里善事，鋭身堅行，與後進均勞逸。當事者知君署可輒行，而平居不一至官府。自學士大夫、老親流輩、新進小生，至山僧羽士，無不交。茂樹幽石、寂寥蒼莽之墟，無不游。州閭聚會、文酒之勝事，人必引之以爲名，而未嘗辭以事。古今圖書、錢鼎、畫印，其妍媸真僞，有問者必告以誠。所作丹青、真行篆隸，無疏戚，爲之必盡其技。然常退然若無能，和平齋莊，以一律持物，不見其待富貴貧賤迹者，數十年〔二〕而不衰。七十七歲而卒。

嗟夫！士君子度其身、其時、其地，有可以裨國家、庇民人者，則出可也。不自苦其心而逍遥無爲以適己，則處可也。使君乞身之時不早，志不堅，以增其禄位榮寵，即優游強健之樂，亦時有兼得者，而必有所棄以全之，可謂能尊生矣。君卒於嘉慶二十四年十二月二十一日。後二年，而配盧恭人卒。以道光某年月日，合葬於聚寶門外某鄉。子瀠，湖南候補縣丞；澄，嘉慶癸酉科舉人，充鑲紅旗官學教習；沛，縣學生。女三人，適張、適藍、適汪。孫男八人，女孫六。凡婚嫁皆仕族，雍雍可風。銘曰：

騁高衢，日未晡。忽解轡，肆嬉娱。眺嶔岑，水舒舒。古官人，爲民癯。昧其艱，謂退愚。明古義，先生歟？銘其質，奠幽墟。

録自柏梘山房全集·文集卷十二。

【校】

〔一〕題：續類纂本、八大家本題前有『誥授』二字。

〔二〕數十年：續類纂本、八大家本作『二十年』。

長清縣知縣楊君墓誌銘 丁亥

曾亮少時以成人見待者三人：桐城姚姬傳先生，侯抑菴舅氏，其一楊存齋令君也。君大興人，寄居江甯。祖諱以甯，肇慶府知府。考諱鏞，山東永豐場大使。君兄弟二人，申之，其季也。

君諱宣之，字存齋。以乾隆丁酉科副榜，就職州判。歷山東萊陽泰安縣丞，攝昌樂、濟陽、夏津三縣事，皆有聲。大吏奏擢長清縣知縣，誅巨猾王姓者二人，而縣民大和。有呈遺金於官者，旌之而給以田舍。五峯書院久廢，君新之，而籌其師弟子薪米之費。邑中式者數人，其先及君去後，皆未有是。三年，將擢他職，而君以母李宜人年老乞歸養，後復任長清。道光元年大計，得卓異，而君又以年老乞歸。道光六年，卒於江甯。

當君之乞養而歸也，在嘉慶初。後方勤襄公亦以養歸，及姚姬傳先生相與游，極歡。所居曰『依緑山房』，雜蒔花藥。又性好賓客朋酒，投壺歌詩，惟恐人人意有所不盡。然詔後進，必以禮法，故人子多所成就。友入獄者，捐金贖之。涇縣葉應、黟縣汪自占守禮法，有怪迂名，君獨爲之主，而召曾亮侍其言論，意頗苦之。然吾祖石居公，其接君亦如君所以接曾亮。以是知君以通家子弟畜我，而非有所挾於我也。君細於詩律，有作必以見示。親友緩急曾亮有所言，未嘗不得其意。以是知君能子弟畜我，而不以孩童慢我也。

嗚乎！姬傳先生及舅氏卒，皆十餘年；今君卒，又逾年。曾亮童子時所嚴事者，遂不可多見。則吾年之長大，可知也。其有所樹立與否，以答三君子知人之明，而有待於後者，其歲月亦不可多恃，所以惻然悲、惄然愧而不能已也。君卒於道光六年六月十九日，年七十七。其配張宜人先卒。子五人：昭，廣東候補縣丞；時春，候選府經歷；時行，宛平縣學生，候選布政司理問；時遇，候選典史；時和，幼。女婿十人，孫四人。以道光七年十月某日，合葬聚寶門外之某鄉。銘曰：

以文起家最長清，焯勤校德位不盈。遺金之地灣德名，李姓得自占以呈。官曰爾淑扁表旌，興頑砭愚邑里貞。亂冗鋤荒合政程，五峯學宇手所營。曰任曰孟弟及昆，冠倫其鄉歌鹿鳴。君昔未至荒不萌，千金振義解幽圄。故人子弟宦得成，我所書石皆以情，永遠保之利後生。

錄自柏梘山房全集·文集卷十二。

崔恭人墓誌銘 戊子

道光六年二月二日，太守余公之配崔恭人，卒於江甯官署。將葬，子炳堃泣告曾亮曰：『吾母事舅姑，愛稱其敬；事家大人，聽稱其義；性好施與，周姻族，禮稱其情。大人少好書史，覃精研思，外嗜不移。及成進士，官刑部，直軍機〔一〕，一心奉公，不問生產。母縮衣嗇食，區畫綜理，未嘗覺家人貧〔二〕。及隨宦大郡，以約守盈，虔於神先，朝夕必致敬。課兒常至夜分，畢課，出針線補綴以爲常。吾數省試不售而歸，母必強言笑，以慰大人。吾幸售，歸稍遲，而母疾已殆。吾欲如昔不售而歸，見吾母強爲歡，不可得也。吾母雖及待吾歸，實如未見吾稍有成也。吾之悲，蓋非人所能知也。家大人實知子，子辱與炳堃交，敢請銘。』

曾亮不得辭，則謹序曰：恭人姓崔氏，江西德化縣國學生耀采之子，縣學生立達之弟。年二十一，歸今欽加道銜江甯府知府德化余公。子五人：思森、堯恩，早卒；炳堃，道光五年乙酉科舉人；垕恩，廣東候補鹽大使〔三〕；寶錕，附生，候選知縣。女孫：安炘、安烱、安燿。恭人生乾隆三十四年正月五日，卒年〔四〕五十八。道光八年某月日葬於德化某鄉某里。銘曰：

莊莊神君，孰翼以輔。英英令子，孰摩以拊。遺榮兮即幽馨，無絶於終古。

録自柏梘山房全集·文集卷十二。

【校】

〔一〕官刑部二句：續類纂本、八大家本作『官刑曹，直樞廷』。

〔二〕未嘗句：續類纂本、八大家本作『未嘗使大人憂』。

〔三〕候補鹽大使：續類纂本、八大家本作『鹽大使』。

〔四〕卒年：續類纂本、八大家本作『年』。

黃先生墓表 己丑

黃先生諱鎔，字右鈞，上元人。考諱思恕，妣陳宜人，以子貴，贈如其官。生先生與弟銛二人。贈公家居故貧儉，獨尊儒師，罄其資，使子就學。先生弱冠舉於鄉，乾隆己酉科成進士，改庶吉士。散館授刑部主事，旋擢直隸清吏司員外郎。未久，而贈公卒。時陳宜人年已高，服闋，遂不復仕。蓋嘉慶三年也。

先生面嚴冷而性和易，終日無諢言。與人交，有終始。兩友人相隙，後復歡，徐知爲先生調解也，皆大服。官京師時，董文恪爲吏部郎，二人少同閈，長同官，其性情緩急及衣冠、言貌、俯仰各異態，然當官皆有守，胥吏畏其明。方罷官時，齒未艾，而董公旋外擢，且膺巡撫任矣。人竊言曰：『公若出，何渠不若董公？』先生笑而不應也。適尊經書院成，當事者延之主講。爲諸生講授義法，雖有省有不省，然於師無不盡者。先生所取文，不主故常，故爲同考官稱得士，陜西巡撫鄂公山亦其一也。闈中得一文，相怪笑，先生取視之，曰：『是師陳大士者，胡可嗤？』因中式。後數十年遇其人，官縣令矣，述往事，感不能忘。及掌教尊經，其卒也，與方伯康公同祀於尊經閣。康公名基田，始建書院，而先生始主講者也。其里居恂恂然，不以所能及名位高人。獨大其居屋，容高曾下數十人皆同爨。以嘉慶十七年卒，五十六。配薛宜人。子晉元，爲邑生員。以嘉慶某年月日，葬先生於某所。缺於銘，屬曾亮追爲之表。

曾亮少時，棄舉子業，浙游逾年不歸。康方伯召入書院，爲弟子。先生嘗問曰：『浙游有得乎？』曰：『然。』『足以給家乎？』曰：『未能也。』『學於游，與學於家，孰便？』曰：『不如家。』又曰：『逐時好爲文干主司，與爲詩歌謁貴人，亦有辨乎？』曰：『無辨。』先生曰：『均不足也，而學於游不若學於家之便；均逐時好也，而謁貴人不若應主司。雖無高異名，猶爲循分。吾子世家子，將以游客終乎？』曾亮默然無以應。今思之，猶發愧沾衣也。嗚乎！其可感也夫！

録自柏梘山房全集·文集卷十二。

陳師吾墓誌銘 辛卯

君姓陳氏，諱寶儉，字師吾。其高祖自徽州遷居江甯。祖步瀛，官貴州巡撫。生二子：廷碩，宗人府主事；廷頎，國學生。以今上登極，恩贈所當得者，受六品封。配冷安人，生君及弟寶仁、寶俊。嘉慶十八年，君中順天鄉試舉人，次年成進士。甲第甚高，然以中書用，君亦勤於其職。以實錄、會典館勞績，應升。君不樂外任，而同官有欲得同知者，吏部以兩人同班，當一例。同官者曰：『吾年老矣。若不得外任，衣食子孫當一以累君。』君不得已，就武黄同知。大吏以爲勤，改武昌同知。道光十一年正月，卒於署。

君之任武昌也，當押運，有阻之大吏者曰：『押糧船至京，重任也，率巧宦得之。今得一誠樸者，敢以薦。』大吏心知所謂，即曰：『君言善。吾更得樸誠百於君所薦者。』故君常以事往來江甯，數相見。余與君居相近也，其西爲冶城山，而北多野塘、葭葦。幼時，每同塾歸，日暮矣，必循水渚，穿菜畦籬落間，野徑窮，見官道乃返。或登山望炊煙起，指驗某姓竈突以爲笑樂。時同游者，冷公調、周石生、君從兄叔和、余弟仲卿，凡六七人。君後過里，獨余家居，時尋故幼時經行地，不盡意輒返。余曰：『昔童時游，畏長者嗔。今無長者嗔，顧不樂耶？』君笑曰：『是不可解也。』

君性篤厚，不能爲美言諛詞。謹於擇交，而與人有終始。屬以事，力所能，必竭其誠。嘗與友人書曰：『建樹，吾不能求。繫援，則吾不敢。吾之宦境如是而已。』其得甲科時，年甚少，父母、兄弟無恙，人以君當無不自得者，而君常抑抑。余固病君之確，而亦不意其遽至乎死也。悲夫！卒時年四十六。配汪氏，女一，嫁李氏，早卒。子尚幼。以道光某年月日，葬君於聚寶門外之某鄉某原。銘曰：

謂伏則飛，謂昌則微。君憂滯行，而竟永歸。無知已矣，有知曷悲！

録自柏梘山房全集・文集卷十二。

連州知州鄭君墓表 甲午

道光十三年，湖南瑤民趙金龍唱亂永州，煽連州八排瑤。兩省連官兵，上出信臣經畧之，事久乃定。先是，鄭君心田知連州，以四十八排瑤三隷州，五隷連山，性愚悍，又積受漢民欺，易生隙，乃嚴民瑤內外防條，上十事，務先事，絕機牙。總督某公以非常事，重發之。君即引疾歸。時嘉慶十九年事也。夫先十餘年而慮變，變卒生，不可謂不智。變既成，軍功多越等。君睹幾先，不敢一日安其位以去。遇合之利鈍，信有命焉。而安之如君者，爲不可及也。

君慈谿人，諱雲龍，字心田。自宋元，居縣之鸛雀村。考諱明，母氏馮。少孤，習吏事兵部，勤而材。有貴人贈以衣，謝不受。議敘清江閘官，歷清河縣，引疾歸，改捐直隷州，權湖南桂陽州。條列利病事，不行，謝病去。嘉慶十六年，河決李家樓。總督張文敏公奏請君董官局事，以勞先選，得廣東。連州盜案，十七人當論死，君廉其實，釋二童子。時騎行田間，訪疾苦，捐金助學舍，故在官未久而繫人思。居京師，普濟、育嬰、養濟各堂院，歲出家財，助官葬無姓名者百餘棺，有姓者王、胡二棺。友人貸金，卒，往弔，焚券紙錢中而去。又知名非深友者邑人某，負官銀二萬，憐其得罪重，倡捐代償，歸其羨於家。噫！君志慮深噤，不得施用於成法，出餘緒，惠老存孤。此固凡人士所樂道，而君亦遂以善人終。

君以道光十二年卒京師，年七十六，歸葬於慈谿丈山之巉頭。娶張宜人，繼室盧宜人。子七人：邦彥、丙，皆邑庠生； 録，候選州吏目； 鎔，刑部主事； 重，舉人； 錫文，進士，户部主事； 最幼者珠。女六。孫男十，女孫六。君起家艱難，而好儒學，爲兒子延師，居解衣，出借乘，甚重且恭。歸安孫編修辰東卒，未葬，子憲儀困於奔走，君資之曰：『請歸葬，而還館吾家。』憲儀，吾友也，乃表以應其介邦彦之求。

録自柏梘山房全集・文集卷十二。

資政大夫禮部侍郎陳公墓誌銘 乙未

公姓陳氏，諱用光，字碩士，江西新城人。曾祖贈資政公，世爵。祖道，進士，贈光禄大夫。考守詒，陳州府知府，贈資政大夫； 配魯夫人，生公兄弟五人〔一〕，公次三。自陳州公以上，皆以名德尊重，振匱濟貧，於州里有恩。公嘉慶六年進士，授編修，轉御史。以部議回編修供職，歷官至禮部左侍郎〔二〕。

公自少從魯山木，好爲文章。及壯，師桐城姚學士鼐，以爲古文詞必扶植理道，緣經術爲義法宗。晉儒不根，而高材生又奴主同異，破碎大體，學不枃行，藝精道荒，慨然欲以文章道術自表見。薦寵後進文藝廣坐中，稱心而談，不顧人厚薄然否。至達官要人慶弔事，不數數也。語及，則曰：『忘之〔三〕。』

自御史回編修，益貧甚。人勸其出游，公曰：『吾近臣矣，又爲人客，奈何？』嘗有貸於友人，至則弈棋賦詩盡日，暮忘所事而返。然於師友，誼至篤。以千金、五百金爲兩師祭田。同年孤女幼，撫嫁之〔四〕。前後爲編修二十年，始轉司業。司業，例不與大考。公語曾亮曰：『吾性好文而拙於書，莫宜是。』官不數年，驟遷至閣學。上諭曰：『汝非有保舉人，朕知汝恬退，進汝官。』嘗充日講起居注官、文淵閣直閣事，國史、文穎館及明鑑總纂。以編修爲甲戌、己卯會試同考官，己卯鄉試同考官，戊辰河南鄉試正考官。以侍講學士爲乙酉江南鄉試副考官。以閣學侍郎爲福建學政，壬辰科會試覆試閲卷大臣，武會試總裁，浙江學政。爲學政時，以宋臣孫覿摧忠助邪，奏罷其專祀。訓諸生，必本古儒先警戒之道。

道光十五年回京，以禮部左侍郎供職〔五〕。適上賜平定回疆圖，公觴客敬觀，樂甚。未幾，病，夢陳州公曰：

『求吾木於家，以是藥汝疾，其逃逋。』曾亮聞而傷曰：『疾求木，兆之棺矣。』疾篤，賞假者再，以八月十三日薨，年六十八〔六〕。有衲被録、太乙舟詩文集若干卷；春秋屬詞會意若干卷，未成。配魯夫人。四子：蘭瑞，國學生，早卒；蘭滋，上思州知州；蘭第，戶部河南司郎中〔七〕；蘭豫，高台縣縣丞。孫三人，曾孫一人。女七人，適魯，適涂，適祁，適譚，適曹；其三、四所適，皆王姓。以某年月日，葬公於新城縣某原。公之孤蘭第來請曰：『知公者，莫如子深，敢請銘。』其詞曰：

公行高世，帝遂其逢。人巧人趨，安安而通。持古律衡，命觀五風。貪賢利善，悃悃斷斷。年不極位，孤士幽嘆。山盤水交，公神是愉。窆石鑱詞，以奠陰墟。

録自柏梘山房全集·文集卷十二。

【校】

〔一〕曾祖十句：音注本、續類纂本、八大家本作『其大王父贈資政公世爵生道，乾隆戊辰科進士，贈光禄大夫。光禄公生守詒，陳州府知府，贈資政大夫。陳州公生公兄弟五人。』

〔二〕公嘉慶五句：音注本、續類纂本、八大家本作『公七歲喪母魯夫人，逢忌辰哀慼，天性夙成。年十四，爲四書文，有明人程度，中嘉慶五年順天鄉試舉人，次年進士。改庶吉士，散館授編修。十九年，轉御史，巡視西城。以部議回編修供職。道光二年，遷司業。歷中允侍講庶子、侍講學士、詹事府詹事、內閣學士、禮部侍郎，署戶部侍郎，終禮部侍郎，階資政大夫』。

〔三〕忘之：音注本、續類纂本、八大家本其下有『於歐陽文忠、歸熙甫有意乎其爲人也。其爲御史甚暫，然嘗建深遠之論，不趨避形勢，擿摭細故』。

〔四〕然於五句：音注本、續類纂本、八大家本作『平居著作録圖史，幾案上（八大家本作『至』）無空隙處；斷章片紙，粘巾滿屋壁中。或過從賓客，遊賞吟弄，不訾省有無費。』

〔五〕必本三句：音注本、續類纂本、八大家本作『宣詩布文，原本古儒先警戒之道。科舉契戾，屏不置口。至後進文士，則稱心褒賞，薦寵廣坐，不顧人有厚薄然否。使事畢，上以訊獄留。道光十五年三月，獄成，覆命，以禮部左侍郎供職。』

〔六〕年六十八：音注本、續類纂本、八大家本其下有『公以文學結主知，正直樂易，立身有本末，故始終優禮如此。俸禄所入，皆散贍昆弟親族，及師友姚學士鼐、魯進士驤祭田，千金或散數百金。其卒也，家無餘財。』

〔七〕郎中：音注本、續類纂本、八大家本作『候補郎中』。

中憲大夫兩淮鹽運使王君墓誌銘 丙申

君諱鳳生，字竹嶼。先世居婺源縣。祖文德，平陽同知，始占籍江甯。考諱友亮，以進士累官通政司副使，配潘淑人，君其次，三子也。

嘉慶九年，援例以通判試用浙江。君擩染家澤，文學自將。既累試，噤不得施，則一移心力於民事。寬裕廉斷，處事精覈，至浙未久，聲隆隆日起。有大疑獄、水旱漕糧之不治，大吏及同官議所屬，必曰『王君』『王君』。其攝州縣，晨起坐廳事，待民訟，訟日稀。時江甯奏逆民方榮昇讞獄者遷擢，而平湖獄有類是，巡撫清安泰欲以爲君功。君訊其非逆，請罪首事者，釋其餘，曰：『某不忍以枉民命得官。』巡撫喜，揖謝曰：『君，仁人。仁人之言，吾無可易！』二十五年，補嘉興府通判，權嘉興府，遷玉環同知。巡撫帥公留賑杭嘉湖水災，改乍浦同知。濬浙水出天目山阻吳淞江者，與江蘇省集議事。未行，擢守歸德。

道光二年，擢河北彰衛懷道，俗所稱脂膏地也。不樂是官，以病去。而著浙西水利考，兼言棚民開山，山草木竹石皆盡，土易頹散，因甚雨注溪谷中，由溪入江至海口，爲潮水迎拒不得下，則橫亘如限，流益緩而限益高，微不及覺，著乃費功。識者然其言。時大學士蔣公方總督兩江，薦入都，擢兩淮鹽運使。以黃玉林爲私鹽首，招使捕私，官商大通，丁家灣燈火復盛如曩時。丁家灣，商人期會私所也，市常以夜。玉林爲人訐告死。君罷任，以六品職爲總督陶公往理岸鹽。湖北方築漢江隄，奏留監築。陶公又留定票鹽章程，具後赴工，及兩省皆以道員奏，將入都。十五年三月病卒，年五十九。

君在浙，任繁試艱，所畀皆監司大員事，然十餘年乃補六品官。未逾年，四遷至三品，若將償其負也，而竟躓。羣公同心交推，卒不克振，命也夫？曾亮嘗於酒次言曰：『陳太守雲深感君。』君曰：『何以？』曰：『太守居錢塘，遠游歸，妾死僕逃。君先收鑰而印封其宅。比入齋，闔奩匣物皆有封。具其數，箕帚植戶外如初。太守乃益悲，獨室無人也。』君憮然久之。

配葉氏，邱氏，皆封淑人。子世翰、世幹，長者後其兄麟生，帥公妻以幼女。女四，適泰州儲宗泗、烏程嚴珏、歸安嚴遜、江甯李蓉。將以某年月日葬某所。甥陶定申以狀來曰：『舅氏有言，銘以屬子。』其詞曰：

民功艱哉孰崇起，才豐意貞紹古美。以手起廢捩厥指，焯勤悠悠銘視此。

録自柏梘山房全集·文集卷十二。

陳易庭墓誌銘丙申

君諱蘭瑞，字易庭，江西新城人。禮部侍郎陳公用光之長子也。母魯夫人，配吳氏，爲詩人蘭雪先生之女。生子大焕。君以道光三年二月五日卒於新城，年三十五。卒十餘年，以弟蘭滋官上思州，貤贈奉政大夫。於是，吳孺人始抱孫。女二，皆適人，爲同里王氏、桐城姚氏。

道光初，余以年家子謁陳公於京師，得交易庭。君承家修，於詩文詞皆能知古人深處。既試不售，又才氣高勝，少可於人。時時有肝疾作。嘗學琴，爲圖，余爲記之，欲其優游愉懌以自廣。及道光二年別京師，逾年而公來書，告君卒矣。余初來京師，索寞無所適，公不以年位之隔而少我，公諸子皆辱與余好也。君以年相若，見尤親。今十餘年，又來京師，公病且篤，淮生握余手而泣於庭。君孤侍疾，日在牀，勞瘁甚。君乃先逝，不逢其艱，知魂魄之遺痛於無窮也。公柩之歸，爲道光十六年。君之孤大焕，亦以是年某月某日，改葬君於某鄉某原。君次三，弟蘭第，字淮生，屬余爲銘。銘曰：

君之考，以文雄。昌於詩，惟婦翁。襲兩美，年不從。魂安歸？侍幽宫。

録自柏梘山房全集·文集卷十二。

贈奉直大夫甘府君墓誌銘丁酉

嘉慶十九年，江南旱饑。官募賑於民，而以鄉士大夫掌其出入。浸淫及他省，凡以官事用民財，皆設董事，其名遂見於官文書。及上詔旨，且疇其勞賞，爵級有差。於是，有以布政司都事捐賑加紀録，以秦淮河工加按察司經歷銜，又以子官所應贈，贈奉直大夫者，則吾鄉甘君也。君諱福，字德基，又字夢六。先世居江甯之甘村，七世祖始改居城内。祖諱邦欽。考諱國棟，贈奉直大夫，娶吳宜人，繼娶龔宜人，生四子，君爲之長。幼開敏，以謀養棄書。稍贏，則置書籍，至十餘萬卷。自焦太史及千頃堂後，江甯書莫多於君。尤肆力形家言。既葬親得吉地，修始祖敬侯墓，於甘村建祠祭。凡收睦宗族事皆完具，則溥心力於便利民物事。

先是，人有救覆舟者，以所救死羈於官，遂束手相戒。君倡捐，建樓臨江，下具舟爲救生局。溺者裝錢及葬費，皆出於局。非局所自救、送之局救人者，受錢去，不累以生死。又推其法於田野道路。自死而無名者，地主人不以自占，悉委之局。皆請於大吏，得給牒，官吏不過問。蓋古者官與民近，情易通，事易集也。若近世而欲有爲，雖良有司有求助於鄉士大夫者矣，然身非守土民社之吏，分其任而憂之，自敝其力與財而汲汲焉，與無便於己之利。此人以爲難，而俗情所疑且笑者也。爲其難而不顧疑笑於世，緩急者不敢望於所親厚，乃樂以此自見於鄉黨如君者，其可尚也夫！

君家事内外，斬斬獨裁於心。惟己室無私財，散及數千金，兄弟亦不訾問。故人以君行義於鄉也，爲有本。道光十四年三月卒，年六十七。元配阮宜人，生子煦，太平教諭，薦舉得知縣；熙，道光十八年進士，廣西即用知縣。繼配陳宜人。以道光某年月日，葬君於某鄉某原。君鄉居行事，曾亮皆親見，又與煦爲同年生，故得詳其銘。其辭曰：

處不仕，暢厥施。日乘車，載天慈。歸天有，神乃怡。永無極，靈奠斯。

録自柏梘山房全集·文集卷十二。

光祿大夫兵部尚書王公墓誌銘 丁酉

道光八年西功成，皇帝臨午門受俘。兵部尚書以組縛逆酋張格爾跪闕下，萬衆爭睹歡歎。而青陽王公實長兵部，禮成，以軍功受賞。公供職益久不懈，任兵部尚書凡十六年。道光十七年薨於位，年七十四，賜祭葬如禮。子元榜以公狀請，爲之銘。

公諱宗誠，字中孚，又字廉甫，文僖公子也。母阮太夫人。以乾隆庚戌年成進士，及第第三人，授編修。歷禮部、工部侍郎，工部尚書，終兵部尚書，經筵講官，賜紫禁城騎馬，階光禄大夫。

當乾隆嘉慶時，嘗爲雲南、四川、陝甘鄉試考官，會試同考官，文武會試總裁。道光時閲卷大臣。門下士既多貴顯矣，又貴公子早取高第。官學士時，隨文僖公扈蹕東巡。睿皇帝賜翰林宴，父子同席。純皇帝實録成，以纂修官宴禮部，文僖公官尚書，主席。又繼直上書房。奎章珍器，賞賜稠疊。其父子同時極優渥之遇，蓋近今所無。雖睿皇帝亦以其兩世知遇，廉謹自將，時發天音而垂清問也。而公謙退自牧，接同官後進，皆自居敵以下，姻友見多避去，不能敵其謙。任學政，優禮愛士。然遇弊必發，不稍受私。居京師，宅當冠蓋衝，軒車皆過不留。其嚴峻不苟如是，而不有其名，故人皆習其和，而忘其介。

公之薨也，詔稱其清勤端慎。清、慎、勤，人所知也。若公之端，惟聖主知之。配江夫人，繼配翁夫人，及子元林、元栻、元琛，皆先公卒。次子元榜，官兵部員外。女三，適上海趙榮、貴州邱煌、上元董斯廣。以道光□年□月□日，葬公某鄉某原。銘曰：

九乳垂天，作鎮青陽。歸神於公，父子正卿。公逢福世，以約斂位。值棟如林，不私一士。高門峻城，私莫敢攀。惟其和光，化怨而慚。克永天寵，保世禔躬。我發其蒙，以告代工。

録自柏梘山房全集·文集卷十二。

贈朝議大夫黄府君墓誌銘戊戌

古能教子者多矣，至成名則已矣。子才且長服官政爲賢大夫，而提掖訓誨如嬰兒，不使蹉跌，父子間深契天性，不以亢而無位自嫌。其子之賢可思，其親之善教其子，尤可法也。

同年友黄宅中，其考曰貞菴先生者，諱廷幹。先世自臨縣遷河曲，曾祖諱金貴，祖諱得禄，世爲諸生。考諱淵泉，有德於鄉，人稱崑涵先生者也，及妣王恭人，皆以孫貴，贈如其官。先生入學後，親年高，不事場屋，而教子弟後進甚勤。有碩儒爲邑校官，身執禮甚恭，且命晚學咸造，曰：『以是爲經人師，無貌承。』宅中爲學使賀公所知，教以宋五子書近思録。先生喜，命卒業，且無應禮部試。及以庶吉士改安溪令，道遠，將改教職侍親。先生不可，曰：『吾樂觀汝爲政。』邑中泉州萬山中，結黨好訟，吏緣爲姦，以尸詐富慵者財。時比延數十姓，先生曰：『決訟速則姦無宿成，除案外人則啜汁者少所利。』每屏後側聽視事。有鄭連者殺人而移迹於林姓，先生曰：『是有冤。』鄭果服，論如法。邑中俗由是大變。先生嘗曰：『官之敗，非獨官邪也。四人者共之，胥吏僕從，官親友也。官意未敢如是。羣然曰：無傷。不幸而敗，預擇善地，各引去，而咎獨叢於官。』宅中奉訓惟謹，故所至惠而能威。

先生居署久，飲食被服如在鄉邑，且曰：『官錢能辨，官則幸矣。我終不以口體故，使子用監守錢！』嗟夫！人子所宜盡於其親者，至無窮也；不可望於設官有常祿之制，爲人親而以供養不足爲憂，則無以處夫吏而廉者。子以爲民上而儉其親，其名不可一日居也。全其子之廉，而無歉然於其親之意，如先生者可以風矣。道光十八年正月十二日卒，年七十。配李恭人，先三歲卒。子宅中，次子宅仁，縣學生。女適王、適任，皆士族。孫秉鐸、秉鈞。以十九年正月日，葬先生於走馬梁之原，李恭人祔。宅中爲福州同知，加知府銜。曾亮同年友心齋也，以銘屬，固不可辭。銘曰：

夫有囂婦，完之使家。女爲賃陽，振使得夫。言貌愔愔，退然而儒。羣勇所怯，肩義而趍。秉是德心，訏子以謨。子政不瘥，飫於珍模。道風既徂，即此幽宅。我貞以銘，永保山石。

録自柏梘山房全集·文集卷十三。

朝議大夫臺灣府知府蓋君墓誌銘 己亥

嘉慶初，賊起川楚，以文吏著殺賊功者，四川劉公清、河南林君嵐，陝西則蓋君方泌也。君字季源，亦字碧軒，山東蒲臺人。曾祖越，祖國杰，皆縣學生。父諱熙，早卒，娶靳恭人，無子，以弟子爲後。本生父諱東烈，任安徽司獄。本生母王恭人。自祖以下及本生，皆贈如君之官。乾隆五十六年，以已酉科拔貢就州判陝西，署漢陰廳通判石泉縣事，署商州州同，時嘉慶三年也。

治商州東百里曰龍駒寨，寨之東河南，南出武關、湖北，路四通，綰商賈輸寫之會，又多林莽山徑，易憑匿。賊自武關入陝，寨數創。君始至，民吏掃地赤立，而賊酋張漢潮擁衆至，乃置藥麵中誘賊刧，食多死，遂西走，大軍乘之。漢潮由是不振，然且揚言曰：『必報若！』君集衆謀曰：『賊雖去，必復東。若等逃亦死，守不得耕種，亦坐臥死。我文官也，無兵，若能爲吾兵，當相爲全活爾命。』衆議三日，而後復曰：『生死惟命！』乃築堡聚糧，據見戶三丁抽一，得三千人。無丁者，以財佐兵械糧糗。且教之戰，辰集午散，曰無廢農事。四年，賊屯山陽鎮安，將東走河南，迎擊敗之。又擊賊於鐵峪鋪，逐賊入林中。矛折，賊已近，奪矛以斃賊。時賊據山上而伏其半於溝，乃分兵翦伏，奪據其東山上，數乘懈擊之，殺傷過當，賊宵遁，卒不得東。後賊由雒南東逸，君馳至分水嶺，間道走鐵洞溝，出賊前而伏。賊錯愕迎戰，遂敗，殺數百人。鄉兵名由是大振。自武關至竹林關，鄉兵皆請隸龍駒寨。

五年，知州困於賊，君馳百九十里至北灣。賊驚曰：『龍駒寨鄉兵至矣！』遂遁去。是時，賊屯商州西及雒南山陽，各萬餘人，集衆勢欲東出。君合武關、竹林兵二萬人，列三大營以待，賊不敢前。而聞楊忠武公以兵自商州至，即前擊賊，東西夾攻，賊大敗，幾殲。是役，枕戈而寢者五十日。游擊誣以事，解職。大吏直其謾，得留任。賊遂相戒，無過商州。八年，賊平，始授盩厔知縣。公在商州六年，賊出入陝西，久無所掠利，銳欲窺河南甚，狼奔鼠偷，情狀捷出。而眇然以一文吏，不憑一城、籍一餉，起千百農家子於逃亡餓羸之餘，抗堅悍滑習之賊於必爭之衝，摧鋒守堅，賊死突不能入。平地便奔走，牢困山谷，卒就擒滅。

夫古人有身受重寄，一失守縱賊出隘，奔騰潰漫不可收拾者，人必舉後此禍敗之罪，歸重於首禍之人。幸有大力者當之，奔騰潰漫之禍泯不復見，又習而忘之，未嘗以歸罪於敗者之重，增重於成者之功。然則惟無赫赫之名，而其功乃有益於人國，此固君所不得而辭者也。在盩厔，猶時時入山搜賊。巡撫方勤襄公奏賞藍翎。又生得十三年甯陝倡亂者四十餘人，奏授甯陝廳撫民同知。睿皇帝召見，問商州事甚悉，授四川順慶府知府，改成都府。十八年，岐郿有賊入川，以鄉勇屯川陝通路，賊知爲統龍駒寨鄉兵者也，即遁歸陝，就滅。母憂服闋，授福建延平府知府，改臺灣府，兩攝臺灣道事。道光三年，以病歸里。十八年六月卒，年七十一。

君始在陝，後在川，皆以知兵重。然精吏事，重民命。其在盩厔，賊甫定即捐俸賑飢，旌死節婦，及河灘、馬廠、鹽法，皆區畫久遠計。始至順慶，大吏聞渠縣民叛，屬以兵，君曰：『此作會人眾，客主相驚疑，訛言橫生，非叛也。請無用兵。』捕十二人，而其變息。始至閩，以三十金賞捕，得周永和，乃總督命鎮將欲以兵取者也。在臺灣，所讞四獄，皆千百聚羣，稍激則變，君一以理諭，民輸其誠，蔽罪如法。彰義飢，捕刼者七十人置之法，天乃雨，民呼爲『太守雨』。其行事操舍適機會又如此。

配萬恭人，先卒。里居時，聞君日戰賊，憂甚；侍靳恭人前，言笑若無事者。嘗誡子曰：『爾守有餘，然居官當求濟於事。』有七子八女：長子鈺，陝西佛坪廳同知，萬恭人出；次鍇、錕、錡、鍵、鋌、鏻。孫男一，女孫二。以道光十九年十月二十八日，葬君於蓋村北原上。

曾亮在江南時，嘗記劉公清、林君嵐及君遺事。君長子後爲同年進士，走京師，以狀示曰：『子於先君嘗有述也，請遂成之。』乃系以銘，曰：

討賊方亟，募民以攻。始仗其力，終怙其功。養之病國，汰之爲賊。勿養勿汰，惟龍駒寨。晝趣爾耕，朝揚其麾。飽德飫義，奪如虎螭。遂遏逋〔一〕寇，成誅於師。勝兵萬人，計臣不知。烏乎此則，府兵之遺。而後事者，可以爲規。

録自柏梘山房全集・文集卷十三。

【校】

〔一〕逋：八大家本作『捕』。

黄府君墓表 已亥

君諱焕華，字雲軒。六世祖天相，自江西贛縣遷番禺。祖國燦，娶龐氏，生君考振興，配賴宜人、李宜人。君爲李宜人所生次子。少不治章句，好客游，交賢士大夫，聞見議論習於儒者。始援例得州判，薄其官，去仕業商，又不能屑屑計校，家遂貧，然不以是自挫意。事兄嫂恭，婚嫁兄子女及己子女，費如一人，急舉債應之，不以人所負爲望。嘗謂其子曰：『擇利圖便居人先，人皆是心，可無學而能。人所宜學者，吃虧也。』番禺育嬰堂，衆議得廉而有護者司其事，以屬君。君日夜視其乳媼之勤惰，兒衣食厚薄有無如私事，勞瘁以卒，年七十六。娶張宜人。子五：瑤階、鴻階、平階、玉階、泰階。女二，適郭，適姚。玉階中道光十二年進士，官刑部。京師聞喪歸，乞曾亮表其墓。

嘗以謂漢世好黃老言，故時多長者，臨事務謙避，不爲人害，人亦無所利之。君訓子之言殆近老子，然急人病不自慮其私，又老氏所不樂爲者。利不爭險，易而養其身以有爲，惟儒者然。君之道，合於儒行。故表而書之。道光十九年十月，上元梅曾亮譔於君卒後之兩月。

録自柏梘山房全集·文集卷十三。

湯府君墓表 己亥

君諱勳，字績林，世居江西萬載縣西鄉。考德高，娶於潘，再娶於漆，漆孺人生君。幼孤，母病，禱於神，減身年以益親壽。兄遠遊從師，負書擔，簦笠相隨。商湖湘中，諸賈人有贏錢，博塞出敖，君獨挾冊危坐，衆皆嫌其不類。性獨好形家言，醫藥方書，求者輒應，不以爲利。娶龍孺人，子慶元、淑元、譽光；側室張，生星元。君性嫉惡，有聞見必面責之，不問人遠近厚薄，面赤語竭而後已。孺子婦人聞君至，皆避去。鄉有豪，不便君所爲，訟以蜚語，連數歲不解，欲君奔走匿跡去鄉里爲快。君子譽光，年十七，大府重其文而館之署，仇者乃息。

昔司馬遷、班固屢稱人長者，其行類忍詬，不臧否於人。夫長年之人，常不與兒童較是非。故長者之名以其遇，畜人如兒童者而名之也。即慢人也實甚，然則見不善必怒，怒必不忍於詞色。如君者，其設心與彼孰慢孰恭？而人反不樂乎是。孔孟惡鄉願，而遷、固稱長者，豈非以世之自待者益輕，而卑其論與？況如鄉豪者，何足責哉！

譽光官江蘇，君嘗再至其縣署，見子能其官，即歸，曰：『吾不樂居官府。』道光十六年七月十九日卒，年七十七。十八年八月十三日，葬宜春縣宣風塘富坪上。譽光嘗從先君子遊，乞曾亮爲之表。習知之，不可辭。

録自柏梘山房全集·文集卷十三。

湖州府知府蔣君墓誌銘 己亥

君諱勵宣，字德昭，桂林府全州人。曾祖尚約，賀縣訓導。祖湛季，州學生。考振棨，慶雲縣知縣。兩世以君貴，贈奉政朝議大夫。妣唐恭人，生君兄弟六人，君次四。乾隆五十二年，以舉人大挑知縣，分發江蘇，署青浦、吳江、崇明縣，皆有惠政。而青浦開七浦河，民尤賴之。母憂服闋，再至江蘇，署長洲，於江蘇爲首縣。首縣之職，外府縣事當先幾察微，或黦黮，蓋覆上勿與，知者皆爲之通懷消息，於大府又日上謁問起居，迎送過客之厨傳，毫發事不宜罅漏，朝出暮不得歸，聽斷獄訟，或委寄僚吏。君至則日坐堂上治事，就案食，非寢不退。遇訟者於途，駐輿決遣，不俟署而罷。河南逆民案久不決，朝旨移其獄於江蘇，君流三人，杖十餘人，釋株累者三百家，縱囚時呼聲滿街，曰：『長洲縣生我！』以異績送部引見，由太湖同知知太倉直隸州。時海賊未息，君親至寶山，設守禦皆中要害，蔡牽遂不復至劉河口。歲飢，發米粥賑民；增書院膏火費，皆以己財率先。親爲講教文行，多成就知名士，今江西巡撫錢公寶琛，其一也。旋擢湖州府知府。去太倉時，民家置水一盂，鏡一奩，以祖其行。

君性慈氣剛。聽訟時，除官勢，諭以情語，而治豪強必盡法，胥吏束手。同官急難，傾資營救。而方於事上，困苦事多委之，毅然不少變也。惟汪公志伊，時巡撫江蘇，獨偉視君，君亦遂不樂仕宦。爲湖州三年，引疾歸。建宗祠，自高祖以下祭，田器宗法咸備。每祭，率子孫齋戒如古儀。制立義學，族中創清湘書院，以詔鄉里。家居六年，里中舉善事，莫先於君。嘉慶二十三年十二月二十日卒，年七十七。著巢雲樓詩集，以君晚自號雲亭也。配王恭人，先卒。再娶周恭人，生四子：啟迪，荆州府通判； 啟廷，嘉慶辛未進士，宜都縣知縣； 啟延，定州州同； 啟璜，早卒。孫八人： 鍾奇，道光壬辰進士，官戶部主事； 毓奇，州學生； 之奇、士奇，國學生； 世奇、嵩奇、邦奇、昌奇，俱習儒業。曾孫三人，俱幼。以君卒次年十月十四日，葬君長樂縣陸甲山。

乾隆五十九年，君時居憂，州民飢，攘富者財粟，吏兵且至，君馳白州牧，止其兵，出家粟平糶，衆散，首惡就捕，州以安。蔣氏自明以來，族萬餘口，登第者五百人。君子孫又賢且多，是宜繼昌，以獲仁者之報。鍾奇於曾亮爲鄉試同年生，以狀請，乃系以銘：

設州縣官，蓋以爲民。有臨其上，而墮其勤。奪我民功，視彼笑嚬。惟君瘖瘖，急俗所緩。平進不陂，政聲亦遠。我銘匪私，惟其吏師。逝者冥冥，來者其規。

録自柏梘山房全集·文集卷十三。

誥封中憲大夫安襄鄖荆道即墨縣教諭楊府君墓誌銘庚子

君諱兆煜，字熙崖。先世自華陰遷洪洞，至明有官指揮者，占籍臨清。入國朝，遷東昌，爲聊城人。曾祖永禧，早卒，配唐氏，以節撫所嗣孤曰帝錫者，於君爲祖。娶閻，生君考如蘭，候選州吏目，娶趙恭人，以子及孫貴，贈如其官。吏目君生二子，曰兆俊者早卒，君其仲也。嘉慶三年舉於鄉，戊辰大挑得即墨縣教諭。未久，以母年高念鄉里，即去官，奉母歸。

君少有高識遠韻，於富貴利達不矯矯立異趣，亦無皇皇求必得意。至佳山水泉石，攀陟幽勝，盡意乃返。人以爲勝流高致，塵世事不可得而攖也。然官即墨時，標樹師道，不以枝官自嫌，人亦樂親，不相迂怪。其平居事，可不可不爲面從，至所勇行，不以避名便私。生平無雜交，惟深友一二人，自少至老，未嘗有增減毫髮疏數。母積病十餘年，君年亦且六十，扶掖左右，歡笑雜兒戲狀，母忘疾之久，亦不覺子年之衰。以是知君樂名教，非頹然自放者也。君家居奉母時，子以增官貴州令，有政聲，且擢郡守矣，及驟遷至安襄鄖荆道，而君除母喪，始就養於襄陽。道光十八年六月十九日卒於署。君至襄陽雖未久，然其地多漢唐名賢及詩人棲隱迹，君散衣曳杖，日游其間。所謂孟亭者，尤樂而好之，爲新其亭，及孟公像贊也。襄之人樂其游焉，不以其子官是土爲嫌，君亦不以此自異。於是，又知君能解弢袠，去崖岸，超然毁譽之外者也，可謂敦行超俗之君子矣。

君娶和恭人，早卒，舅姑雖垂老念其賢，猶涕泣，生子以增。繼娶趙恭人，生子以坊，視以增如己出。以增壬午進士，官安襄鄖荆道。以坊候選訓導。女一，適同邑拔貢生李宗泰。孫三人：紹哲、紹和、紹穆。女孫五人，曾孫男女一人。以某年月日，葬君於某縣某鄉某原，兩恭人皆祔君。長子爲曾亮同年生，以狀寄，且請銘，乃系以辭曰：

消外滑，本行修。仕則懦，勇探幽。沃其德，子振猷。襄之陽，可車舟。優老福，古俊遊。泠然風，莫孰留。保真宅，兹林邱。

録自柏梘山房全集·文集卷十三。

項府君墓誌銘 辛丑

君諱灯，字作豐，温州瑞安縣歲貢生。祖啟龍。考諱昌基，生一子五女。君性孝友樂善，移兄弟之愛於女兄弟，嫁而貧者，析産置田，不以母同異爲厚薄。遠祖墓田廢，充以己田，不以族遠近爲公私。推其愛及父母之姻族，權疏戚緩急，時賙給以爲常。推其受及鄰里州黨，凡橋梁道路，有不便於人者無不修。年歲飢疫，有活人之事無不爲，粟米、錢帛、衣袴、藥物，可以給人之物無不蓄且具。偶出，欲有所衣寒者，不及歸取，解傭衣而歸償以新衣，傭皆樂從之游。見空器在門，實錢物令滿，其人來自持去，人忘其施，君亦不以爲德也。治家及外所交際事，盡日乃休。而又好詩及書法。習科舉學，乃先明而興，客至始盥沐，則程課畢矣。學使者每拔冠其曹。比鄉試，數不售。有人爲主司先游者，峻拒之，以諸生終。嘉慶六年五月十四日卒，年四十九。

君始娶戈，繼娶於李、於林。長子俊，次霽，次傅梅，次傅霖。女四人，適林、適孫、適張，其次三者未嫁卒。傅霖試禮部京師，與曾亮善，將以某年月日改葬君於某鄉某原，以君之行告，且乞銘。

嗟夫！君之行，古所謂獨行有道、名應選舉者也。

論士於古，有循是而至公卿者矣。然使古取士之法，與士自修其身之道，離而二之，其操行果盡出於是，而無待而然者歟？抑勢之相激，中材有不能自阻者歟？夫古人善其身而祿及之，猶不可因祿以疑其善，況乎祿不出於是，而獨爲於今之世如君者，勤孰與古人多？吾以是知謂選舉興而行多僞者，惑也。銘曰：

命於福爲嗇，性於善爲豐，名於己爲阨，功於人爲通。憺乎其幽宮，固安其宗。

録自柏梘山房全集・文集卷十三。

原任予告大學士戴公墓碑 辛丑

嘉慶二十五年，大庾戴公以吏部尚書直軍機，拜文淵閣大學士。國家設軍機大臣，凡宰相，非兼是官、兼是官而位尚書以下，皆不爲真相。惟公與兄子文端公相繼皆以是入相，天下以爲榮。公諱均元，字可亭，先世自休甯遷甘泉，再遷大庾。考諱珊，爲大庾貢生，娶温氏，生第元、策元、銓元；娶側室江氏，生淑元及公。自考以上，曾祖諱洪度，祖諱時懋，皆贈光祿大夫。自江太夫人以上，曾祖妣湯氏，祖妣傅氏、周氏，皆贈一品夫人。

公以乾隆四十年成進士，歷編修、御史、九卿，以刑部侍郎出視河南。衡工官吏畏其清，斂手蒇事，工以速成。仁宗以爲賢，遷戶部、吏部侍郎。嘉慶十年，黃河奪運河入江西，風敗高家堰數百丈，命馳往赴工，即授南河河道總督。凡三年，改定木石工價，及開塞修廢所宜，次第畢舉，賞太子少保花翎。以事左轉副都御史，改倉場侍郎。再出爲東河河道總督，復入爲吏部侍郎、左都御史、禮部尚書，賜紫禁城騎馬。是時，公年六十九矣，遂以吏部尚書協辦大學士入直軍機處，兼上書房總師傅，拜文淵閣大學士、太子太保。今上即位，以錄遺詔語有誤，出軍機，旋命相度萬年吉地工。道光四年，公陳情乞休，得俞旨製詩寵行，在籍食全俸。先是，仁宗賜公七十壽衣服珍器，宴會二日；至今上，復賜公八十壽珍器聯扁，就加太子太師。戊子，重赴鹿鳴，上親賜書三朝耆舊。蓋朝廷恩禮，於公先後優異如此。適寶華峪地水滲，嚴旨逮入都，上以公引咎陳詞，得大臣體，除名放還。後子詩亭、孫嘉德，皆賞還官及舉人。道光二十年九月七日薨於南昌里第，年九十五。

公情斂志約，聰明外周，其形神清和舒平，動若有餘，吐詞流音，朗潤暢遠，識者皆知爲承平公輔氣象。始以侍從發身，嘗任湖北及江南正副考官，四川、安徽、山東學政。與伯兄太僕公、兄子文端公若士編修，使車往還，結轍於道。又視學順天，主辛巳順天鄉試，典壬戌、丁丑、己卯會試總裁，及閱卷教習，門生幾數千人。而仁宗知公深，不與他文臣比。四方有大疑獄災患，及萬年吉地工程，戶部三庫事務，非親臣不輕領是事，皆一以委公。蓋仁宗在位久，以天地覆燾之德，挈持綱維，含宏羣生，而公以耆年長德，不急近名，合道於仁厚清靜，相孚之德固如是也。

公配崔夫人，先公卒。子詩亨、誠亨、晉亨、孚亨，女適陳、適黄、適温，四女未嫁卒。孫□人，曾孫□人，四世孫□人。詩亨以是年十二月某日，葬公於某鄉某原，崔夫人合祔。告曾亮曰：『必以銘！』曾亮故公辛巳科門下士也。道光二年正月，嘗召至第，曰：『吾定拜疏乞休，試草其文。』時逡巡辭謝。後語座主顧侍郎曰：『梅生得縣令，無奈何，且無令遽出京也。』今二十年，執筆爲公銘，追思昔言，可痛也夫！其詞曰：

庾山建標，四戴鍾祥。兩爲真相，公兼壽昌。三十登朝，八十致仕。庸功事樞，歷試有煒。謂公崇高，約志俞卑。收迹於先，割榮不虧。幾人百歲，身此元老。十年川觀，宴處勳表。我銘公墓，不華其詞。非我有文，公實我知。詩〔一〕此碩德，以奠龜螭。

録自柏梘山房全集・文集卷十三。

【校】

〔一〕詩：音注本作『書』。

胡彝軒墓表 辛丑

君諱先達，字彝軒，延慶州人。明有官是土者自灤州來，爲始遷祖。十傳至恢舜，雍正時拔貢。生二子：曰培祖，繁昌縣知縣；念祖，昭文縣知縣。昭文娶吳氏、王氏，生子三，君以仲爲繁昌後，母段氏、施氏。君始以歲貢生爲滄州及東光訓導。道光二年，以進士令江蘇溧陽。縣有要人，欲君下之，不可，遂罷任。吳民請禁開石山，君履之，告大府曰：『石工數千人，以山爲生，今以風水故禁止，失業，蓄衆怨，售讒言，於計不宜。』事遂寢。署武進縣事。歲餘，民懷吏威，盡空前任人留牘。總督陶文毅公言於衆曰：『令皆如武進，上無事矣。』巡撫知其才，將任以吳江令，以疾歸里。時同官有貧且死者，君代謀償官物，歸其孥而後歸。援例，以知府分發貴州，攝松桃廳事，建松高書院。果勇侯楊公率邑人作頌，以詩君德。復以疾歸，遂不出。道光二十一年五月十八日卒，年六十三。

君沈塞開敏可任事，其才氣不能稍下人，故仕宦輒不合，即里居亦不能汶汶以歿。宗族譜牒、祭墓田及田廬、家具，規度精整，不以未竟事毫髮遺後人。里中倉及義學多空窳頹絕，請於官，以身任其勞費，倡衆集成，鄉士載德。官江南時，曾亮方里居，以同年生相習也。及君歸里，時來京師，必數過，語移日。每念同官人仕宦通塞，以爲慰歎。今年春，夜坐，語益親。五月當復來，而得君子書，告君卒矣，且曰：『吾父以明年某月日葬城東管頭新阡，請識以文。』噫，吾與君別兩月，乃至是耶！表其墓，以塞吾悲。

君娶郭恭人，側室張。子源澤，優貢生，後其兄先鳴；次福澤，早卒；次厚澤、惠澤。孫一人。

録自柏梘山房全集·文集卷十三。

王恭人墓表壬寅

吾友宣城李葶村，官直隸，有惠聲。客過其故所莅縣，民方治傳舍，精整如待大客。街卒曰：『民喜前任官過此，故然，非官爲過客也。』異其事，言於人人。天子以大臣言，自涿州知州超授松江府知府。及移疾歸，書寄曾亮曰：

『宣範幼孤，不逮事先考，得時聞遺訓於先恭人。仕宦且久，無以自表著，然幸無大蹉跌於世，以先恭人之教未嘗忘於心。恭人姓王氏，同里人，年二十三，歸贈朝議大夫棠園府君。生宣範，五歲，而贈君卒。家貧無師，以經書自課兒。兒拾遺於路，杖之，使復其所。米不足，雜糠覈食之。紡績自給，又能嗇縮致餘。舉四喪，終不乞貸親友。其勞苦儉薄，非人可意料得者。得官後，供養稍豐腆，母自處如初，曰：「吾所習也。」嘗奉檄，有所名捕。恭人曰：「仕宦遲速，天也，勿見功以枉平民。」年七十，同官將爲壽，命子以衣三百襲給貧民，曰：「以是爲吾壽，愈於延賓。」年七十三，卒於道光元年七月二日。凡遇覃恩者三。孫昌蔭，候選知縣；女孫二，適烏程朱、商城周；曾孫五，曾女孫一。以贈君葬久，不可啟祔，別葬南鄉綠錦鋪，宜有專銘而未及爲，子爲我表之墓，以示子孫。』蓋萼村之狀其先恭人者若此。

嗟夫！恭人之賢，獨其子知之，他人不及知也。余獨能信之，而若深知之者，以其子知之也。萼村之爲官，於拾遺金之訓老不忘也。故樂爲表之，以詔子孫能信其親於人者。

録自柏梘山房全集·文集卷十三。

倪孺人墓誌銘 癸卯

孺人倪氏，望江人，桐城劉孟塗妻也。孟塗以文名於時，家貧客游，供養事一委之孺人。能敬禮不怠。道光四年七月十四日，孟塗客亳州，暴卒。時孺人生子數不育，又新喪女，而妾所舉子病且殆，大慟曰：『吾夫殆無後矣！』即自剄，不殊。至人定後，縊死。時去孟塗死百日。

二十三年，其子繼來京師，輿歸孟塗集，告曾亮曰：『吾母以今年某月日葬縣之某鄉某原，敢請銘。』且言孺人殉夫時事，俯首淚下。噫！夫亡矣，孺人不濡忍以俟〔一〕其子者，以是子爲必不可保也。今孺人葬，而是子來乞銘焉，如之何其不悲也！銘曰：

不忍靡遺，預死泯悲〔二〕。子壯既成，不見母生。悲夫以有，此烈與名。

録自柏梘山房全集·文集卷十三。

【校】

〔一〕俟：續類纂本、八大家本作『待』。

〔二〕預死泯悲：續類纂本、八大家本作『豫死塞悲』。

方彥聞墓表 癸卯

彥聞方君，諱履籛，一字求民。其先世自德清徙居順天。高祖辰，康熙時官檢討，遷居常州，而著籍大興。

考諱聯聚，官永康州知州。君隨父官甘肅時尚幼，同官楊芳燦驚爲異童。中嘉慶二十三年舉人。道光六年，以大挑爲福建知縣，署永定縣。有豪曰胡鳳兆，殺人刼墓，經數官不能捕。君至，牒數其罪，令自首免家禍。鳳兆捧牒泣，立出，論如法。許開玉殺其兄子，將浮海矣，君禱於神，開玉忽懵然自歸，徘徊縣署前，遂就執。大吏以爲賢，徙閩縣，決滯獄五百事。六月，久不雨，步禱於山中，暍病五日，問天雨者再，遂卒。時道光十一年六月十八日，年四十二。

君性豪邁，博學能文章。病爲駢體者氣弱不能持論，故其文獨震盪飄忽，氣逸不可止，不復以駢體自囿。富聚金石，語曾亮曰：『吾於古今著錄家缺二碑而已。』時獨游深山古澗中，橅訪碑碣。過洞庭，風浪急，君方草檄江神文，意氣益振。然與人交，謹重有終始，居官勤民，能耐雜，不以文雅薄吏事望空自高，可謂文行君子矣。著詩、文、詞集十三卷；伊闕石刻錄、碑目、希姓錄、泉譜，共十四卷。妻馮孺人，繼娶呂孺人。子駿謨、駿諶、駿謐。駿諶爲弟履筠後。以道光十三年月日，葬於縣之某鄉某原。侯官陳編修壽祺既誌其墓矣，駿謨來鄉試京師，乃請曾亮爲之表。

録自柏梘山房全集·文集卷十三。

贈翰林院編修呂府君墓誌銘 癸卯

道光二十三年十二月二十六日，旌德贈君呂雲里先生卒於京師。時官禮科給事中者，其長子賢基也。既逾月將歸葬，泣請於曾亮曰：『賢基以某月日奉柩歸，以某年月日葬吾父於某鄉某原，敢請銘。』乃按其狀曰：

君諱□□，姓呂氏，唐廣明時自歙遷旌德之豐溪，後遷廟首，遷高溪地，皆隸旌德。曾祖諱和樂。祖諱自怡。考諱偉賽，配陳氏，以孫貴，贈如其官，生君及君弟二人。君年十七，即出游，從師於方聞碩彥，有意其親炙之也。最後乃從學淩仲子。仲子長於禮，其立論精博廉悍，不多可於人，獨器君，以爲能得我道者也。著周禮補注四卷、周禮古今文義證六卷，而於王輔嗣易多所辯正。汪文端公視學安徽，喜士通古經義者，君遂補博士弟子。年既壯矣，鄉試又黜，然不以此自爲輕重。而平居書齋閤自銘戒者，粹然一出於儒先道術之學。鄉飢，籌粟以賑，族人效之。故人多德君，有爭辯，得一言立釋。嘗戒其子曰：『成名易，成人難。』又曰：『汝今言官，言官不易爲也。毋陳利而昧大體，毋挾私而務高名。』蓋君之本行如此，非如世之經師奉一先生言，好小辨而忘大道者也。

嗟夫！經者，儒行也。而儒林與獨行分，自範蔚宗始，豈章句爲治經，謂躬行不足與者，東漢已然歟？君可謂不囿於流俗者矣。君卒時，年七十三，配姚安人。長子賢基，由編修官給事中；次子賢誠，候選，從九品。孫周甲、開甲、孚甲、堂棟。曾孫紹祖。女三，適朱、適姚、適王。女孫一。銘曰：

有樸其學，而德信矼。祉躬以經，主善不哤。養堂在京，歸旐翩翩。協龜奠螭，即於鮮原。用利賴其子孫，以妥其宅與神。

録自柏梘山房全集・文集卷十三。

朱仁山墓誌銘 甲辰

君姓朱氏，諱栻之，字仁山，浙江海甯州人。考兆熊，衢州龍游縣訓導。母查氏，生六子，君次一。嘉慶十三年，舉本省鄉試第一。道光二年，以進士任山東知縣。歷濟陽、東阿、棲霞，援例改京職，補禮部祠祭司郎中。君爲知縣，時甚暫，然在東阿，請官錢修民堰，至今德之。及官禮部，同僚奉手相讓，君亦以難事自任不疑。乾隆時裁僧道度牒，禮部少入銀若干，至是籌度支者議復之。君已病在告，以書駁其議曰：此法若行，禮部得度牒費，利甚小；使無錢爲僧者變而爲盜，逃捕之盜變而爲僧，害甚大。尚書李公是其書，議遂寢。書上後數日，遂卒。時道光二十四年四月十一日，年五十九。配陳宜人，側室高孺人，皆先君卒。子元佑，拔貢生；次元炅，州學生；元呂，舉人。以卒之逾年某月日，合葬於邑之某鄉某原，請曾亮爲之銘。

曾亮與君爲同年生，相習也。君孝友，重宗族祠祭事，及朋友急難，成就後學，然恂恂煦煦，言論不出口。

每以君爲厚重長德、木訥少文者也。邵中書懿辰言：君史漢皆成誦，他書經目者終身不忘。六歲以「龍且」對「羊祜」，爲長老所驚。十三歲州考，默錄通考敘數篇，作歲差張巡論千餘言，始服君韜精斂慧，不以世所駭者驚物。及見駁度牒議，益服君明達體用。愧二十餘年相知，不能盡。甚矣，人之不易知也，乃如是夫！然世有平居議論嶄然，及臨事不設一可否，則君之恂恂呴呴、言議不出口，識微者固宜以此得之，而不能者，是不知人之過也，非人之不易知也。此余之所以重有愧也。銘曰：

君才足以昌其言，移試於事也；學足以飾其政，斂不與地也。仕非不成，壽不余畀也。我銘以杓之，不可傳之所棄也。

錄自柏梘山房全集·文集卷十四。

李蕚村墓表甲辰

道光十八年，吾友李蕚村授江蘇知府，過辭曾亮，述生平：少孤，母子相依危苦，及志所欲就祠墓、祭田、義莊事甚悉。且曰『吾聞江蘇官漕事難，病民病官何若而可？』未久，而聞君以病歸卒。君之孤槺以狀走京師，乞表其墓。嗚乎！君於別我時，命之矣，其曷以辭？

君諱宣範，宣城人。曾祖志洪，祖夢夔，皆縣學生。考諱承時，娶王恭人，生君，五歲孤，奉母走京師，供事內閣。日養母以傭書八千字，冬夜手指僵，就火，倦臥，袖焚，王恭人割衣綴之，母子相視泣下。初試吏，爲驛丞；後選南昌縣丞。有老民，堂銀丞收其羡，君盡衣食於老民。太守張敦仁聞之，出二子，事以兄禮。母憂服闋，補房山縣丞。方守缺時，佐天津府，決積案。閩廣市舶鬪有詐死者，以術穢其尸，君察其脈，叱役曰：『是當急火之！』其人驚躍起，服罪。徙密雲縣丞。地瘠，歲屢旱，村逃市空，自免去者三令。君狀其事於大府，即以君宰是邑，且賑之，蘇枯贍災，民以大和。捐金五百兩建書院，民慕效者七千人。又建義學，由是縣有鄉舉士。徙寶坻。蝗起四境，人見蝗聚如車輪者浮水東去。遷通州知州。時訟未決者千事，君日夜裁判，以鄉村道路遠近定傳訊，期日，被告在城者，手書付原告呼之。民感甚，或堂下獻瓜果。千總誤捕人，君釋之。上官曰：『此總督意也，擅縱懼雷。』君笑曰：『某所畏者天上雷。』俗以上官嗔爲打雷也。未幾，徙涿州。而君是時政聲已浸淫，上聞，遂超授松江府知府。君所至，必自刻厲，務有以益民。而松江民久病漕，苟輕有變置，不便官漕，且失期。君至，思所以計深遠者，恒鬱鬱不自得。未兩月，患風濕，遂以病歸。

先是，君以王恭人苦節不逮豐養，每遷秩，必設祭而悲。故生平於名節尤所重，烈婦貞女，必表其墓。密雲張生死於義，成立其子，於通州志補闕忠烈傳，建其祠。及家居，所營建散贍，必先亡後存，先族後身，緩利急名。蓋以君所爲者磨世敦俗，計有餘矣，然竟其志則未也。君賢遠矣。君以二十二年九月二十日卒，年六十八。

娶丁恭人，繼娶倪恭人。生子槱，候選知縣。女二，適烏程朱淳、商城周文佶。以二十四年某月日，葬君於建平縣南鄉畢家橋。槱好古而甚文，故以表屬。曾亮嘗讀其狀，問通政李公菡，且曰：『君鄉在城東何水也？』通政曰：『李君去寶坻時，吾邑人送者，皆百里外。通州失名捕賊，吾邑人購得之，以報君也。聞涿州人感君，亦如是。自君去寶坻，後令者益難爲工耳。』蓋其邑士大夫言如此。嗚乎！即民可知矣。銘曰：

丞爲世訾，孰民如毗。吏走邑荒，勇言其疵。遂流政聲，達於天墀。膏歟脂歟？不戀其厚。惟其嚬呻，我則疾首。我歸雖痛，我心則愉。胡不百年，以福鄉虛？表詞山阿，靈其奠居。

錄自柏梘山房全集・文集卷十四。

湯海秋墓誌銘〔一〕甲辰

君姓湯氏，諱鵬，字海秋，湖南益陽人。父義岦，妣□恭人。道光三年，君年甫二十，成進士，所爲應試文〔二〕，士子模擬，相接得科第。而君是時已專力爲詩歌，自上古歌謠至三百篇、離騷、漢魏六朝唐，無不形規而神絜之。未幾，成詩集三千首。

其始官禮部主事，既兼軍機章京，旋補戶部主事，轉貴州司郎中，擢山東道監察御史，年始三十餘，意氣蹈厲，謂天下事無不可爲者。其議論所許可，惟李文饒、張太岳輩，徒爲詞章士無當也。於是勇言事，未踰月三上章，最後以言宗室尚書叱辱滿司官，事在已奉旨處分後〔三〕，罷御史，回戶部員外郎，轉四川司郎中。是時英夷擾海疆，求通市，君已黜，不得言事，猶條上尚書，轉奏夷務善後者三十事。後彌利堅求改關市約，有君奏中不可許者數事，人以是服其精〔四〕。君既負才氣，久居曹司，謂事無論利鈍成敗，有所爲，當震爆人耳目；拘拘焉成易就之功，弗貴也。既不得施於事，則將著之，言：吾書出而人以爲古嘗有是，言雖工弗貴也。於是爲浮邱子一書，立一意爲幹，而分數支，支之中又有支焉，則支復爲幹，支幹相演以遞於無窮。大抵言軍國利病、吏治要最、人事情僞、開設形勢，尋躡要眇，一篇數千言者九十餘篇，最四十餘萬言。每遇人，輒曰：『能過我一閱浮邱子乎？』其自喜如此。姚石甫以臺灣道創英夷，受誣訴，事白出獄，君大喜，觴客於萬柳堂，爲石甫賀。余於是始識君，得讀浮邱子者。

君嘗爲會試同考官，門下士多至九列，譽君者不患無其人，顧欲得余言爲可否。於是嘆世徒畏君之才而豪，不知其不自足者乃如是也。嗚乎！君今其死矣。士而才，固宜負病於世〔五〕；迨既死，而世無復見其病者，獨其才在耳。君之名，其可無慮於後世矣。君卒以道光二十四年七月九日，年四十四。未卒前，過余曰：『石甫以同知官四川，爲大吏者當何如？』既而曰：『天下事恐難滿人意也。』後八日而卒。余過長春寺，記與君揖張亨甫柩而歸也，未逾歲而君復殯於是，輒黯然傷之。

君娶於□，子俶昭、佶昭、佑昭、什昭、啟昭。孫惇允。女□人，適杜、適李。以道光二十□年□月□日，葬君於□縣□鄉□原。其友王錫振爲之狀，謂曾亮曰〔六〕：『銘以屬君。』乃爲之詞曰：

天與以才副之氣，神豪語快士所悸。大力者推幸以遂，容頭平進不可意。摧堅犯難壯莫掣，蹶而改圖幾後世。四十餘萬載厥字，魂雖埋幽靈不翳。

録自柏梘山房全集·文集卷十四。

【校】

〔一〕題：續類纂本、八大家本作『戶部郎中湯君墓誌銘』。

〔二〕所爲應試文：續類纂本、八大家本作『所爲制藝，列書肆中』。

〔三〕事在句：續類纂本、八大家本作『非國體，言過當，且在已奉旨處分後』。

〔四〕服其精：續類纂本、八大家本下有『非疏闊大略者也』。

〔五〕於世：續類纂本、八大家本作『如是』。

〔六〕其友二句：續類纂本、八大家本作『其友王少鶴謂余曰』。

贈按察司照磨吳府君墓表 乙巳

君諱達德，字懷新。明初自江西遷今湖南者，爲君十四世祖，始著籍巴陵。至起家爲富人者曰傳經，生君及其二季。嘗應試，人踐履不得前，吏前卻之，徑出，不再應試，專意於宋五子書，扁表其言，使出入見之座。事繼母，待異母弟、弟婦嫠居者，及家子弟親族少長，必隱度於恩義之平。人求貸必應，貸以訟必辭。開諭情事，使兩息而後已。嘉慶十八年，縣飢〔一〕，出穀萬石賑之，大驚其縣人。君曰：『吾自惟心計衰，冀少事耳。』暇則手寫書史，自種菜果，課傭佃指授田法，時與諸昆弟歡飲，醉則益和而恭。道光五年正月二十日卒，年七十一。母胥氏，繼母孫氏、李氏。配羅氏、徐氏。子友樹、敏樹、庭樹。女一人。孫八人，曾孫十二人。以其年十一月五日，葬君於橫板橋，直其家南十里。敏樹以舉人官教諭，曾亮見其文京師，以爲能學歸熙甫者也，狀君行，請爲之表。

嘗以謂三代後，道德衰而游俠盛，然通財之義，固道德中所自有者也。以古之無甚貧富，而不以是爲名高也，遂謂自游俠者倡之，儒者避其名，而不復權其義，世因以儒之行病不廣大，豈所謂能宏道者乎？君學道人也，散萬金不以概其心，是異夫儒而不利於物者。

錄自柏梘山房全集・文集卷十四。

【校】

〔一〕縣飢：標點本作『歲飢』。

兵部尚書都察院右都御史陝甘總督富察公神道碑 乙巳

公諱富呢揚阿，字海帆，先世居納音，在長白山東。富察氏有八，公出納音富察氏。高祖圖祿贊，隸鑲黃旗，入關。曾祖哈山，刑部尚書。祖太子太保恭恪公，諱富明安，湖廣總督。生甘涼道，諱富巽，娶徐夫人，再娶田夫人，生公。七歲孤，嘉慶十八年，中順天舉人。由禮部筆帖式，歷祠祭司員外郎，擢授汀漳龍道。道光二年，遷浙江鹽運使。歷浙江、湖北按察使，湖南、浙江、福建、江西布政使。入爲盛京刑部侍郎，管奉天府尹事。旋外授浙江巡撫，又入爲盛京工部侍郎。以副都統銜，爲科布多參贊大臣，轉盛京刑部侍郎，道改烏魯木齊都統。十六年，轉授陝西巡撫，進陝甘總督。二十五年四月九日薨，年五十七。兩娶，皆宗室女，有女三。以某年月日，葬於某所。其故吏陝西按察使唐公樹義，屬梅曾亮銘其碑。其詞曰：

富察八氏，公系納音。世秉節鉞，鑒於天諶。公以童孤，在幼不弄。侍母夫人，倚杵夜誦。儀曹清寅，以孝廉官。司於祠祭，典祏守圜。仁宗大行，陟方近畿。儀法曠絕，公諏公稽。宗伯入告，以郎受知。觀察於閩，政不蹉失。轉運進階，辜榷平直。于臬于藩，六省咸秩。帝曰俞哉，釐刑盛京。遂撫兩浙，繼祖封疆。維時浙西，海塘孔棘。東塘沙漲，潮乃西擊。穿漏膏腴，化爲鹵瘠。禦悍保堅，惟石坦坡。乾隆迄今，制久則磨。信臣異議，公曰復貫。輕費重民，百九十萬。帝曰汝材，中外咸庸。奉天之尹，兼以司空。時科布多，方籌參贊。念莫公宜，遂往使換。都統之印，新疆旋綰。都統一朞，入撫陝西。去其玩吏，忱感帝咨。時有悍民，相呼刀客。捕斬其魁，以靖閭陌。撫陝六年，陝甘進督。我夷我蕃，奠此邊腹。議普爾錢，五十當百。曰不便民，以公奏格。蒙古卓帳，西甯是毗。河南野番，屢驚我師。麕驚鳥散，我勞彼玩。閱兵河州，深念長算。齎志病薨，有識哀嘆。凡公所爲，務在休息。振興八儒，莘莘翼翼。民便其簡，士懷其德。公雖云亡，公德孔嘉。故吏懷風，銘石不磨。

録自柏梘山房全集·文集卷十四。

朱孺人墓誌銘 丙午

吾友繡山，以函封詩詞及摹漢魏篆隸書，告曾亮曰：『此吾婦朱孺人作也。吾婦幼失母，專其事母者事父，及後母遺腹弟。調燥濕，禦侵侮，皆與其勞。年二十而歸余，移其事親者事吾親，不敢有失焉；不逮事吾母，移其事姑者事祖姑，不敢有失焉。吾家素貧，而族大姻眾，賓客酒漿束修之供饋，能內外支拄，不見罅漏，使吾無自失於人者。又以其餘功習詩詞、繪畫、隸楷，女姻好學者多從之游。其性情好尚，固絕異乎常女子也。然親戚時聚處，酬高應卑，各適其人，未嘗以才語自標異。其密於用心者如是，故瘁而病，且產遂卒。吾哀其賢且勞，致夭其生而嗇於報，以女子而求託於沒世不可知之名，而其所喜以自見者，又僅有是，敢質之以徵於墓詞。』

嗚乎！其哀也如是，其可無銘？

孺人諱璵，字寶瑛，海鹽人，内閣學士兼禮部侍郎諱方增之女，曲阜孔憲彝之繼室。道光二十五年六月十五日卒，年三十五。所著詩詞各一卷。子慶第、慶篤，女慶婉。以其年十一月二十七日，葬於衍聖恭慤公墓左。銘曰：

古傳列女多雅才，以才爲諱孰致斯？惟德不淑才乃疵。能宜尊章敬持持，囊篋細大安提提，六親攜姻歡如歸。箴管餘事藻筆摛，才若此者乃可詩，有然疑〔一〕者徵余詞。

録自柏梘山房全集·文集卷十四。

【校】

〔一〕然疑：標點本、八大家本作『傳疑』。

資政大夫戶部侍郎總督倉場毛公墓誌銘丙午

公諱樹棠，字芾村，河南武陟人。曾祖諱超，祖諱景萇，考諱睿，皆以公貴，贈資政大夫。母吳夫人。公以嘉慶二十二年成進士，官編修，歷内閣學士、禮部右侍郎、倉場侍郎。於校理館閣書籍，及主試閱卷事，常與其選。然公生於中州河濟間，先賢名儒，今古相望，故一以儒先性理之學爲務，於詞章不屑屑也。大考以入一等官驟遷，亦不以此自喜。於理學不岸然居其名，而居處慆慢者見輒走避。其孝友恭儉，匑匑然如有所循。而赴義忘利之事，汲汲然常恐其行之不逮也。

賊據滑，官軍掘壕於太行堤，掩其棺者千計。從父失官，死羈所，孤行數百里，償逋負持喪而歸。爲鄉人客京師者建舍館，定規約，必使可久。道光時，以内閣學士稽察中書科，有劾以受私者，疏自陳，得白。上由是益深知公。未久，即總督倉場。初至倉場時，有言增官役防盜米者，公謂無益於防弊，而弊隨人增，奏止之。然於漕事，可除姦絕弊者躬無不親，心無所不自盡也。夫京師之本，莫重於倉儲，而食其弊者常十餘萬人，故弊爲天下最。然以公之綜覈周密，人皆謂是官也，如是可以無憾，過求之，則反有他患者。而言夫古大臣思患預防之心，且不自欺其志如公者，則終未能以人之言而釋然也。故尤窮思勞神，以求稱其職，而瘁至於病。病且告，上鑒其誠而許之歸。逾年，道光二十五年八月二十六日卒，年六十六。

始娶王夫人，繼娶姜夫人。子昶熙、亮熙。女一，適舉人劉方平。女孫一。以逾年十二月十日，葬縣之小原村祖墓側。昶熙官庶吉士，來京師，求銘。介以求者，同年李太常棠階，與公同志者也。銘曰：

伊洛之學，光於聖清。睢州儀封，爲國翰屏。擩染於公，儒行自製。抱古於懷，外不高厲。出言如畏，履垤不蹉。及其敢行，如川走波。有德無位，世士所諱。詭隨於人，以保厥貴。公行既尊，而宦亦通。磨不受垢，塵感帝衷。天豈私公，乃振道風。義歟命歟？士有攸從。我銘其實，以告儒宗。

録自柏梘山房全集·文集卷十四。

奉政大夫永定河南岸同知馮君墓誌銘丙午

君諱德峋，字如堂，姓馮氏。先世自順治時移黄陂，籍於商城。祖朝綱，考應純，皆以君官遇覃恩，贈奉政大夫。祖妣彭氏，妣潘氏，皆贈宜人。君以嘉慶十六年援例得直隸通判。年甚少，而開敏冠其曹。時吉林兵進勦捕林清黨，大吏以良鄉首過兵而令怯弱，須強佐，即使君往，兵以不譁。權真定及天津同知，補河間府泊頭通判，領四縣隄工。道光二年，河決東光。君兩飯不去隄所，夜分時，出驗工物，測水勢消長，役人感其誠，不以督責嗟怨。

總督那文毅公設捕盜局，君主之，乘間言曰：『自設局來，奉檄者尋躡四出，盜不加少，人務見功，捉搦疑似，真盜未獲，誣罔已多。夫州縣捕盜，時近地真；局員捕盜，事遠形變。其難易較然可知。且州縣玩盜，非本心，財不足也。若以設局虛耗之財，加州縣捕緝之費，庶收實效，而少冤民。』公然其言，局旋輟，而州縣得請緝捕費，自君發之。後權宣化府知府，興起士類，是科舉一人王生，即觀風首取士。其權知藁城也，縣有豪，藥婦死，婦家怯訟。君廉治之。及權知祁州，屢折疑獄。二十四年，補永定河北岸同知，改南岸。在北岸時，三角淀潰，君冒雨越界防遏。其通判得無坐，而君隄亦全。二十六年三月卒，年六十二。

君久習民事，政不蹉跌，以賢見勞，不自難阻。至非道求進，則夷然不屑。故官直隸四十年，權知府、同知、通判州縣任，凡十六七，未嘗得一息休暇，而僅以是官終。論者皆推其勞，而惜其遇。配程宜人，生子詔，前金鄉縣知縣。女孫三。以某年月日葬君於某鄉某原。銘曰：

君才恢恢兮上所倚，其惠愉愉兮民所喜。宜絕轡於長途兮，而稅駕於此。雖仕不盡其才兮，而譽在民者。崇不可圮，銘以徵其後祉。

録自柏梘山房全集·文集卷十四。

館陶縣知縣張君墓表丙午

君姓張氏，諱琦，字翰風，陽湖人。祖政誠，考蟾賓，皆以君兄惠言官編修，贈翰林院庶吉士。祖妣白氏，妣姜氏，皆贈孺人。

君以舉人謄錄議敘。道光三年，官知縣山東，補館陶縣。始至，權鄒平。歲且盡，君閱村四百七十，麥無入土者，即申牒報災，其詞堅。大吏破成格入奏，因鄒平得緩征者十六州縣。民失物，誤訟於長山縣，歸獄於君，君曰：『汝失物地，大樹北抑樹南也？』曰：『大樹北。』君曰：『若是，則我界也。』民愕然曰：『誠鄒平耶？即不欲以數匹布煩父母官。』持牒去。後權知章邱，鄒平民時赴訴，君曰：『此於法不當受者也。』慰遣之。章邱俗好訟，又多大府書吏撓令權，君結正二千餘事，私書絕蹤。然君所權兩縣，或數月，或歲餘，即受代。惟館陶八年。人戴之如親戚，而君政固不爲姑息。始受事，久旱，君禱雨既應，糴倉穀，平價振口糧，士民皆洽歡。乃嚴捕刼盜姦民。士有訟者，閱其詞不直，即曰：『課汝文不至，訟乃至耶？』試責以文不中程，後乃決事，士訟遂稀。其仁術兼濟類如是。然君尤以館陶地斥鹵不宜穀，又衛水數敗田，精求古溝防及區田法試行之，未遂而病。道光十三年三月十二日卒，年七十。子珏孫，殤；曜孫，以舉人令武昌。女子四：長適吳廷珍，刑部員外郎；次適章政；次適孫劼；次適王曠，皆士族。以是年十一月六日，葬君於縣之龍山。湯孺人先卒而祔墓。既誌，曜孫乃乞爲之表。

君少以文學名，與兄皐文編修伯仲也。詩詞、醫學、書法，皆能得其深。著録十餘種。人以君爲文人傑魁者矣，而未意其能爲循吏如是。嗟夫，是乃所以爲文人也。夫政不達而言立者，蓋亦寡矣。苟以君所爲者有過乎文人，此可謂能知君矣，未可爲知文人也。且世之所謂文人者，又何也？

録自柏梘山房全集・文集卷十四。

鄒孺人墓表 丙午

道光二十六年冬，夜發篋，得管異之遺墨，述其母鄒孺人事，凡百五十字，曰：『先母鄒氏，考諱森，安東縣教諭；母周氏，諱瑀之女。歸先君，生子女四人，年三十七而遭先君喪，以女工典質，支拄門戶。事先大母葉孺人八年，葬先祖祖母及殤弟妹，嫁一女，娶一婦，延師於家，教同讀書，至十七歲而後止。嘉慶二十三年九月二十七日卒，年六十六。道光七年四月二十八日，與先君合葬於江甯安德門外之傳[一]家山。子一人，名同。孫一人，名嗣復。孤管同泣血謹述。』

嗟夫，此異之書，示其友乞墓表者也。異之書此未幾，試禮部，道卒，子方幼，今十餘年矣。而嗣復始成立，乃追書以遺之，以卒吾先友之志。夫異之所述，自世俗務虛美者觀之，無絕殊者，然以家之貧薄而事之危苦也，獨以一女子當之！詩曰：『哀哀父母，生我劬勞。』異之蓋有以知劬勞之人，無有過於爲父母者矣。此所以爲善述其親，而余不能有加於是者也。嗣復今爲諸生而甚文，庶其知先人以誠敬其親，而不自飾於其友者，於古道皆有合焉。

孺人之夫諱文郁，余記搨帖圖字西京者也。

録自柏梘山房全集・文集卷十四。

【校】

[一]傳：標點本作『傅』。

陝西巡撫鄧公墓誌銘丁未

公諱廷楨，字嶰筠。先世居洞庭山，明徙壽春。六世祖元旭，官檢討，始居江甯。曾祖重，祖鐄，考巨源，皆諸生。及曾祖妣陳氏、徐氏，祖妣彭氏，妣陳氏，皆得一品封贈。

公嘉慶六年進士，官編修，乙丑會試、戊辰會試、鄉試同考官。十五年，出爲甯波府知府。母憂服闋，補延安府，歷守榆林、西安府、南鄭、韓城。有死囚，皆受誣，公反其獄。及全同州婺母子事，陝民歌頌，由是譽流京師。道光元年，超擢湖北按察使，權布政使。請免田入江而稅銀在民者十餘萬兩。遷江西布政使，權江西巡撫。以守西安失察屬吏事，罷歸里。旋命以七品銜赴保定，起爲直隸通永道陝西布政使，權陝西巡撫。六年，遂授安徽巡撫。自嘉慶時，安徽多大獄，信臣覆案，官吏多得罪，而獄歷久愈疑。其鳳潁俗尤悍驕，常以兵定變。而公至，比大水，親乘舟振災。又精察吏才，鄙強怯付民地所宜，悍民畏威，精民亦息意，不敢幻訟。在安徽十年，俗以大安，所舉任後多至大吏。

十五年，授兩廣總督。時方議鴉片煙禁，公奏議，以爲法行於豪貴，則小民易從；令嚴於中土，則夷貨自絀。未幾，而林公則徐以欽差大臣至廣東，英夷遂輸煙入官，甚悔罪。已而中變，以兵船回泊尖沙觜，進至穿鼻。公飭將士迎擊，六接戰，夷皆傷退，訖公任不得入虎門。林公既改兩廣總督，而兩廣外夷易犯者莫如閩，故改公兩江及雲貴總督，皆未行而遂，卒授公閩浙。二十年四月，夷船泊穿山洋，及梅嶺、厦門，擊之皆走。援定海，至清風嶺，得旨卻回。蓋夷方鋭，欲入閩，而閩之海防地，道多兵力散，公往來泉州、厦門，暑行星征，籌應捷出。書吏夜牘，且詢且披，無一夕得安寢。而以前兩廣兵吏捕煙黨不力，效力廣東，戍伊犁。二十三年，召回，復起爲甘肅布政使。二十五年，再授爲陝西巡撫。而番賊於是時屢擾蒙古游牧。公先權陝甘總督，即邀擊於硫磺溝，得前所失馬牛羊以萬計。八月至陝時，公已積勞久，時時欲乞休，以前後受恩重，未敢也。二十六年三月二十日，薨於位，年七十二。其年十月三日，歸葬上元縣靈山下。配張夫人，繼配何夫人，側室吳恭人祔。子爾恒，編修，官辰州府知府；爾頤，雲南趙州知州；爾咸，國學生；爾晉，府學生；爾巽，尚幼。二女十二孫。而爾頤爲弟廷梁後。

公機神高朗。外容，異量而制行；內嚴，遇事不求奇功，而深慮宿禍。自侍從歷封疆四十年，雖屢起屢躓，上亦諒其素，而終任之，亦自無得失意見於顏狀。有及見公年少者，皆曰如諸生時。遇學人文士薦寵，講論不倦。於詩及古音韻學，所得尤深。至世俗好尚，一不綴意。嘗閱兵過當塗，或問令曰：『廚傳費幾何？』曰：『二十千。』聞者以爲難。銘曰：

公以文達，乃握政經。活囚西安，民歡吏驚。越等之晉，惟天子聖。放稅蘇枯，江漢思詠。及撫安徽，爲民擇吏。鉏荒息痿，十載無事。開府七州，神旗雕戈。超然一翁，常度委蛇。夷事之殷，馳驅孔亟。南海天山，萬里一息。帝念勞臣，舊恩載新。光榮始終，被此後人。『子誌余墓』，公昔命我。我詞無慚，元宅攸妥。

録自柏梘山房全集・文集卷十四。

貤贈奉直大夫陳府君墓誌銘 丁未

國學生、貤贈奉直大夫陳君，諱晉，字退菴，德安人。考諱某，有子五人，而君與兄贈奉直大夫諱某者同爨。兄夫婦早卒，子五人，君與其配李孺人撫之如己出。五子自幼至長，無水火飢寒疾病之困，皆君所覆育者也。自入學至京外官，皆君所督成者也。五子及所出之婚嫁，皆君所稱家以成其禮者也。男女數十人，衣無常主，食無私味，皆君所調護而整齊之者也。可謂難矣。《記》曰：『兄弟之子，猶子也。』蓋引而近之也。聖人以爲：家之乖，始於視兄弟之子不子若也，故制服以報，使與子同，而釋其義曰：『兄弟之子，猶子也。』人有不親其兄弟之子者矣，未有不自親其子者也。使知親兄弟子如己子也，則出之必以誠，而行之必易矣。惟其蔽近而昧本，始以聖人制禮爲有所矯而正之。今觀於君，則聖人之禮出於人心之固有，而無所矯者，其理乃益信也。嗚乎，可謂難矣！

君卒於道光二十三年十二月，年六十。嗣子廷勳，國學生。有孫五人。以某年月日，葬於某鄉某原。君生平好山水圖史，居倚城，終身不一入。有德善於鄉里甚眾，然識者尤以君內行爲難奉直。君子廷吉，進士，官刑部主事；廷英、廷懋，候選，從九品；廷弼，舉人，令清豐縣；廷儒，拔貢，官教諭。而廷吉子學恩，廷英子學春，亦縣學生。此於君之墓，可不書，然皆君數十年視如己子者也，故不得而略也。銘曰：

有兄者子今郎官，貤君爵服吉且安。告我書行涕萑蘭，列詞大幽奠巑岏。

録自柏梘山房全集・文集卷十四。

翁母張太淑人墓誌銘 戊申

嘉慶時，海州有賢吏翁君，爲州學正。嘗查災，以印封其籍。州牧時君之出，而饋金以請印，曰：『籍有誤，請更。』其室張太淑人峻拒之。是役也，飢民之注籍者皆無漏冒，而太淑人之賢聲遍於人人。道光二十五年六月卒。子心存使其子同書來乞銘，曾亮曰：『是一事，於法應銘，況有其他！』

太淑人姓張氏，昭文縣人，歸常熟翁氏，爲海州學正諱咸封者之繼室。前室許淑人遺子女，撫之極周。每相語曰：『今乃知有母之樂也。』以舅姑好茗，水必甘，每天雨，自提瓶布甕，承霤纍纍。舅食鮒魚曰：『以薦新。』即告曰：『已別具矣。』海州官廨廢，或言見狐鬼，兒女惶怖，責之曰：『鬼當畏人，人反畏鬼耶？』後從學者眾，自執爨，常雜食糠覈，而諸生必飯肉羹。贈君爲上官所知，舉縣令，曰：『君性情不宜州縣官。』贈君曰：『是也。』如言以辭，其高致如此。然固及見其子官卿寺，任學政廣東，直上書房，拜珍秘瓜果之賜；孫復以編修爲廣東鄉試考官。及子乞養家居，又八年，誥封太淑人，年八十七乃卒。蓋天所鍾福，不以其無意於是而澹置之。而卻金以活人，其食報固天之所獨厚者也。

子二人：人鏡，國學生；心存，大理寺少卿。孫同福、同爵、同龢，皆諸生；而次同福者同書，官編修。曾孫男十人，爲諸生者曾文。女子一人，適長洲陸氏。孫女子二人，曾孫女子三人。贈君葬已固，不可啟封，乃以道光二十八年某月某日卜葬於虞山西鵓鴿峯下。銘曰：

佐夫儒官，以義自完。叱金如唾，飢者感嘆。積極乃豐，再見文通。隨子持節，安車從容。大理之歸，我序誌喜。八年供養，光溢閭里。惟是老福，非賢曷基？銘幽揭華，女士鑒茲。

録自柏梘山房全集·文集卷十五。

誥封奉直大夫梁府君墓誌銘 戊申

君姓粱氏，諱國成，字振西，廣東信宜人。祖諱源，考諱之萃，皆能以厚德恤其鄉里。君趾美前光，不磷益篤。以父久不第，望之殷，乃棄百事，爲科舉學。然君所爲科舉學，與世俗殊。書雖成誦者，温肆必百過乃已。及經注、史籍，皆提掇玄要，取拾務盡，凡場屋所以試士者，期吾應之者不爲窮。嘉慶十八年，舉於鄉。二十三年，試禮部，留京師，遂卒，年三十二。啟其篋，得抄録史、漢書、春秋三傳異義若干卷，詩文及時義若干卷。

嗟夫！君之學，進取之士以爲迂而無俟乎此者也，然士所以應有司者，必如是乃幾可以無愧久矣。夫雖場屋之學，其名存而實亡也。而高論者猶循其名而譏之，不亦濫乎？然此非獨進取者之失也，學必有之已也，乃可以觀人，則宜乎取士者之避難而責所易也。若君者，可謂能爲其難者矣。君娶張氏。子嶸，縣學生；巍，拔貢生，官刑部主事。女二人，孫五人。道光二十七年某月日，改葬君於淋水洞山。巍方在京師，來乞銘。其詞曰：

人逸而獲，君百其功。奈何乎天，志不畢而年窮。

録自柏梘山房全集·文集卷十五。

程恭人墓表 戊申

恭人程氏，松滋縣人，歸同縣黄氏，爲府學生、封朝議大夫大溶之妻，雲南迤南道士瀛之母。方在室失母，年未二十，能撫弟妹，代父理家事。父以貧將棄田，堅不可，卒賴以濟。及歸封君，其家法當更番執炊，而叔母爲祖姑所憐，十年代之炊，無怨色。後析居，食不贍親，時時悲咤。恭人自以爲冢婦，乃一任勞怨，爲家人先，減僕婢，出理田園，入治薪米浣濯，夜則紡績佐匱。稍暇，乃得爲兒女補綻裂。凡可以爲家中節日用、計長久者，無不周。凡所以苦一身逸諸婦，以承舅姑意者，無不至。蓋如此者數十年如一日。及子以編修授雲南昭通府知府，擢迤南道，未嘗以子故異於人人。一味之異，一衣之新，暫御即屏出，曰：『吾不習也。』而治客饌必豐，食工匠必飫，以婚喪及不舉火告者必恤，即乞丐至，亦不忍拂其意。蓋如此者又數十年如一日。年六十九而卒。哭者皆失聲，不與弔而素聞其賢者，亦悲嘆惋惜。

子士瀛；次士漢，縣學生；次士浚，江蘇縣丞。女二人，適陳、適張。孫男二人，孫女十一人。其卒也，道光二十二年十一月，朞年而葬枝江縣之洋溪山。銘未備，士瀛，曾亮同年友也，乃請爲之表。其詞曰：

蕃衍之室，勃磎恆多。有肩其辛，化怨而和。見苦爲生，財每重視。女行士難，捨愛若棄。令子述德，痛言未詳。我掇其要，在石不亡。

録自柏梘山房全集·文集卷十五。

誥封奉直大夫李府君墓誌銘戊申

君姓李氏，諱少白，字蓮峯，鬱林州北流縣人。祖毓蕃，官上林教諭。考程沆，歲貢生，娶黃宜人，生君。爲縣學生，以教授爲事。然不專涉文藝，書古人行事可法者，置之坐隅。每遇事，隱度古人有是否，有是即犯疑難行之不顧也。族無後，衆分其田，爲擇嗣，而反其田以官。有夫愚棄其婦，責夫還婦，而家人教之婦功。鄰娶婦，有夫，兒且失乳。君方食，怒而起，呼鄰責諭之，婦定還，然後畢食。人有子失母、夫失妻者，告於君，訪必得所失。其他行事，類如是。

昔東漢劉勝居鄉里，閉門掃軌，而杜密譏其知善不薦，聞惡不言，隱情惜己，自同寒蟬。由今觀之，二公所自處，皆君子矣。然士大夫易於爲劉，而難於爲杜者，何哉？俗益澆，避嫌益甚耳。處嫌而不自疑，非人信其無欲利之心者不能也。君當之矣。君卒於道光十六年二月。年六十娶陳宜人。子翊昌，候選訓導；緗昌，縣學生；燕昌，進士，官戶部主事。女五人，孫六人。君弟紹昉，嘗官編修給事中，考以上贈如其官，君贈如其子之官。以某年某月日，葬於某山某原。銘曰：

通俠者放，卑疵者拘。肫肫李君，既俠而儒。不覃其施，利賴州里。元壤銘德，以徵遺祉。

録自柏梘山房全集・文集卷十五。

貤贈通奉大夫何府君墓表 戊申

君姓何氏，諱光策，字異酬，望江縣國學生。先世自廬江遷四川富順縣，元季官安慶路教授者諱本齋，始居望江。六世孫永康，令新建。新建至君祖浩然、考楙糈，皆世有文學行義。

君十七歲孤。兄早卒，嫂劉夫人，一子殤。母姚宜人，以家事殷、長子亡、而君又未壯也，恒鬱鬱不自得。君先意適志，雖少已自如老成人。姻友傭獲，皆莫能弄以事。丹青藝文，博覽旁習，通才賢聲，聞於人人。姚宜人以是久忘其傷。娶彭夫人，將嫁，失明。彭氏曰：『吾女廢，不可以嬪高門，請改聘而可。』君固不許。生長子俊，以後其兄。姚宜人益以慰。姚氏有喪葬，費，宜人未及言，君一任之。又自以先人世有德於鄉，振貧瘞枯，不懈益勤，雖大費亦無所吝惜。道光六年八月卒，年五十一。彭夫人、繼娶朱宜人、側室葉孺人，皆先卒。子佶，候選，從九品；偉，縣學生；最季者倬。二女，六孫，女孫五。十六年十二月十一日，改合葬於縣城外五里墩。而君之子俊，後其兄者，道光九年進士，改庶吉士，是時官南河同知，君得貤贈奉政大夫。又數年，官大名兵備道，皇太后覃恩，貤贈通奉大夫。以前葬未及銘，告曾亮，請爲之表，次其世系、里居行事、卒葬年月，及新所受恩命，著於篇。

方君之婚，而不可以疾悔也，豈以是爲高行而冀福哉？亦義固然耳。而卒食所生子之報，存以榮其身，殁以祉其後，事應昭著，爲鄉里所驚嘆。則君之德豈獨鍾何氏之子孫，亦慕其義而歸厚者多矣。表於墓，亦表微也。

録自柏梘山房全集・文集卷十五。

桐柏縣知縣邵君墓表 戊申

君姓邵氏，諱希曾，字角雲，杭州錢塘人。祖教忠，縣學生。考寶階，舉人，官教諭。君以乾隆五十四年舉於鄉，大挑得知縣河南。嘉慶九年，權通許縣事。十一年，陝西民變，赴河陝軍營，事平，權盧氏、鄢陵、西華、沈邱、太康五縣事。又防守於河官軍，守賊滑城，運糧往經營賊途，詭行堅防，卒達軍食。那文毅公賢之，檄督糧臺。與賊去來者定其獄，事平加級，權淮甯縣事，督護睢儀工西壩，以最權扶溝縣，再權淮甯及新鄉。新鄉供九省徭遞，缺則上嗔，給則民怨，怨且訐上，仍坐其罪於令。前新鄉以是去，官多憚往。君至，弛張有經，能得民情和。二十一年，補桐柏。縣多悍民，有會曰掖刀，人苦其暴。君令鄉各建柵，而家出一人爲門夫，一警百呼，無事歸業，暴者無所逞。君以爲化悍民莫如興文，乃爲諸生講文律，辨詩四聲。道光初年，有第進士者，自明迄今，於是年始。遂益募萬緡，推建義學於鄉。褒嘉慶初死賊義民，專立廟。道光八年四月二十三日，卒於官，年七十七。

君以睿皇帝萬壽及今上登極恩，再加級奉政大夫。祖、考，及祖妣應宜人、妣楊宜人、配王宜人，俱贈如君官。子鍾銑，府學生；承堯，縣學生；琪，候選主簿；鍾和，國學生；宗衡，候選府經歷。以某年月日，葬君於某鄉某原。弟之孫懿辰，以文學爲君所優贍，今官刑部郎，實助舉君葬，而請表以文。

君工詩，好文詞，固儒雅士。而治劇邑、變悍民，亦欲以儒效勝之。或以爲迂，則不然。夫巧者文，俠者悍，其欲利之心一也。文不足攻取於世，乃激而爲悍，亦其計不得不出乎此也。善爲吏者，不能使民無欲利之心，而惟使之變其途以自遂，亦去殺之微權也夫？

録自柏梘山房全集・文集卷十五。

國子監學正劉君墓表 己酉

君諱傳瑩，字蕉雲，漢陽人。祖良碨，父方行〔一〕。余初識君，君年二十餘，以舉人官國子監學正，方考古，務爲精博。又好爲古文詞，然多疾，發輒廢食，不能近書。君家故貧，去父母兄弟久，又連喪婦。愛君者皆以君有所不自得者，戒於學，宜少休。而君自苦彌甚，志益高，欲追古爲己之學而從之。不以文學人自處也，而不自標異。雖余亦於其疾且歸，始知其日進也，可愧也。歸未數月，道光二十八年九月十八日卒，年三十一。既卒，乃得其日記並遺令，讀之，始若可笑〔二〕，繼爲之悲，卒乃起人敬。

嗚呼！君之學蓋自不妄語始矣。嘗以謂世之困人者，獨功利耳。文章傳述之事，得其深者，亦有以澹外慕而自足，要不若守身義理之學，超萬累之表而莫吾挫。此豪傑之士，必志於是而不以自怍也，如君所志者是已。

始娶湯，繼娶陳，終娶鄧。鄧有高行，父兄媵以財數千金，夫不樂〔三〕，遂反之母氏，以是知君固窮之節行於家也。無子，嗣兄子世圭。卒之明年某月日，葬祖墓側。將卒，書告京師友人曰：『上元梅先生表吾墓，龍侍講書，曾侍郎誌吾墓，何編修書。』遂皆如其言。

録自柏梘山房全集·文集卷十五。

【校】

〔一〕祖良石昆二句：續類纂本、八大家本作『祖方行，父正柏』。

〔二〕笑：八大家本作『怪』。

〔三〕夫不樂：續類纂本、八大家本作『夫不樂受』。

謝封君墓表 己酉

封君姓謝氏，諱廷恩，字拜賡，江西崇仁縣人。祖諱亮弼，配陳氏。考諱上許，配阮氏、劉氏，生二子，君其次也。家貧力耕，稍長，易農而商，能逆知時物當貴賤。與鄧氏俱爲賈主計者，誤以鄧金入君，陰還之，而戒其改計簿。鄧知之，遂以出納事專委君，由是信義聞於人人。有所謀，無不就，家以大饒。

崇仁故山邑，田少苦飢，君語其儕曰：『吾當爲邑建義倉。』人忖其力未能是，笑其言。嘉慶二十年，以二萬金建倉，且貯穀萬六百石，如其言。入學者於學官有加結費，貧者苦之，君捐金，取息以代費。縣有南北城，以橋相通，曰黃洲橋。橋廢而舟，漲盛時，失溺者衆。君初以事鉅，慎不敢任。久之，慨然曰：『吾不爲，復誰爲者！』道光十六年施工，五年畢工，用銀六萬有奇。邑令榜曰『謝公橋』，辭，復其舊。先是，建倉有餘木，而謝氏未有祠，至是遂以成之，並設倉於祠，以備飢族。於是邑中有大傜費，益咸仰君，君不以衆人規我有蔕芥。其出財，常先人意所不及。故官茲土者，皆引重之。君固默默不造請也。

嘗語其子曰：『吾年二十六，爲人司計會。年五十，建縣義倉，振族人穀，助官費於育嬰堂。年六十，爲文武生置學官加結費，開井族中。七十而建黄洲橋。汝母六十時，吾散穀族中，丁四斛，他姓斛以三。今吾即八十，汝母亦七十矣。族人以儀物壽者勿卻，倍償之，使受有詞也。』道光二十一年九月二十四日卒，年七十七。鄉人皆思悼之。君之年不可謂不壽，獨惜其善舉之與年俱增者，而止於是也。以子官贈中憲大夫。配周氏、劉氏，皆贈恭人。子蘭階，候選州同；蘭生，進士，工部郎中；蘭英，優貢生；蘭墀，刑部員外郎；蘭馪，縣學生。女五人。孫十二人。以道光某年月日，葬於某鄉某原。蘭墀請爲之表。

昔歐陽永叔表連處士好行，其德其行大類君。然處士家固多資，非若君親歷爲生之難也，而輕財也如是。夫君豈以財爲可輕哉，蓋其重義也甚矣。

録自柏梘山房全集·文集卷十五。

贈奉政大夫翰林院侍講海甯州學正朱府君墓誌銘 己酉

君姓朱氏，諱文治，字少僊，餘姚縣人。祖諱玉堂。考諱金鐸，與弟同割臂藥親。君中乾隆戊申科舉人，嘉慶六年大挑得知縣。時仁宗喜得雨，人賞葛紗一匹，君與其榮。改教職，官海甯州學正十餘年。大吏又以知縣奏用，遂引疾歸。道光二十五年卒，年八十六。

君家故貧，而能立節概。陳大用提督松江館，君贈以裘，冬服而春還之，後爲忌功者所中，當戍邊。君自京馳慰之，且爲謀贖鍰事，發函數千。其改教職也，或勸其無改，而資以三千金爲上官費，君固辭。及至海甯，以學正班鹽大使上，而朝賀、祭祀，班反後之，牒請復舊。袁花鎮旱飢，掠富室，州牧憚不即行。君曰：『速往易定，緩則他事生。』人以是知其才氣足任事，而安於閒官爲可惜。而君在海甯時，遠近工詩者，皆聚是州相過逢，封題報章，長歌短吟，乘興閒作。嘗中酒而笑曰：『樂莫大於無憂。吾今而知是官之爲真樂也。』而又以束脩之入嗇，縮衣食以置祭田，養寡姑病弟，教育子弟羣從。後其子侍講君屢持節校士，門下士多貴顯，君懷益慰。而侍講旋以養歸，父子相隨，行閭巷中，鄉人榮之。以爲君之節足以固窮，而其和又足以迓福也。

君元配陳，繼配陸。君之考、妣，及君及配，皆贈如其子官。二子：森，舉人；蘭，道光九年進士及第第三人，今官侍講。女六人，孫五人，女孫二人。以某年某月日，葬某鄉某原。銘曰：

令與儒官，孰易孰難？能者斂退，惑者瞑瞞。及其大覺，欲拔莫還。君不人謀，避勢若仇。約情養安，與福優游。子孫孔嘉，以奠茲邱。

録自《柏梘山房全集·文集》卷十五。

貤贈奉直大夫刑部主事馮府君墓誌銘己酉

有人而孝於親，親没矣，推其愛以及於親之弟。寢必問，治具必躬，坐立面告必齋；意其嗜好，而彌縫其匱乏；殁而斂葬，竭其誠。自人視之，皆以爲猶其親也。友於弟，弟殁矣，推其愛以及於弟之子。衣食先之，師友輔之，官京師則爲之謀資斧、定居處，且致其室家也，而後即安。自人視之，皆以爲猶其子也。夫推其孝愛者能如是，使如古選舉之道行，而公且明焉，其有聞於世無疑也。不然，薰德而善良其鄉焉，亦可也。然而籍不達於朝，名不出於里，役役於場屋，衣食於賓客也以老。嗟夫！此獨行之士，所以難自見於世也。

代州馮君，諱佶，字味辛。其叔父官清河縣丞，君侍於署。其所以事之者，固人以爲猶其親者也。弟有孤曰志沂，所以撫之者，亦人以爲猶其子者也。嘗試於京師，陳侍郎用光爲考官，薦其文，後屢黜，遂不復試。嗟夫！君之行，固非有當於取士之制，而文之工拙又懸乎人，而莫能自操，久矣。夫命之無如何也，至後世乃益甚耳。此可爲太息者也。君卒於道光二十六年五月，年六十三。妻佟氏，先三十八年卒，常以女工養姑，將卒，手持二荷囊，未製也。君悲之，遂不復娶。子志沅，候選訓導。一女，適吴氏。乞銘者，君弟之子志沂，官刑部主事，君撫教之成進士者也。銘曰：

遇之嗇，而行之豐。我銘襮之，以奠其坎之宫。

錄自柏梘山房全集・文集卷十五。

唐安人墓表己酉

安人諱惠端，字靜漪，善化人。故江蘇知縣唐業正之女，今編修孫君鼎臣之室。道光二十九年二月十二日卒，生於世三十一年，婦於孫十三年。

編修告余曰：『吾婦幼不逮母訓，而善事舅姑。其卒也，吾母哭之哀。始吾母念兩弟遠，在家不自釋，婦率諸孫環其前，嬉戲跳擲，母雖憂不能不解顏笑。夏雨甚，風雷駭人，必侍母，多笑語亂其聲，且呼家人皆集平時居室中，終日無謦欬。母不欲嗜好煩家人，匿不言，輒億知之。余從其言則得。』又曰：『婦不能繡工，而勤紡織，自製衣。衣飾卑陋，不仰較於人。始娣治家，兩食外，一無所求索。及來京，始自主之，而相處極和。娣哭之亦痛。卒前十日，聞女殤而泣，勸即止，蓋亦自知爲悲之無幾時矣。可痛也。』有三子：慶瑞，慶蕃，慶穀。將以某年月日，葬於鄉，且表墓，而先請爲之詞。

夫婦人無外事播於外，非庸德也。故誌婦行者，宜徵於其夫。編修言未月餘，旋主試貴州，程期迫，治行理居宜，不及他事。一旦衣冠來致詞，卒如前請。此其賢有難忘於家人者矣。是可書也。

錄自柏梘山房全集・文集卷十五。

朝議大夫南昌府知府吳君墓誌銘庚戌

君錢塘吳氏，諱清皐，字小穀。考諱錫麒，國子監祭酒。妣楊恭人，生君兄弟七人，君次六。嘉慶癸酉舉人，捐中書，充國史館分校本衙門撰文，以軍機章京議敘內閣侍讀，充方略館纂修。考御史第一，未及補，而以先所得京察外擢撫州府知府。時道光二十三年也。上召見曰：『汝師傅吳穀人子耶？汝學問乃不得進士也。』至撫州，革舊弊曰鼇金者，商民便之。東鄉民以徵糧捍官，君會兵往。將近村，整隊以待。告反者日數百輩，曰：『事即起，眾且至矣，拘我而釋回矣。』或曰：『進擊之！』君曰：『彼反形未成，進則速之鬭矣。』『然則退守縣城？』君曰：『彼以虛聲恫我，畏我也。堅持之，眾必散。』遂以無事。調南昌府，攝吉南贛甯道鹽法。道事卓異，入都，至江都病。二十九年七月二十一日卒，年六十四。配項氏、韓氏。子樑，江蘇候補知州。女二人：適江，適武。以某年月日，葬於某鄉某原。

君與母弟清鵬官順天府丞者，同年月日時生，其言動狀貌、工詞翰、官皆至四品，同也。然府丞豪於詩，以高第歷職清曠，今益自放於病，以極其才。而君遇事精整，慎名法，内苦其心，而必求無枉於人。其壽命及所任之閒劇，亦殊焉。豈生年月日，以推富貴壽夭者，其說果誣耶？抑列禦寇所云『既謂之命，即命亦不能自識之』者耶？抑人成形象以後，其自能變化其性命者，雖天亦不能囿其終耶？吾不得而知之矣。銘曰：

一幹而中分，或支離而天存，或扶疏而先伸。奈何乎天！吾銘以奠君之神。

録自柏梘山房全集·文集卷十五。

何母劉太夫人墓誌銘 庚戌

太夫人劉氏，望江人。贈通奉大夫何府君諱光第之室，大順廣兵備道何公俊之母。贈公早卒，遺一子又殤。姑姚宜人窺其志不欲生也，曰：『弟有子，先爲汝後。』七年而夫弟生子，如前言。子暴病，不知人，家人皇遽。太夫人曰：『是子關何氏門戶，祖德厚，不宜有他。』方舅卒時，姑年衰而夫弟幼，營繕喪祭，極勞苦。及夫弟成立，乃一以家事歸之，錢帛有無，不何問。夫弟以善施貧，而丁日增，或勸分產爲活，辭之。

及子貴，而夫弟已卒，撫諸子如己出。嘗語子曰：『汝之祿，先人貽也。凡先人之子孫，皆當共之。』鄉有善事，命捐金以倡，曰：『汝舉科第得官，鄉人皆榮之，以爲喜，其厚意宜有以報也。』大名旱，江南水災，朝旨以大名道助賑多，加九級，太夫人曰：『汝之祿，皆朝廷賜之。今助公家費，固宜復厚賚，汝宜若何而報之？』道光二十九年七月十八日卒，年八十二。誥封太恭人，又以皇太后覃恩，晉封太夫人。子俊，道光九年庶吉士，以海阜海防同知，賞戴花翎，官大順廣兵備道。孫震鐔，國學生；維鍵，國子監典簿；次維鑰，次維釪。女孫四。以十二月二十一日，葬於望江縣某鄉某原。銘曰：

天之所福，報瘁以豐。方瘁已折，謂報不鍾。非天有遺，人則自訌。明明夫人，克受天祉。履蹈艱難，不蹉以起。子官大名，八十壽歌。豸服貂冠，威儀佗佗。昔我祝釐，不文以質。援詞奠幽，庶幾有秩。

録自柏梘山房全集·文集卷十五。

陳鐵橋墓誌銘 庚戌

君姓陳氏，諱憲曾，字鐵橋，杭州錢唐人。曾祖兆崙，以文名乾隆時，世所稱星齋先生者也，舉博學鴻詞，官太僕寺卿。祖禹萬，濟陽縣知縣。考桂生，江蘇巡撫，先娶吳夫人，再娶武夫人，生君。道光壬午科進士，改庶吉士，授編修，歷詹事府詹事。

君方成進士時，年甚少。嘗主試廣西，官貴州學政，一爲會試同考，順天武鄉試副考官，充國史館纂修，武英殿總纂，提調日講起居注官，咸安宮總裁，文淵閣直閣事。其官既已達矣，又能詩歌，工書法，皆不以自喜。獨好劇飲，醉則於生計事益無所省録，故時致匱乏。余嘗與同年爲飯會，約曰：『無入酒人。』君聞曰：『甚善，幸入我會中，以止酒。』比入，則君先自攜酒來，醉而歸。然君爲人，遇貴要人及貧窶故人子，不以輕重生意，亦不以應人求有慢色。爲人請事，即有所強聒，不望其顔色自沮。雖自在窘急中，見求助者爲卑語苦言，輒嘿不忍辭，忘己急以應。其心常恢恢然，不疑人欺。余與君窮達異，性行不同，然於其卒也，哭之悲。嗚乎，君之心，何其近古人也！君以道光二十五年六月十日卒，年五十。配錢淑人。子元祿，直隸清河縣丞。女五人，皆適宦族。女孫一人。以某年月日葬於某鄉某原。其詞曰：

君才宜卿，君德宜壽。位酬年奪，天胡可究？其德維何，解弢去扃。以祉後昆，奠於茲城。

録自柏梘山房全集·文集卷十五。

朱蘭坡先生墓誌銘 辛亥

先生姓朱氏，諱珔，字蘭坡。先世唐末自蘇州遷婺源，六世祖緯遷涇縣。曾祖武勳。祖慶需，以從兄理官布政巡撫時，贈通奉資政大夫，配汪氏、胡氏，贈夫人。考安桂，早卒，配汪宜人，以女守貞，本生考安邦病，且卒，命其配胡宜人以先生爲之後，皆贈五品封。

先生嘉慶七年庶吉士，未散館，與幸翰林院『柏梁體』聯句宴，賜什物。散館，授編修，充武英殿國史館纂修，實録館校勘，山東鄉試副考官，文淵閣校理，日講起居注官。擢贊善侍講。以兄喪歸，再補侍講，充國史館總纂，修明鑑。以事改編修，充國史館提調，庚辰會試同考官。道光元年，直上書房，褒許品學，恩賞稠疊。壬午年，充會試同考官，再轉贊善。且大用矣，而以母病歸，遂不復出。主講鍾山、正誼、紫陽書院，以教授著述爲樂。詩文集、治經及小學書，及文選集釋，共數十卷。道光三十年四月十三日卒，年八十二。

方先生乞養時，年始過五十，其文學行誼已深結乎主知矣，而國家優禮師傅，凡詞臣直上書房者，數年皆坐致卿貳，人皆以是期先生。顧決然引去，甘寂寞於講席者，幾三十年。此非自足於己而能然哉？閭里書師既不足詔士，而矯其失者，又或博聞溺心。若先生之至性高節，其好古多識，又足以饜才智之心，而折其氣。夫壯而不學，老無傳也；老而不教，歿無思也。先生所謂傳而人思者歟？配胡宜人，生五子：夢元，國學生；鼎元，舉人；蔚元、起元，皆邑庠生；葆元，從九品。女四人。十一孫，而爲邑庠生者數人。曾孫七人。以咸豐元年十月某日，葬蘇州某鄉某原。銘曰：

我見先生，道光之初。其氣渾剛，而貌舒舒。包育萬有，見善若虛。惟太夫人，含貞撫孤。授我以筆，曾述其粗。再世銘幽，我曷敢渝？在唐遠祖，始遷去蘇。復始而吉，奠此陰墟。揭德振光，以播三吳。

録自柏梘山房全集·文集卷十五。

台州府同知龍君墓誌銘 辛亥

君諱〔一〕龍氏，諱光甸，字昆田，廣西臨桂縣人。曾祖，贈文林郎鎮海。祖，贈奉政大夫翊〔二〕。考，贈奉政大夫濟濤，官柳州府教授，娶朱宜人，生光輔，而君爲繼配王宜人出。嘉慶二十四年，舉於鄉，大挑知縣，攝湖南溆浦縣。

君初試吏，僕從吏役〔三〕謂可以面謾，誘愒爲姦，一不爲動。聽訟，不留不私。改湘鄉，溆浦民張樂遠送。留省斷疑滯獄，卻求直者金，補黔陽。楊姓民詭明封爵，列祖像於堂，皆毀。君聚焚之，火妖神廟，禁龍舟溺人。既興置〔四〕利害，與學宮子弟講習文藝，修〔五〕唐詩人王昌齡樓，時觴詠其上。改武陵。道光二十一年，薦舉，召見，擢乍浦同知。夷亂後，姦民狀羣鬼穴墓劫人，君至穴，執炬先役行，皆就縛。巫坐幻術爲姦，子罪並發，入其財於官〔六〕。尤慎海防，嚴市舶私貨，管〔七〕其利者不便，大吏以爲讓，而君詞直，然心嗛其戇，弗善也。調台州同知，官無署，皆留省，君心知其難，然不欲苟從眾，乃借廨於民，聽事未久，民皆恐君去。朔望講示聖訓，爲木牌十六方，條目書上，先奉某牌，敬立大言曰：『今日宣講某牌。』始入坐。巨盜捕未得，一日至鄉，講未畢，械以歸。於是官署立，市廛橋道修。二十九年十一月八日，引見，歸卒許州旅舍，年五十八。著宰黔防乍錄〔八〕。

少劇飲，善畫，及爲吏，一皆屏絕。祿所入，衣食其族姻者十餘家。惟不以言詞假人，或面斥人過。至斷獄，則與民爲家人語，或感悟罷訟，而未嘗時讀律例。曰：『合人情，安吾心，即中律例矣。』故用法正而不拘。配黎恭人。子啟瑞，以修選進侍講，任湖北學政。請君就養，而君官台州，方日夜馳捕盜賊，每冒寒中夜歸，手足僵冷。或謂君：『人爲吏，求逸樂耳，君固自苦。今子貴矣，盍少休？』君曰：『父子各受恩，各盡職，無相貸也。』女四人，長者亡，幼者未許嫁，其二皆適士族。孫男二人：維梁、維棟。女孫二。三十年六月六日〔九〕，葬桂林北關外祖墓側〔十〕。啟瑞以書告，且請銘。其詞曰：

吏也而勞，避位者媮。三古致身，不聞乞休。吏也而嬉，得喜失悲。逃爵之士，世見爲奇。於今則奇，在古爲譏。古義孰明，惟君念茲。不以子逸，去崇就卑。供養曰否，臣力未疲。翦蔓除荒，爲民去疵。位不竟功，德則永垂〔十一〕。

錄自柏梘山房全集·文集卷十五。

【校】

〔一〕諱：誤，音注本作『姓』，當是。

〔二〕翊：音注本作『翽』。

〔三〕吏役：音注本作『滑吏』。

〔四〕置：音注本作『革』。

〔五〕修：音注本作「修古迹」。

〔六〕姦民七句：音注本作「民貧多姦，穴於墓，狀羣鬼劫人。君巡至穴，役懼前，即執炬遂先入。皆就縛。巫幻術斂錢，兩罪並發，入其財於官」。

〔七〕管：音注本作「營」。

〔八〕宰黔防乍錄：音注本作「宰黔防乍隨錄及詩文集若干卷」。

〔九〕三十句：音注本作「三十年十月某日」。

〔十〕葬桂林句：音注本作「葬桂林南關外北村」。

〔十一〕位不二句：音注本作「我銘其德，以告吏師」。

光禄大夫經筵講官禮部尚書李公墓碑 乙卯

光禄大夫、經筵講官、禮部尚書李公，以道光二十六年葬山陽縣郭南十五里曰高梁。咸豐五年二月十九日清明節，門下士南河總督楊以增、署江甯布政使何俊，以牲牢樽俎，奠祭於墓。及禮部員外赫特赫訥、前戶部郎中梅曾亮，亦與焉，皆門下士也。既禮畢，周覽兆域，追惟教思。外碑巍然，文字未琢，僉喟然曰：「吾師有碑，不宜無詞。」以屬曾亮，乃謹譔曰：

公山陽人，姓李氏，諱宗昉，字靜遠，亦號芝齡。曾祖諱培，祖諱慶曾，考諱崇德，皆贈光禄大夫。妣皆贈一品夫人。公以嘉慶六年辛酉拔貢舉於鄉。壬戌，進士第二人及第，授編修，充實錄館纂修，文穎、國史兩館協修，甲子陝甘鄉試正考官，己巳會試同考官。十六年，大考，賞大緞，遷贊善中允，任貴州學政。歷侍講、侍讀庶子，國子監祭酒，旋改侍讀學士，授浙江學政，遷少詹事，充日講起居注官。還京，稽察覺羅學，遷詹事內閣學士，兼禮部侍郎銜。道光元年辛巳，監臨順天鄉試，稽察中書科，補禮部左侍郎，充壬午會試副總裁，殿試讀卷官，江西鄉試正考官，接任學政。回京，自戶部左侍郎調工部、戶部右侍郎，兼管錢法。充經筵講官、戊子順天鄉試副考官、己丑會試副總裁、朝考閱卷官，教習庶吉士，兼管國子監，順天府府尹，署吏部右侍郎。以失察戶部書吏偽照，降三品，留任，再署吏部侍郎，充辛卯順天鄉試副考官、壬辰浙江正考官，賞還二品服，調吏部右侍郎。母憂服闋，補吏部左侍郎，擢都察院左都御史。父憂服闋，署兵部尚書，補原官，充武□殿〔一〕試讀卷官，賜紫禁城騎馬，升禮部尚書，兼署兵部尚書。以疾乞休。二十六年四月十日薨，年六十八。

所著有妙香室詩集十二卷，文集十九卷，經進集五卷，詞一卷，金石存十五卷，黔記四卷，致用叢書十七卷，應場屋詩賦文若干卷。配沈夫人，先卒。以弟子鼎琛嗣。其詞曰：

公爲世瑞，文華道豐。天衢揚光，攬輝八紘。西北之英，東南之美。輶車風馳，入我包匭。成均大師，六館咏歌。秋賦春關〔二〕，頻繁主科。謂公得士，述德未備。其於民瘼，靡不軫計。黔撫見功，請丈匿田。瘠土增賦，利一害千。當乾隆初，議此被駁。公持往告，撫乃大覺。豫章有飢，畺吏束手。惎之成規，民活升斗。建此兩利，皆以學臣。循分嫥嫛，孰此比倫？公有幼弟，年減三十。不慢以童，翼教惟式。公有年友，宦蹇而終。恤孀教孤，俾以仕通。神明內含，不億人詐。告匱拯窮，咎過所望。嗚呼我公，沒爲人思。況門下士，厚蒙恩私。輕重泯懷，不以勢差。扶其躓顛，完其痏痍。誰無門牆，孰如公師？憶春載陽，養堂致壽。公侍尊前，羣士拜後。羔雁委積，垂纓佩珂。擁戶交階，綷縩聲磨。榮親致歡，威儀之多。盛事如在，流光逝波。刻文此碑，以永摩挲。

録自柏梘山房全集·文續集。

【校】

〔一〕武□殿：音注本作『武英殿』。

〔二〕關：音注本作『闈』。

葉石農先生教思碑 乙卯

昔班固爲儒林傳，其授經者，必著其弟子之名數、流傳之近遠，以爲非是不足以見其學之醇駁。苟其學之醇，則信而從者，其徒必衆，而其師之學益昌，故著錄之。弟子多者，乃至千百人，雖貴至丞相封侯，其所受師法，不敢改也。然自漢之興，爲六藝大師者八人，而其六皆出於齊魯。則齊魯之間，師道固尤盛於古，而後之君子，有不可聽其曠絕者歟？

葉石農先生自年二十四五，即以經書及時義文教授里中，至六十餘歲不輟。弟子從學者常數百人，遠者或數百里。又有遠不能及門，而必寄文以求政者。其舉於鄉及禮部者衆矣。而人皆以爲能得師傳，無倖獲，故遠近爭附。信有如班氏所言『徒衆之盛，會車可數百兩』者，雖謂儒林之風於先生再見可也。歸震川於文學孝友亟稱吴純甫，其學徒經指授者，多取巍科登高爵，而身終於一第。先生之内行脩，試禮部一再而罷，與純甫同。而實事求是之學，於說文、方言、小學訓詁，皆會通創獲。有所撰著，非規規於場屋之學者比也。而世之言實事求是者，又或守高反古，於國家設科取士之方，及儒先依經立訓之道，齟齬而不合。以之自爲學則可矣，非所以語通方、廣教思也。

若先生之教沒雖已數十年，門人追慕皆久而不替。羣欲立碑頌德，慰仰止於無極，則傳所謂『老而教，沒而人思』者歟？於是，衆以侍郎楊公實隨其先贈公兩世受業，淵源獨深，碑宜爲之詞。侍郎曰：『某則誠宜爲之，然是文也，必吾年友曾亮不得辭。』乃撰，次其事以被於石。咸豐五年四月，上元梅曾亮撰。

録自柏梘山房全集・文續集。

季諧寓先生墓表 乙卯

兵部尚書、閩浙總督、江陰季公，以所爲先祖行狀，寄同年生梅曾亮爲墓表曰：

先生諱熙，字諧寓。祖起鳳，康熙時舉人，官戶部主事。考諱愔，妣趙夫人。先生亦娶趙氏，家故饒以田，媵女後，趙氏貧，先生歸其田，復斥賣，乃衣食其家。年二十六，趙夫人卒，即不娶，終身無妾媵。鄉人皆奇其行。伯兄以醫出遊，歲暮歸，先生亦罷生徒課，歡適相聚，出入必偕。芝昌不及見曾大父，而見先生之事兄也，和而恭。及平居言動作止，皆合古禮式。遇人無貴賤疏戚，必以誠。與人無爭，而皆憚其正。自少至老，課徒三十年，而精力尤萃於其孫，故芝昌不名他師。命鉅鹿君改教官，書已作矣，停筆語孫曰：『代汝父課兒，使汝父得恤民事，亦可也。』至署所，鉅鹿君每侍食，揮之去，曰：『無曠民事。』故鉅鹿君爲清勤吏。嘉慶十六年七月九日卒於署，年六十四。逾年，葬江陰東門外黄山阡，與前葬趙夫人墓相望也。先生貢成均，當選訓導，後封文林郎、直隸順德府鉅鹿縣知縣，贈朝議大夫，翰林院侍讀，提督山東學政。晉贈榮祿大夫，吏部左侍郎，提督安徽學政。再贈光祿大夫，戶部左侍郎，兼管三庫事務，兼署吏部右侍郎。再贈光祿大夫，兵部尚書，閩浙總督，都察院右都御史。子麟，以拔貢舉人官鉅鹿縣知縣。孫芝昌，以進士第三人官編修，歷官兵部尚書、閩浙總督、都察院右都御史。曾孫念詒，官編修。元孫綸全，二品廕生； 次國楨。蓋尚書公自述其祖行如此。

夫以公之迴翔清華，揚歷中外，名節完粹，子孫舄奕趾美，此其先必有卓德高行殖於冥冥之中，爲人所不及知，即其子孫亦莫能言之者。故天報之優，而福之遠如此也。然不能言，而不欲稍誇言之，此尤後嗣光大者之所難，而實先人有德善者所樂受也。

昔蘇文忠以其祖行狀，請同年曾子固爲墓誌，蓋明允草創之而文忠潤色之者。雖子固之文，豈復有加於是哉？ 然仁人孝子之心，不自專其先人之美，而必公之於能言之流，道固如是也。子固誌職方蘇君也，簡而深，文而不浮，蓋能稱文忠之求，而不爲華言者。則公今之所述，其意豈異焉？ 獨爲之子固者，則滋愧焉，而義未有以辭也。遂謹爲之表。

錄自柏梘山房全集·文續集。

陸母林孺人像贊 戊寅

常州陸祁孫先生，有賢母曰林孺人，既卒，除喪，惟先生思慕之不忘，設像於室，事亡若存。以像之設不能得於古也，乃錄其德行焯焯者數十事，示年家子梅曾亮，命爲之贊，且敘其不可已之情事。

曰：像之設，蓋起於周秦之間。婦人有像，自西漢始。像之興，其當尸之廢乎？ 或曰：『是其於先人稍不類，則恐天下之人適有類乎此也。』是未明乎尸之說也。夫實有是人，而非吾先人者，尸也。而吾心先人之而不以爲疑怪〔一〕，若天下適有類乎像者，理也，無是形也。而吾心先人之，豈反不得爲先人乎？ 嗚乎！ 禮有殺於古而隆於今者，今爲厚，從其厚可也。於禮，婦人無主； 今有主，晉以後未有非之者也。父在，母厭尊； 今無厭尊，唐以後未有非之者也。彼情之所失者厚，而名之所託者尊，故非之者，予惡名而不敢辭。君子曰：先王之禮，情不勝義；後世之禮，義不勝情。義不勝情者，私也。私而值乎親，則君子之求致其情者所樂因也，獨像也歟哉！贊曰：

閩縣孤生，林太孺人。嬪於恭城君，常州陸門。恭城君之斂，命服莫安，曰從今職，毋　舊官。祁祁守禮，駭浪如砥。夫棺在舟，濡足不起。愛子惟一，折　弗惜。曰榮辱於先公，莫斯爲亟。令子者何？祁生〔二〕先生。文章滿家，媲於東京。舉於庚申，官於合肥。嗚乎孝子，今誰子答？不子能答，像亦罔知。子曰有知，我母之儀。

録自柏梘山房全集・文集卷十六。

【校】

〔一〕而吾心句：音注本、續類纂本作『而吾心猶有可以先人之理』。

〔二〕生：音注本、續類纂本作『孫』。

婁澗筠刺史晉磚硯讚 庚子

先生之硯，泰始之磚。蓋歷年千六百六十年之久，乃特拔乎鯢淵。陌上之駝，延津之劍。杳不知其所之也，獨塊然其天全。方其辱泥塗、淹歲月，如練形息踵、長生久視之士，蘧然大夢，而五馬南渡，了不知人世之推遷。及其謝瓦甓，揮雲煙，如山林徵士、白衣臺閣，釋蓬累而登仙。先生得之，將以談正始，而詩黄初也。庶幾哉，與子相友以忘年。

録自柏梘山房全集・文集卷十六。

馬墄朋哀詞 丙戌

道光六年九月，余道出南陵北門橋，輿夫曰：『此夜行船下石碕路也。』蓋余故人馬墄朋溺死於此，而余今過之，已三年矣。悲夫！

余與君兒女姻也，始相知於揚州吳氏。君眉宇高爽，見人多落落不屑意，於衆賓客中獨余好也。而余亦以君年少才美，非不得已，則可無游以廢學。君聞言聳然，歸祁門，不復出。録余文一通而去。後每省試，得見君，出所作，語益奇。而君女殤，余書慰之曰：『墄朋之女，固梅氏婦也，又何間哉！』君大喜復書，留聘物不還。

未幾，而余子亦殤。欲告君，未忍也，而君死矣。悲夫！

君之齒少於余，精鋭通敏，讀書過目輒能舉所疑，詩文皆真知古人深處。惜乎未極其才之所能至而遽死也。夫古人有無所表見，而深識之士悼惜其死者，彼固實有見焉，而特不能以所能至而未至者，望其信於後世也。此職朋之可爲深悼惜者也。君之卒也，以考優赴太平學政署，夜起旋，舟人不知，平明得其尸數里外。君名豫，兄弟三人，君交游獨多。每省試，至余家，羣從諸友歡笑滿一室。君死，而君之兄亦憔悴，不復來試。余與君家，蓋自此疎矣。尤可悲夫！其辭曰：

臨下江之流水兮，想靈魂之飛揚。波滔滔其遞換兮，悲獨結於流光。儼眉目之宛宛兮，若歌嘯之在旁。將循波而留執兮，東極意乎扶桑。斂予心而尋昔欵兮，何年盛而意傷？余固識君侘傺之多艱兮，庶壽命之猶長。君既喪其息女兮，余又罹此童殤。悲君死而不悟兮，謂此婚之未亡。惟生才之艱育兮，固前世之所常。孰邂逅於奇禍兮，哀微軀之獨當。緩余轡而首路兮，涕反袂之浪浪。

録自柏梘山房全集·文集卷十六。

祭陳石士先生文乙未

嗚乎我公，名德世師。區蓋莫罄，言伸其私。我初見公，棋局之側。謂爲達尊，長揖自攝。公字先君，曰吾昔友。隨園賦詩，二客一叟。庚申同舉，别面反久。愯然年丈，造門致恭。自此視我，與猶子同。深友疎客，譽我愔愔。人或貌應，公言愈深。慚欲起尼，口不可禁。於時辛巳，壬午之間。我初入都，翳路顛顛。推轂於泥，期居人先。躓跲莫振，拜公南旋。公淚承睫，我悲在顔。依斗望京，别者四年。弔禍商文，字萬過千。主試江南，撤棘過舍。拊竹摩松，問屋所價。謂終結鄰，同臘共蜡。跳踉童甥，索扇乘暇。憐其幼聰，書語褒借。歡留五日，朝盤暮卮。東田之下，潮溝之西。逐蓋追輪，詰曲城陴。留書滿囊，汗走童奚。戊子之秋，閩中提學。書告期會，十月望朔。緩舟詠途，金山之焦。僧帽封着，閣榜松寥。屋腳插江，開簾捲濤。萬馬過枕，海神上潮。圍樓大榭，葉黄於瓢。波水四伏，山聲刁調。惠山捨舟，泉石蛆蛆。杏衫朱魚，遊目分寫。别徑過市，名園暗通。怪花神叢，穿透陰蒙。慫我騎危，坐笑不從。囊棋提局，命擇幽敞。酬答累公，我得恣覽。胥門別歸，閩書隨至。外孫遠來，繼者愛壻。於我廬旅，久不自它。豈我致然，公誠不訛。時遭母憂，劻勷莫仗。厚恤孤凶，非意所望。再見京師，壬辰之冬。意滿莫敘，歲除忽忽。使浙三載，返益貌豐。文酒從讌，冀無終窮。公疾始作，言笑坦坦。自意無他，屬我勿返。執手於榻，爲計深遠。越日再見，言詞苦危。曰我爲文，子知我師。孰宜去留，筆專子持。苟念生平，當嚴勿欺。我笑慰言，此則早計。後今廿年，事當見畀。我言則然，我悲難制。公子持我，踦閒揮涕。子忍乾愁，不我救甚？公竟永逝，嗚乎哀哉！我歸實難，不歸何依？摶摶之天，博博之土[一]。骨肉以外，恩自公數。我今之來，凡百靡就。豈專毒予，見公入柩？銜恩述哀，惟其靈佑。尚饗！

録自柏梘山房全集・文集卷十六。

【校】

[一]摶摶二句：音注本作『蒼蒼之天，摶摶之土』。

祭陶文毅公文 己亥

衡山之英，湘水之靈。其氣清淑，盤魄而曼衍。物產名材，不能獨當也，乃託名世而呈形。惟公稽古之深博，世務之能明，詞章之鴻碩，議論之恢閎。得其一，足以傳世而行遠，況乎合眾美以成名。然於公猶其末節也。其所以上承天眷，下垂政經，而囊括萬有者，獨稟乎浩氣之充盈。雷霆震於前，而色不變；麋鹿興於左，而目不瞬。前有譏而不見，後有謗而不驚。譬如長江大河，直瀉千里；鯨鵬蝦蠏，撇波旋瀨。而逆折卒不能阻其萬折之必東也。肆浩漾乎安行？嗚乎哀哉！誠足以回日車，辯足以雕萬物，而不能不困於二豎之嬰。鍾山之陽，冶城之東，遂不能一日辭榮而養疴也。攀箕尾而列神清。昔公監臨於南闈，曾亮方里居而未敢冒謁。忽紫筆以賜書，曰此吾撫吳草也，子其序以相揭。繼追陪於尊俎，或官閣與林樾，謂年家子而有文，時籌振其乏絕。忘國爵而下交，感知己以次骨。公入覲而兩見於京師，幸丰采之未變於飲啜。曾濕疾之幾何，聞偉人之就沒。伸鄙文以塞悲痛，意滿而難挈。上爲天下痛，而下以哭其私也。敢援前言以自綴。

録自柏梘山房全集·文集卷十六。

寄湯燮堂書

燮堂足下：

惟別之後越五日，乃抵蠡。彭蠡之口，鄱陽粘天，四望無縫。乘舟徑入，若隔人世。決眥飛鳥，遠影接浪。沈沈白日，水沒其半。大孤塘之地，嬌民嬉遨，有似都會。朱樓翠袖，倚壁淩濤；檣帆刺天，管弦沸地。亦耳目之一奇也。舟次東流，乃復甚雨。黑風吹天，江水反覆。雷行波中，魚鼉鼎沸。開門看雨，張口滿腹。激電一瞥，呈露鬼物。咫尺以外，分殊幽明。霅然陽開，衆響盡滅。信足震耀心目，恢擴神氣者矣。又五日，乃抵鳩江。風利不泊，危檣張弓。飛鳥在後，晝寢反側。忽聞鄉音，同人相呼：長干見塔。自此數日，遇長老述親戚之情話，見流輩吐湖海之豪氣。始大歡樂，旋復感嘆。憶與足下高談娛心，浹辰之間，乃在千里！惟望足下時

復嗜學，精熟古訓，驅除俗思。冷君夢雲，才十倍我；維子之故，不吝先施。鯉魚東來，報章匆忽。

録自柏梘山房全集·駢體文卷上。

呈侯抑庵舅氏書

曾亮頓首：自發江甯，江神倚浪，津吏設版。日將三旬，乃抵錢唐。未止車角，復瞻馬首。昪筏乎西興，繫舟於上虞。長河近海，無風自波。孤城在山，不雨而晦。每張燈就館，隨征衣而到牀。聽雞就道，據瘦馬而續夢。始到臨海，終返會稽。自浙以東，風景絕殊。登盤之鮮，罕能知名。地極卑濕，每愁重膇。苔錢施榮，石髮隱几。幕府岑寂，無花表春，地不生草。非屈指時日，不知所值在三春之間也。胸臆結約，或爲歌詩。有吳下王君小梧，深力此事。當其得意，無愧古人。求之流輩，未見其偶。多聞所得，可慰晨夕。家有書至，知舅氏所患近已解體。跂望德音，幸力餐飯。

録自柏梘山房全集·駢體文卷上。

答友人書

損書及詩，示曾亮以爲學之道甚悉。旨哉言乎，尚有所蔽，輒復自明。

夫不停者，時也；無涯者，心也。前蹤方起，後塵已滅；今科報聞，來歲發策。彼未思夫人生百年，其可以容幾次報聞、幾次發策，而頃不槁者也？時命大謬，藏其臭腐之言以死，可不謂之大哀乎！此最下策者矣。昔曹子桓有言：『年壽有時而盡，榮樂止乎其身。二者必至之常期，未若文章之無窮。』然士有把筆頭白而長逝身銷者，率是外重内拙，無率性之語；窮老盡年，爲積字之學。以多自證，以同自慰。謂不朽之盛事，盡此而已。且夫詩糞本於風雅，史首禾於春秋。使世之爲史者，毛舉風月之吟弄，覶縷山水之登臨，世必以爲芻狗，取而踐其首脊。乃謂發情之作，有異於此：流連光景者，謂之得真；感激當時者，謂之出位。將毋周南之妻，賦王室而必刪；棧車之士，譏周道而非職。成康之際，所謂太平，覽其危苦之詞，惟以殷憂爲主。此豈所謂無病而呻者耶？君子之言也，甚於水火；小人之言也，以爲禽犢。子建曰：『其言之不慚，恃惠子之知我也。』僕於足下，亦何以異於古所云哉？

録自柏梘山房全集・駢體文卷上。

寄王惠川書

小梧足下：

近復何似？昨閲邸抄，得悉浙事。追惟幕府，不勝傳舍之感。念切吾子，復會焚巢之凶。食貧故態，遠想如在。仲春一別，歲月如流。端居無賴，所懷萬端。

曾亮行年二十有四。古人之書，不能開其關鍵；時人之情，無以得其要領。將欲從事科舉，畢命走趨，則恐蹈蘇子十上之轍，徒貽沈公十年之悔。欲遂古心爲質，揮手世好。則竊自惟五十老親，道長於外；六尺壯男，安坐於室！曾不能紆朱拖紫，爲宗族之寵；復不能乘時乾沒，逐什一之利；又不能底春負薪，代臧獲之任。雖復孤笑一卷之中，騖精千載之上，將何以上對毛義捧檄之忱，中仲子路負米之義？此僕所以展卷而思，恍若有亡者也。計可以擩染筆札，邀斗食之資者，惟書記職耳。然此事與古異趣久矣。滑習既久，手筆骫骳，非愚所能。恐既能之後，求不能而不可得，故不爲也。

間以暇日遊心章句，但兩載所得，似語無成，處者差少於古人之秘思曲致，未有得也。昔嘗謂博聞強識，則所業自勝，今知此自兩事。昌黎自謂：於古人書，但求義理，不暇及名物經制。此古人之善用所長耳。近作數首寄覽，略具近狀，不宣。

録自柏梘山房全集・駢體文卷上。

姚姬傳先生八十壽序

南極懸光之秋，日舒化國；東坡攬揆之度，臘曰嘉平。惟賀世之哲人，錫康甯於好德；五更三老，斯實邦家之光。校德論功，尤屬弟子之事。恭惟桐城姚惜抱先生，文章千古，可謂在茲；洪範五福，蓋將咸備。顓詞非所以稱盛德也，小言不足以備大觀也。提挈其要，可得而言：

先生世無曠僚，少有令譽。祖傳韋孟之詩，母授範滂之傳。雖産鮮百金，家徒四壁，而游思之業方新，屢空之樂無改。既而受賞於武成宮中，經過於睿武樓下。紹金華之業，與校中經；收玉筍之班，無非上品。發聲北苑，加等西臺。此已極俗觀之所嫮姱，而要非先生之所自見也。且夫名高則迹近，道直則身輕。昔袁盎抵巇於申屠，望塵不免；賈生開隙於絳灌，藏器何疏。折衷兩端，權衡斯得。然則張季鷹命駕而去，豈役志於蓴菰？阮嗣宗負薪爲詞，藉收身於黍稷。世徒以三釜心樂，懼失曾子之養；而不知五斗腰折，難屈淵明之躬。此先生之出處，對古人而無愧者也。

若夫侍天倫之樂，應人師之求，膳羞馨潔，時牽束脩之羊；梧棬奉承，乃酌問字之酒。雖曰掛冠，不忘鳴鐸。非直養也，尤有進焉。自經師異派，曲學華離。綜大九流，蓋有三道，曰義理焉，曰文章焉，曰考證焉。咸墨守輸攻，出奴入主。爲詞宗者，務華絕根；談樸學者，忘經數典。先生挺掆一元，兼包三味。風來水面，悟成章於自然；天在山中，參博物之微旨。欲使輔嗣執卷，不笑康成；範宣宗經，亦知莊子。故其論思六藝，彫琢百家。闕疑斯慎，非乾坤而不徵；圓機所流，說雲漢而無礙。存大體於碎義，賈孔不能溺其心；辨古書於羣言，鄒魯不能眯其目。及乎微之發覆，世昌子美之詩；歐陽代興，人學退之之步。黜險怪而弗錄，劉晝慚其大愚；恥骫骳而弗珍，虞初別於小說。述者謂明，學者宗之。此即隨流平進，潤色鴻業。其所成就，又多乎哉！

先生暫違龍眠之居，久開雞鳴之館。此邦人士，尤所染擩。蓋室有懷道之士，門無挾貨之賓。而韜衷無方，光塵大合。清言徐動，濠梁之意已生；真想在中，羲皇上人不遠。至於夢無超俗，而習斷三宗；藥屏不終，而靈懷兩卷。雖假道於旁流，益發皇其庸德。於以血氣和平，子孫逢吉。宜也，非幸也。

今庚午季冬之月，爲先生開袠之辰。前此九月，有重赴鹿鳴之喜。班躋九卿，服加三錫。是時天下之士，咸謂稽古之榮。夫雖對榮觀，宴處超然者，達人之大觀也。而雍容揄揚，著於後嗣者，凡衆之盈願也。某等愧夏蟲之難語，思春木之常茞。無不含識知歸，於以抒情宣德。如七十子之服，所愧微言；以八千歲爲春，此其初度云爾。

録自柏梘山房全集·駢體文卷上。

答惠川書

曾亮白：承足下惠書，得聞緒論，掎摭利病，殆無遁情。勝我自知，良非虛說。猶復羅列前修，念其安處。僕雖無忝，能無概於中乎？

僕少無遠志，業非高符，徒以隨流之學不爲後人，遂謂仰取金紫如拾地芥爾。時性分所至，豈必離溫飽、出軀命哉？亦云榮曜所眩而已。而率性盡智，則受嗤於拙工；回道易慮，則見遺於大匠。始知貧窮不可以力去，搢紳不可以妄干。竊悲夫日月方盛，而劬勞未酬；鵾鳩將鳴，而修名不立。然則刳心斧藻之中，馳騁聲名於右，亦不得志於時者之所爲乎？已而畧涉諸子之說，旁及外家之書。雖注茲蹏涔，一得無補，然神智之益，未嘗無焉。竊以爲：使屈原不疏於懷王，而受柱國之任，未必能折強秦之鋒；深明不終於參軍，而當大夏之傾，未必能駐典午之運。然觀其真宰之地，忽然忘生，名義所臨，必有校然不欺其志者矣。然則憂非廊廟而詆訶君公，塵務攖心而嘯詠邱壑，此爲大耳，曷足貴乎！

若使林草之樂，得同全人，猶庶幾嘯歌古人之風，收拾遺老之言。留治忽於千載，玩倫黨於一室。疇昔之論，曷嘗忘之？然士之科第，亦有命焉，況不朽之大業乎？或達而有成，或困而亦敗。位置自天，非人可謀。要期之歿世，是非乃定。司馬子長之言，不吾欺也。略陳愚心，以答尊旨。

録自柏梘山房全集·駢體文卷上。

寄湯變堂書

曾亮白：昔懸鞍貴州，奉筆幕府。得展清塵，忘其固陋。徒以江海善下，不恥虛襟，遂得分雷陳之密契，庶清談於尹班。雖疏狂自昔，輪翮無取，然春陰秋煦，高言永夕，何嘗不慷慨！立身之事，含懷大雅之音，懼古人之我先，痛來者之難誣。此要之白首，豈率爾之談乎？

惟別之後，歲月易得，三年不見，今已倍之。足下振景鄉里，躡蹻金臺。左親戚而就道，望關山而川鶩。大河以北，馬肥車多。丈夫游戲跕屣，悲歌禿襟；少婦挾瑟漳河，游媚貴富。客舍經過，或乃晨雞四動，馬鳴蕭蕭。回飈拂野，驚沙捲茅。登車臨睨，來軫相望。川原蔽虧，道阻且長。攬轡奮發，忽忘故鄉。猶復徘徊孟嘗之門，淒惻邯鄲之道。過雍門而悲高臺，臨易水而思壯士。雖亦行路之艱難，豈非生平之盛志哉！

若夫金城濟濟，高門峩峩，鳴鐘聯騎，暮弦朝歌。軼鴻附驥之倫，佩玉長裾之士，事魏其者如子，畜籍福者如弟。出謁舍而懷刺，臨交衢而置馬。莫不望鶴蓋而飛旆，覘雀羅而返駕。自非喉舌如君卿，筆札如子雲，車騎甚都，跪拜便嬖，豈有當於後車之清塵、府廷之顏色者哉！今將致戇捐於貴遊之前，舉痴步於華屋之下。翩其反矣，持此安歸？足下其將有顧舊華而傷懷，感積薪而太息者乎？僕契闊古歡，寂寥舊巘。雖筆耕爲養，而饘粥靡資。入東兩載，而黔突未久。趿履而往，彈鋏而歸。重以門戶不昌，陰陽所食；一弟兩男，相繼夭沒。貧疾交並，疏嬾彌甚。

方今大海之氣將輯，竹宫之塵已清。士之挾一藝、能文章者，習相如登封之書，援班固典引之論。典竄蘿圖，琢磨玉牒。案六麐而校德，渺五龍於小康。高者得中書，次者舉孝廉。使僕飾其愚心，自同時人，能言之流不爲後矣。然則賈氏發難於漢廷，阮生昌言於晉室，固慷慨之士哉，亦時命之故也。若長此寂寂，蓬累而行，左圖右書，此焉自足。先人敝廬，喬木猶在。北窗時啟，臥見鍾阜。樵蘇不爨，勝友無乏。方且偃仰牛衣，辟睨螬食。徒磨丹於虛牝，甘尚白於幽室。亦各其志也。嗟嗟！百年之期，無以限七尺之身；陶陶之生，無以救汶汶之死。

去矣湯生，天各一方。親暱如子，言胡可忘？各保神理，發此景光。臨風敘心，能勿悢悢！

録自柏梘山房全集·駢體文卷上。

弔梁武帝文

昔梁武帝以日月之姿，值雲雷之運，長驅樊鄧，虎螭其師，遂乃乘龍馭天，斷鼇立極。拓百七州中原之地，復三百年全吴之基。金甌之固，江左無斯矣。若夫鄭重斧斨，推尺布斗粟之愛；膻惡粉黛，卷帷薄衽席之情，盛德之事，幾乎備歟？觀其長纓變俗，束帛相望。五館風流，八儒雲會。屈九重之貴，吟口寒士之歌；虛萬有之懷，讓齒老生之見。張率未立，料理以清官；聘君既亡，窅然其天下。宜乎有君如此，曠世聞而叩心。彼美人兮寒人，於焉扼腕者矣。

論者謂帝棲神彼岸，惑志勝旛。馭豺虎以人靈，遊叔世如太古。信己之無詐，謂人之何嫌。故使壽陽肆其憑陵，正德成其惎閒。大盜移國，職此之由。然而達孝之身，難回管蔡；推誠之主，亦有龐萌。斯鬼謀之弗臧，豈長算之可及！夫以謳歌獄訟之身，而與神怒民怨者同口實；以鑿彫爲樸之君，而爲窮姦極酷者所目笑。隆替之迹，不亦悲夫！此則秦政擅場，而漢臣黜之五運；宋襄蹙國，而魯史進之三王。非夫遠性之士，孰能同成敗而爲議乎？

余辛未之秋，郊居之暇，東涉青溪，言經朱异之宅；北眺幕府，悵望臺城之巔。不自知其何心，遂憤懣而獻弔。冀使憤王之像，鑑窮途而纏悲；　武皇之臺，感下士而入夢云爾。紹江左之荒屯，經三辟之鼎遷。著戎衣而一怒，想周禮於七年。悲雄猜之繼路，將毀方而爲圓。開天門之蕩蕩，去韜袠之糾纏。欲禮樂之設尊，欲刀鋸之忘筌。豈飾智以驚愚，實道德之天穿。伊振古之有君，孰一眚之不愆。非生民之道息，終維持而安全。彼茂陵之好仙，告登封於上元。何三實之構禍，莫收責於後賢。最英君之開物，隔人存而社遷。惟窮門與新莽，乃暴興而疾顛。痛哲王之丁躬，得下愚之所便。既博觀乎載籍，疑天心之有歧。或督責以自娛，降至尊於吏師。比黔首於芻靈，以股肱爲附枝。盡上理於滑習，齊萬形於一絲。或陳情而被劾，潛衡漏而不知。廣心局於促路，新知格於舊儀。委大業於小吏，豈悃愊之在茲。雖徒善之非政，愈錐刀而爭之。既仁暴之同盡，亦何怪乎爾爲？豈興哀於無情，孰使予之多悲！

録自柏梘山房全集・駢體文卷上。

冷循齋墓誌

先生諱宜南，姓冷氏，江甯人也。高安舊望，明季來居。門行承於百年，曠僚及於五世。父諱震金，爲建甯縣知縣，有惠政焉，清節焉。

先生少而寒人，黽勉生活。有茶捋手，無瓜鎮心。織簾終日，猶誦雲禎之書；斫屧當家，常握江泌之卷。博習九年，發聲五館。受論語之學，常數百人；講尚書之文，律四十遍。大令君官建甯，往視起居，歸謀屏當。張載馳驅於蜀郡，愧此再三；袁閎徒步於彭城，無其萬一。及掛吏議，遠赴軍臺。先生緣訴道途，綢繆金矢。吉翂陳情，方許其宥父；安國失志，已卒於徙屯。悲乎哉！入玉門之語，在耳豈忘；通泉路之財，刳心難得。宜先生之一叫已絕，五內如崩也。乃散髮奔星，承眶戴露。出張家口，至七臺，扶柩歸里。風饕雪虐，遼廓無睹之鄉；晝號夜哭，情事未伸之罪。吁其悲矣，心傷瘁矣。昔懷順載喪，徒跣千里；延義負柩，皸瘃數年。猶是黑水之域，不踰赤縣之封。準以今情，殆同慚德。外兄黃某卒，一挺乏燭，三寸無棺。先生慷慨營凶，散贍成美。巨先削牘，棘人無待種之瓜；世期解衣，桐子有必貸之粟。卒使公乘之婦，植節表閭；任昉之孤，懷仁分宅。道經鄱陽，見覆舟孤客，泣路無歸，淒然摧心，資之行腳。折車之士，得子相而辦裝。奉章之吏，逢叔度而贈策。好行其德，先生有焉。

乾隆甲寅，舉於鄉，試禮部，以用後漢書語被放。帷帳何典，乃疑外家之書；舶趠非僻，見黜內翰之語。所謂富義乏時者歟？令德滋永，大命不延。臨終繇惙，恐太孺人悲哀，每來省視，猶自撐拄。嚙被之痛，不化於蓋棺；循陔之忱，常持於入地。嗚呼哀哉！先生生於乾隆某年月日，卒於嘉慶某年月日。孺人王氏。長子文耀，次子翰香，皆有志行，承其道風。以某年月日，葬先生於某所。

博博黃土，蕭蕭白楊。魂魄匿此，白日寢光。先生壤子，曾亮淡交，懼夫靈翳體幽，厚德掩息，俾進稗詞，用昭穀美。南朝石誌，實創始於顔延；東漢碑文，獨無慚於郭太。

録自柏梘山房全集·駢體文卷上。

王惟月誄

王卿圖，字惟月，江甯人。曾亮從母子也。鄭小同之生，已嗟孤露；魏陽元之幼，實養外家。弱號通眉，勤能焠掌。番禺廣文喻君，高識士也，見而器之，如欒令之嘆叔寶，戴侯之眷安仁焉。年二十，補博士弟子員，往贅喻氏。自番愚赴江甯省試，凡三至焉。君秦贅之年已深，越吟之思彌篤。徐陵江國，別無騶王之宗；子厚海天，長痛馬醫之鬼。留叔隗而去，難擬趙衰；依江氏以居，不甘劉穆。而千金莫贈，未營陸賈之田；四壁先無，難返文君之駕。此其所以壯心長躍，垂翅猶飛也。豈知羅隱無名，受嗤下吏；方干得第，不及生前。慷慨自哀，幽憂成疾。比冬心而盡卷，痛春肺之難痊。以嘉慶某年月日，卒於嶺南。青蠅作弔，同仲翔絕命之區；白馬歸來，待子文成神之後。泣藐孤於繐帳，留寡婦於珠崖。嗚乎哀哉！

曾亮少同魚隊，年次雁行。殷浩共騎之識，分定規隨；荀偃不含之冤，情虧盥撫。況復相如一卷，竟零落於家人； 長吉五編，莫郵傳於半夜。以是思哀，哀可知矣。嗟乎！ 愧王忳之獨行，何自迎喪？ 憶任護之少歡，能無作誄！ 其辭曰：

嗚呼王君，少而天窮。既失乾蔭，亦違母薆。渭陽垂恩，淮水繼絕。大經皆通，小雅無缺。雁飛庾嶺，鳳集秦樓。鴛鴦左顧，鷓鴣中留。琅邪田荒，潮溝宅棄。同車有懷，辦裝無計。長辭丙舍，久客丁年。秋墳唬冷，夏屋悲纏。梅隴馳驅，麻衣顛倒。非馬虛談，是龍莫報。途窮線短，憂多帶長。通神何術，罵鬼成狂。歸魂白下，加骨朱方。嗚乎哀哉！ 少小相從，釣遊不捨。舅氏謂余：斯賢蓋寡，學異杜鵑，樂非竹馬。時雖心孩，聞此意下。昔遊如在，今病疑誣。報章屢易，得句猶塗。嗚乎哀哉！ 裹飯弗親，寄縑何有！ 莫與遺言，誰歟死友。蛟龍易得，魑魅相過。招魂不返，傷如之何！

録自柏梘山房全集·駢體文卷上。

萬松丙舍記

鎮茅州之巨邑，冠花碌之羣峯。爰有葆山，實爲吉壤。方恪敏公以袁安訪葬之區，兼杜預表營之地者也。當其力宣四岳，心在一邱，命種樹於京兆長阡，擬誅茅於宜陽大道。故其山盤如馬，樹化疑龍。接三茅之仙都，鬱萬松之勝境。固已神扶枌櫝，愛永櫨棃。然而歸思白首，早慕東坡； 禮備黃腸，方辭北闕。趙武之九原，雖從先墓； 謝公之一宅，未傍佳城。

嘉慶十八年癸酉冬，葆巖尚書葬吳太夫人於是山也。免居廬於五月，俯就前經； 誓守墓於三年，藉伸遺令。於是援既葬泥屏之制，爲行服墓次之居。雖度巨先葬母之規，實循晏子嗣先之意。庶幾封樹，向免迷庚； 即準墓田，舍同居丙。顔曰『萬松丙舍』。命曾亮曰：先公志也，爲我志之。此雖揚雄家牒，已號祠塋； 安世祠堂，亦鄰冢地。未聞以構堂之述作，爲廬墓之瞻依。傳爲美談，靡得而議者矣。抑尤有進焉。當尚書廬墓之時，值朝廷軍旅之事。天子簡翰藩之重望，撫首善之要區。蓋墨衰發命，晉子策勳。金革無嫌，魯侯奏績。爰以直隸總督起公，禮也。且夫辭邊事而行喪，則忠衰田況； 遷吏部而奪禮，則孝薄山濤。即張華攝以參軍，已嫌從利；惟閔子經而服事，不異無官。公於是請赴顔行，急呼門之義；表辭領職，伸未練之情。斯時也，少別松〔一〕嶠，儼辭子舍。暫違苫寢，將入軍門。蓋慷慨乎今情，難依囘於本志矣。豈知陳辭方入，吉語先聞。天子念解宏不以喪事辭軍，謂富弼可以時平終制，遂有絲綸之降，並寬弁冕之行。然則非明公有權有節，無以合變禮於折衷；惟聖主克類克明，有以鑒誠願於望外。彼蔡雝居場，兔馴其側；夏方守冢，虎擾其旁。雖誼篤於天親，非勢兼乎家國。豈有遭遇殊施克全至行如我公今日者乎！此其攀留風樹，悽惻山庭，益以感盛德於無窮，非徒畢先人之宿志也。

伏思歌雙柏之廟，則知同德之君臣；紀三槐之堂，則思濟美之父子。古有作者，今實兼之。曾亮輒不辭固陋，略誌始終。庶紫芝白雀，不侈楊炎廬畔之祥；孝子忠臣，如讀魯峻墓前之記云爾。

録自柏梘山房全集・駢體文卷上。

【校】

〔一〕松：四六本作「疏」。

題陳小松綠楊城郭是揚州圖

甲戌之秋，小松與曾亮同客揚州，兼取阮亭之句，寫放爲圖，命曾亮爲之記。

夫以阮亭擅春華之妙譽，分冬李於此邦。於時江北青山，濟南名士，勝流咸在，宏獎攸歸。西園公子，飛蓋追歡；南郭先生，吹竽願附。莫不手中團扇，競寫放翁；頭上墊巾，同傾郭泰。圍烏絲於醉後，吟紅豆於春來。能使江城俱如畫裏，每逢時節不異江南。頃以奉筆名公，懸鞍勝地，雖愧聲華之寂寞，尚懷文藻於江山。況以小松早負壯遊，方資時駕。一覺揚州之夢，二分明月之時。有不過梓澤而憶安仁，憩竹林而思阮籍者乎？爰是述其遠性，綴以蕪辭。庶幾廣陵之散，未絕於嵇生；正始之音，長談於叔寶云爾。

録自柏梘山房全集・駢體文卷上。

上方尚書啟

曾亮少無學識，長更迂疏。擲牝非金，薦雄無賦。高軒莫遇，虛驚正字之雞；華屋難投，有吠宗元之犬。雁方北向，何自隨陽；烏久南飛，自然嘑夜。贏糧之思久絕，負米之願方殷。

猥蒙明公古心念舊，甘肉憐才。後生見許於東山，子弟獨親夫北海。府廷榮立，時俄子夏之冠；驂從無聲，徑入亥唐之座。已足使解嘲醬瓿，增價鹽車。而且馬磨難供，憐其落拓；龍門可送，許以吹噓。鹽政阿公，重一紙之劉書，饋兼金之薛贐。雖相如未至，梁園之酒將闌；乃呂覽未增，秦國之金先賜。德真堪飽，惠豈嫌懷。學士吳公，以曾亮嘗不棄於大賢，庶可觀夫小道，暫延賓館，俾校官書。昔科居文學，方通三豕之訛；況識愧知幾，敢任十羊之牧？徒以嘗懷揚槧，莫致惠車。藉觀未見之書，粗辨當時之體。庶變茲齊氣，襲彼唐裝。聊以忘慚，惟茲報稱。靜言撫己，敢外私恩？

録自柏梘山房全集·駢體文卷上。

訓導馬先生墓誌

先生姓馬氏，諱惠，字秋水。先世鄱陽，自五世祖文達定居祁門，遂號南仁，別爲東眷。曾祖諱承軻，祖諱任侯，父諱騰，皆行歸都士，世秀道風。

先生孝聲聞於四齡，易學受於六歲。年十八，補博士弟子員。乾隆歲乙卯，舉於鄉。先是，純皇帝重熙累洽，考教燭幽。白麟赤雁之瑞，丕貢川珍；碧雞黃馬之才，雲集霧合。先生援孟堅之典引，諷子淵之中和，文屢奏於六飛，帛每頒於三服。於時君苗焚硯，敬禮訂文；仲景題輿，禰衡留刺。先生亦含懷國論，銳志朝英。而十駕徒勞，九關未入。望神山之東峙，成狂水之西流。以嘉慶壬申年，授海州訓導，未逾年而卒。嗚呼哀哉！奇懷歿於平進，長轡困於短途。此則土室歌風之士，空廬抱影之徒，亦獨何心，蓋非無見爾矣。

先生生於乾隆壬申年八月十日，卒於嘉慶壬申年十二月三日。所著秋水詩集若干卷。娶謝氏、王氏。子三人：泰、豫、兌。泰、豫補博士弟子。以嘉慶二十年某月日葬先生於某所。而員石未刊，貞風或墜。曾亮交陸機而知世德，遇潘岳而悉家風。文非諛墓，幸免議於劉；乂字可生金，想呈祥於賈氏云爾。

録自柏梘山房全集・駢體文卷上。

嚴小秋詞序

夫詩陳小己，必兼家國之流；詞有別裁，惟以性情爲主。俯仰身世，斯最優乎？

上元嚴君小秋，示某詞集若干卷。觀其探源白石，別譜黄河。題非香篆之盤，句掃瓊壺之酒。吟成『紅杏便覺春多』，賦就『黄花不嫌秋瘦』。皆非得已，略可粗言。若夫一絲舊族，八米清才，早遇伯喈，徧矜座客。偶過皇甫，輒屈鄉人。固已數安石之碎金，沙披短李；握崑山之片玉，瓦注常楊。豈知相者舉肥，生乎太瘦。鳳翎稀而噀雨，鵲尾秃於填河。短衣杜甫，未入南山；長鋏馮諼，時過東國。聲價豈羊皮可定？風霜與馬骨俱高。往往照蝎安牀，聽雞就道。況乎匏瓜獨處，蒲葦難移。烏夜嘑於前溪，雉朝飛於大道。青牛帳裏，蛺蝶三更；朱鳥窗前，蜘蛛四屋。宜乎百端交集，三疊纏綿。以長短句之篇，寫畔牢愁之作者焉。

然而魏三之集，或訝古人；第五之名，若無驃騎。鳳毛推謝，牛耳尊齊。大江南北，聯白社之羣賢；老屋東西，占青溪之舊曲。每至經臺，納夏笛步。買春筍，覓梁碑，榛披陳井。游童執席，勝友提壺。就樹哦松，逃林就竹。此又酒龍詩虎，葛長庚之妙語可尋；撫鶴聽鶯，張功甫之新聲未歇者矣。嗟余下走，竊附三同。示我高言，能無一字？至於聲音之道，文字之工，鐵綽板之高歌，羽聲慷慨；金縷衣之低唱，眉語分明。暗香疎影，殘月曉風。古有人焉，今無對矣。

録自柏梘山房全集・駢體文卷上。

書人小詞後

泥中墜絮，久作禪心。屋外狂花，忽驚天眼。遂使青衣小賦，傳遺行於中郎；錦瑟餘悲，愧雅懷於商隱。已而馨香三嗅，悟彼斷腸；河滿一聲，慨焉分手。仗開後閣，幸無忝於英流；氣盡前溪，終有慚於昔款。嘉其通徹，斷彼懊憹，爲誌歲月焉耳。

録自柏梘山房全集·駢體文卷上。

上座主李芝齡先生啟

自拜別京邸，恭送旌麾，不奉教言，倏過寒暑。伏惟老夫子大人，紹絕業於金華，收奇珍於玉筍。匡廬秋爽，擁星節而觀風；彭蠡春深，泛天船而掇秀。朗西江之月，壺鑑同清；駐南浦之雲，幨帷在望。下風竊聽，以頌以欣。

曾亮幸出門牆，得親几杖。而花如秋籜，草謝春零。將陸沈黃綬之間，且仗立碧油之幕。茲乃定分，詎敢怨尤？然一再以思，遂以病告。實以少無學術，長更迂疏。有責張子羽之頭，難對謝宣明之面。才非曲逆，問錢穀而不知；德愧陽城，效催科而亦拙。若使黽勉下吏，奔走上官，聞暴直指之威，則摳衣進謁。奉薛太守之教，則鐫職長辭。桓公方喜，顏峻已嗔。古人云：歌去來之作，不覺情親；詠招隱之詩，惟憂句盡。非有慕於望空，實已思之爛熟。惟是受知，匠石忽成櫟社之材；空遇醫王，莫備藥籠之物。疚心無極，顧影知慚。前有恩言，命寄撰述。詩未繕寫，文先録呈。將讀東觀之書，行知已矣；若備西齋之録，豈曰能之！所冀青陽布澤，雖朽壤而同膏；素月流輝，即汙泥而亦照。或不遺凡陋，賜之話言，得有據依，實所感荷。無任依戀之至。謹啓。

録自柏梘山房全集·駢體文卷下。

與朱尚齋書

適聆尊旨，具悉盛心。出諭鄙宗，靡不加額。況某辱在部民，誼同後學。猥辱士安之敘，寵褒沈約之詩。比於餘情，尤叨末契。其爲感激，莫可形容。惟因恃愛之深，轉有徑情之告。承諭茲山，必須按閱，庶幾界址，永判華離。俟人證之俱齊，始地形之可驗。具見閣下公聽並觀之心，平施稱物之意。竊思前案大井之山秀發，固稱巨擘；後案達莊之樹德位，亦屬渠魁。是關兩案之重輕，已有三人之現在。命其隨往，似可證明。必俟餘人，恐滋淹滯。彼謂來而就不繫，不若遠以逃威。又在押之犯，計日漸深。將託病求歸，或借端請保。求而不允，似乖仁人之心；去而復來，難測小人之腹。可否先賜履勘，易分曲直。倘脅從並到，固有明條。即首惡專懲，亦昭後戒。其爲通變，諒具勝裁。

某前至郿村，因謁先墓。百年喬木，一旦摧薪。對殷氏之槐，自然流涕；攀陶公之柳，不覺傷懷。仰愧先靈，俯慚宗老。所冀親勞徒御，立降指揮，使山陰父老，瞻太守之威儀；河內兒童，問細侯之安否。邱墟變色，草木生輝。謂衆母之來臨，知都官之有後。庶憑光寵，以警愚頑。從此查梁相繼，歌召伯之甘棠；松檟成行，拜韓宣之嘉樹。桑田一駕，櫟社千年。是所不圖，竊爲仰望。

某頃因母病，頗慮身羈。將陪長者之車，未容擅便；亟下倌人之命，無任知恩。

録自柏梘山房全集·駢體文卷下。

上程問源中丞啓

前在京邸，下賁高軒。猥辱溫言，代規私計。謂王陽親老，非當叱馭之時；謂蔣琬才疏，宜作免官之計。並欲後車命載，以代馳驅；東閣留觀，代謀甘旨。時某急謀歸省，未得趨承，每念盛心，常縈郿內。

伏惟明公以弼亮之資，膺保釐之任。八騶擁望，峻比崧高；百郡承流，溫同河潤。敷薛侯之故事，莫便陳留；歌召伯之循行，非徒汝水。猶復古心念舊，甘肉憐才。歎柳下之卑官，惜揚雄之落拓。昔裴晉公身都將相，而拳拳於皇甫之疏狂；李太尉勳在巖廊，而款款於封敖之文筆。蓋有過人之德位，必兼邁俗之性情。以古方今，其致一也。惟是某少無學術，長更迂疏。略涉八儒，白馬先生之論；粗窺百氏，黃車使者之書。欺或受於古人，用不堪於當世。而龍門初試，鶴版先催。黔山萬重，黑水兩戒。喜未形於捧〔一〕檄，情已結於牽衣。因以內省微躬，仰循尊指。守君魚之戒，豈慕脂膏？維子馬之言，實慚官次。前所領照，輒已繳呈。中郎落溷之花，恥爭高下；列禦寇隨風之葉，且任東西。若使晨羞夕膳，不缺於供；右詩左書，暫得於己。橅徐君之中論，述仲長之昌言。略使簡篇，與有名字；即如甘寢，無復他懷。然而著襦無複，每慮兒嗁；轢釜有聲，常遭僕慍。非授經之有地，實負米之無從。且逆浪之魚，纖鱗莫助；退風之鳥，鎩羽誰憐？

計惟明公負常楊之重望，推孔李之深情。玉燭流暉，則溫回黍谷；金輿聳轡，則景曜萊城。朝發一言，夕濟千里。始可使襤褸入座，免笑寒人；褦襶臨門，不嘲熱客。然伸紙自慚、上書復止者，緣以家弟某恭承宇下，深慶時來。抱關擊柝，尚未附於官箴；適館授餐，竟登名於客籍。李元禮龍門之地，自古爲榮；衛長平馬廄之奴，從茲可免。恩施過分，報稱逾難。倘能體愛屋及烏之意，受寵若驚；知呼曹作馬之非，以勤爲慎。則一尉之榮，皆從特眷；九人之祿，兼給全家。豈敢更有私求，上煩清聽？此某所以默默未呈，而區區難已者也。雖其誠感非可言宣，不有蕪辭，曷伸積悃？外近文數篇，附呈侍史。伏乞寵誨，以正歧趨。無任感激之至。

謹啟。

録自柏梘山房全集·駢體文卷下。

【校】

〔一〕捧：四六本作「奉」。

上座主顧晴芬先生啟

前石士年丈撤闈方畢，侍坐未安，手示見宣，心感靡既。伏惟老夫子大人昭回降彩，沆瀣融精。崇天爵於八儒，敷地官之六典。掄材竹箭，則鵬快圖南；校士金臺，則馬空冀北。朝英允屬，宸眷滋隆。而某自函丈睽違，音塵間隔，莫與梁公之藥，空慚汲黯之薪。五斗米而折腰，固知免矣；百尺竿而失足，悔可追乎？計惟眺望蓬門，棲遲蘿屋。每過春畹，只見狂花；欲掃秋庭，尚憐病葉。出癡蠅於故紙，彈破屏風；數野馬於虛窗，坐移朝日。流光自惜，抱影誰知？猶蒙夫子大人親揮谷札，遠賁山樊。賞敬禮之小文，憐宗元之大拙。固當珍逾三錫，貺比十朋。懸置坐間，夸張儕右。使知彭宣經術，親受於通侯；韓愈歌詩，亦徵於相國。屋增烏好，門藉龍高。揚子逐貧之賦，舊作可刪；李翱薦士之書，新知或遇。金華一別，雖伏謁之難期；玉札十行，已增榮於無既。感戴之至，無任下情。

録自柏梘山房全集·駢體文卷下。

謝陶雲汀中丞啟

三月某日，元和縣官封寄到如皋關聘一件。拜領之下，感愧靡既。

伏念某藏豹未深，雕龍虚飾。渾脱未傳於弟子，臯比敢望於人師？乃蒙年丈大人特賜劉書，藉談戴席。紓前勞於負米，徵後效於傳薪。昔秦國徵賢，僅持五羖；漢儒問字，不過一鴟。隆殺之儀，今昔殊異。此蓋伏遇明公淵谷爲懷，帡幪同量。八州作督，已媲美於家詩；三徑無資，亦推仁於前訓。故於下走，得及隆施。憐其仙尉之遺，將同市隱；欲使都官之後，免致詩窮。仰憑三沐三薰，粗可一觴一詠。撫躬滋愧，報稱難名。無任下情，特申中謝。

録自柏梘山房全集·駢體文卷下。

寄陳遠雯太守書

去歲，嶰筠中丞以曾亮薦主翠螺講席，即蒙惠允，遠齎聘件。祇領之下，以感以愧。

伏念先生以玉局之仙人，受金戣之重寄。風清屬吏，水是西江；詩愛宣城，山連東郭。蓋太平太守，多集英修撰之官。況公望公才，佇開府儀同之寄。蘭風遠被，葵日同傾。曾亮學異常楊，才殊短李。米五斗而折腰，久無榮願；墨一升而受罰，莫喻慚懷。偶逢同榜，猶顧影以自慚；況遇英材，敢抗顔而相對？此蓋伏遇執事古心爲質，甘肉憐才。欲使鼓皮已敗，尚附味於參苓；琴尾雖焦，亦調音於匏竹。幸攀交之有自，實感激之難名。趨詣非遥，先此馳候。

録自柏梘山房全集·駢體文卷下。

與王叔原札

啟者：峻生舊宅，曾亮僦居。名四條胡同，在宣武門左。里多下户，地非通衢。有秦人之棄灰，來廉頗之遺矢。自巷南巷北，皆半下半高。暑風乍動，全生逐臭之蠅；微雨初過，已浸障泥之馬。敢祈指揮伍伯，賜與廓清？冀憑五色棒之威，以便雙車輪之路。

録自柏梘山房全集·駢體文卷下。

江亭展禊序

道光十六年四月，葉筠潭先生暨黄樹齋兩鴻臚，徐廉峰、黄秬卿兩編修，陳頌南、汪孟慈兩戶部，凡是六主，各延七賓。四十八人，符羣賢之數。四月三日，爲展禊之舉。遂登江亭以會，而書誌逸興也。

於是城對北闕，閣臨西山。莽蒼四碧，渾菰蒲之衆容；崢嶸九葩，納菡萏之遙景。此登賞之地也。三選七遷之英流，九墨八儒之碩彥。宮中給事，走馬先來；關外詩人，騎驢忽至。此賓客之選也。仲宣抽毫，相如倅色。流連景光，原始事物。捧〔一〕劍之義，折摯虞之小生；彈琴之叙，同昌黎之太學。此詞翰之美也。蓋自永和癸丑之後，迄茲道光丙申之前。若興公南澗，子範家園；庾信華林，元長曲水。雖觴詠間作，風流未窮；繇祀過千，斯賢倍百。或郊島孤賞，無與聲明；或川岳分光，侈言諛導。豈若際潤色鴻業之盛，萃雜襲魚鱗之才。城南韋杜，首夏清和。追餘萌於榮葩，想新波於盛流。陶陶然忘其我夏我春，落落然不知視今視昔也。爰總衆製，聯爲大軸。作苑本新圖，附臨河舊搨。藏之蘭若，寺曰棗花。此則元凱沉碑於峴水，自喜其名；太傅寫本於經堂，自廣其集。古有行者，今無愧焉。

録自柏梘山房全集·駢體文卷下。

【校】

〔一〕捧：四六本作「奉」。

展東坡生日序

道光丙申年，程春海侍郎擇西京祀竈之辰，展東坡生日之會。三九合簪，五七分製。以鶴南飛一曲，每字拈韻，分客賦詩。招未至者，別爲序焉。

昔先生黄州收迹，赤壁探幽。祥符燈火，已隔於平生；臘日妻孥，亦難爲酬對。乃即莽蒼之野，爲樂壽之堂。斷岸扁舟，孤臣抱月；空江野飯，疏客如星。郭古二小生，蓋微者耳。蘇門四君子，能同之哉？今則名卿黻席，上客薦尊。炷銀篆盤之香，供玉糝羹之饌。猶復設象招屈，陳詩祭賈。振高言於朝英，歌壽人於曠世。豈非今昔殊觀，抑亦風流相紹乎？或謂：今者之會，昔人無知。則先生固云：自不變者觀之，物我皆無盡也。故知凡有文字之日，皆谷神不死之時；豈獨丙子之年，爲張僊降生之日〔一〕！此南華火傳之薪，即東坡長生之學者矣。

是日入座者：吳荷屋中丞，潘云閣、祁春浦兩侍郎，徐廉峯侍御。凡是四客，合爲五詩。作序者一人，上元梅曾亮也。

録自柏梘山房全集・駢體文卷下。

【校】

〔一〕日：四六本作『歲』，依上文意，較妥。

普洱茶賦

客誇於余曰：君亦知普洱之茶乎？大川之原，孕此珍草。豈惟渴羌，老饕是寶。觸讐飲之而思食，侏儒得之而消飽。若有頭羹骨飯，油蒸米宋熬；托胎抹肉，孋房撲刀；飽喫大啜，赤舌如燒；臓神踧踖，五窮駭逃；緩帶捧腹，彭亨消搖。飲此一勺，寬中瀝膏。

余笑而言：客辭誠勞。罄吾腹之所有，恐不可與此

遭。吾將定百甕之食籍，與三九爲素交。公膳卻鶩，朋酒捐羔。食蟹嫌躁，烹魚惡勞。豈五千卷之撑腹，乃山膚與溪毛。則有瓜號東陵，果名南燭。平仲苔菜，散人杞菊。淘文先生之槐，燒饞太守之竹。饗風露於齒牙，窮青黃於水陸。主人淡泊，館蟲遷逐。安用是茶，澆我心曲？

客曰噫嘻，子言則狂。是至人之練藏，豈下士之可望！子不能谷口剝棗，江頭種桑。辨抱樸之藥性，寫通明之术方。方且騎曹問馬，郎官牧羊。監河貸粟，有山乞糧。三升戀酒，五饋驚漿。雖倔強於人間，祇塵容之皇皇。且夫仲子食鵝，魯公乞鹿；儀休嗜魚，曼倩割肉。此皆標獨行與精忠，建循聲與高躅，猶未能超膻腥而絕塵埃也，子安逃乎人祿！

主人聞言，怳若有亡。於是屏靈龜之卦，歌嘉魚之章。樹吾牙頰，寬吾肺腸。髮繞炙而勿唾，手觸羹而不僵。無盤飣之悵望，無杯炙之慚惶。甘瞞瞑於醉飽，混埃壒而相忘。客乃稱善，能自求福。以三百團，去汝腊毒。主人乃上手稱謝，藏之篋櫝。

録自柏梘山房全集・駢體文卷下